# 蒙古王妃三娘子

赵萍 著

内蒙古出版集团
远 方 出 版 社

# 内容简介

她出生在瓦剌蒙古一个部落首领的家里，地位显赫，身份尊贵。

她拥有快乐的童年。

她九岁那年，父亲战死，母亲被迫将她献给了蒙古右翼土默特万户的阿勒坦汗，从此远离亲人，远离家乡。

她与阿勒坦汗的孙子把汉那吉相爱，十七岁那年却成为阿勒坦汗的钟金哈屯，把汉那吉悲痛降明。

她为了救情人，阻止了一场即将爆发的大战，促使明蒙之间达成“隆庆议和”，使双方实现了通贡互市，结束了双方持续二百多年的战争局面。

她为了蒙汉边境的稳定，先后嫁了蒙古的祖孙三代顺义王，明朝封她为忠顺夫人。

汉人赞她：“唤起木兰亲与较，看他用箭是谁长？”她却自叹：“宠冠穹庐第一流，别有胡姬叹白头。”

汉人亲昵地称她三娘子，将她居住的库库和屯（今内蒙古自治区首府呼和浩特市）叫作三娘子城。

她的儿子和孙子骂她是一个放荡的女人，有些蒙古人指责她是蒙奸，出卖了蒙古人的利益。

然而，在她执政的近四十年中，长城内外、蒙汉之间，却出现了繁荣、稳定、祥和的局面。

她就是蒙古王妃——三娘子。在别人眼中，看到的是她荣华富贵、权倾一时的荣耀，可是谁能知道这光环的背后，又隐藏着怎样的艰辛与心酸——

# 序

〇李　悦

赵萍的少年时代是在阿拉善盟度过的，在那个大漠深处，陪伴她单调乏味生活的是读书。她读的最多的是文学书，以古今中外名著为主。其实，那是她最早产生的对文学的爱。无论一个人以什么为事业，都有一个前提，就是对那份事业发自内心的热爱。她的父亲也喜欢文学，虽然没以文学为职业，但是酷爱文学传记，还推荐了许多传记让赵萍读。

赵萍上初中时在历史课上学到三娘子，给她留下了深刻的印象。课本上有一幅插图，绘的是三娘子与蒙汉民众在一起跳舞的情景。那幅插图深深印入她的脑海，在后来的岁月中不时地闪现。那时她就有了三娘子情结，对富有传奇色彩的三娘子多了一份关注。后来赵萍到呼和浩特上大学，学的是历史专业。三娘子的那段史实，三娘子督建的塞外古城呼和浩特，让赵萍与历史人物三娘子更为贴近了。工作后，赵萍又赶上内蒙古自治区教学研究室组织编写地方教材《综合实践课》，她有幸参与其中。她的选题是《呼和浩特的历史沿革》，为此，她又读了许多有关三娘子的史料，并就此产生了创作历史小说《蒙古王妃三娘子》的想法。她希望有一部小说能够把有关三娘子的各种资料整合在一起，同时表达她对这位历史人物的看法。

赵萍决定写这本以三娘子为主人公的历史小说之后，开始全面收集三娘子的史料。她多次拜访研究呼和浩特历史的专家学者赵一斌、魏铎和韩国栋等人，还多次去土左旗请教《土默特志》主编于永发。于先生很重视很支持赵萍写这样一部长篇历史小说。他不但不厌其烦地一次又一次地向赵萍提供有关三娘子的历史资料，还把自己多年研究积累的心得及对这个人物的评价讲述给赵萍听。时任土左旗文化局局长的荣祥也非常支持赵萍，专门将研究这段历史的土左旗专家学者聚集在一起，与赵萍共同座谈，帮助赵萍系统理清三娘子的历史背景和心理状态。看来，一个作家的成功背后，有着许多人真诚的帮助。

赵萍创作的准备期足有三年多，她付出了辛苦，也得到收益。正是这些具有历史厚度和人性深度的资源积淀，为赵萍的创作提供了独特而广阔的审美空间，使她的文学叙事获得了恒久的艺术震撼力。

赵萍是头次写长篇小说，这个写作过程也是学习的过程。当她写了六万字的时候，她把构思讲给我，我发现她受史料的影响过深，人们熟知的三娘子的历史画面构成了小说框架的支点，文学的虚构力量却被弱化了。我建议她重新梳理故事脉络，调整结构，围绕主题去编织情节，用浓墨重彩去塑造人物，于是她推倒过去的提纲重新再写。经过一年多的写作，初稿出来了。赵萍送初稿给于永发、韩国栋等史学家及她的老师贾跃琴看，请他们从历史的角度把关。她还请我看初稿并提出意见。我建议她注重突出人物个性，多些描述少一些叙述，对重要的场面场景进行浓墨重彩描绘。赵萍还把初稿发给同事，上传网络以听取更广泛的意见，随后她按照大家的意见又写了两稿。

文学是苦行者的事业，深重的苦行能够得到微薄的收益。赵萍的小说越改越好了，远方出版社的责任编辑董美鲜在审阅小说时，好几次流下感动的泪水。这部小说出版后会有许多读者被感动，留下深刻的印象。而后赵萍的文学任务则更重，她将为感动更多的读者而努力。

怎样能打动更多的读者呢？昆德拉说："不是为了把小说改造成哲学，而是为了在叙事的基础上动用所有的理性的和非理性的，叙述的和沉思的，可以揭示人的存在的手段，使小说成为精神的最高综合。"赵萍的这部小说揭示了三娘子个人的生存状态，喜欢那段历史及三娘子的读者，从中可以获得阅读乐趣。然而，更多的读者想读与自己有关的小说，也就是揭示人的存在的小说，因为每一位读者都与人的存在关联。这就是说这本历史小说如果能够超越历史人物及历史，进入人存在的领域，就能够更全面准确地完成文学的任务。这对赵萍的要求看似有些高了，但我以为赵萍在思想上和写作技巧上以及民族文化的修养方面，已经具备了突破自己的能力，下一部作品她一定会写得更好。

（作者系著名文艺评论家）

# 目　录

# 一、奇异的胎梦

清晨，被雨水冲刷了一夜的哈密草原，碧绿闪光的草儿在微风中摇摇曳曳，远远望去，仿若一望无际、波光粼粼的海洋。嫩嫩的草叶下，红色的山丹花、蓝色的马兰花、紫色的薰衣草、白色的满天星、黄色的金莲花……有的含苞待放，有的花蕾初绽，有的迎风怒放，一丛丛、一簇簇，红的似火、白的似雪、黄的似金……被吸引而来的五颜六色的蝴蝶，一会儿翩翩飞舞在空中，一会儿又竖起双翅飘落在花朵上，分不清是蝴蝶变成了花朵缀在枝头，还是花朵生出了翅膀飞了起来，又引得朵朵鲜花竞相争艳，芬芳四溢。

瓦剌克尔古特部的首领玛尼明阿图站在齐膝的草丛中放目远眺。他看到雨后天晴的早晨，湛蓝的天空比平时更加遥远而深邃；变幻莫测的云朵，在蓝天的衬托下显得更加洁白，或在空中飘浮，或在山巅流动。山顶蓄积着常年冰雪的扎拉满罕山，漫山遍野、波涛似的林海，更加郁郁葱葱，犹如一位身着碧袍的白发老人端坐在阳光下。山腰间盘旋的雄鹰挥舞着矫健强劲的双翼，忽然一振翅膀飞过最高的山巅，那褐色的翅膀，几乎擦着了山巅上飘动的白云。

玛尼明阿图感到一切是那么清新、活跃，到处充斥着蓬勃向上的生机。他闭上眼睛，贪婪地呼吸着清新的空气，顿时感到自己也神清气爽了。

当他再次睁开眼睛的时候，发现那些悄然飞旋的蝴蝶不见了，五彩缤纷的鲜花也失去了踪影，只留下孤零零的碧草。他诧异地四处寻找，突然看到一团红色的东西从草丛底下缓缓升起，直跃出青草的梢头。

玛尼明阿图好奇地向那团红色走去，原来是一朵山丹花。他小心翼翼地折下山丹花仔细端详。这朵花比一般的山丹花更大、更鲜红，每片花瓣都水灵灵、红艳艳的，只可惜，其中的一片花瓣上有着一个醒目的黑斑。

就在他凝神观赏着这朵花的时候，耳畔突然传来呼呼的风声，还未等他反应过来，不知什么东西以迅雷不及掩耳之势，从他手中夺去了那朵山丹花。他急忙抬起头来，看到一只庞大的苍鹰，嘴里正叼着那朵山丹花，挥舞着双翼盘旋在他的头顶上，用那双琥珀色的眼睛嘲弄地看着他。玛尼明阿图跳跃着试图夺下那朵花，雄鹰却忽上忽下、忽远忽近，似乎在故意戏弄着他。

忽然，苍鹰一振翅膀向扎拉满罕山飞去，玛尼明阿图撒腿就追，他跑啊跑啊，眼见就要追上的时候，苍鹰瞬间没有了踪影。玛尼明阿图气喘吁吁地四下寻找，发现自己竟站在悬崖峭壁上。他惊恐地向后退了几步，长长地吁了一口气，正准备转身离去的时候，那只苍鹰又盘旋在他的面前。苍鹰一声长啸，嘴里叼着的山丹花向悬崖下跌落下去，玛尼明阿图急忙去抢花，突然一脚踩空向悬崖下坠去……

睡梦中的玛尼明阿图“啊”地大叫一声坐起身来，仿佛刚刚停止了百米冲刺一样，累得大口大口地喘着气。他惊魂未定地向四处看看，佛龛、方桌、纯银的马鞍……毡房内一切如故，原来只是做了一个梦。

他眼前又闪现出梦境中的情景，那朵山丹花、那只苍鹰，他不明白梦中的自己为什么会拼命地想保护那朵花，难道是长生天在暗示着什么吗？

他用手擦擦额头上细密的汗珠，屏住呼吸仔细地倾听。毡房外，与往常一样，人们的吆喝声、狗的汪汪声、马的嘶鸣声、牛的哞哞声、羊的咩咩声，此起彼伏，合奏成一曲黎明交响曲。

玛尼明阿图为自己的多虑哑然失笑。“依然是一个祥和美好的早晨，不是吗？”他一边想着，一边起身穿衣。

刚梳洗完毕，布日玛就像和玛尼明阿图约好了似的，恰到好处地用托盘端着奶茶、奶食品和手把肉进来了。她将托盘上的食物一一放在桌子上，在一个银碗中倒入奶茶，然后将双手置于腹部，一言不发地站立在一侧，看着身材魁伟、英俊彪悍的玛尼明阿图。

玛尼明阿图走到桌前，端起银碗行了德吉礼(蒙古人喝早茶前，男人要将第一碗茶敬献于天地、诸神及祖先，即早茶之德吉)，然后坐到桌前，左手拿起一块手把肉，右手拿起一把镶有宝石的银柄蒙古小刀，将手把肉切成片放入茶碗，又拿起几小块奶皮放进茶碗。布日玛往茶碗中倒上热腾腾的奶茶，玛尼明阿图用银勺搅拌了几下，端起碗喝茶。

玛尼明阿图一边喝一边问旁边的布日玛：“吉格肯怎么样了？”

吉格肯是玛尼明阿图的妻子，是一个美丽、温柔而又贤惠的女子，已经为玛尼明阿图生了两个儿子，长子奥巴岱今年七岁，次子呼鲁格齐四岁。夫妻俩非常恩爱，为此，玛尼明阿图再没有娶别的女人。蒙古人以多子多孙为福，吉格肯也希望玛尼明阿图能够多子多孙，一再劝说玛尼明阿图再娶别妻，但玛尼明阿图对吉格肯情有独钟，无论吉格肯怎么劝说，玛尼明阿图就是不肯。如今，吉格肯又身怀六甲即将临盆，所以，每天早晨，玛尼明阿图都会向布日玛询问妻子的情况。

布日玛是吉格肯的陪嫁侍女，年近四十的她，由于长年的辛劳，略有些驼背。黝黑的脸上，一双褐色的眼睛总是闪着镇定而温暖的光芒，凹进去的两颊当中，鹰嘴似的鼻尖快要触到厚嘟嘟的上嘴唇了。她与吉格肯从小一起长大，情如姐妹，虽然相貌有些丑陋，但对吉格肯的那些孩子们却异常疼爱,所以孩子们都亲切地叫她嬷嬷。

玛尼明阿图也从不把忠心耿耿的布日玛当仆人看,因此询问妻子的时候,就直呼妻子的名字。

自从陪嫁过来以后,她亲自照顾玛尼明阿图和吉格肯的饮食起居,虽然主人对她很好,其他仆人也很敬重她,但她却明白自己的身份,因而恭恭敬敬地答道:“阿噶(蒙古人对首领或官员妻子的尊称)昨晚肚子疼了一夜,直到天明前才迷迷糊糊地睡去。”

玛尼明阿图放下茶碗站起身,急切地说道:“为什么不早点来告诉我?我去看看她。”

布日玛阻拦道:“主人不要着急,先喝茶吧,我看阿噶一时半会儿还不会生的。现在其其格在照顾着她,您就放心吧。”

玛尼明阿图复又坐下,笑道:“这个捣蛋鬼,还没出生就让他的阿妈开始遭罪了。”

布日玛也笑道:“谁说不是呢,看来又是一个小勇士,不然怎么会这么不安分呢。”

玛尼明阿图匆匆喝完茶,站起身向毡房外走去。布日玛看着玛尼明阿图的背影笑了笑,将桌上剩余的食物重又装到托盘里,端着托盘走出毡房。玛尼明阿图刚走到吉格肯的毡房前,就与从吉格肯的毡房中匆匆跑出来的其其格撞个满怀。布日玛看到其其格匆忙的样子便知有情况,小跑几步来到吉格肯毡房前。

其其格看到玛尼明阿图时急忙行礼,玛尼明阿图摆摆手阻止了她,急切地问道:“怎么了?”

其其格焦急地说:“阿噶可能要生了,我正要去找布日玛嬷嬷呢。”

其其格今年十八岁,长得眉清目秀的,父母早亡,由体弱多病的奶奶抚养长大。吉格肯见这祖孙俩可怜,就将她带到身边做了侍女,与布日玛一起侍奉吉格肯。她和吉格肯的孩子们一样,管布日玛叫嬷嬷。

玛尼明阿图掀开门毡进入毡房,急急赶来的布日玛对其其格道:“你快去找接生婆来。”然后将手中的托盘递给其其格,急忙进入毡房。

床榻上的吉格肯因为疼痛满头是汗,但是她隐忍着不吭一声。玛尼明阿图走到床榻前关爱地看着吉格肯,却不知所措,只能无言地握住吉格肯的手。吉格肯看到玛尼明阿图勉强挤出一丝笑容。

布日玛麻利地取出接生用的物品和包裹孩子用的毯子放在床榻边,走出毡房捅开火烧了一锅开水,然后又走进毡房。

布日玛对玛尼明阿图说:“主人,您该离开了,女人生孩子男人是不能留在这儿的。”

玛尼明阿图的到来似乎使吉格肯的疼痛缓解了，她对玛尼明阿图说：“你去吧，等着迎接我们的孩子吧。”

说话间，其其格带着接生婆走了进来。接生婆向玛尼明阿图行礼，玛尼明阿图招手道：“快来看看阿噶吧。”

玛尼明阿图站起身，接生婆走到床榻前坐下，伸手摸摸吉格肯的肚子，然后对玛尼明阿图道：“阿噶就要生了，您先出去吧。”

玛尼明阿图深情地看一眼吉格肯，用力握一握她的手，然后站起身依依不舍地向毡房外走去。

接生婆简短地命令道：“热水、刀、马奶酒、毯子。”

布日玛将这些物件一件一件摆放在接生婆够得着的地方，然后默默地坐在吉格肯身旁握住吉格肯的手。

毡房外，玛尼明阿图搓着双手焦躁不安地来回走动。不一会儿，他又驻足在毡房门前侧耳聆听，浓密的双眉紧紧锁在一起，褐色的脸上写满了担忧。

玛尼明阿图的两个结拜兄弟图鲁和克舍，带着几名侍卫牵着马向玛尼明阿图的毡房走来。他们看到在吉格肯毡房门前徘徊的玛尼明阿图，加快脚步向玛尼明阿图走来，性情直爽的克舍一边走，一边挥手喊了声：“大哥！”

图鲁和克舍的父亲，是玛尼明阿图父亲的门户奴隶。成吉思汗的第十五世孙达延汗再次征伐瓦剌的时候，为了救玛尼明阿图的父亲，图鲁的父亲战死了，克舍的父亲身负重伤，导致终身残疾。于是玛尼明阿图的父亲收养了图鲁和克舍，把他们当自己的亲生儿子一样抚养，并封他们为千户。他们与玛尼明阿图从小一起长大，由同一个师傅教他们骑马射箭，同一个老师教他们读书识字。在玛尼明阿图十六岁那年，他们三人歃血为盟，折箭为誓，发誓要患难与共，不离不弃。四十年来他们一直亲如兄弟，因此，图鲁和克舍一直称呼玛尼明阿图为大哥。

听到克舍的喊声，玛尼明阿图转过身来，微笑着看着他们，待他们走近才问道：“你们怎么来了？”

克舍抢着答道：“我们在大帐等不到大哥，还以为发生了什么事，就赶紧来找你了。”

玛尼明阿图抬头看看天色，说道：“哦，是该去巡视牧场的时候了。”

每天巡视牧场是玛尼明阿图定下的规矩，也是他和图鲁、克舍每天必做的事情，风雨无阻。

沉稳细心的图鲁见玛尼明阿图神色异常，就问道："大哥，怎么了，是不是真发生什么事了？"

玛尼明阿图回答道："没什么事，就是吉格肯要生了。"

图鲁关切地问道："你是在担心大嫂？"

克舍急忙安慰道："嗨！大嫂也不是生第一胎，长生天保佑，她一定会没事的。"

玛尼明阿图拍拍克舍的肩膀，又看看毡房的门，说道："我也不知道怎么了，总是很担心，也许是年龄大了的缘故吧。"

这时，传来了女人们的笑声，玛尼明阿图、图鲁和克舍循声望去，看到图鲁的妻子乌力罕和克舍的妻子阿日娜有说有笑地向这边走来，图鲁和克舍脸上露出满意的笑容。

乌力罕和阿日娜也看到了毡房门前的三个男人，于是加快脚步来到他们面前，心直口快的乌力罕问道："你们怎么没去巡视牧场，站在这里干什么？"

图鲁受玛尼明阿图的影响，也是一脸的担忧，看着妻子答道："大嫂马上要生了，大哥不放心。"

乌力罕这才发现玛尼明阿图和丈夫脸上的神色有些不对，于是笑道："女人生孩子又不像下羔子那么快，你们站在这儿也帮不上什么忙，该干什么就去干什么吧。大哥不用那么担心，这儿有我和阿日娜呢。"

文静内向的阿日娜也笑着对玛尼明阿图说："你们去忙吧，等大嫂生了，我立刻派人去通知你们。"阿日娜说完就拉着乌力罕一起进入吉格肯的毡房。

图鲁看了一眼玛尼明阿图说："如果大哥不放心就在这儿守着吧，我和克舍兄弟去就可以了。"

玛尼明阿图犹豫了一下，然后点点头说道："也好。"

图鲁和克舍刚要离去，毡房里传来一声婴儿响亮的啼哭声，玛尼明阿图立刻眉开眼笑地对图鲁和克舍说："生了生了。"

这时，其其格走出了毡房，向玛尼明阿图屈膝行礼道："恭喜诺延，长生天保佑，阿噶生了一个漂亮的女孩，母女平安。"

玛尼明阿图兴奋地抓住其其格的双臂问道："是女儿吗？"

"是的，诺延。"其其格看出了玛尼明阿图的兴奋，也愉悦地回答道。

玛尼明阿图双手举过头顶匍匐在地说："感谢长生天，请保佑我的女儿吧。"玛尼明阿图祈祷完，起身疾步走进毡房，虽然听到了图鲁和克舍祝福的声音，却顾不得应答。

阿日娜抱着刚出生的小婴孩站在床榻前，乌力罕站在一旁，两人都低着头，笑眯眯地看着襁褓中的孩子，看到玛尼明阿图进来，乌力罕抢先笑着恭贺道："恭喜大哥！"

阿日娜也微笑着说道："恭喜大哥，长生天送给你一个漂亮的女儿。"

玛尼明阿图冲阿日娜和乌力罕笑一笑，目光转向床榻上的吉格肯。

吉格肯虚弱地躺在床榻上，脸上却洋溢着幸福的笑容。是的，能为心爱的人生儿育女是件多么幸福的事情。玛尼明阿图一个箭步跨到床榻边，握住吉格肯的手，没有一句话，眼里全是爱怜。相爱的人不需要语言，有时一个眼神一个动作，足以表达所有的情感。

阿日娜走到玛尼明阿图身边，将小婴孩递到玛尼明阿图面前说："大哥，快来看看你美丽的女儿吧。"

玛尼明阿图松开吉格肯的手站起身来，阿日娜将孩子送到玛尼明阿图的怀中说："我还从来没见过这么漂亮的婴儿呢。"

玛尼明阿图轻轻地接过这个柔软的婴孩，伸手打开遮在孩子脸上的毛毯，露出一张粉雕玉琢般的小脸。小婴孩闭着眼睛，小嘴不停地蠕动着，脸颊上似乎粘着一粒尚未拭去的干涸的血渍。玛尼明阿图用拇指轻轻地触摸着婴孩的脸颊，企图抹去那粒血渍，却发现这是一颗黑痣。看到黑痣，玛尼明阿图脑海中立刻涌现出梦境中那朵带有黑斑的山丹花，想起了梦中的苍鹰、悬崖……

玛尼明阿图心中一颤，难道这就是老人们常说的胎梦吗？如果山丹花象征这个孩子，那只苍鹰和悬崖又代表着什么？这个梦在向我暗示着什么呢？

玛尼明阿图一边痴痴地看着小婴孩，一边胡思乱想着，嘴里却喃喃说道："我的女儿，阿爸一定会保护你的。"

阿日娜走到吉格肯床榻边坐下，伸手握住吉格肯的手说："看来大哥更喜欢女儿啊，奥巴岱他们出生的时候，大哥可不是这样的。"

阿日娜的话打断了玛尼明阿图的思绪，他依然一眼不眨地看着怀中的女婴说："是的，我喜欢女孩，我一直希望能有一个像吉格肯一样聪明、温柔、乖巧的女儿，感谢长生天，如今让我如愿了。"

乌力罕也走到床榻边，笑着对吉格肯说："听听，大哥对你一往情深，真让人羡慕啊！"

吉格肯有些不好意思，苍白的脸上泛起一丝红晕。她用胳膊抻着身子靠在床榻上，伸手撸撸散乱的头发，将充满柔情的目光投向玛尼明阿图。

"给我们的女儿起个名字吧。"吉格肯说。

玛尼明阿图不假思索地脱口而出:“乌讷楚,就叫乌讷楚,我温柔的女儿。”

玛尼明阿图说完走到床榻边,阿日娜起身站在一侧,玛尼明阿图抱着女儿坐到床榻边。

“乌讷楚,温柔的意思,嗯,好名字。”吉格肯探起身看向襁褓中的女儿,“乌讷楚,乌讷楚,阿爸给你起名叫乌讷楚。哦,哦,你能听明白吗?”吉格肯力图用女儿能听得懂的语言和女儿说着。

阿日娜走到乌力罕身边,笑道:“乌讷楚,嗯,这个名字好听。大哥脱口而出,看来早就想要一个女儿了。”

玛尼明阿图吻吻女儿的额头,笑道:“呼鲁格齐出生的时候我就希望是个女儿,那时就想好这个名字了。”

吉格肯惊讶地问道:“啊,那时你就想要一个女儿啦? 我还以为男人都喜欢儿子呢。”

“只要是你为我生的孩子,不管男女我都喜欢。下次你再为我生一个儿子我还是喜欢。”玛尼明阿图笑嘻嘻地说。

“又胡说。”吉格肯抬头看看乌力罕和阿日娜,羞涩地低下头,低声说道:“都这个岁数了还口无遮拦,也不怕乌力罕和阿日娜笑话。”

说笑间,布日玛端着一碗奶油走到玛尼明阿图面前,要玛尼明阿图为这个新生的小婴孩行“米拉礼”(由长者将奶油或牛奶涂抹在一些需要祝福的新生事物上,以此祝愿吉祥如意的礼俗)。玛尼明阿图用右手食指蘸起一点奶油涂抹在女儿的额头上,说道:“阿爸希望你能够健康、快乐、茁壮地成长。”

行完米拉礼,阿日娜与乌力罕、接生婆向玛尼明阿图和吉格肯告辞,布日玛将她们送出毡房。玛尼明阿图抱着女儿在毡房里转来转去,仔细端详着她,自言自语道:“看看她的眼睛,虽然闭着,眼缝却这么长,将来一定是一个大眼睛的女孩。再看她这挺挺的鼻子,棱角分明的小嘴,还有这饱满的额头,女儿长大了一定是一个既美丽又聪明的女孩。”

吉格肯靠在床榻上微笑地看着地上的父女俩,听玛尼明阿图喃喃自语,不由笑道:“哪有这样夸自己的孩子的,刚出生的孩子能看出什么啊。”

吉格肯嘴上虽然这样说着,心里却洋溢着幸福。她觉得这个生命的降临,使整个毡房充满了温馨,充满了爱的味道。

## 二、慈父严母

玛尼明阿图一看到乌讷楚脸上那颗黑痣，就会不由得想起那个梦境。他总觉得这是长生天对女儿命运的暗示，好多次他想把这个梦境告诉吉格肯，让她帮自己想想这个梦到底暗示着什么，但一想到自己掉下悬崖的情景，后背就会有一股寒气窜了出来。他尚且如此，如果吉格肯知道了，一定也会像自己一样担忧。因此，几次话到嘴边他又咽了回去。他极力抑制着自己不去胡思乱想，可是他对女儿的担忧却日益加深。

也许是因为这个缘故，玛尼明阿图只要一有空就会过来抱着女儿咿呀咿呀地说个不停。在乌讷楚六个月大的时候，玛尼明阿图就抱着她给她讲故事。

吉格肯笑话他说："你给她讲那些做什么，她能听懂什么。"

对吉格肯的取笑，玛尼明阿图充耳不闻，依然抱着乌讷楚喋喋不休地讲个不停。

乌讷楚一岁多的时候，就不再黏在父母身上，她总是一个人翻这看那的，她似乎对一切都充满好奇，能用她的小手将毡房内翻得凌乱不堪。布日玛笑着对吉格肯说："这个孩子跟奥巴岱和呼鲁格齐不一样，平时也不哭不闹，一个人蒙着头瞎害。"吉格肯偶尔会严肃地训斥她几句，而玛尼明阿图则说："随她去吧，只要能满足她小小的好奇心就可以。"

乌讷楚开始能简单地蹦出一些话语，说得最多的就是"不要"，不管谁要抱她或者和她说什么，她总是说"不要"。而只有玛尼明阿图说要抱一抱的时候，乌讷楚才会灿烂地笑着点头说"嗯"，然后赖在玛尼明阿图的怀里。玛尼明阿图用胡子扎她的小脸，她就咯咯地笑着揪玛尼明阿图的胡子。吉格肯总是笑着抱怨玛尼明阿图会宠坏了这个女儿，可这样的女儿无法不让玛尼明阿图疼爱。

明媚的阳光驱散了笼罩在克尔古特部上方的薄雾，喝过早茶的牧人们，拎着奶桶进入圈栏为那些马、牛、羊挤奶。憋了一晚的马、牛、羊，看到主人都围拢过来，亲昵地蹭着主人，等待主人为它们解除困扰。

挤完奶，牧人们将盛有鲜奶的奶桶拎回毡房前，将羊奶和牛奶分别倒入木制的大奶桶中，用来制作各种奶食品，将马奶装入一个挂在向阳处的大皮囊中，制作马奶酒。

以畜牧业为主的蒙古人，生活所需品皆来自于牲畜，牲畜的皮毛不仅可以制成衣服、鞋帽，蒙古包、褡裢、绳索等物资也都是用牲畜的皮毛来制成。

牲畜的肉和奶，就成了蒙古人最主要的食物来源。为了更好地储存这些食物，蒙古人就将牲畜的肉制成干肉，鲜奶做成各种奶食品，一方面是为了更好地储存，另一方面也是为了满足迁徙、过冬、战争之需。而马奶酒不仅能驱寒，而且能够舒筋活血，因此成为牧人们的最爱，家家户户一年四季都备有马奶酒。

玛尼明阿图家也不例外，布日玛侍奉玛尼明阿图和吉格肯喝完早茶后，就背着两岁多的乌讷楚来到毡房前，开始制作奶食品。

布日玛双手握着搅奶棒不停地在奶桶中搅拌着，额头渗出密密的汗珠。搅拌了一会儿之后，她抖抖身后的乌讷楚，用手挡在额前抬头仰望了一下，见天气晴好，转身进入毡房端出一个木托盘，托盘里放着已经做好的大小不一的奶酪。

布日玛将木托盘的一头顶在毡房边上，一头靠在腰上，将奶酪一块一块整齐地摆放在毡房顶上。可是，被绑缚了一早的乌讷楚已经失去了耐心，不甘心被继续绑在布日玛的背上，就不停地挣扎着，拍打着布日玛的后背，嘴里嚷嚷着："下来，下来。"乌讷楚搅得布日玛无法干活，只好将她放下来，叮嘱她在一旁看自己干活不许乱跑。

待布日玛将奶酪全部摆放到毡房顶上后，一转身，发现乌讷楚竟不见了踪影，立刻惊出一身冷汗。她不敢惊动再次怀孕的吉格肯，急忙放下手中的托盘，与侍女一起悄悄寻找。

玛尼明阿图正在大帐与图鲁、克舍，以及其他一些千户一起议事，大帐的门毡被掀起一条缝隙，乌讷楚像一只小羔羊一样，用头顶开门毡进入大帐，用稚嫩的声音喊了一声"阿爸"。

玛尼明阿图惊讶地站起身走到乌讷楚身边抱起她，问道："你怎么来了，谁和你一起来的？"

乌讷楚搂住玛尼明阿图的脖子说："我想阿爸了。"

玛尼明阿图轻轻拍拍乌讷楚的后背，又问道："你一个人来的吗？"

乌讷楚松开双手，揪着玛尼明阿图的胡子，笑着点点头。

玛尼明阿图亲亲乌讷楚的小脸，抱着乌讷楚坐回到首领的位置上。

克舍笑道："这孩子太聪明了，这么点个小人儿就能一个人找到这儿来。"

这时，布日玛找到玛尼明阿图的大帐来，当她看到玛尼明阿图怀中的乌讷楚时，用手拍着胸脯松了一口气，说道："吓死我了。"

布日玛走到玛尼明阿图面前伸出手，对乌讷楚说："走，跟嬷嬷回去。"

乌讷楚躲向玛尼明阿图怀中，摇头说："不！我要阿爸。"

玛尼明阿图笑着对布日玛说："你回去吧，就让她待在我这儿吧。"

从此，乌讷楚经常出现在玛尼明阿图的大帐，玛尼明阿图和各部首领们一起议事的时候，她就静静地坐在玛尼明阿图的怀中，小眼睛滴溜溜地追随着每一个发言的人，脸上的表情也随着他们议论的话题时而严肃，时而笑逐颜开。议事结束后，乌讷楚就打开了她十万个为什么的匣子，不停地向玛尼明阿图提问，玛尼明阿图则耐心地向她一一解答。

玛尼明阿图不仅在议事的时候抱着乌讷楚，就是在巡视牧场的时候，也总把她抱在怀里，给她讲解蒙古人如何选择牧场，为什么会有冬营盘和夏营盘的区别，讲解牲畜的成长规律，讲授如何训练骏马。玛尼明阿图讲完这些之后，就会带着她策马驰骋在草原上。他喜欢让她的小手和自己一起握住缰绳，喜欢看到她像一个训练有素的骑手，手握缰绳的样子。而乌讷楚也非常喜欢和阿爸同乘一骑驰骋在草原上，当呼呼的风从耳边掠过的时候，那种感觉就像在草原上自由地飞翔一般。

从乌讷楚出生到现在，图鲁和克舍目睹了玛尼明阿图对乌讷楚超乎寻常的慈爱。这一日，他们随玛尼明阿图一起巡视牧场，又看到玛尼明阿图爱女心切的情景，不由相视一笑。

他俩的表情没有躲过玛尼明阿图的眼睛，玛尼明阿图问道："你们笑什么？"

克舍笑着说："大哥，你好像第一次做父亲一样，看看你对乌讷楚的疼爱，就像得到了一件稀世珍宝。"

图鲁和克舍有一样的想法，因此微笑地看着玛尼明阿图，等着他回答。

玛尼明阿图微微一笑，用下颌轻轻触摸着乌讷楚的头发说："是啊，她就是我的稀世珍宝，我要尽我的全力让她得到最好的教育，给她最好的生活，让她无忧无虑快快乐乐地成长。"玛尼明阿图说这话的时候，严肃中带有些许的伤感。

图鲁和克舍见此情景，不解地互相对望了一眼。图鲁为了缓解气氛，赶紧说道："大哥这样疼爱妻女，搅得我的家都不得安宁了。"

玛尼明阿图不解地问道："这话怎么说？"

图鲁说："乌力罕总以你为榜样，对我是这也不满意那也看不惯的，整天像只乌鸦一样叽叽喳喳叫个不停。"

克舍坏笑道："那你就再娶一个老婆，让她们去互相叫着。"

图鲁也笑道："饶了我吧，你们还不了解乌力罕吗？如果再娶一个老婆，她会要了我的命的。"

克舍哈哈大笑着说："原来智勇超群的图鲁是一个怕老婆的人啊？"

玛尼明阿图和克舍一起哈哈大笑起来，图鲁也不好意思地笑了。

玛尼明阿图收起笑容又接着说道："乌讷楚现在还让我这样抱着她，等她再长大些就不会让我继续这样抱她了，所以我现在要好好珍惜眼前可以抓住的幸福。"

克舍说："是啊，小鹰总有翅膀长硬独自翱翔天空的那一天，女儿长大终究是要嫁人远离父母的。"

克舍提到小鹰，又让玛尼明阿图想起了梦境中的那只苍鹰，他抬头望向天空，眼中闪过一丝悠悠的目光，似乎在畅想着什么，又似乎在担忧着什么。

克舍问图鲁："我是不是说错什么了？"

玛尼明阿图回答道："你说得没错，女儿长大了终究是要嫁人的，可在我们这样的家族中，女儿的命运是无法揣测的。乌讷楚如果能顺顺利利地长大嫁人，哪怕是嫁给一个普通人，我也就放心了。可如今，你们也知道我们现在的处境，瓦剌已经四分五裂，人心不齐，而孛儿只斤家族(即成吉思汗家族)已经灭了兀良哈，势力日益强大，他们不会坐视我们强大起来，南朝(即明朝)一直没有放弃消灭蒙古的意图，战争随时有可能爆发。我们厌倦战争，退居到这个地方只想过平静祥和的生活，可是现实能允许我们这样多久？"

玛尼明阿图一脸的忧郁和无奈，他接着说道："百余年来，我们瓦剌和孛儿只斤家族为了称霸草原杀戮不断。当年，从绰罗斯部的首领猛哥帖木儿开始，他们几代人对孛儿只斤家族采取斩尽杀绝的办法。灭族的仇恨，使孛儿只斤家族将我们瓦剌视为肘腋之患。如果继续战争，瓦剌的现状——战，有可能会让瓦剌各部遭遇灭顶之灾；和，只能采用联姻的方式。如果将来乌讷楚不能按照她自己的意愿生活，万一被迫联姻，这不是毁了她一生的幸福吗？一想到这儿，我就不希望女儿来到这个家，倒不如生个儿子。"

玛尼明阿图不敢再想下去，他用手搓搓乌讷楚的头，又吻一吻乌讷楚的头发，长长地叹口气。

图鲁受玛尼明阿图的影响，也有些许的伤感，不由叹息道："唉，谁说不是呢，在我们蒙古，尤其是贵族家庭的女孩，别看出身高贵，可是长生天给她们安排的命运，有时还真不如一个普通人家的女儿呢。"

克舍安慰玛尼明阿图道："大哥也不用这样担心，让长生天来安排吧，她会保佑她的子民的。"

玛尼明阿图苦笑道："是啊，长生天早已为每一个人安排好了他们的命运,我现在能做到的,就是乌讷楚在我身边一天,我就要把我全部的爱都给她。”

玛尼明阿图就像他所说的那样,亲自教乌讷楚读书识字,给她讲蒙古族的历史故事、传说,而乌讷楚此时总是非常安静和专注。她对一切都充满好奇,无数个为什么似乎总盘旋在她的脑海,需要玛尼明阿图一一解答。看到女儿如此好学,玛尼明阿图对乌讷楚提出的为什么总是耐心地予以解释。

光阴如梭,乌讷楚像父亲期待的那样,出落成一个漂亮聪明的女孩,但她并没有像玛尼明阿图期待的那样成为一个温柔的小姑娘。她像一只自由自在的小羔羊,和哥哥这些男孩子们一起在草原上尽情地奔跑、嬉闹,经常蓬头垢面、衣衫不整地回来。每当这时,吉格肯就会严厉地训斥她,甚至会施予小小的惩罚。但吉格肯的训斥和惩罚一过,她就像什么事也没发生过一样,依旧跟随在哥哥们的身后。

她尤其喜欢看哥哥及赛因这些年长的孩子们在一起玩摔跤、射箭、骑马的游戏。有时,她不甘心只在一边拍手叫好,就学着父亲的模样对这些男孩子们指手画脚,指挥他们。奥巴岱嫌她碍事,总不耐烦地对她说:“去去去,这些游戏你玩不了,和苏丽雅找那些女孩子们玩嘎拉哈去吧。”

嘎拉哈是用牛羊的腿踝骨做成的,掷嘎拉哈是蒙古族女孩子们喜爱的一种游戏。嘎拉哈可多可少,四个就可以成局,玩耍的人多寡随意,一般分成两伙进行团体角逐。玩耍的时候,先把若干嘎拉哈撒在平坦处,然后捡起一个抛起,在其降落前把地上的嘎拉哈尽可能多地抓在手里,再接住抛起的那一个嘎拉哈,最后按手里抓起的嘎拉哈的个数记分,以积分高者为胜,但如果抓不住抛起的那一个嘎拉哈,就算失败。

乌讷楚对嘎拉哈这种女孩子玩的游戏似乎并没有太大的兴趣,她对骑马、射箭倒是情有独钟,总想跃跃欲试,可是奥巴岱哥哥总不让她参与。

这天,奥巴岱、呼鲁格齐、赛因带着他们的随从齐格奇、楚鲁、桑木及其他那可儿(伙伴的意思)一起摔跤,乌讷楚与苏丽雅也来凑热闹。奥巴岱认为乌讷楚这是在添乱,为了摆脱她的纠缠,他对齐格奇和楚鲁耳语了半天,然后让齐格奇教乌讷楚如何摔跤,乌讷楚欣喜若狂。

齐格奇煞有介事地向乌讷楚介绍了摔跤的一些要领,几次以示范为借口将乌讷楚摔倒在地。乌讷楚一次又一次倔强地从地上爬起来,说:“再来!”

奥巴岱坏笑着说:“齐格奇比你年龄大很多,你是摔不过他的,让楚鲁和你试一试吧。”

乌讷楚也学哥哥们做鹰飞跃状，双手挥舞着跃入场中。她抓住楚鲁的肩头与楚鲁交缠在一起，楚鲁忌惮小主人的身份不敢出手，只是一味地让着乌讷楚。乌讷楚抄腿、使绊子、甩大背，企图将楚鲁摔倒在地，可楚鲁像山一样稳健，无论乌讷楚用什么招数，他都能一一化解。乌讷楚小脸憋得通红，头发散乱开来，依然努力着试图取胜。

奥巴岱故意大声咳嗽一声，楚鲁扭头看一眼奥巴岱，奥巴岱冲楚鲁一努嘴，楚鲁点点头，一使力就将乌讷楚轻轻摔倒在地上。接连三次乌讷楚都被楚鲁轻松摔倒，乌讷楚颓废地坐在地上。

赛因是克舍的儿子，比乌讷楚大五岁，对乌讷楚犹如亲妹妹一般，见奥巴岱故意欺负乌讷楚，就走过去拉起乌讷楚说："来，我和你试一试。"

乌讷楚站起来拍拍身上的土，又和赛因交缠在一起。

乌讷楚的眼睛死死盯住赛因，乘赛因不备，突然使了一个绊子，赛因顺势摔倒在地上，乌讷楚兴奋地喊着："我赢啦，我赢啦。"

奥巴岱昂着头，对乌讷楚嘲讽道："那是赛因故意让你呢，就连齐格奇也不是赛因的对手，你以为你能赢得了他吗？"

乌讷楚扫兴地瞪着奥巴岱，恨恨地说："等我长大了再说！"

乌讷楚说完悻悻地离开，身后传来伙伴们嘲弄的笑声。

吉格肯正在毡房前搅拌挂在向阳处的一个皮囊，制作冬季取暖用的马奶酒。其其格带着乌讷楚三岁的弟弟布合库台在一旁玩耍着。布日玛则站在一个大木桶前，一手握着木棒用力地捣拌着，一手将一张羊皮塞入木桶中。捣拌了一会儿，她又俯身拎起身边的奶桶，将桶中的黄色液体倒入木桶中的羊皮上，又用木棒将羊皮浸入液体中。

蓬头垢面的乌讷楚回到吉格肯的毡房前，吉格肯看到出门时还被自己打扮得漂漂亮亮的女儿，此时又是松散着小辫，满身尘土地回来了，不由皱起眉头训斥道："又到哪疯玩去了？看你这一身的土。"

情绪低落的乌讷楚不理会吉格肯的训斥，径直向布日玛走去。

乌讷楚趴在木桶边上看着桶中的羊皮，问道："嬷嬷，你在做什么？"

布日玛说："熟皮子啊。"

乌讷楚好奇地问道："羊皮要做熟了才能用吗？"

布日玛"扑哧"一笑道："傻孩子，熟皮子就是把羊皮泡在酸奶的奶清中，等挂在羊皮上的油和干硬的肉皮泡软后，再刮掉它们，这样羊皮就会变得柔柔软软的，才能给你们做蒙古袍和羊皮被啊。"

乌讷楚皱着鼻子闻了闻说："怎么有股酸奶的味道？羊皮上沾上这种味道多难闻啊。"

布日玛说："这是席日乌苏(即奶清)，是酸奶沉淀后漂浮在上面的那一层清水，只有它才能让羊皮变得柔软。等晾干了，味道也就没有了。"

乌讷楚又问道："那酸奶又是怎么做成的呢?"

布日玛耐心地解释道："把鲜奶倒入木桶中，然后用木棍搅拌鲜奶，等鲜奶中的奶油漂浮出来后把奶油舀出来，然后把桶中的鲜奶密封起来让它发酵。两天之后，鲜奶就有酸味了。发酵的时间越长，酸奶就越酸，这样，鲜奶就变成酸奶了。"

布日玛的解释又打开了乌讷楚十万个为什么的匣子，她继续追问道："那奶皮子又是怎么做成的呢?"

布日玛一边捣拌着皮子，一边回答道："做奶皮子要先把鲜奶加热，等鲜奶沸腾以后，用勺子搅拌，让鲜奶产生沫子，然后再倒入一点生奶，直到奶中的脂肪形成一层黄色的奶皮，取出来放冷了，就变成你们常吃的那种奶皮子了。"

和布日玛的聊天，让乌讷楚很快忘记了先前的不快，她站在布日玛面前愉悦地说道："嬷嬷，让我来捣吧。"

布日玛让乌讷楚握住木棒，和乌讷楚一起捣了起来，乌讷楚兴奋地捣拌着，不时仰起头笑着看一眼布日玛。

吉格肯见乌讷楚对她不理不睬，只顾着与布日玛聊天，她从皮囊中取出搅拌的木棒放到旁边的竹篮里，用围裙擦擦手向布日玛和乌讷楚走来。

吉格肯看着蓬头垢面的乌讷楚，无奈地摇摇头皱着眉头又训斥道："我的话你听到了吗? 快去洗脸换衣服，你再这副模样回来，就罚你不准吃晚饭。"

布日玛放下手中的木棒，蹲在乌讷楚身旁悄声说："听阿妈的话，不然晚上没有晚饭吃了。"

乌讷楚顽皮地冲布日玛扮个鬼脸，双手捂在布日玛耳边也悄声说道："有嬷嬷在我不会饿肚子的。"说完，她悄悄拍拍自己的肚子，然后和布日玛一样，捂着嘴相视而笑。

其实吉格肯早就知道了布日玛和乌讷楚之间的小秘密，见她俩当着她的面还故作神秘，忍住笑看着忠心的布日玛和可爱的女儿。

布日玛站起身牵着乌讷楚的手进入毡房，端来一盆水为乌讷楚洗了脸和手，又从木柜里拿出衣服为乌讷楚换衣服。吉格肯进入毡房时，布日玛已经为乌讷楚换好了衣服，正在给乌讷楚梳头。

吉格肯见梳洗过的女儿又恢复了姣好可爱的容颜，觉得这个女儿实在淘气，没有一点女孩子的文静可人，不由又教训道："你一个女孩子，应该玩那些适合女孩子玩的游戏,看看你,每天把自己弄得像匹野马似的,哪有女孩子像你这样的。哼！和男孩子摔跤,你哪能斗得过他们。”

吉格肯的话又勾起了乌讷楚的伤心事,她泪汪汪地高声反驳道:“女孩子怎么了？哼！他们就是欺负我小没力气,等我长大了再说！”

听了乌讷楚的话,吉格肯和布日玛忍俊不禁,哈哈大笑起来。乌讷楚却认为阿妈和嬷嬷在嘲笑她,她感到委屈和恼恨,不由哭了起来。

毡房外传来玛尼明阿图洪亮的声音:“什么事这么开心？大老远就听到了你们的笑声。”

驯马归来的玛尼明阿图满面通红地进入毡房。一看到玛尼明阿图,乌讷楚泪流满面地扑向玛尼明阿图的怀抱。

看到乌讷楚流泪,玛尼明阿图赶紧抱起乌讷楚,疼爱地问道:“是谁惹我的宝贝女儿生气了？告诉阿爸,阿爸用马鞭子抽他。”玛尼明阿图抱着乌讷楚坐到床榻上。

吉格肯笑道:“你就惯着她吧,一个女孩子没点女孩样,整天和男孩子搅在一起学什么打仗摔跤的。”

玛尼明阿图故作惊讶状,看着乌讷楚说道:“女孩子怎么啦,我的乌讷楚就要做草原上的女英雄,是不是?”

乌讷楚搂住玛尼明阿图撒娇道:“就是嘛。”

玛尼明阿图拍拍乌讷楚的后背说:“女英雄是不轻易流眼泪的。”

乌讷楚松开玛尼明阿图赶紧拭去眼泪望向玛尼明阿图。

玛尼明阿图笑着掐一掐乌讷楚的脸庞说:“这就对了。来,现在告诉阿爸是谁把你弄哭了?”

乌讷楚委屈的眼泪又涌进眼眶,但是她极力忍着没有流下来,委屈地说:“是奥巴岱哥哥,他让齐格奇、楚鲁和我摔跤,故意欺负我。”

玛尼明阿图哈哈大笑,问道:“你输啦?”

乌讷楚难为情地点点头。

玛尼明阿图把乌讷楚放到地上,抓住乌讷楚的双肩,说:“你今年才五岁,无论年龄还是力气你都已经输给他们了,明知道自己要输,为什么还要去尝试呢？你应该蓄积力量,等你有能力的时候再去和他们较量。”

吉格肯插话道:“一个女孩子任何时候都赢不了男孩子的,你教她这些干什么。”

玛尼明阿图对吉格肯的话置若罔闻,依然对乌讷楚说道:“如果输了就躲回家偷偷抹眼泪,那是懦夫的表现。出去玩吧,让他们看看我的宝贝女儿是胜不骄败不馁的女豪杰。”

乌讷楚笑嘻嘻地应一声"哎!"转身跑出了毡房。

吉格肯不满玛尼明阿图对女儿的教育方式,埋怨道:"一个女孩子就该文文静静的,你看看苏丽雅,什么时候都温柔可人的,而我们的女儿就像一匹脱缰的野马,你还这样教她。"

玛尼明阿图笑道:"只要我们的女儿健健康康的,她想怎么样就怎么样吧,约束她干什么,再说这样的时光不知还能存续多久。"

吉格肯听玛尼明阿图这样说,紧张地问道:"怎么了? 发生什么事了吗?"

玛尼明阿图自知失言,急忙掩饰道:"没有没有,我的意思是女儿一转眼就要长大嫁人了,她在我们身边的时候就不要约束她了,让她自由自在按照自己的意愿去生活吧。"

吉格肯松口气,也笑道:"那也不能一味地由着她的性子,该管的时候也要管一管,不能就这样惯着她啊。"

玛尼明阿图没有听从吉格肯的劝告,依然用自己的方式宠爱着乌讷楚,只要是乌讷楚所求,他总是一一满足。

## 三、目睹杀戮

秋风轻轻地拂过，凉意悠悠，携着一片柔情。大雁排着整齐的雁阵，从天高云淡的空中向南飞去。涓涓流淌的河水伴随着悠扬的牧笛声，由近渐远地绵延在披上了金色盛装的哈密草原上。

克尔古特部落的人们为即将到来的冬季忙碌着。那些强壮的男人们，有的在检查修理着马鞍、马镫、马嚼子；有的在制作新的毛毡，等到了冬季为毡房遮风挡雪；有的在搅拌挂在向阳处的皮囊，制作冬季取暖用的马奶酒。那些妇女们，有的在不停地搅拌着奶桶，准备制作过冬的奶食品；有的翻转着晾晒在毡房顶上的奶豆腐、奶酪和挂在绳子上的干肉；有的在做蒙古袍和冬靴。而那些老人们也不闲着，有的熟练地用羊毛掺和着马毛、牛毛制作着各种绳子，用来加固毡房和圈栏；有的在精心制作着囊袋和褡裢，用来装裹冬季的食物。

最幸福的也许就是那些小孩子们了，有些孩子把帮助大人干活当成一种乐趣，有些孩子则在大营内无忧无虑地玩着喜爱的游戏。

吉格肯的毡房的地上铺着几张已经熟好的羊皮。她单膝跪在地上，一手抓着羊皮，一手拿着一把剪刀，熟练地将羊皮剪成大小不一的形状，为孩子们裁剪过冬的蒙古袍。

毡房的桌上铺着一张牛皮，布日玛正在娴熟地用刀将牛皮裁成一条条细线，让吉格肯缝制蒙古袍的时候当线用。乌讷楚坐在桌子一旁，仔细地将布日玛裁出的线一根根绕成团，放在桌旁的木托盘中。

玛尼明阿图大踏步地进入毡房，蹲在地上的吉格肯听到脚步声，停止了手中的剪刀，抬头看了一眼玛尼明阿图，笑着问道："又要去巡视牧场了吗？"布日玛看到玛尼明阿图站起身相迎，玛尼明阿图走到桌前，伸手掐一掐乌讷楚的小脸，答道："是啊，冬天就要到了，秋草还没有打完，我去看看。"

乌讷楚放下手中的线团，跳下凳子扑向玛尼明阿图，急急说道："阿爸，我也要和你一起去。"

吉格肯阻拦道："阿爸有事，你就在这儿帮阿妈和嬷嬷吧。"

乌讷楚摇晃着玛尼明阿图的胳膊说："不嘛不嘛，我要和阿爸一起去。"

玛尼明阿图摸摸乌讷楚整齐的小辫子，笑道："好，和阿爸一起去。"

吉格肯放下剪刀站起身，笑着抱怨道："你从来不知道拒绝你的女儿。"

玛尼明阿图笑着看一眼吉格肯，拉起乌讷楚的小手转身向毡房外走去。

吉格肯让布日玛跟着一块去，布日玛放下手中的刀，急忙跟随玛尼明阿图和乌讷楚走出毡房，吉格肯看着他们离去的背影微笑着摇摇头。

玛尼明阿图带着乌讷楚、布日玛来到大帐，图鲁、克舍早已带着侍卫牵着马等候在大帐前，他们看到玛尼明阿图微笑着迎上来。

侍卫牵过马，玛尼明阿图上了马，布日玛将乌讷楚抱上玛尼明阿图的马，自己也骑上了一匹马。图鲁、克舍及侍卫也急忙上马，一行人向牧场策马奔去。

牧场上，牧人们干完家里的活儿也聚到了这里，他们撩起蒙古袍的一角掖在腰带上，一边唱着歌，一边挥舞着刀割草，身边堆放着一堆堆为牲畜过冬准备的青黄相间的牧草。

孩子们在草地上嬉笑着、打闹着。他们用草编成花篮，在草丛中寻找着依然盛开的鲜花，小心翼翼地折下来放进花篮里。有些小女孩把鲜花插在编好的花环上戴在头上，有些干脆直接把花插在了小辫上，彼此摆着小手打着招呼，互相显摆着美丽。

在他们的身后，成群的马、牛、羊和骆驼悠闲地觅食，猎犬吐着长长的舌头警戒地东张西望着，不时跑到主人身边摇尾讨好。

看着人们忙碌的背影，听着此起彼伏的、嘹亮的歌声，玛尼明阿图欣慰地说："长生天保佑，这几年一直没有战事，水草丰美，羊肥马壮，我们的族人又可以度过一个安稳的冬季了。"

克舍脸上呈现出满意的神情，笑着说："谁说不是呢，没有战争，族人们才能安心地生活。先祖真是英明，当初带着整个部落来到这里真是明智之举。"

图鲁也说道："听说蒙古右翼在阿勒坦汗的带领下，势力越来越强大，就连达赉逊大汗也敬畏他几分。此人还一再派使者向南朝求和，看来他也不是一个好战之士，有他在，也许我们瓦剌与他们还能相安无事。"

玛尼明阿图却忧心地说："那可不一定，蒙古人血液里带来的东西是无法改变的。当年灭族的仇恨，孛儿只斤家族的后人不可能忘记的，他们是绝不会让瓦剌再次强大起来的。再者说，孛儿只斤家族征服兀良哈的目的是什么，不就是为了控制草原吗？他们现在不是忘记了仇恨，而是集中精力各个击破，再次来征服瓦剌是迟早的事情。所以我们现在不能掉以轻心，不要让安逸的生活蒙蔽了我们的头脑，所以平时的操练一刻也不能放松，要做好随时应战的准备，同时派人深入蒙古右翼，仔细打探他们的动向。"

图鲁和克舍严肃地齐声应道："是！"

突然远处扬起一片尘土，一匹马快速向玛尼明阿图飞驰而来。待他看清滑下马背伏在地上的人正是派出的探子时，他明白自己所担心的事情终于发生了。

不待探子喘口气，玛尼明阿图便急忙问道："是哪一部分？"

"南朝军队。"探子简短地回答道。

玛尼明阿图大喊一声："吹响号角。"

玛尼明阿图迅速将怀中的乌讷楚递给旁边的布日玛，简短又快速地说道："带乌讷楚速回大营。"

又一匹快马疾驰而来，马上的士兵还没等到达玛尼明阿图面前就急切地喊道："诺延，不好了，大营后方发现了南朝的军队。"

号角呜呜，牧场上忙碌的人们听到号角声都直起身来瞭望，看到群马奔腾踏起的灰尘犹如乌云遮盖了半边天，他们急忙拿起马刀吹响口哨，呼唤着自己的坐骑。然而为时已晚，未等克尔古特部的勇士们集合起来，一阵急促的马蹄声由远及近，明军像一阵风一样呼啸而来，把牧场枯黄的草和鲜花踩得稀烂，那些未被踩踏的鲜花，也被马蹄带起的泥巴砸得低下了头。

明军所来的方向正是草原的上风头，他们策马从牧场疾驰而过，用火把点燃了草场，然后将火把扔到草地上，又像一阵风一样疾驰而去。

已经枯黄的秋草遇火即燃，借着风势迅速蔓延开来，刹那间，"风吹草低见牛羊"的草原变成了熊熊火海。牧人们被这突如其来的状况惊得不知所措，马、牛、羊和骆驼发疯一般四下逃窜，猎犬瞪着愤怒的眼睛看着大火，大声地吠叫了几声，也绝望而去。

采花的孩子们见此情景，扔掉了手中的花篮，一边呼喊着阿爸阿妈一边急速奔跑着，有的孩子跑几步就跌倒了，头上的花环跌落在一旁也顾不上去捡，赶紧爬起来再跑，有的干脆吓软了双腿跌坐在地上放声大哭起来。醒过神来的人们发现坐骑早已逃生去了，只好徒步向那些孩子们跑去，企图帮他们一起逃离险境。然而，大火无情地吞噬着，一个个牧人和孩子，还有大量的马、牛、羊、骆驼，在人们的尖叫声和牲畜的嘶鸣声中倒在火海，痛苦地抽搐着，葬身在这无情的火海中，就连那些野生动物也不能幸免于难，成为陪葬品。

玛尼明阿图颤抖的双手紧紧攥着缰绳，他瞪着双眼看着眼前的惨景，额头的两侧，青色的血管跳动着。他胯下的黄膘马，似乎非常理解主人的心情，张着漆黑的鼻孔低声嘶鸣着，四只像铁锤一般的蹄子狠狠敲打着地面。

玛尼明阿图一抖缰绳，准备策马冲进火海去救人，图鲁一把拽住玛尼明阿图的缰绳,急切地说:“大哥,不可,要顾全大局。”

一旁的克舍气愤地哇哇大叫,骑着马在原地打转,眼睛却始终望向火海中的牧场和挣扎的人们。

玛尼明阿图痛苦地闭上眼睛,大声喊道:“速回大营!”

说话间,玛尼明阿图、图鲁、克舍等人已经调转马头疾驰起来,向大营的方向奔去。

大营后方的明军亦手持火把冲向大营,他们从大营两侧疾驰而过,将手中的火把扔向大营中,点燃了大营中的毡房。大营内的牧人们手忙脚乱地开始扑火,一些人拿起身边的武器企图阻止明军,却被明军手起刀落,身首异处。明军就像过客一样,不做丝毫停留,放完火后也不恋战,风驰电掣般离去。

在秋风的助长下,大火势不可当,大营内顿时浓烟滚滚,火焰冲天。家犬和牲畜夺路而逃,毡房外的牧人们不顾一切地扑火,毡房内的人们连滚带爬地逃出毡房,来不及逃生的老人妇孺葬身在火海中。

就在这片刻之间,鲜血、火海、哭声、喊声组成一幅惨不忍睹的景象。

布日玛带着乌讷楚急匆匆回到大营的时候,被眼前的这样一幅惨景惊呆了,她勒住马的缰绳,呆立在原地,不知道该何去何从。她怀中的乌讷楚,是第一次看到这样血腥的场面,她看着大火在无情地吞噬着草原,看着一个个活生生的生命在自己眼前挣扎、消失,一声声惊恐的尖叫声和悲戚的呼救声此起彼伏,掩盖了回荡在耳边的歌声、笑声。她澄澈的双眸满是惊恐,小手紧紧抓住布日玛的胳膊。此时,她虽然仅仅只有七岁,却给她留下了挥之不去的记忆。

乌讷楚的小手抓醒了愣怔的布日玛,她想起了还在大营中的吉格肯母子,顾不上悲戚和恐惧,急忙策马进入大营,一边向吉格肯的毡房奔去,一边在混乱的人群中寻找着吉格肯的身影。

当玛尼明阿图、图鲁和克舍带着聚集起来的克尔古特部的勇士们回到了大营,明军已经绝尘而去。看着熊熊燃烧的大火和被浓烟遮盖了上空的大营,泪水在玛尼明阿图他们的眼中闪动,本以为又能度过一个安稳的冬季,可转瞬间,死亡的阴影却笼罩在了每个人的心头。

玛尼明阿图无奈地命令士兵迅速抢救尚在火海中逃命的人们,以尽量减少人员的伤亡和财产的损失。

克舍愤怒地挥舞着马刀,冲着明军离去的方向狂喊道:“南蛮子,有本事别跑,真枪真刀地来打一场。”

图鲁像在询问又像是在自语:“南军以往只是在他们边境附近的部落

搞破坏,我们远离南朝边境,今天怎么会突然来了呢?”

玛尼明阿图看着眼前的满目疮痍的草原,悲戚地说道:“南朝的几代皇帝都没有放弃剿灭蒙古的决心,他们深感平定蒙古不是那么容易,虽然他们大兴土木修造了长城和城堡、严兵设防,但还是难以抵御蒙古人的入侵,所以,不管远近,他们都会派出军队深入草原纵火焚烧草场,赶走牲畜,偷袭蒙古后方老营,目的就是要破坏蒙古的畜牧业,使蒙古骑兵缺少军备,减轻临边骚扰的威胁啊。”

克舍气愤地说道:“骚扰? 是他们骚扰我们才对,难道非要把蒙古人赶尽杀绝才甘心吗?”

图鲁也气愤地说:“我们蒙古人虽然以肉食为主,但也离不开粮食,只能用马牛羊和汉人换取粮食,是因为他们对草原实行经济封锁,严令禁止蒙古人和汉人交易,才使我们的很多部众一年四季只能穿着羊皮做的蒙古袍。直到现在,我们还有很多人没有铁锅,煮肉烧水都成问题,只能用石板烤肉,喝生水解渴,蒙古人也是为了生存,才不得已南下中原去抢掠,这难道是我们的错吗?”

“大哥,我实在咽不下这口气,让我带人去追杀那些南蛮子吧!”克舍使劲挥舞着马刀气愤地狂喊着。

一些将领也气愤得暴跳如雷,纷纷要求玛尼明阿图下令让他们去追杀明军,玛尼明阿图摆摆手制止了克舍和那些将领,下了马拖着沉重的脚步向大营走去。

大营内,悲痛的哭喊声此起彼伏,有些人为失去亲人而哭,有些人为失去牲畜和毡房而哭,有些人因担忧而悲泣。

以畜牧业为主的蒙古人,对牲畜的爱惜不亚于汉人对庄稼的爱惜,因为牲畜是蒙古人赖以生存的物资,他们的生活所需品皆来自于牲畜。每年冬天如果不能筹备足够的过冬物资,人与牲畜都将遭遇生存威胁。这次的破坏活动对克尔古特部而言,打击是致命的, 因此,人们才会如此悲伤绝望。

理智让玛尼明阿图收起悲伤,他命令图鲁带着一些人去追赶那些被明军冲散的马牛羊,吩咐克舍带人去把那些明军杀死的马牛羊捡回来,让他们把那些还能用的牲畜的毛皮分给被烧毁毡房的族人,供他们过冬御寒,把肉分给各户作为储备的食物。

图鲁和克舍离去后,玛尼明阿图和侍卫也投入到灭火大军中,看到大营的火势渐渐被控制住,玛尼明阿图才略感欣慰。

那些失去亲人和毡房的族人们来到玛尼明阿图面前,纷纷跪哭在地,问玛尼明阿图："诺延，我们怎么办，这让我们怎么活下去啊？"

玛尼明阿图环顾一下部众，悲伤复又袭来，他高声说道："族人们，遭遇这样的不幸是谁也不愿意看到的。你们放心，只要我玛尼明阿图还在，每一个人都不会挨饿受冻的。我们每个人要团结一致，共同渡过难关，要饿一起饿，要冻一起冻，我们一定会渡过这个难关的。"

听到玛尼明阿图的承诺，族人们才又回到自己的毡房前收拾残局。

一名千户带着一个梳着满头小辫、满脸黑灰的小女孩来到玛尼明阿图面前，他指着小女孩问玛尼明阿图："诺延，这个女孩儿的家被烧毁了，父母也被烧死了，该怎么安置她？"

小女孩用惶恐不安的大眼睛看着玛尼明阿图。玛尼明阿图见这个女孩和乌讷楚年纪相仿，便蹲在小女孩面前，伸手抓住了她的双臂，发现这个小女孩身子像筛糠似的颤抖。身为诺延却不能保护自己的部众，玛尼明阿图的心像刀绞一般，泪水迅速模糊了他的眼睛。但他此时不能表现出自己的脆弱，每一个部众都在看着他呢。于是，他眨眨眼睛，硬生生地将眼泪逼了回去，轻轻替女孩擦拭了一下脸上的黑灰，努力挤出一丝笑容，关切地问道："你叫什么名字，今年几岁啦？"

小女孩怯怯地答道："我叫朵兰，今年八岁了。"

玛尼明阿图深呼一口气，说："我家里有一个和你一般大的女儿，你愿意和我们一起生活吗？"

玛尼明阿图关怀的话语，似乎消除了朵兰内心的恐惧，她忽闪着明亮的大眼睛点了点头。玛尼明阿图对朵兰微微一笑，站起来携起朵兰的手，向自己的毡房走去。

玛尼明阿图带着朵兰回到毡房，吉格肯急忙迎上来，疼惜地看看自己的丈夫，扶着他坐到床榻上。其其格端来一碗热腾腾的奶茶递给吉格肯，吉格肯将茶碗递给玛尼明阿图，然后好奇地看看朵兰，问道："这个孩子是哪来的？"

玛尼明阿图接过茶碗，叹口气说："唉，又一个孤儿，以后就让她跟着乌讷楚吧。"

提到乌讷楚，玛尼明阿图这才想起了女儿，他顾不上喝奶茶，急切地问吉格肯："我们的女儿怎么样了，有没有受到伤害？"

吉格肯站到玛尼明阿图的身旁，双手抚摸着他的双肩，柔声说道："她还好，只是第一次见到这样的场面受到了惊吓，叫孛额（萨满师）过来驱驱邪就可以了。"

玛尼明阿图见吉格肯说得轻描淡写，心里略微轻松了一点，但还是不能放心，立刻让其其格叫布日玛将乌讷楚带过来。

布日玛带着乌讷楚进入吉格肯的毡房，乌讷楚一见到玛尼明阿图，带着哭音叫了一声“阿爸！”便扑进玛尼明阿图的怀里，仿佛玛尼明阿图的怀抱是这个世上最安全的港湾。

玛尼明阿图一边抚摸着乌讷楚的头，一边对乌讷楚说：“别怕，我的孩子！有阿爸在，阿爸会保护你的，决不会让你受到任何伤害。”

乌讷楚乖巧地伏在玛尼明阿图的怀里，在玛尼明阿图温暖的双手抚摸下，内心的惊恐渐渐消失而趋于平静。

乌讷楚也看到了站在旁边的朵兰，指着朵兰问道：“阿爸，她是谁?”

玛尼明阿图向朵兰招招手，朵兰走到玛尼明阿图面前。玛尼明阿图拉过朵兰对乌讷楚说：“孩子，我给你找了一个小伙伴，以后让她来陪伴你，好吗?”

听玛尼明阿图这样说，布日玛和乌讷楚将目光投向朵兰。朵兰瘦小的身体裹在宽大的蒙古袍里，袍子上洁白的羊毛已经变成了灰黑色。她满头的小辫散乱着，圆圆的脸上，一双清澈的大眼睛透着机灵。

朵兰见乌讷楚看着自己，也直直地看着乌讷楚。

玛尼明阿图又对朵兰说：“她叫乌讷楚，你是姐姐，以后你要多照顾她。”

朵兰单膝跪下，双手放在膝上向玛尼明阿图行礼，乖巧地说：“是，主人。”

随后，朵兰站起身又屈膝向乌讷楚行礼。吉格肯见朵兰小小年纪便如此知礼，一下子就喜欢上了她，疼爱地将她揽在怀里，用手轻轻抚摸着她的头发。刚刚失去亲人的朵兰，没想到这个世上还有人像母亲一般这样拥抱她、抚摸她，眼泪不由得扑簌簌滑落下来。

吉格肯替朵兰拭去眼泪，说：“孩子，以后就把这儿当成自己的家，我们都是你的亲人，都会保护你的。”

吉格肯让朵兰与乌讷楚住在一起，由布日玛照顾她们俩。没有姐妹的乌讷楚真的把朵兰当成了自己的姐姐。她们同吃同睡，一起玩耍，犹如亲姐妹一般形影相随。

## 四、结缘汉文

经过明军这一次烧荒、捣巢、赶马的破坏活动,克尔古特部损失惨重。除了老弱妇幼,很多青壮年也惨死在草原的烈火中,极大地削弱了克尔古特部的防御力量。于是,玛尼明阿图下令,凡高过勒勒车车轮的男子必须加入军事训练,以加强防范和抵御。奥巴岱、呼鲁格齐和赛因及其随从齐格奇、楚鲁、桑木也加入了训练的队伍。

乌讷楚看到哥哥和伙伴们都进入军营进行训练,也想和他们一起去,但是这一次,无论她怎么乞求,玛尼明阿图都没有答应她。

乌讷楚带着朵兰每天趴在校场的栅栏上,眼巴巴地看着哥哥们训练。奥巴岱每次看到她,总是抛给她一个得意的微笑。乌讷楚一看到奥巴岱这样的表情,就气得鼓着腮帮子直瞪眼睛。

为了达到进军营训练的目的,乌讷楚每天都带着朵兰到玛尼明阿图那儿去乞求。在乌讷楚的软磨硬泡下,玛尼明阿图只好答应安排师傅专门教她和朵兰骑术。

师傅教得用心,徒弟学得认真。聪明过人的乌讷楚和朵兰仅用了一天的时间就掌握了骑马的全部要领。没过多久,两人就能够策马在草原上奔驰了。

但乌讷楚并不满足于此,因为她又看到哥哥们在练习射箭,因而又缠着玛尼明阿图要学习箭术。玛尼明阿图拗不过她,只好又安排了一位哲别(意为箭术高超的人)师傅教她和朵兰箭术。

在高师的指点下,很快,乌讷楚站立射箭就已经能达到百发百中。但是奥巴岱他们又开始学习骑射了,贪心的乌讷楚不甘心落在哥哥们后面,就缠着哲别师傅教她骑射。哲别师傅见小小年纪的乌讷楚聪明好学,非常喜欢这个女弟子,就将自己浑身武艺无一遗漏地倾囊教给了乌讷楚。

乌讷楚和朵兰白天和师傅学习骑射的要领,晚上偷偷跑到树林里去苦练,虽然寒风已随着冬季的脚步来临,但她们的热情驱走了寒冷。

经过几个月的勤学苦练,乌讷楚和朵兰的骑射本领已经不亚于她的那些哥哥们了。

这天训练完后,哲别师傅大大赞扬了乌讷楚和朵兰一番。乌讷楚兴冲冲地带着朵兰去向玛尼明阿图汇报。刚走到毡房门口,她听到玛尼明阿图说:"秋末冬初是打猎的好季节,奥巴岱和赛因的训练也有一段时间了,我们应该带他们去打一次猎,好在实战中检验他们训练的效果。"

乌讷楚又听到克舍说:“好啊,等第一场雪到来的时候就带他们去。”

乌讷楚本想进入大帐请求玛尼明阿图带她和朵兰一起去,可她想起了玛尼明阿图拒绝她进入军营的坚定目光时,在门口犹豫了半天,怕自己的请求再次被拒绝,就拉着朵兰悄悄离去。

乌讷楚这一反常的表现让朵兰感到疑惑,这个任性的小主人早就想去打猎试一试自己的骑射了,这次为什么没有去乞求诺延呢?接下来的日子,乌讷楚的练习更加勤奋了,朵兰看到小主人除了训练更加刻苦外,也没有其他的变化,便没将此事放在心上。

冬天转眼就到了,这天清晨,乌讷楚还躺在温暖的羊皮被中,朵兰夹带着一股寒气进入毡房。她一边烤火一边说:“哎呀,还不起床啊,快起来吧,早茶已经准备好了。”

乌讷楚仿佛没听到一般,依然一动不动地躺在床榻上。朵兰走过去坐到床榻上,打开床榻上的木柜,从里面拿出一件皮坎肩,对乌讷楚说:“下雪了,外面很冷,你把这件坎肩穿上吧。”

乌讷楚听到朵兰的这句话,一骨碌翻起身跳下床榻,赤脚跑到毡房门前,掀开门毡,一股冷风立刻窜了进来,但她浑然不顾,依然将头探出毡房门外。看到外面白茫茫的一片,她兴奋地喊道:“太好了!太好了!”

乌讷楚放下门毡,还未等转过身,她的声音已经飘进了朵兰的耳朵:“朵兰,快准备一下,我们和阿爸一起打猎去。”

乌讷楚回到床榻上,一边穿衣服一边说:“我听师傅说九月狐狸十月狼,这时候猎取的狐狸,皮子成色好,绒毛密,特别珍贵,错过了此期间猎取的狐皮,就成了‘老羊皮’,不适合做裘皮了。而且在雪天,狐狸出来觅食就会在雪地上留下脚印,这样更容易找到狐狸。我要亲自去猎一只狐狸,给阿爸做一条狐皮围脖。”

朵兰以为乌讷楚背着她已经征得了玛尼明阿图的同意,兴奋地问道:“诺延答应带我们去打猎了?”

乌讷楚没有回答,只是诡秘地对朵兰一笑,然后坐到床榻上穿靴子。

看到乌讷楚那诡秘的表情,朵兰的脸上闪过一丝失望。她与乌讷楚朝夕相处,这个表情,让朵兰立刻猜到她心中肯定有了什么诡计。朵兰刚想开口劝阻,但又不想扫她的兴,思索了片刻计上心来。

朵兰嗫嚅地对乌讷楚说:“小姐,我昨天把弓箭落在嬷嬷那儿了,你等我一下,我去取回来。”

乌讷楚站起身,一手叉在腰间,一手指着朵兰说道:“你呀,让我说你什么好,快去快回。”

朵兰眉开眼笑地“哎”了一声，转身向毡房外跑去，听到乌讷楚在后面喊道：“不要让嬷嬷知道了。”

乌讷楚穿戴整齐，焦急地等待着朵兰。不大一会儿，朵兰垂头丧气地与阴沉着脸的布日玛一起回来了。

朵兰怕乌讷楚擅自出去打猎，自己此时还没有能力保护她，万一让小主人遭遇什么不测，她可是担当不起的。但她知道自己无法阻止乌讷楚，于是将此事告诉了布日玛。

看着朵兰的模样，乌讷楚又不敢当着布日玛的面训斥她，气得直瞪眼。

布日玛沉着脸，不容反驳地对乌讷楚和朵兰说道：“诺延打猎回来之前，你俩谁也不能离开大营。朵兰，如果小姐敢去打猎，我就让阿噶把你卖掉。”

布日玛说完转身离去，乌讷楚这才气得大骂朵兰是叛徒。朵兰急忙解释自己的用心，乌讷楚捂着耳朵气呼呼地坐到床榻上。她虽然有些不甘心，但又怕自己任性而为，阿妈真的会把朵兰卖了，只好作罢。

傍晚，乌讷楚与朵兰正在毡房里帮布日玛干活，一名侍卫抱着一个小女孩走了进来。布日玛急忙起身询问缘由，侍卫简短地说了医师的意思，布日玛让朵兰出去端一盆雪进来。

朵兰立刻端回来一盆雪，布日玛解开小女孩的衣服，将雪放在小女孩身上开始轻柔地搓起来。

乌讷楚不解地问布日玛：“嬷嬷，她已经冻僵了，应该立即给她烤火让她暖和起来，为什么还要用雪搓她的身体呢？”

布日玛解释道：“对冻僵的人如果直接用火来烤，会要了她的命的。来，别闲着，帮我一起搓。”

乌讷楚与朵兰也捧起雪来，像布日玛一样，轻柔地搓着小女孩的双臂。渐渐地，女孩身上开始泛红，人也不再僵硬，鼻息能看到隐隐的白雾，布日玛长吁了一口气。

布日玛给女孩穿好衣服后，对朵兰说：“去取碗马奶酒来让她喝下，她很快就能苏醒过来了。”

朵兰端来一碗马奶酒递给布日玛，布日玛将马奶酒缓缓倒入女孩的嘴里。过了不大一会儿，女孩慢慢睁开眼睛，惊恐地看着布日玛、乌讷楚和朵兰。

布日玛伸手想抚摸女孩，女孩向后缩了缩身子，四下张望，哆哆嗦嗦地问布日玛：“我爹呢？我爹在哪里？”

女孩说的是汉语，乌讷楚一句也听不懂，茫然地看看布日玛。布日玛也与她一样，不知女孩在说什么，乌讷楚只好用蒙语问道：“你在找什么？”没想到女孩能听懂蒙语，她抓住乌讷楚的手用蒙语急切地问道：“我的父亲在哪里？”

乌讷楚拉起女孩的手说：“来，我带你去找你的阿爸。”

乌讷楚拉着女孩的手来到玛尼明阿图的毡房，那个被玛尼明阿图一起救回来的男人经过医师的抢救刚刚醒了过来，一睁开眼就焦急地用汉语问道：“女儿！我的女儿呢？”

女孩看到床榻上的男人，叫了一声“爹”，就扑入男人的怀中。父女俩抱头痛哭，凄惨的哭声令在场的人无不动容。

众人不知道他们到底发生了什么事情，也不相劝，任由父女俩痛哭。他们哭了一会儿，女孩才抽抽噎噎地将布日玛和乌讷楚救她的事告诉了父亲。女孩的父亲起身拉过女儿一起跪倒在玛尼明阿图面前，用蒙语说道：“恩人，您是我们爷俩的救命恩人，今后，我崔家贤和女儿的性命就是你们的了，你们让我做什么我就做什么，即使你们想要我们的性命，我们也不会说一个‘不’字。”

玛尼明阿图扶起崔家贤坐到床榻上，问道：“你会蒙语？你们为什么会冻僵在这深山老林里？”

经过交谈，大家了解到崔家贤经过十年寒窗苦读考取了举人，因无钱买官，被安排在甘肃镇一个偏远的县衙任职。崔家贤的夫人略有几分姿色，不巧被知县看到了，当晚就派人掳了崔家贤的夫人。崔家贤的夫人忠烈，不堪忍受凌辱咬舌自尽。崔家贤无力反击，只好忍辱负重，伺机替夫人报仇。由于他一直默不作声，知县以为他胆小怕事，就慢慢放松了警惕。几个月后，知县与豪强又一次出去寻欢作乐喝醉了酒，崔家贤与侍卫一起将他送回府中。他借机支开侍卫，侍卫对知县也早已是敢怒不敢言，听到崔家贤要照顾狗官，各个乐得清闲都出去了，于是崔家贤杀了知县，连夜带着女儿出逃了。

崔家贤刺杀知县的事情很快就被人发现了，官府派出大量人马四处搜寻，到处张贴捉拿他的布告。他整日提心吊胆，带着女儿东躲西藏，没过多久，身上所有的银两都用完了，他和女儿只好风餐露宿，一路躲到这深山老林里，不想又遇上了大雪，饥寒交迫的他搂着女儿绝望地躲在一棵大树下。

他哽咽地说道：“我以为我和女儿就要葬身在这荒野之地，没想到遇到你们这些好心人救了我和女儿的性命。”

他声泪俱下的讲述，使在场的每个人都十分同情他的遭遇。玛尼明阿图关切地问道：“你们还有可以投靠的亲友吗？”

崔家贤擦擦眼泪,悲戚地摇摇头。

乌讷楚走到玛尼明阿图身边,附在玛尼明阿图的耳边悄悄地说:“阿爸,我喜欢这个女孩,我们把她们留下来吧,好吗?”

玛尼明阿图微笑地看看崔家贤和那个女孩,对乌讷楚说:“我的女儿怎么说就怎么办吧。”

玛尼明阿图转头又对崔家贤父女说道:“如果你们不嫌弃,那就留下来和我们一起生活吧! 我看你的女儿和我的女儿年龄差不多,正好我的女儿也可以多一个伙伴。”

图鲁对崔家贤说:“这是我们克尔古特部的诺延,以后,你们就可以安心在这儿生活了。”

崔家贤再次拉着女儿跪倒磕头,感谢玛尼明阿图和乌讷楚。

他起身拉过女儿对乌讷楚说:“小姐,如果您不嫌弃凤儿笨手笨脚,就让凤儿给您做个粗使丫头吧。”不容乌讷楚答话,他又催促女儿道:“凤儿,快来给小姐行礼。”

凤儿用汉家礼仪向乌讷楚屈膝弯腰一拜,口中说道:“凤儿见过小姐。”

乌讷楚一把拉起凤儿,兴奋地说道:“你以后教我说汉语怎么样?”

崔家贤接过乌讷楚的话题:“小姐想学汉语吗? 不才自视还有些文才,以后我就来教小姐汉文吧。”

玛尼明阿图笑着说:“那好啊,我这个女儿就像草原上的野马,没有一点女孩子的温柔,正好让她和凤儿多学学女孩子的规矩。”

乌讷楚假装生气,摇着玛尼明阿图的胳膊说:“阿爸是嫌弃我这个女儿喽,那我以后就离阿爸远远的,免得阿爸看到我不高兴。”

玛尼明阿图赶紧说:“我的女儿是草原上最美的鲜花,阿爸怎么会嫌弃你呢? 看还看不够呢。”

毡房里所有的人被这对父女的对话逗得笑声飞扬,笼罩在这毡房里的阴霾也被笑声一扫而光。

从此,崔家贤父女在克尔古特部定居下来,乌纳楚不仅多了一位侍女和玩伴,更多了一位博古通今、饱读诗书的汉人师傅。

在这两年的时间里,乌讷楚每天都去崔家贤那儿学习汉家文化,间歇,崔家贤也给她讲一些书法和绘画方面的知识。

他那渊博的知识和细致耐心的讲解,深深地吸引了乌纳楚。她听得如痴如醉,内心充满了好奇,充满了探求新知的欲望,只要有不懂的地方,就立刻向崔家贤提问。

一天,崔家贤给乌讷楚讲解《礼记·中庸》中的“博学之,审问之,慎思之，明辨之，笃行之”。

崔家贤说：“‘博学之’，意思就是，学，首先要广泛地涉猎，培养充沛而旺盛的好奇心，如果好奇心丧失了，学习的欲望也就会随之消失。‘博’还意味着博大和宽容，只有博大和宽容，才能兼容并包，只有博学才能开阔眼界、开放胸襟，真正做到‘海纳百川，有容乃大’，进而‘泛爱众，而亲仁’。因此博学是为学的第一阶段。越过这一阶段，为学就是无根之木、无源之水。‘审问’为第二阶段，有不明白的就要追问到底，问过以后还要通过自己的头脑来仔细考察、分析，否则所学不能为自己所用，这也就是‘慎思’。‘明辨’为第四阶段。学是越辨越明的，不辨，则所谓‘博学’就会鱼龙混杂，真伪难辨，良莠不分。‘笃行’是为学的最后阶段，就是既然学有所得，就要努力践履所学，使所学最终有所落实，做到‘知行合一’。‘笃’有忠贞不渝，踏踏实实，一心一意，坚持不懈之意。只有那些有明确的目标、坚定意志的人，才能真正做到‘笃行’。”

“先生，‘泛爱众，而亲仁’又是什么意思呢？”乌讷楚问道。

崔家贤回答道：“就是要广泛地去爱众人，亲近那些有仁德的人。我们每个人都应该有一颗仁爱的心，尤其作为统治者，更要关爱他的民众。汉人讲‘水能载舟亦能覆舟’，水，就是指百姓，舟比喻为君王，意思是说统治者就像是一条船，而广大的民众犹如河水，水既可以把船载负起来，也可以将船淹没掉。作为统治者如果没有仁爱的心，就不会实行仁政，百姓就会心生怨恨。怨恨不在于大小，可怕的是在人心背离。一个人要想拥有一颗仁爱的心，就应该多亲近那些有仁德的人。”

崔家贤用饱含着期望的眼神看着乌讷楚，接着说道：“汉人还讲‘恩欲报，怨欲忘。抱怨短，报恩长’。意思就是滴水之恩，当涌泉相报。在我看来，受人之恩，即便是永世之报也不能穷尽。重要的是应当身怀感恩的心，正如前面所言‘凡是人，皆须爱’，我们唯有培养自己的仁爱之心，并以此仁爱之心对待民众，才能不辜负别人。”

乌讷楚听崔家贤讲完，问道：“‘人不独亲其亲、不独子其子，使老有所终，壮有所用，幼有所长，矜、寡、孤、独、废疾者皆有所养’，这句话的意思就是教人们要有仁爱的心吧？”

“妮子可教也。”崔家贤赞许地说道。

他面带笑容抚摸着乌讷楚的头，继续说道：“你和你阿爸就是具有仁爱之心的人，如果没有你们父女，我和凤儿早已命丧黄泉。因为你们的仁爱，我们不仅保住了性命，还能在这温暖的毡房中与你谈古论今，这份恩情，只怕我今生也不能报答万一呢。”

乌讷楚说:“先生不可以这样说,这是长生天的旨意。如果没有先生,我又怎么能学到这渊博的汉家知识呢?我对先生也是非常感激呢。”

崔家贤喜爱这个女弟子,并不仅仅因为乌讷楚的父亲救了他们父女的性命,而是这个年龄不大的小女孩,不仅聪颖灵悟,而且好学有才辩,他恨不能将终身所学所悟全部传授给她。

他笑眯眯地看着乌讷楚说:“汝非生而知之者,好古,敏而求之者也。”

“先生这句话又是什么意思呢?”

“意思是说你不是生下来就是有知识的人,而是一个爱好古代文化、勤奋敏捷地去求得知识的人。我纵然满腹经纶,如果你不主动去学,我再有能力也不能让你通其一二,所以这不是我的功劳,我也不敢领受小姐的感激之情。”崔家贤谦虚地回答道。

“先生刚才还不是教学生‘恩欲报’吗?不是救人性命才算是有恩情,先生传授我这么多知识,教会我做人的道理,这种答疑解惑的传授之情,难道我不该答谢先生吗?”乌讷楚急急说道。

崔家贤知道辩而无果,便沉默不语,只是赞许地看着乌讷楚。

乌讷楚对崔家贤说:“先生,你给我讲讲汉人的事情吧,他们和我们蒙古人有什么区别?”

崔家贤说:“汉人与蒙古人的区别还是很大的。汉人主要以农业为主,所需要的食物主要是通过种植来获取。汉人的粮食作物主要是水稻、小麦、黍米等,北方汉人以面食为主,南方以水稻也就是大米为主,不像你们蒙古人以肉食为主。”

“那汉人吃肉吗?”乌讷楚问道。

“吃啊,汉人也饲养动物的,只是没有蒙古人饲养得多。羊、猪、鸭、鸡肉是汉人吃得比较多的肉类。汉人的牛和马,是耕种庄稼的得力工具,当然,马也是汉人出行的交通工具,同时也是战争用的主要工具。”

“那汉人穿的衣服和我们一样吗?”

“也不一样,汉人不穿蒙古袍,穿的衣服都是用布料做的,有各种各样的颜色和款式。布料也分好多种,有锦、帛、绢、绫罗、绸缎、麻、棉布等。富贵人家都会用锦、帛、绫罗、绸缎来做衣服,而穷苦大众只能用棉布来制作衣服。”崔家贤说。

“那从汉人的穿戴上就能分辨出富贵与贫穷了吗?”

“是的,不仅从穿戴上可以看出,从住房上也能看出。”

“住房?”乌讷楚疑惑地问道。

“是啊,汉人不像蒙古人以游牧生活为主,逐水草而居,汉人不住蒙古包，他们的房子都是用土木建成的，安全又结实，不怕风雨，可以常年居住。”崔家贤说。

“哦，那你再给我讲讲汉人还有哪些是我们蒙古人没有的。”

“汉人除了农业，手工业也很发达，汉人制作衣服所用的布料，都是百姓自己动手织的，汉人已经掌握了炼铁的技术，我们做饭用的锅都是自己生产制作的。还有妇女装扮用的金银首饰、胭脂水粉等。”

崔家贤虽然安然地生活在克尔古特部，但是说起家乡还是不无神往。他有很多很多关于家乡的点滴都想告诉乌讷楚，但又怕乌讷楚不能理解，只好捡些与生活相关的事例讲给她听。

“胭脂水粉是干什么用的?”乌讷楚好奇地问道。

“是让女孩子更加美丽的化妆品。不过我们小姐天生丽质，不用这些化妆品也已经足以让草原上的花儿自惭形秽了。”崔家贤边说边抚摸着乌讷楚的头发。

乌讷楚羞涩地低下头，轻声对崔家贤说：“先生就爱取笑弟子，不理先生了。”她说完一转身跑出崔家贤的毡房，身后传来崔家贤爽朗的笑声。

## 五、幼年丧父

乌讷楚在蒙汉两位师傅的悉心教导下快乐地成长，但是，幸福的日子总伴随着不尽如人意的时候，玛尼明阿图担心的事情终于发生了。

这天清晨，玛尼明阿图与图鲁、克舍像往常一样正在巡视牧场，被派往蒙古右翼的探子快马加鞭地赶了回来，带来了阿勒坦汗西征瓦剌的消息。玛尼明阿图和图鲁、克舍刚回到大帐，还没来不及坐下，厄鲁特部的首领博图海也派人送来了急函，邀请各部首领到丘尔干商议共同抵御阿勒坦汗进攻瓦剌的事宜。

此时瓦剌各部落各自为政，是松散的军事联盟，重大事项由各部落会盟"丘尔干"(议事机构)共同商议。

在丘尔干会议上，瓦剌各部首领和玛尼明阿图一样，都明了阿勒坦汗这么多年来东征兀良哈、西伐青海，不断扩充自己的实力，为的就是有朝一日再来征服瓦剌。而征服瓦剌的目的，一是为了报当年灭族的血仇，二是让瓦剌永远没有力量与自己抗衡。

经过多年的休养生息，瓦剌各部的首领都认为现在有能力对抗阿勒坦汗，加上达延汗当年征服瓦剌后，为瓦剌各部颁布了种种禁令，各部首领觉得这是瓦剌的耻辱，对此早已心生不满，因此一致主张共同抵抗阿勒坦汗以此雪耻。

从丘尔干会议回来之后，玛尼明阿图便下令将克尔古特部能打仗的青壮年全部召集了起来，决定与克舍、奥巴岱一同带领这些将士出征，留下图鲁率呼鲁格齐、赛因等部分将士留守大营以保护后方无虞。

呼鲁格齐和赛因一再要求随大军去出征，玛尼明阿图对呼鲁格齐和赛因说："上前线打仗，固然是一种英勇的表现，但是留守后方的任务也是非常艰巨的。我们打仗是为了什么？就是为了保护我们的部族，保护我们的亲人不受侵害，让他们安享幸福的生活。如果我们都去前线打仗了，谁来保护我们的部族？谁来保护我们的亲人？如果我们的族人因无人保护而受到侵害，那我们打仗还有什么意义？守护好我们的家园和我们的族人，只要你们安好，我们的牺牲也是值得的。"

呼鲁格齐和赛因明白了玛尼明阿图的苦心，不再要求上前线打仗，但他们的内心，对他们的父辈充满了深深的担忧。

命令下达之后，即将奔赴前线的勇士们全部进入备战状态，玛尼明阿图和图鲁、克舍以及所有的千户聚在大帐内，整日整夜地研究战术，直到出征的前一夜，他才拖着疲惫的身子回到毡房。

吉格肯见玛尼明阿图疲惫不堪，扶着他坐到床榻上，柔声说道："你先躺一会儿，我去给你熬奶茶。"

吉格肯走出毡房后，玛尼明阿图双手枕在脑后躺在床榻上，呆呆地看着毡房顶。突然，乌讷楚出生前的那个梦境又出现在脑海，山丹花、苍鹰、悬崖……玛尼明阿图一惊，就像从床上弹起来一般坐了起来。

"如果山丹花象征着乌讷楚，那么苍鹰难道是阿勒坦汗？我掉下悬崖，就是指这次战争我会一去不归？乌讷楚要被阿勒坦汗夺走？"玛尼明阿图暗自思忖着。

"不会的，不会的，乌讷楚才九岁，一定是我过于担忧才会这样胡思乱想的。"玛尼明阿图一边自语着一边摇摇头，想把这个怪异的想法从脑海中甩出去。

这时，吉格肯一手拿着茶碗，一手拎着茶壶走进毡房，看到玛尼明阿图在不断地摇着头，倒了一碗奶茶递给他，坐到他身边问道："怎么了？"

玛尼明阿图放下茶碗站起身，拉起吉格肯的手说："和我一起去看看乌讷楚吧。"

两人携着手来到乌讷楚的毡房的时候，乌讷楚与朵兰早已进入了梦乡，整个毡房内漆黑一片。

吉格肯点燃酥油灯，玛尼明阿图走过去坐到床榻边，轻轻抚摸了一下乌讷楚的头发，仔细地端详着睡梦中的女儿。他看到乌讷楚脸上的黑痣，又想起那朵山丹花，眼前乌讷楚的脸和山丹花不断互换着，玛尼明阿图越看越觉得心酸，不禁泪流满面。

站在玛尼明阿图身后的吉格肯，见玛尼明阿图如此不舍地看着乌讷楚，轻轻拍拍他的肩膀说："明天你就要出征了，早点回去休息吧。"

玛尼明阿图悄悄擦去眼泪，俯身吻了吻乌讷楚的额头，又替乌讷楚掖掖被子，这才站起身快步走出毡房。

吉格肯急忙吹熄了酥油灯走出乌讷楚的毡房，一路小跑着才追上玛尼明阿图。

回到毡房，吉格肯见玛尼明阿图眼圈红红的，她什么也没问，默默地走到床榻边开始铺床。玛尼明阿图坐到床榻上，拉起吉格肯的手欲言又止，过了片刻才说："如果我不能回来，你记住，凡事一定要以大局为重，无论如何也要保全我们的族人。"

听了玛尼明阿图的话，吉格肯心里一紧，一种不良的预感涌上心头，她不安地问道："这仗非打不可吗？"

玛尼明阿图说:“我当然不愿意打仗,不想看到我们的部众流血牺牲,但是,我们是瓦剌的一分子,唇亡齿寒,如果瓦剌各部不能联合起来一致抵抗,各部落将会不堪一击。为了我们的部众,我没有选择。”

吉格肯靠在玛尼明阿图的怀中,轻声说:“那你就去吧,你这样为部众着想,长生天一定会保佑你的。”

夫妻俩就这样相拥着整夜未眠,直到漫长的夜悄悄地隐去,破晓的晨光慢慢唤醒了沉睡的万物,他们依然各自想着自己的心事,各自为对方担忧着。

毡房外,随着一声公鸡的啼鸣,家犬率先吠叫起来,紧接着,马的嘶鸣声、羊的咩咩声、牛的哞哞声此起彼伏。

吉格肯站起身理理头发,出去端来一盆水侍奉玛尼明阿图洗漱。玛尼明阿图刚洗漱完毕,布日玛就端着早茶走进毡房。吉格肯接过托盘放在桌子上,将食品一一摆放在桌子上,倒上一碗奶茶递给玛尼明阿图。玛尼明阿图行过德吉礼坐到桌前,刚想拿起银柄的蒙古小刀,吉格肯按住玛尼明阿图的手说:“今天让我亲自服侍你一次吧。”

吉格肯坐到桌旁,一手拿起蒙古刀,一手拿起一块手把肉,将羊肉一片一片削下来放进茶碗里,又拿起几块奶皮放进茶碗里,然后倒入奶茶,用银勺搅拌了几下,双手递给玛尼明阿图。

玛尼明阿图一直注视着吉格肯,就在接茶碗的时候,视线也没有离开过吉格肯。吉格肯抑制着内心的悲伤,微笑着对玛尼明阿图说:“多吃点吧,等你出征回来后,我每天都像今天这样伺候你。”

玛尼明阿图不敢再正视吉格肯的目光,低下头匆匆忙忙喝完了早茶。

玛尼明阿图喝完了早茶,吉格肯起身走到床榻边,打开木柜取出玛尼明阿图的铠甲,双手捧到玛尼明阿图面前。玛尼明阿图穿上铠甲,吉格肯为他仔细地系上每一个带扣,又捧起银盔戴在玛尼明阿图的头上。这时,布日玛带着乌讷楚、布合库台、额凯进入毡房,玛尼明阿图走过去分别吻了吻三个孩子,扭头大踏步走出毡房。吉格肯和布日玛带着乌讷楚、布合库台和额凯也跟着走出毡房。

当他们来到蓬松树下的时候,全体将士已经穿上了坚硬的铠甲,配上了弯刀长枪,背起了强弓利箭,整齐地聚集在蓬松树下的黑色苏鲁锭前,准备举行祭旗仪式。

黑色苏鲁锭,蒙古人称为“哈日苏力德”。黑色象征着战争与力量,蒙古人相信苏鲁锭是军队的守护神,可以引导军队从胜利走向胜利,所以蒙古军队打仗前都要在苏鲁锭前举行祭旗出征仪式,以此来祈祷长生天保佑,诅咒敌人灭亡。

吉格肯从侍卫的手中接过一碗马奶递给玛尼明阿图,平静地对玛尼明阿图说道:“我要你平安归来,我们在家等着你们凯旋的消息。”

玛尼明阿图接过马奶,庄严地用右手无名指蘸马奶先弹向天,以示敬天,再蘸马奶弹向地,以示敬地,最后再蘸马奶抹一下自己的前额,以示敬祖宗,然后玛尼明阿图将碗中的马奶泼向自己的爱马。

这时,呼鲁格齐和赛因带头擂响了牛皮大鼓。战鼓如雷,如海的旗幡左右摇摆起来,将士们齐声高呼:“拼死前去厮杀! 拼死前去厮杀! 拼死前去厮杀!”喊声响彻云霄,将士们为保护部族与族人,个个斗志昂扬,视死如归。

玛尼明阿图走到乌讷楚前,吻一吻她的额头,说:“好好照顾阿妈和弟弟,要听阿妈的话,知道吗?”

玛尼明阿图不舍地又看看妻子和儿女们,转身骑上马,将手中的大刀一挥,高声喊道:“出发!”

队伍浩浩荡荡地开拔了,吉格肯从其其格手中接过奶桶,和族人们一起,一勺一勺向天泼洒着牛奶,乌讷楚也学着吉格肯的模样,泼洒着牛奶,为即将奔赴战场的亲人们默默地祝福。

吉格肯、乌讷楚和送行的人们一直站在蓬松树下目送着玛尼明阿图及所有的将士,直到他们的身影渐渐消失在远方,才随着送行的人们返回大营。

自从玛尼明阿图出征以后,图鲁就让夫人乌力罕每天带着阿日娜去陪伴吉格肯。吉格肯和阿日娜明白图鲁的一番好心,每天也装作若无其事的样子,该做什么就做什么。但一到夜晚,吉格肯和阿日娜就会因为担忧而夜不能寐。图鲁和乌力罕见她们日渐憔悴,却不知道该如何宽慰她们,只能在心中默默祈祷长生天的保佑。

乌讷楚一直深受父母的疼爱,尤其是阿爸,对她百依百顺,有求必应,两个哥哥长大后对这个妹妹也是百般呵护。在这之前,乌讷楚根本不知道伤心和痛苦是什么滋味,她是那么无忧无虑,那么快乐自在。

经过这样的变故,九岁的乌讷楚也开始懂得牵挂和关心他人了。她每天也和朵兰带着弟弟布合库台和额凯陪在吉格肯身边,有时带着两个弟弟静静地看书,有时陪着弟弟们玩,尽量不让吉格肯再为他们担忧。

但她的内心也在担心阿爸,担心哥哥,担心克舍叔叔,担心他们就此一去不返,因此,每晚临睡前,她总要问布日玛:“阿爸什么时候才能回来?”布日玛也只有一句话:“就快了。”

躺在温暖的羊皮被中，乌讷楚总是想起远在战场的阿爸和哥哥，不知道他们的羊皮被是不是也和她的一样温暖。她还想起阿爸在时的那些快乐的日子，越想越痛苦，越痛苦越想。她想放声大喊阿爸，可又怕惊动了阿妈惹她伤心，于是她低声地呜咽着，任由眼泪肆意地流淌，想用这泪水冲刷心中担忧亲人的痛苦。

阿勒坦汗此次率领着蒙古右翼的六万勇士前来攻打瓦剌，他的大军驻扎在巍峨的扎拉满罕山下，从山脚下一直到半山腰，旌旗遍布，一座座洁白的蒙古包整齐有序地排列着，随处可见手持弯刀长枪巡视的士兵。

阿勒坦汗在出征前，已派探子深入瓦剌各部进行详尽的调查。他得知驻牧在哈密的速檀沙（速檀即苏丹，沙即酋长或国王）不仅是黄金家族的成员，而且不断受到瓦剌中明安部的侵扰，损失惨重，早已对瓦剌各部恨之入骨。因此，阿勒坦汗并没有急于进攻瓦剌各部，而是先派出使者威正宰桑，带着重礼去见哈密的速檀沙，希望能与速檀沙联合起来，前后夹击瓦剌各部。

威正宰桑不负阿勒坦汗所托，不久就带回了速檀沙答应一起联合攻打瓦剌的好消息。阿勒坦汗喜出望外，又派义子达云恰、威正宰桑和大将达里扎、波勒格到瓦剌各部去劝降。

中明安部的首领乌齐赉，获得了速檀沙准备与阿勒坦汗一起进攻瓦剌的消息后，因担心自己腹背受敌而焦虑不安，恰巧这时威正宰桑带着使命来到了中明安部。在威正宰桑的威逼利诱下，乌齐赉不仅投降了阿勒坦汗，还将瓦剌的作战计划全部告诉了威正宰桑。而瓦剌其他各部均拒绝投降，正在为即将到来的大战紧张地准备着。

威正宰桑片刻不敢停留，急速返回阿勒坦汗的军营，将瓦剌各部的实力和作战计划禀告给了阿勒坦汗。阿勒坦汗得知瓦剌各部加起来才有四万多人，乌齐赉又归降了自己，决定先发制人。他将六万大军兵分三路，由辛爱率领两万士兵攻打厄鲁特部，弟弟巴雅思哈勒率领两万士兵攻打巴阿图特部。克尔古特部在瓦剌算是实力最强的一个部落，所以阿拉坦汗决定由自己亲率两万人马，与中明安部的一万多士兵一起进攻玛尼明阿图的克尔古特部。

辛爱是阿勒坦汗的长子，力大无比，在十几岁的时候就能够生擒一头活牛。阿勒坦汗很器重他，每次出征都会把他带在身边，在实战中锻炼他。辛爱似乎是一位天生的勇士，他没有让父亲失望，屡立战功，在士兵中享有很高的威望。

夕阳下，四十多岁的辛爱骑在剽悍的战马上，身穿银色盔甲，手执弯刀,虽然相貌有些丑陋,但依然健壮如牛,威风凛凛。当他听说阿勒坦汗准备派他去攻打厄鲁特部,就兴奋得摩拳擦掌,恨不能立即带兵出发,就连平时最喜欢的烈酒此时也不能再诱惑他了。但他再勇猛,内心却非常惧怕阿勒坦汗,虽然立功心切,却也不敢贸然行动。

终于,夜幕遮住了最后一抹霞光,天空像一张黑色的幕布,就连星星也懒得为夜空燃起一丝光亮。

辛爱终于等来了阿勒坦汗的命令,他迫不及待地和叔叔巴雅思哈勒乘着夜色,率领大军浩浩荡荡地出发了。

厄鲁特和巴阿图特部的博图海、翁惠虽早有准备,但辛爱率领着大军出其不意地出现在他们面前时,还是因为过度紧张而仓皇迎战。加上双方力量的悬殊,厄鲁特和巴阿图特部的将士早已在心理上败给了辛爱。因此,双方交战没多久,厄鲁特和巴阿图特部便溃不成军,很多人当即丢械弃甲投降了。博图海和翁惠见势不妙,便带着忠心耿耿的少部分人,向更遥远的西部逃去。

黎明时分,当阿勒坦汗和乌齐赉带兵来到玛尼明阿图军队驻扎的地方时,本想趁着他们熟睡的时候进行偷袭,没想到玛尼明阿图带着整齐的大军正在等候着他们。阿勒坦汗看到临危不乱的玛尼明阿图和克尔古特部的将士们,心中也不由产生钦佩之情,不忍兵刃相见,于是派乌齐赉去说服玛尼明阿图偃旗息鼓,和平解决问题。

玛尼明阿图已经得到了博图海、翁惠败北的情报,又见阿勒坦汗与乌齐赉一起率领三万多士兵来攻打自己,而自己只有一万多人马,心中一凛。心想,如果投降,瓦剌各部将永远成为黄金家族的奴仆,今后恐怕永无翻身的机会,唯有一战尚可保存瓦剌的颜面。

玛尼明阿图故作镇定,手持弯刀端坐在马背上,见乌齐赉策马缓缓来到自己面前,玛尼明阿图怒火中烧,未等乌齐赉开口便大骂着挥刀扑向他,想亲手除掉这个叛徒。乌齐赉见势不妙,调转马头向阿勒坦汗奔去。阿勒坦汗挥一挥手中的苏鲁锭,他的先锋将士们立刻冲向玛尼明阿图。一场血腥的厮杀在扎拉满罕山脚下拉开。

仇人相见分外眼红,双方都奋不顾身地向对方扑杀过去。玛尼明阿图更想一雪前耻再报新仇,早把生死置之度外。克尔古特部的将士们见首领一马当先,双脚夹紧马肚子,将全身的劲儿用在手臂上,全力砍向敌人。

阿勒坦汗见自己的先锋队被克尔古特部的勇士渐渐逼退,于是又挥了挥手中的苏鲁锭,这时,早已埋伏在两侧的将士们立刻嘶喊着冲向玛尼明阿图和他的将士们。

玛尼明阿图临行前再三叮嘱克舍和奥巴岱,双方军事力量悬殊太大,不可死缠烂打,否则将会全军覆灭。他命令克舍在关键时刻,一定要瞅准机会带着奥巴岱突围出去,也好使克尔古特部后继有人。克舍见玛尼明阿图一直占据上风,便按兵不动,紧张地观察着眼前的战局。当阿勒坦汗派出两侧的伏兵后,克舍怕玛尼明阿图吃亏,挥起马刀带着士兵向玛尼明阿图奔去。奥巴岱早已按捺不住自己了,见克舍率兵冲向敌人,他也急忙带着人马去协助父亲和克舍叔叔。

旌旗招展,战马嘶鸣,喊杀声响彻云霄,两军混战在一起,兵刃相接迸溅出的火花随处可见。刀剑无情,转眼间,地上随处散布着双方的旌旗、兵器以及丢弃的辎重,将士的尸首、倒毙的战马浸泡在鲜血中。

玛尼明阿图奋力挥动着马刀,一个个进攻的士兵在他的马刀下身首异处,而他的将士也越来越少。

扬起的沙尘遮天蔽日,大地变得一片混沌。玛尼明阿图不知奋战了多久,感到浑身的力气都快使完了。这时,他才想起来克舍和奥巴岱,于是,一边进攻一边寻找他们。

他看到奥巴岱正被几个士兵围攻着,奋不顾身地向奥巴岱策马冲去,将围攻奥巴岱的士兵砍落马下。这时,克舍也策马赶来,他砍倒几名围攻的士兵,渐渐向玛尼明阿图靠近。

玛尼明阿图大声喊道:"克舍,你怎么忘了我的叮嘱,他们人多,这样下去我们会全军覆没的,你赶快带着奥巴岱撤退,这儿就交给我了。"

克舍喊道:"大哥,你带着奥巴岱走,把这儿留给我。"

玛尼明阿图断然拒绝道:"不,我是首领,不能丢下这些将士不管。"

奥巴岱也喊道:"不,要走一起走。"

玛尼明阿图大声斥责道:"难道你们连我的话也不听了吗?"

克舍着急地再次大喊道:"大哥!"

玛尼明阿图悲戚地说道:"好兄弟,我的儿子就交给你了。"

玛尼明阿图说完又挥刀冲向围攻上来的士兵,掩护克舍和奥巴岱逃走。他砍倒几名士兵后一回头,发现克舍和奥巴岱还在与他并肩作战,冲着他们大喝一声:"快走!"

奥巴岱不忍心弃父不顾,执拗着不肯离去,克舍出于无奈,只好用刀背猛拍一下奥巴岱的战马,战马一惊,立即狂奔起来。

阿勒坦汗的一名将领发现克舍与奥巴岱要逃走,带领士兵策马过来拦截。克舍命令两名侍卫保护奥巴岱逃走,又带着几名士兵折回与拦截的将士交战在一起。十几名士兵围住了克舍,克舍因担心奥巴岱,在抵抗中仍不时回头看奥巴岱是否安全离去，结果被一名士兵砍中右臂丢掉了马刀。克舍失去兵刃心中一急，随即乱了方寸，一个躲闪不及被砍下马去，阿勒坦汗的十几名士兵蜂拥而上，乱刀砍死了克舍。

玛尼明阿图见克舍从马上摔了下去，大喝一声，发疯一般向克舍这边冲来，他只顾着营救克舍，却被后面追赶他的一名士兵用箭射中也倒下马来。玛尼明阿图一直爬到克舍身边，见克舍已经气绝身亡，不由热泪纵横，他拉住克舍的手说道："兄弟，大哥和你一起走。"说完，玛尼明阿图也永远闭上了眼睛。

见玛尼明阿图和克舍战死，克尔古特部的其余将士纷纷举械投降。

阿勒坦汗与乌齐赉来到玛尼明阿图身边的时候，见玛尼明阿图握着克舍的手一起倒在血泊中，也不禁为之动容。那名拦截奥巴岱的将领要求追杀奥巴岱时，阿勒坦汗制止了那名将领，并下令将玛尼明阿图和克舍好好安葬。

已经逃出重围的奥巴岱看到玛尼明阿图跌落马下被士兵团团围住，急忙调转马头悲愤地喊道："阿爸，阿爸！"

奥巴岱举起马鞭欲打马返回去营救玛尼明阿图和克舍，被两名侍卫拼命拽住，挣扎中，奥巴岱跌落马下，他一侧身翻起身来，疾步向玛尼明阿图和克舍跑去。两名侍卫急忙跳下马拉住奥巴岱，奥巴岱疯狂地甩开侍卫，挥动马鞭向侍卫抽去，两名侍卫不顾一切地冲过去，将奥巴岱死死按在地上。

一名侍卫劝道："台吉，别冲动，诺延舍命保护您是为部族的长远打算，你就是回去也救不了诺延和克舍将军了，为什么还要再去送命。"

另一名侍卫也说道："台吉，留得青山在不愁没柴烧，不要让诺延和克舍将军为你白白送了命啊。"

听了侍卫的话奥巴岱不再挣扎，两名侍卫放开了他。奥巴岱跪在地上泪流满面，用右手抚胸，远远地向玛尼明阿图和克舍行礼，然后咬牙切齿地说道："阿勒坦，我会记着这笔血债的。"

侍卫牵过马，扶奥巴岱上了马，奥巴岱仰着头大声喊道："阿爸，克舍叔叔，我一定会为你们报仇的。"

奥巴岱喊完，一甩马鞭，带着两名侍卫策马疾驰而去。

秋风渐起，秋草萋萋，残阳又为这黄昏的草原增添了一份凄凉。克尔古特部的牧场上，往日打草时热闹的情景不见了，嘹亮高亢的歌声消失了，除了几只小羊羔还在顽皮地蹦来跳去，羊群、散牛、散马、零星的骆驼，都昂着头安稳地站着，仿佛在为远征的人们默默地祈祷。

秋天过去冬天就要来临，在这寒冷的季节，阿爸和将士们将怎样度过这个冬天呢？乌讷楚默默地站在蓬松树下眺望着远方，仿佛看到白雪皑皑的草原上，寒风正无情地卷着雪粒劈头盖脸地砸向阿爸和那些将士们，阿爸和那些将士们在寒风中瑟瑟发抖。

乌讷楚不敢再想下去，她双手合十默默祈祷，祈求长生天保佑阿爸和哥哥安然归来。

站在乌讷楚身后的朵兰走到乌讷楚身边，替乌讷楚理了理被风吹乱的头发，说道："小姐，时候不早了，我们回去吧，不然阿噶要担心了。"

乌讷楚点点头，与朵兰并肩向大营走去。回到大营，朵兰去帮布日玛准备晚餐，乌讷楚径直来到吉格肯的毡房。乌讷楚见吉格肯安然若素，正在专心地缝制着蒙古袍，她略感心安，再一次坚信阿爸和哥哥一定会平安回来的。

她走过去坐到吉格肯身边，轻轻依偎在吉格肯身上。吉格肯用头蹭一蹭乌讷楚，柔声问道："怎么了？"

乌讷楚问道："阿妈，有长生天的保佑，阿爸、克舍叔叔和奥巴岱哥哥一定会没事的，是吧？"

吉格肯放下手中的蒙古袍，将乌讷楚揽入怀中，反问道："想阿爸啦？"

乌讷楚轻轻点点头："嗯，我会每天祈求长生天保佑阿爸和哥哥的。"

吉格肯伸手抚摸了一下乌讷楚的脸颊，笑着说："我的女儿长大了，懂事了。"接着又搂住乌讷楚轻轻摇晃了几下，低头吻了吻乌讷楚的额头，说道："放心吧，你阿爸和哥哥都是那么善良的人，长生天一定会保佑他们的。"

突然，毡房外人声嘈杂，吉格肯赶紧松开乌讷楚挪到床榻边穿上靴子。她刚站起身，就看到蓬头垢面的奥巴岱一头扎了进来，身后，图鲁、呼鲁格齐、赛因也慌慌张张地进入毡房。

奥巴岱双膝跪在地上移到吉格肯面前，抱住吉格肯的双膝放声大哭，吉格肯张着双手不知所措，惊愕地看看图鲁，瞬间，她似乎明白了什么，眉头渐渐挤在了一起，嘴唇紧紧抿着，脸色却越来越苍白。

在场的人已经猜测到肯定发生了不好的事，但不知严重到什么程度，都惊愕地看着奥巴岱。

布日玛与朵兰听到嘈杂声，急忙放下手中的活儿赶了过来。乌讷楚看到布日玛，赶紧走过去紧紧拉住布日玛的手，惊恐地看着眼前发生的一切。

奥巴岱竭力止住哭泣，带着哭腔悲伤地说道："阿妈，阿爸和克舍叔叔战死了，克尔古特部的勇士全军覆没了。"

吉格肯双手轻轻地抚摸着奥巴岱乱蓬蓬的头发，冷静地说道：“不用说了，我的儿子。阿妈都知道了。”

奥巴岱带着两名侍卫落荒而来，早已惊动了克尔古特部的每一个人，他们不由自主地随着奥巴岱来到吉格肯的毡房前。乌力罕和阿日娜得到消息也匆忙跑来，刚走到吉格肯的毡房前，就听到奥巴岱说克舍战死了，阿日娜软软地瘫倒在地上，乌力罕急忙抱住阿日娜呼喊起来：“阿日娜，阿日娜。”

赛因听到乌力罕呼叫阿妈的声音，一个箭步冲出毡房，抱住阿日娜哭喊道：“阿妈，阿妈！”

紧跟着跑出来的呼鲁格齐急忙说道：“快将夫人抱进毡房。”

赛因和呼鲁格齐将阿日娜抬进毡房放在床榻上，图鲁急忙掐阿日娜的人中，阿日娜吁一口气缓缓睁开眼睛。她看到赛因悲伤而又惊恐的脸，挣扎着坐起身拉住赛因的手说：“赛因，带我回家。”

吉格肯扶住阿日娜，希望她留下来，但是阿日娜坚持要离去，吉格肯只好让赛因和呼鲁格齐送阿日娜回家。图鲁不放心，让乌力罕也跟着一起去。

吉格肯和图鲁送阿日娜走出毡房，看到毡房前人头攒动，人们都在交头接耳、窃窃私语。这时，毡房前的部众也看到吉格肯和图鲁，顿时嘈杂起来，将不安和期待的目光投向他们。

突然，有人喊道：“诺延战死了，万一阿勒坦汗再来攻打我们，这可怎么好啊？”

“是啊，我们该怎么办哪？”

面对不安的人群，吉格肯不由挺直了脊背向前走了几步，沉着冷静地高声说道：“族人们，我们的首领玛尼明阿图战死了，克舍将军也战死了，我们一万勇士也全军覆没了，如今只剩下我们这些孤儿寡母和老弱病残，我们没有力量再与阿勒坦汗决战，但是相信我，我不会丢下你们不管的。”

又有人高声叫道：“那我们现在该怎么办呢？”

图鲁没想到吉格肯这个平时柔柔弱弱的女子，今日遇到这样的大事，居然如此冷静坚强，不由对她心生敬意。

图鲁向部众摆摆双手，众人顿时安静下来，图鲁大声说道：“大家先回去吧，此事需要从长计议，相信吉格肯阿噶，她不会丢下你们不管的。”

虽然吉格肯和图鲁做出了承诺，但依然没有消除人们的担忧。看着众人带着不安的心情渐渐离去，吉格肯伸手拉住身边的布日玛。布日玛感到吉格肯的手在发抖，急忙搀着她进入毡房，奥巴岱和图鲁也跟着返回毡房。

乌讷楚被眼前的情形惊呆了，怔怔地看着手忙脚乱的人们进进出出，她想哭，想大喊阿爸，可喉咙像梗着什么东西，让她喊不出声来。不知所措的她不知何时掐住了朵兰的手，朵兰被掐得生疼，但她也被眼前的情景吓呆了，不敢喊出声来，只是紧紧握住乌讷楚的手。

图鲁见吉格肯依然镇定地坐在床榻上，一时不知该如何开口相劝。

赛因将阿日娜送回去后，让乌力罕和仆人照顾阿日娜，又与呼鲁格齐急急赶到吉格肯的毡房来，他更关心的是如何为父亲报仇。

奥巴岱走到吉格肯面前，说道："阿妈，再给我一队人马，我要和阿勒坦决一死战，为阿爸和克舍叔叔报仇！"

赛因杀父之仇的怒火也在胸中燃烧，他也走到吉格肯面前说："阿噶，不杀了阿勒坦，我决不活着回来。"

吉格肯抬头看看奥巴岱和赛因说："你们少安毋躁！图鲁，你是什么意见？"

图鲁低头想了一会儿说："这次战争，我们这么快就全军覆没，说明我们根本不是阿勒坦汗的对手。如今我们部族能出战的勇士，加起来不到一千人，而这些人绝大多数是和呼鲁格齐和赛因差不多年纪的孩子，他们才刚刚长大成人，除了一腔热血和勇气之外，没有任何作战经验，其余的都是上了年纪的人，这是一只断代的军队，而且其他部落的情况也不明了，实在不易再出兵打仗。"

吉格肯紧紧握住拳头，隐忍着自己的悲伤和愤怒，轻轻地点点头。

呼鲁格齐一听图鲁说不易再出兵打仗，气愤地说："如果我们不积极迎战，难道要我们做待宰的羔羊吗？"

奥巴岱也嘲讽道："图鲁叔叔，难道你被阿勒坦吓破胆了吗？你的勇气到哪儿去了？"

吉格肯呵斥奥巴岱道："住嘴，奥巴岱，你怎么这样和长辈说话呢？退下！"

奥巴岱和呼鲁格齐气呼呼地站在一旁。

吉格肯转向图鲁问道："那我们下一步该怎么办呢？"

图鲁肯定地回答道："求和！"

奥巴岱跺着脚喊道："求和就是向他们示弱，我情愿战死也不愿做怕死鬼。"

吉格肯发怒了，她大声训斥道："你不要为了表现自己的英雄气概，用无数人的生命去换你一个人的荣誉！看看我们的部众，只剩下这些老人和孩子们，难道让他们再去送死吗？"

见吉格肯生气，奥巴岱不敢再言语，气哼哼地又站回远处。

吉格肯深呼一口气问道："我们现在需要做些什么？"

图鲁答道："静观其变，我们先看看阿勒坦汗下一步的行动是什么，选择适当时机派使者去见阿勒坦汗，表达我们求和的意愿，希望我们能避免战争，避免流血牺牲。"

吉格肯说："好吧，就按照你说的做吧。"

图鲁站起身，对吉格肯说："大嫂先休息一下吧，能看得出那些部众还是不放心，我们再去安抚一下他们。"

图鲁说完，向奥巴岱、呼鲁格齐和赛因摇头示意一下，带着三人离去。

吉格肯这时才看到站在角落里依旧发呆的乌讷楚，走过去搂住她说："你先和布日玛嬷嬷回去吧，阿妈还有事要处理。"

乌讷楚抬起头看看吉格肯，瞬间泪流满面，颤声问道："阿爸再也回不来了吗？"

吉格肯强忍着眼泪没有回答乌纳楚，只对布日玛说："布日玛，你先带她们回去吧。"

布日玛携起乌讷楚和朵兰的手，不安地又看看吉格肯，才带着两人离去。

毡房里只剩下吉格肯一个人了，她再也忍不住内心的悲伤，伏在床榻上无声地恸哭起来。

回到自己的毡房，乌讷楚一下扑进布日玛的怀中，哭道："我要阿爸回来，我要阿爸。"

布日玛潸然泪下，抱起乌讷楚坐到床榻上。她不知该如何安抚乌讷楚，心里又担心着吉格肯，只能搂着乌讷楚默默垂泪。

乌讷楚哭着哭着睡着了，布日玛将她轻轻放到床榻上，替她盖好羊皮被，嘱咐朵兰看着她，自己急急忙忙向吉格肯的毡房走去。

吉格肯的毡房漆黑一片，布日玛点燃了酥油灯，发现吉格肯正伏在床榻上无声地哭泣。她挂好酥油灯坐到吉格肯身边，抚摸着吉格肯的脊背说："现在没人，难过你就哭出来吧。"

吉格肯却坐起身子擦去眼泪，将两鬓的头发掖到耳后，问道："乌讷楚呢？"

布日玛说："已经睡了。"

吉格肯说："这几天你就照顾她吧，我没事，自从我嫁给他就知道会有这么一天，只不过时间早晚而已。"

布日玛叹口气说："唉，我还不了解你吗？不要压抑着自己，这样会把自己憋坏的。”

吉格肯本来在极力掩饰着自己的痛苦，因为她知道此时不是自己该软弱的时候，谁知布日玛贴心的一句话犹如一把利刃刺中了她的痛处，她再也无法掩饰自己的悲伤，伏进布日玛的怀中又抽泣起来。布日玛既不劝她，也不安慰她，只像安抚婴儿那样轻轻拍着吉格肯的后背。

直到吉格肯哭够了，哭累了，布日玛才扶着她躺在床榻上，替她盖上了羊皮被。布日玛起身想熄灭酥油灯，吉格肯阻止了她，让她快去照看乌讷楚，布日玛这才一步三回头地走出吉格肯的毡房。

乌讷楚看到玛尼明阿图又微笑着向她走来，她伸开双臂兴奋地扑向阿爸。突然，玛尼明阿图不见了。四周升起白色的雾障，她感到惊恐万状，四下寻找着玛尼明阿图，可哪儿也没有玛尼明阿图的影子，她急得大喊道：“阿爸！阿爸！”

乌讷楚被噩梦惊醒，她看了看睡在身边的布日玛，轻轻起身下了床榻，向毡房外走去。

乌讷楚见吉格肯的毡房还有微弱的灯光，就向吉格肯的毡房走去。她悄悄掀起门毡，看到吉格肯正抱着玛尼明阿图的蒙古袍在哭泣。

乌讷楚走进毡房，吉格肯看到乌讷楚，急忙将眼泪拭去，向乌讷楚伸出双手，说：“到阿妈这儿来，我的女儿。”

乌讷楚哭着叫了一声“阿妈！”便扑进吉格肯的怀抱。

吉格肯紧紧搂着乌讷楚，无法再在女儿面前控制自己的情绪，忍不住与乌讷楚一起落下泪来。

乌讷楚哽咽道：“阿妈，我梦到阿爸了，可我怎么也找不到他。”

吉格肯哭道：“孩子，你的阿爸再也回不来了。”

布日玛醒来看不见乌讷楚，急忙走出毡房，一路小跑着来到吉格肯的毡房。她掀起门毡，看到相拥而泣的母女，用袖口捂住嘴泣不成声。布日玛放下门毡，轻轻走过去将她们搂进怀里。吉格肯仿佛找到了一种依靠，紧搂着乌讷楚，将头倚在布日玛的怀里，三个人就这样相拥着默默流泪。

## 六、被迫联姻

玛尼明阿图走了，按照族制，理应由奥巴岱继承首领的位子，这也是玛尼明阿图和克舍拼死保护他的原因。可奥巴岱才刚刚十六岁，性情急躁又鲁莽，吉格肯只是一个女流之辈，平时又文文弱弱的，这两个人无论哪一个也不能担起部落首领的这个重担，但克尔古特部又不能没有人挑起首领的重担，该怎么办？

在吉格肯的毡房前，那些留守克尔古特部的千户和将领们，得知玛尼明阿图和克舍已经战死，就开始为部族的将来担忧，虽然吉格肯当众做出了承诺，但还是不能消除他们内心的忧患。离开吉格肯的毡房，他们并没有各自离去，而是自发地聚在了一起，开始讨论新首领的人选。他们认为，如今在克尔古特部，论威望、战功，非图鲁莫属，如果他们一致推选图鲁继任部落首领，恐怕吉格肯和她的那些孩子们不敢也不会反对的。

这些人商议好之后，决定在部族会议上推举图鲁为新的部落首领。

丧夫之痛并没有让吉格肯失去理智，她清楚地知道，丈夫已死，年幼的奥巴岱没有让部众信服的威望和战功，能不能顺利地继承首领之位，取决于图鲁和那些千户、将领。虽然她不想怀疑图鲁，可是人心易变，为了争夺权势和地位，历史上杀兄弑父的事情已屡见不鲜，更何况图鲁只是玛尼明阿图的结拜兄弟，难保他没有当部落首领的念头。万一图鲁做了部落首领，势必会将他们母子视为潜在的威胁，那样的话，奥巴岱不仅会失去首领的位子，她们母子也会坠入危险的境地。而且，阿勒坦汗的大军至今还驻扎在扎拉满罕山下，下一步会做什么，谁也无法预料。所以，吉格肯极力告诫自己，不能被痛苦淹没，一定要保持冷静，坚强地面对困境。

第二天，天刚一放亮吉格肯就起来了，她看看身边熟睡的乌讷楚，轻轻替她掖了掖羊皮被，然后起身穿戴梳洗。

吉格肯刚刚梳洗完毕，双目红肿的布日玛就用托盘端着早茶进来了，这是她多年养成的习惯，尽管玛尼明阿图已经不在了，她还是习惯早早起来为这一家人准备早茶。

布日玛默默地将早茶摆放到桌上，吉格肯行过德吉礼，转身对布日玛挤出一丝笑容，坐到桌前开始喝早茶。

布日玛对吉格肯的举动并不感到惊讶，她们从小一起长大，她深谙这个外表柔顺的女人有着一颗坚强的心。此时的她并不是不再痛苦，而是将痛苦深深埋在了心里，因为此时的克尔古特部不允许她沉迷在痛苦里。布日玛看到吉格肯这样镇定自若,心里虽感到欣慰,可还是鼻子一酸,眼泪不由滚滚而落。

见吉格肯已经将手把肉削好放在了茶碗里,布日玛急忙抻起袖管擦擦眼泪,拎起茶壶将热腾腾的奶茶倒进茶碗里,然后站在一旁默默注视着吉格肯。

吉格肯刚刚喝完早茶,图鲁就来到了她的毡房。吉格肯起身相迎,图鲁谢过之后坐到了桌子的一旁。

图鲁看看桌上残余的早茶,撸着胡须点点头,说道:“这就对了,不管怎么样也不能和自己的身体过不去。”未等吉格肯开口,图鲁又说道:“我已经派人去通知各位千户和将领到大帐等候,我是专程来请你去大帐议事的。”

吉格肯心中一凛,本想问问议事的主题,可又担心图鲁看出她的疑心,于是也不多问,站起身说道:“那我们过去吧,不要让他们等得太久。”说完,吉格肯拔腿就向毡房外走去,图鲁急忙站起身,随着吉格肯走出毡房,向大帐走去。

吉格肯和图鲁来到大帐的时候,那些千户和将领已经在大帐等候,奥巴岱、赛因、呼鲁格齐也在其中。

图鲁环视一下众人,扶着吉格肯向正前方的首领大座走去。吉格肯推开图鲁的手,说道:“那是首领的位子,我还是坐首座吧。”

图鲁转向众人,朗声说道:“我大哥玛尼明阿图为了部众战死沙场,如今奥巴岱还年幼,以后部族的事务就由吉格肯阿噶全权处理,等奥巴岱长大成人,再由他继承首领位子,你们没有异议吧?”

原来,老于世故的图鲁早已猜到了各位千户和将领的心思。时至今日,他的地位和权势无人可比,这一切又是大哥玛尼明阿图遵循当年“有福同享、有难同当”的结拜誓言,才让他这个兄弟有了今日。如今大哥虽然不在了,自己怎么能违背当年的誓言,做一个忘恩负义的人呢?自己无心继承首领一位,但他怕众人一旦明确提出让他继任首领,即便自己拒绝了,今后也会让吉格肯和奥巴岱心中因不信任而加以防范,而那些推举他的人也势必会和他有同样的结果,于是他先发制人,堵住了悠悠众口。

吉格肯和奥巴岱听图鲁这么一说,都将诧异的目光投向他,但转瞬间,他们的眼中充满了感激之情。

奥巴岱急忙站出来说:“一切听图鲁叔叔的,我没有异议。”

图鲁满意地看看奥巴岱,又将目光转向众人。吉格肯没想到奥巴岱这么识大体,不由赞赏地对奥巴岱微微点点头。

那些千户和将领看到图鲁坚定的目光,知道此时再说什么也是徒劳无益了，又见奥巴岱率先表了态，只好附和了图鲁的建议。

众人没有了异议，吉格肯才坦然坐到了首领的大座上，召集众人商量查探阿勒坦汗大军动向的事。就在此时，侍卫进来禀报，说阿勒坦汗派来的使者达里扎和波勒格带着十几名随从和礼物来到了克尔古特部，要求拜见吉格肯阿噶。

吉格肯没想到阿勒坦汗这么快就派人来了，她看看图鲁，图鲁向她微微点点头，吉格肯就让侍卫将两人带入了大帐。

达里扎和波勒格进入大帐，看到正前方端坐着一位四十多岁的中年妇女，身穿合体的蒙古袍，乌黑的头发编成两条大辫子塞在辫套里垂在胸前，素面朝天，头上不戴任何装饰。虽然面容有些憔悴，却掩饰不住她的清雅与高贵。两人估计她就是玛尼明阿图的夫人吉格肯阿噶，于是一起抚胸弯腰向吉格肯行礼。

行完礼，达里扎站直了身子，朗声说道："我们是阿勒坦汗派来的使者，前来拜见吉格肯阿噶。"

吉格肯向前欠欠身子算作回礼，然后又坐直身子说："二位使者辛苦了。"

达里扎又微微弯一下腰，说道："尊敬的吉格肯阿噶，请允许我向您转达阿勒坦汗对您崇高的问候。"达里扎转身指着身后随从手捧的礼物又接着说道："这是阿勒坦汗送给您的礼物，请您务必收下。"

自己的丈夫死在他的手中，如今又假惺惺地送来这些礼物安抚，难道丧失丈夫的悲痛仅用这些礼物就可以抚平了吗？吉格肯真想立刻杀了这两名使者，然后再将阿勒坦汗送来的礼物扔出去。可是，丈夫已经永远走了，克尔古特部的老少部众正眼巴巴地看她这个阿噶怎么保护他们，自己又怎么能意气用事呢？想到此，吉格肯平复了一下情绪，谦恭地答道："阿勒坦汗客气了。"

吉格肯转向图鲁："图鲁将军，请收下阿勒坦汗的敬意。"

图鲁令侍卫收下了礼物，波勒格挥手让随从退出。

吉格肯伸手礼让道："二位使者请坐，请喝碗热腾腾的奶茶暖暖身子吧。"

达里扎和波勒格也不客气，大咧咧地坐了下来。

奥巴岱、赛因、呼鲁格齐见到仇人的使者，用手紧紧握住腰间的刀柄，将愤怒的目光投向二人，都恨不能立刻拔刀砍了这两个人。

吉格肯看到了他们的愤怒，不断用眼神暗示他们不要冲动。

达里扎和波勒格对三人的怒视却视而不见，正好仆人端上了热气腾腾的奶茶，他们坦然地从仆人手中接过奶茶喝了一口，然后将茶碗放到旁边的小几上。

吉格肯问道："二位使者来有什么事吗？"

达里扎对吉格肯说："尊敬的吉格肯阿噶，阿勒坦汗让我转告您，对于玛尼明阿图诺延的死，也是他不想看到的，他对此感到非常遗憾。他说，不管是瓦剌蒙古还是东蒙古，我们原本是一家，在圣祖成吉思汗的时候，斡亦剌惕部的忽都合别乞就与成吉思汗结成了儿女亲家，并且世代联姻，蒙古人从此就像一家人一样和睦相处。可是，一些人为了一己私利，无端杀了我蒙古右翼那些手无寸铁的属民，抢了他们的财产和妻子儿女，如果阿勒坦汗不加以制止的话，这些血腥暴行还会继续，甚至可能演变成更大的仇杀和战争。阿勒坦汗此次出兵瓦剌，本来不是想用马刀来解决问题，而是希望在不伤害任何一个人的情况下，解决彼此的问题，只是其间有一些误会，才导致事态升级。"

吉格肯说："谁说不是呢，我们也不想看到流血牺牲，家破人亡，即便两位使者不来，我们也打算主动向阿勒坦汗求和的。"

达里扎故作惊讶道："是吗？阿噶深明大义，能这样为部众考虑，您有一颗像金子一样可贵的心哪。"

吉格肯笑道："您过奖了。"

图鲁问道："二位使者这次来，不知道带来了阿勒坦汗什么样的旨意？"

达里扎看一眼波勒格，波勒格意会，恭敬地对着吉格肯笑着说："阿勒坦汗想效仿成吉思汗，与贵部联姻，从此消弭战争，永世修好。"

"联姻？"吉格肯和图鲁异口同声惊讶地问道。

达里扎肯定地说："是的，联姻。"

听到"联姻"二字的时候，吉格肯的脑袋"嗡"的一下就懵了，波勒格再说什么已经听不见了，她的眼前只有女儿乌讷楚笑靥如花的容颜。

见吉格肯神色恍惚，图鲁急忙对两位使者说："二位一路劳累了，请先歇息一晚，吉格肯阿噶身体不好，加上诺延的去世对她打击很大，所以不能长时间陪着二位，联姻的事我们明天再说吧。"

达里扎还想说什么，图鲁起身伸手送客，达里扎和波勒格只好随图鲁的侍卫离开大帐。

吉格肯懵懵懂懂地被奥巴岱和呼鲁格齐扶回毡房，颓然坐到床榻上沉默不语，脑中混乱不堪，眼睛直直地望着前方。奥巴岱和呼鲁格齐被吉格肯的神情吓坏了，摇晃着吉格肯不断呼叫着："阿妈！阿妈！"

吉格肯渐渐回过神来，她环顾一下身边的人，拼命地让自己保持着冷静，她对奥巴岱和呼鲁格齐摆摆手说："我没事，你们先出去吧，让我静一静。"

跟随而来的图鲁担忧地看了一眼吉格肯，拉着奥巴岱和呼鲁格齐离去。

吉格肯就这样呆呆地坐在床榻上一动不动，泪水像决堤的河水滚滚滑落，她已经准备派人去向阿勒坦汗求和，可是从没有想过要用联姻的方式去求和，没想到阿勒坦汗却主动提出了这样的要求。

联姻，就意味着要将自己唯一的女儿献给阿勒坦汗，可女儿今年才只有九岁，而阿勒坦汗已经五十多岁了，不管阿勒坦汗有多么优秀，将女儿送给一个比自己岁数还大的男人，女儿的将来怎么办？

胡思乱想中，她想起了玛尼明阿图临走时对她说的话"凡事要以大局为重，无论如何也要保全我们的族人"。难道说，玛尼明阿图早就预料到会有这样的结果，才会那样嘱咐自己吗？

不！作为母亲，她怎么忍心将女儿送到那遥远而又陌生的地方，和一个老头子生活在一起呢？吉格肯拼命地摇摇头，不敢再想下去。她一动不动地坐在床榻上，内心在默默地祈祷，乞求长生天赐给她智慧，让她能很好地解决眼前的难题，不要让年幼的女儿成为牺牲品。

恍然间，她仿佛听到了无数人凄惨的号叫声，仿佛看到了无数双惶恐不安和期待的眼睛正直直盯着她。

唉！作为玛尼明阿图的妻子，她又不能眼睁睁地看着这些残留的部众也惨遭杀戮，该怎么办？吉格肯陷入了两难。

太阳悄悄地没入了地平线，吉格肯像尊雕像一样坐在那儿不停地胡思乱想着，完全忽视了还陪在她身边的布日玛。

布日玛已经知道了联姻的消息，她觉得又有一把利刃插在了吉格肯那颗滴血的心上。她为魂不守舍的吉格肯心如刀绞，又为一手带大的乌讷楚的将来担忧，可她却无能为力。

布日玛不让任何人打扰吉格肯，因为此时，任何劝解和安慰都是苍白无力的，吉格肯需要的是安静，只有这样，她才能想出最好的办法保全族人，保护乌讷楚。于是，布日玛也不说一句话，只是默默地陪在吉格肯身边。

毡房里越来越暗，布日玛点燃酥油灯的声响打断了吉格肯的思绪，让她回到了现实中。阿勒坦汗的使者还在等着她的答复，她没有时间坐在这儿再胡思乱想，几万部众的性命就在她的一念之间。

吉格肯擦去眼泪坐直了身子，淡淡地对布日玛说："去请图鲁来，我有事和他商量。”

布日玛见吉格肯虽然恢复了镇定，但一脸决绝的神情，她知道吉格肯已经做出了决定，也立刻猜到了她的决定，恐惧不禁涌上心头，心有不甘地想劝阻：“阿噶……”

吉格肯阻止布日玛道：“你什么也不要说了，快去吧。”

布日玛知道已经没有转圜的余地了，她抻起袖管悄悄擦了一把眼泪，起身向毡房外走去，刚掀起毡帘，就与图鲁撞个满怀。

看到图鲁，吉格肯勉强挤出一丝笑容，说道：“正准备去请你呢。”

图鲁看到吉格肯大吃一惊，才半天的工夫，吉格肯眼圈乌黑，深陷的眼眶就像好几天彻夜未眠的样子，往日白皙的皮肤黯淡无光，仿佛蒙上了一层灰。

图鲁鼻子发酸，一股热热的东西冲进了眼眶，他赶紧坐到桌旁的凳子上，急急地说：“乌讷楚是大哥最疼爱的女儿，她不能去联姻。”

吉格肯发干的嘴唇挤出一个凄惨的微笑，又用期待的目光看着图鲁，问道：“那你还有更好的办法吗？”

图鲁说：“我和乌力罕商量过了，让苏丽雅代替乌讷楚去联姻，反正阿勒坦汗也没有见过乌讷楚，谁去都一样。”

图鲁力拥奥巴岱继承首领位子，他的忠心已经让吉格肯因为怀疑他而感到羞愧。如今，他又要牺牲自己的女儿来保全乌讷楚，吉格肯怎么能够答应？于是，吉格肯坚决地拒绝道：“不行，纸里包不住火，万一阿勒坦汗知道我们欺骗了他，不仅苏丽雅小命不保，还会给我们的族人带来灾难。”

“可是，大哥生前那么疼爱乌讷楚，她是大哥唯一的女儿，大哥一直担心会有这么一天，我们怎么忍心把她送到那么遥远的地方去？”图鲁试图说服吉格肯。

吉格肯用充满感激的眼睛看着图鲁，又拒绝道：“你的忠心我相信玛尼明阿图一定看到了，我们虽然只有一个女儿，可我还有四个儿子，而你除了苏丽雅，再没有其他孩子了，所以，我不能这么做。”

图鲁感激又悲伤地喊了一声：“大嫂！”

吉格肯站起身举手阻止道：“不要再说了，我已经决定了，把乌讷楚献给阿勒坦汗。”

图鲁见吉格肯态度异常坚决，也不好再说什么，他站起身用敬重的目光又看了看吉格肯，无奈地走出毡房。

寒风像一把锋利的剑在夜空里狂舞，它活像一个失去理智的疯子，卷起了地上的杂物，呼啸着扑向克尔古特部的每一个毡房，几乎要掀翻了那些毡房。

在这寒风的怒号和呼啸声中，吉格肯仿佛听到一阵阵凄苦的声音，像狼嚎，又像远处的马嘶，有时又像人们在大难之中的呼救声。

吉格肯仰头向上，悲戚道："玛尼明阿图，你是在反对我的决定吗？那你告诉我，我该怎么做才能保住我们的族人？"

寒风依旧狂啸着，门毡被狂风掀起，一股寒风卷进毡房，吉格肯依然一动不动地坐在床榻上仰望着毡房顶。

吉格肯喃喃自语道："不要怪我心狠，如果是你，我相信你也会这么做的。"

一夜的寒风似乎吹走了笼罩在克尔古特部的阴霾。当太阳再次悬挂在东方的时候，湛蓝的天空和纯洁的白云，遮盖住了草原的凄凉。

吉格肯拖着疲倦的身体来到大帐，图鲁和奥巴岱、呼鲁格齐、赛因及几位千户、将领已经早早等候在大帐里，几人同时看到吉格肯一夜间白了许多头发，不禁悲从中来。那几名企图推举图鲁继任首领之位的千户和将领，看到几经痛苦打击的吉格肯再一次坚强地站在大帐中，内心由衷地对她产生了一份敬佩之情。

图鲁走到吉格肯面前哽咽道："大嫂……"再无话可说。

其他几位千户和将领也悲伤地叫道："阿噶……"

吉格肯坐到玛尼明阿图的座位上，环视一下众人，缓缓地说："去请阿勒坦汗的两位使者过来吧。"

达里扎和波勒格早已急不可耐，未等邀请就已经来到了大帐，侍卫带着他们进入大帐，他们看到吉格肯的白发也大吃一惊。为人父母者最能体会吉格肯此时的心情，他们不禁对吉格肯心生悲怜，说话也多了几分婉转与同情。

图鲁抱着最后一线希望，企图扭转局面，他对达里扎和波勒格道："除了联姻……"

吉格肯立即打断图鲁，对达里扎和波勒格说："请二位转告阿勒坦汗，我愿意与孛儿只斤家族联姻，三天后，我会亲自把女儿送过去。"

奥巴岱和呼鲁格齐惊讶地从椅子上一跃而起，齐声喊道："阿妈！"

暴躁的奥巴岱一跃而起，冲到达里扎和波勒格面前怒喊道："不能答应他们，他们杀了我阿爸，我们怎么能和仇人结亲。"

吉格肯急忙站起身制止道："回来，奥巴岱，不可对使者无礼。"

图鲁一个箭步冲过去拉住奥巴岱，奥巴岱甩开图鲁，继续喊道："我不会让妹妹去联姻的，我一定会杀了阿勒坦那个狗贼为阿爸报仇。"

吉格肯担心被愤怒冲昏了头的奥巴岱做出什么不可收拾的事情，又担心两位使者回去后，会将奥巴岱辱骂阿勒坦汗的事汇报给阿勒坦汗，万一因此惹恼了阿勒坦汗，就是送女儿去联姻，将来不仅女儿的日子不好过，奥巴岱也会成为阿勒坦汗厌恶的对象，那么，联姻不就是一件没有意义的事了？于是，吉格肯佯怒喝道："来人，将不懂礼节的奥巴岱拖出大帐。"

两名侍卫以为吉格肯真的发怒了，也不敢抗命，赶紧上前一左一右拉住了奥巴岱的胳膊，连拉带拽地将奥巴岱拉出了大帐。

看着奥巴岱被拖出大帐，吉格肯才回过头来，微笑着解释道："我儿子年幼，口无遮拦，请两位使者多多包涵。"

达里扎也笑道："我们能理解他的心情，不会见怪的。"

波勒格安慰道："吉格肯阿噶，我理解您不想将女儿远嫁的心情，但是雏鹰总会羽翼丰满离开鹰巢翱翔天空，女儿总会长大离开父母远嫁他人。您放心，您的女儿嫁给阿勒坦汗只会享受荣华富贵，不会吃苦受累的。"

吉格肯请两位使者坐下后说："让两位使者见笑了，我懂这个道理，只是一朝分离难免心中不舍。"

波勒格也真诚地对吉格肯说："今日有幸成为阿勒坦汗的使者来求亲，也算和您的女儿有缘。您如果信得过我，就将您的女儿交给我，在土默特我就是她的亲人，会好好照顾她的。"

达里扎也急忙说道："是的，是的，今后我也是她的亲人，一定会好好地照顾她，请阿噶放心。"

吉格肯笑笑，说道："有你们这句话我还有什么不放心的！请你们转告阿勒坦汗，只要能保证我的族人不再遭受战争的苦难，不再出现孤儿寡母，不再让我的族人颠沛流离，不要说把我的女儿嫁去享福，就算要我这条命我也在所不惜。"

达里扎站起来向吉格肯恭敬地行礼道："阿噶，您对您的族人福泽深厚，不仅您的族人会感激您，就是长生天也会保佑您和您的儿女们的。"

波勒格也起身向吉格肯施礼表达自己的敬意，然后说道："多谢阿噶，我们立即回去向阿勒坦汗报喜。"

达里扎和波勒格得到吉格肯满意的答复后，即刻向吉格肯告辞而去。

# 七、送亲

送走了阿勒坦汗的两位使者，吉格肯坚持不让别人送她，一个人回到了毡房。可一到毡房门口，她感觉浑身软绵绵的，整个身体就像失去了骨架，立刻要瘫倒在地上。吉格肯急忙扶住门框，企图借助门的力量进入毡房，可她就连抬脚的力气也没有了。

正在毡房内干活的布日玛听到门口的响动，放下手中的活儿走到门口掀起门毡，看到了脸色苍白的吉格肯马上就要摔倒了，赶紧伸手将她扶住。其其格见状，也赶紧放下手中的活儿，与布日玛一起将吉格肯架着扶到了床榻边。布日玛和其其格刚一松手，吉格肯立刻瘫坐在床榻上。

布日玛拉过靠枕垫在吉格肯身后，扶着吉格肯靠在床榻上，其其格拉过羊皮被盖在吉格肯腿上。

吉格肯拦住布日玛，让她去把乌讷楚带来，布日玛不放心地看看吉格肯，让其其格给吉格肯倒奶茶，自己快步走出毡房向乌讷楚的毡房走去。其其格倒了一碗奶茶递给吉格肯，吉格肯摆摆手拒绝了，闭上眼睛将头扭向一边。

不大一会儿，布日玛携着乌讷楚的手走进了毡房。吉格肯挣扎着坐起身子，努力挤出一丝笑容。乌讷楚看见吉格肯红肿的眼睛，呆呆地站在毡房门前不知所措。

"到这儿来，我的女儿。"吉格肯张开双臂迎接乌讷楚。

乌讷楚跑到床榻前扑进吉格肯的怀中，哭着叫了一声："阿妈！"

吉格肯强忍着眼泪搂住乌讷楚，轻轻抚摸着乌讷楚乌黑的头发。

乌讷楚紧紧搂住吉格肯说："阿妈，我想阿爸。"

布日玛和其其格泪如雨下，吉格肯的双臂越来越有力，紧紧抱着乌讷楚，眼泪也悄悄滑落在乌讷楚的头发上。

三天之后，自己唯一的女儿，全家人疼爱无比的女儿就要离去了。这一别，不知何年何月才能再见面，不，也不知道此生还有没有机会再见面。吉格肯不敢想下去，她担心自己的决心会动摇。

吉格肯松开乌讷楚，替她擦去眼泪，刚想告诉她联姻的事情，但看到她那双无助的眸子，话到嘴边又咽了回去，无奈地又搂住乌讷楚。

人们只看到了首领妻子坚强的一面，却没有看到她那颗滴血的心。此刻，她的心似刀剜一样地痛，实在没有勇气向女儿说出"联姻"两个字。她决定什么也不告诉女儿了，只想着如何和女儿度过这最后的三天。

吉格肯谁也不见，她怕别人的劝说动摇了她的决心。她把自己关在毡房内，每天除了亲自为乌讷楚做一日三餐外，就是日夜不停地给乌讷楚做衣服、靴子，好像乌讷楚离开她之后就会缺衣少食一样。

乌力罕苦苦哀求，吉格肯才答应让她过来和布日玛一起帮忙给乌讷楚做蒙古袍。乌力罕和布日玛像约好了一样，谁也不劝吉格肯，也不安慰她，只是默默地坐在一旁干活。

三天一眨眼就过去了，这一晚，黑沉沉的夜，仿佛无边的浓墨重重地涂抹在天际，连星星的微光也没有。大地已经沉睡了，微风轻轻地吹着，除了偶尔一两声狗的吠叫，凄冷的克尔古特部是寂静无声的。

乌讷楚早已进入了梦乡，而吉格肯却毫无睡意，在酥油灯下静静地端详着女儿。她从来没有这样仔细地看过女儿，一朝分离，她要将女儿的容貌深深刻入脑海，也好想念的时候有个印象。酥油灯换了又换，吉格肯仿佛还是看不够，就这样一直看到天色渐明。

吉格肯要去为乌讷楚准备最后的早餐，刚走到毡房门口，她又折回到床榻前，又看看熟睡的女儿，忍不住俯身吻一吻她，轻轻抚摸着她的脸颊。她还是不忍离去，头贴着女儿复又躺下，伸出手臂搂住了她。这是最后一次这样搂着女儿睡了，她多么希望就这样永远搂着她，什么也不问，什么也不管。

她的眼泪肆意地流淌着，她忍不住，她实在忍不住这分离的悲伤。这一别，也许就是一生，女儿今后的生活到底会是什么样子，她不知道，也不敢去想，只能在内心默默地祈求长生天保佑。

吉格肯搂着乌讷楚就这样静静地躺着，直到阳光无情地闯进毡房，她才不得不松开了女儿。

她起身再次亲吻了一下女儿，替她掖掖羊皮被，这才万般不舍地起身走出毡房。

吉格肯来到厨房的时候，布日玛早已捅开了炉火做好了准备。看到吉格肯进来，布日玛突然跪在吉格肯面前，乞求道："阿噶，让我和乌讷楚一起去吧。"

吉格肯急忙俯身搀扶布日玛，布日玛执拗着不肯起来。

布日玛泪流满面，说道："阿噶如果不答应，我就长跪不起。"

吉格肯蹲在布日玛面前，拉住布日玛的双手说："不行，你为了我，为了我的这个家，已经操劳大半辈子了，你已经这个岁数了，也该成亲为自己的今后打算了。"

布日玛摇摇头，说道："阿噶和诺延对我就像亲人一样，没有阿噶，我早就变成一堆白骨被扔到荒野了。”

布日玛擦擦眼泪继续说道：“乌讷楚是我一手带大的，就连我也心痛得无法入睡，更何况是你。我知道你的心在滴血，如果我不跟着去，你一辈子也不会安心的。”

布日玛一语点中吉格肯的痛处，她的泪水再次夺眶而出，她搂住布日玛，两人抱头痛哭。

布日玛拍拍吉格肯的后背说：“说句高攀的话，我早已把乌讷楚当成自己的女儿了。你就让我去吧，只有我亲自照顾她我才放心，你也放心啊。”

吉格肯松开布日玛，替她擦去眼泪说：“我一直把你当妹妹看待，这你是知道的，我知道你疼爱乌讷楚，可是……”

布日玛打断吉格肯的话：“不要可是了，就算你不答应，我也会偷偷跟着去的。”

吉格肯叹口气说：“既然如此，我也不拦着你了，乌讷楚今后就交给你了。”

布日玛含泪笑着再次抱住吉格肯说：“今后我不能再照顾你，你一定要照顾好自己啊。”

吉格肯扶起布日玛，含泪笑道：“你就是操心的命，不用担心我。”

两人一起为乌讷楚做好早餐，端着早餐进入吉格肯的毡房，朵兰已经在侍奉乌讷楚穿戴了。

喝过早茶，吉格肯亲手为乌讷楚穿上新做的蒙古袍，亲手为乌讷楚编了满头的小辫。

乌讷楚问道：“阿妈，今天为什么要给我穿上新衣服，还要亲自为我梳头？”

吉格肯闻言一怔，泪水不争气地又滚落下来。

乌讷楚急忙转身拉住吉格肯的手说：“阿妈，是不是我说错话惹阿妈不高兴了？阿妈，是女儿错了，您别哭了，好吗？”

乌讷楚伸手为吉格肯擦眼泪，吉格肯一把搂住乌讷楚不断亲吻着她的头发。吉格肯觉得没有时间再隐瞒了，是告诉女儿真相的时候了。她松开乌讷楚，伸手擦去眼泪，双手抚摸着乌讷楚的肩膀，说道：“乌讷楚，我的女儿，你已经长大了，阿妈有件事要告诉你，你听好了。”

乌讷楚怔怔地看着忽然严肃起来的母亲，不知道她要告诉自己什么。

吉格肯深呼一口气，定定地看着乌讷楚说：“女儿，今天你就要离开阿妈到遥远的地方去生活，以后阿妈不在你身边，你一定要听布日玛嬷嬷的话，要照顾好自己，知道吗？”

乌讷楚不解地问道："为什么让我到遥远的地方去生活？"

吉格肯犹豫了一下，说道："阿妈为你定了一门亲事，今后，你得和你未来的丈夫一起生活。"

乌讷楚好奇地又问道："我未来的丈夫，他是谁？"

吉格肯说："就是蒙古右翼土默特部的阿勒坦汗。"

乌讷楚惊讶道："阿勒坦汗，他不是杀死阿爸的仇人吗？为什么要我嫁给他？"乌讷楚说着，呜呜地哭了起来。

吉格肯搂住乌讷楚说道："阿勒坦汗是草原的大英雄，也是孛儿只斤家族的人，你嫁给他，会有一辈子享不尽的荣华富贵。"

乌讷楚挣脱吉格肯的怀抱，向后退了几步哭喊道："阿妈一定是不要我了才让我嫁给我们的仇人。阿妈，不要让我离开你，我以后会乖乖地听话的。阿妈，求你了，我已经没有阿爸了，我不能再没有阿妈。"

乌讷楚的哭喊声让吉格肯悲伤得不知该怎么说下去，布日玛和朵兰在一旁凄然泪下。

奥巴岱和呼鲁格齐来到吉格肯的毡房，他们听到乌讷楚的哭喊声，急忙冲进毡房，奥巴岱一把拉过乌讷楚，对吉格肯说："阿妈，不要把妹妹送给阿勒坦那个老贼，这样只会毁了妹妹一生的幸福。"

呼鲁格齐也挡在乌纳楚面前，说："是啊，阿妈，不能让乌讷楚去，大不了我们再和阿勒坦打一仗。"

吉格肯怒斥道："你们在胡说什么！"

奥巴岱跪在吉格肯面前哭道："阿妈，求您了，不要让乌讷楚去联姻。"

呼鲁格齐也跪在吉格肯面前，哀求道："阿妈，求您了！"

吉格肯再一次泪如雨下，儿子的祈求让她不知该如何向他们解释自己的苦衷。乌讷楚见吉格肯流泪，走到吉格肯面前哭着替吉格肯擦泪，吉格肯站起身一把搂住乌讷楚说："女儿，不要怪阿妈心狠，阿妈也是没有办法啊。"

乌力罕怀抱着为乌讷楚准备的礼物和图鲁一起来为乌讷楚送行。他们还没走到吉格肯的毡房，就听到了奥巴岱和呼鲁格齐的怒喊声，听到了乌讷楚的哭声。他们疾步向吉格肯的毡房走去，一走进毡房，看到眼前的情景，也不由得泪如雨下。

乌力罕走过去放下礼物，把乌讷楚搂进怀中，抚慰道："乌讷楚，阿妈不是不要你了，其实，最舍不得、最难过、最心疼的是你的阿妈啊。"

奥巴岱气愤地说："既然阿妈舍不得乌讷楚，那就不要让乌讷楚去联姻。"

图鲁扶起奥巴岱和呼鲁格齐，一只手搭在奥巴岱肩上，一只手搭在呼鲁格齐肩上，说道："奥巴岱、呼鲁格齐，我知道你们疼爱乌讷楚，可是我们战败了，你们的阿爸和克舍叔叔舍命保护你回来，难道是为了让你带着族人再去送命吗？"

奥巴岱恨声道："用一个女孩子一生的幸福去换取安宁，我觉得这是一种耻辱。"

图鲁严肃地说道："孩子，你这话就错了。你们的祖先忽都合别乞由于协助成吉思汗统一草原有功，成吉思汗就将自己的女儿嫁给了他的儿子，从此瓦剌与孛儿只斤家族世代联姻，一直享有'亲视诸王'的特殊地位，难道这是一种耻辱吗？"

图鲁看看奥巴岱、呼鲁格齐，再看看乌讷楚，说道："联姻，并不是一种耻辱，而是为了消弭战争，为了扩大我们的实力和保全我们的部族唯一的办法啊。"

见奥巴岱和呼鲁格齐不再争辩，图鲁扶吉格肯坐到床榻上，自己又回到桌子旁坐下。乌力罕拉着乌讷楚坐到吉格肯身旁，几个人都看着图鲁，听他继续往下说。

图鲁看看吉格肯，又接着说道："我想，除了你们的阿妈，只有我最了解你们的阿爸了，他是极不情愿打仗的。自从蒙古汗国退居草原后就四分五裂了，为了争权夺利，各部落之间的征战和杀伐不断，每个帐篷里面，每个有炊烟的地方，都有我们蒙古女人和孩子的啼哭声。为了躲避战争，你们的爷爷，放弃了祖辈留下的牧场来到这里，就是不希望我们的部族再有杀戮，再流血呀。你们的阿妈比你们更疼爱乌讷楚，孩子是阿妈的心头肉，她这么做也是在挖她自己的心头肉啊。"

听到图鲁如此了解自己的苦心，吉格肯感激地看着他。

呼鲁格齐问道："那为什么还要打这一仗呢？"

"孩子，这不是我们能选择的，孛儿只斤家族和瓦剌之间有世仇，身为蒙古人怎么可能忘记复仇。"图鲁说道。

"世仇？"奥巴岱与呼鲁格齐齐声问道。

"是的。"图鲁答道。

图鲁的眼神飘向远方，思绪也随之回到遥远的过去。

"成吉思汗的孙子忽必烈和阿里不哥为了争夺汗位发动了战争，瓦剌因为和阿里不哥是联姻关系，自然选择站在阿里不哥这一边，结果，战争是以忽必烈一方的胜利而告终。忽必烈建立元朝后，瓦剌出身的人都不被重用。不仅如此，忽必烈还下令禁止向瓦剌输出粮食和物资，因得不到粮食和物资，瓦剌所有的人被饥饿和寒冷所困，饿死、病死、冻死的人不计其数。后来，南朝建立后，惠帝被迫退居草原。就在孛儿只斤家族衰弱之机，瓦剌的绰罗斯部逐渐强大起来，他们的首领猛哥帖木儿再次统一了瓦剌，使瓦剌逐渐强大起来。而南朝为了彻底消灭孛儿只斤家族，就与瓦剌联合起来一起攻打孛儿只斤家族，对孛儿只斤家族采取斩尽杀绝的办法，经过百余年的激烈征战，瓦剌征服了整个蒙古草原。但是，孛儿只斤家族的统治地位已经深入人心，瓦剌不管再怎么强大，都还是拥立孛儿只斤家族的人为蒙古大汗。可是，绰罗斯部的也先继承了太师之位后，他却不甘心只坐太师之位，就杀了孛儿只斤家族的脱脱不花汗，自称为'大元天圣大可汗'，这便为瓦剌埋下了血光之灾。"

奥巴岱、呼鲁格齐、乌讷楚从来没有听父亲讲过这段历史，因此不知道瓦剌和孛儿只斤家族还有这样的仇恨，于是静静地听着图鲁讲述祖先的事情。

图鲁顿一顿接着说道："也先的这种做法，引起了拥护孛儿只斤家族那些部下的不满，在他称汗不到一年的时间，这些部下便反叛了，杀死了也先，投奔到孛儿只斤家族去了。孛儿只斤家族所在的东蒙古逐渐又恢复了往日的势力，屡次兴兵向瓦剌人雪洗前仇，这一战又是几十年。最后，孛儿只斤家族的达延汗又一次征服了瓦剌，并向瓦剌颁布了种种禁令，迫使瓦剌退出蒙古草原，迁向更加遥远的西北方。而瓦剌又一次分裂成若干部落，其中势力较大的有我们克尔古特部、厄鲁特部、巴阿图特部和中明安部四个部落，也就是在此时，你们的爷爷带着我们来到了这个地方。"

乌讷楚问道："都是蒙古人，瓦剌和孛儿只斤家族为什么就不能友好相处呢？"

"血的教训让孛儿只斤家族心有余悸，总担心瓦剌再次强大起来。而瓦剌自从再次分裂之后，就各自为政，为了自己的私利，根本不顾及其他部落，这次就是因为瓦剌的部落抢掠了土默特部的部众，才挑起了事端。"图鲁无奈地说道。

"谁惹的事让他们自己去承担，我们不参加战争就可以了啊。"奥巴岱气愤地说道。

"你别忘了，我们也是瓦剌的一员，我们身上也流着瓦剌蒙古人的血，唇亡齿寒，如果瓦剌各部都被消灭了，我们还能安宁吗？"图鲁问道。

图鲁这一问，让奥巴岱和呼鲁格齐无言以对。是啊，如果是自己，面对同胞遇难怎么能袖手旁观呢。

了解了这段历史，众人都沉默了，不知该说什么好。这时，乌讷楚走到吉格肯面前，突然说道："阿妈，如果阿勒坦汗不再攻打我们，我愿意去联姻。"

乌讷楚的一句话犹如激起万千浪，每个人都怀着复杂的心情看着她。

吉格肯抱住乌讷楚凄然道："我懂事的女儿，阿妈也舍不得你，可是阿妈实在是无能为力啊。"

图鲁劝吉格肯道："乌讷楚嫁过去未必是件不幸的事，也许，这也是长生天为乌讷楚安排的命运，注定让她成为一个大富大贵的人呢。"

乌力罕拭去眼泪提醒道："快别哭了，时候也不早了，你也该梳洗打扮了。"

朵兰跪倒在吉格肯面前说："阿噶，让我和小姐一起去吧，小姐去哪儿，朵兰就跟到哪儿。"

乌力罕感叹道："好一个忠心的小丫头。"

吉格肯扶起朵兰搂在怀中说："你的忠心像白云一样纯洁，像岩石一样坚硬！好吧，你就和乌讷楚一起去，以后也好做个伴。"

朵兰含泪答道："放心吧阿噶，诺延和阿噶从来没有嫌弃过朵兰出生卑微，待朵兰像女儿一样，乌讷楚小姐又把我当成姐妹一样，以后，就是拼上我的性命我也不会让小姐受到任何伤害的。"

布日玛疼爱地在朵兰头上戳了一指头道："又不是让你去打仗，要你性命干什么，快去收拾东西吧。"

得到吉格肯的允诺，朵兰的悲伤一扫而光，轻快地飞奔出吉格肯的毡房，去准备远行的东西。

图鲁站起身招呼奥巴岱与呼鲁格齐："走吧，让你们的阿妈准备一下，时间也不早了。"

布日玛从床榻上的木柜中取出吉格肯的礼服和头饰，对吉格肯说："让我最后服侍阿噶一次吧。"

吉格肯含泪握住布日玛的手，不舍地看着她。

布日玛帮吉格肯换好礼服，在乌力罕的帮助下替吉格肯带上固姑冠。

乌讷楚走到吉格肯身边，吉格肯拉起乌讷楚的小手走出毡房。

一出毡房，吉格肯惊呆了，部族所有的男女老幼全都鸦雀无声地聚集在吉格肯的毡房前。原来，他们已经知道了乌讷楚为了他们要去联姻的消息，于是不约而同地来到这儿，为他们可敬的小主人送行。

崔家贤带着凤儿站在人群前，看到吉格肯和乌讷楚出来，急忙拉着凤儿走上前来，让凤儿跪倒在吉格肯面前。

崔家贤说："阿噶，让凤儿和乌讷楚小姐一起去吧，凤儿虽然粗笨，但是做个饭洗个衣服还是可以的。”

吉格肯扶起凤儿道：“崔先生，谢谢你的好意，你也需要凤儿，就让她照顾你吧，有布日玛和朵兰就可以了。”

崔家贤又拉着凤儿跪倒，向吉格肯磕头，然后抬起头凄然说道：“诺延救了我们父女俩，我们却无以为报……”说着，崔家贤呜呜地哭了起来。

部族的人齐刷刷地跪倒在地上，向吉格肯和乌讷楚磕头，吉格肯急忙说道：“大家快起来，我受不起你们这样的大礼。”

有人喊道：“长生天，请保佑我们的小主人乌讷楚吧，让她永远幸福快乐，没有灾难。”

众人附和道：“保佑小主人吧。”

图鲁和奥巴岱带着侍卫牵着马，拉着勒勒车来到吉格肯的毡房前，无论吉格肯怎么劝说，族人们就是不肯起来，无奈，吉格肯只好携着乌讷楚坐上了勒勒车。

在图鲁和奥巴岱的带领下，勒勒车缓缓离开克尔古特部。牧人们奏起了马头琴，悠扬的琴声缓缓流淌，带着忧伤、带着悲愤飘向草原，环绕着丛林，随流水一起呜咽。

克尔古特部的人们跟在勒勒车后，齐声唱起了古老的送亲歌：

“鸿雁展翅向南飞，
芳草低头多秋凉，
含泪告别阿爸阿妈，
孩儿出嫁到远方。

云雾缭绕在草原上，
秋风吹来花凄凉，
含泪告别众乡亲，
今日出嫁到他乡……”

忧伤，随着歌声沁入每个人的心里，弥漫在草原上，每个人眼含热泪，送了一程又一程。

乌讷楚将头探出勒勒车窗外向后望去，克尔古特部的蒙古包在她的眼里越来越小，送行的人们渐渐成为大地上的一个个黑点。

家乡的一草一木被甩在了身后，乌讷楚又看到了玛尼明阿图出征时的那棵蓬松树，她仿佛看到玛尼明阿图伫立在蓬松树下，微笑着与她挥手告别……

# 八、别离家乡

勒勒车行走在蜿蜒的小路上，车轮发出“吱嘎吱嘎”的声音，好像一位孤独的歌者在吟唱着一首离别的歌曲。

风掀起了车窗的帘子，吉格肯向外望去，冬天的草原，已经没有了绿色，有的只是一片枯黄，一种连天的枯黄，好像丧失了青春的活力，让她感到一种巨大的沉寂。是的，是沉寂，一种笼罩天地的沉寂。

远处，巍峨的扎拉满罕山依然默默端坐在阳光下，没有了往日的风采，似老人般沉稳和肃穆，更加重了吉格肯的这种沉寂感。

越看越觉得心酸，吉格肯不忍再看下去，她扭过头伸手搂住乌讷楚，随着勒勒车的颠簸，轻轻摇晃着乌讷楚。此刻的她，担忧更多于悲伤。

这一别，母女就会天涯永隔，此生不知道还能不能再见面，年幼的女儿将无依无靠，一个人生活在遥远而又陌生的异乡，不能再像现在这样抱着她，不能再嘘寒问暖，她将来会过什么样的生活，会遭遇什么样的不测，这都是她无法预测和想象的。

因为这种担忧，一路上，吉格肯对乌讷楚千叮咛万嘱咐的，可她还是觉得遗漏了什么，于是闭上眼睛又细细思索起来。

勒勒车外响起了图鲁的声音：“大嫂，已经到了扎拉满罕山脚下了，在这儿能看到阿勒坦汗的军营了。”

吉格肯松开乌讷楚，伸手掀起车窗帘，看到漫山遍野的旌旗迎风招展，一座座蒙古包紧密有序地从山脚下一直延伸到半山腰，隐隐看到人影在晃动。

吉格肯放下车窗帘，抬手撸了撸头发，扶了扶固姑冠，又整理了一下蒙古袍，扳过乌讷楚的双肩，直直望着她的眼睛，再次叮嘱道：“到了土默特以后，你要学会照顾自己，与别人要和睦相处，凡事能忍则忍，千万不能像在家里一样任性，有什么事多和布日玛嬷嬷商量，记住了吗？”

乌讷楚忽闪着水汪汪的大眼睛看着吉格肯，想：“阿妈这是怎么了，这些话一路上已经不知道说了多少遍了，为什么还要再说一遍？”乌讷楚不想违拗阿妈的意思让阿妈难过，就郑重其事地点了点头。

吉格肯又接着说道：“用钱财打扮自己，不如用知识武装自己，你是一个聪明勤奋的孩子，有机会依然要多学多看。你嫁过去就是阿勒坦汗的哈屯，也许将来有一天，你所学的知识才能给你最大的帮助。”

乌讷楚终于有些忍不住了，她拉住吉格肯的手说：“阿妈，你已经说了好多遍了,我都记住了。”

吉格肯叹口气,替乌讷楚理理头发,又整了整乌讷楚的蒙古袍,说道:“小小年纪就让你承担这么重的压力,也真是难为你了。”吉格肯觉得该交代的已经全部交代完了,于是又掀开车窗帘叫道:“图鲁!”

图鲁来到勒勒车旁应一声:“是!”

吉格肯突然又想起了什么,急忙对图鲁说:“再等一下!”他转身又严肃地对乌讷楚说:“孩子,你要记住,你肩上担着部族上万人的性命,稍有不慎,就会给我们的部族带来灾难,如果你不想我们的家乡被鲜血染红,就一定要谨言慎行,知道吗?”

见吉格肯突然变得很严肃,乌讷楚急忙使劲地点头,说道:“阿妈不用担心我,我走了以后,阿妈也要照顾好自己,这样我才能放心。”

吉格肯捧着乌讷楚的脸颊亲吻了一下,微笑道:“这话说得像个小大人一样,希望阿妈的选择带给你的是幸福和快乐。”

女儿的懂事,让吉格肯略感欣慰,也让吉格肯更加不舍,这样的女儿,谁舍得将她送到一个人生地不熟的地方,过那种就连自己也无法想象的生活?然而,现实就是这么残酷,吉格肯没有其他的选择。

吉格肯又搂住乌讷楚,对勒勒车外的图鲁说道:“派人去通报吧!”

不大一会儿,一阵急促而又杂乱的马蹄声和吆喝声由远及近,勒勒车随即停了下来,只听达里扎说道:“图鲁将军,欢迎欢迎!哈哈……”

图鲁说:“多谢达里扎将军前来相迎。”

达里扎又策马来到吉格肯的勒勒车旁,对着勒勒车行了礼,说道:“吉格肯阿噶,我们可汗已经备好了热腾腾的奶茶和醇香的马奶酒,在这儿等候多时了。”

吉格肯掀起车窗帘,面带微笑地对达里扎说:“劳烦将军在前面引路吧。”

勒勒车又行驶起来,乌讷楚好奇地掀起车窗帘想往外看,吉格肯按住乌讷楚的手,小声说道:“坐好了,不要乱动。”

乌讷楚像一个做了错事的孩子,悄悄吐吐舌头耸耸肩,然后坐直了身子,将两只小手放在膝上,不敢再乱动。

又走了一会儿勒勒车停了下来,布日玛掀起勒勒车的门毡,扶着吉格肯的手走下勒勒车,随后又将乌讷楚抱下勒勒车,跟随在吉格肯身后。

这时,响起了沉闷的号角声,达里扎和波勒格走上前来向吉格肯行礼道:“欢迎阿噶,阿勒坦汗在大帐等候各位呢,请!”

前方不远处有一座大帐,四周旌旗飘扬,通往大帐的道路两侧各站着一排手持弯刀的勇士。他们神情肃穆，站立在那儿纹丝不动，就像一座座雕像一样。

“难怪瓦剌不是阿勒坦汗的对手，虽然克尔古特部在两年前因经历过明军烧荒、捣巢、赶马的破坏致使实力大损，但在瓦剌依然算是颇有实力的部落，可和阿勒坦汗的这些训练有素的勇士相比，克尔古特部的勇士还是稍逊一筹。看来，我们需要重新训练那些勇士了。”吉格肯暗忖道。

吉格肯携着乌讷楚的手，带着图鲁、奥巴岱、布日玛和朵兰，随达里扎和波勒格向阿勒坦汗的军帐走去。走到军帐门口，站在门口的士兵掀起了门毡，达里扎伸手礼让道：“阿噶，请进！”

吉格肯进入大帐，看到大帐上方端坐着一个人，这个人年龄较长，健壮的身体与花白的须发有些不大相称，毡帽下的那张脸清瘦矍铄，特别是那双眼睛，目光灼灼，仿佛能洞察人世间的一切。吉格肯意识到面前的这个人应该就是阿勒坦汗。

吉格肯快速扫了一眼站在阿勒坦汗左前方的巴雅思哈勒、辛爱、达云恰和威正宰桑后，将目光移向阿勒坦汗。

阿勒坦汗双手置于膝上，看着眼前这个穿着马蹄袖蒙古袍、头戴高耸的固姑冠，仍有几分姿色的端庄女子，发现她眼中有一种隐含的倔强和惆怅。

吉格肯见阿勒坦汗在审视着自己，不由微微扬起下巴，镇定地看着阿勒坦汗。

达里扎右手抚胸向阿勒坦汗行礼后，向阿勒坦汗介绍吉格肯：“禀可汗，这位就是克尔古特部首领玛尼明阿图的妻子吉格肯阿噶。”

吉格肯不卑不亢地向阿勒坦汗行礼：“拜见阿勒坦汗。”

阿勒坦汗站起身回礼道：“阿噶不必多礼。”

吉格肯向阿勒坦汗介绍图鲁：“这位是我丈夫的那可儿图鲁，也是克尔古特部的大将军。”

图鲁抚胸行礼道：“拜见可汗！”

阿勒坦汗看着身材魁梧挺拔、面带威气的图鲁，又想起战死的玛尼明阿图和克舍，不由暗自感慨，如果瓦剌各部能戮力同心，必定会打一场旷日持久战了。他为玛尼明阿图和克舍感到惋惜，这样的一些人物，如果能投于自己麾下，那该有多好。

对英雄的相惜，阿勒坦汗客气道：“欢迎图鲁将军。”

吉格肯又介绍乌讷楚和奥巴岱：“这是我的女儿乌讷楚，这是我的儿子奥巴岱，乌讷楚、奥巴岱，来拜见阿勒坦汗。”

乌讷楚低下头单膝下跪，双手伏在膝上，向阿勒坦汗行跪拜礼，然后抬起头来，用水汪汪的大眼睛直直看着阿勒坦汗。

阿勒坦汗有些失望，他没有想到玛尼明阿图的女儿还是一个稚气未脱的小女孩，但他看到这个小女孩见到他竟然没有一丝畏惧，不禁好奇地端详起她来。他发现这个扎着满头小辫的小女孩，脸盘白白净净的，眉眼清清亮亮的，含笑的嘴瓣儿像恬静的弯月一样，脸上的那颗黑痣，非但没有影响她的清秀，反而增添了几分灵气。

奥巴岱见阿勒坦汗不停地打量着乌讷楚，不由怒目相向，极不情愿地向阿勒坦汗行抚胸礼，提高嗓门说道："拜见阿勒坦汗！"

辛爱、达云恰不满奥巴岱的无礼，但碍于阿勒坦汗，也不敢出言训斥，只能满脸怒气地瞪着他。

阿勒坦汗收回端详乌讷楚的目光，看了一眼英气逼人、略带鲁莽的奥巴岱，故意对他不理不睬，将目光转向吉格肯等人，说道："各位不必多礼，请坐吧。"

吉格肯与图鲁、奥巴岱就座，乌讷楚站在吉格肯身旁，布日玛和朵兰站在吉格肯身后，仆人端上奶茶放在吉格肯和图鲁、奥巴岱面前。

阿勒坦汗说："阿噶一路辛苦了，达里扎和波勒格回来都和我说了，您的深明大义让阿勒坦佩服哪。"

吉格肯微微一弯腰，笑道："可汗过奖了。"

阿勒坦汗也笑道："您就叫我阿勒坦吧。您为了和平大业，不嫌弃我这半百之人，将掌上明珠许配给我，让我感激不尽！您放心，我一定会善待您的女儿的！"

吉格肯闻言心里一酸，极力克制住自己的情绪，微笑着说："可汗说哪里话，克尔古特部与孛儿只斤家族几百年前就世代联姻，您又是我们蒙古草原的大英雄，雄才伟略、英明睿智，乌讷楚能嫁给可汗，不仅是克尔古特部的荣耀，也是她三生有幸啊。"

图鲁也随着吉格肯的话附和道："是啊，是啊。"

阿勒坦汗笑道："阿噶谬赞了，不过阿噶这句话说得很对，克尔古特部与我们本来就是一家，应该友好相处才是。"

吉格肯笑着点点头，说道："我女儿还年幼，以后少不了让可汗操心，我想让布日玛和朵兰陪着乌讷楚一起去土默特，这样她也能尽快适应那里的生活。"

布日玛和朵兰听吉格肯提到自己，赶紧走到阿勒坦汗面前跪拜行礼。

阿勒坦汗说："这样也好，有熟悉的人照顾她，让她能够更快适应土默特的生活。不过,阿噶也请放心,除了她们俩,我还会派专人服侍她,不会让她受半点儿委屈的。”

“可汗这样说我还有什么不放心的。”吉格肯说完站起身,扭头看看图鲁和奥巴岱,两人会意,一起站了起来。

吉格肯对阿勒坦汗微微欠欠身子,说道:“我的女儿以后就拜托可汗了,我们先告辞了。”

阿勒坦汗起身挽留道:“我已经令人准备了晚宴,阿噶明天再走不迟。”

乌讷楚用期待的眼神看着吉格肯,吉格肯拉起乌讷楚的手轻轻拍了拍,对阿勒坦汗说道:“女儿早晚是要离开父母的,多留一刻便多一分牵挂,请您理解一个母亲的心。”

吉格肯又转向乌讷楚,抚摸着乌讷楚的头发说:“女儿,记住阿妈的话,你要把土默特当成自己的家,以后要好好服侍可汗,知道吗?”

乌讷楚忍住眼泪点点头,布日玛赶紧走过来拉住乌讷楚的手。

吉格肯与图鲁、奥巴岱向阿勒坦汗再次行礼后,转身疾步走出大帐,没有勇气再回头看一眼。

走出大帐,吉格肯已经顾不上什么仪表和风度,几乎是一路小跑着回到了勒勒车上。一坐进车内,她就咬住自己的袖子竭力压抑着自己,不让自己哭出声来。

图鲁看到吉格肯这个样子,急忙拦住出来送行的达里扎和波勒格,与奥巴岱疾步走到自己的坐骑前翻身上了马,向远处的达里扎和波勒格挥挥手,便带着一众人等离去。

吉格肯伏在勒勒车窗上泣不成声,一直回到克尔古特部,她的泪水也没有干过。

奥巴岱一路上为阿勒坦汗对他的漠视感到愤愤不平,虽然图鲁给他讲了祖先的故事,他还是不理解母亲为什么要这么做,他宁可战死也不愿把年幼的妹妹嫁给那个比父亲还年长的老头,只是他不想让母亲生气,所以才勉为其难地听从了母亲的安排。

直到回到克尔古特部,他看到双目红肿但泪痕未干的吉格肯,才深深理解了母亲的悲痛和对妹妹的不舍,他只恨自己不能为母亲分忧,不能阻止这一切。

漫天大雪洋洋洒洒,大地银装素裹,皑皑白雪覆盖了山川,覆盖了草原,阿勒坦汗率领着他的大军要返回土默特了。

出征的将士们已经归心似箭,他们不畏严寒,不惧道路难行,缓缓行走在这白色的世界中,大军过后,留下一串串长而凌乱的勒勒车印和马蹄印。

乌讷楚和布日玛、朵兰同乘一辆勒勒车,车子的颠簸让疲倦袭上布日玛和朵兰。她们昏昏欲睡的时候,乌讷楚却没有一丝倦意,不时把头探出车窗外,看着家乡的一草一木被甩在身后。小小年纪的她此时才体会到了分离的痛苦和离家的不舍。她看着车窗外萧条败落的景象,多么希望阿妈和哥哥此时出现在身后,把她接回到那个暖融融的毡房里,可她的心被失望打击得犹如覆盖在大地上的冰雪一样寒冷。

嗖嗖的寒风透过毡子钻进车内,布日玛被冷风激醒。她看到乌讷楚将头探在窗外,伸手把乌讷楚搂进怀里说:“别看了,天气这么冷,小心冻坏了。”

布日玛的话惊醒了朵兰,朵兰伸手握住乌讷楚的手说:“是啊,再看我们也回不去了。”

布日玛刚想责怪朵兰口无遮拦,朵兰却惊叫道:“小姐,你的手怎么这么凉啊!”

布日玛拉起乌讷楚的手,感觉她的手像冰块一样,赶紧抓起她的手放到嘴边哈口气,用双手搓着乌讷楚的手。搓了一会儿,她觉得乌讷楚的手还是冷冰冰的,又解开蒙古袍,将乌讷楚的小手掖在自己的腋窝里。

乌讷楚问道:“嬷嬷,我是不是再也见不到阿妈了?”

布日玛安慰道:“不会的,你以后还会见到阿妈的,只是见面的机会会少一些,毕竟你已经是有夫家的人了,将来,你的丈夫就是你的天,你的依靠,以后你要和你的丈夫生活在一起。”

乌讷楚从布日玛的腋窝下抽出手,抱住布日玛的腰,哭道:“嬷嬷,我害怕,我想阿妈,我想阿爸。”

布日玛也忍不住黯然泪下,紧紧搂住乌讷楚说:“不怕,我的孩子,有嬷嬷在呢,啊!”

看到乌讷楚和布日玛痛哭,朵兰也不禁泪流满面,她从乌讷楚身后抱住她,安慰道:“不怕,还有我呢。”

太阳渐渐没入了地平线,寒风阵阵袭来,卷起地上的浮雪,劈头盖脸地砸向每一个人。大军在雪地里已经行走了整整一天,早已人困马乏。阿勒坦汗见前方有一大片树林,天色也渐晚,就下令让大军在这片树林里扎营休息。不大一会儿,一间间蒙古包拔地而起,一堆堆篝火熊熊燃起。

阿勒坦汗让卫兵在自己的行帐旁为乌讷楚搭起一座蒙古包,又派达云恰将乌讷楚主仆三人领进了蒙古包。

乌讷楚等达云恰一走就躺在了临时搭起的床榻上，布日玛和朵兰忙着整理物品。这时，阿勒坦汗带着两名侍卫来到乌讷楚的蒙古包，那两名侍卫手上分别捧着食物和羊皮被。

乌讷楚看到阿勒坦汗，急忙从床榻上翻身起来迎接，布日玛和朵兰也忙不迭地放下手中的活儿，向阿勒坦汗弯腰行礼。

阿勒坦汗四下看看，伸手推一推蒙古包的骨架，满意地说道："嗯，还不错，晚上应该不会太冷。"

阿勒坦汗又转身对侍卫说："多备些柴火，夜间别让火熄灭了。"

两名侍卫急忙应答道："是，可汗！"

阿勒坦汗指指身后侍卫手中的物品，对布日玛说："天气寒冷，你们一定要吃饱了再睡，我带来一些鲜奶和马奶酒，大雪天的，喝些马奶酒可以取暖，鲜奶在睡前再喝，有助于睡眠。喏，还有几张羊皮被，不够的话就让侍卫来禀报我。"

布日玛答一声"是"，就从一名侍卫手中接过食物，朵兰急忙过去从另一名侍卫手中接过羊皮被，两人放好食物和羊皮被后，又站立在乌讷楚身后看着。

阿勒坦汗弯腰笑眯眯地看着乌讷楚，问道："你们是第一次出远门吧？"

乌讷楚眨着明亮的大眼睛看着阿勒坦汗，紧抿着嘴唇点点头。

阿勒坦汗说："到土默特需要很长的时间，现在又下了雪，路上也不好走，需要什么就直接和我说。"

见乌讷楚愣怔着不说话，布日玛赶紧向阿勒坦汗行礼道："多谢可汗费心。"

乌讷楚好像突然回过神来，也行礼道："多谢可汗。"

阿勒坦汗拎起几根柴火放进火盆里，然后拍拍双手说："我走了，吃完了早点休息吧。"

阿勒坦汗说完，带着两名随从离去。

阿勒坦汗一走，乌讷楚又躺倒在床榻上，布日玛将阿勒坦汗送来的干羊肉放在未被燃烧的柴火上让朵兰看着，自己将奶酪溶解在雪水中熬成奶茶，又抓了一把炒米放进奶茶里。准备齐全后，拉起乌讷楚坐到床榻边，将茶碗和烤好的干羊肉递到乌讷楚手里。

三个人简单地吃完晚饭，布日玛就让乌讷楚和朵兰躲进了羊皮被。

布日玛一边拾掇，一边说道："阿勒坦汗还是一个很细心的人，能嫁给这样的男人，今后也不会遭罪了。"

朵兰接过话题道："就是岁数太大了，我看比诺延的岁数还要大很多。"

布日玛瞪一眼朵兰道："你懂什么，男人岁数大了才更知道疼人。"

听朵兰提到阿爸，乌讷楚掀开羊皮被下了床榻，穿上皮靴就往蒙古包外走去。

布日玛扭头问道："孩子，你要去哪？"

乌讷楚没有回答，径直走出了蒙古包。

布日玛急忙对朵兰说："你快跟着她去。"

朵兰急忙下了床榻，穿上靴子追了出去。

风停了，天上又飘起了雪花，燃烧的篝火被雪花熄灭了，周遭漆黑一片，寂静无声，根本不像一个大军驻扎的地方。

乌讷楚仰起头，雪花星星点点飘落在脸上，她问身旁的朵兰："哪儿是家乡的方向啊？"

朵兰仰头看看漆黑的天空，也分不清东南西北，就顺手指了一个方向说："应该是那边吧。"

乌讷楚望着朵兰指的方向，说道："不知道阿妈他们现在在做什么。"

朵兰觉得身上的温度正被寒冷一点一点剥去，她瑟缩着身子，哈一口气搓搓手又跺跺脚，但还是觉得有一股寒气从脚底缓缓升起，正透过蒙古袍向她的身体袭来。

朵兰扭头看看乌讷楚，发现她一动不动地看着她刚才指的那个方向，好像寒冷与她一点关系也没有。她怕乌讷楚冻坏了，想劝她赶紧回去，于是说道："克尔古特部一定也在下雪，阿噶他们现在肯定是在毡房里围着火炉喝奶茶呢。"

乌讷楚回头看看朵兰，幽幽问道："你是说阿妈已经把我忘了吗？"

朵兰自知失言，急忙解释道："怎么会呢，我的好小姐。外面太冷了，阿噶就是想你也不会站在大雪地里的，快进去吧。"

布日玛收拾完，见乌讷楚和朵兰还没有进来，就走出蒙古包找她们，看到乌讷楚就这么站在雪地里，心疼地搂住她说道："孩子，跟嬷嬷进去吧，万一你生病了，嬷嬷既不好向阿噶交代，也不好向可汗交代啊。"

布日玛将乌讷楚拽进蒙古包，把她拉到床榻前替她脱去靴子，又把她的双腿扶到床榻上，拉过羊皮被盖在她身上。

乌讷楚一下扑到布日玛怀中，哭道："我现在才知道阿妈这几天为什么搂着我睡觉了。我想阿妈，嬷嬷，我真的好想阿妈。"

布日玛搂住乌讷楚说："你是个懂事的孩子，你只有过得好，阿噶才能放心哪。好孩子，别哭了，早点睡吧，明天一早还要赶路呢。”

朵兰又往火盆里添了几根柴火，热好牛奶端给了乌讷楚，在布日玛的再三劝慰下，乌讷楚才勉强喝下了牛奶。

布日玛搂着乌讷楚躺在床榻上，朵兰吹熄了垂挂在蒙古包顶上的酥油灯，挨着乌讷楚钻进羊皮被。

## 九、土默特之夜

西斜的太阳依然光焰十足，毫无倦态。阿勒坦汗的大军披着余晖行走在翠色欲滴的草原上。柔美的光芒拉长了归来者的身影，但是，长途跋涉了一整天的士兵依然精神抖擞，沿着连绵不断的青山向前移动。

翻过一道山梁，映入眼帘的是一片广阔的平川，一汪湖水像一面大镜子一样镶嵌在绿油油的草地上，成群的马、牛、羊和骆驼，游荡在湖的四周。

湖对面的大青山下，一座座蒙古包与土建房屋错落交汇在一起，沐浴在落日的余晖之中，一眼望不到头。那些房屋的旁边，纵横交错的田垄，犹如一个绿色的大棋盘。

这就是阿勒坦汗在土默特驻牧的地方——大板升城（板升，汉语"百姓"三音译，原指投奔到土默特部的汉人。他们在这里修筑房舍、开垦荒地、建立村落，从事农、副、手工业生产，向阿勒坦汗等领主交纳赋税。当地蒙古族将这些房舍、村落和汉族百姓统称为"板升"）。

士兵们沸腾了起来，人们挥舞着手中的弯刀和毡帽，大声地笑着、喊着，在马上扭动着身躯跳了起来。

乌讷楚与布日玛、朵兰好奇地将头探出勒勒车外，看到远处的人们从蒙古包和房屋里跑出来，聚拢在一起向这边移动，有些人已经迫不及待地跨上骏马飞驰而来，他们也兴奋地大叫着，挥舞着双手。

达云恰来到乌讷楚的勒勒车前，请乌讷楚下了勒勒车，带着她和布日玛、朵兰来到阿勒坦汗身边。

达云恰身材健壮，褐色的头发卷成环垂在两只耳朵后面。他的颧骨很高，浓密的眉毛下，细长的黄褐色的眼睛里，总是藏着令人猜不透的光芒。他平时寡言少语，也鲜见笑容，让人觉得冷傲孤清却又盛气逼人。

达云恰是个孤儿，也是阿勒坦汗的义子，他的家人和阿勒坦汗有着密切的关系。阿勒坦汗三岁的时候，蒙古右翼的鄂尔多斯部和永谢部发动了叛乱，杀死了达延汗派往蒙古右翼的济农乌鲁斯博罗特，也就是阿勒坦汗的叔叔。当时，阿勒坦汗一家住在蒙古勒津部，得知鄂尔多斯部和永谢部反叛，他的姑姑依锡克和姑父科赛，连夜派星凯带人护送他的父亲巴尔斯博罗特和母亲博同，带着四岁的哥哥衮必里克和同胞姐姐孟根前往察哈尔，将阿勒坦汗交给达云恰的奶奶额伯凯抚养。永谢部的亦不喇得到消息后，派人来暗杀阿勒坦汗，额伯凯自告奋勇，冒着杀头的危险，将阿勒坦汗安然无恙地送回到察哈尔。星凯等人护送巴尔斯博罗特一家有功，被达延汗封为大打儿汉，意为享受特权，可以在大汗面前佩刀行走的自由人。后来，巴尔斯博罗特被任命为蒙古右翼的济农，星凯也得到巴尔斯博罗特的信任和重用。

达云恰的父亲与阿勒坦汗从小一起长大，是阿勒坦汗最信任的那可儿，阿勒坦汗成为土默特万户后，达云恰的父亲便成为阿勒坦汗的左膀右臂。后来，达云恰的父亲随阿勒坦汗出征的时候不幸战死，达云恰的母亲当时将要临盆，得此噩耗，因难产而亡，留下达云恰这个唯一的孩子。阿勒坦汗便收养了他，由一克哈屯亲自抚养，达云恰长大后成为阿勒坦汗的左膀右臂，备受阿勒坦汗信任。

前来迎接这些勇士的人们，有蒙古人也有汉人，他们各个手捧着马奶酒，翘首在归来的大军中寻找着亲人的影子。

一名身材微胖、衣着华贵的老妇人面带微笑地站在人群的最前面。她的头上戴着嵌有红珊瑚和绿松石的额箍饰，花白的头发束成两条大辫子装在辫套中垂在胸前。虽然额头和眼角已经爬上了皱纹，但岁月的痕迹依然遮不住往日俊美的容颜。她便是阿勒坦汗的大夫人一克哈屯。

跟随在一克哈屯身边的是阿勒坦汗七岁的孙子把汉那吉和两个女儿满珠锡哩、松布尔，阿勒坦汗的次子布彦、四子丙兔、五子把林、六子哥力各，谋士丘富、赵全、李自馨、李天章、高怀智、周原等人也站在一克哈屯身后，面带微笑地看着阿勒坦汗。

乌讷楚随阿勒坦汗来到一克哈屯面前，一克哈屯从侍女银花的手中接过银酒碗斟上马奶酒，眉开眼笑地用双手举到阿勒坦汗面前，说道：“可汗一路辛苦了，请喝一碗下马酒吧。”

阿勒坦汗接过酒碗一饮而尽，他用左手擦擦嘴，右手高举空酒碗望向一克哈屯身后的部众，人们立刻欢呼起来：“呼瑞——呼瑞——”

阿勒坦汗高声喊道：“去拥抱你们的亲人吧！”

部众们绕过阿勒坦汗和一克哈屯，纷纷奔向他们远征归来的亲人，去向他们敬献下马酒。

阿勒坦汗转身看那些欢腾的部众们时，他看到了乌讷楚，又转回身向乌讷楚介绍一克哈屯说：“这是一克哈屯。”

乌讷楚向一克哈屯屈膝行礼道：“乌讷楚拜见一克哈屯！”

一克哈屯拉起乌讷楚的手笑着问道：“哪来的小姑娘？”说着抚摸了一下乌讷楚的脸，又说道：“小小年纪就生得如此俊俏，长大了一定是个大美人。”

阿勒坦汗说：“这就是我在信里跟你提到的瓦剌克尔古特部首领的女

儿乌讷楚。”

一克哈屯笑道：“我以为乌讷楚是个成年人呢，原来还是个孩子。”

阿勒坦汗说：“是啊，乌讷楚年龄还小，以后你就亲自带着她吧，你再派两个年纪大些的人去照顾她。”

乌讷楚急忙推辞说：“不用一克哈屯费心了，我有布日玛嬷嬷和朵兰就可以了。”

布日玛和朵兰听乌讷楚提到自己，恭恭敬敬地向一克哈屯屈膝行礼。一克哈屯说：“也好，有熟悉的人照顾你更周到一些，我再派人去协助她们好了。”

乌讷楚又行礼道：“多谢哈屯。”

布彦、把林、哥力各、丘富、赵全、李自馨、李天章、高怀智、周原一一过来向阿勒坦汗行礼，问候阿勒坦汗，满珠锡哩和松布尔则扑向阿勒坦汗，抱住阿勒坦汗的胳膊欢快地叫着“父汗，父汗”。

满珠锡哩今年十三岁，瘦高的身材穿着一件棉布做的很得体的蒙古袍，腰间束着同样颜色的腰带，显现出娇美的身段。缠在头上的头巾，在右侧挽着一个小结，头巾的穗头垂在耳边，显得活泼可爱。

十一岁的松布尔个头略矮一点，和满珠锡哩一样的装束，与满珠锡哩相比，更显得文静典雅。

阿勒坦汗微笑着搂搂两个女儿，对乌讷楚说：“这是我的两个女儿，她们和你年纪相仿，以后你们可以一起玩耍。”

满珠锡哩和松布尔向乌讷楚行礼，乌讷楚赶紧还礼。

阿勒坦汗把目光停留在一克哈屯身边的孙子把汉那吉身上。把汉那吉留着蒙古传统的“呼和勒”的发式，头顶四周的一弯头发都被剃去了，一撮短发整齐地散垂在脑门前，两边的头发辫成两髻，向两侧直直挺着。

见阿勒坦汗看着自己，把汉那吉赶紧躲在了一克哈屯身后，一克哈屯拉过把汉那吉问道：“你不是整天在念叨爷爷吗？怎么见了爷爷反倒不说话了呢？”

把汉那吉又向一克哈屯身后撤了撤，阿勒坦汗走过去抱起把汉那吉高高举过头顶，又用胡子扎扎把汉那吉，把汉那吉一边躲闪一边咯咯地笑了。阿勒坦汗放下把汉那吉，搓着他的头说道：“又长高了，也比以前重了，我都快抱不动了。”

阿勒坦汗向乌讷楚介绍把汉那吉说：“这是我的孙子把汉那吉。”

乌讷楚冲把汉那吉微微一笑，刚想行见面礼，把汉那吉却躲在了阿勒坦汗身后，然后偷偷探出头，瞪着略带忧郁的眼睛偷看着乌讷楚。乌讷楚见把汉那吉在偷看她，略略向把汉那吉曲一曲身子，把汉那吉又赶紧躲到了阿勒坦汗身后。

阿勒坦汗哈哈大笑，对乌讷楚说："我这孙子胆子小，最怕见生人，以后你们在一处生活，你要多帮帮他。"

乌讷楚答道："是，可汗！"

众人一一与阿勒坦汗和乌讷楚见过礼后，阿勒坦汗和一克哈屯、乌讷楚才在众人的簇拥下向大板升城的大帐走去。忽然，阿勒坦汗停住了脚步，问一克哈屯："乌讷楚的斡儿朵（即蒙古包）准备好了吗？"

一克哈屯笑道："早准备好了。"

阿勒坦汗说："她们是第一次出远门，一路上也累了，先带她们回去休息吧。"

一克哈屯转身对身旁的侍女塔娜说："塔娜，你带她们过去休息吧。"

塔娜是一个二十出头的女孩，体态丰满，皮肤微黑，但长得眉清目秀，两条乌黑油亮的大辫子垂在胸前，厚嘟嘟的嘴唇透着憨厚朴实。

塔娜行礼道："是！"

乌讷楚、布日玛、朵兰向阿勒坦汗和一克哈屯行礼后，阿勒坦汗、一克哈屯与众人向阿勒坦汗的大帐走去。塔娜带着乌讷楚和布日玛、朵兰来到新设置的一座毡房，带着她们主仆三人进入毡房。

毡房内一看就是经过精心布置的，床榻上铺着崭新的羊毛毡和缎面被褥，床榻的左侧并排放着两个红漆木箱，木箱旁放着一张小矮桌。床榻前的右侧摆着一张大木桌，上面放着一个银茶壶和几个镶银的木制茶碗，桌子两侧的椅子上铺着缎面的坐垫。床榻的左前方摆放着一张梳妆台，台上放着一面铜镜和几个首饰盒。

塔娜对乌讷楚说："我不知道该怎么称呼你，你们先休息一下，一克哈屯晚上准备了乌查宴，到时我再来请你们。"

乌讷楚说："谢谢你，你就叫我乌讷楚好了。"

塔娜笑道："小姐别客气，你和可汗还没有合婚，我就叫你小姐吧，我叫塔娜，有什么需要就请吩咐我。"

布日玛笑道："辛苦你了，塔娜。以后有空常来玩啊。"

塔娜又笑着对布日玛说："我也没做什么，嬷嬷不要客气。"塔娜说完，对乌讷楚和朵兰笑一笑，转身走出毡房。

塔娜离去后，朵兰好奇地摸摸这儿看看那儿，咂着嘴不停地赞叹着。她拉着乌讷楚靠在床榻软乎乎的被褥上，感慨道："好舒服啊，从来没见过这么好看又舒服的被褥。"

布日玛拍了一下朵兰的腿,说:“快起来帮我收拾一下,晚上要参加晚宴的话就没有时间整理了。”

朵兰极不情愿地起身帮布日玛收拾,乌讷楚依然靠在被褥上,眼睛无神地盯着毡房顶。

夜幕降临,月亮斜挂在墨青色的天空,阿勒坦汗的大帐前摆着三张大长桌,桌上小盘里分别盛放着奶皮、奶酪、炒米、果条(油炸面食的一种),还有几盘野菜拌的凉菜。盘子的旁边摆放着筷子、酒碗和一把精致的小蒙古刀。三张大长桌的两侧分别又摆着几十张桌子,每张桌子上也都摆着同样的食物和餐具。

宴席的前方燃起了一堆篝火,位于篝火正前方的是乐队,乐师们怀抱马头琴、雅托克(即蒙古筝)、火不思(一种弹奏乐器)、四胡、蒙古大鼓等乐器,坐在那里等待着。

宴席的四周,大板升城的部众们或席地而坐,或坐在自己带来的羊毛毡上,默默等待着宴席的开始。

本来,一克哈屯准备这个庆功宴还有一个目的,那就是为阿勒坦汗和乌讷楚举办一个简单的合婚仪式,见乌讷楚还是一个未成年的孩子,决定等乌讷楚长大一些再为他们举办合婚仪式。

布彦进入大帐邀请阿勒坦汗入席,阿勒坦汗让达云恰去带乌讷楚过来。达云恰走后,阿勒坦汗与一克哈屯、巴雅思哈勒、辛爱等兄弟子侄,还有威正宰桑、波勒格、达里扎等大将,以及各部首领、赵全、丘富等人一起走出大帐来到宴席前。等待的人们看到阿勒坦汗,不约而同地起身相迎。

这时,达云恰带着乌讷楚和布日玛、朵兰也来到了宴席,阿勒坦汗走到正席,一克哈屯与乌讷楚一左一右站在阿勒坦汗身旁,把汉那吉站在一克哈屯的右侧,布日玛、朵兰和一克哈屯的侍女银花、塔娜,分别站在乌讷楚和一克哈屯身后。

阿勒坦汗向众人摆摆手,示意众人就座。等阿勒坦汗坐定后,众人才一一落座。

仆人们立刻手捧酒囊走到每张桌子前,给每个人面前的酒碗斟满了马奶酒。

阿勒坦汗站起身手执银酒碗高声说道:“土默特的民众们,土默特能有今天,都是靠那些勇士们在战场上拼着性命、流着鲜血换回来的,我建议这第一碗酒敬给我们那些永远无法回来的勇士们。”

阿勒坦汗说完,用右手无名指蘸马奶酒弹向天,以示敬天,再蘸马奶酒弹向地,以示敬地,最后再蘸马奶酒抹一下自己的前额,以示敬祖宗,然后双手端着银酒碗，将马奶酒缓缓倒在前方的地上，众人也随阿勒坦汗一样，敬完天、地、祖先，将马奶酒缓缓倒在地上。

一旁侍奉的仆人们又斟上酒，阿勒坦汗端起银碗酒说道："这第二碗酒，我要敬给与我出生入死的那些勇士们，这次能够顺利地征服瓦剌，都是你们的功劳，来，干了这碗酒。"

人们高呼着"呼瑞——呼瑞——"，也有人在高呼"可汗万岁——可汗万岁——"，阿勒坦汗微笑着举起银酒碗一饮而尽。

紧接着，阿勒坦汗举起银酒碗又说道："我们的勇士们能够安心地在前方打仗，是因为有你们这些部众为他们守护着家园，为他们提供作战的物资，所以，第三碗酒应该敬给我们这些淳朴的部众们。"

"呼瑞——呼瑞——"的欢呼声在这美好的夜晚响彻云霄。

阿勒坦汗与众人喝完碗中酒，高声喊道："勇士们，土默特的民众们，大家尽情地享受与亲人们团聚的幸福欢乐的时刻吧。"

乐队奏响了欢乐的乐曲，在音乐声中，两个年轻力壮的小伙子用四方形木制大盘端来一只煮熟的全羊，摆放在宴席当中的红漆方桌上面。全羊四条腿盘着，卧在木头盘子里，羊头朝外，对着前方的大众。

仆人们用托盘端着一碗碗的鲜奶送到宴席的每一个人面前，阿勒坦汗与众人依次接过鲜奶，用右手无名指蘸一点奶子，庄重地向天弹一次，向地弹一次，最后自己尝一点，以表示对天、地、神灵及主人的尊崇。

司仪用明朗、清晰的声调吟唱起传统的敬献全羊的祝词：

"尊敬的客人在上，
请允许我把肥嫩的整羊奉献，
它那宽阔的脊背，就像广袤的宇宙；
它那肥大的四肢，就像四大部洲；
它那高昂的头颅，就像森布尔山头；
它那挺拔的长骨，就像山上的檀香树；
把那首席的全羊，摆放在亲朋贵客正中；
把那醇香的美酒，斟满闪光的杯中；
有禄有福的客人们，请把它享用。"

阿勒坦汗在司仪的歌声中走到全羊前，司仪与两名小伙子又将木盘调转，使羊头面向阿勒坦汗。阿勒坦汗与司仪取下羊头，司仪递给阿勒坦汗一把精致的镶有宝石的蒙古刀，阿勒坦汗用蒙古刀从羊身四周割下少许羊肉，置于小杯之中，朝天泼洒，意为把圣洁的食物先敬给苍天和大地，再把羊头放上去。司仪在两名小伙子的协助下，又调转木盘把刀柄递给阿勒坦汗，阿勒坦汗将羊头取下，从全羊两侧各切下三条肉左右交换放下，然后将刀递给司仪，司仪熟练地把全羊卸作大小不等的五十多块，待摆好后再把羊头放上去，请大家一齐用餐。

这样，丰盛、隆重的宴饮——“乌查宴”就算开始了。

乌查宴是蒙古族最讲究、最美味的盛宴，其盛况常常是通宵达旦、热闹非常。这种宴会，主要是喝酒、唱歌、跳舞、畅谈。如果能在草原上被请吃乌查宴，便是享受了最高的礼仪。

歌声四起，身着盛装的姑娘小伙子们，喜笑颜开地围着篝火开始翩翩起舞。

当阿勒坦汗提到瓦剌的时候，乌讷楚的心就像被什么狠狠扎了一下。她悲哀地看着狂欢的人群，她觉得舞动的人群就像是战场上厮杀的人们。她仿佛看到了满身血污的阿爸和克舍叔叔，跳跃的篝火，又像阿妈红肿的双眼。她心中有些恼恨，她觉得这些人的快乐是建立在克尔古特部数万人的性命之上的，是建立在倒在血泊的阿爸和克舍叔叔身上的，是建立在阿妈的悲伤之上的。

她看着眉开眼笑敬酒的阿勒坦汗，对他突然产生了一种怨恨，是他，就是这个人，让她永远失去了阿爸，让她永远要和阿妈分离。她的泪水往眼眶里涌，她不愿再看下去，想要逃离这里，可是她又不敢，只能用手紧紧地攥住蒙古袍。

舟车劳顿，阿勒坦汗略感疲惫，他敬完酒又稍坐了一会儿，便起身要回去休息了，乌讷楚巴不得赶快离开这里，所以，阿勒坦汗一起身，她也赶紧随着离开了。

一离开阿勒坦汗，乌讷楚几乎是冲进了毡房。一进入毡房，她就趴在床榻上呜呜地哭起来。朵兰吓坏了，站在地上不知所措。布日玛急忙坐到乌讷楚身边，问道：“孩子，你怎么了？”

乌讷楚扑进布日玛的怀中，哭道：“嬷嬷，我恨阿勒坦，是他让我再也见不到阿爸和阿妈了，我想阿妈了，我要回家。”

布日玛急忙捂住乌讷楚的嘴说：“我的孩子，可不能这么乱说，当心被别人听见了。”

布日玛搂住乌讷楚，抚摸着她的脊背，安抚道：“你忘了嬷嬷是怎么跟你说的吗？祸从口出，以后不能再这样说了啊。”

乌讷楚想起了吉格肯和布日玛曾经对她说过的话，她身系整个部族的安危，她必须小心谨慎不能有丝毫的差池，否则，不仅她自己，就连整个部族都将面临灭顶之灾。

乌讷楚坐起身来擦擦眼泪，对布日玛说道："对不起嬷嬷，我又忘记你和阿妈对我说过的话了。"

布日玛疼爱地抚摸着乌讷楚的头发，叹口气暗自想道："唉，可怜的孩子，小小年纪就得学会藏着、掖着，这让她怎么受得了啊。"

长途跋涉也使乌讷楚感到疲倦了，哭了一会儿，就在布日玛的怀中昏昏睡去了。

## 十、厌恶战争

土默特的一切都与想象中的不一样，这儿的山，没有家乡的巍峨峻拔；这儿的草，不似家乡的那么茂盛翠绿；这儿的花，也不如家乡的艳丽、多彩；除了那一座座蒙古包和散落在草原上的马、牛、羊、骆驼外，再也找不到与家乡相似的地方。

陌生感，让乌讷楚越发地思念家乡，思念家乡鲜花盛开、蜂绕蝶舞的早晨，思念草原上那条银带一般潺潺流过的小河，思念百灵鸟清脆动人的歌喉。她想起了阿爸教她读书识字、教她骑马射箭的幸福时光，想起了阿妈严厉的训斥和谆谆的教导，想起了与哥哥和小伙伴们自由自在一起玩耍的欢乐时刻。

可如今，在这个陌生的环境里，除了布日玛和朵兰，只有波勒格和达里扎还像对吉格肯承诺的那样，经常过来看看，问长问短的，也时不时地送一些食品来。除此以外，她谁也不认识，没有了阿妈温暖的怀抱，没有一个伙伴陪她玩耍……她宁可阿爸让她目不识丁，宁可阿妈天天训斥她，宁可被哥哥们欺负，只要能天天见到他们就可以了。可如今，她只能在孤独与无聊中打发着时光，还要时时谨言慎行，唯恐越雷池一步。

乌讷楚刚到大板升城的第二天，一克哈屯就送给她上万头的牲畜，派了两个年长的女仆协助布日玛和朵兰照顾乌讷楚的生活起居，并派给她几百名奴隶专门照顾这些牲畜。

经验丰富的布日玛，通过和女仆的聊天，了解到一克哈屯是一个善良和蔼的人，虽然地位尊贵，但凡事亲力亲为，直到现在，每天早上还要亲自带着女仆去挤奶。

乌讷楚从小养尊处优，哪里干过这样粗笨的活儿，就连布日玛平时也不去挤奶。为了不让别人轻视乌讷楚，每天一喝过早茶，布日玛就带着乌讷楚和朵兰去挤奶，回来后，再带着乌讷楚去给一克哈屯请安。

乌讷楚变得沉默寡言了，每次去向一克哈屯请安，总是小心翼翼的，一克哈屯问一句，她才答一句，完全没有孩童的那份天真与活泼。

女人天生同情弱者，看到一个不谙世事的孩子这样谨言慎行，一克哈屯的内心对她充满了怜悯。她拉过乌讷楚搂进怀里，柔声说道："还是在母亲膝下撒娇的年纪就离开了母亲，唉，也是个可怜的孩子。"

她抬起头对布日玛嘱咐道："以后，就让乌讷楚每天到我这儿来一起吃饭吧。"

很久没有听到这样关怀的话语了，一瞬间，乌讷楚错把一克哈屯当成了母亲，委屈和心酸一股脑涌上心头，她紧紧抱住一克哈屯的胳膊，眼泪夺眶而出。

一克哈屯轻轻抚摸着乌讷楚的头发，说道："我的把汉那吉也是一个没有阿爸阿妈的孩子，你也比他大不了几岁，以后你常来我这儿和他玩玩，这样，你就不会想家了。"

把汉那吉正从一克哈屯身后探出头来偷看乌讷楚，乌讷楚抬起泪眼看了他一眼，勉强挤出一丝笑容，把汉那吉又急忙躲在了一克哈屯的身后。

一克哈屯对乌讷楚像对自己的孩子一样慈爱。她看到乌讷楚还穿着羊皮做的蒙古袍，就拿出了珍藏的棉布，亲自动手为乌讷楚做了两件蒙古袍，还用羊皮为她做了两双新靴子。

新蒙古袍和靴子送来的时候，乌讷楚只觉得眼前一亮，她从来没有见过这样色泽亮丽的蒙古袍和柔软的靴子，抓起蒙古袍就迫不及待地穿在了身上。

"哇"，身上的蒙古袍轻柔舒适，脱去羊皮蒙古袍，就像卸去了附在身上的重负，脚上的靴子软绵绵的，轻巧得就像没有穿鞋一样。她兴奋地在镜子前转来转去，脸上露出发自内心的微笑。她为此暗自高兴了好多天，内心对一克哈屯充满感激。

此后，她每天和一克哈屯、把汉那吉一起进餐，也不再像以前那么寡言少语了，但还是谨言慎行，只有当一克哈屯问到她家乡的事情时，她才会滔滔不绝地讲个没完。天长日久，一克哈屯对这个懂事的小女孩也越来越喜爱，有时还会把她留在自己的毡房里过夜。

把汉那吉还是把自己封闭在孤独的世界里，一克哈屯和乌讷楚聊天的时候，他总是瞪着大大的眼睛，安静地坐在一旁看着她们，从来不和她们说一句话。一克哈屯和他说话，他不是摇头就是点头，乌讷楚一和他说话，他就会不自觉地躲到一克哈屯身后。乌讷楚以为他是一个哑巴，也就不在意了。

虽然，一克哈屯对她关怀备至，但她依然怀念在克尔古特部那些无忧无虑而又快乐自在的日子。为了打发漫长而又无聊的时光，平常她和一克哈屯一起吃完三餐后，都和布日玛、朵兰去羊圈挤奶，和她们一起搅拌奶桶做奶食品，和布日玛学着做蒙古袍、搓毛绳、做褡裢。布日玛心疼乌讷楚，只让她做些轻巧不费体力的活，而那些略微粗笨的活儿，都让自己和朵兰包揽了。

天气越来越热，眼见着春天就要过去了。早上，乌讷楚正在一克哈屯那儿喝早茶，毡房外传来了阵阵的吆喝声和欢乐的笑声。乌讷楚抬起头，不解地向毡房外探头探脑。

一克哈屯解释道："又到了剪羊毛的季节了，一到这个时候，人们就像过节一样高兴，喝过茶，让塔娜带你们一起去看看吧。"

在乌讷楚的家乡，每到剪羊毛的季节，牧人们就会十几户，甚至几十户地聚集在一起，互相帮衬着轮番给每家每户剪羊毛。大家一边唱歌一边剪羊毛，到处都是人们欢乐的笑声和歌声，场面热闹非凡。每当这时，她就会跟着布日玛、朵兰一起去剪羊毛场，她喜欢在羊毛堆里打滚，看着那些翩然飘动的羊毛，就像翻卷在白云里一样。

不知道这里剪羊毛的情形是不是和家乡的一样热闹？好奇心让乌讷楚匆匆喝完早茶，急切地想到牧场去一探究竟。

乌讷楚看到把汉那吉用期待的目光看着她，就问道："你和我们一起去吗？"

把汉那吉赶紧点点头，乌讷楚望向一克哈屯，一克哈屯笑着说："既然他愿意，你们就带他一起去吧。"

乌讷楚向把汉那吉走过去，看到他的眼中闪现出一丝兴奋的光亮，她微笑着牵起把汉那吉的手走出毡房，带着朵兰跟随塔娜一起去牧场看牧人们剪羊毛。

牧场上，芳草青青，野花满坡，牧人们将自家的羊群赶向临时搭建起来的羊圈，羊儿你挨着我，我挤着你，极不情愿地走进羊圈。几只小羊羔一会儿轻快地跳跃过草丛，互相追逐着、嬉闹着，一会儿又咩咩地叫着跑到母羊身边，跪下前蹄嘬几口母乳，母羊伸出舌头，慈爱地舔着小羊的身子。

牧人们把羊群赶进羊圈后，那些年轻力壮的牧人，抓住一只羊，熟练地捆住羊的四肢放倒在地上，被捆的羊痛苦地咩咩地求救，其他羊惊恐地躲向四周，小羊羔也不敢再顽皮了，悄悄躲到母羊的身后。

牧人们一边唱着歌，一边用大剪子从头到尾一股脑地把羊毛剪下。孩子们有的在羊毛上打滚，有的拖着口袋当马骑，妇女和老人们一边把淘气的孩子赶走，一边把剪下的羊毛收集起来装在口袋里。

欢乐的歌声伴着笑声飘荡在草原上，每一个人都是那么轻松快乐。乌讷楚仿佛听到了家乡那熟悉的歌声，脸上绽开笑容，心情也愉悦了起来。

乌讷楚发现把汉那吉羡慕地看着那些玩耍的孩子们，转身问塔娜："我们的羊群在哪儿剪羊毛呢？"

塔娜指指不远处一个更大的羊圈说道："在那儿。"

乌讷楚拉起把汉那吉的手说："跟我来。"

乌讷楚拉着把汉那吉向羊圈跑去，塔娜和朵兰赶紧跟在后面，几个人一起跑进羊圈，看到羊圈里已经堆起了小山一样的羊毛堆。

乌讷楚忽然把把汉那吉推倒在羊毛堆上，自己也一跃而起跪在羊毛堆上，笑嘻嘻地捧起一大把羊毛向把汉那吉的上方扔去，羊毛散落开来，像白云一样晃晃悠悠地飘落下来。

朵兰扑上去按倒乌讷楚，也学着她的样子把羊毛抛起来，羊毛散落在乌讷楚的身上。乌讷楚咯咯地笑着抓起羊毛又扔向朵兰，她们互相扔着、躲闪着、欢笑着。这一刻，她们才真正恢复了小女孩天真烂漫的本来面目，尽情地玩耍着、嬉笑着，沉浸在快乐之中。把汉那吉坐在一旁，眉开眼笑地看着她们俩打闹。

乌讷楚捧起一把羊毛放到把汉那吉的手中说："你也一起来。"

把汉那吉向空中抛出羊毛，看着羊毛飘飘洒洒，兴奋地又捧起一把向乌讷楚扔去。

朵兰拉着塔娜也一起加入了"羊毛大战"，四个人开心地在羊毛堆里滚来滚去，不大一会儿，每个人的头上、脸上、蒙古袍上都粘满了羊毛，活像须眉交白的老人。她们看着滑稽的对方，一边哈哈大笑着，一边为对方拣去粘在头上、脸上的羊毛。

玩了半天，乌讷楚忽然想起了什么，她走过去拿起放在地上的一个口袋，撩起蒙古袍的下摆掖在腰带里，蹲下来帮着那些仆人一起往口袋里装羊毛。把汉那吉也学着乌讷楚的样儿，拿起一个口袋笨手笨脚地往里面装羊毛。一位仆人急忙走过来想劝阻，塔娜拦住了那个人，也与朵兰一起开始往口袋里装羊毛。

乌讷楚一边装羊毛，一边唱起剪羊毛的歌来：

"在那片青青的牧场上，
一堆堆的羊毛像白云，
勤劳的人们在剪羊毛，
为羊儿脱去厚厚的棉装。

亲爱的羊儿你别害怕，
不要担心你的旧皮袄。
炎热的夏天你用不到它，
秋天再让你穿上新皮袄。

锋利的剪刀咔嚓响，

洁白的羊毛堆成了山，
快乐的人们在歌唱，
劳动让生活变了模样。”

乌讷楚的小脸红扑扑的，水汪汪的大眼睛闪烁着快乐的光芒。奴隶们受她的感染，也随着她引吭高歌起来。

把汉那吉定定地看着唱歌的乌讷楚，嘴唇一张一翕地，在无声地附和着乌讷楚的歌声。乌讷楚的歌声刚一落，把汉那吉便羞涩地说道："你的歌唱得真好！"说完，他赶紧低下头，继续往袋子里装羊毛。

乌讷楚和朵兰一直以为把汉那吉是哑巴，没想到他竟然开口说话了。乌讷楚惊讶地看看他，虽然把汉那吉低着头一个劲儿地往袋子里装羊毛，但是能看得出，今天的他是快乐的，与乌讷楚也多了一份亲近。

乌讷楚惊喜地扭头看看朵兰，朵兰也为他俩的关系有进展感到高兴，毕竟把汉那吉是阿勒坦汗和一克哈屯最为宠爱的孙子。这样，乌讷楚将会得到一克哈屯更多的疼爱和关照，于是，朵兰投给乌讷楚一抹会心的微笑。

把汉那吉不再躲闪着乌讷楚，每次看到她总是微微一笑。一克哈屯看到了孙子的变化，自然也是喜上眉梢，果然对乌讷楚更加亲近了一些。

这次主仆一起剪羊毛后，那些仆人和奴隶们见乌讷楚虽然年幼，但平易近人，一点也没有主人的架子，因此，当乌讷楚再来挤奶的时候，仆人和奴隶们总会微笑着向乌讷楚问好，并且主动过来要求替乌讷楚挤奶，而乌讷楚每次都微笑着拒绝了他们的好意，坚持要和他们一起干活儿。这就使得这些仆人和奴隶们对乌讷楚这个小主人更加敬重。

布日玛朴实随和，和仆人们一起干活后，会邀请他们进入自己的毡房，给他们端上奶茶和奶食品，坐在一起聊聊家长里短。渐渐地，那些仆人们不待布日玛邀请，干完活儿后就会主动来找她聊天，有时会给她讲讲土默特的风俗习惯，有时也教她如何将小麦磨成面粉，如何用这些面粉做食物。每当这时，乌讷楚不是坐在一旁静静地听他们聊天，就是和他们一起亲自动手制作食物。

一晃，乌讷楚到土默特已经好几个月了，她渐渐地适应了这里的生活，虽然对家乡、对亲人的思念丝毫未减，但有了这些人相伴，她已经不再像初来时那么孤单和悲伤了。

在这几个月中，乌讷楚只在一克哈屯那儿见过阿勒坦汗几次。每次，阿勒坦汗看到她，只是随意地问她几句，就和一克哈屯聊上了。但阿勒坦汗每次来待的时间也不长，只是问问那些未成年的儿孙们的一些情况，再嘱咐一克哈屯几句就又匆匆离去了。除此之外，阿勒坦汗从来没有到她的毡房去探望过她，他似乎有忙不完的事情。乌讷楚不知道他每天在忙些什么，也不想知道他在忙什么，反倒希望他就此把自己彻底遗忘了。

至于阿勒坦汗的那些儿孙们，因为经常要面临战争或者出征，为了防止子孙们将来为了争权夺利互相残杀，阿勒坦汗早已将土默特万户的属地分封给了他的儿子和兄弟们。因此，土默特万户是由十几个大小不等的部落组成的，每个部落都有自己的驻牧地，分散在不同的地方，相距大板升城，有十几甚至几十公里，最远的甚至有几百公里的距离。那些已经成年的儿孙们，每个人都有自己单独的驻牧地。他们很少到大板升来，即使过来也是到阿勒坦汗的大帐去议事，直到议事完之后，才会到一克哈屯那儿请安问候。而这时，乌讷楚早已回到了自己的毡房，因此，她自从刚到大板升那晚匆匆见过他们一面之后，就再也没有见过他们，再见面，乌讷楚都分不清他们谁是谁了。

那些未成年的儿孙们，除了把汉那吉与一克哈屯住在一起，其余的都由自己的嬷嬷照顾。他们每天喝完早茶后才来向一克哈屯请安，因此也与乌讷楚经常碰不到面，即使偶尔碰上，也只是出于礼节彼此行礼问好而已，私下也没有交往。

而天天和乌讷楚见面的把汉那吉，虽然每次看到乌讷楚，他的眼中都会闪现出一种光芒，但他还是很少主动和乌讷楚说话，只是瞪着大眼睛默默地看着她和一克哈屯聊天。

蒙古男人是鹰的性子，不会整日伏在窝里，女人毡房里的酒再香再醇，能招来千里之外的客人，却留不住自己的男人。阿勒坦汗回来休整了还不到半年，炎热的夏季刚刚过去，就又要带着他的勇士们出征了。

对于阿勒坦汗的出征，大板升城的人们似乎已经习以为常了。送走阿勒坦汗的大军后，牧人们就去牧场放牧，汉人们则卷起裤管进入农田忙着收割。人们各忙各的，对那些随阿勒坦汗出征的亲人好似一点也不关心，也不担忧。

一克哈屯也一如既往，既不牵挂也不担忧，好像阿勒坦汗还在大板升城一样。乌讷楚不能理解，觉得这儿的人太无情无义了。而她哪里知道，这儿的人经历的战火，面对的杀戮，远比克尔古特部经历过的更多、更惨烈。一次次血的洗礼，让阿勒坦汗和他的那些勇士们变得更加智慧和勇敢，也让这些部众们对他们更加信任，但这一切并没有减少他们心中对亲人的担忧和牵挂，而是将这种担忧和牵挂深深埋在了心里。

深秋的一个午后，乌讷楚躺在床榻上午休，布日玛和朵兰正在修补门毡，突然，外面响起了沉闷的号角声，随即传来混乱的马蹄声。乌讷楚急忙起身走出毡房，布日玛和朵兰也放下手中的活儿走出毡房。

乌讷楚看到人们抱着包袱从毡房中匆匆跑出来，三五成群地向后山跑去。她正想去一克哈屯的毡房一探究竟，又看见布彦、把林、哥力各骑着马带着几十名侍卫，身后还牵着十几匹马，匆匆忙忙向一克哈屯的毡房奔去。

这时，一克哈屯拉着把汉那吉也走出了毡房，乌讷楚见布彦他们神色慌张，不知道发生了什么事，便带着布日玛和朵兰一起向一克哈屯走去。

只听把林着急地说道："额吉，有人来侵袭了，你们快随布彦和哥力各到后山去躲一躲吧。"把林说完，又策马疾驰而去。

一克哈屯对布彦说："布彦，你去把满珠锡哩和松布尔她们接来。"

布彦应一声"是"，带着几名侍卫离去，一克哈屯看到乌讷楚，说："你来得正好，快随我到后山去躲一躲吧。"

一名侍卫将乌讷楚扶上马背，乌讷楚急忙向布日玛和朵兰嘱咐道："你们跟着塔娜和银花，她们到哪儿你们就到哪儿。"

另一名侍卫搀扶一克哈屯上了马，接着又将把汉那吉抱起来送到一克哈屯怀中，这才一翻身跃上马背。

哥力各见一克哈屯和乌讷楚都上了马，一扬手中的马鞭，和侍卫一起策马向后山奔去。乌讷楚紧紧跟随在一克哈屯身后，也向后山奔去。

原来，大同总兵刘汉得知阿勒坦汗又率兵远征了，仅留丘富和赵全等人留在大板升城驻守，认为这是一个除去赵全、丘富等人难得的好机会，于是乘大板升城兵弱营虚的时候，和副总兵赵岢以及参将吴孙、郑晓率兵来大板升城"捣巢"了。

丘富、赵全、李自馨、肖芹、张彦文、贺彦英等都是白莲教的教徒。刘汉等如此痛恨丘富、赵全等人，是因为这些人自从投靠阿勒坦汗后，赵全、李自馨等教会了蒙古人制作钩、杆等攻城器械。善制弓矢的贺彦英，刚到土默特便带着蒙古人开始制作弓矢，加上他们熟悉明朝边境的情况，绘制成地图交给了阿勒坦汗，不断为阿勒坦汗出谋划策进犯明边，扰得明朝边境不得安宁。朝廷认为丘富、赵全等人是大明的逆贼，他们留在大板升城就是明朝的祸害，所以一直在重金悬赏他们的首级。刘汉等人更是一心想早日除去他们，向朝廷邀功请赏。

这次远征，阿勒坦汗又带走了精锐部队，只留下一部分人驻守土默特。大板升城内留下更多的则是汉人，所以根本无力抵抗刘汉有备而来的精锐部队。因此，刘汉率兵一路直接奔向大板升城内，那些还没来得及逃跑的人们看到明军，转身又跑回大板升城，刚跑出蒙古包和房屋的人们看到明军,又赶紧躲了回去。

明军肆无忌惮地冲进大板升城,将手中的火把投向大板升城的蒙古包和房屋。顿时火光冲天,刚躲回去的人们又仓皇逃出蒙古包,见到处都是明军,不知该往哪个方向逃跑,急得四下乱窜,大板升城内乱作一团。明军手起刀落,砍死了那些来不及逃走的、手无寸铁的百姓。

把林、丘富和赵全慌忙集结起留守在大板升城的士兵迎击明军,双方展开厮杀,混战在一起。刘汉半天看不到丘富和赵全等人的身影,虽然自己在人数上占有优势,但他担心周边的部落来支援,因此混杀了一阵,便率兵杀开一条血路绝尘而去。

黄昏的时候,心急如焚的一克哈屯无法再躲在这里,她不顾布彦等人的劝阻,带着众人返回了土默特。

土默特上方浓烟滚滚,被摧毁的蒙古包和房屋还冒着黑烟,凄黄的草地上尸骸狼藉、血迹斑斑,随处散布着凌乱的兵器和旌旗,尚未毙命的战马痛苦地嘶鸣着。战争的时间虽然短暂,却是如此残酷。

乌讷楚随一克哈屯小心翼翼地走过那些尸首,唯恐惊动了他们。眼前的景象,又让她想起了五岁时的那次经历,她亲眼看见过明军是如何"烧荒、捣巢、赶马"的,直到现在,那次的惨景还根深蒂固地盘踞在记忆中。她不明白人们为什么要打仗,为什么让这么多的人失去亲人,为什么要让人们承受这么多的苦难。

把林、丘富、赵全和那些首领颓废地站在这一片残垣断树前。幸存下来的部众们看到一克哈屯,稀稀拉拉地汇聚起来,跟在一克哈屯身后来到丘富等人面前。

乌讷楚看到一克哈屯与丘富、赵全在说着什么,却听不到他们的声音。她仿佛听到马头琴伴着悲怆凄婉的歌声响彻天穹,不,那不是歌声,是灵魂在呼叫。她茫然地望向远方,远处,好像又有人活过来了,在草地上蠕动、挣扎,他们奄奄一息,用目光四下巡视,渴望有人来拯救他们。

如血的残阳下,大板升城透着彻骨的凄冷,秋风悲哀而又孤寂。乌讷楚不知道长生天此刻是在歌唱还是在流泪,她的心被死亡的阴影笼罩着,她感到悲愤而又无助。

但这一次,她面对战争不再感到恐惧,而是充满了憎恨。因为战争,她失去了阿爸,因为战争,她不得不离开阿妈温暖的怀抱来到这个遥远的地方。她不愿意再看到杀戮,不希望人们像阿爸一样,孤独地沉睡在这冰冷的战场上。

## 十一、新生活

经过这一次明军的“捣巢”破坏，大板升城几乎化为一片废墟，就连阿勒坦汗、一克哈屯和乌讷楚的毡房也没有保住。

时值深秋，眼看着寒冬即将到来，面对满目疮痍，幸存下来的人们并没有绝望，土默特一次次遭遇明军“烧荒、捣巢、赶马”的破坏活动，让他们积累了很多应对的经验，储存了许多应急的物资和食物。明军一走，他们便将储存起来的物资全部集中起来，开始重新搭建蒙古包。周边那些未受到侵犯的部落得知大板升城遭遇袭击的消息后，都纷纷前来援助。在土默特部众的齐心协力下，大板升城很快又搭建起一座座蒙古包，使人们在温暖的蒙古包里安然度过了冬天。

和煦的春风吹走了残留在枝条的寒意，轻轻唤醒了沉睡的万物。小草倔强地从土地里悄悄探出头来，迎春的花儿似乎在为自己一个冬天的懒惰害羞，偷偷地吐出嫩小的花苞，争先恐后地喜报春天的来临。百灵鸟最直爽，叽叽喳喳地已经在为春天欢歌了。

当土默特草原又披上绿装的时候，汉人们一边忙碌着春耕，一边重建自己的房屋，牧人们将马牛羊赶往了牧场，到处又呈现出一片生机勃勃的景象。

而赵全、丘富、李自馨等，此时又有了更大更长远的规划，他们开始筹备建造宫殿的材料，要为阿勒坦汗新建一座宏大的宫殿，并准备拥立他称帝。

清晨，太阳跃出地平线，将金辉洒向大地。侍奉乌讷楚喝过早茶后，布日玛有点儿不舒服，乌讷楚就让她去休息了，自己和朵兰拎着奶桶一起去挤羊奶。没有布日玛“监工”，乌讷楚和朵兰一边玩耍一边挤奶，等她们挤完奶时已经日上三竿了。

她俩抬着沉重的奶桶往回走，在路过一个小型校场的时候，“嘚嘚”的马蹄声和孩子们的吆喝声吸引了乌讷楚的眼光。她看到一位师傅正在教一些孩子们骑马射箭，把汉那吉、满珠锡哩和松布尔也在其中。

乌讷楚和朵兰放下奶桶，满怀羡慕地看着那些孩子们。这时，阿勒坦汗和达云恰走了过来，阿勒坦汗看到她俩目不转睛地看着校场的方向，就来到她们身后。而乌讷楚和朵兰的注意力完全集中在校场里的孩子们身上，所以阿勒坦汗到了她们身边，她们竟浑然不觉。

乌讷楚虽然就住在阿勒坦汗毡房的附近，但由于阿勒坦汗经常率兵出征，两人很少能碰到面儿。这次阿勒坦汗远征青海，因为腿部受伤需要静养，就听从了医师的建议在毡房养伤。这样的日子令阿勒坦汗越待越心烦，就带着达云恰向大帐走去，不料竟在这儿看到了乌讷楚和朵兰。

阿勒坦汗看看校场里的孩子们又看看乌讷楚，问道："你想去学习骑马射箭吗？"

专注的乌讷楚和朵兰被突然传来的问话声吓了一跳，两人回头一看，发现是阿勒坦汗，急忙向阿勒坦汗行礼。

阿勒坦汗说："如果你也喜欢骑马射箭，就和满珠锡哩、松布尔一起去吧。"

乌讷楚惊喜得差点跳起来，可她又不敢相信这是真的，于是怯怯地问道："我真的可以和她们一起去骑马射箭吗？"

阿勒坦汗笑着说："当然，你想做什么就去做什么。"

乌讷楚几乎是兴奋地喊出了一句："谢谢可汗！"喊完又真诚地向阿勒坦汗行礼道谢。

阿勒坦汗微笑地看看乌讷楚，带着达云恰转身离去。

对于让乌讷楚去练习骑马射箭这件事，一克哈屯并没有过多干涉。在她眼里，乌讷楚还是一个孩子，觉得理应让她和自己的女儿们一样，无忧无虑地生活，去做她们想做的事情，更何况这是阿勒坦汗嘱咐她做的事，她没有理由去忤逆他的意思。于是，当下派人给乌讷楚准备好了马蹄袖的骑马装和弓箭，并派人挑选了一匹良驹一起送了过来。

看着崭新的骑马装和弓箭，乌讷楚有一种久违的感觉，不仅又能够骑马射箭了，而且还有这么漂亮的骑马装。她爱不释手地抚摸着弓箭和骑马装，内心感到无比兴奋，比当初收到新蒙古袍和靴子时更浓、更强烈。朵兰虽然羡慕不已，可是看到自己的小主人不再像过去一样，只会和她们一起干活，过着无聊又单调的生活，也由衷地为她感到高兴，于是督促她赶紧换上骑马装让她们看看。

乌讷楚喜悦地换上骑马装，背上弓箭，在毡房里转来转去，不停地问布日玛和朵兰"好看吗"，布日玛见乌讷楚又恢复了往常的活泼与开朗，满脸的皱纹挤到了一处。

朵兰渐渐收起了笑容，长长叹了一口气，用手托着腮帮嘟着嘴坐到了床榻上。

乌讷楚听到朵兰的叹息，知道自己有些得意忘形了，虽然朵兰只是自己的侍女，可是，在土默特，她们虽为主仆，却是相依为命的亲人。乌讷楚赶紧走过去坐到朵兰身边，搂住朵兰的肩膀说："好朵兰，我也不好开口向一克哈屯请求，你先忍耐一下，等过一段时间，我再想办法带你一起去。”

朵兰用质疑的目光看着乌讷楚问道：“我可以和你一起去吗？”

乌讷楚肯定地点点头。

朵兰立刻转悲为喜，回过身搂住乌讷楚笑着说：“我就知道小姐对朵兰最好了。”

乌讷楚背着弓箭牵着马，精神抖擞地来到校场，在场的孩子们都惊讶地看着她。满珠锡哩和松布尔高兴地向她挥了挥手，乌讷楚笑着向她们点点头，然后把目光转向把汉那吉。把汉那吉因为早已知道了这个消息，并不像别人一样露出惊异的表情，而是用藏在眼中的微笑默默迎接了她。

在克尔古特部，乌讷楚不仅得到阿爸的亲自教导，而且，克尔古特部最棒的骑手和哲别就是她的师傅，因此，她的骑术和箭术与她的哥哥们也不相上下。虽然许久没有骑马射箭了，但是乌讷楚的技能并没有完全生疏，一个轮回下来，就能够娴熟地骑射了。

乌讷楚一展示她的骑术和箭术，一下子就折服了这些孩子们。他们起初只是羡慕地看着她，不大一会儿就主动与她亲近起来，好奇地问这问那的，简直把她当成了师傅。

把汉那吉也不由自主地慢慢向她靠拢过来，虽然他依然沉默着，眼里却满是钦佩和友善。

满珠锡哩和松布尔是阿勒坦汗二夫人矮克哈屯生的，矮克哈屯去世以后，一克哈屯就将她俩带在身边，像对待亲生女儿一般照顾着她们。

满珠锡哩是一个性格开朗、天真纯洁的女孩，个头比乌讷楚略高一些，那张轮廓分明的脸和浓黑的眉毛，长得很像阿勒坦汗。松布尔文静内向，瓜子型的脸，皮肤白皙，柳叶般的眉毛下，浓而密的睫毛护着一双清澈明亮的双眸，众人都说她就是矮克哈屯的翻版。这姐俩性格迥异，却极为亲密，总是形影相随。

性子直爽的满珠锡哩，毫不掩饰自己对乌讷楚的喜爱和敬佩，每当乌讷楚射出一箭，她就会兴奋地拍着双手大声叫好。松布尔则完全不同，她对乌讷楚的赞赏完全在那一双含笑的水汪汪的大眼睛中。因为满珠锡哩和松布尔与乌讷楚同龄，小女孩间又容易沟通，没过几天，她们之间就建立起纯真的友谊。

此后，她们经常来找乌讷楚，三个小女孩嬉笑玩闹，总是有说不完的话。有时，她们也会带着乌讷楚与部族的其他孩子们一起玩耍，这时，把汉那吉也会跟着一起来。有了这姐俩的友谊，乌讷楚不再感到寂寞了。

满珠锡哩、松布尔和把汉那吉等，除了学习骑术和箭术外，阿勒坦汗还派专人教他们蒙文和汉文知识。虽然乌讷楚也渴望与他们一起学习，但是能够骑马射箭她已经知足了，不敢再去奢望其他的。

乌讷楚发现可怜的朵兰总在他们训练的时候，偷偷躲在校场边羡慕地看着他们，想起了自己对朵兰的承诺，于是每天下午乘满珠锡哩他们学习的时候，就带着朵兰一起去练习。

满珠锡哩发现了她们的行踪后，嗔怨乌讷楚不带着她们玩，把汉那吉也主动要求和阿力哥一起加入，乌讷楚觉得有更多的人在一起更热闹，就答应每天等他们学习完功课后再一起练习。

阿力哥是把汉那吉乳母的丈夫，一克哈屯派他照顾和保护把汉那吉。因为阿力哥夫妇只有一个女儿，一向喜欢男孩的阿力哥见失去双亲的把汉那吉总是沉默寡言，也不与同龄的孩子一起玩耍，因此心生怜悯，对这个小主人也是格外地疼爱与呵护，几乎是形影不离地保护着他，犹如保护自己的孩子一样，而把汉那吉除了一克哈屯和阿勒坦汗外，也只与他最亲近，对他最信任。

黄昏时分，满珠锡哩、松布尔、把汉那吉和阿力哥又来找乌讷楚和朵兰了。他们一起策马来到牧场，看到牧人们正驱赶着牧群返回来了，把汉那吉和阿力哥"嗷嗷、嘤嘤"地叫喊着帮着牧人驱赶羊群。乌讷楚骑着马奔驰在辽阔的草原上，她的小辫子随风飞扬，蒙古袍的下摆也被风吹得起起伏伏。几个女孩银铃般的笑声回荡在草原上。

从此，每天黄昏，都能看见几个孩子策马驰骋在草原上。

把汉那吉变了，只要和乌讷楚在一起他就不再沉默了，似乎乌讷楚才是他的师傅，有什么问题总是先去问问乌讷楚，而乌讷楚不仅耐心地解释，还煞有介事地手把手教他。在校场，在草原上，在一克哈屯的毡房里，把汉那吉的目光时时跟随着乌讷楚，那目光里包含着一种钦佩。但让把汉那吉对乌讷楚刮目相看、与乌讷楚越来越亲近的是另一件事。

这一天，笔写契（即先生）留了一篇汉文文章要求把汉那吉背会并且能翻译出来，把汉那吉对汉文的这些之乎者也非常厌烦，最讨厌背这样的文章，因此一走出学堂，把汉那吉便与阿力哥去找乌讷楚和满珠锡哩她们去骑马，等他们回来的时候已经日落西山，到了吃晚饭的时间。

吃过晚饭，把汉那吉感觉又累又困，就躺到了床榻上。一克哈屯以为他生病了，坐在一旁嘘寒问暖的，见他没有生病，就问起他这一天的所作所为。这时，把汉那吉突然想起了笔写契留下的那篇文章，便一骨碌从床榻上翻起身来。

学习汉文是阿勒坦汗的命令，把汉那吉担心如果自己背不会，笔写契会到爷爷那儿告状。虽然爷爷从来没有打过他，就是严厉的训斥也不曾有过，可是把汉那吉一看到爷爷那双鹰一样犀利的眼睛，他就会感到一种莫名的畏惧，因此他不敢违抗爷爷的命令，只好又爬起来，勉为其难地死记硬背着那篇文章。不明就里的一克哈屯看到把汉那吉如此刻苦，带着欣慰的微笑坐在一旁看着他。

就在把汉那吉摇头晃脑、磕磕巴巴地背诵着“古之欲明明德于天下者，先治其国；欲治其国者，先齐其家；欲齐其家者，先修其身……”的时候，乌讷楚带着朵兰来到一克哈屯的毡房，看到把汉那吉痛苦的模样，乌讷楚不由“扑哧”一声笑了。

把汉那吉见是乌讷楚，就把书扔到桌子上，不满地说道：“你笑什么，有本事你来背。”

乌讷楚接着把汉那吉的下文背道：“物格而后知至，知至而后意诚，意诚而后心正，心正而后身修，身修而后家齐，家齐而后国治，国治而后天下平。”

把汉那吉惊讶地看着乌讷楚，问道：“你怎么会背这么难的文章，你以前学过吗？”

乌讷楚笑道：“你这样死记硬背，即便今晚背会了，睡一觉明天就又忘记了。”

把汉那吉急忙说：“是啊是啊，我以前就是这样的，你快告诉我，怎么样才能记住这些古怪的文章呢？”

“首先你要理解文章的意思，那，就比如这篇文章。”

乌讷楚坐到把汉那吉身旁拿起书，说道：“这篇文章的意思是，人只有通过对万事万物的认识研究，才能获得知识；获得知识后，意念才能真诚；意念真诚后，心思才能端正；心思端正后，才能修养品性；品性修养后，才能管理好家庭家族；家庭家族管理好了，才能治理好国家；治理好国家后，天下才能太平。”

乌讷楚侃侃而谈，把汉那吉认真地听着。一克哈屯也惊讶地看着乌讷楚，她不知道这个孩子的脑袋里到底装着多少东西。从她看到乌讷楚娴熟的骑术和箭术后，她已经对这个十岁的孩子充满好奇了。今晚的乌讷楚更加让她觉得惊讶无比，于是问道：“你是从哪儿学来的这些知识？”

乌讷楚恭谨地答道：“阿爸在的时候，曾经专门安排师傅教过我，在我的家乡，我也有一位汉家师傅呢。”

“难怪呢，看来你的阿爸把你当儿子一般养育了，我看明日你和把汉那吉也一起去学习吧。”一克哈屯说。

听一克哈屯这么一说，把汉那吉立刻面露喜色，期待地看着乌讷楚。乌讷楚惊喜得不知该说什么，瞪着眼睛只看着笑眯眯的一克哈屯。

朵兰悄悄碰一下乌讷楚，乌讷楚才慌不迭地站起身向一克哈屯行礼道："多谢哈屯。"

一克哈屯笑道："先别忙着道谢，我还有一个要求。"

乌讷楚兴奋地说："哈屯请说。"

一克哈屯走到把汉那吉面前，抚摸着把汉那吉的头说道："把汉那吉是我和可汗最疼爱的孙子，可汗对他期望很高，让你和他一起去学习，是希望你能好好帮助他。"

乌讷楚连连点头道："嗯，我一定会尽力帮他的。"

在把汉那吉的眼里，乌讷楚就是一个文武双全的人，他觉得只要是和乌讷楚一起学习，无论是骑马射箭，还是学习那些烦人的之乎者也，他不再觉得枯燥，也不再厌烦，反而希望能天天和她在一起学习。听到乌讷楚答应和他一起去学习，把汉那吉心中充满了欢心愉悦。他已经迫不及待地等着新一天的到来，这样，他和乌讷楚每天在一起的时间就会越来越多。

骑马、射箭、读书，让乌讷楚这个天真无邪的孩子在充实而又快乐的氛围中走过春秋度过了四季，而大板升城在丘富和赵全等人的规划下，很快恢复了以往的面貌，而且新增了一座豪华富丽的宫殿。

这座宫殿，主殿是一座三层楼的建筑，坐北朝南。一楼堂殿极为宽广，赵全特意设计成接受百官朝拜的大殿，二楼是阿勒坦汗的寝殿，三楼是一座装饰性的阁楼。

主殿后面，是一组住宅建筑，正中有一座硬山式的两层楼房，这是专为一克哈屯设计的。楼房两侧各有数间平房，是为阿勒坦汗未出嫁的女儿们建造的。主殿西侧是台吉府，东侧则为侍卫和仆人居住的地方。整个建筑群，错落有致，庭院开阔整洁，周围树木林立，是一座幽静安适的住宅。

大殿封顶的这一天晴空万里，赵全特意安排了一场隆重的封顶仪式，还邀请了土默特各部的首领前来观礼。

一切准备就绪，丘富前去大帐邀请阿勒坦汗，赵全与各部首领在大殿前等候。看到阿勒坦汗与丘富远远走来，赵全令鼓乐手敲响了牛皮鼓，拉起了马头琴，弹响了火不思，奏起欢乐吉祥的乐曲。

热闹的场面吸引了大板升城的部众们，他们纷纷聚拢到大殿前，乌讷楚、把汉那吉、满珠锡哩和松布尔等人也来凑热闹了。

丘富将阿勒坦汗引到大殿前站定，然后走到赵全身旁，带着白莲教的一干教徒跪在了阿勒坦汗面前，高呼"万岁"，并按照汉人朝拜皇帝的做法，行三跪九叩之礼。就在阿勒坦汗惊愕的时候，辛爱也跪下高呼“万岁”，紧接着，阿勒坦汗的其他子孙和土默特各部首领也齐刷刷地跪在他面前叩头。

这时，突然狂风大作，呼啸的风卷着沙砾扑向每一个人。人们慌忙用袖子护住眼睛，耳边却传来“吱吱嘎嘎”的响声，众人顾不上遮挡风沙，纷纷循声望去，看到宫殿顶上的木梁正摇摇欲坠。就在人们愣怔的时候，又一股大风吹过，大梁直直向人们坠落下来，观礼的人们慌乱得四下躲避，辛爱和达云恰一跃而起，一起向阿勒坦汗跑去，拉着阿勒坦汗躲向一边。但是，和赵全一起设计和建造宫殿的宋艮儿等八人却躲闪不及，被坠落下来的大梁当场砸死。

转瞬间，风忽然停了，天空又恢复了原样。阿勒坦汗仰头望着天，悲叹道：“这是长生天的旨意，不允许我称帝啊。”

这一场大风来得突然去得蹊跷，赵全也是满腹疑惑，可拥立阿勒坦汗称帝，是他和丘富筹谋已久的事情。因为阿勒坦汗一称帝，他们这些昔日的叛贼就成为如今的开国元勋，不仅会有享不尽的荣华富贵，还会拥有显赫的地位。因此，赵全赶紧走到阿勒坦汗身边说道：“可汗，这只是一个意外，我马上让人重新修复，到时可汗再称帝也不晚。”

辛爱附和着赵全道：“是啊，父汗。”

阿勒坦汗看看二人，又看看大殿，黯然道：“蒙古有我们自己的大汗，还有济农，他们都没有称帝，如果我自立为帝的话，必然会和大汗、济农成为势不两立的对手，南朝如果再和大汗、济农因此联合起来，我们就会树敌太多，成为众矢之的。”

赵全劝道：“胜为王者败为侯，这是亘古不变的道理，难道他朱家生来就是帝王之家吗？如今可汗威震草原，在蒙古，哪一个部落不是以可汗马首是瞻，可汗不能称帝，谁配称帝？”

辛爱也不以为然道：“父汗现在和大汗有什么区别，您废了大汗不就行了嘛。”

阿勒坦汗断然阻止道：“不必再说了，宫殿可以重建，但是称帝一事不得再提。”

阿勒坦汗说完转身离去，辛爱与赵全、丘富等人面面相觑。

阿勒坦汗离去后，围观的人们也摇头叹气地散去，辛爱失望地正准备离去时，看到了乌讷楚她们几个人。

十五岁的乌讷楚已经出落成了一个大美人，微微卷曲的黑发在脑后编成一条大辫子，一直拖到腰际，洁净白皙的脸上，挂着两道浓黑的弯眉，挺秀的鼻梁下是淡红的双唇，眉目间隐然有一股书卷气。

辛爱直直地看着乌讷楚，问身旁的赵全："把汉那吉身边的那个女孩是谁？"

赵全瞟了一眼乌讷楚，说："就是瓦剌的乌讷楚啊。"

辛爱恍然大悟道："原来是她，几年不见长得跟草原上的鲜花一样美了。"

赵全见辛爱痴痴地望着乌讷楚，用胳膊碰了一下辛爱，笑着说道："再美的花也不属于你。"

辛爱回头看一眼赵全，也笑道："那可不一定。"他说完又看一眼乌讷楚，才转身离去。

## 十二、情窦初开

不知不觉中，乌讷楚来到大板升城已经六年了。在这六年中，白天，她与把汉那吉、满珠锡哩、松布尔这些同龄的伙伴们在骑马射箭、学习中一起度过，晚上，她又与把汉那吉一起在一克哈屯处挑灯夜读。

在她和把汉那吉朝夕相处的这些日子里，把汉那吉对她似乎有了一种依赖。乌讷楚不在的时候，把汉那吉就会捧着一本书斜靠在床榻上，眼神忧郁地盯在书上一动不动，思绪早已不知飞到了哪里。只要一见到乌讷楚，他的眼睛就会熠熠发光，脸上瞬间会闪过一丝不易察觉的快乐的笑容。

而乌讷楚也已经完全适应了大板升城的生活，内心的仇恨似乎随着时间的流逝也被渐渐淡化了，可内心的孤独，让她对家乡的思念并没有因为岁月的流逝而减轻分毫，而是日益浓厚。因为亲情是任何情感都无法取代的，没有了亲情，人就像失群的孤雁，无论飞多远飞多高，心，总是孤寂的。

每当想念家乡、想念亲人的时候，乌讷楚就会来到捏烈忽老人家听他拉琴。捏烈忽是一位孤独的聋哑老人，乌讷楚觉得自己与他同病相怜，所以一有空就去偷偷地照顾他，每次帮老人干完活后，她就会静静地坐在老人身边，听老人拉琴。

老人的琴声时而柔和淳美，时而浑厚深沉，时而委婉连绵，时而悠悠扬扬。琴声仿佛诉说着对亲人的思念，对亲人的祝福，却也有一抹挥之不去的淡淡忧伤。乌讷楚时常被老人的琴声感动得泪流满面，只有此时，她才能肆无忌惮地释放自己的情感。

老人虽然不能和乌讷楚交谈，但他能看到乌讷楚的忧伤，对这个漂亮又善良的少女，老人无力去帮她，只有通过琴声来为她排忧解愁。乌讷楚知道老人的一片心意，有时也会和老人讲她的心里话，因为老人听不到也不会说出去。而每次和老人这样自言自语完，乌讷楚就会感到一种轻松与畅快。

有时，乌讷楚也会一个人骑马来到大板升城外的蓬松树下，向家乡的方向眺望，她渴望再一次投入阿妈的怀抱，再一次尝尝阿妈亲手熬的醇香的奶茶，可是每一次她都失望而归。

与乌讷楚朝夕相处的这些年，一种不一样的情感在把汉那吉的内心悄悄滋长。尽管他们每天一起骑马射箭，一起读书，可他还是觉得不够。他说不清自己的心理，只是每天都渴望见到乌讷楚，渴望与她在一起，就联想到她的时候，内心也有说不出的欢心畅意，脚步也变得轻松了，时不时还会不由自主地发笑。

正是这样的情感，让把汉那吉对乌讷楚格外关注，她的任何一个小小的变化，他都会看在眼里记在心上。乌讷楚经常去听老人拉琴，偷偷到蓬松树下远眺，这些都没有逃过把汉那吉的眼睛，但他总是悄悄躲在一边痴痴地看着她。他最怕乌讷楚忧伤，看到乌讷楚伤心落泪，他感觉很心痛，他很想过去搂住她，替她擦去眼泪，安抚她不为人知的忧伤，他觉得长生天让他来到这个世上，就是要带给她快乐，让她无忧无虑地生活。

冬天的第一场雪毫无征兆地来临了，大地银装素裹，皑皑白雪覆盖了草原，覆盖了山林。

乌讷楚再次来到蓬松树下，呼出的热气很快在她浓密弯曲的长睫毛和眉毛上结成了霜。眼前是一片白茫茫，她就这样在寒风中静静地站立着，眺望着远方。

八年了，阿妈是不是已经霜染双鬓，白发苍苍了呢？还有她的哥哥和弟弟们，应该都更加健壮，更加威猛了吧？不知他们现在在干什么，是不是已经把我彻底忘记了，根本不记得这个世上还有一个女儿和妹妹，在千里之外思念着他们呢？

乌讷楚越想越伤心，忍不住捂住嘴低声啜泣起来。她全身搐动，一声声压抑的、痛苦的唏嘘，仿佛是从她灵魂的深处艰难地一丝丝地抽出来的。

站在远处默默看着她的把汉那吉再也无法控制自己，他不能眼看着乌讷楚这么不爱惜自己。他深深呼了口气，大胆地向她走了过去，拉起她的手就往回走。乌讷楚被吓了一跳，本能地想挣脱拉她的手，回头一看才发现是把汉那吉。她太专注于眺望远方，根本没有看到把汉那吉是从哪里冒出来的。看到他紧紧握着自己的手，她的内心突然砰砰地狂跳不止，她再次想抽回自己的手，可是把汉那吉紧紧握住她的手根本没有松开的意思。

把汉那吉已经长成了一个英俊的大小伙了，嘴角长出了茸茸的胡须，隐藏着一丝忧郁的大眼睛里放射出温柔的光芒。他紧紧握着乌讷楚的手，感到掌中的这只手冰冷得像一块铁一般。

把汉那吉心疼地搓着她的手，说道："又在想你阿妈了？你这个样子万一生病了，你阿妈看到会心痛的。"

把汉那吉的话犹如一支箭射中了乌讷楚脆弱的心，她再也无法忍受内心的悲伤，泪水再次扑簌簌地滚落下来。

把汉那吉心痛地顾不上羞涩，一把把乌讷楚搂进怀里，安抚道："尽情地哭吧，你把自己压抑得太辛苦了。"

竟然还有人如此洞察自己的内心，乌讷楚感觉温暖更感到委屈。她不再躲闪,伏在把汉那吉的怀里哭了个够。

乌讷楚停止了哭泣,把汉那吉轻轻地为她擦去眼泪,牵起她的手向大营走去。乌讷楚也不再挣脱把汉那吉的手,她跟随在把汉那吉身后,偷偷看着他。毡帽遮住了把汉那吉的脸,但是她能看到他强壮如牛的背影,他宽大的手掌那么温暖,这温暖通过她的手传递到了全身,让她的心也渐渐温暖起来。

为了让乌讷楚高兴,把汉那吉与阿力哥带着十几名侍卫,约乌讷楚和朵兰一起去打猎。当她身穿简洁的猎装,头戴一顶裘皮帽,神清气爽地来到把汉那吉面前时,把汉那吉不由得赞叹道:“你真漂亮。”乌讷楚羞涩地嫣然一笑。

阿力哥手拿箭囊,牵来白色骏马,把汉那吉将乌讷楚扶上马背递上箭囊,自己也背上箭囊翻身上马,他们一起向大青山疾驰而去。

一行人来到大青山,山上茫茫林海被大雪覆盖,除了褐色的树干外,浩然一色。

进入山里,猎犬的狂吠惊动了隐藏在雪地里的动物们,一个个惊吓得四下逃散。

把汉那吉一声令下,侍卫们四下散开呼叫着去猎杀猎物。乌讷楚和朵兰也策马呼叫,追逐着奔跑的动物,“嗖嗖嗖”,箭声响过,一只只野雉和兔子应声倒在乌讷楚和朵兰的箭下。乌讷楚和朵兰默契的配合,所到之处,猎物无以遁形。由于兴奋,乌讷楚忘乎所以,整个人一改往日的仪静休闲的状态,面色红润,英姿飒爽。

把汉那吉忘情地看着乌讷楚,在他的眼里,乌讷楚是一个恭默守静而又略带忧郁的女孩子。可是现在,眼前的这个女孩子神采飞扬,笑声朗朗,他不知道乌讷楚的真面目到底是什么,但是这些都不重要,重要的是他看到了乌讷楚的快乐,这才是他想要的。

把汉那吉有一只训练有素的猎犬——台格。它是从良种小狗崽中挑选出来的,腰身长,尾巴长而匀称,听觉灵敏,视力敏锐,动作敏捷,跑起来速度极快。它能懂得把汉那吉吹口哨、示意、招手、指点、呼唤等暗示和要求。把汉那吉这次带它来,主要是为了捕猎狐狸,因为狐狸是很狡猾的动物。台格不仅能抓住野外奔跑的狐狸,而且能把窜进洞穴的狐狸从洞中咬住尾巴拽出来。

把汉那吉根据以往打猎的经验来到狐狸经常出没的地方,示意台格去寻找狐狸。老练的台格用它灵敏的嗅觉寻找着狐狸的踪迹,突然,眼前窜出一个东西,台格闪电一般冲上前去。把汉那吉知道是狐狸已经感觉到了台格的存在，慌忙中出来逃命呢。台格果然没有辜负主人，很快就将这只狐狸咬住了。如法炮制，把汉那吉又猎到了一只狐狸。

这时，雪地上的一串脚印引起了把汉那吉的注意，这是狍子的脚印，猎犬的喊叫声指明了狍子的方向。乌讷楚和朵兰也发现了狍子的脚印，从不同的方向向狍子靠拢过去。

不知道是猎犬的狂吠声吓傻了狍子，还是猎人的围攻让狍子觉得无路可逃，奔跑中的狍子突然停下脚步，不知所措地回头张望起来。把汉那吉与乌讷楚屏气凝神拉满弯弓，几乎是同时，两支箭从不同的方向一起射向狍子，箭箭命中要害却不伤狍子皮。

把汉那吉驱马来到倒在地上的狍子面前，看到狍子身上居然有两支箭，感到非常惊讶。此时乌讷楚和朵兰也策马而来，把汉那吉欣喜地看着乌讷楚说道："早知道你善于骑射，没想到你的箭术竟然如此精湛，可以做我土默特的哲别啦。"

朵兰抢着答道："那当然，我家小姐如果是个男儿，一定也是一个巴特尔。"

乌讷楚笑着制止朵兰道："没人当你是哑巴。"

三个人哈哈大笑，带着丰盛的收获和愉悦回到大板升城。

晚上，乌讷楚和朵兰正围在火炉旁，一边喝着奶茶，一边讲着打猎时的趣事。就在两个少女叽叽喳喳有说有笑的时候，把汉那吉拎着两张狐皮进入了乌讷楚的毡房，乌讷楚将茶碗递给朵兰，笑盈盈地站起身来迎接把汉那吉。

把汉那吉捧起两张完好无损的狐皮递到乌讷楚面前，笑眯眯地说："这两张狐皮你留着做围脖吧，这儿冬天寒冷，你用得着。"

乌讷楚摆着双手赶紧推辞道："还是留给一克哈屯吧。"

"奶奶已经有狐皮围脖了，我已经把今天猎到的那张狍子皮送给奶奶了，你就留着吧。"把汉那吉说完，把狐皮往乌讷楚手中一放，就转身走出了毡房。乌讷楚捧着狐皮看着滑落的毡帘，心里有一股暖流缓缓流过。

朵兰放好茶碗走到乌讷楚身边，看她依然看着门毡出神，伸手在乌讷楚眼前一晃，说道："嗨，人已经走了，你还在看什么?"

听到朵兰的话，乌讷楚感到脸上一热，她瞪一眼朵兰没有说话，捧着狐皮坐到床榻上，用手抚摸着光滑的狐皮。

朵兰也跟着走过来坐到乌讷楚身边，伸手摸摸狐皮，说道："小姐，这两张狐皮触手柔滑光润，做成围脖一定很温暖。"

这的确是两张上好的狐皮，如果能给阿妈做一条围脖，并亲手给阿妈戴在脖子上，那该有多好。那么这一张给谁呢？乌讷楚想起了把汉那吉，对，就给把汉那吉也做一条，只有自己亲手做出来，似乎才能表达自己对所爱的人的一片情意。想到爱人一词，乌讷楚不由又感觉面红耳赤。

朵兰看到一朵红晕涌上乌讷楚白皙的脸颊，已经猜到了她在想什么，就故意用一种似笑非笑的表情看着乌讷楚。乌讷楚知道朵兰想说什么，故意不搭理她，可是朵兰不依不饶，一个劲儿地追着乌讷楚看，乌讷楚只好放下手中的狐皮说道："你有什么话就说吧。"

朵兰站起身在地上来回走动，一会儿搓着双手，一会儿又摸着脸颊，故作思考的模样，问道："小姐准备用这两张狐皮给谁做围脖呢？"

乌讷楚知道朵兰在戏弄她，也知道躲不过朵兰的问题，于是如实地做了回答。朵兰立刻满脸坏笑地问道："为什么不给自己做一条呢？看来有些人在小姐的心中更重要哦。"

乌讷楚被朵兰看穿心思，但她不好意思承认，就辩解道："这两张狐皮是把汉那吉送来的，给他做一条也算是答谢吧。"

朵兰见乌讷楚躲闪着自己，就不再嘻哈，走过去拉住乌讷楚的手，认真地说道："你知道吗，你每次去蓬松树下的时候，把汉那吉总是躲在远处看着你，一直到你离开他才离开。你每次去捏烈忽大叔那儿听大叔拉琴的时候，他也是躲在一边悄悄地看着你。"

朵兰又摸摸狐皮说："如今有好东西，他又第一个想到你，小姐应该明白把汉那吉台吉的心意吧？我觉得他是真心喜欢你的。"

听了朵兰的话，乌讷楚才明白为什么在自己伤心的时候，把汉那吉总是适时地出现在她的身边，给她那么多安慰和关怀，原来他一直都在默默地关注着自己。

得知有人喜欢自己，乌讷楚感觉有些羞涩，但更多的还是欢喜。把汉那吉英俊的形象又出现在眼前，栗色弯曲的头发在脑后梳成辫子，光滑的额头闪现着智慧，浓密的眉毛下那双深邃忧郁的眼眸，在看乌讷楚时却射出柔和温暖的光芒，挺直的鼻梁，带着好看的弧度。他的肤色是那种健康的古铜色，五官清秀中带着一抹俊俏，帅气中又带着一抹温柔。乌讷楚面带微笑痴痴地想着，完全沉静在自己的遐想中。

"小姐一个人发笑，是不是在想把汉那吉台吉呢？"朵兰推一把乌讷楚，坏笑着问道。

被朵兰揭穿心事，乌讷楚立刻羞红了脸，急忙掩饰道："胡说，谁在想他了。"

"你的嘴不承认，可是你的脸却承认了啊。"

朵兰歪着头故意仔细地看着乌讷楚的脸庞，又打趣地说道："如果不是想把汉那吉台吉，为什么脸红呢？"

乌讷楚伸手推开朵兰的头，不好意思地说道："谁脸红啦，小妮子不学好，学会拿本小姐开心了，我立刻找个人把你嫁了，看你以后还胡说。"

朵兰嬉皮赖脸地说："我一辈子也不嫁，就这样跟着你，缠着你，烦死你。"

乌讷楚忽然转身扑向朵兰，朵兰猝不及防被乌讷楚按倒在床榻上，乌讷楚不停地在她身上、胳肢窝挠痒痒，朵兰一边躲闪一边求饶。刚待乌讷楚一松手，朵兰立刻翻身起来就把乌讷楚推倒，开始挠乌讷楚的痒痒。两个少女打成一片，嘻嘻哈哈闹个不停。她们的嬉闹声惊动了隔壁毡房的布日玛，直到布日玛过来才阻止了她们。

夜深人静，乌讷楚躺在床榻上却没有睡意，她的脑子里全是把汉那吉，闭上眼睛却看到把汉那吉就站在眼前，他的举手投足，他们相处时的一幕幕在乌讷楚眼前闪过。一想到把汉那吉，乌讷楚的脸上就不由得充满笑意，一股热流从心里涌上头部，涌向全身，就连心跳也比平时快了许多。

毡房外寒风呼啸而过，呼呼的风声赶走了乌讷楚眼前的把汉那吉。她又想起了曾经为阿爸担忧的那些痛苦的日子，如今阿爸已经不在了，也不知道他在另一个世界里过得怎么样了。乌讷楚轻轻叹了一口气，侧过身去不再想那些令人伤心的日子，可是，阿妈的笑容又出现在眼前。也不知道阿妈和哥哥弟弟们怎么样了，他们过得好吗？想起了阿妈，乌讷楚的心一凛，自己是被阿妈献给阿勒坦汗的，迟早有一天，自己要成为阿勒坦汗的哈屯，怎么能够对把汉那吉动情呢？不，阿勒坦汗早已忘记了自己，八年来，和阿勒坦汗见面的日子屈指可数，即便见面，阿勒坦汗对她也是淡淡的，恐怕日理万机的阿勒坦汗早已忘记了她的身份吧！乌讷楚默默地乞求长生天，但愿阿勒坦汗真的已经彻底忘记了她。想到这儿，乌讷楚烦躁地用被子蒙住了头。

乌讷楚的动作惊动了睡在旁边的朵兰，朵兰知道，每当这样的天气，乌讷楚总会为阿噶和少爷们担心。但是这一次，善解人意的朵兰没有猜到她的心事，还以为她又在为亲人担心，于是轻声问道："小姐还没有睡着吗？又在想阿噶和少爷他们了吧？"

乌讷楚不想让朵兰知道自己的心事，听到朵兰这样问她，就顺着她的意思说道："你听那风声，外面一定很冷，不知道阿妈他们现在怎么样了。"朵兰翻过身替乌讷楚掖掖被子，说："睡吧，别想那么多了，这样只会让自己烦恼。"

朵兰又拉起被子捂住自己的身子，叹口气说道：“唉，之前看到你那个样子，我都心疼死了，可我没有办法让你高兴起来，还是把汉那吉台吉有办法，终于再次看到你的笑脸了。”朵兰爬起身把头探到乌讷楚身边说：“小姐，你知道吗，之前你那张美人脸像冻了冰一样，阿噶如果知道你这样不开心，不知道怎么担心你呢。”

听了朵兰的话，乌讷楚又气又可笑，她伸出手按倒朵兰的头说：“你的话只能听前半截，越往后就越没样了。”

朵兰笑嘻嘻地又钻进被子里，乌讷楚拢好被子，在黑暗中瞪着两只大眼睛，不知过了多久才迷迷糊糊地睡去。

乌讷楚在做围脖的时候，总觉得把汉那吉正用他那双带着忧郁的眼睛看着她，这让她想起了他对自己的关怀，想起了他们在一起时那些快乐的时刻。每当想起这些，她觉得什么东西撩动了她心底深处最为柔软的一角，让她觉得心潮起伏，既感到温馨又有些伤感。

乌讷楚做好了狐皮围脖后，手捧着柔软光滑的围脖，她又有些犹豫了。如果自己不是阿妈献给阿勒坦汗的女人，而是一名人质，或者只是一个奴仆，她一定会毫不犹豫地亲手将围脖围在把汉那吉的脖子上，然后依偎在他的怀中，与他相约白头永不分离。可是现在，她不能忘记自己的身份，因为她的身份注定她不能和把汉那吉走到一起，迟早要被生生地分离，既然如此又何必开始。于是，乌讷楚将狐皮围脖小心翼翼地珍藏在了柜子里。

朵兰以为乌讷楚是不好意思将狐皮围脖送给把汉那吉，所以，当把汉那吉来到乌讷楚的毡房时，她擅自从柜子里拿出了狐皮围脖捧到了把汉那吉面前，乌讷楚想阻止已经来不及了，只好站在一旁尴尬地看着把汉那吉。

把汉那吉看到狐皮围脖的时候，惊喜得无以言表，急忙将围脖围到脖子上，一边抚摸着狐皮围脖，一边憨笑着看着乌讷楚。

## 十三、梦醒

乌讷楚极力克制着内心的情感，依然像以前那样与把汉那吉相处，但她越克制自己，就越是渴望见到他，渴望与他在一起。而把汉那吉自从得到她亲手为他做的围脖后，脸上总是洋溢着快乐的微笑，对她也更加关心，更加呵护。

爱情总使人忘乎所以，也给人无穷的勇气，在朝夕相处中，面对把汉那吉的深情，情窦初开的乌讷楚再也无法控制自己的情感，对把汉那吉的爱恋日益深厚。他们经常成双成对地出现在众人面前，不仅他们自己忘记了乌讷楚的身份，就连大板升城的部众们似乎也忘记了乌讷楚的身份。阿勒坦汗不是忙于东征西伐，就是每天与他的儿子和首领们忙于大板升城的开发大计，确实早已把乌讷楚忘到了脑后。

乌讷楚和把汉那吉平时各自忙碌着，闲时他俩就会带着朵兰和阿力哥来到湖边。朵兰和阿力哥每次都会很识趣地悄悄躲在一边，不去打扰他们的二人世界。

“这儿真美啊，你看，蓝天是那么明朗，青苍蔚蓝，辽阔的绿草地配上这竞相争艳的鲜花，就像人间仙境一般。”乌讷楚看着眼前的这一切，不无神往地对把汉那吉说。

把汉那吉笑嘻嘻地看着乌讷楚说：“笔写契的高徒就是不一样，你的话说得真好。不过让我更高兴的是你终于看到这儿的美丽了。以前是因为悲伤遮蔽了你的心，所以你能看到的都是悲伤，其实这儿的美丽从来没有变过。”

把汉那吉的夸奖让乌讷楚的脸上闪过少女的羞涩。她和把汉那吉并肩坐在了湖边，为了掩饰自己的心情，她不断捡起身边的小石子扔到湖里，溅起朵朵涟漪。把汉那吉刚想说话，乌讷楚将食指按在唇边“嘘”了一声，说：“你听，百灵鸟在歌唱呢。”

把汉那吉侧耳聆听，果真听到了鸟儿清脆欢快的鸣叫声。

把汉那吉说：“你想听歌吗？那我给你唱吧。”

不等乌讷楚答话，把汉那吉轻声唱起来：

“金色的马背银色的毡房，
我心里藏着一位美丽的姑娘。
我要用花瓣做她的衣裳哟，

和她驰骋在辽阔的草原上。

静静的敖包青青的牧场，
心爱的姑娘来到了我的身旁。
摘一朵白云做你的翅膀哟，
自由飞翔在那人间的天堂。

醉人的美酒飘香的奶茶，
也比不上我心中美丽的姑娘。
拉一曲马头琴为你歌唱哟，
唱醉了草原唱美了我的家乡。"

把汉那吉的歌声低沉而深情，他一边唱一边望着乌讷楚，眼里柔情似水。乌讷楚则静静地听着，不时向把汉那吉报以甜蜜的微笑。把汉那吉很自然地将乌讷楚轻轻搂进怀里，她没有挣脱，而是羞涩地将头伏在把汉那吉的肩头。

等待是最令人心焦的事情，尤其是恋人间的等待。因为相恋的人总希望每天都能够朝夕相处，寸步不离。乌讷楚也一样，她希望能够时时刻刻与把汉那吉在一起。但是，一到夜晚，他们只能分开回到各自的毡房，那时就成为乌讷楚一天中情绪最低迷的时候。

晚上，吃过晚饭，乌讷楚无精打采地和朵兰回到毡房。朵兰神秘地要乌讷楚随她去一个地方，任凭乌讷楚怎么追问，朵兰只是笑而不语。无奈，乌讷楚只好随着朵兰一起走出毡房。

温柔的月色悄悄地洒向大地，就像为草原蒙上了一层薄纱，远处的毡房中隐约可见的点点火光，衬托得草原朦胧而又神秘。晚风带着草原的清香，轻轻抚摸着乌讷楚的头发和脸颊。仰望夜空，月亮斜挂在天空，俯视着大地，把银辉洒向草原。

夜晚的草原是这么娴静而安详，乌讷楚不由心生几许柔情。她贪婪地呼吸着，恨不能将这清新的芬芳沁入自己的心脾。

乌讷楚沉醉在如梦如幻的草原夜色中，不假思索地随着朵兰慢慢前行。

月光下的湖面上，水平如镜，静静的月，静静的湖，两相辉映，构成了一幅宁静、优美的画面。偶尔微风轻轻拂过，平静的湖面立刻浮光跃金。湖边的芦苇，也舞动着身姿，在湖面上投下一片斑驳的影子，引起乌讷楚对这大自然的无限遐思。

乌讷楚正思绪飞扬，畅游在自己的幻想中，听见朵兰说道："小姐，你看。"

乌讷楚顺着朵兰手指的方向望去，突然一堆篝火熊熊燃烧起来，在火光的映衬下，乌讷楚看到了抱着马头琴的把汉那吉和阿力哥的盈盈笑脸。乌讷楚还未从意外中清醒过来，把汉那吉拉响了马头琴，饱含深情地看着她。笑容跃上乌讷楚的脸，她欣喜地快速来到篝火前，坐到把汉那吉的身边。

乌讷楚将头靠在把汉那吉的肩上，闭上眼睛静静地听着，这是她无数次幻想过的情景，和心爱的人置身于这皓月当空、静谧的草原上，感受小草温柔的抚摸，呼吸着青草混着泥土醉人的清香，依偎在爱人身边，听他弹奏委婉动人的音乐。

这一切似梦境一般，乌讷楚感觉自己的灵魂仿佛游离出了身体。她像小鸟一样自由自在地飞翔着，像风一样轻柔曼妙。她只想这么聆听着、沉醉着，希望将这一刻凝固成永恒，永远不要醒来。

悠悠的琴声渐去渐远，随风散入无边的草原，篝火"噼噼啪啪"的声音，才把乌讷楚从幻想中惊醒。她发现自己靠在把汉那吉的肩上，连忙窘迫地坐起来，伸手撸撸头发掩饰自己的尴尬。

"你真让我惊讶，何时学会马头琴的？"乌讷楚问道。

"我看到你经常坐在捏烈忽老人的身边听他拉琴，于是找了一个人教我拉马头琴，我拉得怎么样？"把汉那吉急切地想知道乌讷楚对他琴艺的评价。

"孺子可教也，不过还有待进步。"乌讷楚学着笔写契的语气顽皮地说。

把汉那吉点了一下乌讷楚的头，也学着笔写契的语气说："先生教诲的是，弟子一定再接再厉。"

乌讷楚看着把汉那吉憨态可掬的模样，忍不住哈哈大笑起来。朵兰和阿力哥听着两人的对话，虽不太懂，但看到两人的表情，也不由跟着哈哈大笑起来。

"我来拉琴你们跳舞如何？"把汉那吉建议道。

"好啊！"乌讷楚说完站起来就拉着朵兰和阿力哥走到篝火旁。

琴声再次响起，这是一首欢快的乐曲，乌讷楚和朵兰忍不住随着音乐开始翩翩起舞。阿力哥起初只是扭扭捏捏地晃动着身体，但看到乌讷楚和朵兰轻盈的身子在眼前飘来转去，加上音乐的感染，他也情不自禁地舞动起来。

乌讷楚双臂随着身体的舞动舒展屈收，时而举过头顶，快速转动身体，带动蒙古袍衣袂飘飘，时而双手叉在腰间和朵兰一会儿耸肩，一会儿抖肩，双臂柔若无骨。

把汉那吉的目光始终追随着乌讷楚优美的舞姿，他一边弹琴，一边随着音乐的起伏晃动着脑袋和身体。阿力哥随着音乐不停地扭动着身体，忘我地舞动着。

乌讷楚和朵兰看到阿力哥笨拙、滑稽的舞蹈，笑得前仰后合，把汉那吉也笑得无法拉琴。琴声戛然而止，阿力哥才从自我陶醉中醒来，看到众人都在看着他笑，也憨笑着不断挠着自己的后脑勺。

快乐总使人神采奕奕，乌讷楚眼中尽是掩饰不住的喜悦，月光下灵动而温情脉脉的眼神宛如清扬。火光映红的脸庞像桃花一样烂漫芳菲，简朴的蒙古袍丝毫没有遮掩住她的妩媚与高贵。

把汉那吉看着眼前这个美丽动人的女孩，爱情在他的内心热烈地燃烧着，他感谢长生天对他的厚爱和赐予，暗暗在心中发誓，一定要尽毕生精力来呵护眼前这个可人的女子。

夜深露重，篝火也燃尽了自己，把汉那吉拉着乌讷楚的手依依不舍地向毡房走去，阿力哥抱着马头琴和朵兰慢慢地跟在他们身后。

愉快的夜晚使乌讷楚和把汉那吉洋溢着幸福的感觉，他们缓缓而行，以往漫长的道路似乎缩短了，愉悦还不及散去，就来到了毡房前。把汉那吉目送乌讷楚进入毡房，才与阿力哥失落地离开。

爱情的滋润，使乌讷楚经常情不自禁地笑意盈盈，脑海中不时飘过把汉那吉为她唱的那首情歌，有时，她也会不由自主地轻声吟唱。布日玛看到了乌讷楚的变化，夜晚来到乌讷楚的毡房，发现乌讷楚和朵兰都不在，她开始担心起来，于是坐在乌讷楚的毡房等待着她们。

当乌讷楚哼着歌轻快地进入毡房的时候，却发现了一脸严肃的布日玛坐在床榻上。乌讷楚赶紧走过去坐到布日玛的身边，搂着布日玛的胳膊撒娇地摇晃着布日玛。

布日玛不理睬乌讷楚，盯着朵兰冷冷地问道："这么晚了，你带小姐去哪了？"

乌讷楚急忙解释道："我们出去走了走。"

布日玛说："我问朵兰呢。"

朵兰正不知该如何回答，听到乌讷楚这样说，也随着乌讷楚的话答道："我们只是出去散散步而已。"

布日玛哼了一声，说："散步？你应该知道小姐是什么身份，她虽然还没有与可汗举办合婚仪式，可她早晚是可汗的哈屯，一步走错，就要给克尔古特部带来灾难了。"

布日玛的一番话，将乌讷楚从爱情的梦幻中激醒，重又跌回到现实中。她颓然松开布日玛，一言不发地躺在床榻上。

布日玛站起身看看乌讷楚，叹口气道："孩子，我们都希望你能幸福快乐，可是，你是阿噶献给阿勒坦汗的人，你没有选择的权利，只能听从长生天的安排了。"布日玛说完拖着沉重的脚步离开了乌讷楚的毡房。

这一夜，乌讷楚被梦魇缠绕。她梦到自己与把汉那吉一起骑马驰骋在一片绿油油的草原上。开心的她双脚紧紧踩着马镫站立在马背上，张开双臂，任由疾驰的风把她的头发和衣襟通通吹到了身后，只要她一回头张望把汉那吉，就会有几缕头发越过耳畔抽打在她的脸颊上。但她全然不顾散乱的头发，只是纵情地笑着、喊着，不停地挥舞着双臂。听着耳畔呼呼的风声，她想起了小时候和阿爸一起在草原上飞翔的那种感觉。她扭头看看身旁的把汉那吉，他伏在马背上，俊俏清瘦的脸上挂着笑容，双目注视着前方，双手紧紧握着缰绳，头发和裘皮帽子上的绒毛都随风向后飘去。

把汉那吉扬起马鞭轻轻一甩，他胯下的枣红马立刻加速飞奔起来。乌讷楚也不示弱，两人你追我赶，一路向前狂奔而去，身后留下一长串快乐的笑声。

他们奔驰到一座山脚下勒住了狂奔的马儿，看到茂密的草丛中各色鲜花争奇斗艳，五彩斑斓的蝴蝶围绕着鲜花翩然起舞，乌讷楚与把汉那吉相视一笑，一边策马缓缓向前行走，一边逗引着飞舞的蝴蝶。

突然，脚下传来一阵轰隆隆的闷响，脚下的草地开始剧烈地颤抖起来。乌讷楚急忙低头望去，看到草地在她和把汉那吉之间忽然裂开了一道缝隙，缝隙越裂越宽，眼前渐渐出现一道深不见底的深渊。两匹马儿惊恐地向两侧退去，乌讷楚看着渐离渐远的把汉那吉，急忙挥舞着手大喊道："把汉那吉，救我！"

这时，阿勒坦汗和满身血污的玛尼明阿图出现在她的面前，阿勒坦汗恶狠狠地盯着乌讷楚说："你是我的女人！"

玛尼明阿图则哭着指着阿勒坦汗，对乌讷楚说："女儿啊，他才是你的男人，他才是你的男人啊！"

乌讷楚惊恐地向后退去，身后是一眼望不到底的深渊，把汉那吉已经没有了踪影，她回过头来，却又看到吉格肯红肿着眼睛和阿勒坦汗一起向她缓缓逼近，嘴里还喃喃地说道："女儿，你不能让我们的族人血流成河啊。"

乌讷楚一边后退一边摆手说道："不要过来，不要过来……"忽然，她感到脚下一空，身体向深渊坠去……

她大喊着坐了起来，蜷起了双膝，双手紧紧攥着被子顶着胸口，瞪着惊恐的双眼，汗水顺着脸颊缓缓滑落。

朵兰被她的喊声惊醒，急忙坐起身，揉了揉发涩的眼睛，转向乌讷楚问道："小姐，你怎么了？"

朵兰起身准备去点亮酥油灯，乌讷楚伸手拉住了她，朵兰又转过身搂住乌讷楚，问道："是不是做噩梦了？"

乌讷楚不答话又躺了下去，朵兰也不再追问，挨着乌讷楚躺下，不久，朵兰又发出轻微的鼾声。乌讷楚却怎么也睡不着，把汉那吉和父母的面孔在她眼前交替闪过。她又翻身坐起来，抱着双膝在黑暗中静静地坐着。

一边是情人，一边是亲人，还有那些可亲可敬的族人，乌讷楚不知该如何做出选择。来土默特这么多年了，只有和把汉那吉在一起，才让她感觉到了一种前所未有的甜蜜和愉悦，可命运却对她如此残忍，让她感到揪心的痛。

几天来，乌讷楚一直在残酷的现实中挣扎着，在甜蜜的爱情幻想中徜徉着，在冰火两重天中煎熬的滋味，让她食不知味、夜不安枕。疲惫不堪、孤立无援的她再也无法忍受这种感觉，决定疏远把汉那吉，按照长生天为她指定的这条路走下去。

乌讷楚的变化让把汉那吉迷惑不解，他不知道为什么只过了一晚，乌讷楚就对他不冷不热的，而且刻意躲着他，这让他受不了。

几天后，把汉那吉再也忍不住了，他来到乌讷楚的毡房前。朵兰在毡房门口拦住他，告诉他乌讷楚还没有起床不让他进去。他不顾朵兰的阻拦，推开朵兰闯进乌讷楚的毡房。

乌讷楚憔悴不堪，头发散乱地斜靠在床榻上。他一个箭步迈到床榻前摸摸乌讷楚的额头，问道："你怎么了，生病了吗？"

乌讷楚拨开把汉那吉的手，幽幽地看一眼他后又移开目光，没有答话。

把汉那吉坐到床榻上，双手握成拳，低着头看着自己的靴子。过了好一会儿，他才又问道："你到底怎么了，最近怎么冷冰冰的，还躲着我？"

乌讷楚鼻子一酸，泪水立刻向眼眶涌来，但她极力压抑着自己。

把汉那吉转过身拉起乌讷楚，双手抓住乌讷楚的双肩，急切地问道：

"你到底怎么了？是我做错了什么吗？你告诉我，我改还不行吗？"

朵兰站在旁边，怔怔地看着他们，刚想插话，只听乌讷楚说道："你并没有做错什么，错的人是我，我们就不应该开始。"

把汉那吉着急地问道："为什么？为什么？"

在毡房外听了多时的布日玛忍不住走进来，一字一顿地对把汉那吉说道："因为她是可汗的女人。"

布日玛的话犹如晴天霹雳一般，将把汉那吉震得松开了乌讷楚的双肩。他想起了八年前的那一天，就是爷爷第一次带乌讷楚回来的那一天，奶奶带他去迎接爷爷的时候，就告诉他，爷爷要带着一位新夫人回来。奶奶隆重地出迎让他感到非常好奇，他还急切地想早早见到这位新夫人呢。可是经过八年的相处，他早已忘记了这一点，深深地爱上了乌讷楚，只想着如何与她欢乐地共度今后的生活，可是今天，布日玛也让他再次回到了现实。

把汉那吉失魂落魄地走出乌讷楚的毡房，缓缓向前走去。阿力哥忐忑不安地紧跟在他的身后。

把汉那吉知道联姻意味着什么，这关联着两个部落之间的关系，如果阿勒坦汗对乌讷楚视若敝帚，必然会引起克尔古特部的不满，甚至会促使克尔古特部反叛。这样，乌讷楚在土默特的日子就不会好过。而乌讷楚刚来的时候才九岁，阿勒坦汗忽略她还情有可原，如今，乌讷楚已经长大了，爷爷会怎么做？把汉那吉不敢想下去，他希望爷爷永远忘记了乌讷楚，不再提及联姻的事情。要想让爷爷忘记乌讷楚，只有一个办法，那就是让乌讷楚从他眼前永远消失。

把汉那吉突然又转身返回乌讷楚的毡房，奔到乌讷楚面前拉住乌讷楚的双手急切地说道："我想好了，我要带你离开这儿，到没有人认识我们的地方去。"

布日玛听把汉那吉这么说，惊恐地跌掉了手中的茶碗。她走到把汉那吉面前，说道："我的好台吉，你可不能胡来，难道你忍心让乌讷楚跟你一起浪迹草原，过那种躲躲藏藏、到处漂泊的日子吗？你这样不是爱她，是在害她哪。"

把汉那吉哭道："那我该怎么办，嬷嬷？你告诉我，我到底该怎么办？"

乌讷楚见把汉那吉对自己情深至此，再也无法忍耐，扭过头去默默流泪。

布日玛扶起把汉那吉，替他擦去眼泪，说道："台吉，你就不该对乌讷楚动情，这是长生天为乌讷楚安排的命运，谁也无法更改。"

把汉那吉起身向毡房门口走去，一边走一边说："我找奶奶去，让奶奶做主把乌讷楚嫁给我。"

布日玛的话更加尖锐："你找谁也没用，乌讷楚是我们阿噶献给可汗的夫人，以可汗现在的地位，他怎么能允许自己的女人爱上别人？这是任何一个有血性的男人都不能容忍的事情，因为男人把尊严看得比性命还重要，任何人都不能践踏它，即便是你。所以，万一惹恼了他，克尔古特部从此就不再安宁了，为了两个部族，乌讷楚只能嫁给可汗。"

把汉那吉听到布日玛的话，停在了毡房门口，但他认为奶奶对他百般疼爱，几乎是有求必应，如果他去求奶奶，奶奶一定会答应把乌讷楚嫁给自己的，于是，他又坐到床榻边握住乌讷楚的双手说："相信我，我们一定会在一起的。"

他看到了乌讷楚那期待的目光，更坚定了自己的决心。他站起身走出毡房，满怀希望地一路跑到一克哈屯的毡房。

一克哈屯正在喝早茶，见把汉那吉风风火火地闯进来，放下手中的茶碗问道："一大早火急火燎的，发生什么事了？"

把汉那吉坐到一克哈屯身边，拉住一克哈屯的手，说："奶奶，我想求您一件事。"

一克哈屯笑眯眯地问道："什么事？"

把汉那吉说："我想请奶奶做主把乌讷楚嫁给我。"

一克哈屯被把汉那吉的话惊得颤抖了一下，她没想到把汉那吉会向她提出这样的请求。她定定神，从把汉那吉手中抽回手，摆着手断然拒绝道："不行，这件事我不能答应你。"

把汉那吉又拉着一克哈屯的手摇晃着："求你了，奶奶。"

一克哈屯再次拒绝道："好女孩多得是，你看上谁了告诉奶奶，奶奶给你做主。"

把汉那吉站起身坚决地说："除了乌讷楚，我谁也不要。"

一克哈屯软了口气，像是在乞求道："好孙子，你就听奶奶的吧，啊？"

把汉那吉执拗地说道："不，我爱乌讷楚，今生我非她不娶。"

一克哈屯无奈地说："那，这件事你只能和你爷爷去说，我做不了主。"

把汉那吉起身，失望地看了一克哈屯一眼转身就走，临出门时撂下一句话："那我就去找爷爷说。"

把汉那吉气愤地离去，留下目瞪口呆的一克哈屯。她了解这个孙子，多年的溺爱让他任性妄为，她真担心这个孙子会做出令人匪夷所思的举动来。

走出一克哈屯的毡房，把汉那吉直奔阿勒坦汗的大帐，可是走到门口，他却放缓了脚步。他知道爷爷对他也是百般的疼爱，可是自己对他还是有一种说不出的畏惧，而让他更担心的是，万一被爷爷拒绝了就更加没有了退路。

他在大帐外徘徊着，正在进退两难之际，“私奔”两个字窜进脑海，对，只有这一条路了。为了爱情，把汉那吉已经全然不顾了，他要带着乌讷楚远远地离开这儿，去过属于他们的幸福生活。

## 十四、私奔

把汉那吉走后，乌讷楚一骨碌从床榻上翻身跃起，赤着脚走到毡房门前，扶着门框望着一克哈屯毡房的方向，眼里全是期待和不安。

朵兰看她这个样子，赶紧拎着靴子走到她身边，服侍她穿上了靴子。

乌讷楚轻声问道："你说，一克哈屯会答应把汉那吉吗？"

朵兰无言以对，布日玛心疼地看看乌讷楚，叹口气摇摇头，拔腿走出毡房。

不大一会儿，把汉那吉从远处匆匆走来，乌讷楚惊喜地急忙走出毡房，站在门口笑容满面地看着他。把汉那吉看到乌讷楚，小跑几步来到乌纳楚面前，紧紧握住她的双手。乌讷楚见他面色凝重，脸上的笑容渐渐散去。

把汉那吉拉着乌讷楚进入毡房坐到床榻上，却不知如何开口，只好低头不语。乌讷楚什么也不敢问，只忐忑不安地看着他。过了片刻，把汉那吉紧紧握住乌讷楚的双手，抬起头看着乌讷楚的眼睛说："我要带你离开这里，永远地离开。"

朵兰惊讶地"啊"了一声。乌讷楚狂跳的心渐渐平静下来，她从把汉那吉的手中抽出双手扭过身去，淡淡地问道："一克哈屯不同意，是吗？"

把汉那吉扳过乌讷楚的双肩说："这不重要，我只想一生一世和你在一起。"

乌讷楚凄惨地对把汉那吉笑一笑，缓缓地站了起来。

把汉那吉跟着站起来，从后面搂住乌讷楚说："乌讷楚，你是知道我的心的，除了你我什么都可以不要。只要你愿意，我愿意放弃所有的荣华富贵，和你到一个没有人认识我们的地方去，自由自在地生活。"

乌讷楚转过身来，犹豫地说："可是……"

把汉那吉又搂住乌讷楚，用下颌摩挲着乌讷楚的头发，说道："我知道你担心什么，不用怕，我是爷爷奶奶最疼爱的孙子，生米做成了熟饭，即使他们知道了也不会把我们怎么样的。"

乌讷楚想起了吉格肯和布日玛的告诫，又想起了与把汉那吉在一起时的欢乐情景，她心乱如麻，不知该如何选择。她推开把汉那吉站起身，背对着他说道："再等等。"

把汉那吉急急地说道："等什么？等着别人来成全我们吗？不！在这儿，我们只会被生生地分开，难道你忍心丢下我不管吗？"把汉那吉边说边站起身走到乌讷楚身后。

把汉那吉扳过乌讷楚，乌讷楚见他眼中闪着泪光，乞求地看着自己，她别过身去，不敢再看把汉那吉的眼睛，内心却犹豫不决。

把汉那吉觉察到了她的心理，又拉过她说道："不要再犹豫了，相信我，一定会没事的。奶奶已经知道了，如果再不下决心，我们就走不了了。"

乌讷楚鼻子一酸，眼泪夺眶而出，她抱住把汉那吉哽咽道："把汉那吉，不是我不想和你走，我心里害怕啊。"

把汉那吉紧紧搂住乌讷楚，心疼地说："不要怕，有我呢。我知道你是爱我的，可是，如果我们不去大胆地尝试，永远不知道结果是什么。只要我们这样做了，不管结果如何，我们今生也不会再有遗憾了。"

把汉那吉吻着乌讷楚的头发又说道："乌讷楚，我不能没有你，只有和你在一起我才能感觉到快乐，没有你，我不知道自己会变成什么样子。乌讷楚，求你了，不要离开我。"

几天的决心在这一刻被瓦解了，这个世上唯一懂自己的人对自己又是如此情深，还有什么不能舍弃的呢？没错，把汉那吉是阿勒坦汗和一克哈屯最疼爱的孙子，如果他们知道自己是和他们心爱的孙子一起离去的，想必也不会迁怒到克尔古特吧？抱着这种心理，乌讷楚决定和把汉那吉一起走。

乌讷楚松开把汉那吉，定定地看着他，坚决地说道："好，我和你一起走！"

把汉那吉狂喜地抱起乌讷楚在地上转了一圈，然后放下乌讷楚不断吻着她的额头。

一旁的朵兰悲喜交加地看着他们，这些日子她看到了乌讷楚的悲伤和绝望，她心疼她，却不知道该如何帮助她。现在，乌讷楚已经做出了决定，朵兰不知道他们的决定是对是错，但是乌讷楚既然做出了这样的选择，她只有义无反顾地跟着他们。于是，朵兰急急走到他们身边说："我也要和你们一起走。"

把汉那吉和乌讷楚早已忘记了站在一旁的朵兰，听到朵兰的话，两人一起惊讶地望向朵兰。

乌讷楚拉起朵兰的手说："好朵兰，我们将来也不知道会到哪儿，我不想让你跟着我遭罪。"

朵兰抱住乌讷楚哭道："我不怕，小姐到哪儿我就要跟到哪儿！求你了小姐，让我和你一起去吧。"

乌讷楚看看把汉那吉，把汉那吉笑着说："既然如此就带着她一起走吧，也好有人照顾你。"

朵兰听到把汉那吉这样说，高兴地与乌讷楚相拥在一起。

把汉那吉和乌讷楚约定夜深人静的时候悄悄离开，他又嘱咐了乌讷楚和朵兰半天，才依依不舍地离去。

下定了决心，乌讷楚感到一种前所未有的轻松和舒畅。她不再忧伤，不再犹豫，只盼望着夜晚早点来临，好与心爱的人尽快脱离所有的羁绊，奔向自由幸福的生活。

乌讷楚在悄悄收拾东西的时候，内心一直幻想着今后的生活。她仿佛看到，清晨，一轮红日从东方冉冉升起，她与把汉那吉一起拎着奶桶去挤奶，猎犬在他们腿边欢快地绕来绕去，一些陌生的人友善地和他们扬手打着招呼。羊圈里的羊群看到他们，都咩咩地叫着向他们围拢过来，亲昵地蹭着他们的手。她和把汉那吉跪在羊儿的身边，将一股股热乎乎、洁白的乳汁挤入奶桶。把汉那吉用蘸着乳汁的手向她弹了一下，顿时感觉点点清凉吻上了她的脸颊。她也在奶桶里蘸了一下手，撩起手向把汉那吉弹去，把汉那吉躲闪着，不小心打翻了地上的奶桶，洁白的乳汁洒了一地，慢慢地蔓延开来，但是他们全然不顾，依然追逐着往对方身上泼洒鲜奶……

黄昏，太阳收起了刺眼的光芒，变成一个金灿灿的光盘。远处巍峨的山峦，在夕阳的映照下，涂上了一层金黄色，显得格外绚丽。她与把汉那吉放牧归来，相拥着坐在毡房前面对着夕阳。天边厚厚的云朵盘踞在天空中，夕阳乘着一点点空隙，迸射出一条条绛色霞彩，为每一朵云染上了颜色。整个天边红彤彤的，仿佛天空着了火。他们看着天色渐渐暗了下来，远处的毡房燃起了篝火，一阵阵悠扬的琴声从远方飘了过来，劳碌了一天的牧人们围着篝火载歌载舞，使空旷的草原变成了一片欢乐的海洋。

乌讷楚包好包袱放到柜子里，起身来到毡房门前掀起门毡，一股泥土携着青草的芬芳扑面而来。她走出毡房遥望着远方，心里暗自想道："这就是我想要的生活，哪怕只是做一个普通的牧人，每天和大家一起放牧挤奶，日出而作日落而息，即便没有那些友善的邻人，没有载歌载舞的欢乐场面，只要有一座真正属于我们自己的毡房，能过着那种与世无争、自由自在的生活，闲暇的时候能和心爱的人坐在空旷的草原上，看云卷云舒，听风起风落，此生又有何求？"乌讷楚想着想着，脸上涌上幸福的笑容。

太阳渐渐没入了地平线，夜幕慢慢铺展开来，一弯新月悄悄地升起，在它的周围，还有几颗星星发出微弱的光亮。

随着夜晚的来临，坐在桌前看书的乌讷楚又渐渐紧张起来，她不知道自己的决定到底是对是错。

八年了，这种寄人篱下的生活，教会了她如何察言观色，学会了如何伪装自己。她不敢任性，也不敢大声地说笑，就连哭也要等到夜深人静的时候，一个人躲在被窝里偷偷地哭。她有自己的委屈和疲惫，有少女的憧憬和梦想，可这些却无人能诉说。虽然有布日玛和朵兰无微不至的照顾，有满珠锡哩和松布尔真诚的友情，但她还是觉得自己的心依然像无根的浮萍，总是处于一种飘荡的感觉。尤其当她一个人独处的时候，总是有一种莫名的孤寂狠狠地吞噬着她的心。这种身处闹市的孤独让她感到压抑。有时，她也痛恨自己为什么会出生在这样的家庭，如果自己只是一个普通人家的女儿，就不会早早地失去阿爸，也不会小小年纪就离开阿妈温暖的怀抱，一个人孤独地生活在异乡。

这种想法，也曾让她无数次产生过逃离的念头，可一想到远在家乡的阿妈和哥哥弟弟们，还有那些族人们，她就极力压抑着自己，让自己面对现实，安于现状。

当她又想到自己忘我地投入到与把汉那吉的爱情中时，她又有了少女的憧憬，内心对那种无拘无束、自由自在的生活充满了向往。如今，把汉那吉就要带着她去过她一直梦想的生活，还有什么值得留恋的呢？

晚上，布日玛面无表情地端着晚餐走了进来。正在看书的乌讷楚装作若无其事地站起来，和朵兰帮她将晚餐摆放在桌子上。三个人坐在一起默默无言地吃起晚餐。

昏暗的酥油灯下，乌讷楚看着布日玛日渐苍老的面孔，突然有些于心不忍。这个忠心耿耿的老人，这么多年来一直像母亲一样无微不至地照顾着她，如今自己和朵兰一走了之，这个孤独的老人该怎么办？万一阿勒坦汗迁怒于她，这是自己都无法原谅的罪过。不行！不能就这样一走了之，一定要带她一起走，不能让她留下来为自己受过。

乌讷楚想把自己的决定告诉布日玛，又担心她会阻止自己，于是将已到嘴边的话又咽了回去，决定在走之前再告诉她，让她措手不及，只能选择和自己一起走。

布日玛走后，毡房里变得很安静，那盏放在桌子上的酥油灯散发出柔和的光芒。朵兰像往常一样坐在桌子旁做着针线活，心里却是七上八下的。乌讷楚捧着一本书坐在桌子的另一旁，她的内心既兴奋又忐忑不安。她假装看着书，耳朵却机警地听着毡房外的动静。这时，她突然又想起了几天前做的那个梦，大地裂开分开了她和把汉那吉，阿爸在梦中告诉她阿勒坦汗才是她的男人，这是不是长生天的指示？难道这就是阿妈说的命运吗？

这时，毡房外传来了一阵脚步声，正胡思乱想的乌讷楚忽地站起来，双手紧紧抱着书，不安地看着毡房的门，心里就像揣了个小兔子似的，咚咚地直跳。

坐在一旁的朵兰被她吓了一跳，站起身紧张地问道："怎么了？"

乌讷楚紧盯着毡房的门，低声问道："我们不会被人发现了吧？"

朵兰走到乌讷楚身旁说："你太紧张了，时间还早呢，走，你先到床榻上躺一会儿吧。"

朵兰扶着乌讷楚走到床榻边，乌讷楚忽然转身对朵兰说："你快去把酥油灯熄了，别人以为我们已经睡了，就不会来打扰我们了。”

朵兰转身回去端着酥油灯又回到床榻前，看到乌讷楚打开床榻上的柜子，拿出已经准备好的包袱，然后坐下来靠在了柜子上。朵兰熄灭了酥油灯，毡房内立刻漆黑一片。她把酥油灯放到柜子上，挨着乌讷楚坐下，一起靠在柜子上。乌讷楚一只手紧紧抓着包袱，一只手拉住朵兰的手，两人就这样静静地坐在黑暗中等待着。

朵兰感到乌讷楚的手在微微地颤抖，手心也越来越潮湿，此时，她反倒冷静了下来，用另一只手轻轻拍着乌讷楚的手背，试图让她平静下来。

夜深人静，除了点点的星光和零星的篝火外，整个大板升城寂静无声，笼罩在一片黑暗中。

把汉那吉带着阿力哥悄悄地来到乌讷楚的毡房。他看到乌讷楚的毡房内黑兮兮的，就轻轻地敲了敲毡房的门板。

里面传出朵兰惊恐的声音：“谁？”

把汉那吉低声说道：“是我。”

把汉那吉让阿力哥在外面等候，自己掀起门毡推开门进入毡房。

把汉那吉看不清毡房里的状况，就站在门口问道：“准备好了吗？”

乌讷楚和朵兰急忙抱上包袱走到把汉那吉面前，乌讷楚拉住把汉那吉的胳膊说：“等一下，我去把布日玛嬷嬷叫上。”

把汉那吉急忙拉住乌讷楚说：“嬷嬷会和我们一起走吗？万一她阻止我们怎么办？”

乌讷楚说：“我不能就这样丢下她不管，即便她不愿意和我们一起走，也不会害我的。”

把汉那吉说：“那好吧，不过要快，惊动了别人就不好了。”

三个人正准备出门，阿力哥进入了毡房。

把汉那吉问道：“不是让你在门口守着吗，你怎么进来了？”

阿力哥扭头向后看了一眼，把汉那吉、乌讷楚和朵兰一起望向毡房门。这时，有人挑起了门毡，门外有火光闪动，借着火光，把汉那吉和乌讷楚、朵兰一起看到了满脸怒容的一克哈屯。

原来，把汉那吉从一克哈屯那儿负气离开后，一克哈屯立刻派人跟着把汉那吉，发现他没有勇气去找阿勒坦汗，而是直接返回了乌讷楚的毡房，就料到他会这么做了，所以一直派人暗中监视着他。监视把汉那吉的人见他拎着包袱和阿力哥一起来找乌讷楚，就急忙跑去禀告了一克哈屯。

一克哈屯的突然出现让乌讷楚和朵兰噤若寒蝉，赶紧躲到了把汉那吉的身后。

一克哈屯在银花的搀扶下进入毡房，她对朵兰命令道：“朵兰，把灯点上！”

朵兰颤抖着走到柜子前放下手中的包袱，点燃酥油灯放在桌子上，又赶紧站到乌讷楚身旁。

一克哈屯走到桌旁坐下，看一眼乌讷楚手中的包袱，然后盯着乌讷楚慢慢问道：“你们这是要去哪儿啊？”

把汉那吉站到乌纳楚面前，毫不畏惧地答道：“我要带乌讷楚走。”

一克哈屯厉声喝道：“乌讷楚！”

乌讷楚战战兢兢地从把汉那吉身后来到一克哈屯面前，低着头不敢看她。

一克哈屯指着她，气愤地说：“我一直认为你是一个聪明乖巧的孩子，把汉那吉糊涂，你不但不劝阻，还纵容他这样去做？”

把汉那吉又跨到乌讷楚面前，说道：“奶奶不要责怪她，这都是我的主意，不管奶奶答不答应，我今晚非带她走不可。”

见把汉那吉袒护乌讷楚，而且态度如此坚决，一克哈屯又气又恨，瞪着眼睛问乌讷楚：“你也是这个意思吗？”

乌讷楚怯怯地抬头看一眼发怒的一克哈屯，又赶紧低下头去。

把汉那吉说：“奶奶不用问了，我现在就要带她走。”

把汉那吉说完拉起乌讷楚就向毡房外走去，却被刚进毡房的布日玛拦住了。

其实，布日玛早上就听到了把汉那吉和乌讷楚的对话，她也抱着侥幸的心理，希望阿勒坦汗能够看在爱孙的分上不追究他们私奔的事，所以吃过晚饭后，布日玛也早早熄灭了酥油灯，暗中密切关注着他们的一举一动。但她并没有打算和乌讷楚一起走，她要留下来，万一阿勒坦汗追究起来，她要用自己的性命去平息阿勒坦汗的怒火。

就在她静静地坐在毡房里的时候，她听到一克哈屯的斥责声，就赶紧过来悄无声息地站在了门外。又听到把汉那吉要带着乌讷楚离去，她不能再让这两个年轻人任性下去，否则后果不堪设想，所以她赶紧进入毡房拦住了他俩。

乌讷楚用乞求的目光看着布日玛，把汉那吉对布日玛说：“嬷嬷，你让开，今天谁也不能拦住我。”

一克哈屯怒喝一声：“来人！”

四名侍卫进入毡房。

一克哈屯指着把汉那吉说：“把台吉拉回他的毡房去，给我看好了，在我没有回去之前，不要让他离开半步。”

侍卫上前拉住把汉那吉，把汉那吉挣扎着喊道：“奶奶，你不能这么做。”

一克哈屯提醒道：“如果你想让你爷爷知道你就继续大喊大叫吧。”

提到阿勒坦汗，把汉那吉还真有些畏惧了，他不敢再大喊大叫，在无声的挣扎中被侍卫拽走。

一克哈屯的眼睛从乌讷楚、朵兰和布日玛的脸上闪过，然后又定在乌讷楚的脸上。一克哈屯冷冷地说道："你真是让我失望，苦了我这么多年对你的疼爱。唉，不管怎么说，你是可汗的女人，即便有错也应该由可汗来惩罚你。"

布日玛急忙跪在一克哈屯面前叩头道："求哈屯千万不要将这件事告诉可汗！乌讷楚还小，一时被黄油蒙了心，就请哈屯原谅她这一次吧。"朵兰也随着布日玛跪在一克哈屯面前，不住地叩头求饶。

一克哈屯气愤地点着布日玛和朵兰说："还能有第二次吗？这样的丑事我也难以向可汗开口啊。但是朵兰作为乌讷楚的仆人，知情不报，还纵容主人胡来，不能不罚她，来人，掌嘴。"

一名侍卫走到朵兰面前，乌讷楚急忙走过去护住朵兰，跪在地上乞求道："哈屯，乌讷楚知错了，求您饶过朵兰吧。"

一克哈屯对银花命令道："拉开她。"

银花过去粗暴地拉开了乌讷楚，侍卫拉起朵兰左右开弓，将大巴掌甩在朵兰娇嫩的脸上，顷刻间，朵兰的小脸就红肿了起来。

乌讷楚没想到往日和善可亲的一克哈屯今日竟变得面目狰狞，如此心狠，她不敢再轻举妄动，唯恐一个不小心会给朵兰和布日玛带来不测，只能心疼地看着朵兰泪如雨下。一克哈屯挥手制止了侍卫，低头对乌讷楚咬牙切齿地说："今日之事就到此为止，如果把汉那吉再有这样的行为，我就会杀了你的布日玛和朵兰，你好自为之吧。"

一克哈屯说完，站起身向毡房外走去，银花甩开乌讷楚，鄙夷地看了一眼乌讷楚主仆三人，傲慢地随一克哈屯离去。

乌讷楚爬到朵兰身边，双手举在朵兰脸前却不敢下手去触摸，只能任由眼泪哗哗地往下流。

朵兰握住乌讷楚的双手，说道："小姐不用为朵兰担心，朵兰没事的。"说完，她想冲乌讷楚微笑安慰她一下，却疼得咧开了嘴。

布日玛也挪过来抱住乌讷楚和朵兰哭道："孩子，这就是你的命，认命吧。"

## 十五、偶遇

经过这一次风波，乌讷楚再也不敢轻举妄动了，她整天窝在毡房里足不出户。一连几天都没有把汉那吉的消息，她不知道把汉那吉怎么样了，也不敢让朵兰去打听，因为担心把汉那吉，她每天茶不思饭不想的，人日渐消瘦，越来越憔悴。布日玛和朵兰看在眼里，疼在心上，可她们无计可施，只好暗地里偷偷地叹气流泪。

而把汉那吉被侍卫拉回去以后，一克哈屯一直派人看守着他，不让他离开毡房半步。他怕惊动了阿勒坦汗，虽然因担心乌讷楚如困兽一般在毡房里坐卧不安，但也不敢强行乱来。

一克哈屯为了震慑他们，赏了阿力哥一顿鞭子，阿力哥在家卧床养伤，也无法及时向乌讷楚通报情况。

过了几天，一克哈屯见把汉那吉乖乖地待在毡房里，以为他不敢再乱来，便将看守他的侍卫全都撤去了。把汉那吉虽然感到疑惑，但他什么也顾不上了，侍卫一走，他便冲出毡房，急匆匆地向乌讷楚的毡房跑去。刚来到毡房门前，布日玛便拦住了他，说乌讷楚生病了正在睡觉，不方便见他。把汉那吉不信，正要绕开布日玛进入毡房，朵兰出来了，她也和布日玛是一样的说法，把汉那吉便嘱咐朵兰好好照顾乌讷楚，自己扫兴地离去。

后来，他又来找过乌讷楚几次，都被布日玛和朵兰挡在门外，他此时才感到事有蹊跷，于是不顾布日玛和朵兰的阻拦，硬闯进乌讷楚的毡房，布日玛和朵兰赶紧追了进去。

把汉那吉看到乌讷楚斜靠在床榻上，面色灰暗，已不见了往日娇媚的容颜，一头秀发散乱地披在肩上，双手放在腹前，目光呆滞地看着前方。他惊呆了，一下子停住了脚步，呆呆地看着她。这么短的时间，心爱的人怎么憔悴到如此程度，奶奶到底对她做了什么，为什么她被折磨成这副模样？

他疑惑不解地慢慢走过去坐在床榻边，心疼地举起手想要抚摸她的脸。乌讷楚别过头去躲开了他的手。他又想去握握她的手，她也急忙躲开了。把汉那吉只好停住了手，不解地问道：“你怎么了？奶奶对你做了什么？”

乌讷楚低头不语，泪水却不争气地滚落下来。

把汉那吉心疼地看着她，坚定地说道：“奶奶已经不让人看着我了，你赶快养好身体，等你好了，我们再找机会一起走。”

一克哈屯威胁的话又在耳畔响起，她既然这样说了，一定会派人密切关注着她们的一举一动，朵兰和布日玛的性命就操纵在她的手中，自己怎么还敢有这样的妄想？不，不能罔顾她们的性命。乌讷楚轻轻拭去眼泪，低着头，冷静地对他说："我们不能这样做，这样，我就成了我们部族的罪人了。"

乌讷楚的冷静让把汉那吉感到困惑，是什么原因让她仅仅几天就彻底改变了想法？是她后悔了，还是受到了什么压力，满腹疑惑的把汉那吉追问道："为什么？"

乌讷楚扭过头去，说道："我已经和你说了，你就不要再问为什么了。"

把汉那吉说："我不信，这才几天你就变卦了，这肯定不是你的真心话。"

乌讷楚依然平静地说："信不信由你！"

把汉那吉质问道："就这么小小的一点挫折你就退缩了？难道我们的爱情就这么不堪一击吗？你为了你的部族，难道就不要我们的爱情了吗？"

乌讷楚的泪水夺眶而出，这些天来，她何尝不是在痛苦中煎熬着，可是心爱的人不但不理解她，还说出这样戳心窝子的话来，怎么能不让她觉得委屈呢？

一看乌讷楚流泪，把汉那吉立即软了下来，他一边为乌讷楚擦眼泪一边说道："是我不会说话，你别哭了。"

乌讷楚推开把汉那吉的手，自己擦去眼泪，看着把汉那吉说："不是我不想和你走，而是我不能和你走。这几天我也想了很多，我的哥哥奥巴岱，将可汗一直视为杀父仇人，有我在这儿，哥哥们忌惮我，还不敢贸然行事，如果我走了，我的哥哥们一定会来找可汗报仇的，到时，不知道又会有多少人会为此搭上性命。"

把汉那吉激动地说："我管不了那么多了，谁爱打仗就让他们打去。"

乌讷楚凄然道："我们不能那么自私。"

把汉那吉气得扭过头去，问道："那你说我该怎么办？"

乌讷楚实难开口说出不再交往的话，这也不是她想要的结果，她希望长生天能怜悯他们，给他们自由相爱的机会，可是她知道把汉那吉不会相信这样的话，一时又不知道该如何说，只好沉默不语。

见乌讷楚沉默了，把汉那吉又问道："你告诉我，是不是奶奶和你说了什么？"

乌讷楚急忙解释道："没有，哈屯什么也没有说。"

把汉那吉追问道："那是因为什么，你倒是告诉我啊，你不说我也不知道该怎么做了。"

一克哈屯拿布日玛和朵兰的性命相威胁的话，乌讷楚是无论如何也不能说出口的。如果让他知道，以把汉那吉鲁莽的性子，只会把事情弄得更加无法收拾，可她想了半天，又找不出更加合适的理由，只好又说道："我不是已经和你说了嘛，我不想成为族人的罪人。"

把汉那吉见乌讷楚说来说去就是这一句话，气愤地说道："这不是理由，否则那晚你也不会答应和我一起走了。"

乌讷楚刚想辩解，看到布日玛微微摇了摇头，只好把刚到嘴边的话又咽了回去。

陷入爱河的人总是容易多疑，乌讷楚的沉默引起了把汉那吉的怀疑："你是不是根本不爱我，本身就贪图做可汗的夫人，所以找出这样一个理由来拒绝我，如果是这样，我也就死了这条心了。"

朵兰急忙解释道："台吉，小姐不是这样的人。"

乌讷楚赌气地说道："我就是这样的人，你今天才认识我吗？"

把汉那吉听乌讷楚这样说，站起身来冷冷说道："是我认错了人，以后我再也不会打扰你了。"

把汉那吉说完，气愤而又绝望地走了。乌讷楚伏在床榻上呜呜地哭起来。朵兰走到床榻前坐下来，抚摸着乌讷楚的后背，说道："你何必赌气说这样的话。"

情人的误解让她有口难辩，一克哈屯的威胁让她举步维艰。她不能说，不能生气，不能怨天也不能尤人，什么都不能，因为心力交瘁，她终于一病不起了。她昏昏沉沉地睡在床榻上，仿佛坠入了无尽的迷梦——阿爸、阿妈、阿勒坦汗、把汉那吉来到她的面前，将她团团围住，阿勒坦汗愤怒的脸、阿妈乞求的眼神、把汉那吉绝望的双眸、阿爸满脸血渍，一张张脸在她面前晃来晃去，她想躲开，可却转辗其中不能脱身。"不要逼我，不要逼我。"乌讷楚大叫着坐起身来，脸上湿漉漉的，两侧的头发黏在脸颊上。她惊恐地四下看看，看到了朵兰和布日玛惊喜的脸。

布日玛一把搂住乌讷楚，不断地说："长生天保佑，我的孩子，你总算醒过来了。"

乌讷楚抬眼看看朵兰，朵兰长长地松了一口气说："吓死我们了，你昏迷了整整三天呢。"

乌讷楚醒了过来，但不是默默地流泪，就是两只眼睛失神地望着房顶，不说一句话。布日玛和朵兰明白乌讷楚为什么生病，但她们谁也无法劝说，只能默默地日夜守护在乌讷楚身旁。

把汉那吉醉了，每天与酒为伍，将自己灌个酩酊大醉方才罢休。阿力哥不知所措，只好偷偷来找朵兰，想让朵兰带着乌讷楚去劝劝把汉那吉，却得知乌讷楚也在生病，只好失望地离去。

两人在痛苦中煎熬了一个月后，乌讷楚渐渐康复了，把汉那吉却还是醉生梦死。毫不知情的乌讷楚为了躲开把汉那吉，依然足不出户，把自己关在毡房内，除了看书就是睡觉，因为只有在书中，乌讷楚才能找到片刻的平静。但她身边所有的书不知被她看过多少遍了，她已经厌倦了这些书，可是不看书，大脑又不听使唤，只会日夜不停地胡思乱想。

朵兰想把把汉那吉酗酒的事告诉乌讷楚，可是看到乌讷楚也忍耐得这么辛苦，几次话到嘴边又不得不咽了回去。朵兰看着乌讷楚又在厌烦地胡乱翻着手中的书，于是建议道："小姐，我听说丘富先生那儿有很多藏书，要不你去丘先生那儿借几本来看，怎么样？"

乌讷楚想了想，答应道："也好，你来帮我梳洗一下，我们去丘先生那儿借书去。"

朵兰急忙为乌讷楚换了一件棉布做的新蒙古袍，又为乌讷楚梳好辫子，将镜子递给乌讷楚。乌讷楚看着镜中的自己，摸摸消瘦的脸，轻声感叹道："莫道不消魂，帘卷西风，人比黄花瘦。"

乌讷楚叹口气放下镜子，站起身带着朵兰走出毡房，去向丘富借书。

丘富是白莲教山西分会的教首，白莲教起义因内奸告密而失败，在明廷的追捕下，丘富先带人逃到了蒙古草原，投奔了阿勒坦汗。赵全等人隐匿在大同城内，等丘富取得阿勒坦汗的信任后，赵全才带着张彦文、李自馨、王廷辅等上百教众，也投奔了阿勒坦汗。

土默特一些部落的首领及将领认为白莲教的人反叛明廷，那就是背叛主人，这样的人是不能信任和重用的，因此极力地反对阿勒坦汗收留这些人。但那时阿勒坦汗多次求贡失败，一心想自己开发土默特，发展土默特的农业经济，因此他求贤若渴，对投靠来的人，只要是人才都委以重任。所以，阿勒坦汗不但没有赶走明廷通缉的这些要犯，反而给予他们牛羊和帐篷，让他们留在了土默特。

丘富博学多闻，赵全也颇具才能，他们为土默特的发展，向阿勒坦汗提出了很多行之有效的策略。他们带领投奔而来的汉人兴修水利、开垦荒地、建造房屋，致力于发展土默特的经济。丘富和赵全的才能不仅得到了阿勒坦汗的赏识，也赢得了那些首领和将领的认可。阿勒坦汗认为丘富是个人才，就封他为大笔写契，封赵全为把都儿哈(即头目的意思)，并将投奔到土默特的汉人分封给他们，作为他们的属众。

在这些人的互相引荐下，更多的汉人来到土默特，开垦了土默特的万顷良田，使土默特百村相连。丘富与赵全也各自盖起豪宅别院，从此带领自己统辖的板升之众，驻牧在土默特。丘富与赵全的属众当时就有上万人，良田数十顷，马牛羊无数，家有存粮近两万斛，可谓富贵一时。

上了年纪的丘富，对现今的生活非常满意，而自己也已经风烛残年，渐渐失去了往日的豪情壮志，终日派人到处搜罗各种书籍，每日沉浸在这些书籍中聊以自慰。

乌讷楚的到来，让丘富始料不及，但他没有忘记乌讷楚的身份。当仆人禀报乌讷楚求见的时候，他匆忙来到大门口亲自相迎，将乌讷楚引进自己的宅院。

土默特被刘汉一把火夷为平地后，丘富与赵全再建大板升城的时候，也各自为自己建了一座府邸。这是一座典型的二进院落的汉家式建筑，以砖墙瓦顶的木结构四合院为主，布局严谨，左右对称，尊卑有序。院落之间用装饰华丽的垂花门分隔，当中是穿堂，两侧是游廊，正前方是一座高大的六开门的正房，两侧各有一间耳房，雕梁画栋，非常气派。

丘富引领着乌讷楚走过穿堂进入客厅，请乌讷楚就座正席，自己则坐在另一侧，令仆人端上热茶。

丘富问道："乌讷楚小姐光临寒舍，不知有何要事？"

乌讷楚笑道："先生的豪宅如果是寒舍的话，那我们的蒙古包又该怎么形容呢？"

丘富闻言心中一惊，这位小哈屯的话是什么意思呢？虽然他们也为阿勒坦汗建造了豪华的宫殿，但是因为阿勒坦汗忌讳，那座宫殿除了议事的时候，基本是一座空殿，难道有人对他们住着豪宅别院已有非议？树大招风的道理丘富不是不懂，只怪自己当初考虑不周，万一因此再招祸事那就得不偿失了。想到此处，丘富不知该如何回答乌讷楚，只好尴尬地笑了笑。

乌讷楚看到了丘富表情的变化，她此次来的目的是借书，并不想无端再惹是非，因而话锋一转，说道："我听说先生有很多书籍，今日来是想和先生借几本看看，不知先生是否舍得？"

丘富一听乌讷楚是来借书的，赶紧笑着说："承蒙小姐喜爱，不要说借书，就是送给小姐也无妨。"

乌讷楚说："汉人说君子不夺人所爱，我听师傅说过，读书人嗜书如命，先生是读书人，我怎可将先生的心爱之物据为己有，只是闲来无事看看书打发时间而已。"

丘富起身对乌讷楚说："小姐请随我来。"

丘富带着乌讷楚来到书房。看到满阁的藏书，乌讷楚惊喜不已，她从来没有见过这么多的书籍。她走过去看看这本翻翻那本，爱不释手，简直如获至宝，恨不能将所有的书都立刻阅读一遍。每一本书乌讷楚都非常喜欢,可她又不可能将所有的书带走,于是让丘富给她推荐几本。这一下子打开了丘富的话匣子,他开始滔滔不绝地向乌讷楚介绍起每本书来。没过多长时间,丘富的介绍变成了他和乌讷楚对汉家文化的探讨。丘富之前就听笔写契称赞过乌讷楚,他以为乌讷楚只是这些蒙古孩子中的佼佼者,经过今天的交谈,他才发现乌讷楚对汉家文化的了解远非他想象得那样浅薄。

就在乌讷楚和丘富相谈甚欢的时候,阿勒坦汗和赵全也来到丘府。阿勒坦汗听仆人说乌讷楚来借书,就让仆人带着他与赵全直接来到了丘富的书房。刚走到书房门口,阿勒坦汗就听到丘富与乌讷楚说话的声音,他摆手制止仆人不要打断他们的谈话,站在门外好奇地听了起来。

只听丘富问道:"乌讷楚小姐喜欢汉家文化?"

乌讷楚说:"文化不分民族,知识就像一匹无私的骏马,谁驾驭它,它就属于谁。"

小小年纪竟然能说出这样的话来,丘富不由得肃然起敬,由衷地赞道:"早听笔写契称赞小姐学识渊博,才思敏捷,百闻不如一见,小姐真可谓是蒙古族的才女了。"

乌讷楚笑道:"笔写契谬赞,先生不可信的。"

"让我看看谁是我们蒙古族的才女。"阿勒坦汗笑着与赵全进入丘富的书房。

丘富急忙向阿勒坦汗行礼,不满地责备仆人道:"可汗来怎么也不赶快通报一声。"

阿勒坦汗笑道:"不要责备他,是我不让他通报的。"

阿勒坦汗转向乌讷楚时,顿觉眼前一亮,他没有想到乌讷楚如今出落得如此美貌。在他的印象中,她还是八年前那个抬着奶桶,羡慕地看着别人骑马射箭的小女孩。

乌讷楚和朵兰也有些意外,她们没想到会在这儿碰到阿勒坦汗,两人急忙向阿勒坦汗行礼。

见阿勒坦汗直直地望着乌讷楚,想起了要和把汉那吉私奔的那一幕,她们俩突然有些心虚,急忙低下头,不敢正视他的眼睛。

阿勒坦汗觉得自己有些失态,笑着问乌讷楚:"你来大板升城也已经七八年了吧,你过得还好吗?"

乌讷楚依然低着头,回答道:"已经八年了,多谢可汗关心,我过得很好。"

阿勒坦汗解释道:"部族的事务太繁杂了,平时对你关心不够,希望你能理解。”

乌讷楚笑道：“可汗日夜操劳，怎么敢再让可汗为这些小事费心。”

乌讷楚得体的回答，不仅阿勒坦汗非常满意，就连丘富和赵全也在一旁赞许地频频点头。

乌讷楚急于想离开这儿，抬头看一眼阿勒坦汗，说道：“可汗来找丘先生，一定是有事要谈，我先告辞了。”

见阿勒坦汗微笑着点点头，乌讷楚也顾不上与丘富告辞，拽上朵兰急急向书房外走去，这时听到丘富说：“小姐以后想看什么书，只管来我这儿取就是了。”

乌讷楚只得停下脚步又回过头来，看到阿勒坦汗还在笑眯眯地看着她，慌乱地向丘富点头答谢道：“谢谢先生。”

丘富让仆人送她们出去，仆人急走几步来到乌讷楚身旁，带着她们离开了书房。

这一次偶遇，乌讷楚的身影就在阿勒坦汗的脑海中挥之不去了。这个被他忽略了八年的孩子长大了，不仅貌美如花，而且谈吐不凡，他被乌讷楚的落落大方、一颦一笑深深地吸引住了。

感情这东西很怪，她不分男女和年龄，不分认识的时间长与短，有时一面之缘就会刻骨铭心，她的来临是那么不经意，阿勒坦汗现在就是这种感觉。

虽然他只是土默特部的万户，但他的实权已经远远超越了蒙古的大汗，就是这样一个手握实权的蒙古王，他只娶过两个女人——一克哈屯和矮克哈屯。一克哈屯是他的初恋，年轻的时候他英俊潇洒，经常与一克哈屯策马驰骋在草原上，他对爱情有过美好的憧憬，对未来也有过畅想，可是父亲却看上了一克哈屯，准备迎娶她。那时，他感到痛苦难耐，也曾在无数个黄昏一个人默默地看着夕阳西下，在无数个夜晚借酒消愁，但他还是坚强地面对了现实。没想到父亲英年早逝，才让他最终如愿以偿地迎娶了一克哈屯。婚后，他们有过一段幸福的婚姻生活，但是一克哈屯自生完铁背后就再不能生育，他只好又娶了矮克哈屯。他喜欢这个温柔多情的女人，但对她的感情却不像对一克哈屯那么炽烈。矮克哈屯去世这么多年来，阿勒坦汗再也没有为哪一个女子动过心，每次从明朝边境抢回无数美女，他都将这些美女分封给部下，自己从来没有在这方面放纵过自己。这次见到乌讷楚，阿勒坦汗也说不清自己为什么突然会对她如此念念不忘。

乌讷楚九岁就来到了大板升城，这几年，他根本不知道乌讷楚是怎么度过的，也完全不了解这个人，可以说已经忘记了她的存在。可是现在，再见到她，他竟然有那么一种想照顾她一生一世的冲动，这是他对一克哈屯和矮克哈屯从来没有过的感觉，也许这才是真正的爱情，因为爱情就是无理由和情不自禁的。

这种情不自禁的感觉让阿勒坦汗也感到诧异，为此，他第一次对自己的年龄产生了懊恼。如果自己能再年轻二十岁，不，十岁也好，这样照顾乌讷楚的时间就会更久一些。这种念头，让阿勒坦汗还没有迎娶乌讷楚，就已经对她产生了些许的愧疚。

阿勒坦汗决定要给乌讷楚一个体面的婚礼，他要让乌讷楚风风光光地成为自己的女人。

## 十六、隆重的婚礼

把汉那吉酗酒，乌讷楚生病，一克哈屯看在眼里疼在心上。起初，她装作什么也不知道，想让时间来消磨两个人的冲动，她想，也许熬过了这段时间，一切就会风平浪静恢复原样。可后来，乌讷楚痊愈了，把汉那吉却依然如故，每天醉得不省人事，她心疼得实在看不下去了，有心放他们走，又不忍心让心爱的孙子流落他乡。她思前想后，决定和阿勒坦汗谈一谈，希望阿勒坦汗能成全这个心爱的孙子。

就在一克哈屯想去找阿勒坦汗的时候，阿勒坦汗却主动来找她了，而且是来商量他和乌讷楚举办婚礼的事情。一克哈屯了解阿勒坦汗，知道他已经决定的事，是任何人无法改变的，如果再开口提及此事，被阿勒坦汗拒绝了不说，万一因为一个女人让爷孙俩产生隔阂那就不好了。

一克哈屯又担心这样的婚礼会刺激把汉那吉，于是婉转地建议只举办一个简单的合婚仪式。但是阿勒坦汗认为婚礼是一个女孩子一辈子只有一次的大事，不能敷衍了事，坚持要举办一场隆重的婚礼。见阿勒坦汗如此笃定，一克哈屯只好答应为阿勒坦汗和乌讷楚筹备婚礼。

阿勒坦汗与乌讷楚举办婚礼的消息很快传遍了土默特。有的人真心为他们祝福，有的人为把汉那吉惋惜，有些不知情的人却认为是阿勒坦汗抢走了把汉那吉的心上人。

婚礼，在乌讷楚的心中不知幻想了多少遍，可是当它真正来临了，却不是所想的那个人，不是所想的那种心情。看着一克哈屯送来的礼服和头饰，乌讷楚更觉酸楚，于是丢下朵兰，一个人走出了毡房。

乌讷楚抬头仰望着夜空，淡淡的月光，轻轻抚摸着大地上的一切。放眼望去，月亮不再担心人们看见她脸上沧桑的皱纹，放射出蓄积已久的光亮，为夜行的人们照亮前进的路，为未来的天空除去最后一丝污渍，尽情展示着她的魅力与辉煌。只是月色再美，也遮不住乌讷楚内心的悲伤，抹不去乌讷楚眉头的那一抹忧愁。

乌讷楚信步前行，不由自主地来到捏烈忽老人的毡房，老人好像知道乌讷楚要来，正坐在毡房前抚摸着马头琴特意等着她。乌讷楚走到老人身旁，老人抬头看看乌讷楚，乌讷楚冲老人勉强一笑，坐到了老人身边。

老人拉起了马头琴，琴声悠扬，缓缓流淌，带着忧伤、带着悲愤飘向草原，环绕着丛林，随着流水一起呜咽。

乌讷楚喃喃自语道："只有你懂我的心啊。是的，我现在很悲伤，但是我不能让别人知道，也不能让把汉那吉知道，我怕他们担心。阿爸为了族人已经战死在沙场，阿妈忍痛将我送到这个遥远的地方，就是不想再让我们克尔古特部的毡房再出现哭泣的声音，不想再有那么多的孤儿寡母。我爱把汉那吉，很想和他永远在一起，可是，我也爱他们，爱我的每一个亲人和族人，我不想让他们任何一个人受到伤害。可现在，如果我自私一点，和把汉那吉一走了事，就能和他相守一辈子，但我可能一辈子都不会真正地快乐。如果我顾及了我的亲人和族人，又伤害了把汉那吉，我到底该怎么办呢？为什么我们就不能像飞鹰一样自由，为什么我们要被困在两个不同的笼子里，连彼此互相安慰的机会都没有？为什么我们就不能像普通人那样，过我们自己想要的生活呢？"乌讷楚说完，趴在膝上无声地痛哭起来。

这天晚上，把汉那吉一个人又坐在月夜下喝着闷酒，他怀中抱着乌讷楚送给他的狐皮围脖，不舍地摸来摸去。

把汉那吉为了乌讷楚醉生梦死，身为仆人的阿力哥束手无策，只能看着自己的台吉每天醉在酒里。当他听到阿勒坦汗要与乌讷楚举办婚礼的消息时，起初还不相信，于是到一克哈屯那儿探听消息，从塔娜那儿得到证实后，不由对阿勒坦汗产生了怨气，也认为是阿勒坦汗抢了把汉那吉的心上人。阿力哥从一克哈屯那儿回来，见把汉那吉又在喝闷酒，于是夺下把汉那吉手中的酒囊，对他说道："你还在这儿喝酒呢，可汗决定要与乌讷楚小姐举办婚礼了。"

把汉那吉闷声问道："是谁要举办婚礼？"

阿力哥不满地说："是可汗与乌讷楚小姐。"

把汉那吉似乎被惊醒了，他站起身掐住阿力哥的肩膀再次问道："是谁？"

阿力哥忍着疼痛看着把汉那吉道："可汗和乌讷楚。"

把汉那吉一个趔趄跌坐到地上，阿力哥急忙过来搀扶他，他甩开阿力哥又站起来，摇晃着向乌讷楚的毡房走去，他要去找乌讷楚问个明白。

来到乌讷楚的毡房，把汉那吉看到布日玛和朵兰正在忙碌着为乌讷楚准备嫁衣，他冲过去一把抢过衣服看了看，脸上露出痛苦而又绝望的笑容，泪水顺着脸颊缓缓流下。

布日玛和朵兰正心无旁骛地埋头准备着，突然有人抢走了她们手中的衣服，惊得急忙抬起头来，看到泪流满面的把汉那吉，布日玛和朵兰急忙站起身，不安地看着把汉那吉。

把汉那吉四处看了一下，却没有看到乌讷楚，于是问朵兰："乌讷楚去哪儿了？"

朵兰小心翼翼地回答道："我也不知道，她自己一个人出去了，不让我跟着。"

朵兰话音未落，把汉那吉已经冲出了毡房。也许是有情人心有灵犀吧，把汉那吉没有去别的地方寻找，而是直接来到了捏烈忽老人这儿。他果真看到了乌讷楚，但是他不敢走向前，躲在黑暗中默默地注视着乌讷楚。

乌讷楚的每一句话像刀一样刺痛了把汉那吉的心，原来是自己误解了心爱的人，她背负着这么沉重的压力，自己不但不能理解她、宽慰她，还往她受伤的心灵上撒盐。爱她，就应该让她快乐，不能让心爱的人左右为难，不能让心爱的人痛苦啊。

把汉那吉冲过去拉起乌讷楚就走，把乌讷楚吓了一跳，待看清是把汉那吉时，乌讷楚不再挣扎，乖乖地被把汉那吉拉着向前走去。

把汉那吉将乌讷楚带到他们常去的湖边，他一把抱住了乌讷楚，他的吻像雨点一样落在乌讷楚的唇上、脸上，乌讷楚也情不自禁，热烈地回吻着把汉那吉。

把汉那吉一边吻着乌讷楚一边说："乌讷楚，决定了就不要回头，也不要为难，我爱你，我尊重你所有的选择。"

乌讷楚忍不住哭泣起来，紧紧抱住把汉那吉说："把汉那吉，以后不要再喝酒折磨自己了，你这样我会心疼的。"

把汉那吉除了会说"我知道"之外再没有其他的语言，两人就这样静静地相拥而泣。月亮无情地向西方移去，乌讷楚缓缓推开把汉那吉说："太晚了，我们回去吧。"

把汉那吉固执地抱住乌讷楚说："再让我抱你一会儿。"

乌讷楚心里明白，这样越久对把汉那吉的伤害越大，于是狠心地推开把汉那吉转身向毡房走去。把汉那吉追上来拉住乌讷楚的手哀求道："乌讷楚，再待一会儿，就一会儿。"

把汉那吉的哀求让乌讷楚再次扑进他的怀中，乌讷楚一边热烈地吻着他，一边喃喃地说："忘记我吧，不要再想着我。"泪水顺着脸颊流下，咸咸的味道窜入口中，乌讷楚狠狠心推开把汉那吉头也不回地向毡房跑去。

把汉那吉痛苦地跪在草地上大声喊道："乌讷楚，我等着你，我永远等着你。"乌讷楚的身影消失在黑暗中，把汉那吉双手抱头伏在草地上无声地恸哭起来。

蓝色的天幕上嵌着一轮金光灿烂的太阳，一片片白云像碧海上的孤帆在晴空中飘游，微风轻轻地吹着，暖暖的阳光覆盖着大地。

乌讷楚身穿新娘的服装，双目无神地坐在梳妆台前，耳畔总是响起把汉那吉“我等着你,永远等着你”的呼喊声。布日玛和朵兰为乌讷楚梳妆,朵兰看到乌讷楚魂不守舍的样子,忍不住劝道:“小姐,事已至此,你就别难过了。今天是你大喜的日子,你应该高兴才是。”

布日玛也劝道:“是啊,可汗为你准备了这么隆重的婚礼,看来他是很疼爱你的,你以后可要一心一意地对可汗啊。”

塔娜带着一些女孩子来到乌讷楚的毡房,塔娜告诉乌讷楚说:“一克哈屯说,既然要举办婚礼就要热热闹闹的,小姐没有娘家人来送亲,就让我们来充个数。”

乌讷楚对塔娜笑道:“多谢哈屯想得周全。”

毡房外,号角吹响,塔娜兴奋地说道:“新郎官来了,我们先出去了。”

塔娜说完,带着几个女孩子走出毡房。乌讷楚转身紧紧抓住布日玛的手,满眼的恐惧和悲伤。布日玛轻轻拍着乌讷楚的手抚慰着她。

阿勒坦汗头戴飘着红缎带的黑色圆顶羔皮帽,身穿披着红绸的蒙古袍,背着弯弓长箭,骑着高头大马,带着迎亲的队伍来到了乌讷楚的毡房前。他带领马队绕蒙古包三圈后,才停在乌讷楚的毡房门前。

马头琴声响起,塔娜和一些女孩子们拦住阿勒坦汗和迎亲的人唱起歌来:

“看你们穿戴得整整齐齐,
是参加那达慕还是要打猎去。
最好不要迷了路呀,
耽误了时间可要失去良机。”

跟随而来的几名侍卫来到塔娜和姑娘们面前也唱了起来:

“姐妹们看起来很聪明,
怎么不认识亲家的人,
我们不是来玩耍呀,
是接新娘回去成亲。”

阿勒坦汗笑眯眯地看着热闹的人们下了马,塔娜端起一碗牛奶递给阿勒坦汗,阿勒坦汗一饮而尽,将弓箭挂在蒙古包外,塔娜带领阿勒坦汗等人走进毡房。

一身新娘盛装的乌讷楚虽然没有新娘的那种娇羞和喜悦,但是依然仙姿佚貌楚楚动人,阿勒坦汗一时看呆了。

布日玛和朵兰搀扶着乌讷楚走到阿勒坦汗面前,布日玛将乌讷楚的手递到阿勒坦汗手中,阿勒坦汗满面春风地携着乌讷楚走出毡房。

欢乐的音乐奏起,礼仪官高声唱起了迎亲的颂词。达云恰招招手,随从牵来两匹披红的骏马。阿勒坦汗扶乌讷楚上马,自己也骑上马,在众人的簇拥下来到大帐前。阿勒坦汗与乌讷楚一起绕大帐转了三圈后,阿勒坦汗下了马又扶乌讷楚下马,然后携乌讷楚穿过两堆燃烧的旺火,接受火神的洗尘,之后来到一克哈屯早已备好的婚礼宴席。

一克哈屯和阿勒坦汗的子孙们,以及蒙古右翼的那些贵族、将领们早已等候在宴席上,见阿勒坦汗携着乌讷楚缓缓走来,都恭敬地起身相迎。阿勒坦汗与乌讷楚走到正席坐定后,众人才一一落座。

乐队再次奏响了欢乐的乐曲,仆人们为每一个人斟上马奶酒,盛装的姑娘小伙子们开始翩翩起舞,唱起祝福的歌曲。

乌讷楚就座后,不由望向把汉那吉的座位,发现把汉那吉不在场,心里略感宽慰。

阿勒坦汗也环顾了一下四周,没有看到把汉那吉,扭头问坐在一旁的一克哈屯:“把汉那吉那个野犊子又跑哪儿去了?”

一克哈屯故意看看空着的座位,掩饰道:“是啊,刚才还在这儿呢,这孩子去哪儿了呢?”

阿勒坦汗不悦道:“他应该知道今天是什么日子,怎么越大越不懂事了呢。”

一克哈屯笑着埋怨道:“还不是你宠的。”

阿勒坦汗叹气道:“唉,是啊,这孩子被你我宠坏了。”

一克哈屯瞟一眼低着头的乌讷楚,说道:“大喜的日子不说这些了,免得让乌讷楚笑话了。”

阿勒坦汗又扭头对乌讷楚说:“把汉那吉自幼失去父母,我对他格外疼爱一些,可也惯得这孩子不知礼数了。”

乌讷楚闻言微微一笑,说道:“可汗慈爱,他会懂得可汗的一片心的。”

阿勒坦汗在乌讷楚面前指责把汉那吉让一克哈屯感到不悦,可这样的场合又不好替把汉那吉辩白,只好端起茶碗喝茶,借此掩饰自己的不满。

阿勒坦汗举起酒杯对众人说道:“今天是我与乌讷楚大喜的日子,今后,乌讷楚就是我的钟金哈屯,今后,大家要敬她、爱她,把她当作自己的亲人一样。”

一克哈屯端酒碗的手微微一颤,钟金哈屯,就是中宫夫人的意思,这么说乌讷楚将取代我在阿勒汗坦心中的地位了？一克哈屯慢慢将酒碗举到唇边，眼睛却望向乌讷楚，心里很不是滋味。

酒过三巡，仆人端着银酒壶和银碗来到阿勒坦汗身边，阿勒坦汗将银碗递给乌讷楚，自己端起银酒壶，和乌讷楚一起走向来宾和亲友，给他们敬酒。

辛爱自从上次见到乌讷楚后就念念不忘，他暗自羡慕又嫉妒父亲，此刻几杯酒下肚，满面通红，迷离的目光更是离不开乌讷楚，一直追随着她的身影。

阿勒坦汗带着乌讷楚来到赵全面前介绍道："这是赵全，是我土默特的第一谋士，也是我的左膀右臂。"

阿勒坦汗转身大手一挥道："你看看那座宫殿和四周的房屋，都是赵全和丘富他们的功劳。不久的将来，我们还要建造更大的板升城，让族人们过上稳定祥和的生活。如果你喜欢，我让赵全和丘富再给你建造一座更大的宫殿。"阿勒坦汗说完自豪地哈哈一笑。

乌讷楚将银碗捧到赵全面前，说："先生文武全才，早就听说了先生的大名，可汗对先生可是器重得很呢。"

赵全接过酒碗道："钟金哈屯过奖了，承蒙可汗不弃，赵全定当竭尽全力追随于可汗左右。"说完将银碗中的酒一饮而尽。

乌讷楚笑吟吟地接过银碗转向阿勒坦汗，阿勒坦汗斟满酒，乌讷楚转向丘富："先生请满饮此杯，接受我和可汗的敬意。"

丘富急忙起身恭敬地接过银碗说："多谢钟金哈屯，丘富不敢当，如果没有可汗的收留，丘富哪有今天，可汗的大恩，丘富此生恐怕难报一二了。贺喜可汗，贺喜哈屯。"丘富说完，一仰脖子喝完了碗中酒。

一一敬完酒，乌讷楚与阿勒坦汗回到座位，达里扎和波勒格端着酒碗来到乌讷楚面前。

达里扎举起酒碗说："恭喜钟金哈屯，今日你与可汗完婚，我与波勒格的使命也就完成了。"

乌讷楚端着酒碗也站起身说："多谢二位将军这么多年来对我的照顾。"

乌讷楚与达里扎、波勒格碰碗，豪爽地饮了碗中酒。

阿勒坦汗好奇地看着达里扎和波勒格，不理解他们说的是什么意思。

波勒格笑着解释道："当年吉格肯阿噶不放心她的小女儿，托我们照看她。如今有了可汗的照顾，我们也可以向吉格肯阿噶交差了。"

阿勒坦汗爽朗地大笑几声，说道："原来你们还有这么一种差事啊。"

达里扎和波勒格也跟着阿勒坦汗哈哈大笑起来。他俩敬完酒离去后，阿勒坦汗的弟弟剌布克用一种不敬的语气说："听说钟金哈屯能歌善舞，今晚就跳上一曲让我们饱饱眼福吧，好吗？"

其他人也随声附和道："钟金哈屯来一个吧。"

乌讷楚强颜欢笑了这么长时间，笑得面部的肌肉都要痉挛了，恨不能马上离开这里，哪还有心思在这里表现自己。她为难地望向阿勒坦汗，阿勒坦汗看出了她的不情愿，就说道："今日是她大喜的日子，就免了吧，以后有的是机会。"

乌讷楚感激地向阿勒坦汗微微一笑。

天色已经完全黑了下来，人们还在尽情地吃着烤肉，喝着美酒，姑娘小伙子们仍在围着篝火欢歌狂舞，众人们都沉浸在欢乐中。乌讷楚的心一阵阵发紧，盛大的婚宴一结束，她就要成为阿勒坦汗真正的女人了，紧张，让她紧握着双手，两只手感觉都要挤出水来了。

越担心什么就越来什么，就在乌讷楚暗暗乞求宴会不要早早结束的时候，达云恰向阿勒坦汗弯身说道："阿父，天色已晚，您和钟金哈屯早点回去休息吧。"

提到休息，一克哈屯又面露不悦。本来，她已经派人又为乌讷楚准备了新的斡儿朵，可是阿勒坦汗却告诉她，今后要与乌讷楚一起居住在赵全为他建造的宫殿里。

这座宫殿就是两年前，丘富与赵全等人想拥戴阿勒坦汗称帝，特意为阿勒坦汗建造的。因为突起大风砸死了人，阿勒坦汗认为这是一件极不吉利的事，由于忌讳，一直没有住进去。一座绘有五彩龙凤的豪华大殿，就那么一直闲置着，就连为一克哈屯建好的寝殿，也因此被冷落在一边。这一次，阿勒坦汗却将这儿定为他与乌讷楚的新居，今后还要与乌讷楚同住在一起，这让一克哈屯既大为不解，又感到悲哀。

一克哈屯刚嫁过来的时候是与阿勒坦汗双栖双宿的，后来阿勒坦汗娶了矮克哈屯后，就搬出去单独住了，到了晚上才选择去谁的毡房就寝。而阿勒坦汗选择最多的还是自己的毡房，为此，矮克哈屯抱怨颇多，也与阿勒坦汗不断争吵。阿勒坦汗一气之下冷落了她，使她抑郁成疾。矮克哈屯去世后，阿勒坦汗虽然一直没有再娶别妻，可一个人住似乎成了他的习惯了。可现在，乌讷楚却改变了阿勒坦汗，两人今后要朝夕相处，自己怎么能不悲哀呢？阿勒坦汗的所作所为，让她隐隐觉得乌讷楚要取代自己在阿勒坦汗心中的地位了。

布日玛和朵兰被召唤来服侍乌讷楚。达云恰带着阿勒坦汗和乌讷楚等人来到雄伟的宫殿前。虽然是夜晚，宫殿房顶上的琉璃瓦在月光的照耀下依然金光闪闪，整个宫殿显得豪华气派。

乌讷楚无数次看见过这座宫殿，虽然对它充满好奇，但也是远远看着，从来没有踏进过这座宫殿。

她怀着好奇的心进入大殿，看到大殿的殿柱和殿顶上都绘有五彩龙凤，既富丽堂皇又庄重肃穆。

阿勒坦汗介绍道："这儿是议事大厅，以后部族的大事都将在这儿商议。二楼是我们的寝室，旁边还有几间房间，让布日玛和朵兰就住在这里，也好方便就近照顾你。三楼是储藏间，里面放满了我这些年收藏的珍奇异宝，也有很多藏书，如果你喜欢，尽管拿去吧。"

乌讷楚说："朵兰和布日玛住在这里不合适吧？"

阿勒坦汗挥挥手说："没有什么不合适的，有她们在这儿照顾你我也放心。"

其实，乌讷楚也希望布日玛和朵兰能和她住在一起，只是不便马上提出，见阿勒坦汗如此细心地为她安排，感激地对阿勒坦汗笑了笑。

两人边说边上了二楼，穿过长廊来到寝室。寝室内四周燃着红蜡烛，一张六尺宽的阔边木床上挂着浅蓝色的锦缎幔帐，床上红缎锦被整齐地叠放着，一对报香枕亲密地排列在一起。

阿勒坦汗喜悦地看着装饰一新的房间笑道："这又是赵全的杰作，难为他能做到这些。"

达云恰知道这一切都是一克哈屯精心安排的，见阿勒坦汗误以为是赵全做的，急忙解释道："一克哈屯说，时间仓促，房间来不及再重新装饰，但是房内的用品一定要用最好的。"

乌讷楚立刻领会了达云恰的意思，笑着说道："已经很好了，让一克哈屯费心了，我都不知该如何感谢了。"

阿勒坦汗也听出了达云恰的意思，"哦"了一声，笑道："自家人就不要谢来谢去了。你先准备一下，我一会儿再回来。"

达云恰带着朵兰去看住处，顺便带朵兰看了洗漱的房间。

布日玛替乌讷楚摘去头上沉重的新娘礼冠，脱去新娘的衣服。乌讷楚感觉一下子轻松了很多，抬起双手揉揉肩部，抖了一下身子。

朵兰进来带乌讷楚去洗澡，侍女早已备好了洗澡水。躺在热乎乎的水中，乌讷楚全身的疲惫随着水波荡漾开来，但是心情却越来越紧张。

洗完澡，侍女送进来一件白色叠襟睡袍。朵兰替乌讷楚换上睡袍，她们一起回到寝室。乌讷楚坐在床边的凳子上，紧张地拽着布日玛的手不放。这时,阿勒坦汗也穿着一件白色的叠襟睡袍进来。乌讷楚赶紧站起身来,布日玛和朵兰分别吹熄寝室四周的蜡烛,只留下床前的两只,然后行礼退下。

乌讷楚不敢直视阿勒坦汗,低着头扭着手指。阿勒坦汗走过去,轻轻抬起乌讷楚的头,乌讷楚看到了一张和蔼的充满笑意的脸。

阿勒坦汗抚摸着乌讷楚如云的长发和脸颊,深情地说:“我的乌讷楚,你真是美若天仙,长生天如此眷顾我,让我这辈子还能拥有你。”阿勒坦汗一边说,一边吻向乌讷楚。乌讷楚身子向后一扬,不由自主地躲闪了一下。阿勒坦汗抱起乌讷楚将她放在床上,然后放下幔帐吹熄蜡烛,转身搂住乌讷楚亲吻起来。乌讷楚一动不动,任由阿勒坦汗吻着、抚摸着自己。周遭静得出奇,乌讷楚眼前全是把汉那吉的身影,她想象着这是与把汉那吉在温存,想着想着,周身也不禁滚烫起来。一阵刺痛穿心而来,乌讷楚才清醒过来,一滴清泪顺着脸颊缓缓而下。

# 十七、认命

清晨，阳光透过窗帘倾泻进来，乌讷楚睡眼惺忪地向旁边看了看，发现阿勒坦汗已经不在身边。她揉揉眼睛抬起头，看到布日玛和朵兰等候在房间里，她羞涩地坐起身来。朵兰见乌讷楚醒来，捧着乌讷楚的衣服走到床边。乌讷楚接过朵兰递来的衣服起身梳洗打扮。

洗漱完毕，侍女端来了早茶。还没等喝完早茶，达云恰来到了寝室，告诉乌讷楚说阿勒坦汗在外面等候着她，要带着她去巡视牧场。

乌讷楚匆匆换好衣服带着朵兰走出宫殿，见阿勒坦汗正在为一匹白色的骏马梳理鬃毛。阿勒坦汗听到脚步声转过身来，看到乌讷楚，笑眯眯地问道："昨晚休息得还好吗？"

乌讷楚瞬间红了脸，含羞道："多谢可汗关心，我休息得很好。"

阿勒坦汗拍着那匹白马说道："这是我特意为你准备的坐骑，你看看，喜欢吗？"

乌讷楚走过去温柔地摸一摸白马的脸，这马就像和乌讷楚久别重逢一样，亲昵地用头拱着乌讷楚的手。

阿勒坦汗笑着说："这马好像和你很有缘分，对你很亲热呢。"

乌讷楚也笑道："也许前世我们就是老相识呢。"

阿勒坦汗又拍着马鞍说道："你先凑合着用这副马鞍吧，回头我让人给你再重新打造一副新马鞍。"

阿勒坦汗拉起乌讷楚的手说："来，试一试。"

阿勒坦汗把乌讷楚扶上了马，自己也骑上马，带着乌讷楚向草原奔去，朵兰和达云恰也上马跟随在后面。

阿勒坦汗把乌讷楚一直带到大青山的半山腰，站在那里俯瞰着土默特。

阿勒坦汗说："我最喜欢站在这儿看土默特。现在已经是秋天了，景色看起来有些萧条，但是一到夏天，这儿是最美的。夏天的土默特就像一片绿色的海洋，草原上马牛羊成群，汉人种植庄稼，牧人放牧，那是一幅美好而又和谐的画面。如果我们能够长久地过上这样稳定和谐的生活该多好啊。"

乌讷楚说："可汗才纵四海，虚怀若谷，这样的愿望一定会实现的。"

阿勒坦汗握一握乌讷楚的手，说道："你的话让我感觉很舒服，有你相伴，我这个愿望更加强烈了。"

阿勒坦汗催马前行，向山脚下走去，一边走一边举起马鞭指向那些房屋说道："那些房屋都是汉人居住的板升，有些蒙古人不习惯，依然住在蒙古包里。辛爱他们有自己的部落和部众，不与我们住在一起。以后，我也要像汉人一样，建一座更大的城池，让这里所有的人都搬进去住。"

阿勒坦汗把乌讷楚当成初到土默特的贵宾，向她详细地介绍着土默特。

这时，几匹骏马疾驰而来，身后尘土飞扬。

阿勒坦汗笑着说道："是我那被惯坏的孙子把汉那吉。"

一匹马飞驰而至，骤然停在阿勒坦汗与乌讷楚面前，把汉那吉翻身下马向阿勒坦汗行礼。乌讷楚紧张地看着把汉那吉，她发现把汉那吉明显消瘦了，那双眼睛隐藏着更多的忧郁。

把汉那吉目不斜视，看着阿勒坦汗说道："昨晚没能参加爷爷的婚宴，请爷爷责罚。"

阿勒坦汗故作愠怒道："你还知道让爷爷责罚你？越大越不懂事，让钟金哈屯笑话你。"

把汉那吉迅速瞟一眼乌讷楚，又转向阿勒坦汗嬉笑道："爷爷先别忙着责怪孙儿，孙儿知道爷爷大喜，就带随从去打猎，是想送新夫人一件礼物，结果就误了时辰没能赶回来参加爷爷的婚宴，还望爷爷和钟金哈屯见谅。"

听把汉那吉称自己为钟金哈屯，乌讷楚的心隐隐作痛。

阿勒坦汗笑着问道："那礼物呢？"

把汉那吉说："刚才我去爷爷的寝室送礼物的时候，才知道爷爷来巡视牧场了，于是将礼物交给了布日玛嬷嬷。"

阿勒坦汗笑道："算你还有孝心，就不责罚你了。"

把汉那吉翻身上马，正准备策马离去，阿勒坦汗问道："你要干什么去？"

把汉那吉指指身后的人说："我带他们去打猎。"

阿勒坦汗笑着说："那你们去吧。"

说完后又嘱咐跟随把汉那吉的人道："你们要小心保护台吉，不能让他受伤了啊。"

几人急忙应诺着。

把汉那吉转身的时候，装作不经意地看了一眼乌讷楚，然后扬起鞭子一甩，大喝一声"啾"，带着阿力哥和随从驰马离去。

看着把汉那吉的背影，阿勒坦汗说道："我一生唯一的错误就是让这个孩子过早成了孤儿，这是笼罩在我心头挥之不去的阴影啊。"

乌讷楚默默地注视着把汉那吉远去的背影，沉浸在自己的伤感里。她没有注意到阿勒坦汗在说什么，阿勒坦汗只顾着向乌讷楚介绍大板升城，也没有注意到乌讷楚的表情。

和阿勒坦汗巡视完牧场回到寝室，乌讷楚看到桌子上放着一张上好的狐皮，她走过去轻轻抚摸着狐皮，内心感到既甜蜜又酸楚。把汉那吉还没有忘记给自己的承诺，要送自己一张狐皮给阿妈做一条围脖。

见乌讷楚静静地站在那儿不停地抚摸着狐皮，朵兰就知道乌讷楚又在伤心了。她倒了一碗奶茶端到乌讷楚面前，轻声说："在牧场转了一上午了，喝口奶茶吧。"

乌讷楚接过奶茶坐到椅子上，朵兰也摸摸狐皮，说道："这是一张上好的狐皮，这个季节怎么会有这么好的狐皮，不知台吉是从哪儿弄来的？"

乌讷楚喝了一口奶茶放下茶碗，说道："不管是从哪儿弄来的，难得的是他还记得以前说过的话。"

朵兰安慰道："别想那么多了，再想也只是增加烦恼罢了。"

有了这张狐皮，乌讷楚又开始做围脖，同时祈祷着能有机会将这条狐皮围脖亲手送给阿妈。

自从乌讷楚与阿勒坦汗住进宫殿以后，把汉那吉比以前更加沉默了。他除了打猎就躲在毡房里喝酒，只有在夜深人静的时候，才会默默地站在毡房前望着阿勒坦汗的寝室，不停地将马奶酒一口一口地灌进嘴里。虽然，在乌讷楚的新婚之夜，把汉那吉已经做好了接受现实的心理准备，可还是体会到了那种锥心的刺痛。那一晚，他抱着乌讷楚送给他的狐皮围脖，痛苦地望着凄冷的月亮，孤独地舔舐着滴血的心，一夜未眠。

那一晚，和把汉那吉一样彻夜未眠的还有一个人，那就是一克哈屯。一克哈屯并不反对阿勒坦汗再娶别妻，自从矮克哈屯去世之后，她曾多次劝说阿勒坦汗再娶，可阿勒坦汗始终未答应。她和阿勒坦汗青梅竹马，两情相悦，这么多年他们的情从未改变过，即便阿勒坦汗娶了矮克哈屯也没有对她有所改变。为此矮克哈屯抱怨颇多，她还经常劝阿勒坦汗对矮克哈屯多关心一点，她一直认为阿勒坦汗是对她一往情深才不再续娶别妻的。

可是这次不一样，乌讷楚是她一手带大的，她也非常喜欢乌讷楚，但不能让她接受的是阿勒坦汗在看乌讷楚时，那眼里的柔情蜜意，是她从来没有见过的。阿勒坦汗对乌讷楚的体贴关怀，也是自己从来没有体验过的，这让她嫉妒不已，她的心被失落感紧紧地攥着，以至于这么大年龄了第一次为情所困而无法入睡。

这也许就是人的本性吧，当看到别人不如你的时候，就会心生恻隐与人为善，而自己不如别人的时候就会因妒生愤了。

更让她痛心和怨恨的是，乌讷楚像没事人一样享受着阿勒坦汗的体贴和关爱，而她疼爱的孙子把汉那吉却整日与酒为伍，日渐憔悴。

时间在乌讷楚手捧的书中一页页翻过，乌讷楚足不出户，每天在书中寻求慰藉。布日玛和朵兰尽职尽责，细致地照顾着乌讷楚的起居。

阿勒坦汗可不让乌讷楚闲着，每天议事之后就会来与乌讷楚谈古论今。他被乌讷楚渊博的知识和非凡的见解所打动，对这位才貌双全的小女子更加疼爱无比。可乌讷楚却安然若素，对他总是淡淡的，只有在他进来的那一刻，才报之以微微一笑算作迎接，缺少这个年龄的女孩子应有的活泼。有时，阿勒坦汗会看到乌讷楚长时间地站在窗前失神的眺望，有时手捧书本却在发呆，阿勒坦汗不知怎样才能抹去乌讷楚偶尔的恍惚和愁容。

迟到的雪花迈着婀娜的舞步飘然而至，乌讷楚站在窗前静静地看着白雪洋洋洒洒。她想起了与把汉那吉雪中打猎时的快乐情景，真是往事一幕幕，伤心一幕幕。

乌讷楚突然觉得胃内一阵翻腾，忍不住干呕起来。布日玛赶紧端起奶茶碗递给了乌讷楚："看看你，到现在还是想不开，心情不痛快饭也吃不好，胃里不难受才怪呢。来，喝口奶茶压一压。"

乌讷楚接过茶碗，奶香扑鼻而来，闻到这个味道，乌讷楚觉得胃里有一种东西往外涌，又开始干呕起来。布日玛赶紧让朵兰把奶茶碗端走，扶着乌讷楚走到床边。乌讷楚懒懒地躺到床上，不久便昏昏睡去。

连续两天，乌讷楚一点精神也没有，勉强吃一点东西便又昏昏沉沉地睡去。到了午餐的时间，朵兰将午餐端进寝室，见乌讷楚还睡着，就将托盘放到桌子上，走到床边推了推乌讷楚说："小姐，快起来啦，该吃午餐了。"

朵兰推醒乌讷楚，又过去将托盘中的食物摆在桌上，说道："我发现你这两天特别爱睡。"

乌讷楚无精打采地坐起身下了床，走到桌边坐下，有气无力地说："我总觉得睡不醒。"

朵兰将筷子递给乌讷楚，乌讷楚看着眼前的食物，将筷子放在桌子上。

朵兰看她还是茶饭不思，就问道："怎么，还没有胃口？"

乌讷楚点点头。

朵兰倒一碗奶茶递给乌讷楚说："你这样不吃不喝怎么能行？你先喝碗奶茶，你想吃什么告诉我，我去给你重新做去。"

乌讷楚哇哇地开始呕吐，朵兰慌乱地替她抚着后背。

布日玛走进寝室，看到呕吐的乌讷楚走过去问道："怎么了？"

朵兰愁眉苦脸地说:“还是什么也不想吃,看到奶茶就呕吐。”

布日玛摸摸乌讷楚的额头,乌讷楚挡开布日玛的手说:“我没事。”

布日玛皱着眉头思索了一会儿,恍然大悟道:“你是不是怀孕了?”

乌讷楚一听,惊愕地抬头看看布日玛和朵兰。

布日玛惊喜地说:“我想起来了,你阿妈每次怀孕的初期,都有那么几天和你现在一样。”

布日玛转身向寝宫外走去,一边走还一边说:“不行,我得马上去找医师来给你看看。”

乌讷楚急忙喊道:“嬷嬷回来。”

布日玛又折回身来,问道:“怎么了?”

乌讷楚说:“千万不要惊动别人。”

布日玛不解地看着乌讷楚,问道:“为什么?”

乌讷楚摸摸腹部,晶莹的泪珠像断了线的珠子,滚下面颊。她暗自思忖,有了这个孩子,一切就再也回不去了,即使要生孩子,也要给心爱的男人生,否则,自己情愿孑然一身。于是,她低声而又坚决地说:“我不想要这个孩子。”

这个忠心的老嬷嬷完全了解乌讷楚此时的所思所想,于是苦口婆心地劝道:“孩子,面对现实吧,你现在已经是可汗的哈屯了!一个女人最重要的是要有男人疼她、爱她,虽然可汗对你这么宠爱,可我看一克哈屯也不像以前那么疼爱你了。可汗的儿子们都是她带大的,你要想在这里安稳地生活,必须要有可汗的孩子,不然可汗过世以后,他的儿子们能不能容得下你都不好说啊。”

布日玛的劝告让乌讷楚忽然感到非常厌烦,她站起身就往寝宫外走去。

朵兰急忙追上去,问道:“小姐,你要去哪?”

乌讷楚不理朵兰,走出宫殿径直来到马厩。乌讷楚解开马的缰绳将马牵出马厩,然后翻身上马,策马向草原奔去。朵兰也急忙牵出马,尾随乌讷楚奔向草原。

乌讷楚疯狂地纵马奔驰在草原上,朵兰追上乌讷楚,再次问道:“小姐,你这是要去哪里?”

乌讷楚说:“我不想要这个孩子,我要颠掉他。”

朵兰急忙劝阻道:“小姐,你不能这么做,万一损伤了自己的身体怎么办?”

乌讷楚不听朵兰的劝阻,依然策马奔腾,一连奔驰了好几个时辰,才与朵兰回到寝宫。可是肚子里一点动静也没有，反而不似先前那么难受了。

一连几天，乌讷楚都要去骑马，布日玛阻挡不住，又不敢告诉别人，只能一个人焦急地在寝室内转圈子。

乌讷楚的疯狂举动，并没有让她得偿所愿。这个孩子和她很有母子缘分，任凭她怎么折腾，孩子依然牢固地在她的腹中成长。

密集的雨和着风敲打着窗棂，发出“噼噼啪啪”的声音，朦胧了窗外的世界，也朦胧了乌讷楚的双眼。她站在窗前抚摸着腹部，心里却默默地下着心雨。长生天给我安排的到底是什么样的命运呢？为什么让我和把汉那吉相爱，却又生生地分离了我们，让这个男人娶了我？为什么让我来到这个世上，却给我这么多的心理苦难？不！是长生天在和我们开玩笑，在考验我们的爱情。乌讷楚觉得很不甘心，可又找不到不甘心的理由，是因为把汉那吉说过要等她，她还抱着一线希望在等待吗？腹中的生命再一次提醒她，还是认命吧！这样对把汉那吉实在不公平，为了情人，为了腹中的孩子，乌讷楚绝望地做出了决定，决定按照长生天为她安排的命运去活着，不再争取，也不再奢望了。

## 十八、情郎娶亲

把汉那吉打猎回来的时候,看到了狂奔在草原上的乌讷楚和朵兰,他以为乌讷楚是因为忘不了这一段情而借机发泄压抑的情绪。他感到揪心地痛,想去安慰她,可是他又不敢,事已至此,过多的关怀,只能徒增彼此的烦恼而已,何必让两颗破碎的心再雪上加霜呢。可他又抑制不住自己的情感,每天偷偷躲在一边默默关注着她。

把汉那吉和乌讷楚偶尔相遇,她对他也是视而不见的样子,他觉察出她在刻意躲避着他,虽然这是他希望看到的,可又觉得乌讷楚已经把他忘记了,此时内心会涌上些许的悲戚和恨意。看到乌讷楚忧伤,虽为她焦虑不安,内心却有一种甜蜜的安慰。因为这样,他才觉得乌讷楚是爱他的,值得他去为她付出一切。

这一天黄昏,乌讷楚与朵兰出去散步,不知不觉中乌讷楚向以前和把汉那吉常去的湖边走去。朵兰怕她触景伤情,可又找不到恰当的借口阻止她,只好默默跟随在她的身后。

湖水随风荡起层层涟漪,在夕阳的照耀下泛起一片金光。湖边的芦苇随风摆动,苇絮在空中翩翩起舞。乌讷楚捡起一块石头扔向湖中,立刻打碎了波光粼粼的湖面。藏在芦苇荡里呢喃细语的野鸭子,被惊得扑腾着翅膀躲到了芦苇荡的深处。

景还是原来的景,可是人已不再是原来的人了。想起快乐的往事,乌讷楚禁不住又热泪滚滚。她擦去眼泪长叹一声,自言自语道:"物是人非事事休 ,欲语泪先流。"

一直关注乌讷楚的把汉那吉看到她和朵兰向湖边走来,就悄悄尾随而来,看到乌讷楚又在伤感,他情不自禁地走到乌讷楚身后。乌讷楚听到脚步声回过头来,看到是把汉那吉,急忙拉起朵兰想离去。

把汉那吉挡在乌讷楚身前,眼睛直直盯着乌讷楚问道:"你还是忘不了过去,是吗?"

乌讷楚不回答他的问话,想从他身边绕过去,把汉那吉却固执地挡住了她的去路。

乌讷楚用乞求的眼神看着把汉那吉,哀求道:"不要这样,让我走吧。"

把汉那吉不理会她的哀求,反而一把抓住了她的胳膊。朵兰惊恐地向四周看看,掰开把汉那吉的手挡在乌讷楚面前,说道:"台吉,不能这样，让别人看到了不好。”

把汉那吉推开朵兰，双手抓住乌讷楚的双肩，问道：“你还愿意和我一起走吗？如果你愿意，我们今晚就走。”

一瞬间，乌讷楚有些感动，她用充满柔情的眸子凝视着把汉那吉，她不敢相信此时此刻把汉那吉不但不怨恨她，不嫌弃她，依然对她一往情深。她怨恨自己懦弱，怨恨自己优柔寡断，就在她想扑进把汉那吉怀中的时候，她突然想到了腹中的胎儿。不，不能这样，乌讷楚赶紧挣开把汉那吉的双手向后退了几步，悲戚道：“放弃吧，我们再也回不到以前了。”

乌讷楚说完掩面从把汉那吉身旁跑开，朵兰拍拍把汉那吉的胳膊急忙追了过去。把汉那吉失望地看着乌讷楚和朵兰远去的背影，跌坐在草地上。

日落西山，月亮悄悄爬上了杨树的梢头，把汉那吉还一动不动地呆坐在湖边。阿力哥不见他的踪影，急得在大营里四处寻找，问过所有的人都说没有见过把汉那吉。阿力哥犹如热锅上的蚂蚁，万一把汉那吉有个三长两短，他的脑袋可就要搬家了。焦急的他竭力让自己冷静下来，在脑中细细想了一遍把汉那吉常去的地方，这时他眼前一亮，拔腿向湖边跑去。当他看到失魂落魄的把汉那吉，悬着的心才放了下来。

阿力哥走过去扶起把汉那吉，抱怨道：“我的好台吉，你来这儿倒是告诉我一声哪，害得我到处找你，还好你没事……”

把汉那吉厌恶地甩开阿力哥，大喝一声：“闭上你的嘴，否则我让你永远说不出话来。”他说完大步向大营走去。阿力哥不敢再多嘴，默默跟在他身后。到了把汉那吉毡房的门口，把汉那吉似乎意识到自己不该向阿力哥发火，他转过身对阿力哥说：“我想一个人静一静，你回去吧。”

阿力哥犹豫着，不知是去是留，把汉那吉不再理睬他，掀开门毡进入毡房，阿力哥只好转身向自己的毡房走去。

毡房内漆黑一片，把汉那吉的心被痛苦撕扯着，他不知道如何排解这种痛苦。他坐到桌前，伸手摸到了桌上的酒囊，也许，唯一能让自己忘记这些痛苦的只有烈酒了吧。他拿起酒囊走到床榻边，靠在床榻上一口一口地喝了起来。

侍奉把汉那吉的女仆海诺来为把汉那吉铺床。她见毡房内黑漆漆的，以为把汉那吉还没有回来，便走到桌前点燃了酥油灯。这时她看到了横卧在地上的把汉那吉，急忙放下手中的酥油灯去搀扶他，可身材瘦弱的她哪里能搬得动健壮的把汉那吉。她又试着想把他拖到床榻上去，人事不省的把汉那吉却纹丝不动。

海诺只好摇晃着把汉那吉，轻声叫道："台吉，你醒醒，台吉，你醒醒。"

在海诺的摇晃下，把汉那吉睁开了醉眼蒙眬的双眼。昏暗的酥油灯下，一双闪光的眸子嵌在微笑的脸上，他仿佛看到乌讷楚正面带笑容低头俯视着他，他怔怔地看着海诺问道："是你吗？"

把汉那吉误把海诺当成了乌讷楚，一翻身搂住了海诺，海诺挣扎着说："台吉，别这样。"

把汉那吉紧紧搂住海诺说："我想你想得好苦，难道你一点也不可怜我吗？"

把汉那吉说着吻住了海诺，海诺不再挣扎，任由把汉那吉疯狂地亲吻她、抚摸她。

把汉那吉一边吻着海诺，一边解开她的蒙古袍，将海诺按倒在身下。

清晨，把汉那吉睁开发涩的双眼，一伸胳膊碰到了身旁的海诺。把汉那吉急忙坐起身问道："你怎么会在这儿？"

海诺羞涩地用被子蒙住了头。

把汉那吉看看自己赤裸裸的身体，一把掀开被子，看到海诺也是一丝不挂地蜷在床榻上，他立刻明白了一切，急忙将被子盖在海诺身上。

把汉那吉垂头丧气地靠在床榻上，面无表情地对海诺说道："你放心，我会对你负责的。"

海诺喜出望外地探出头来，说："只要能让我留在台吉身边，永远伺候台吉，我就满足了。"

海诺说着，往把汉那吉身边靠了靠，见把汉那吉没有拒绝，就大胆地搂住了把汉那吉，把汉那吉依然面无表情地靠在那儿。

晚上，把汉那吉主动来到了一克哈屯的毡房，一克哈屯欣喜地起身招呼他："好孙儿，快到奶奶这儿来。"

自从一克哈屯阻拦把汉那吉和乌讷楚私奔之后，把汉那吉便将怨气积到了一克哈屯的身上，再也没来过一克哈屯的毡房。一克哈屯知道把汉那吉每天酗酒，虽然心疼，但又怕惹恼他再让他做出匪夷所思的举动来，就不去打扰他，而是在一边默默地关注着他。

把汉那吉并没有坐到一克哈屯的身边，而是坐在了床榻前方的桌子旁。

一克哈屯失望地坐下，问道："你有事吗？"

把汉那吉说："我要和海诺成亲。"

"你说什么？"一克哈屯惊愕地站起身来，站在一旁的银花也惊讶地看着把汉那吉。

把汉那吉又说道："我要和海诺成亲。"

一克哈屯几乎是跌坐在床榻上的，气得直喘粗气。银花赶紧过去为一克哈屯抚胸顺气，一克哈屯推开银花，痛心地说："就因为乌讷楚，你对自己的终身大事也这么不负责任了吗？"

把汉那吉气恼地说道："这事和她没关系。"

一克哈屯也气愤地说道："没关系你每天喝得醉醺醺的？你喝酒也就罢了，我想过一段时间你自然会想明白，没想到你竟然做出更糊涂的事来，不行，我不能答应你。"

把汉那吉低下头，低声道："我已经和海诺睡过了，我必须对她负责任。"

一克哈屯又惊又气地一边抚胸一边摆手说道："我做不了主了，你去跟你爷爷说去吧。"

没想到把汉那吉竟然说："那就去请爷爷过来吧。"

一克哈屯痛苦地低头摆摆手，对银花说："银花，你去请可汗吧。"

银花赶紧走出毡房去请阿勒坦汗，恰巧阿勒坦汗带着随从刚回到大殿前下了马，银花向阿勒坦汗行礼道："可汗，一克哈屯请您过去一趟。"

阿勒坦汗将马交给随从，大踏步地来到一克哈屯的毡房。一进入毡房，看到一克哈屯愁眉苦脸地坐在床榻上，把汉那吉一副无所谓的模样坐在桌子旁，就走到床榻边坐下，问道："发生什么事了吗？"

一克哈屯对把汉那吉说道："你自己和你爷爷说吧。"

把汉那吉看到阿勒坦汗，畏惧地低下头，低声说："我要和海诺成亲。"

阿勒坦汗转向一克哈屯，好奇地问道："海诺是谁？"

一克哈屯气愤地说道："就是伺候他的一个奴仆。"

听到把汉那吉要和一个奴仆成亲，阿勒坦汗也是又气又惊，这个被宠得任性妄为的孙子竟然把自己的终身大事当儿戏了，于是断然拒绝道："不行，一个奴仆怎么可以成为黄金家族的妣吉。"

"奴仆怎么了，奴仆也是人。"把汉那吉怯懦地辩驳道。

阿勒坦汗不想和把汉那吉争辩，正准备站起身来离去，把汉那吉也不知从哪获得了勇气，他也站起身来，斩钉截铁地说道："我不是来征求你们的意见的，我是来通知你们的，不管你们同不同意，我一定要和海诺成亲，而且我已经和她睡过了，我非让她做我的妣吉不可。"

阿勒坦汗气愤地抓起桌上的茶碗欲向把汉那吉扔去，一克哈屯又心疼孙子,急忙拦住阿勒坦汗,把汉那吉看一眼阿勒坦汗和一克哈屯,转身走出毡房。

阿勒坦汗解开披风的带子,一屁股坐到床榻上,气愤地说道:“这个逆子,气死我了,气死我了。”

一克哈屯劝慰道:“你不要生气,我再劝劝他。”

阿勒坦汗对一克哈屯发脾气道:“这么多年你是怎么管教他的? 越大越不像话了。”

一克哈屯委屈地说道:“你是在怪我吗? 他也是你的孙子,你怎么不好好管教他?”

“所有的事情都让我做了,还要你干什么?”阿勒坦汗说完,气愤地走出毡房。

阿勒坦汗的话像刀一样扎痛了一克哈屯的心,相濡以沫了这么多年,让他竟然说出这样的话,“要我做什么? 是啊,要我能做什么呢?”一克哈屯越想越委屈,不由得老泪纵横。

阿勒坦汗气恼地回到寝室躺在床上长吁短叹,乌讷楚放下手中的书走到阿勒坦汗身边坐下,问道:“怎么了? 是谁惹你生气了?”

阿勒坦汗翻身坐起说道:“还能有谁,就是那个被我宠坏了的把汉那吉,如今是越来越无法无天了。”

乌讷楚听阿勒坦汗提到把汉那吉,故作平淡地问道:“把汉那吉怎么惹你生气了?”

于是阿勒坦汗把把汉那吉要与海诺成亲的事情告诉了乌讷楚,乌讷楚心里一惊,她没想到把汉那吉竟做出这样的事来,她暗暗责备自己,都怪自己昨天没有把话说清楚,才再一次伤害了他,让他自暴自弃。可事已至此,自责已经于事无补,现在唯一能做的就是阻止他作践自己。

于是,乌讷楚轻声对阿勒坦汗说道:“可汗也不必为此事烦恼而伤了身体,我看把汉那吉也不是不懂事,只是酒后乱性而已。你也已经责骂过了,我想他会理解你的苦心的。”

阿勒坦汗欠起身叹着气说道:“唉,此事也只能怪我,是我对他过于溺爱,才让他不知天高地厚,任性胡来,现在就连我的话也不听了。”

乌讷楚让朵兰端来一碗奶茶,她接过来递到阿勒坦汗手中,宽慰阿勒坦汗道:“可汗也不必过于自责,总有一天,把汉那吉会明白可汗与一克哈屯的一番苦心的。”

阿勒坦汗拉长声音说道:“但愿吧。”

这两天乌讷楚将她所知道的所有女孩在脑海中过了一遍,为把汉那吉物色了几个人选，然后又暗中打听了一下这几个女孩的人品、性格，然后将目标锁定在歹慎的女儿乌兰身上。

乌讷楚是真心为把汉那吉着想的。自从她与阿勒坦汗结婚后，决定放弃与把汉那吉的恋情开始，她认认真真地在土默特各部的女孩子中做了甄选，希望把汉那吉也尽快娶亲，能够彻底忘记她。可她得知自己怀孕后，一直沉浸在痛苦当中，也就把这件事又搁置了。她认为只有乌兰才能配得上把汉那吉，希望把汉那吉娶了乌兰后，从此能开开心心地生活，同时，她也希望把汉那吉能得到阿勒坦汗的赏识，将来有所作为。

晚上，和阿勒坦汗一起吃过晚餐后，乌讷楚与阿勒坦汗回到寝宫。乌讷楚接过朵兰端来的奶茶递给阿勒坦汗，笑盈盈地对阿勒坦汗说："可汗不是在为把汉那吉担忧吗？我现在有个主意，不知道行不行？"

阿勒坦汗好奇地看着乌讷楚："你说说看。"

乌讷楚坐到桌子一旁，看着阿勒坦汗说："把汉那吉也不小了，该给他订门亲事了，也许有个人在他身边照顾他、督促他，他慢慢也就懂事了，不会再这么胡来了。"

阿勒坦汗点点头说："你说得有道理！唉，我总觉得把汉那吉还是个孩子，忽略了他的终身大事，是该给他物色一个好女孩了。"

乌讷楚建议道："我有一个人选，不知可汗是否满意？"

阿勒坦汗问道："是什么人？"

乌讷楚道："可汗觉得乌兰怎么样？"

阿勒坦汗疑惑地问道："乌兰？哪个乌兰？"

乌讷楚说："就是歹慎的女儿啊。"

乌讷楚见阿勒坦汗在沉思，便说道："上次婚宴第一次见到乌兰的时候，我就觉得这个小姑娘不错，后来歹慎带着她来看我，我们一起聊了很长时间。乌兰不仅人长得漂亮，文静娴熟，行为举止也大方得体，当时我还心想，谁能娶到这个女孩子才有福气呢。"

阿勒坦汗站起身在地上走了几步，低头沉思了片刻，恍然大悟道："嗯，我也想起来了！这个女孩子是不错，只是把汉那吉被我和一克惯坏了，乌兰嫁给把汉那吉会不会委屈了这个孩子。"

乌讷楚笑道："可汗怎么对自己的孙子一点信心也没有？我倒看好把汉那吉，他虚心好学，骑术和箭术也是一流的，将来一定是可汗的得力助手。"

阿勒坦汗道："哦，我倒忘记你们是一起长大的，看来我还是不了解这个孩子，我和一克商量一下，如果一克同意，我立刻派人去歹慎那儿提亲。”

阿勒坦汗走到乌讷楚身边握住她的手说：“嗯，有你这么周全的人在我身边，我也可以少操些心了。”

阿勒坦汗怕夜长梦多，第二天就带着乌讷楚去和一克哈屯商量把汉那吉的婚事。一克哈屯见阿勒坦汗与乌讷楚一起进来，也没有起身迎接阿勒坦汗，安坐在床榻上看着他们。

阿勒坦汗走过去坐到床榻上，乌讷楚向一克哈屯行礼，一克哈屯淡淡地看乌讷楚一眼，就转向了阿勒坦汗：“又有什么事？”

乌讷楚见一克哈屯不理她也不让坐，尴尬地自行坐在桌子旁的椅子上。

阿勒坦汗说：“多亏乌讷楚提醒了我，我们也该给把汉那吉订门亲事了。”

一克哈屯一听是乌讷楚的主意，斜眼看了乌讷楚一眼对阿勒坦汗说道：“你也知道把汉那吉的脾气，他如果不同意谁说也没用。”

阿勒坦汗气愤地说道：“不能什么事情都由着他的性子，他也不小了，成了家也许能收敛一下放荡不羁的性子。再说乌兰人漂亮，出身又好，哪点配不上他了？我倒担心他糟蹋了乌兰呢。”

一克哈屯也生气了，说：“有你这样当爷爷的吗？怎么能这么说自己的孙子呢？如果我的把汉那吉孙儿有他的双亲照顾，他至于变成今天这个样子吗？”

提起铁背，阿勒坦汗就英雄气短，于是缓和了语气对一克哈屯说道：“把汉那吉过于急躁，乌兰性子温和，也许正好能约束一下他的性情。如果由着他，难道真要把那个女仆娶回来吗？”

乌讷楚感到疑惑，为什么一克哈屯一提起把汉那吉的父母，阿勒坦汗的口气就突然转变了？疑惑间，只听一克哈屯也缓和了口气，问阿勒坦汗：“你说的是谁家的女孩？”

阿勒坦汗说：“歹慎的女儿乌兰。”

一克哈屯松口气说：“哦，乌兰啊，我知道那个女孩，确实是个好孩子，可是把汉那吉一意孤行，就不同意怎么办？”

阿勒坦汗坚决地说道：“这终身大事绝对不能由着他的性子胡来，这事我来做主。”

阿勒坦汗也没有征求把汉那吉的意见，选好了吉日就和乌讷楚带着达云恰去向歹慎提亲。能与孛儿只斤家族结亲，已经让歹慎受宠若惊。阿勒坦汗和乌讷楚又亲自上门提亲，可见他们对这个孙子是如何疼爱和器重，于是歹慎满口答应了这门亲事。乌兰贤惠孝顺，见父亲已经答应了，也就顺应父亲的意思，点头同意了。

在此期间，把汉那吉又到一克哈屯那儿，让一克哈屯同意他和海诺的亲事。一克哈屯怕他知道阿勒坦汗为他提亲的事后会一意孤行，闹得众人皆知，就安抚他不要急躁，让他冷静一段时间再说。谁知把汉那吉就像中了邪一样，非要娶海诺不可，见一克哈屯不答应，大吵大闹一番后才离去。

阿勒坦汗与乌讷楚一回到大板升城，立刻派人去请一克哈屯和把汉那吉来到宫殿。把汉那吉以为阿勒坦汗知道了他在一克哈屯那儿闹事的事儿要责罚他，怀着惴惴不安的心来到了宫殿。

把汉那吉进入宫殿的时候，看到阿勒坦汗、乌讷楚、一克哈屯已经坐在了会客厅，懦懦地移到阿勒坦汗面前坐下。

一克哈屯微笑着先开了口："孙儿，你爷爷为你订了一门亲事，我们想尽早给你们完婚。"

把汉那吉松了一口气，但一听要让他成亲，那条逆反的神经又绷了起来说："我不想成亲。"

阿勒坦汗不解地问道："不是你主动提起要成亲的吗？现在为什么又不同意了？"

把汉那吉碍于乌讷楚的面，不敢提海诺的事情，又找不到拒绝的理由，就说道："我现在又不想了。"

阿勒坦汗有点恼怒："你把婚姻当儿戏吗？我们已经征得了人家的同意，现在你又不同意成亲了，你让我跟人家怎么交代？"

把汉那吉负气地说道："我又没有让你们去提亲。"

阿勒坦汗气得一拍桌子站起身来，一克哈屯走到阿勒坦汗旁拦住他，然后走到把汉那吉面前说："好孙子，你爷爷给你选择的是歹慎的女儿乌兰，那可是个漂亮又贤惠的好孩子啊！你也到了成家的年龄，能给你娶个好女人，奶奶就是哪天走了也能放心啊。"一克哈屯说着伤感地流下了眼泪。

把汉那吉却不为所动，依然坚决地说道："谁我也不要。"

阿勒坦汗怒斥道："你记住了，其他什么事我都可以依你，唯有你娶亲的事情我说了算。黄金家族子孙的第一位夫人，必须是门当户对人家的女孩，以后你再娶什么样的别妻我可以不管，乌兰必须是你的第一夫人，这个地位谁也不能取代。"

把汉那吉虽然桀骜不驯，但是阿勒坦汗一旦发怒他还是有所顾忌的，听阿勒坦汗这样说，他知道再怎么闹腾也无济于事了，又看到乌讷楚用一种乞求的眼神看着他，只好沉默不语。

阿勒坦汗和一克哈屯为把汉那吉举办了隆重的婚礼。蒙古左右翼的各部首领都前来祝贺，碍于众人的面，把汉那吉像一个木偶一样，在别人的摆布下完成了婚礼。

回到新房，把汉那吉扔下乌兰躲到了阿力哥的毡房，直到喝得醉醺醺的，阿力哥等人才将他扶回新房放到床上。

把汉那吉和衣卧倒在床上呼呼大睡，乌兰试着推了他几下，见他一点反应也没有，只好蜷缩在把汉那吉的脚下度过了新婚之夜。

# 十九、才华初展

自从成亲后，把汉那吉一起床就不见了踪影，到了晚上都是醉醺醺地回来，乌兰不明白把汉那吉为什么这样对她。每个夜晚，乌兰都悲戚地看着酣睡的把汉那吉，不停地问着自己："这就是自己今后一辈子的依靠吗？为什么把我娶回来却又冷落在一旁？"乌兰越想越伤心，整夜泪水相伴无法入眠。

一天，乌兰红肿着眼睛又去向一克哈屯请安，一克哈屯看到乌兰的样子问道："你怎么了，是谁欺负你了吗？告诉奶奶，奶奶给你做主。"

乌兰委屈的泪水滚滚而下，连连摇摇头。

一克哈屯把乌兰拉到身边坐下，抚摸着乌兰的头说："孩子，现在这儿就是你的家了，有什么委屈就和奶奶说啊。"

乌兰含泪羞答答地把把汉那吉几天的行为一五一十地告诉了一克哈屯。

一克哈屯叹气道："这个孩子是和他爷爷赌气把气撒到你身上了，你忍耐着点，过了这个劲儿他就没事了啊。"

事后，一克哈屯把把汉那吉叫去好言相劝了半天，谁知非但没起作用，反而让把汉那吉对乌兰心生怨恨。

乌兰听从了一克哈屯的劝告，见到把汉那吉也不说什么，只是默默地尽一个妻子应尽的义务。

阿勒坦汗强迫把汉那吉娶亲这事，像根刺一样梗在把汉那吉心里，怎么也不能拔去。此时，他又以为乌兰向一克哈屯告状，所以他对乌兰感到非常厌恶，于是他对乌兰说："你知道我爱上一个女仆的事情吗？我要纳她做别妻。"

乌兰大吃一惊，惊讶地看着把汉那吉，继而泪水簌簌而下。

把汉那吉不耐烦地吼道："你就知道哭，去向奶奶告状吧，今晚我就要把她带回来。"说完扬长而去。

晚上，把汉那吉果然带着海诺酒气熏天地回来了。乌兰默默拿起自己的被子来到隔壁的另一间毡房。

把汉那吉的毡房里传来把汉那吉和海诺放荡的笑声，乌兰悲伤得泪流满面。她孤独地用被子蒙住了自己的头，企图将那些乌七八糟的声音阻挡在外面。

把汉那吉的放荡不羁，令一克哈屯又气又恨，气的是自己一手带大的孙子，如今竟如此放纵，对自己的劝告充耳不闻，恨的是乌讷楚一句话就决定了把汉那吉的亲事，如果不是强迫把汉那吉成亲，把汉那吉又怎么会变成这样。

阿勒坦汗几次想去教训把汉那吉，都被乌讷楚阻拦下来，乌讷楚对阿勒坦汗说："可汗少安毋躁，把汉那吉既然已经成亲了，这事就交给乌兰去处理吧。"

阿勒坦汗气愤地说："乌兰能套得住那匹野马吗？"

乌讷楚笑道："我相信乌兰，你就再等等看，如果乌兰管不住他你再去管。"

阿勒坦汗只好耐着性子等待着。

把汉那吉一边放纵着自己，一边等待着阿勒坦汗来教训他。他心里憋足了劲要与阿勒坦汗对抗到底，但是他等来的不是阿勒坦汗，却是乌讷楚。

当乌讷楚带着朵兰出现在他面前的时候，面对乌讷楚清澈而又带着责备的眼神，他心虚地低下了头。

乌讷楚说："乌兰是我为你选的，你这样对她，难道要让我内疚一辈子吗？"

把汉那吉抱怨道："你明知道我的心，为什么还要这样做？"

乌讷楚低下头，说："我已经不是原来的我了，你这样对我不值得。"

把汉那吉抬起头深情地看着乌讷楚说："你永远是我心中的那个乌讷楚！我说过我会永远等你，不管娶了谁，我的心永远只属于你。"

乌讷楚眼圈一红，极力忍着眼泪。她走到把汉那吉面前，轻轻地抚摸着他的头，她很想把怀孕的事情告诉他，让他从此绝了这个念头，但她不想在此刻刺激他，忍了忍终究没有说出口，而是说出另一番话来："既然如此，那我有两个条件。"

把汉那吉抓住乌讷楚的双手急切地问道："什么条件，你快说。"

乌讷楚抽回双手，又坐到桌子前，缓缓说道："乌兰是一个文静娴熟、举止端庄的好女孩，既然你已经娶了她，就要好好待她，不要辜负了她。还有，以后也不可再喝酒，把心思放到土默特的事务上来，好好帮可汗做事。"

把汉那吉问道："我这样做了，我们以后就能在一起了吗？"

乌讷楚没有答复他，只报以他一个微笑。

把汉那吉以为乌讷楚答应了他，走过去拉住乌讷楚的双手，笑着说道："你既然这样说了，我照做就是。"

乌讷楚赶紧抽出双手，对把汉那吉说道："今后我们交往要保持距离，不能让别人误解我们，尤其不能让乌兰知道我们以前的事。"

把汉那吉退开几步，笑道："我懂。"

乌讷楚与朵兰离开把汉那吉的住所后，朵兰好奇地问道："小姐，你对台吉说的都是真的吗？"

乌讷楚回头看看四下无人，悄声对朵兰说道："我不这么说，难道要看着他就这样沉沦下去吗？"

朵兰埋怨道："那你是在骗台吉啊？"

乌讷楚用食指按在嘴唇上说："嘘，小声点。"

乌讷楚紧张地又四下看看，才说道："只要他能振作起来就好！乌兰是个好姑娘，也许随着时间的推移，他真的会爱上她的。"

把汉那吉真像对乌讷楚承诺的那样不再喝酒了，可是对乌兰，他总是觉得无法亲近。自从将海诺带回来后，乌兰一直住在另一间毡房里，他几次来到乌兰的房门前，想进去向乌兰道歉，可是在门口徘徊许久，还是没有勇气进去。

好几天过去了，他除了看到她红肿的双眼，却听不到她任何指责和埋怨的语言。乌兰的温顺让把汉那吉有些许的愧疚，他开始悄悄关注乌兰，发现乌兰真的像乌讷楚说的那样文静娴熟、举止端庄，白皙的皮肤虽然有些苍白，却遮不住俏丽的容颜。

到了晚上，把汉那吉一个人睡在毡房里，乌兰的身影出现在眼前。"她是个好女人，只可惜我的心已经给了乌讷楚，不然我也许会爱上她吧？"把汉那吉默想着。

"你既然娶了她就要好好待她，不要辜负了她。"乌讷楚的话又在耳边响起，把汉那吉坐起身来，思索了片刻，起身向乌兰的毡房走去。

把汉那吉悄悄站在门外看着乌兰，乌兰一手托着腮帮，一手拿着一本书正坐在床榻上看书，酥油灯下，长长的睫毛轻轻扇动着，红润的嘴唇一张一翕的，一条大辫子垂在胸前，将脸颊刻画出一条好看的弧线。

对乌兰的故意伤害，使他停步不前。"这不是她的错，她是无辜的，不应该这样对待一个善良的女子。"把汉那吉在内心鼓励着自己，然后鼓足勇气，进入乌兰的毡房。

听到脚步声，乌兰抬起头来，见是把汉那吉，她赶紧站起身来，双手紧紧握住书抱在胸前。

把汉那吉走到床榻边抱起乌兰的被子，拉起乌兰就走。乌兰不敢反抗，由着他把她带回到他自己的毡房。

把汉那吉将被子放到床上，回过身来将乌兰抱到床上。乌兰惊恐地瞪着眼睛看着他，看到乌兰的表情，把汉那吉有些尴尬，有点粗鲁地用柔软的嘴唇碰上了乌兰的嘴唇，接着开始温柔地吻着她，乌兰幸福地闭上了眼睛。

第二天一早，乌兰醒来的时候，看到把汉那吉正笑眯眯地看着自己，害羞地缩进被子里，把汉那吉掀开被子说："还偷懒呢，快起来和我去给奶奶请安。"

乌兰不敢相信自己的耳朵，愣怔地看着把汉那吉。把汉那吉一把拉起乌兰，将乌兰的衣服递到她面前。

当把汉那吉和乌兰双双出现在一克哈屯面前的时候，一克哈屯也不敢相信眼前的事实，仿佛一夜之间，那个被魔鬼纠缠的孙子摆脱了魔咒又回来了。她拉起乌兰的手用目光询问着乌兰，乌兰害羞地一笑，低下了头。

一克哈屯将把汉那吉和乌兰的手握在自己手中，高兴地说道："好！好！"

把汉那吉不再酗酒，与乌兰双双出现在家人面前。阿勒坦汗看在眼里喜在心上，大赞乌讷楚有先见之明。

乌讷楚见把汉那吉真的改变了，内心也颇感欣慰，可是她觉得为把汉那吉做这些是远远不够的，她不仅希望把汉那吉能有一个幸福的家庭，更希望他能够有所作为，成为一个令人敬重的人。

乌讷楚对阿勒坦汗说道："你应该对自己的孙子有信心，以后多教教他，让他参与部族的事务，这样，也许对他会更好。"

阿勒坦汗喜道："你说得有道理，是该让他熟悉部族事务了。"

阿勒坦汗突然又担忧地问道："把汉那吉不会是一时兴起吧，那个女仆还在，万一哪天他又胡来怎么办？"

乌讷楚笑道："这好办，把她送到别的部落给她配个人就可以了。"

乌讷楚就这么轻描淡写的一句话，没过几天，海诺就被一克哈屯悄悄派人送到了鄂尔多斯部，嫁给了一个穷苦的鳏夫。海诺没想到会是这样的结果，绝望之余，用蒙古刀结束了自己的性命。把汉那吉知道后，虽然对海诺心生愧疚，但事已至此，也只好作罢。

阿勒坦汗接受了乌讷楚的建议，决定亲手培养这个回头的浪子。他不仅让把汉那吉参加大板升城平时的议事，就是召开"呼拉尔"(即阿勒坦汗召集土默特各部首领共同商议部族大事的会议制度)会议，也让把汉那吉来参加。

目前的土默特,势力虽然越来越强大,可是在这片广袤的土地上,新生的农业经济不能满足广大部众的粮食需求,不发达的手工业让普通大众依然"炊无釜、衣无帛",脆弱的游牧经济一旦遭遇天灾疫病,赖以生存的牲畜就会大量死亡,令部众啼饥号寒。没有天灾疫病的时候,牲畜的大量繁殖,又给土默特草原带来巨大的压力,草场一旦被破坏,对土默特的打击将是致命的,因此,还必须为这些牲畜找到销路,保证草原有足够的载畜能力。再加上逃亡到土默特的蒙汉流民越来越多,怎么满足这些嗷嗷待哺之民,是阿勒坦汗日夜苦思冥想的问题。四十多年来,他一直想转变这种生存方式,试图与明朝停止征战来寻找新的生存之路,可明朝杀使绝贡的皇令,让他知道这是一条非常艰难的路,也许在他有生之年也不可能实现,因此,他把自己的这种愿望寄托在下一代身上。

他让把汉那吉参加议事,就是想让他了解土默特目前存在的问题,了解作为一个部落首领应该如何做出重大决策。

通过参加议事和"呼拉尔"会议,把汉那吉对土默特才有了真正的了解,对阿勒坦汗也多了一份理解,他决心好好学习,好为爷爷排忧解难。

乌讷楚就住在议事大厅的楼上,有时楼下的人们因为观点相左大声地争论,乌讷楚都能听得清清楚楚。但她自从来到土默特后就一直过着压抑的生活,因此,她对爱情、对自由自在的生活充满了向往,只希望能和深爱自己的人相守到老,哪怕只做一位普通的牧人,所以,她从不关心楼下的人为什么争吵。自从把汉那吉参加议事以来,她才对楼下的声音多了一份关注。

议事厅内,阿勒坦汗对各部首领说:"我准备再次派遣使者到南朝去请求贡市,希望他们能在蒙明边境设置集市,让蒙古人和汉人进行交易。"

辛爱立即反对道:"父汗,您忘了南朝皇帝是怎么对待您以前派去的使者了吗?而且那个狗皇帝已经下令要杀使绝贡,难道您还敢再派人去啊?"

巴雅思哈勒也说道:"是啊,二哥,两国交战还不杀使者呢,南朝一次次杀了我们的使者,实在是我蒙古人的奇耻大辱。"

阿勒坦汗说:"我知道,可是我们现在面对的困难你们也都看到了,虽然我们现在有粮食吃了,可是那些布帛、茶叶、铁锅、药品又上哪儿去弄呢?而且我们的牲畜不断地繁衍,继续下去,草场也受不了啊。"

辛爱不懈地说道:"我们土默特的铁骑所向披靡,南朝将士吓得都不敢出来迎战,我们想要什么就到南朝去拿不就得了。"

赵全也阻拦道："可汗，如今南朝虽然已经换了新皇帝，可您当年一直打到北京，逼迫嘉靖帝在边境设立了马市，南朝就是因为耻于城下之盟才一再拒绝您求贡的诚意。而他的儿子刚刚继位，我们还不知道这个皇帝到底是一个什么样的人，万一和他的父亲一个样，不管您派多少使者去，结果只有一个。"赵全做了一个杀头的动作。

赵全不同意阿勒坦汗的主张，是担心自己是明朝通缉的要犯，阿勒坦汗一旦与明朝议和，不仅自己所拥有的一切会烟消云散，就连性命恐怕也难保，但他怕阿勒坦汗看出他的私心，所以在表达自己的观点时，通常都很委婉。

赵全见阿勒坦汗不作声，又接着道："可汗，我觉得现在这个时候，实在不宜与南朝言和。至于我们所缺的那些物资，等到了秋天，我亲自带兵去一趟南朝边境，来解决目前的困难，至于求贡的事，再从长计议吧。"

达云恰站在一旁默不作声，他的沉默并不是反对阿勒坦汗，而是对阿勒坦汗有一种无条件地服从，只要是阿勒坦汗决定的事情，他都会义无反顾地去执行。

把汉那吉见所有的人都反对阿勒坦汗，年轻气盛的他站起身说道："土默特那些穷苦的族人，到现在依然缺少铁锅和布帛，还只能吃生肉喝凉水，或者用石板烤肉。他们的蒙古袍都是羊皮做的，冬天还好，一到夏天就热得受不了。爷爷希望与南朝通贡互市，也是想让所有的族人都过上好日子啊。"

辛爱讥讽道："一个还没长全乎的孩子，你懂什么？我们的祖祖辈辈都是这样过来的，为什么到了我们现在就非要吃熟肉、喝热水、穿布衣服？我们的圣祖成吉思汗的马蹄横扫欧亚的时候，那是何等的威风。我们是成吉思汗的子孙，难道让我们去向南朝低头弯腰，去做他们的臣子吗？那不是英雄所为！"

把汉那吉和辛爱在大厅争执起来，乌讷楚听把汉那吉争论不过辛爱，不由缓缓走出寝室，站在楼梯旁一边聆听，一边窥视着厅内的每一个人。

把汉那吉反驳道："用族人的性命满足个人的虚名，那才不是真正的英雄。"

辛爱鄙夷地说道："你一次战场也没有上过，你懂什么叫英雄吗？"

辛爱咄咄逼人的质问让毫无战争经验的把汉那吉哑口无言。乌讷楚看到把汉那吉尴尬地坐到自己的位子上，辛爱一副得意扬扬的样子，忍不住走进议事大厅，朗声说道："匈奴的单于呼韩邪与汉家女王昭君和亲，打开了匈奴与汉朝边境贸易的大门；唐朝的皇帝李世民将女儿嫁给吐蕃的松赞干布，不仅建立了罢战言和的互通关系，而且带去唐朝先进的生产技术和手工技术，促进了吐蕃的发展；就连我们的祖父达延汗也曾多次向南朝求贡，难道他们都不是英雄吗？”

辛爱看到乌讷楚惊讶地瞪大了眼睛，又听乌讷楚这么一说，半张着嘴不知道该如何回答。

乌讷楚的出现让大厅里的每一个人都感到意外。这么多年来，从来没有任何一个女人在他们议事的时候出现在这里，就是一克哈屯有急事也是派人来请阿勒坦汗过去，从不涉足这里，这似乎已经成了一种默认的习惯。今天，乌讷楚不仅不经通报直接进入大厅，而且在这儿振振有词，驳得辛爱无言以对，在座的人都带着嘲弄的表情看着她，等着阿勒坦汗训斥这个胆大妄为的宠妃，然后再把她赶出去。

谁知，阿勒坦汗非但没有训斥她，反而微笑着招手让乌讷楚过去，使得每个人都瞠目结舌地看着阿勒坦汗。

乌讷楚走到阿勒坦汗身边冲他微微一笑，转过身环顾一下四周的人，接着说道："辛爱洪台吉说得没错，我们祖祖辈辈一直逐水草而居，可是那是一种什么样的生活，难道到了现在我们还要过那种居无定所、到处漂泊的日子，只满足于吃饱穿暖，只为了生存而奔波吗？蒙古要想真正强大，就必须要发展，靠掠夺得来的物资，只能解决一时之需。我们需要的不是这些，是南朝的那些先进的技术，所以，只有和南朝停止战争通贡互市，我们有了这些技术，才能不受制于人。"

乌讷楚又看看阿勒坦汗，说道："大家都看到了，可汗收留了那些汉人，让他们来开垦土默特。如今，我们的粮食就不需要再向南朝索取了，这不就是很好的证明吗？"

乌讷楚的每一句话都有现实的例子摆在那儿，没有一个人敢起来反驳她，都怀着不同的心情看着她。把汉那吉更是惊异，他虽然知道乌讷楚饱读诗书很有见地，可他从来没有看见过她这般言辞激昂的模样。在他的眼里，乌讷楚只是一个因思念家乡会偷偷落泪，与世无争，文雅又善解人意的美丽女子，而今天，她就像变了一个人一样，变得他都不认识了。

达里扎和波勒格没有想到当年承诺吉格肯照看的那个九岁的孩子，不仅出落得如花一般美丽，竟然还有如此的见解，不禁向乌讷楚投去赞许的微笑。

阿勒坦汗见乌讷楚引经据典，句句都说在他的心坎上，站起身对乌讷楚说:“你说得很好,我就是这个意思。”

阿勒坦汗又转向众人:“不管你们是否同意,我意已决,决定再派人去向南朝求贡。”

赵全一听心里暗自一惊,这些年来,他一直四下游说,怂恿辛爱和巴雅思哈勒这些在土默特有影响力的人物反对阿勒坦汗求和,可是努力了这么长时间,却因为阿勒坦汗的爱孙和宠妃的介入,让他苦心经营了这么多年的结果化为乌有,这不能不让他感到心惊。

把汉那吉参与部族的事务,人们私下已经有了非议,都觉得阿勒坦汗是有意在培养他成为继承人。赵全担心他一旦成为土默特新的领主,自己以后还会像现在这样提心吊胆地继续过日子,为此,他对把汉那吉已经有了戒备之心。可是乌讷楚的介入,让他更为担忧。这个年纪不大的哈屯,不仅能说会道,而且颇有见地,如果有她天天在阿勒坦汗耳边鼓吹,那比把汉那吉继承汗位更加可怕。

赵全眯着眼睛看着他们两个人,决定不能让这两个人成为自己的绊脚石,毕竟是关乎性命的大事,只要能保全自己就是牺牲别人也在所不惜。

## 二十、与夫西征

就在阿勒坦汗准备派人到明朝求贡的时候，驻牧在瓦剌附近的一位首领派人送来了消息，说瓦剌厄鲁特部的首领博图海和巴阿图特部的首领翁惠，经过几年的逃亡后，又带着几万部众返回来了，而且不断在瓦剌和青海游说拉拢，意图再次联合起来起兵反叛。

阿勒坦汗在议事厅召集众部落首领和将领商议此事时，乌讷楚已经听到了，这让她想起了阿爸当年惨死的情形，她担心哥哥也会参与其中，借此机会向阿勒坦汗报杀父之仇。当听到阿勒坦汗决定再次亲征瓦剌时，不禁为阿妈和哥哥担忧起来，她不知道该如何让阿妈和哥哥避开这场即将发生的血战。

阿勒坦汗铁青着脸回到了寝室。乌讷楚装作若无其事的样子，温顺地递给阿勒坦汗一碗奶茶。阿勒坦汗接过奶茶碗放在桌子上，问道："你听到了吧，瓦剌又要叛乱了。"

乌讷楚点点头，随即关切地说道："可汗为了部族的事务已经殚精竭虑，还要凡事亲力亲为，就是铁打的人也受不了啊。"

阿勒坦汗叹口气道："是啊，如今我也时常感到疲乏，但你看看我身边的人，辛爱虽是长子，却是有勇无谋，和其他人一样不理解我一心求和的良苦用心。如今的蒙古已经不同于过去，原来那个强大的蒙古汗国现在已经四分五裂。这两百年来，蒙古各部族间的战争和杀戮不断，自相残杀已经消耗了我们蒙古人自己的实力。南朝对我蒙古又虎视眈眈的，恨不能赶尽杀绝。战争是几败俱伤的结果，我想与南朝通贡互市，就是想求得繁衍发展的机会。可这些人依然狂妄地认为我蒙古的铁骑无坚不摧，以为战争就能解决一切问题。瓦剌的厄鲁特和巴阿图特部现在又蠢蠢欲动，只靠武力征服是不能解决根本问题的，所以派谁去我也不放心。我只想尽快平定蒙古内乱，然后一心与南朝解决通贡互市的事，今后，只要能让蒙古人的日子越过越好我就心满意足了。"

乌讷楚因为担心阿妈和哥哥，根本没有用心听阿勒坦汗在说什么，一个人沉浸在自己的世界里黯然神伤。

阿勒坦汗看看一言不发的乌讷楚，握着她的手又接着说道："这次西征我要带你一起去，让你回去看看你的阿妈和兄弟们，以了你的思乡之情。"

听到阿勒坦汗的这句话，乌讷楚黯然的脸上瞬间似阳光遍布，她惊喜地问道："是真的吗？可汗真的要带我去见我的阿妈吗？"

阿勒坦汗搂住乌讷楚怜爱地说："是真的，你有九年没有见到你的亲人了吧？我不愿意你每天与忧愁相伴，我喜欢看到你的笑脸。"

乌讷楚感激地搂住阿勒坦汗说："谢谢可汗。"

阿勒坦汗拥紧乌讷楚："你这可是第一次主动拥抱我啊。"乌讷楚羞涩地将头埋在阿勒坦汗的肩头。

阿勒坦汗拍着乌讷楚的胳膊说："有件事我想听听你的意见。"

乌讷楚松开阿勒坦汗问道："什么事？"

阿勒坦汗说："这次去平叛青海，你看让谁留守土默特最合适？"

乌讷楚想了片刻说道："可汗打仗离不开巴雅思哈勒、辛爱、达云恰、丙兔(阿勒坦汗四子)和扯力克(辛爱长子)，剌布克(阿勒坦汗的四弟)体弱一直卧病在家，布彦(阿勒坦汗次子)又一心专注在书本上，可汗觉得把汉那吉怎么样？"

阿勒坦汗连连摆手道："不行不行，把汉那吉靠不住。"

乌讷楚笑道："可汗不能再用老眼光看待把汉那吉了。自从把汉那吉和乌兰成亲后，他就不再酗酒闹事，人也稳重懂事了很多，可汗不妨给他一个机会，看看他能不能挑起这个重任。"

阿勒坦汗担忧地说："这可不是做实验的事情，万一他……"

乌讷楚打断他道："可汗如果不放心，可以让一克哈屯从旁协助，再找两个得力的人帮他不就行了嘛。"

阿勒坦汗沉思片刻，点点头道："这倒是个办法，也可以看看把汉那吉是不是一只真正翱翔的雄鹰。"

阿勒坦汗要带乌讷楚西征的消息传到了一克哈屯的耳中，一克哈屯又忌又气。阿勒坦汗从来没有带着家眷出征过，这次为了乌讷楚，又把多年的规矩破坏了，她决定要阻止这件事，不然以后还不知道会再发生什么意想不到的事情，于是她派侍女去请阿勒坦汗。

阿勒坦汗一进门就问道："你找我有什么急事？"

一克哈屯有点伤感，夫妻这么多年了，虽然天天在一起，却好久没有见过面了。如今见面也没有关心的问候，一开口就直奔主题。

一克哈屯稳定了一下情绪，问道："听说可汗这次西征要带钟金一起去？"

阿勒坦汗不以为然道："是啊，怎么了？"

一克哈屯说："可汗出征从未带过家眷，这次却带钟金一起出征，很多人都私下议论呢，可汗是不是过于迁就她了。"

阿勒坦汗怒道："有什么好议论的，对这样的人夫人应该抽他一马鞭。"

银花端给阿勒坦汗一碗奶茶，阿勒坦汗接过放在桌子上。

阿勒坦汗气愤地说道："瓦剌又公然叛乱了，克尔古特部多年避战，势力日益强大，只有这个部落稳定了，其他部落才可能打消反叛的念头。带乌讷楚回去，一是让她见见家人，二是做给瓦剌各部看的，这些人的见识怎么就这么短呢。"

听了阿勒坦汗的话，一克哈屯有些后悔自己的急躁，柔声说道："原来可汗早有深谋远虑，倒是我过于担忧了。"

阿勒坦汗说："夫人应该制止这种歪风邪气，背后说三道四的这种小人做法在土默特应该杜绝。"阿勒坦汗气愤地起身向门口走去，忽然又折身回来对一克哈屯说道："我决定让把汉那吉留守大营，你多协助他管理好部落的事务，不可让他任意胡来。"说完转身离去。

"变了，他变了，他不再是以前爱我的那个阿勒坦了，他现在所有的心思都在乌讷楚那个小狐媚子身上，乌讷楚到底用什么方法迷惑了阿勒坦？唉，我现在人老珠黄，他连正眼也不多瞧我一眼。"一克哈屯哀叹道，但是阿勒坦汗这次重用了把汉那吉让她失落的心又有了些许的安慰。

旌旗飘飘，一身戎装的阿勒坦汗，带着乌讷楚、布日玛、朵兰以及巴雅思哈勒、辛爱、丙兔、达云恰、扯力克，率领着大军浩浩荡荡地开拔了，族人们压抑着内心的悲痛，为即将奔赴战场的亲人送行，泼洒着鲜奶为他们祝福。

车轮滚动起来，乌讷楚掀开车窗的帘子向外望去，晨曦越过地平线冉冉洒向大地，为辽阔的草原镀上一层金色；草叶上的露珠仿佛镶嵌在翡翠上的珍珠，闪着五颜六色的光华；微风携着泥土的芳香轻轻袭来，把草原吹得如涟波荡漾。

空气是那么清鲜，天空是那么明朗，乌讷楚恨不能变成一只雄鹰，立刻展翅飞回家乡，飞到阿妈的身边。

想着能够再次回到家乡，见到自己服侍了大半辈子的吉格肯，布日玛满是皱纹的脸上也绽放出了笑容，朵兰更是兴奋地叽叽喳喳说个没完。

太阳悄悄隐藏了起来，天空就像被泼了墨一样蔓延开来，行走了一天的大军渐显疲倦，阿勒坦汗下令就地安营扎寨。

一天的颠簸使乌讷楚感到浑身酸困，一进入蒙古包便躺在了床榻上。

布日玛对乌讷楚说道："孩子，你该将怀孕的事情告诉可汗了，你看看你，折腾了半天这个孩子也没有拿掉，说明你们有母子缘分，这就是你的命，你就认命吧。再过一段时间你就显怀了，想瞒也瞒不住了，与其让可汗发现了，不如你亲自告诉他。这么大的事情你瞒着可汗，即便可汗对你再好,恐怕也要心中生疑了。还有,一个孕妇一路上这样颠簸着,这一路下去没有医师的照顾会很危险的。”

提到孩子,乌讷楚轻轻抚摸着自己的腹部,她自己也感到奇怪,三个月了,这个小生命依然这么顽强地成长着,也许布日玛嬷嬷说得对,这就是她与他的母子情缘吧。现在,乌讷楚对他的厌恶之情在渐渐消失,一种柔柔的感觉在她的心中悄悄地滋长着。

乌讷楚幽幽地说道:“是的,是到了告诉可汗的时候了。”

吃过晚餐,朵兰服侍乌讷楚脱去蒙古袍换上轻柔的睡袍。乌讷楚来到桌前坐下,朵兰拿来一面镜子放在乌讷楚面前,替乌讷楚松开头发轻轻梳理起来。乌讷楚看着镜子中的自己,耳畔响起了布日玛的话,眼前闪现的却是阿勒坦汗的笑容。她与阿勒坦汗在一起的点点滴滴,一幕一幕在眼前闪过。是的,这个男人对自己太好了,他似乎能看懂自己的内心,每一次当自己有所想有所盼的时候,他就像长生天一样,让自己的愿望成真,如果不是他对自己用情至深,怎么会如此明了自己内心的渴望?一个女人,此生最大的心愿就是希望有一个男人,能发自内心地爱她、疼她、呵护她。这些阿勒坦汗都做到了,可是自己,唉,如果没有把汉那吉,我会爱上这个男人吧。

阿勒坦汗回到蒙古包的时候,乌讷楚正对着镜子发呆,阿勒坦汗进来她都没有察觉。布日玛和朵兰见阿勒坦汗回来,便行礼退下。

阿勒坦汗看到乌讷楚满头长发如水散落在后背,顿觉心驰荡漾。他走过去轻轻撩起乌讷楚的头发嗅着,一只手抚摸着乌讷楚的肩头,乌讷楚不由自主地将身体靠向阿勒坦汗。

阿勒坦汗看着镜中的乌讷楚,抚摸着她的头发说道:“你是一个美丽又善解人意的女人,但是我看到你有时候会皱着眉头发呆,就像现在这样,告诉我,你嫁给我是不是觉得不快乐?”

阿勒坦汗的话惊醒了正在发呆的乌讷楚,乌讷楚从镜子里看到阿勒坦汗,急忙转身对阿勒坦汗嫣然一笑:“可汗怎么会有这样的想法?”

阿勒坦汗痴痴地看着乌讷楚,说道:“我就是喜欢你这样的笑容,也许是我太在乎你,才怕委屈了你吧。”

乌讷楚笑道:“乌讷楚知道好歹,怎么会觉得委屈呢?”

阿勒坦汗搂住乌讷楚说:“你知道吗?我越来越在乎你的感受了,这是我从来没有过的感觉,我很喜欢你待在我身边,只要你待在我身边,我的疲惫就全消失了,感到非常轻松舒畅。”

阿勒坦汗深深地看一眼乌讷楚,接着说道:“可是有时候我却觉得你根本不在乎我，我宠着你、爱着你，想把这个世界上最好的东西都送给你，可你好像什么也不在意，我实在摸不透你心里到底藏着什么想法。”

阿勒坦汗拉起乌讷楚搂在怀里，轻声慢语道：“有时我在想，是不是这样的联姻对你我是个错误？我知道你嫁给我委屈了你，我也知道你在竭力扮演着一个好女人，可我不希望这样，一个男人，他想要的不是女人的身子，而是她的真心。我非常喜欢和你一起聊天，喜欢看你顽皮又认真的样子，就让我自私一点，把你的人和你的心都给我，真正从心里把我当成你的男人，可以吗？”

乌讷楚有些感动，搂住阿勒坦汗说：“我知道可汗疼我的心。”

乌讷楚突然挣开阿勒坦汗的怀抱向阿勒坦汗行礼，阿勒坦汗急忙搀扶乌讷楚，乌讷楚不肯起来，说道：“请可汗先原谅我的任性，然后我再和可汗坦白实情。”

阿勒坦汗问道：“你有什么事情瞒着我吗？”

乌讷楚说：“是的，可汗。”

阿勒坦汗脸色一变，坐到椅子上说：“好，我可以不追究你，你说。”

乌讷楚抬头看一眼阿勒坦汗说道：“我怕可汗不让我随军西行，有件事我一直没敢对可汗说。”

阿勒坦汗耐着性子问道：“到底什么事？”

乌讷楚低下头，害羞地说：“我怀孕了。”

阿勒坦汗几乎是从椅子上跳起来的，他扶起乌讷楚，抓住她的双肩说：“你说什么，你再说一遍。”

乌讷楚依然低着头说：“我有了可汗的孩子。”

阿勒坦汗抱起乌讷楚旋转了一圈，然后用头顶着乌讷楚的额头说：“你这个小坏蛋，为什么不早点告诉我？”

乌讷楚说：“我怕可汗不让我回娘家。”

阿勒坦汗摇摇头：“怎么会呢，你的一切要求我都会答应的，你是我最心爱的女人，知道吗？我从来没有对哪个女人如此用心，只有你，把我的魂都勾走了。”

阿勒坦汗的一席话让乌讷楚感动，她温柔地靠在阿勒坦汗的胸前，阿勒坦汗扶她坐到床榻上后，立刻派侍卫请来了随军的医师，让他为乌讷楚诊断。

医师为乌讷楚把脉的时候，阿勒坦汗屏气凝神，生怕自己的呼吸声影响医师导致误诊。一时，蒙古包内静得似乎只能听到心跳的声音。

过了不大一会儿，医师面露喜色，起身向阿勒坦汗行礼道：“恭喜可汗，恭喜哈屯,钟金哈屯有喜了。”

阿勒坦汗笑眯眯地紧紧握住乌讷楚的手,拍着她的手背说:“太好了!太好了!”

医师出去以后,阿勒坦汗与乌讷楚靠在床榻上聊天,聊着聊着,乌讷楚听到身边的阿勒坦汗渐渐传来呼噜声。她坐起身静静地凝视着阿勒坦汗,这是她第一次这么仔细地看他。这个戎马一生的男人,岁月的沧桑布满了他的面颊,此刻在梦中,还是双眉紧蹙。一滴泪顺着乌讷楚的脸颊流下,她暗自思忖:“如果这是把汉那吉的孩子,如果躺在身边的是把汉那吉那该多好啊。可惜命运弄人,我想了那么久,盼了那么久,到头来却不是那个人,不是那种心情。”

乌讷楚擦去眼泪,摇摇头叹口气轻声说道:“我不该再胡思乱想了,眼前的这个男人对我如此关爱,我还有什么不满足的?为什么还要想着那个不属于我的人呢?我应该忘记他,好好珍惜眼前的这个人才是。”乌讷楚扶阿勒坦汗睡倒,用手指轻轻抚摸着他的眉头,一天的劳顿,让阿勒坦汗沉睡着纹丝未动。

乌讷楚又轻轻吻了吻阿勒坦汗的额头,起身吹熄了酥油灯,又躺到阿勒坦汗身边,抱住阿勒坦汗的胳膊闭上了眼睛。

乌讷楚怀孕了,阿勒坦汗让巴雅思哈勒和辛爱指挥着大军前行,自己与乌讷楚同吃、同睡、同行,整日陪伴在乌讷楚身边,细致入微地照顾着她。

巴雅思哈勒和达云恰等人却不以为意,认为乌讷楚是瓦剌人,此次又是去征伐瓦剌,阿勒坦汗这样做,一方面是在抚慰乌讷楚,另一方面也是想借此笼络克尔古特部,毕竟克尔古特部在瓦剌还是有一定地位和影响的。如果克尔古特部不参与此次战争,并能协助劝说瓦剌其他的部落归附阿勒坦汗,厄鲁特部和巴阿图特部就会孤立无援,这场叛乱也许兵不血刃就可以解决了。

辛爱可不这样想,自从阿勒坦汗与乌讷楚合婚以来,阿勒坦汗对这个钟金哈屯的宠爱非同寻常,在他所有的记忆中,阿勒坦汗从来没有这样对待过自己的母亲和一克哈屯。以前,阿勒坦汗是绝对禁止夫人们议论政事的,出征前,乌讷楚在议事厅高谈阔论的模样至今历历在目,阿勒坦汗非但没有将她赶出去,还采纳了她的建议。如今,这个备受宠爱的钟金哈屯又怀孕了,万一她再生一个儿子,以她今日今时的地位,难免会危及自己今后的权势和地位。因此,辛爱不但不高兴,而且开始为自己的将来担忧了。

有了阿勒坦汗的陪伴和精心的照顾,乌讷楚感到非常幸福。一路上,她都怀着无比激动和喜悦的心情,和阿勒坦汗有说有笑的,并不断探头向车窗外望去。

阿勒坦汗轻轻地握住乌讷楚的手问道:“你在看什么?”

乌讷楚说:“刚来土默特的时候我还太小,那时除了恐惧什么也没顾上看,也不知道外面是什么样的。”

阿勒坦汗将乌讷楚搂进怀中,问道:“嫁给我你会不会觉得委屈?”

乌讷楚一笑,说:“可汗怎么总是这样问呢?可汗是草原上的巴特尔,能够服侍可汗,是我的福气。”

阿勒坦汗笑道:“说出来你也许不相信,那天在丘富那儿看到你的时候,我有一种强烈的感觉,你是我的女人,是我一辈子的女人。可是娶到了你,不知道为什么,又总觉得亏欠了你。就拿我们的婚礼来说,结婚作为人生大事,却因为路途遥远,不能让你的亲人来送亲,没能给你一个完整的婚礼,让我的心里感到很愧疚。”

乌讷楚说:“可汗不必拘泥于形式,仪式只是做给别人看的,只要可汗不嫌弃我是一个粗手笨脚的丫头就可以了。”

阿勒坦汗哈哈大笑着说:“你是一个粗手笨脚的丫头?连丘富那么清高的人都认为你是我蒙古的第一才女呢。”阿勒坦汗说完,笑着将乌讷楚揽入怀内。

乌讷楚看到了长城,挣开阿勒坦汗的搂抱,指着一段长城问道:“那是什么?”

阿勒坦汗探头看了一下,说:“那是汉人修建的长城。”

乌讷楚疑惑地说道:“长城?”

阿勒坦汗鄙夷地说:“是的,就是南朝用来防御我们蒙古人进攻的城墙。”

乌讷楚看着长城说道:“听说可汗曾经一直打到南朝的皇城,可见南朝就是有这城墙也未必能阻挡得了可汗骁勇善战的铁骑。”

阿勒坦汗自豪地说:“那是自然,南朝以为有了长城就能阻挡住蒙古人的铁骑?哼!我们年年到中原掳取我们所需的物资就像囊中取物。”

乌讷楚问道:“可汗英勇善战,如今已经统一了蒙古各部,有没有想过复辟大元?”

阿勒坦汗叹气道:“我蒙古族自从退居草原以来就四分五裂,相互之间的征伐从来没有停止过。如今,民心思定,不光蒙古人厌倦战争,汉人也同样不希望战乱四起。更何况我们自已就不能齐心协力,就算打下天下也难以守住天下,复辟大元哪是那么容易的。”

乌讷楚又问道:“所以可汗才不断地向明朝提出通贡互市的要求?”

阿勒坦汗说："是啊，战争不仅使蒙古人疲惫不堪，也阻碍了蒙古族的发展壮大。只要能停止战争，让百姓安居乐业，别说俯首称臣，就是要我阿勒坦的性命也在所不惜。"

说到最后一句话的时候，两鬓斑白的阿勒坦汗，忽然直直挺起了身子，消瘦的脸也变得严肃起来，一双明亮的眼睛放射出坚毅、执着的目光。乌讷楚感到他身上有一种力量，这种力量深深地吸引了她，令她对阿勒坦汗不由肃然起敬。

但这种神情转瞬即逝，阿勒坦汗的目光很快又暗淡了下来，情绪也开始低落，他失望地说："这么多年来，凡是来到土默特的汉人，我不仅没有杀了他们，反而分给土地让他们在这儿生活下去。虽然我们现在不用再和汉人交换粮食了，可是我们仍然缺少布帛、铁锅、盐、茶叶和药品。为了解决这些问题，我诚心诚意地一次又一次派使者到南朝去求贡，却都被南朝皇帝无情地杀害了，让我渐渐感到心灰意冷了。唉！我没有别的办法，只能去南朝抢掠了。"

"难道可汗说的这些我们不能自己生产吗？"

"现在还不能，这些投奔来的汉人大多是农民，对种地有经验，可其他方面的技术就欠缺了，再说我们也缺少生产所需要的原料，这是最难解决的。"

乌讷楚被阿勒坦汗影响，情绪也消沉起来，无奈地说道："我听师傅讲过，南朝嘉靖帝昏庸，不问政事，整天沉迷于炼丹，以寻求长生不老之术，才使朝廷奸佞当道，很多忠心耿耿的人才都被宦官奸佞诬陷致死。这样腐朽的朝廷，可汗的愿望也确实难以实现。"

乌讷楚说完，缓缓靠在阿勒坦汗的身上，眼睛悠悠地望向窗外，身子随着勒勒车的颠簸一起一伏的。

乌讷楚突然眼睛一亮，坐起身盯着阿勒坦汗问道："可汗有没有想过，您请求通贡互市的意思，嘉靖帝到底知不知道呢？"

阿勒坦汗不知道乌讷楚为什么会有此一问，略思索了一下，说道："就是他下令杀死使者的，他怎么能不知道呢？"

乌讷楚说："也许他只知其一不知其二呢？"

阿勒坦汗不知道乌讷楚到底想说什么，就问道："这话什么意思？"

乌讷楚握住阿勒坦汗的手解释道："嘉靖帝整天不问政事，甚至都不临朝，他对南朝边关的实情到底了解多少？南朝边关的那些官员虽然了解你请求通贡互市的诚意，也能真实地向上奏报。可是，听说严嵩一手遮天，一直反对与蒙古议和，朝中的那些大臣们又看严嵩的脸色行事，而你又年年以战逼和，也许那些官员为了讨好严嵩，邀功请赏，可能会将有些情况瞒报甚至不报，导致嘉靖帝对你产生误解，所以才使通贡互市一再受阻。可汗要想达成通贡互市的愿望，就必须真正停止战争了。”

阿勒坦汗觉得乌讷楚的话说得很在理，一边认真听着一边频频点头。

乌讷楚见阿勒坦汗赞同她的看法，就又接着说：“就算嘉靖帝知道您求贡的愿望而加以拒绝，如今也是恶有恶报，死在了自己炼制的丹药上。现在他的儿子隆庆帝继位了，听说他已经将严嵩等奸佞绳之以法，重用了高拱和张居正，而这两位大臣致力于稳定边关整饬吏治，与前朝的做法大相径庭，也许可汗现在再提出通贡互市的要求，愿望就可以实现了啊。”

阿勒坦汗饶有兴味地看着乌讷楚，眼前的这个小女子，不仅仙姿玉貌，还有如此深刻的见解，真正是一个秀外慧中的可人儿，只是不知道她怎么会知道这么多的事，忍不住好奇地问道：“你怎么会知道这么多的事呢？”

乌讷楚笑着说道：“因为我以前有一位博古通今的好师傅，他给我讲了很多汉家的历史和学问，也讲了许多南朝的时政。到了大板升城，又和把汉那吉他们一起读书，也听笔写契讲过很多这方面的事，所以略懂一些，让可汗见笑了。”

阿勒坦汗惊喜地问道：“这么说你懂汉语了？”

乌讷楚微笑着点点头。

阿勒坦汗兴奋地搂住乌讷楚说：“你这个粗手笨脚的丫头不让须眉，以后可以协助我了。”

乌讷楚笑道：“可汗雄才伟略，哪里用得着我这个小女子，以后我有什么地方做得不好，可汗不要恼我，多加教导我才是。”

阿勒坦汗感叹道：“感谢长生天，你是长生天送给我的珍贵礼物啊。你不知道，我从来没有对自己不满过，可是见到你我才感觉自己年纪大了，如果我再年轻一点，我能给你的就会更多了。”

乌讷楚顽皮地看看阿勒坦汗，故作严肃地打量一下阿勒坦汗，摇头说道：“可汗一点也不老。”

阿勒坦汗哈哈笑着把乌讷楚拥进怀中，抚摸着她说：“这句话虚伪，我能了解你的心，就让我自私一点吧，谁让我爱上你了呢，我一定会尽我的全力不让你受到一丝委屈。”

乌讷楚又被感动了，能被人爱也许也是一种幸福吧。想到爱，乌讷楚不由得又想到了把汉那吉，她摇摇头，想把这个念头摇出去，她觉得不能再想把汉那吉了，他只有和乌兰恩恩爱爱，才会有幸福的将来。而眼前的这个男人不仅令人敬重，又对自己一往情深，今后应该一心一意对待他才对。她静静地伏在阿勒坦汗的怀中，第一次对阿勒坦汗产生了一种愧疚的心理。

## 二十一、重返家乡

经过几个月的风餐露宿，阿勒坦汗的大军终于到达了瓦剌，驻扎在一个叫赛罕的地方。部署好一切后，阿勒坦汗准备带着近卫军亲自护送乌讷楚回克尔古特部。巴雅思哈勒和众将领担心克尔古特部如有反叛之心，将会使阿勒坦汗身陷险境，因此极力劝阻。但阿勒坦汗非常坚决，坚持要送乌讷楚返回家乡，巴雅思哈勒只好让达云恰和扯力克带领三千精兵强将保护阿勒坦汗前往。

乌讷楚也担心阿妈和哥哥会参与反叛，万一阿勒坦汗有个三长两短，克尔古特部面临的将是灭顶之灾。为了确保万一，乌讷楚征得阿勒坦汗的同意后，提前派人去向吉格肯报信，顺便打探一下克尔古特部的动向。

在这之前，厄鲁特部和巴阿图特部已经派人来克尔古特部游说，奥巴岱一心想借此机会杀了阿勒坦汗为父亲报仇。但经过近十年的休养生息，克尔古特部在吉格肯的带领下，安然游牧在扎拉满罕山一带，部众越来越多，日子也越来越富裕。吉格肯既不愿意再卷入战争，也担心女儿的安危，因此婉言拒绝了他们。奥巴岱虽然感到愤愤不平，却不敢违抗母亲的命令，只好作罢。

吉格肯得到信使的报告，得知乌讷楚不但已经与阿勒坦汗完婚，而且备受阿勒坦汗的宠爱，感到非常欣慰。又听说已有身孕的女儿即将要回来，又惊又喜，简直不敢相信这是真的，她没想到有生之年还能再见到心爱的女儿。

吉格肯兴奋得一夜无法安睡，不停地向其其格问这问那，问得其其格都无法回答，一个劲儿地催促吉格肯赶紧入睡。吉格肯哪里睡得着啊，九年了，女儿现在也不知变成了什么样，她能想起的还是九年前的那个扎着小辫子的小女儿的模样。吉格肯只恨这长夜漫漫，不知过了多久才迷糊了一阵，天刚蒙蒙亮便起床了。

用完早餐，吉格肯便叫进侍卫，命令他们前去打探，说只要看到阿勒坦汗的队伍，就立即回来禀报。

太阳就像蜗牛一样，慢吞吞地爬上了天空，吉格肯不时到门口去看看，焦躁让她做什么也做不在心思上，觉得这一天的时间过得太慢了。

一整天，吉格肯都不断地派人去查探，可是每次都让她失望而回。傍晚时分，悠闲了一天的太阳才慢慢接近了地平线，又红又大的太阳，为洁白的云朵穿上了一件橙黄色的衣衫，草原上笼罩起金色的寂静，草浪平息了，牧归的马、牛、羊群从远方的草原走来。

一匹马从远处疾驰而来，马上的侍卫一面高喊着“乌讷楚小姐回来了”，一面冲进大营后直奔吉格肯的毡房。

听到喊声，吉格肯急忙走出毡房。侍卫看到吉格肯，立刻翻身下马行礼道：“禀阿噶，看到阿勒坦汗的旌旗了，乌讷楚小姐马上就要到了。”

吉格肯急忙说道：“快去通知他们随我到大营外迎接。”说完，吉格肯疾步向大营外走去，其其格和凤儿急忙小跑着追上吉格肯。

图鲁和乌力罕带着苏丽雅、阿日娜和赛因，奥巴岱和呼鲁格齐两家，布合库台和额凯，听到侍卫的喊声，已经从不同的方向往大营门口聚拢来。

这时，部落的人们也听到了乌讷楚即将要回来的消息，都自发地来到大营门口迎接。当年，就是这位小主人为了保全他们，小小年纪就远离家乡和亲人，想起当年离别时伤感的情景，人们一个个伸长了脖子焦急地等待着，想尽快一睹可敬的小主人的芳颜。

阔别九年再次回到家乡，坐在勒勒车里的乌讷楚已经忍不住从车窗内探出头来瞭望。家乡的天空依然那么澄蓝辽阔，白云依旧洁白如雪，大地仍然碧绿如玉，空气中沁人心脾的清香如故，家乡的山山水水、一草一木，还是原来的老样子。远处，那绿草如茵的草地上马、牛、羊成群，洁白的蒙古包一座连着一座，直铺向远方的山脚下。

看着眼前的一切，乌讷楚悲喜交加，悲的是自己与亲人天各一方，不能常常承欢在母亲膝下，喜的是如今的家乡不仅恢复了以往的面貌，而且比原来的营地更大，毡房也越来越多了，这便意味着克尔古特部的人口也在不断增加。看来，阿妈的选择是对的，自己的牺牲是值得的。

近了，越来越近了，乌讷楚的心狂跳不止，她在脑海中一遍遍刻画着阿妈和哥哥弟弟们的容颜，刻画着那些可亲可敬熟悉的人们的容颜。时隔九年，他们变成什么样了？

乌讷楚看到了迎接他们的人群，急忙放下了车窗帘，整理了一下被风吹乱的头发，又整了整衣冠，等待着与阿妈相见的那一刻。

阿勒坦汗一摆手，勒勒车停了下来，阿勒坦汗下了马，转身走向跟在后面的勒勒车前，吉格肯焦急地看着勒勒车的车门。

车夫在勒勒车旁放了一个小马扎，然后掀开车帘，朵兰和布日玛先后走出勒勒车，随后大腹便便的乌讷楚才从勒勒车中走出来，阿勒坦汗将她扶下勒勒车。

吉格肯看到从车里走下一位高贵又美貌的孕妇时，她怔怔地看着乌讷楚，眼前的这个女人，和她记忆中的模样已经完全不一样了。所有在场的人也和吉格肯一样，愣怔在那儿，目不转睛地盯着亭亭玉立、玉貌花容的乌讷楚。

乌讷楚看着眼前一张张熟悉的面孔，忍不住热泪盈眶。

阿勒坦汗携乌讷楚走到吉格肯面前。乌讷楚看到两鬓斑白的吉格肯，眼含热泪，和阿勒坦汗一起向吉格肯行礼，吉格肯急忙还礼。乌讷楚叫了一声“阿妈”，便扑进吉格肯的怀中。吉格肯紧紧搂住乌讷楚，眼泪不由得流了下来。

图鲁笑着对吉格肯说道：“乌讷楚回来是大喜事，应该高兴才是。”

吉格肯边擦眼泪边说：“我这就是高兴啊。”

阿勒坦汗也笑着说：“岳母慈母情深，人之常情嘛。”

吉格肯含泪笑道：“还是女婿了解我这个做母亲的心。”

阿勒坦汗哈哈一笑说：“岳母的这声女婿让我很受用哪。”

图鲁、奥巴岱、呼鲁格齐、布合库台等人一一向阿勒坦汗和乌讷楚行礼。众人行过礼后，朵兰笑着跑到吉格肯前行礼道：“阿噶，我是朵兰，您还认得我吗？”

吉格肯摸摸朵兰的脸故意说道：“朵兰也变成漂亮的大姑娘了，如果只见到你一个人，我还真认不出你来了呢。”

朵兰嘟着嘴嗔道：“阿噶就记得乌讷楚小姐，把朵兰都忘记了。”

布日玛走到吉格肯面前，笑着对朵兰道：“你这个鬼灵精，谁会忘记你呢。”说完，布日玛向吉格肯行礼，吉格肯一把拉住布日玛，不让她行礼。

额凯过来向阿勒坦汗行礼，吉格肯介绍道：“这是我的小儿子额凯。”

阿勒坦汗拍拍额凯的肩膀道：“嗯，又是一匹草原的骏马。”

额凯笑道：“可汗一路辛苦了，我已经派人为可汗准备好了大帐，请可汗先到大帐休息一下吧。”

图鲁引领着阿勒坦汗向大营走去，吉格肯握着乌讷楚的手跟在后面。

晚宴上，吉格肯喜上眉梢，图鲁等众人向阿勒坦汗和吉格肯不断道贺。但由于连天赶路众人均感疲惫，晚宴很快就结束了。

乌讷楚在吉格肯的陪同下又回到自己的毡房，看着房内熟悉的一切，又忍不住悲伤落泪。凤儿过来抱住乌讷楚道：“小姐一切可好？我爹一直惦记着小姐，凤儿也想死小姐了。”

朵兰拉过凤儿上下打量了一番，然后说道：“我看你好好的啊，哪有你说得那么严重。”

凤儿拍了朵兰一把说：“死丫头，几年不见还是那个样子，就不能说点好听的？”

朵兰与凤儿的玩闹，令众人开怀一笑，乌讷楚也忍不住破涕为笑。吉格肯拉着乌讷楚的手坐在床榻上问长问短，恨不能将这些年中发生的事一次问个够。在布日玛的多次催促下，吉格肯才依依不舍地离开。

第二天，阿勒坦汗向吉格肯辞行，吉格肯、乌讷楚、图鲁等人一直将阿勒坦汗送出大营外，阿勒坦汗拉起乌讷楚的手递到吉格肯手中说道："我把乌讷楚交给您照顾了，等我平定了厄鲁特部和巴阿图特部的叛乱再来接他们母子。"

吉格肯说："可汗只管放心。有什么需要就派人告诉我一声，我一定全力支持可汗。"

阿勒坦汗领会了吉格肯的话，答谢道："多谢岳母。"

阿勒坦汗又转向乌讷楚，爱怜地对她说："好好在家静养，给我生一个健健康康的孩子，等我凯旋。"

乌讷楚不舍道："可汗要多保重，我等着可汗来接我们。"

阿勒坦汗闻言，面露喜色说："有你这句话，我一定会尽快回来的。"

阿勒坦汗说完，转身跨上骏马，带着达云恰、扯力克以及侍卫离开克尔古特部，吉格肯、乌讷楚、图鲁等人一直目送他们消失在茫茫草原上。

自从乌讷楚回来，吉格肯的毡房前便门庭若市，除了那些亲朋好友，部族的每个人，不分年龄和地位，都要来看看这位给他们带来祥和宁静生活的可敬的小主人，即便远远地看一眼，他们也会感到由衷的满足。

每个人脸上和蔼的笑容，每个人亲切的问候，每个人真诚的关爱，让乌讷楚感动，这才是她的家，生活在这里的人才是她真正的亲人。不像在大板升城，虽然有自己的心上人，阿勒坦汗对她又百般宠爱，可是她总觉得自己就像寄居在那儿，无法融入那个大家庭。

到了晚上，众人散去，乌讷楚疲惫地坐在床榻上。吉格肯铺上羊皮被，拉过靠枕对乌讷楚说："累了一天了，来，靠在这儿休息一下。"

乌讷楚脱了靴子靠在靠枕上，吉格肯揉着乌讷楚的腿，问道："这几年你过得怎么样？"

乌讷楚眼中闪过泪光，吉格肯急忙问道："怎么了，受什么委屈了吗？"

乌讷楚伏进吉格肯的怀中，说道："倒没受什么委屈，就是太想阿妈了，别处再好也没有阿妈的怀抱温暖。"

吉格肯抚摸着乌讷楚的头发，问道："阿勒坦汗的夫人们好相处吗？"

乌讷楚想起一克哈屯以往对她的关心，真诚地说道："我刚到土默特的时候，一克哈屯对我确实挺好的，待我也像女儿一样，让我和她的孩子们一起骑马射箭，一起读书学习，因为有她的关心，才让我不再觉得那么孤独无助。”

吉格肯说：“你是遇到好心人了，那你以后可要好好对待她，千万不可因为可汗对你的宠爱而骄纵。”

乌讷楚想起一克哈屯现在对她的态度，心里涌上一股寒意，但她不想让母亲担心，便答道：“我知道。”

吉格肯说：“自古豪门为了争权夺利，杀兄弑父的事屡见不鲜，可汗已经年老了，也不知还有多少日子。你还年轻，孩子又小，对阿勒坦汗的那些子孙们能忍则忍，能让则让，千万不能争强好胜，荣华富贵都只是过眼云烟，只要你们母子能平平安安的就好。”

乌讷楚答道：“我知道，可汗如此疼爱我，我想他会为我们的将来安排好一切的。”

吉格肯还在说着话，乌讷楚已经酣然入睡了。吉格肯心疼地将乌讷楚扶到枕头上，替她盖上羊皮被，面带笑容，在灯下仔细地端详着这个美丽的女儿。

乌讷楚每天都在接待来访的客人，每天都在回答着相同的问题，但她不觉得疲惫，不觉得厌烦，因为这是亲人们对她的关心。吉格肯有时根本插不上话，只能坐在一旁静静地、笑眯眯地看着心爱的女儿。

快乐的时光总是像在飞，一转眼，乌讷楚就要生产了。远在赛罕的阿勒坦汗已经算准了乌讷楚生产的时间，他把军营的事务交给巴雅思哈勒和辛爱，自己带着达云恰和亲兵又赶回了克尔古特部，他要亲眼看着自己和乌讷楚的孩子出生，这让克尔古特部的每一个人都感动无比，一些少女更是对乌讷楚充满了羡慕和嫉妒。

毡房内，乌讷楚疼得满头大汗，但是她隐忍着不喊一声。吉格肯心疼得手足无措，布日玛、乌力罕、阿日娜和接生婆在一旁忙碌着。

毡房外，阿勒坦汗不停地走来走去，一会儿走到毡房门口，趴在门口听里面的动静。图鲁想起了当年乌讷楚出生的时候玛尼明阿图的样子，不由笑道：“可汗，天气寒冷，还是到大帐里去等着吧。”

阿勒坦汗摆摆手说：“不用，我就在这儿等着，我要第一个见到我的孩子。”

奥巴岱没想到阿勒坦汗对妹妹如此情重，他看一眼焦急的阿勒坦汗后悄然离去。不一会儿，他抱着玛尼明阿图最喜爱的裘皮大衣又回到毡房前，轻轻将大衣披到趴在毡房门前的阿勒坦汗身上。阿勒坦汗摸摸身上的大衣，拍拍奥巴岱的肩膀，感激地对奥巴岱笑一笑。

毡房内传出婴儿响亮的啼哭声，阿勒坦汗喜上眉梢，连声说道：“生了，生了,终于生了。”

布日玛走出毡房,向阿勒坦汗道喜:“恭喜可汗,钟金哈屯生了一个英俊的小勇士,母子平安。”

阿勒坦汗一个箭步冲进毡房,乌力罕和阿日娜向他行礼道贺,他却直奔床榻上的乌讷楚,握住乌讷楚的手怜爱地说道:“你受苦了。”

乌力罕心直口快,笑着对吉格肯说道:“又是一个玛尼明阿图。”

抱着婴孩的吉格肯,欣慰地笑了,她走到阿勒坦汗面前,说道:“我的小外孙真英俊啊,将来长大一定和你父汗一样是个大英雄。”

阿勒坦汗抱过孩子笑眯眯地看着,说道:“他的阿妈就是一个大美人,我们的儿子怎么能不英俊呢。”

众人都笑了起来。

吉格肯问道:“可汗,您可为孩子想好了名字?”

阿勒坦汗低头想了一会儿,说道:“就叫博达锡里吧。”

阿勒坦汗走到吉格肯面前,对吉格肯说道:“岳母,我想借你的宝地一用。”

吉格肯笑着说:“可汗有什么吩咐只管说。”

阿勒坦汗说:“三天后我要在这里为博达锡里举办玛里雅兀特喜宴,劳烦岳母将瓦剌各部的首领都邀请来。”

吉格肯喜道:“好好,我马上派人去请。”

玛里雅兀特,原意“涂抹”,蒙古人的旧俗。古时,蒙古人的孩子一出生即用羔羊皮或羊绒制成的毛毡包裹,三天后,才为孩子举行庆祝仪式。这一天,要先为孩子洗澡,然后在孩子的身上涂抹奶油、奶酒或者马奶等,以示祝福。同时,还要杀牛置酒,召集亲朋邻里会饮,这种庆祝仪式即为玛里雅兀特。

瓦剌一些部落首领打探到阿勒坦汗带着大军来到了赛罕,想起当年玛尼明阿图他们那一次的惨败都心有余悸,于是纷纷拒绝了厄鲁特和巴阿图特部联合反叛的请求。他们一接到吉格肯的邀请,也想亲近阿勒坦汗,于是都做好了前来赴宴的准备。

三天后,克尔古特部杀牛置酒,大宴四方来宾,瓦剌各部首领早早来到克尔古特部参加喜宴,图鲁、奥巴岱和呼鲁格齐、赛因忙着接待他们。

吉时一到,萨满师们跳起了祈福的舞蹈,仆人们将马奶酒和各种奶食品端上了桌,宴席周围站满了围观的部众。

乌讷楚的毡房内,吉格肯从布日玛的怀中抱过孩子,其其格端来一盆冒着热气的水,吉格肯将孩子放在床榻上,解开襁褓将孩子抱起,用手沾水抹在孩子头上，一边洗一边说："额莫(即奶奶)为你洗一洗，从此让疾病和灾难远离你，让吉祥和幸福包围着你，希望我的小外孙健健康康地长大。"

孩子哇哇大哭，众人喜笑颜开。

其其格递上棉布，和布日玛一起为孩子擦去身上的水，然后递上襁褓，布日玛又将孩子重新包起来。

其其格又拿来一碗奶油，吉格肯用手指蘸起一些，涂抹在孩子的中指上。

吉格肯双手合十，祈福道："长生天保佑，赐福这个孩子吧，让他今后福寿双全，多福多贵。"

阿勒坦汗抱着博达锡里，和乌讷楚、吉格肯等人来到宴席时，乐师们奏起了欢快的音乐，姑娘小伙子们随着音乐翩翩起舞，各方宾客急忙站起来迎接阿勒坦汗和乌讷楚。

阿勒坦汗和乌讷楚在吉格肯和图鲁的陪同下就座正席，众人方才各自坐下。

阿勒坦汗手举银碗，环视一下四周，大声说道："感谢长生天让我又喜得贵子，我宣布，我的儿子博达锡里从今日起就是瓦剌的领主，从此瓦剌各部就由他来统领。"

众人齐呼："呼瑞——呼瑞——恭喜可汗，贺喜可汗。博达锡里福禄安康!"

不仅吉格肯，就连乌讷楚也不敢相信自己的耳朵，一个出生刚刚三天的孩子，就有了这样的殊荣。

阿勒坦汗豪爽地喝完碗中的酒，再次说道："自从圣祖成吉思汗开始，瓦剌就是太师辈出的地方，今天我要效仿圣祖，封奥巴岱为太师，辅佐博达锡里发展壮大瓦剌各部，让瓦剌部众从此过上富裕祥和的生活。"

众人再次欢呼："呼瑞——呼瑞——"

吉格肯急忙令奥巴岱过来谢恩，奥巴岱单膝跪下向阿勒坦汗行礼。

阿勒坦汗对奥巴岱说："从此瓦剌就交由你来协理，你可要好好为我的儿子守住这片土地啊。"

奥巴岱信誓旦旦地说道："可汗放心，我一定不辜负可汗的重托。"

阿勒坦汗起身走到奥巴岱面前扶起奥巴岱，重重地在奥巴岱肩上拍了一下。

阿勒坦汗一落座，众人轮番向阿勒坦汗敬酒，布合库台和额凯也来向阿勒坦汗敬酒，阿勒坦汗此时已微有醉意。他看着两人并不急着喝酒，而是扭头对吉格肯说："岳母，你这两个儿子我很喜欢，我想将我的两个女儿满珠锡哩和松布尔嫁给他们,你觉得怎么样?”

乌讷楚喜上眉梢,急忙对吉格肯说:“阿妈,满珠锡哩和松布尔是我在土默特最好的朋友,是两个不可多得的好女孩,我很喜欢她们。”

阿勒坦汗一连串的决定,让吉格肯早已惊诧不已,兴奋劲儿还未消退就又有这样大的惊喜接踵而来,听乌讷楚如此说,便急忙对两个儿子说道:“可汗如此高看你们,你们还不快向可汗谢恩?”

二人急忙跪下对阿勒坦汗说道:“多谢可汗厚爱。”

这并不是阿勒坦汗酒后随意的一句话,宴席结束后没隔多久他就派人给一克哈屯送了信,让她派人护送满珠锡哩和松布尔到瓦剌完婚。

## 二十二、把汉那吉出走(上)

乌讷楚刚出生三天的儿子被封为瓦剌的领主,哥哥被封为太师,阿勒坦汗的两个亲生女儿又要下嫁给她的两个弟弟,这个消息一传到土默特,便引起了轩然大波。

阿勒坦汗这样宠爱乌讷楚让人觉得不可思议。一克哈屯更是因妒生恨,她唯一的儿子铁背虽接受过玛里雅兀特的祝福,阿勒坦汗也没有分封给他任何领土和财产,直到现在,就连把汉那吉都没有自己的部众和属地。虽然满珠锡哩和松布尔是矮克哈屯的女儿,但是矮克哈屯早逝,她们是一克哈屯一手带大的,和自己的亲生女儿没什么差别,如今让她们远嫁,尤其是嫁给抢了自己男人心的女人的弟弟,她怎么能不嫉恨呢?

把汉那吉感到意外,他没想到乌讷楚这么快就有了孩子,算算日子,乌讷楚那次来劝他的时候就应该有身孕了。既然已经嫁人了,这是很自然的事情,但她为什么不告诉自己?难道说她已经放弃了?那她为什么还要给自己一个虚有的承诺?他觉得自己就是一个傻子,被人欺骗了也不知道,还在一心一意地按照她的要求努力表现着自己,满怀希望地等待着她。把汉那吉越想越生气,内心对阿勒坦汗和乌讷楚产生了些许的怨恨。

辛爱一直将把汉那吉视作绊脚石,没想到现在出现了更强劲的对手,虽然自己也暗中仰慕乌讷楚,但是自己的地位不能让任何人来撼动,即便是自己的亲弟弟。

达云恰一直对阿勒坦汗忠心耿耿,对阿勒坦汗的任何决定都只知道服从,就是在心里也从来没有暗中反对过,可是这一次,阿勒坦汗封奥巴岱为太师,着实让他大吃一惊,也略感不满。达云恰想着:“达延汗当年废除太师之职,就是防止外族权力过大而生异心,阿父怎么就忘记了达延汗定下的规矩,难道不怕重蹈覆辙吗?”

丘富认为自己已经富贵至极,满足于现状,不管谁将来继承了阿勒坦汗的大业,都与自己无关,所以反倒乐得清闲,每天看书品茗,一副不问世事的悠闲模样。

赵全则完全不同,他以为把汉那吉才是阿勒坦汗即将确定的继承人,就在他还没有想好对付把汉那吉的万全之策前,又冒出了一个博达锡里,此人似乎更得阿勒坦汗的欢心。赵全隐隐觉得虽然一个小小的孩童不足为患,但是他的母亲,乌讷楚才是一个更加棘手的人物。

虽然各人都有自己的心思,但是阿勒坦汗的命令还是没人敢违抗,一克哈屯只好按照阿勒坦汗的要求，忍痛派人护送满珠锡哩和松布尔到瓦剌完婚。

为满珠锡哩和松布尔送行的时候，赵全就看到一克哈屯非常伤心，把汉那吉则站在一旁，皱着眉头一言不发。送走她们后，赵全发现把汉那吉变得消沉了，对部族的事务也没有了初始的殷勤和认真，脾气越来越暴躁，夜晚常常一个人坐在毡房前喝闷酒。这引起了赵全的怀疑，于是派人暗中悄悄打探，没想到却让他打听到了把汉那吉与乌讷楚不仅相爱，而且曾经想私奔的消息，让赵全暗自窃喜。

赵全准备了一对上好的翡翠玉镯来到一克哈屯处。一克哈屯对赵全向乌讷楚献殷勤的事早有耳闻，因此赵全的到来，一克哈屯非常冷淡，对赵全送的镯子不屑一顾。赵全讪讪地问候了一克哈屯，对一克哈屯的冷淡佯装不觉。

一克哈屯慢慢地啜着奶茶，见赵全只是干坐着也不说话，放下茶碗问道："巴都尔哈有事吗？"

丘富与赵全自从投奔了阿勒坦汗后，不仅为阿勒坦汗开发土默特，修建板升，而且亲自率兵到明朝边境抢掠，因为这些人熟悉明朝的边境和军备，每次都大有俘获。因此，丘富被封为千户，赵全则被封为巴都尔哈，除了阿勒坦汗等几人称呼赵全为先生外，其余人都称赵全为巴都尔哈。

听到一克哈屯问他，赵全小心翼翼地问道："我有件事想和哈屯说，但不知是不是有些太唐突了？"

"有什么事你就直说。"一克哈屯有些不耐烦。

赵全看看一旁侍奉的银花，又看看一克哈屯，一克哈屯摆摆手让银花退下。

赵全直直身子咽口唾沫，对一克哈屯说道："算了，我也不怕哈屯指责了，为了土默特，我必须要实话实说了。我认为阿勒坦汗封钟金哈屯的儿子为瓦剌的领主，又封她的哥哥为太师，还把两位郡主下嫁给她的弟弟，此事欠缺考虑。"

一克哈屯看一眼赵全问道："为什么？"

"哈屯想想，一个刚刚出生的婴孩，寸功未建，凭什么就被封为瓦剌的领主？不说可汗的那些兄弟和子侄，就是那些随可汗出生入死、战功赫赫的将领，哪个会心悦诚服？此其一。达延汗废除太师之位，人尽皆知，也都知道达延汗的良苦用心，如今可汗再设太师之位，还把两位郡主下嫁，难免以后克尔古特部会因骄纵而日益跋扈，此其二。其三，可汗如此明显地宠爱钟金哈屯和那个孩子，会让人们心生疑虑，觉得可汗将来会将大业交给这个孩子来继承,这样势必会导致窥视汗位的人结党营私,为将来夺取汗位各自准备,这样下去,不仅蒙古右翼,恐怕整个蒙古又要陷入四分五裂的状态。所以哈屯不能再坐视不管了,要劝可汗让把汉那吉或者那些屡建战功的儿子继承汗位,千万不能让钟金哈屯的儿子将来继承汗位啊。”赵全此番的目的就是想引起一克哈屯的不满,他知道一克哈屯最疼爱把汉那吉,所以先提到了把汉那吉,希望她为了保护把汉那吉,今后成为阻挠乌讷楚的力量之一。因此,他说完后,偷偷窥视着一克哈屯的反应。

果然,一克哈屯听了他的话立刻沉下脸来,恨恨地说道:“钟金这个狐媚子,不知道怎么蛊惑了可汗,可汗过去有什么事还和我商量,现在一点也不和我商量就自作主张了。”

见一克哈屯生气,赵全知道自己此行的目的已经达到了,于是笑着对一克哈屯说:“哈屯也不必为此恼火,可汗再怎么宠爱钟金,毕竟您和可汗这么多年的夫妻了,只要您说句话,我相信可汗还是要考虑的。”

一克哈屯无奈地说道:“我只能试一试了。”

说服了一克哈屯,赵全的下一个目标就是把汉那吉了。但是他听说把汉那吉曾经与乌讷楚相爱,便不敢贸然行事,在游说其他部落首领和贵族的同时,暗暗观察着把汉那吉。

土默特的其他首领得知阿勒坦汗的这些做法后,早已心生不忿,加上赵全煽风点火,怨气就像秋天的枯草遇火即燃。很快,各部首领和贵族怨声重重,都在私底下议论和谩骂着阿勒坦汗和乌讷楚。

为此,丘富多次劝说赵全满足现状,不要再挑起事端殃及无辜百姓,可是赵全不但不听劝告,还对丘富心生嫌隙,表面上对丘富毕恭毕敬,称兄道弟,私下里依然我行我素。

乌兰发现了把汉那吉的变化,婉转劝过几次,非但没起作用,反而让把汉那吉对她又开始冷淡起来,乌兰只好沉默不语。

这天,把汉那吉来向一克哈屯请安。一克哈屯见他非常憔悴,心疼之余又有些恨铁不成钢,没好气地问道:“听说你最近又开始喝酒了?”

把汉那吉以为乌兰劝不动他又在一克哈屯面前抱怨了,不满地问道:“是乌兰告诉你的吗?”

“还用乌兰和我说吗?你问问族人哪个不知道。”一克哈屯生气地说道。

把汉那吉一听误解了乌兰,心虚地低下了头不敢接话。

一克哈屯缓缓语气,耐心劝道:“你就不能为我争口气吗?我知道你还幻想着和乌讷楚在一起,你看看她现在多得意,还能想着你吗?你醒醒吧,乌兰是个好老婆，只有她才真正关心你……”

把汉那吉被一克哈屯揭穿心事，心里有些尴尬，听一克哈屯又开始絮絮叨叨地教训他，便烦躁地打断了一克哈屯：“好了好了，您别说了，我都知道了。”

一克哈屯说：“既然你什么也明白，就应该把心思放在部族的事务上，如果你爷爷回来知道你每天就这样喝酒，对部族的事务不闻不问，以后还怎么信任你，怎么放心把大事交给你去做。”

把汉那吉“腾”地站起身，问道：“您还有其他话要说吗？如果没有那我就先走了。”

把汉那吉不待一克哈屯说话，转身走出毡房。

一克哈屯气得拿起身边的茶碗摔在了地上，刚走到毡房外的银花看到把汉那吉满面怒气地走出毡房，正准备进入毡房，突然听到毡房内传来瓷器砸碎的声音，急忙走进毡房，看到地上到处散落着碎碗碴。她看了一眼也是怒气满面的一克哈屯，不知道祖孙俩发生了什么事，也不敢劝一克哈屯，赶紧蹲在地上捡碎碗碴。一克哈屯看到银花，抱怨道：“你说说他们这是中了什么邪了？祖孙俩被那个狐狸精迷得都没有方向了。”

银花听一克哈屯这么一抱怨，知道他们肯定是因为乌讷楚又争吵了，就站起身劝道：“哈屯也别生气了，台吉一时被迷了心窍，过段时间就会想明白了。”

一克哈屯叹息道：“唉，为了那个女人，把汉那吉不止一次这样对我了，他非得气死我才能想明白吗？”

把汉那吉从一克哈屯的毡房出来没走出多远正好碰到了赵全。赵全见把汉那吉怒气冲冲的，便拦住把汉那吉问道：“台吉怎么了？是谁惹台吉生气了？”

把汉那吉没好气地说道：“不关你的事。”

赵全笑道：“什么大不了的事让台吉气成这样，走，到我府上去，我陪台吉喝两杯，替台吉消消气。

赵全说着不由分说连拉带拽地将把汉那吉拉进自己的府中。

赵全将把汉那吉带到客厅，把他按到正席座上，让仆人泡上最好的茶亲自放到把汉那吉旁边的桌子上，又让仆人去准备酒菜，这才坐到桌子的另一旁，礼让道：“台吉请喝茶。”

把汉那吉端起茶碗喝了一口，依旧眉头紧锁一言不发。

赵全笑道：“台吉是为情所困才心情不畅快吧？”

把汉那吉一怔，故作平静地慢慢放下茶碗，问道：“先生这话是什么意思?”

赵全也端起茶碗故意慢吞吞地喝了一口,然后放下茶碗,对把汉那吉说道:“台吉和钟金哈屯的事很多人都知道,大家都认为是可汗抢了台吉的心上人,可我并不这么看。”

把汉那吉也听到人们这么议论过,但他是当事人,知道所有的事实,所以对那些不明真相的人们的胡言乱语也没有放在心上,现在又听赵全这么直截了当地提了出来,于是好奇地问道:“那先生是怎么看的呢?”

赵全说:“这件事不能全推到可汗一个人的身上。”

“为什么?”

“钟金哈屯自从和可汗完婚以后,备受可汗宠爱,如今她的儿子一出生就被封为瓦剌的领主,她的哥哥被封为太师,两个弟弟又娶了可汗的亲生女儿,这在蒙古是从来没有的事,这一切谁能给她?只有可汗。如果她跟了你,你能给她这些吗?如果是我,我也会选择可汗。”

听赵全贬低乌讷楚,把汉那吉不由得替她辩解道:“你不要胡说,她不是这样的人。”

“你别忘了钟金哈屯的身份,她是瓦剌联姻送来的人,肩上扛着整个部族安宁的责任,而且可汗是她的杀父仇人,难道她对可汗一点也不恨吗?原因只有一个,她要利用可汗壮大他们部族的实力,同时提高自己部族在瓦剌的地位,这一切,只有可汗能够给她。”

阿勒坦汗一系列的决定确实有些反常,乌讷楚也与之前判若两人,这些本来就令把汉那吉满腹疑惑,听了赵全的话,他又想起乌讷楚对他隐瞒怀孕的事,不由恼恨地皱起眉头。

赵全接着煽风道:“说实话,钟金哈屯确实很漂亮,是个男人都会喜欢她的,更何况她主动诱惑可汗呢。”

把汉那吉惊讶地问道:“你是说乌讷楚主动诱惑了爷爷?”

赵全故意反问道:“台吉不知道此事吗?”

“到底是怎么一回事?”把汉那吉着急地问道。

赵全便将乌讷楚在丘富那儿借书碰到阿勒坦汗的事添油加醋地说了一番,最后说:“台吉想想,笔写契是你们的先生,也有很多藏书,钟金哈屯为什么不去笔写契那儿借书,偏偏要去丘富那儿呢?钟金哈屯来大板升城已经九年了,可汗事务繁忙早已忘记了她,但她知道可汗经常去丘富那儿,所以才去那儿碰运气的。你没见到钟金哈屯的样子。”

赵全咂咂嘴,不屑地说道:“她故意卖弄自己,好像自己的学识有多渊博,你也看见过的,就像那天在议事大厅,唉!可汗怎么能对她不动心呢。”

“不，她是爱我的，我们在一起的时候她是那样快乐，还准备放弃一切跟我走，我不相信她是这样的人。”把汉那吉在心中呐喊着，不由喃喃说道，“我应该早点去求爷爷，这样在爷爷没见到她之前，也许我们还有一线希望。”

“非也非也，台吉又想错了，可汗未必会答应你。”

“为什么？爷爷那么疼爱我，对我几乎是有求必应，我只是一时畏惧才没敢去找爷爷。”

“你觉得可汗疼爱你？那可汗为什么到现在也没有封给你领地和属民？而钟金哈屯的儿子一出生就成为瓦剌的领主？”

把汉那吉瞪着赵全问道：“是不是还有什么我不知道的事情？”

“你就没听说过什么吗？”赵全故作神秘地问道。

把汉那吉急忙问道：“先生到底还知道什么就快告诉我，不要让我着急。”

“我也是为台吉不忿，不然这些话本不该我说的。”赵全缓缓说道。

把汉那吉催促道：“先生就快说吧。”

“台吉知道自己的阿爸阿妈是怎么死的吗？”赵全眯着眼睛问道。

把汉那吉着急地解释道：“奶奶说阿爸是为了救爷爷被亦不拉那个老贼乱箭射死的，阿妈与阿爸情深义重，阿爸死后，阿妈终日郁郁寡欢，积郁成疾而亡。”

赵全故意吊着把汉那吉的胃口，又端起茶碗喝了一口茶故意笑而不语。

被猜疑冲昏了头的把汉那吉看到赵全的表情，又催促道：“先生到底知道什么就快告诉我吧。”

赵全慢慢放下茶碗，叹口气说：“唉，我听说铁背台吉死得很冤呢。”

把汉那吉闻言一惊，着急地拍着桌子说道：“先生就不要兜圈子了，快告诉我吧。”

赵全把头靠近把汉那吉，故作神秘地说道：“当时铁背台吉虽然年轻，但屡建战功英勇难当，这时却有小人不断向可汗进谗言，说铁背台吉口出狂言，即使没有可汗运筹帷幄也可大败亦不拉。可汗听后非常生气，在铁背台吉领军奋战，腹背受敌的时候，铁背台吉派人来求援，可汗却见死不救，还说他不是可以大败亦不拉吗？给他一个机会让他表现一下，就是因为可汗按兵不动，铁背台吉才人竭马乏，被亦不拉乱箭射死。”

把汉那吉的双眉拧在了一起，放在桌角的手渐渐握成拳头。

赵全看到把汉那吉的内心已经发生了变化，又接着说：“纸里包不住火，你阿爸手下的一名士兵将真相告诉了你阿妈，你阿妈到底年轻，忍不住去质问可汗，可汗怕事情宣扬出去，于是找了一个借口乱棍打死了你的阿妈。”

把汉那吉听到此时双目圆睁，眼中仿佛能喷出火来，颤抖着声音说道：“可是，从小爷爷奶奶对我百般呵护、疼爱有加，这又是为什么呢？”

赵全说：“那是做给别人看的，你想想，以可汗的性情，他能让别人说他为了权力连自己的儿子也容不下吗？”

把汉那吉再也听不下去了，忽地一下站起身，正好仆人端来了酒菜，把汉那吉一把掀翻仆人手中的托盘，仆人惊愕地看着把汉那吉。

赵全也站起身又说道：“台吉也许还不知道吧，也是钟金哈屯建议可汗把海诺送到鄂尔多斯部嫁给了一个又老又丑又穷的鳏夫，海诺才绝望地自杀的。”

把汉那吉被一连串的“真相”打击得脑中一片混乱，他紧紧握着拳头愤然离去。

把汉那吉怒气冲冲地走出赵全府，刚到大门，与正进大门的丘富撞个满怀。丘富急忙行礼，把汉那吉却视而不见，一味向前疾行而去。

丘富进入客厅，赵全正跷着二郎腿悠闲自得地品茶。

丘富坐到椅子上问道：“把汉那吉台吉怎么了，我看他怒气冲冲地出去了。”

赵全嘿嘿一笑说：“没什么，年轻人嘛，总是容易暴躁些。”

丘富说：“我看不像，那孩子从来不多言语，虽然有些桀骜不驯，但不是那种没有分寸的孩子，是不是你惹他生气了。”

赵全笑而不语，依然悠闲地品着他的茶。

丘富劝道：“兄弟，为兄说句不中听的话，自从白莲教失事以来，我们逃亡到草原，承蒙可汗信任，我们不仅性命无虞，而且拥有这荣华富贵，这一切都是拜可汗所赐，做人要知恩图报啊。”

赵全问道：“丘兄何出此言，难道兄弟是忘恩负义之人吗？”

丘富指责赵全道：“你近期与那些反对可汗求贡的人往来密切，我还不了解你在做什么吗？”

赵全委屈道：“我这么做也是为了白莲教，为了你我。”

丘富提高了嗓门说：“那也不能挑唆可汗挑起战争，置百姓于水火之中啊。”

赵全站起身，拍着桌子说：“丘兄难道糊涂了，我们可是明朝通缉的逆贼啊。如果阿勒坦与明朝议和，还有我们的立身之地吗？”

丘富无奈地叹口气道："如果天要亡我，那我只有认命。"

赵全恨恨道："我不认命。朱家那些个皇帝个个昏庸无能，才使奸佞当道，多少百姓不堪重负流离失所。看看如今的土默特，汉人的数量在逐渐增多，等越来越多的汉人聚集到这里，我们可以在这片肥沃的土地上开垦出更多的良田，再把中原的手工业技术引进来，到时就可自给自足，不用通贡互市也能满足大众的需要。那样我们就可以协助蒙古人建立自己的王国，我们可就是开国功臣哪。"

丘富讥讽道："你这是异想天开，但凡逃离到这里的人们都是靠天吃饭走投无路的庄稼人，他们除了会种地其他什么都不会。那些有些手艺的人，基本都能解决温饱，哪个还会弃家离乡，除非土默特比中原更加富裕。可你看看现今的土默特，绝大多数人还过着炊无釜、衣无帛的生活，居无定所，你的王国梦根本就不可能实现，你还是面对现实吧。"

赵全无言以对，丘富站起身意味深长地看了一眼赵全起身离去。

情人的背叛，亲人的欺骗，使把汉那吉觉得自己活在一个虚伪的世界，在这儿，没有一个人可以信任，没有一个人值得留恋，到处都是魑魅魍魉。把汉那吉只想躲开这一切，可是哪儿又是自己的容身之地呢?

把汉那吉把自己灌得酩酊大醉，伏在桌上不停地呼唤着乌讷楚的名字，大骂阿勒坦汗："阿勒坦老贼，你不得好死，你不得好死啊。"

把汉那吉对乌兰的态度虽然有所转变，但乌兰总觉得他的心不在她身上。她一直以为把汉那吉爱的是那个女仆海诺，如今听到把汉那吉不停地呼唤着乌讷楚，才知道把汉那吉深爱的人原来另有他人。

乌兰看到把汉那吉如此痛苦，不禁对他又怜又爱。她跪在旁边抱着把汉那吉说："台吉，你喝醉了，你怎么能这样骂爷爷呢?"

把汉那吉甩开乌兰摇摇晃晃地站起来说："爷爷？他是什么狗屁爷爷？他是我的仇人，是我杀父杀母的仇人。"

乌兰以为把汉那吉大骂阿勒坦汗，是因为阿勒坦汗抢走了他的心上人，可听到把汉那吉说阿勒坦汗是杀害他父母的仇人时大吃一惊，急忙捂住把汉那吉的嘴说："台吉胡说什么，让别人听见了可就不好了。"

把汉那吉一把推开乌兰的手，瞪着血红的眼睛，握着拳头捶着桌子大喊道："怕什么？我恨不能杀了他!"

阿力哥听到把汉那吉的喊声，急忙走进毡房来到把汉那吉身旁，把汉那吉跌坐在桌子旁，伏在桌子上呜呜地哭着说："如今他又夺走了我心爱的女人。"

阿力哥蹲在把汉那吉身边，劝道："台吉，不要伤心了。"

把汉那吉转身抓住阿力哥的肩膀，恨声问道："阿力哥，你告诉我，我的阿爸阿妈是不是阿勒坦杀的？是不是他把我变成了一个孤儿？"

阿力哥惊恐地问道："你是怎么知道的？"

把汉那吉气急败坏地说："你就告诉我这是不是真的？"

阿力哥见把汉那吉气急败坏的，生怕一句话说不对殃及自己，于是答道："你阿妈确实是可汗杀的……"

听阿力哥也这么说，未等阿力哥说完，把汉那吉又伏在桌上哭道："乌讷楚也从来没有爱过我，每个人都在骗我，他们都在欺骗我，你说，我该怎么办，我该怎么办啊？"

乌兰不知所措，只能抱住把汉那吉陪他落泪。

把汉那吉突然翻身坐起，抓住乌兰的胳膊说："我要离开这儿，我要报仇，我要杀了阿勒坦那个老贼。"

乌兰惊讶地问道："离开？你要去哪里？"

阿力哥忠心耿耿地跟随着把汉那吉十几年了却一直未受到重用，因为把汉那吉那次私奔，还被一克哈屯当众赏了鞭子，让他一直耿耿于怀。他见把汉那吉渐渐受到阿勒坦汗的重用，一心希望阿勒坦汗将来能将汗位传给把汉那吉，这样自己也就可以咸鱼翻身了。可今天他看到把汉那吉对阿勒坦汗已经心生芥蒂，他了解这个任性的台吉，以他的性情，今后，汗位不但不会传给他，只怕将来也不会有什么好结果。与其这样，不如带着把汉那吉另投他处，好借助别人的力量再回来夺权，而能够帮助把汉那吉的只有一个地方。

阿力哥想好了对策，诡秘地对把汉那吉说："如果你想报仇，那只有一个地方可以去。"

把汉那吉醉醺醺地盯着阿力哥问道："去哪儿？"

阿力哥低声说："南朝。"

乌兰惊道："南朝，你疯了，把汉那吉是可汗的孙子，如果他去了南朝，还会有命吗？"

把汉那吉也惊得酒醒了一半，惊讶地看着阿力哥，不知道他葫芦里面卖的是什么药。

阿力哥解释道："正因为台吉是可汗的孙子，南朝不仅不会杀了台吉，还会重用台吉，到时等台吉手里有了军权，就不愁没有机会报仇了。"

乌兰说："你说梦话呢吧？"

阿力哥看看把汉那吉，对乌兰说："乌兰妣吉，你想一想，可汗是南朝的心腹大患，如果他们知道台吉和可汗有仇，一定会帮助台吉除去可汗的。"

把汉那吉点点头说:“阿力哥说得对,就这么定了,我们就到南朝去。”

把汉那吉转向乌兰问道:“你会不会和我一起走?”

乌兰犹豫了一下,答道:“你是我的天,你到哪里我自然会跟你到哪里。”

把汉那吉一把将乌兰搂进怀里说:“还是你对我最好。”

秋风瑟瑟的夜晚,把汉那吉和乌兰、阿力哥带着十几名随从,向山西平鲁城西北的败胡堡狂奔而去。

## 二十三、把汉那吉出走（中）

阿勒坦汗平定了厄鲁特和巴阿图特部的叛乱后，并没有直接返回土默特，而是带着乌讷楚母子，率领大军来到了青海。

阿勒坦汗的爷爷达延汗有一个同母异父的弟弟叫卜儿孩。此人在与达延汗争夺大汗之位的时候战败，逃亡到了青海驻牧。达延汗统一漠南蒙古各部后，派次子乌鲁斯博罗特到蒙古右翼出任济农（相当于副大汗），蒙古右翼的鄂尔多斯部的首领满都赉和永谢布首领亦不喇不满达延汗的这一安排，发动叛乱杀死了乌鲁斯博罗特。达延汗一气之下亲自带兵前来平叛，结果满都赉战死，亦不喇在混乱中逃跑，投奔了青海的卜儿孩。那时，阿勒坦汗只有三岁。之后，卜儿孩和亦不喇不断在青海到处抢掠，扩充自己的实力，妄图有朝一日卷土重来。阿勒坦汗和哥哥衮必里克长大后，率领大军远征青海，杀死了亦不喇，俘获了卜儿孩，从此，青海也成了蒙古右翼的驻牧地。阿勒坦汗这次来到青海，主要是为了巩固对这片草原的统辖权。

夜晚，阿勒坦汗一只胳膊肘抻着身体半躺在床榻上，一只手抚摸着博达锡里的脸颊，和乌讷楚悠闲地逗着一岁多的博达锡里。突然，阿勒坦汗问乌讷楚："你说，由谁来掌管青海的事务比较合适？"

乌讷楚答道："我一个妇道人家哪里懂得这些治国安邦的事情。"

阿勒坦汗笑着说："我们只是闲聊，你有什么想法可以直接说出来。"

乌讷楚思索了片刻，说道："可汗觉得丙兔如何？这次征服瓦剌，丙兔功不可没，不仅骁勇善战，而且能谋善断，可谓智勇双全。他又是您的亲儿子，留他在这儿管辖，青海一定是可汗将来的得力臂膀。"

阿勒坦汗拍拍乌讷楚的手说："知我者乌讷楚也，我正有此意。"

这时，帐外传来侍卫的声音："禀报可汗，大板升城送来急件。"

阿勒坦汗扬声道："进来回话。"

侍卫带着信使进入军帐，信使双手呈上一封信。侍卫接过信呈给阿勒坦汗，阿勒坦汗坐起身接过信件，又靠在床榻上看信。突然，他坐起身子，大惊失色地问道："什么时候的事情，把汉那吉现在在哪里？"

乌讷楚见阿勒坦汗的神色大变，又听他提起了把汉那吉的名字，急忙放下博达锡里从阿勒坦汗手中拿过信，一目十行匆匆浏览了一遍，然后抬起头急切地看着信使。

信使回答道："三个多月前的事了，一克哈屯发现把汉那吉台吉一家人都不见了，急得派人四下寻找，直到宣大总督王崇古派人送来书信，才知道台吉带着乌兰妣吉、阿力哥等十余人投奔了南朝。一克哈屯立即差遣小人日夜兼程地赶来向可汗报信。”

阿勒坦汗问道：“知道是什么原因吗？”

信使说：“小人不知。”

阿勒坦汗立即令侍卫去叫巴雅思哈勒、辛爱、丙兔、达云恰过来。

侍卫带着信使走出军帐，阿勒坦汗立即坐到床榻边穿上靴子。乌讷楚也急忙穿上靴子抱起博达锡里站到阿勒坦汗身边，像是安慰自己又像在劝慰阿勒坦汗说：“既然王崇古派人来送信，把汉那吉一定还是安全的。”

阿勒坦汗没有回答，急得开始在地上来回走动。

阿勒坦汗夜间急召，巴雅思哈勒、辛爱、达云恰和丙兔都不知道发生了什么事，一接到命令，就匆匆忙忙地来到阿勒坦汗的军帐。

巴雅思哈勒一进军帐就问道：“二哥这么晚叫我们来，有什么要事？”

阿勒坦汗说：“刚接到快报说把汉那吉投奔南朝了，我要立刻赶回土默特。”

几人一听顿时一惊，面面相觑，虽然不知道发生了什么，但对把汉那吉此举都感到不解和怨愤。

阿勒坦汗令丙兔带着一万兵马留守在青海，让巴雅思哈勒第二天一早带着钟金哈屯率领大军迅速赶回。安排好具体的事务后，便让辛爱和达云恰立即召集侍卫在大营门口等待，准备连夜赶回土默特。

乌讷楚此刻也心急如焚，她以为自己已经放下了把汉那吉，可一听到他出事了，心里一阵阵发紧，唯恐把汉那吉遭遇什么不测。待巴雅思哈勒他们一离去，乌讷楚就迫不及待地对阿勒坦汗说道：“我不放心，我要与可汗一起回去。”

阿勒坦汗以为乌讷楚在担心他，不安的心里感到很温暖，他也想让乌讷楚跟着他一起回去，但看到乌讷楚怀中的博达锡里，关切地问道：“我们一起走了，博达锡里怎么办？”

乌讷楚急忙说：“有奶娘和布日玛照顾应该没有问题。”

阿勒坦汗抚摸着乌讷楚的双肩说道：“那好吧，我也需要你在我身边。”

乌讷楚叫来布日玛，将博达锡里托付给布日玛。她与阿勒坦汗刚穿戴整齐，辛爱已经牵着马来到了军帐前。阿勒坦汗和乌讷楚、朵兰走出军帐，翻身骑上马悄悄驰出军营，策马奔向茫茫夜色中。

乌讷楚不知道把汉那吉遭遇了什么，竟会出现这么大的变故，她心急如焚，恨不能插上翅膀立刻飞回土默特探个究竟。

一行人都带着两匹马轮换着赶路，直到天空渐渐发白，阿勒坦汗才在众人的劝阻下同意休息片刻。

侍卫点燃了篝火，阿勒坦汗疲倦地靠在树上，乌讷楚坐到他的身旁，心中默默为把汉那吉祈祷着。她扭头看看旁边的阿勒坦汗，发现一夜之间他似乎苍老了很多，没有了往日神采奕奕的神情，此刻靠在树上的他，倒像一个风烛残年的老人。

一丝悲悯掠过乌讷楚的心头，她握住阿勒坦汗的手，心疼地说："可汗要注意身体，这样连夜赶路怎么能吃得消。把汉那吉是投靠不是被俘，南朝不会对他怎么样的。再者南朝忌惮可汗也不敢贸然行动。"乌讷楚嘴上虽然这么说，心里却依然万分担忧。

阿勒坦汗不满地说："我和一克尽心尽力地照顾着他，尽量满足他的一切要求，他有什么不满意的，可以直接和我说呀，为什么要投靠南朝呢？"

乌讷楚说："也许是有什么难以开口的隐情吧。"

阿勒坦汗叹口气说："能有什么隐情？铁背是我最钟爱的儿子，他年纪轻轻染上瘟疫，不能救他让我痛心不已，为此我把过错全推到了把汉那吉的阿妈身上，下令活活打死了她。我的冲动让我犯下了此生不可饶恕的错误，让把汉那吉成为孤儿。为了弥补他，我和一克亲自抚养他，对他百般疼爱，百依百顺，从小没有让他受过任何委屈。如今他如果有什么三长两短，我怎么对得起他死去的阿爸阿妈。"阿勒坦汗泪如泉涌，悲伤不已。

乌讷楚第一次听说把汉那吉的身世，而且是从阿勒坦汗口中听到的，她惊讶之余心里说不出是恨是悔。如果早知道阿勒坦汗有这样的心结，如果当初和把汉那吉开口求他成全，也许他会答应把汉那吉娶自己的。可是现在，一切都晚了，难道这就是长生天为自己安排的命运，自己和把汉那吉真的没有缘分吗？

阿勒坦汗与乌讷楚等人日夜兼程，马不停蹄地赶回大板升城。刚进入宫殿，一克哈屯就怒气冲冲地进来了，不由分说地举起手中的拐杖就打阿勒坦汗，口中还责骂道："你这个糊涂的老东西，只图自己一时快活，一点也不顾念亲情，你还我的孙儿来。"

乌讷楚急忙阻拦一克哈屯道："哈屯少安毋躁，可汗知道消息后也心急如焚，片刻没有停留便急急赶回……"

未等乌讷楚说完，一克哈屯怒气冲冲地转向乌讷楚："都是你狐媚惑主，让这个老东西都忘记回家了。也不知我那可怜的孙子遇到了什么难过的坎，连个商量的人也没有。如果他在的话，把汉那吉怎么会跑到南朝去？"

乌讷楚委屈得不敢出声,眼眶中溢满泪水。

一克哈屯狠狠瞪了乌讷楚一眼说,坐在椅子上放声号哭,一边哭,一边骂道:“我不管你用什么方法,我只要我的孙子,就是拿你的人头去换,我也没有意见。”

乌讷楚见一克哈屯的话越说越无情,担心惹恼了阿勒坦汗,于是又赶紧劝慰道:“哈屯不要心急,把汉那吉一定没事的。”

一克哈屯斜眼看了乌讷楚一眼说:“不是你的孩子你当然跟没事人一样。你只知道把我土默特的好女子往你娘家揽,怎么会了解我现在的心情。”

阿勒坦汗也觉得一克哈屯越说越过分了,指责道:“你越说越不像样了,你以前不是这样的人哪。”

一克哈屯气愤地反驳道:“你以前也不是这样对我的。”

阿勒坦汗被一克哈屯堵得无话可答,只好说:“好了好了,我马上召集各部首领商议这件事,你回去等消息吧。”

一克哈屯站起身抹去眼泪,又狠狠地瞪了乌讷楚一眼,在银花的搀扶下离去。

阿勒坦汗拍拍乌讷楚的肩膀,安慰道:“关心则乱,把汉那吉从小由莫伦抚养长大,遇到这样的事情她不免会方寸大乱,你不要往心里去,多理解她。”

乌讷楚点点头说:“我不会介意的,倒是可汗千万要冷静,急躁做出的决定总有不妥的地方,多听听诸位首领的意见再行决定。”

阿勒坦汗点点头,深情地看了乌讷楚一眼。

乌讷楚转身走出议事大厅,上了楼回到寝室。朵兰迎上来对乌讷楚说:“丘先生派人来请你过去一趟。”

乌讷楚懒懒地靠在床榻上问道:“有什么事吗?”

朵兰说:“来人没有细说,只说先生病重,有要事相告。”

乌讷楚急忙站起身与朵兰下了楼,走到宫殿大门的时候恰巧碰上了赵全。赵全看到乌讷楚,眼里闪过一丝慌乱,扫了一眼乌讷楚就匆忙进入宫殿。乌讷楚虽然看到赵全神色有些不对,但也来不及细想,带着朵兰快速向丘府走去。

一到丘府,丘富的男仆正站在大门口等待,看到乌讷楚急忙出来相迎,将乌讷楚和朵兰直接带到丘富的卧室。

进入卧室,乌讷楚看到丘富面如土色地躺在床上,摘下披风递给朵兰向丘富走去。丘富看到乌讷楚,挣扎着想起身迎接。

乌讷楚急忙坐到床边按住丘富说:“先生莫动,快躺着吧。”转身又问男仆:“先生得的什么病?医师有没有来看过?”

未等仆人回话，丘富抢着说道：“我恐怕大限已到了，一直撑着这副残躯就是在等哈屯与可汗回来。”

乌讷楚的眼圈有些发红，安慰丘富说：“先生不可这样说，我立即派人去请医师来给先生瞧瞧。”

丘富摆摆手说：“不必了，我现在有重要的事情要对哈屯讲。”

丘富挣扎着坐起身子，乌讷楚赶紧扶住他，拉过靠枕垫在丘富的后背，扶丘富靠在靠枕上，然后说道：“先生请讲。”

丘富说：“把汉那吉台吉投奔南朝，此事恐怕与赵全有关。”

乌讷楚一惊，赶紧问道：“先生何出此言，可有证据？”

丘富苦笑了一下说：“如果有证据我就会直接和可汗言明了，也就不会烦扰哈屯了。”丘富剧烈地咳嗽几声，接着说道：“那日我去赵全府，看到把汉那吉怒气冲冲地离去。之后把汉那吉每日酗酒，我派人暗中留意，听到把汉那吉大骂可汗，还说要杀了可汗。”

乌讷楚的倒吸一口凉气，问道：“为什么？”

丘富说：“我也百思不得其解，可汗对把汉那吉那么疼爱，而且对他也越来越信任。你们走后把汉那吉台吉一直勤勤勉勉，专心于部族事务。自从那日离开赵全府之后，他就发生了变化，所以我怀疑是赵全做了什么手脚。”

乌讷楚的脑海中闪过阿勒坦汗对她讲的关于把汉那吉的身世，难道说把汉那吉也知道了真相？那也不至于要投靠南朝啊！她不知道丘富对此事了解多少，也不好对丘富言明，只好安慰丘富道：“先生不必忧心，我自会留意此事。”

丘富本想告诉乌讷楚把汉那吉骂她的话，可一想乌讷楚一定会自己查出真相，觉得没必要再说，话锋一转，说道：“可汗是一个睿智仁慈的首领，为了百姓，四十多年来一直不懈地向明廷请求通贡互市，只可惜嘉靖帝昏庸，可汗一直未能如愿。如今，明朝易主，据我了解，这个隆庆皇帝不同于嘉靖帝。他知人善用，重用高拱、张居正，也认为战争是两败俱伤的事情。所以，把汉那吉投靠南朝未见得是一件坏事，如果做好了文章，可汗通贡互市的愿望可成。”

丘富的一番话让乌讷楚感到意外，这个南朝通缉的要犯，应该明白蒙汉议和对他意味着什么，到了此时，他依然能忠心地为土默特的将来出谋划策，不由对他心生几分敬佩之情。乌讷楚动情地问道：“说句不敬的话，先生可是南朝通缉的要犯，如果可汗与南朝议和，先生岂不性命攸关？”

丘富苦笑道：“我白莲教也崇尚光明，旨在为天下百姓谋福祉。如果能换得天下太平，百姓从此远离战祸，不再颠沛流离，要我一介残躯又有何惜。”

乌讷楚赞叹道：“先生深明大义，可汗果然未看错人。”

丘富笑了笑，说道：“哈屯过奖了，哈屯虽然年轻，但我看出哈屯生而高贵，聪慧而又沉稳持重，加之可汗如此看重哈屯，所以这件事也只有哈屯可担当。只是此事事关重大，赵全又非等闲之辈，哈屯还是小心为宜。”

乌讷楚说：“先生之言乌讷楚不敢当，我只尽力而为吧。”

丘富觉得该说的都已经说过了，于是对乌讷楚说：“哈屯不宜在我这儿久留，以免被别人看到起疑心，还是早点回去吧。”

乌讷楚又安慰了丘富几句，才与朵兰跟随男仆离开丘富的卧室。男仆将乌讷楚和朵兰一直送到大门口，临出门时，乌讷楚嘱咐男仆照顾好丘富，发现男仆似乎有话要说，于是问道：“你是不是想说什么？”

男仆欲言又止，朵兰不耐烦地说道：“有什么话你就直说，一个大男人干嘛这么吞吞吐吐的。”

于是男仆将他知道的关于赵全的事情全部告诉了乌讷楚，并提供了线索，要乌讷楚去调查。

就在乌讷楚与丘富见面的时候，阿勒坦汗不顾一路的劳累，与众首领和谋士在议事厅商量营救把汉那吉的对策。辛爱虽然指责把汉那吉鲁莽冲动，但还是主张直捣大同救回把汉那吉，绝大多数人也赞成辛爱的建议。

阿勒坦汗皱着眉头一言不发，这么多年来，他一直约束部下不去侵扰明边，为的就是能与明朝尽快通贡互市。把汉那吉的这一行为，让他左右为难，打仗，不仅会让他之前为通贡互市所做的一切努力付之东流，万一明朝以把汉那吉为要挟，也许还会因此永远失去这个孙子，可不出兵，又怎么能让孙子平安回来呢？

赵全一直一言不发地坐在一旁冷眼旁观着，他看出了阿勒坦汗的矛盾心理，见众人争执不下，就开口说道：“可汗，属下有一计，不知是否可行。”

阿勒坦汗眼睛一亮，平时，这个赵全的主意最多，关键时刻怎么把他给忘记了，于是急忙说：“你快说说看。”

赵全说道：“在下认为可先礼后兵。”

阿勒坦汗和众人都被赵全先礼后兵的提议吸引，急切想知道下文，就将目光都集中到了赵全身上。

赵全见众人都看着自己，心里有些自鸣得意。他看看众人，又接着说道：“可汗可先派人与宣大总督协商，以重金赎回把汉那吉台吉。”

辛爱问道：“赎回？如果南朝不同意怎么办？”

赵全看看阿勒坦汗，说道："如果南朝不同意，可汗再率大军出兵大同城，以武力相威胁，到时大同将领必定会悉数出城迎战，只要可汗一举消灭南军占据了大同城，还愁把汉那吉台吉回不来吗？"

众人连连点头，称赞赵全的计谋。阿勒坦汗却心有疑虑，觉得明朝不会这么轻易地答应，但是自己的大军还在返回的路上，又不能坐视不管，只好同意了赵全的主张，只等巴雅思哈勒率大军归来再做计议。

这时，达云恰也献了一计："阿父，为了以防万一，我们先派人去抓一个南朝的将领回来，可以用此人来交换把汉那吉。"

阿勒坦汗大为赞赏达云恰的建议，于是令赵全起草赎回把汉那吉的书信，派信使送往大同，同时让达云恰带人埋伏在大同附近，安排人假意攻打大同，诱大同将士出城迎战，然后活捉明朝的将领。

宣大总督王崇古也非等闲之辈，他似乎早已洞悉了达云恰的计谋。阿勒坦汗的信使将信送往大同后，王崇古以"兹事体大，需要上报朝廷廷议为由"，要信使先回去转告阿勒坦汗，让他耐心等待消息，同时严令部下在把汉那吉降明一事没有妥善解决之前，不管蒙古人如何寻衅，各边关要塞只可严守不可出兵，违令者严惩不贷。因此，达云恰派出的人，无论怎么叫骂，明军将领只在城楼上观望，拒不迎战。

其实，王崇古和大同巡抚方逢时接到把汉那吉降明的奏报后，担心把汉那吉诈降，然后与阿勒坦汗里应外合攻打大同，于是令人将把汉那吉接到大同府，并亲自接待了他和乌兰。经过详细询问，才得知是阿勒坦汗杀了把汉那吉的双亲，又抢了他的心上人，把汉那吉才带着家人来降，就将他们留在了大同府。

随从带着把汉那吉和乌兰离去后，方逢时见王崇古看着把汉那吉的背影若有所思，就问道："听说此人是阿勒坦最疼爱的孙子，他一时负气出走，阿勒坦必然会来索人，到时我们该怎么办？"

王崇古说："你不认为把汉那吉奇货可居吗？也许他这一降明，反倒是改善蒙明关系的一个契机。"

方逢时不解地问道："总督大人的意思是？"

王崇古站起身来回走了几步，捋着胡须说："蒙古不是一直向我大明请求通贡互市嘛，如果朝廷答应了他的请求，从此大明就可以与蒙古消弭战争，解决我大明多年的边患问题。"

方逢时站起身低着头思索着王崇古的话，慢慢走到王崇古身边，说道："大人的意思是如果阿勒坦前来索要孙子，就可以许以通贡互市，让他放弃战争，从此不再侵扰我边境？"

王崇古点点头。

方逢时摇摇头说："朝廷肯定不会同意的，阿勒坦的爱孙在我们手里，而我们却主动答应通贡互市，岂不有损大明的威严。"

王崇古微微一笑道："当然还有附加条件，那就是用赵全、丘富等白莲教逆贼来交换把汉那吉和通贡互市。"

方逢时问道："如果阿勒坦不同意交出赵全等人，拥兵强索呢？"

王崇古说："那我们就能以把汉那吉为要挟，阿勒坦顾及孙子的性命，必定不敢强夺。万一他昏聩不顾及孙子的性命，我们更应该厚待把汉那吉。如果他的部下也来降，可安置到各边防驻牧，由把汉那吉统领。等阿勒坦死后，可将把汉那吉授予名号送还蒙古，让他收集余众。辛爱见侄儿归来，必然要与他相争，如果这两个人相互仇杀，我们则按兵不动，任由他们自相残杀。这时辛爱就顾不上侵扰明边，我们可乘机休养生息，加强边备，等到他们斗得两败俱伤的时候，我们就可以乘机一举消灭蒙古各部。"

方逢时听王崇古这么一解释恍然大悟，拍手称赞道："妙计妙计！能借此除去赵全这些隐患，也算为朝廷立了大功一件。"

当夜，王崇古和方逢时就拟好了奏疏，第二天一大早用八百里加急的方式派人将奏疏送往京城，同时派人到大板升城送信。

张居正收到奏疏并没有急于上报朝廷，他与王崇古的想法是一致的。为了谨慎起见，张居正与王崇古密信往来多次，慎重地一审再审，反复核对真实情况，直到确定了把汉那吉的身份、出走的原因和来降的真实意图后，才将奏疏上报给隆庆帝。

王崇古和方逢时的奏疏送至朝廷引起轩然大波，在廷议的时候，成了主战派和主和派之间的争议。

以高拱和张居正为首的主和派，力主以白莲教教首来交换把汉那吉，同时奏请隆庆帝许以通贡互市，封阿勒坦汗为王，以达到边境的永久安宁。而以叶梦雄为首的主战派，却认为鞑靼生性善变，其狼子野心，终非可驯之物，难保其日后势力再起，成为大明的心腹之患，因此坚决反对议和。

张居正向隆庆帝仔细分析了以往朝廷对蒙政策的失误，他认为，阿勒坦汗四十余年来不懈地向大明求和，因朝廷不断拒绝并杀害阿勒坦汗的使者，蒙古人才成为大明边患。加上白莲教教徒投靠了蒙古人后，由于他们熟悉明朝边境的情况，时常带领蒙古人入境掠夺民众，使得边境百姓民不聊生，将这些人继续留在蒙古只能是助纣为虐。况且战争对蒙汉来讲皆是两败俱伤的事，不如乘此机会与蒙古达成通贡互市，一方面可以借此除去白莲教这些人，另一方面也可解决多年的边患问题。

经过激烈的争论，隆庆帝终于同意了高拱和张居正的主张，封把汉那吉为指挥使，阿力哥为正千户，并各赏大红贮丝衣一袭。

就在明朝廷议不决的时候，巴雅思哈勒率领蒙古大军回到了土默特。此时，距离阿勒坦汗向明朝提出重金赎人的要求已经过去一个多月了，阿勒坦汗因为担心把汉那吉的安危，已经等得不耐烦了，于是再次召集众人商议营救把汉那吉之事。这一次，众人认为阿勒坦汗愿意用重金赎回把汉那吉，已经是退让了，明朝至今迟迟没有答复，那就是瞧不起蒙古人的铁骑，所以大家都不再争论了，一致主张率兵攻打大同，抢回把汉那吉。可阿勒坦汗依然在犹豫，他焦躁不安地在议事厅来回走动，辛爱及众人的目光随着阿勒坦汗转动，只等阿勒坦汗一声令下，赵全则安之若素地坐在那里。

辛爱按捺不住了，跳起来说道："父汗，不要再犹豫了，南贼一直视我们蒙古人为豺狼，对我们人头的悬赏从未停止过，得我者赏万金、爵通侯。如今把汉那吉主动羊入狼口，对南朝军而言是大功一件，怎么可能轻易把他放回来呢。"

众人急忙附和道："是啊，可汗，不要再犹豫了，南蛮子太瞧不起人了，难道他们以为我们真的怕了他们吗？"

阿勒坦汗愈加心烦意乱，将手重重拍在椅背上。

赵全见火候已到，此时才慢悠悠地站起来说道："可汗，如今我们已经等了一个多月了，依然没有半点消息，看来明廷对可汗的请求是置之不理了。再这样下去，把汉那吉台吉恐怕凶多吉少了。"

众人的劝说也令阿勒坦汗怒火中烧，他心一横，恨恨地说道："传令下去，即刻出兵大同，如果把汉那吉有个三长两短，那我就血洗大同，让他们为把汉那吉陪葬。"

阿勒坦汗终于决定出兵了，赵全暗暗窃喜。为了更进一步表达自己的忠心，他又建议阿勒坦汗将各部兵马调集起来，多备些牛羊，驮载着充足的食物去围困住大同城。日子一长，等大同城内人马困疲，粮草耗竭，再发动大军进逼，到时王崇古为了保全明军将士，就会主动送还把汉那吉了。

乌讷楚在此期间正在调查赵全的事情，她希望查明事情的真相后能够阻止这场战争，因为一旦爆发战争，把汉那吉必定凶多吉少。当她得知阿勒坦汗决定要出兵大同，就急忙前来劝阻，但是阿勒坦汗已经没有了耐心再继续等下去。他不听乌讷楚的劝阻，采纳了赵全的建议，与巴雅思哈勒、辛爱兵分三路，从三面包围了大同城。

## 二十四、把汉那吉出走(下)

此时正值冬季来临,冷飕飕的风呼呼地吹着,大同城四周衰败的枯草痛苦地颤抖着,光秃秃的树木,像一个个秃顶老头儿,受不住西北风的袭击,在寒风中摇曳。阿勒坦汗的大军刚从青海远征归来,个个人乏马疲,还来不及坐在温暖的蒙古包中喝一碗热乎乎的奶茶,吃一口香喷喷的手把肉,就又被派到了这儿来。他们听说是赵全怂恿可汗冒死血战,背地里怨声载道,纷纷对赵全责骂不已。

赵全了解王崇古和方逢时也非等闲之辈,绝不会束手就擒,他料定阿勒坦汗一旦用兵,必定会和明军有一场恶战。这样,一方面可以破坏阿勒坦汗求贡的大计,保全自己现在拥有的地位和荣华富贵,一方面也想借此机会除去把汉那吉。因为阿勒坦汗一旦知道把汉那吉是因为他的挑唆才降明的,一定不会轻易放过自己。只要双方混战起来,即便王崇古他们不下手,自己也可以乘乱除去他。

王崇古见阿勒坦汗率兵包围了大同城,却不见他发起进攻,只当是忌惮把汉那吉还在他们手中,所以不敢放手来搏。直到看见阿勒坦汗带着大量的牛羊和粮草,久经沙场的他立刻明白了阿勒坦汗的用兵之计,不禁佩服他的用兵之策。但他也心急如焚,如果朝廷依然没有旨意,真等到城中粮草殆尽,大同城恐怕就要淹没在刀光剑影之中了。

双方就这样僵持着,眼见城中的存粮越来越少,焦躁不安的王崇古怕动摇军心,每天亲自到各处巡视,鼓舞军心。

这天傍晚,王崇古在城头巡视的时候,看到蒙古军营中人影绰绰,似在调兵遣将,他以为阿勒坦汗夜晚要大举进攻了,于是也开始紧急部署。就在这时,隆庆帝的诏书被送到了大同城,王崇古犹如久旱遇甘霖,精神为之一振,立即派了两名使者来到阿勒坦汗的军营。

这两名使者趾高气扬地进入阿勒坦汗的军帐,向阿勒坦汗行完礼后,就大咧咧地坐了下来。阿勒坦汗让赵全充当翻译,当赵全得知他们已经带来了隆庆帝议和的旨意,大吃了一惊,不敢如实向阿勒坦汗翻译,就欺骗说王崇古还没有接到朝廷的旨意,让阿勒坦汗继续耐心等待。然后他乘机挑唆说这是王崇古的缓兵之计,目的是在等待大军来援。阿勒坦汗想起当年使者被杀的情形,心中大怒,不由分说地将王崇古派来的使者推出去斩首示众了。

王崇古因自己奏请朝廷议和,高拱与张居正又力排众议,才得以与蒙古言和,他不愿放弃这样的机会,于是再次派了一位会蒙语的百户长鲍崇德前来谈判，但还未等鲍崇德开口，怒气未消的阿勒坦汗，再次下令将鲍崇德推出去准备斩首。

乌讷楚将赵全的所作所为调查清楚后，这才明白了赵全挑拨把汉那吉与阿勒坦汗反目、怂恿阿勒坦汗出兵大同，都是因为他那不可告人的私心，这让她更为把汉那吉担忧。她丝毫不敢耽搁，与朵兰快马加鞭连夜来到了军营。她此次来，是想揭露赵全的阴谋，阻止阿勒坦汗与明朝开战，同时想说服阿勒坦汗让她到大同城去谈判。她认为，如果明朝真像丘富说的那样，也不愿再与蒙古人兵刃相见，也许利用这次机会不仅能救出把汉那吉，还能帮阿勒坦汗达成通贡互市的愿望，如果丘富的猜测是错的，那她情愿用自己去换回把汉那吉。

一进军营乌讷楚就看到了行刑手正准备斩杀鲍崇德。当她知道此人是明朝的使者时，乌讷楚大喜过望，觉得长生天在冥冥之中保佑着她，于是急忙拦住行刑手不许动刑。行刑手见是阿勒坦汗最宠爱的钟金哈屯，也不敢得罪，只好停止了行刑。乌讷楚令朵兰看住鲍崇德，自己加快脚步来到阿勒坦汗的军帐。

阿勒坦汗正在军帐中气愤地走来走去，看到乌讷楚进来，顿时感到一阵轻松，焦躁的情绪也随之缓和下来。他屏退左右，上前握住了乌讷楚的双手，问道："这么晚了你怎么来了？"

乌讷楚说："可汗连日来为把汉那吉的事心力交瘁，我担心可汗，所以特来看看可汗。"

阿勒坦汗感激地拥住乌讷楚。

乌讷楚伏在阿勒坦汗的怀中，说道："可汗爱孙心切，乌讷楚深能理解。可是可汗有没有想过，这么多年来可汗一直想与南朝通贡互市，如果一开战，不仅石天爵、满受秃、堡尔赛、丫头智等人枉死了，恐怕把汉那吉也要有去无回了。"

乌讷楚知道石天爵、满受秃、堡尔塞、丫头智等人为了阿勒坦汗的和平大计，不惜献出了自己的生命。为此，阿勒坦汗时常感到痛惜，有时提起他们还是会热泪盈眶。乌讷楚此时刻意提到这些人，就是想利用他们暂时阻止阿勒坦汗攻打大同，好为自己的谈判争取时间。

果然，阿勒坦汗听到这几个人的名字，又面露悲戚之色，叹气说道："我怎么能不知道呢？其实我根本不想打这一仗，所以听从赵全的建议，主动向南朝提出要用重金赎回把汉那吉，可明朝欺人太甚，到现在不仅没有答复，却派使者来拖延时间。"

乌讷楚问道："可汗有没有问问南朝使者前来究竟是为了什么事呢？"

阿勒坦汗将赵全翻译的话告诉了乌讷楚，乌讷楚一听又是赵全，当下起了疑心，但也不知明朝使者到底来是为了什么，就建议道："大同不是派来了一个会说蒙语的使者吗？可汗何不把他叫来再问一问。"

阿勒坦汗叹口气说："唉，晚了，我已经把他杀了。"

乌讷楚直起身子，温情脉脉地看着阿勒坦汗说道："乌讷楚大胆拦住了行刑手，来人还活着。"

阿勒坦汗惊讶地看着乌讷楚，乌讷楚说道："我理解可汗此时的心情，可汗就耐心地再听一听这位使者怎么说，如果南朝真是欺人太甚，可汗再杀他也不迟。"

阿勒坦汗听从了乌讷楚的建议，把达云恰叫进来，让他把鲍崇德重又带回军帐。

鲍崇德进入军帐，见阿勒坦汗威严地端坐在上方，用蒙古人的礼节向阿勒坦汗行礼，并用蒙语说道："参见可汗。"

阿勒坦汗一听鲍崇德会蒙语，急忙问道："你是何人？"

鲍崇德坦然回答道："在下鲍崇德，系大同百户长兼旗牌官。"

达云恰怒道："王崇古仅派一名百户长来，也太瞧不起我们蒙古了吧？"

鲍崇德笑着看了达云恰一眼，说道："在下虽然官职不高，但在下精通蒙语。王大人派在下来，并非蔑视可汗，而是更易于沟通。"

阿勒坦汗傲慢地看一眼鲍崇德，又问道："你们何时放了我孙子？你们要知道，自我用兵以来，明朝那些将士哪个是我的对手？一个个不都死在了我的刀下？如果你们不放了我的孙子，我就会血洗大同。"

鲍崇德不卑不亢道："我大明宣大总督王崇古大人与巡抚方逢时大人也是久经沙场的名将，并不畏惧可汗的铁骑，只是我大明朝廷厚待您的孙子，如果可汗动武只会加速他的死亡。"

这正是阿勒坦汗所担心的，听鲍崇德这么一说，一时语塞。达云恰见状大声喝道："大胆！你怎么敢对可汗不敬。"

鲍崇德不理睬达云恰，望着阿勒坦汗说道："总督大人交代在下，此事只可向可汗一人禀报。"

阿勒坦汗摆手让达云恰退下，因乌讷楚刚刚阻拦行刑手保住了鲍崇德，鲍崇德判断乌讷楚绝非等闲之人，因此也不介意乌讷楚在场。

乌讷楚笑着对鲍崇德说："百户长请坐下说话。"

鲍崇德感激地向乌讷楚微微一笑，坐到下手的椅子上，乌讷楚也坐到阿勒坦汗的身旁。

乌讷楚问道："不知百户长带来了朝廷的什么旨意，现在可以如实向可汗言明了。”

鲍崇德说:“总督大人要我转告可汗,您的爱孙把汉那吉现在在大同府一切安好,吾皇已经授予把汉那吉指挥使之职,并御赐大红贮丝衣一袭,把汉那吉的侍卫阿力哥等人也被封为正千户等职。”

阿勒坦汗不屑地一摆手说:“我孙子不需要这些虚名,你只说我何时能见到我孙子?”

鲍崇德不慌不忙地笑道:“这取决于可汗,可汗说今日让把汉那吉回来,绝不会拖过明天。”

“就这么简单?你们难道没有什么条件?”阿勒坦汗见鲍崇德说得如此轻松,怀疑地问道。

鲍崇德双手抱拳道:“可汗英明,朝廷要求可汗用赵全等白莲教教首来交换把汉那吉。”

阿勒坦汗一听,诧异地瞪大了眼睛,连连摆手拒绝道:“那不行,赵全他们为我土默特立下了大功,我不能为了我的孙子就出卖他们。”

鲍崇德说:“朝廷知道可汗重情重义,可是可汗不是一心想与我朝通贡互市吗?如果可汗能交出赵全等人,不仅把汉那吉可以安全地返回,可汗多年的愿望也可达成,着眼大局,可汗何乐而不为呢?”

乌讷楚听鲍崇德说明朝不仅能放回把汉那吉,而且答应与蒙古通贡互市,没有想到事情进展得会如此顺利,暗暗佩服丘富的先见之明。她惊喜万分地望向阿勒坦汗。

四十多年了,阿勒坦汗为了这一日,不知费尽了多少心血,牺牲了多少人的性命,今日却被鲍崇德如此轻松地就说出了口,他不敢相信自己的耳朵,身子向前探了探,再次怀疑地追问道:“你说南朝同意与我蒙古通贡互市?”

鲍崇德笃定地说:“我怎敢欺骗可汗,这可是我朝内阁首辅高拱大人和次辅张居正大人力排众议的结果,不过,需要可汗交出赵全等白莲教一干人等。”

鲍崇德故意加重语气再次提到赵全等人。阿勒坦汗想起赵全他们为土默特所做的一切,实在不忍心这样去做,于是说道:“容我再想一想。”

乌讷楚赶紧对阿勒坦汗说道:“可汗不是一直想与南朝消弭战争、通贡互市吗?天赐的良机就在眼前,可汗不可轻易错过啊。”

阿勒坦汗犹豫地看看乌讷楚,没有答话。

鲍崇德说:“可汗可以深思熟虑,切不可拖延太长时间,所谓机不可失失不再来啊。在下告辞,过两天我再来听可汗的决定。”

鲍崇德走后,乌讷楚见阿勒坦汗沉默不语,觉得是时候将把汉那吉降明的原因告诉阿勒坦汗了，于是她轻轻握住阿勒坦汗的手，说道："有件事，我不知道该不该讲。"

阿勒坦汗问道："什么事？"

乌讷楚说："可汗有没有想过，以把汉那吉的性情，究竟会是什么事能让他不顾疼爱他的爷爷奶奶，贸然投靠南朝呢？"

这也是近期一直困扰阿勒坦汗的问题，他实在想不明白把汉那吉到底会为了什么事做出如此令人匪夷所思的举动来。思前想后，他还是想不明白，只是觉得自己和一克哈屯惯坏了他，才让他任性妄为，做事如此不计后果。如今听乌讷楚这样问他，就好奇地问道："你是不是知道了什么？"

见阿勒坦汗问她，乌讷楚就将丘富告诉她的话说给了阿勒坦汗，但她怕阿勒坦汗日后对把汉那吉心生芥蒂，就隐去了把汉那吉扬言要杀了阿勒坦汗的那些话。

阿勒坦汗惊讶地问道："骂我？为什么骂我？难道把汉那吉投奔南朝是因为我吗？"

乌讷楚小心翼翼地问道："可汗还记得把汉那吉的阿妈吗？"

乌讷楚经过调查，已经知道把汉那吉降明，自己也有一份不可推卸的责任，但她不想让阿勒坦汗知道，所以故意避开自己和把汉那吉之间的恋情，只提到了把汉那吉的母亲。

阿勒坦汗惊讶地问道："你是说把汉那吉已经知道了我打死他阿妈的事了？而且此事与赵全有关？"

乌讷楚觉得如果此时把赵全的劣行全部告诉阿勒坦汗，阿勒坦汗必定不会全都相信，反而会让阿勒坦汗觉得她是为了救把汉那吉，在故意挑唆他和赵全的关系，从而怀疑自己与把汉那吉的关系。因此，她对阿勒坦汗说道："是不是和赵全有关，问问把汉那吉不就知道了。鲍崇德不是说南朝对把汉那吉礼遇有加，可汗可以借此机会派人去看看把汉那吉，也好证实一下鲍崇德说的是不是真的。"

阿勒坦汗觉得乌讷楚说得有理，第二天就派达云恰带人去大同府见把汉那吉。方逢时热情接待了达云恰，派人引领着穿着明朝官服的把汉那吉进入会客厅。把汉那吉见到达云恰抱住他放声痛哭。方逢时见此情景，带着亲兵悄悄退出会客厅，留下他们叔侄俩。

达云恰一边安抚着把汉那吉，一边埋怨道："你真是糊涂，怎么可以做出这么冲动的事？你爷爷奶奶为你着急得日夜啼哭，阿父畏惧你在明军手里不敢轻举妄动，否则早已血洗大同城了。"

没想到把汉那吉一听达云恰提到了阿勒坦汗，就破口大骂道："那老贼杀了我的阿爸阿妈，让我变成了一个孤儿，他怎么肯为我牺牲一兵一卒？又是在掩人耳目吧？”

达云恰惊讶地问道：“是谁告诉你是阿父杀了你的阿爸阿妈的？”

把汉那吉恨恨地说：“若要人不知除非己莫为。”

达云恰此时也感觉到把汉那吉降明并非冲动那么简单，其中肯定还有其他隐情，而且此事与把汉那吉父母亲的死有关，这也就和阿勒坦汗有关了。难道是有人在故意挑唆阿勒坦汗与把汉那吉的关系，让他们反目成仇，最终互相仇杀？达云恰越想越怕，于是再三追问把汉那吉是怎么知道这件事的，可是，把汉那吉三缄其口，就是不说。

达云恰拉把汉那吉坐下，对把汉那吉说道：“你阿爸是阿父最疼爱的儿子。当年，土默特瘟疫横行，几个儿子里，唯有他染上了瘟疫。当时所有的医师都束手无策，阿父眼睁睁地看着你的阿爸痛苦地死去，他怎么能受得了？他认为是你的阿妈没有照顾好你阿爸，所以，一气之下，才做了让他终生悔恨的事情。就连那几位医师，也因为不能救你阿爸，都被阿父下令砍头殉葬了。”

把汉那吉听达云恰所说的和赵全说的不一样，惊讶地瞪大了眼睛。达云恰见把汉那吉开始有所怀疑，又接着说道：“打死你阿妈的确是阿父下的命令，为此，阿父也懊悔不已。你阿爸死后，阿父一连几天不吃不喝的，我看了都心疼。我是一个孤儿，这么多年来要不是阿父我哪有今天，阿父对我这样一个孤儿都这么关心，更何况是你阿爸。阿父有那么多孙子，唯独对你百般疼爱，无论你做错什么，他都不忍心责罚你，难道你还看不出阿父疼爱你的心吗？”

达云恰抓住把汉那吉的胳膊又说道：“最起码你应该告诉我是谁胡说了什么，也好让我们知道这个人到底是什么居心哪？”

把汉那吉也想弄清楚事情的真相，于是把赵全和他说的话详细地告诉了达云恰，但也隐瞒了他和乌讷楚的那一段。

达云恰听把汉那吉说是赵全所为，他想起每次阿勒坦汗只要一提到与明朝通贡互市，赵全等人就会一致反对。而且，赵全等人为了让阿勒坦汗顺利攻打明朝边境，不止详细绘制了明朝边境的地图，而且制作了那么多先进的武器。达云恰一直以为这是赵全等人对阿勒坦汗忠心的表现，他还在内心暗自佩服和敬重他们。如今赵全这样的做法，他的居心也就不言而喻了。

达云恰又恨又气，恨的是赵全为了一己私利，不惜挑起蒙古的内乱，气的是这个被宠坏的侄儿居然这么容易就被利用了，就说道：“我的傻侄儿，你被赵全利用了。”

把汉那吉却茫然地问道："为什么？赵全为什么要利用我？"

达云恰见把汉那吉还不明白其中的缘由，不由气愤地说："赵全是什么人？他是南朝通缉的要犯，如果南朝与蒙古议和了，他们的命恐怕就保不住了，所以他想利用你挑起蒙古和南朝的战争，好阻止明朝与蒙古议和啊。"

达云恰耐心地把自己对赵全的怀疑讲给了把汉那吉。

把汉那吉自从来到大同，心里也有几分懊悔。在大同，虽然王崇古和方逢时对他礼遇有加，每天锦衣玉食，但毕竟是寄人篱下，不如在家那么逍遥自在。如今听了达云恰的话更是悔恨不已，又想起爷爷奶奶以往对他的宠爱，不觉眼圈红了起来。

达云恰见状，又对把汉那吉心生怜悯，于是安抚道："事情已经这样了，你也不必过于自责，你先安心待在这儿，一切交由阿父处理，相信阿父，他一定会让你平安回家的。只是以后不要再让爷爷奶奶伤心了。"

把汉那吉知道自己闯了大祸，觉得无颜再见爷爷奶奶，心虚地说道："我不回去，我做了这样的事，爷爷肯定不会原谅我的。再说，朝廷现在封我为指挥使，我现在就是南朝的臣子，就让我留在这儿吧。"

达云恰说："这么冷的天，阿父就在城外，难道你忍心看着他老人家为你遭罪吗？不要任性了，错了一回了，就不要再错第二回了，啊！"

把汉那吉泪流满面，用力地点点头。

达云恰安抚好把汉那吉后，天黑前立刻返回了阿勒坦汗的军帐，将把汉那吉告诉他的话原原本本汇报给了阿勒坦汗。阿勒坦汗听得眉头皱起，双手渐渐紧握成拳，突然一拳砸在桌子上，乌讷楚与达云恰都吓了一跳。

阿勒坦汗气愤地说："赵全这厮，我这么多年来对他肝胆相照，他竟然这样对我。"

达云恰赶紧劝道："他也是怕阿父与南朝议和对他们不利吧。"

阿勒坦汗说："他这又是何必，即便与南朝议和，我也会力保他们周全，毕竟他们也是我土默特的功臣。"

达云恰说："赵全等人未必知道阿父有这样的心。"

乌讷楚见阿勒坦汗虽然气愤，但心里还是想保全赵全等人，达云恰表面是在劝慰阿勒坦汗，每一句话都是在为赵全开脱。她担心这样下去，阿勒坦汗顾念旧情，不愿拿赵全等人去交换把汉那吉，将会导致目前的大好形势再陷入僵局，于是说道："赵全等人私心过重，为了一己之私，什么丧尽天良的事情都能做得出来。"

听乌讷楚这么一说，阿勒坦汗气愤地问道："莫非还有什么事是我不知道的吗？"

乌讷楚说："可汗有所不知，赵全等人自恃对可汗有功，居功自傲，敛财役民，若有人敢拒绝，便会招致皮肉之苦，有些人甚至性命不保。"

阿勒坦汗怒道："竟有这样的事？"

乌讷楚说："是啊，可汗若不信，可去找来赵全的部众问一问。如今的赵全，已今非昔比，他的部众有两万多人，可是他自己却拥有马匹五千，牛羊更是不计其数，仅家里的存粮就有上万斛，他哪来这么多的财物？更为严重的是，赵全看上了一个汉家女，要强行纳她为妾，这个女孩不同意，赵全便强行将她抢到家里强暴了她。女孩父母去索要人，被他的家奴活活打死，女孩悲愤之下也撞墙而死，三条人命就这样没了。可他非但没有一丝悔意，反而令人将这三个人的尸体抛之荒野。"

阿勒坦汗厉声喊道："每次从南朝抢掠回来，美女财物任由他挑选，马牛羊我也奖赏给他不少，他为什么还要这样做？为什么没有人来向我报告？"

乌讷楚无奈道："赵全视人命如草芥，但凡有人敢反对他们必性命不保，慑于他的淫威，民众便也沉默不言了。加上可汗重用赵全等人，谁敢在可汗面前说他们的不是。这次出征，很多人对赵全等人就抱怨颇多，不信您现在可以出去听听。"

阿勒坦汗疑惑地看看达云恰，达云恰也点点头。

阿勒坦汗怒不可遏，咬牙切齿地说："赵全等人居然狂妄至此？"

乌讷楚看到阿勒坦汗的怒火已经被点燃，就又继续说道："可汗仔细想一想，近十几年来，哪一次进犯南朝不是赵全等人的主意？他们借着熟悉明朝的地形，使可汗每次都能满载而归，表面看，他们是在尽心竭力帮助可汗，实则是为了保全自己。与南朝修好，与他们的利益相冲突，因此他们是最不想可汗与南朝修好的，把汉那吉被唆使投靠了南朝就是实证。"

阿勒坦汗若有所思地看看乌讷楚，突然问道："你每天足不出户，是怎么知道这些的？"

达云恰也感到疑惑，乌讷楚自从来到大板升城，小小年纪的她虽然看上去比别的孩子早熟，但也一直是中规中矩，谨言慎行，就是与阿父合婚以来，虽然备受阿父的宠爱，也从不骄纵，只是整日与书为伴，仿佛与世无争一般，怎么一夜之间，就掌握了这么多关于赵全的事情？达云恰虽然不满赵全挑拨把汉那吉与阿勒坦汗之间的关系，但十几年的情分，从私心上讲，他宁可希望赵全从此到处流浪，也不愿看到赵全身首异处。可现在，每件事情都是阿勒坦汗最痛恨的，足以让赵全掉脑袋了，看来这个女人是想置赵全于死地了。她与赵全并无过节，为什么要这么做呢？思来想去，也没有想出一个所以然来，也就没再往下深想。

只听乌讷楚说道:“是丘先生告诉我的。起初,丘先生告诉我这一切的时候,我也是不相信,我怕他们是互相内斗而利用我,于是我派人暗中查访,调取了真凭实据才敢向可汗言明的。而且,被赵全打死的那一家三口,是丘先生仆人的亲戚,可汗可以叫他来一问便知。”

阿勒坦汗点头赞许道:“你倒很谨慎。”

阿勒坦汗赞许完乌讷楚突然又想起了丘富,就又问道:“对了,丘富也是白莲教的人,南朝要的人也包含他在内,可怜丘富对我一片忠心,这便如何是好?”

乌讷楚心酸地说道:“可汗不必为此忧心了,丘先生将这些告诉我的时候已经病入膏肓了。他对我说,把汉那吉降明未必是件坏事,他让可汗放手去做,不要有所顾忌。在我来之前,丘先生已经过世了。”

阿勒坦汗惊讶道:“什么?丘富死了?你为什么不早告诉我?”

乌讷楚说:“可汗每天为把汉那吉的事情寝食难安,我怎么忍心再雪上加霜?丘先生临终前再三嘱托仆人只可向我一人报丧,而且连夜就让仆人悄悄埋葬,我怎能不知丘先生这一片苦心?所以我一直隐瞒着。可汗不会怪我吧。”

阿勒坦汗泪光莹莹地说:“丘富,我的好兄弟啊。”

达云恰问道:“阿父,现在我们该怎么办?”

阿勒坦汗说:“你先派人严密监视赵全等人,不要被他们发觉,如有异动就地拿下。”

达云恰行礼道:“是,阿父!”说完转身离去。

达云恰从大同城一回来就急匆匆地直奔阿勒坦汗的军帐,这让赵全犹如热锅上的蚂蚁,坐立不安。他挑唆阿勒坦汗杀了王崇古派来的第一个使者,可随后王崇古又派了使者前来,就在阿勒坦汗准备杀第二个使者的时候,乌讷楚却意外地出现在军营中,阿勒坦汗不但没有杀鲍崇德,而且派达云恰去了大同城。赵全深感事态不妙,担心挑唆把汉那吉的事已经败露,就立刻派人找来肖芹、李自馨、周原、贺彦英商议对策。肖芹他们听说明朝已经答应议和,也为自己的将来担忧起来。几个人经过协商,一致同意了赵全的主张,决定破坏这次议和。于是,赵全悄悄派人去辛爱那儿假传阿勒坦汗的军令,让辛爱第二天发起进攻。肖芹他们走后,赵全又派心腹往大同城送去一封密信,企图为自己留下一条后路,可他万万没有想到,正因为这封信,才促使阿勒坦汗下决心答应了明朝的要求。

## 二十五、议和

王崇古担心阿勒坦汗顾念旧情暗中放跑了赵全等人，这样一来，隆庆帝必定龙颜大怒，到时不仅自己的官职难保，蒙汉之间的这场战争恐怕也无法避免了。他担心夜长梦多，一大早就又派鲍崇德来到了阿勒坦汗的军营。

自从知道了赵全的斑斑劣迹，阿勒坦汗的心隐隐作痛，回想起赵全他们来到土默特以后所做的一切，他还是不忍心将赵全等人交给明朝，哪怕让他们远离土默特，只要能保住他们的性命即可。可是万一放走了他们，明朝的皇帝一怒之下再拒绝通贡互市，而且要杀了把汉那吉那又该怎么办？阿勒坦汗陷入深深的矛盾之中。一夜未眠的他，绞尽脑汁也没有想出一个两全其美的办法。

一大早，乌讷楚亲自为他准备了可口的早茶，可他却食之无味。这时，侍卫来禀报，说鲍崇德求见，阿勒坦汗让乌讷楚撤去早茶，站起身深呼一口气坐到正座上，让侍卫将鲍崇德带了进来。

鲍崇德向阿勒坦汗和乌讷楚行完礼一落座，就立刻问道："可汗可有了决定？"

阿勒坦汗犹豫一下，对鲍崇德道："我蒙古有大量的马牛羊和财宝，只要朝廷答应放了我孙子，并同意通贡互市，你们要多少都可以。"

鲍崇德坚决地说："我大明皇帝富有四海，还贪图你这些马牛羊和财宝不成？不可，王大人交代，非赵全等人不换。"

见鲍崇德如此坚决，阿勒坦汗知道，要想让孙子安然回来，就非得交出赵全等人不可了。他没有选择，该怎么办？阿勒坦汗的手指在椅子扶手上不安地敲来敲去，脑子却再一次在孙子、通贡互市和赵全等人之间左右权衡着。

见阿勒坦汗沉默，鲍崇德问道："可汗还在为那几个人犹豫？"

阿勒坦汗说："毕竟他们追随了我十几年了，没有功劳也有苦劳，我怎么能够做一个忘恩负义的人呢？"

鲍崇德说："可汗重情重义，可是别人未见得和可汗有一样的心思，我给可汗看一样东西吧。"

鲍崇德站起身，从怀中掏出一封信递给阿勒坦汗。阿勒坦汗拿出信一看都是汉文就递给乌讷楚说："你帮我看看这上面写的是什么。"

乌讷楚看完信后大惊失色，一下子从椅子上站了起来，又一目十行地把信从头到尾看了一遍。

阿勒坦汗见乌讷楚神色大变，急忙站起身问道："信里说了什么？"

乌讷楚气愤地说道："赵全居然出卖可汗，他把可汗军事部署的情况和作战计划全部泄露给了王崇古，并要求将功赎罪，和王崇古里应外合一起消灭可汗的大军，然后让王崇古替他们求情，让他们再回朝廷为官。"

阿勒坦汗惊愕地看着乌讷楚，乌讷楚又接着说道："此人心肠好歹毒啊！如果可汗真的发兵进攻的话，后果不堪设想啊！到时不仅把汉那吉不保，我蒙古大军只怕也要葬送在他们的手里了。"

阿勒坦汗一把从乌讷楚手中夺过信揉在掌中，愤怒地说道："奸贼，居然出卖我。也罢，他既无情也休怪我无义了。只要朝廷允许蒙汉通贡互市，我同意用赵全等人换回把汉那吉。"

听阿勒坦汗这么一说，鲍崇德悬着的心才放了下来，轻松地说道："朝廷还有一道旨意，欲封可汗为王，从此世袭罔替，与大明永世修好。"

事态转变得如此迅速，阿勒坦汗满面的怒容瞬间变得又惊又喜，回头紧紧握住了乌讷楚的手。乌讷楚也没有想到事情会发展成这样的结果，不由兴奋地握紧了阿勒坦汗的手。

阿勒坦汗转身笑着对鲍崇德说："你回去转告王大人，若朝廷真能封我为王，明蒙从此能消弭战争，百姓不再遭受战争之苦，和睦相处共谋发展，我发誓永守北边，不再为患。"

鲍崇德站起身，双手抱拳，向阿勒坦汗高声赞道："可汗高瞻远瞩，英明睿智，乃蒙古人之福啊。"

得到阿勒坦汗的允诺，鲍崇德无比欣喜地告辞而去。

鲍崇德一走，阿勒坦汗立即派人传来达云恰，令他即刻带人先去将赵全、肖芹、李自馨、周原绑了等候发落，再回大板升城捉拿张彦文、李天章、高怀智。达云恰不知阿勒坦汗为何突然做出了这样的决定，虽然满腹狐疑却也不敢多问，转身走出军帐。

赵全让心腹去大同城送信后，发现毡房附近总有人来来往往，似乎在监视着他，他也权衡了很久，觉得阿勒坦汗不会为了自己不要孙子，他决定连夜逃跑，于是悄悄派人回大板升城叫来了张彦文、李天章和高怀智。张彦文他们听说赵全要逃跑，都劝赵全不要冲动，万一阿勒坦汗能顾惜这么多年的情分而保全他们，他们这一跑，无益于将一把利剑架到了自己的脖子上。又万一明朝采纳了赵全的建议，一举消灭了蒙古铁骑，他们立了如此大功，明朝说不定真会因他们将功补过，再赏他们个一官半职呢。矛盾中的赵全觉得他们说得有理，又见一晚上也没有什么异样，就一方面抱着一线希望等待着,一方面做好了逃跑的准备。

外面传来一阵急促的脚步声,赵全与张彦文、李天章、高怀智急忙走出毡房,看到达云恰带着一群士兵杀气腾腾地走来,他们知道一切都完了,阿勒坦汗还是舍弃了他们这些个卒子。

张彦文、李天章、高怀智已经惊恐得六神无主,愣怔地看着达云恰他们,赵全反而镇定了下来,面带嘲弄的笑容直直看着达云恰。达云恰没想到张彦文、李天章、高怀智也来到了军营,正好免了再回大板升城的差事。他冷冷地看了赵全他们一眼,向士兵一挥手,士兵们上前扭住了赵全、张彦文、李天章、高怀智,其余的士兵向肖芹、李自馨、周原、贺彦英的毡房跑去,不大一会儿,肖芹、李自馨、贺彦英也被押了过来,独独不见了周原。达云恰询问士兵的时候,赵全听到士兵说周原已经自杀身亡了。

赵全仰天大笑道:"鞑靼生性善变,终非可驯之物,此言不假啊!"

赵全哈哈大笑了几声,又高声骂了起来:"阿勒坦你这个老贼,我赵全为你鞍前马后地卖命,如今却落得如此下场,你真是狼心狗肺啊。"

肖芹、李自馨、张彦文也随着赵全大骂起来,一时间引得无数人前来围观。达云恰急忙令士兵将他们的嘴堵了起来。围观的人群中,有些人对赵全等人早已恨之入骨,忍不住拍手叫好,有些人也为他们感到惋惜。

阿勒坦汗听到了赵全等人的叫骂声,满腔的愤怒转化为悲哀,不禁热泪滚滚。

乌讷楚劝慰道:"我就知道可汗慈悲情怀,必难舍弃,既然已经做了决定就不要再难过了。"

阿勒坦汗伤心地说:"我不是为他们悲伤,我只是寒心哪。"

阿勒坦汗仰起头长叹了一口气,又说道:"如今我也老了,也无精力再战,如果能与南朝议和,使我蒙古百姓不再颠沛流离,遭受苦难,从此过上稳定富裕的生活,我别无所求了。"

乌讷楚微笑地看着阿勒坦汗说:"有长生天保佑,可汗一定会如愿的。"

阿勒坦汗伸出双手,看着自己的双手说:"我一生杀戮,罪孽深重,长生天会保佑我这个罪人吗?"

乌讷楚握住阿勒坦汗的双手说:"可汗是长生天派来拯救受苦受难的百姓的,千万不要这样胡思乱想。"

阿勒坦汗拉着乌讷楚走到椅子边坐下,双手仍然握着乌讷楚的手,说道:"这次多亏你及时拦住了鲍崇德,否则后果不堪设想啊。"

阿勒坦汗将头伏在乌讷楚的手上说:"我也感觉累了,是心累,长生天对我的眷顾就是让我得到了你,以后我就和你在一起,什么也不想管了。"

乌讷楚见阿勒坦汗越说越伤感，正准备开口相劝，忽然想起阿勒坦汗的侄孙切尽在青海劝阿勒坦汗皈依佛教的事，就说道："切尽台吉一直与青海的喇嘛往来密切，听说有一位阿兴喇嘛非常有见解，听他讲经说法，能让人觉悟，得到大智慧，远离痴迷。如果可汗愿意，可派人去请这位喇嘛，让他来和可汗谈谈，也许能解开可汗心头的困惑。"

经乌讷楚这么一说，阿勒坦汗也想起了切尽的话，抬头说道："嗯，你不说我倒忘记了。记得几年前，我在西征青海的时候，曾经俘获了近千名的西藏喇嘛，当时也不知道为什么，我竟不忍心杀了他们。"

乌讷楚笑道："那是可汗具有好生之德，看来可汗与佛法有缘呢。"

阿勒坦汗微微点点头说："让我奇怪的是，在青海，喇嘛无论在政治上还是社会生活中，都备受尊崇。我当时也探究过他们的教义，可是时间有限没能深入去研究，对此我至今还念念不忘呢。就依你的安排，等忙完这件事派人去请他过来，我也想和这些喇嘛好好聊聊。"

乌讷楚忽又说道："可汗应该差人去接一克哈屯来，我想她一定想在第一时间见到把汉那吉。"

阿勒坦汗笑着拍拍乌讷楚的手说："还是你最体贴入微。"

就在阿勒坦汗与乌讷楚谈话的时候，鲍崇德又带着一个人匆匆来到阿勒坦汗的军帐。原来，驻守在大同城东的辛爱，接到赵全假传的军令，下令攻打大同城了。方逢时派人向辛爱言明双方言和的情况，辛爱不信，方逢时只好派人来请阿勒坦汗予以制止。

阿勒坦汗解释说自己并没有下这样的军令，疑惑间突然想到了什么，大骂一声："赵全这厮，肯定又是他干的好事！"

阿勒坦汗急忙将自己的令箭交给贴身侍卫，让他亲自带着令箭去见辛爱。侍卫马不停蹄地赶到辛爱的军营，拿出了阿勒坦汗的令箭，辛爱才停止了进攻。

大同城外，两军全副武装遥遥相望。阿勒坦汗与一克哈屯、乌讷楚站在大军前，焦急地看着前方敞开着的大同城门。在阿勒坦汗身后，达云恰率兵亲自看押着五花大绑的赵全、李自馨、肖芹等几人。

乌讷楚回头看看赵全，他瞬间苍老了许多，嘴里塞着棉布，脸色苍白，两颊深深地陷了进去，无神的眼睛仿佛成了两个黑洞，灰白的头发乱糟糟地散在额前，虽然没有了以往那种颐指气使的劲头，但依然高昂着头颅。乌讷楚忽然对他心生悲悯，暗暗叹息道："如果他甘心做一个普通人，也许就不会参加白莲教与南朝对抗，抑或逃到蒙古草原来，从此隐姓埋名只做个普通人，也不会落得今日的下场了。唉，人为什么要有那么多的欲望，为什么总不满足呢?”

乌讷楚摇摇头,回过头又望向大同城。

王崇古与方逢时陪同身着明朝官服的把汉那吉缓缓走出大同城。把汉那吉拜别了王崇古,带着乌兰和阿力哥及随从向阿勒坦汗走来。

阿勒坦汗大手一挥,达云恰押解着赵全等人走向大同城。把汉那吉与赵全擦肩而过的时候,恼恨地瞪了他一眼。

阿勒坦汗面带微笑地看着把汉那吉,一克哈屯向把汉那吉张开了双臂,把汉那吉疾步走到阿勒坦汗面前,一下跪倒在地,哭道:“爷爷奶奶,孙儿不孝,让爷爷奶奶担忧了。”阿勒坦汗与一克哈屯抱住把汉那吉也失声痛哭起来。乌讷楚也因把汉那吉的安全归来悲喜交加,忍不住默默落泪。

阿力哥等人战战兢兢地跪在地上,不安地看着抱头痛哭的祖孙三人。

一克哈屯抱着把汉那吉还是痛哭不止,阿勒坦汗安慰道:“回来就好,过去的一切就让它都过去吧。”

乌讷楚情不自禁地想去扶起把汉那吉,乌兰抢先一步,用幽怨的眼神看了一眼乌讷楚,迅速扶起了一克哈屯和把汉那吉。乌讷楚见自己失态,尴尬地退到一边。

把汉那吉在乌兰的搀扶下站起身,一克哈屯一手拉起把汉那吉,一手拉起乌兰,泪眼婆娑地看着他们。

阿勒坦汗见阿力哥等人还跪在地上,恼怒地说道:“如果不是南朝官员为你们求情,我一定会砍了你们的黑头去喂野狗。你们听仔细了,以后好生照顾台吉,再有什么不测,我唯你们是问。都起来吧。”

阿力哥等人赶紧站起身,连连向阿勒坦汗行礼,感谢阿勒坦汗的不杀之恩。

侍卫牵来了勒勒车,一克哈屯拉着把汉那吉和乌兰上车,把汉那吉上车前,回头面无表情地扫了乌讷楚一眼,然后进入勒勒车,跟随一克哈屯离去。

把汉那吉的那一瞥,让乌讷楚感到心痛,但她也有些许的欣慰,不管怎么说,把汉那吉平安地回来了。只要心爱的人安然无恙,以后还能看到他,乌讷楚就别无所求了。

回到大板升城,阿勒坦汗做的第一件事,就是将板升十万之众和蒙古勒津部封给了把汉那吉,接下来就开始着手准备通贡互市和分封的谈判。

就在此时,巴雅思哈勒一病不起撒手人寰,阿勒坦汗突然失去一个兄弟和得力的助手,这巨大的打击让他卧病在床。于是他将谈判的事宜全部交给了达云恰和威正宰桑。

达云恰从小和阿勒坦汗的那些子侄们一起受教育，身为养子，他知道只有勤奋刻苦，让自己成为阿父得力的助手，才能报答阿父的养育之恩和呵护之情。因此他比别人更加努力，长大后成为一个文武双全的人，不仅经常随阿勒坦汗出征，也成为阿勒坦汗身边杰出的外交人员。每当遇到这样的大事，非他和威正宰桑不可。

阿勒坦汗想起赵全因为胡乱翻译让他一气之下杀了明朝的使者，他担心翻译不得力会导致谈判陷入僵局，使得之不易的通贡互市的机会再度失去。这时，他想起乌讷楚懂汉语，于是让乌讷楚也参与了谈判。

第一次接触这样的事情，乌讷楚毫无头绪，不知该如何应对，于是带着朵兰将历史上所有有关民族贸易和议和的书籍都找了出来，将自己淹没在书海中。查完史料，乌讷楚又带着朵兰到汉人那儿咨询明朝百姓的需求，为即将到来的谈判做充分的准备。

达云恰了解阿勒坦汗的用意，对乌讷楚参与谈判也没有异议，只希望这一次依然不辜负阿父几十年的心血，早日与明朝达成通贡互市的协议。

明朝使者如约来到了大板升城，双方在谈判桌前刚一落座，简短的寒暄一过，未等达云恰和威正宰桑开口，乌讷楚便按照阿勒坦汗的指示，向明朝使者提出，要用蒙古的马牛羊来交换明朝的铁锅、农具、盐、茶叶、药品和布帛等。达云恰与威正宰桑惊讶地对望一眼，觉得乌讷楚没有弄清楚自己的身份，内心虽有不悦，但碍着明朝使者的面，也只好耐着性子听明朝使者如何答复。

明朝使者认为蒙古的要求太多加以拒绝，乌讷楚用历史上汉族和少数民族之间交易的惯例以及商品的种类等，细数品种繁多对蒙汉各方的益处，明朝使者听得目瞪口呆。

明朝使者来之前，朝廷担心蒙古人将铁锅和农具溶解后制成兵器用于军事，因此王崇古再三交代，除了铁锅和农具不能让步外，其他皆可以答应。于是使者承诺，对盐、药品和布帛没有异议，要多少可以供多少，对铁锅、茶叶（明朝的茶叶产地都在南方，因运输不便，无法足量供给）答应限量交易，对农具则一口拒绝。

乌讷楚似乎早就料到会有这样的结果，经过多方打听，从汉人那儿了解到明朝有一种不能冶炼的广锅，因而，她浅浅一笑，也做出了让步，农具可以以后再议，但她提出用广锅应市。这让明朝使者更加惊异，这个年纪轻轻的蒙古哈屯，不仅学识渊博、能言善辩，对大明朝还有如此细致的了解，不禁对她产生了敬佩之情。

使者及时向王崇古进行了汇报。之前，鲍崇德就详细向王崇古汇报了乌讷楚救他的经过，说这位年轻的哈屯一直积极劝说阿勒坦汗用和平的方式解决把汉那吉降明一事，如果没有她，恐怕自己也会被阿勒坦汗砍了头，蒙明之间不知还会发生怎样的变故。现在听使者这么一说，王崇古也对乌讷楚产生了浓厚的兴趣。他觉得乌讷楚提出的请求合情合理，也不想再节外生枝，就让使者答应了蒙古提出的各种交易要求。

在关于分封的谈判中，明朝使者提出蒙古要向明朝纳贡称臣，而且蒙古不能再到明朝边境掠夺。达云恰觉得纳贡称臣需要和阿勒坦汗再汇报一下。乌讷楚拦住达云恰果断地决定，蒙古可以承诺今后再也不到明朝边境掠夺，纳贡称臣也可以，但是贡使不入京，阿勒坦汗不跪拜明朝皇帝，还要授各部领主官衔，给予抚赏，沿边开设市口进行互市，明朝从此也不能再到蒙古“烧荒、捣巢、赶马”。

使者认为阿勒坦汗不跪拜隆庆帝，是大不敬，坚决不让步，乌讷楚据理力争，双方僵持不下，使者无奈，只好又派人请示王崇古。王崇古以压低马价作为条件，答应了乌讷楚提出的所有条件，阿勒坦汗也做出了让步，同意了明朝确定的马价。

一切谈妥之后，双方签订了明蒙互市协议十三条。

事后，阿勒坦汗得知乌讷楚所做的一切后，不但没有指责她，反而大赞她沉着、细致、果断，对她更加器重。

经过一个月的谈判，尘埃落定，阿勒坦汗召集各部首领到议事厅议事。当众人看到阿勒坦汗与乌讷楚双双走进议事厅，比第一次在议事厅见到乌讷楚更为惊讶。乌讷楚却坦然自若，与阿勒坦汗走到前方，并肩坐在一起。

阿勒坦汗环视了一下众人后，看到巴雅思哈勒的妻子猛可真也坐在议事厅里，想起了与自己戎马一生的弟弟，不由得眼睛又湿润了。

乌讷楚见阿勒坦汗近期变得脆弱又容易伤感，伸出手轻轻拍拍阿勒坦汗的胳膊。阿勒坦汗平复了一下自己的情绪，说道：“与南朝通贡互市的事已经商议妥当，请封的事情也已经谈妥了，南朝答应各位领主都有赏封，以后各部要严令部众遵守与南朝的协议，不可再去侵扰南朝边境，否则别怪我铁面无情。”

辛爱嘟囔道：“父汗，我总觉得此事窝囊，我蒙古勇士各个骁勇善战，南朝官兵是望风而逃，可现在，好像我们怕了他们不成。”

猛可真激愤地说道：“什么议和，纯粹是向南贼投降。我以为可汗是为了救回把汉那吉用的缓兵之计，没想到可汗当真了，如果巴雅思哈勒还活着，我想他宁可战死沙场也绝不会投降的。如果你真要这样做，我就要带着部众离开,我不能对不起巴雅思哈勒。”

一些首领不反对与南朝通贡互市,但反对阿勒坦汗被明朝封王,认为这是向明朝低头哈腰。

乌讷楚当众辩驳道:“可汗四十多年来一再请求南朝通贡互市,如今不惜称臣,他这是为了什么?如今南朝终于封可汗为王了,这样,可汗既可以称霸草原,又能永保草原太平,而且能通过互市改善我们的生活,可汗这是一心在为几十万的蒙古人着想哪。头衔是虚,安宁是真,你们怎么就不理解可汗的一片苦心呢?”

关键时刻,乌讷楚的话总能说到阿勒坦汗的心坎上。阿勒坦汗为有这样的一位红颜知己感到欣慰,他深情地看一眼乌讷楚,站起来说道:“这件事就不再议了,以后就按照与明朝商议的协议去做。王崇古已派人来,说圣旨就快送来了,各部回去做好迎接圣旨的准备就可以了。”

猛可真怒不可遏地站起身,说道:“我不会去迎接什么狗屁圣旨的,我这就带着我的部众另寻牧场去。”

猛可真说完拂袖而去,阿勒坦汗望着猛可真的背影叹息道:“人各有志,我不勉强你们,你们自己决定吧。”

众人面面相觑,那些反对阿勒坦汗的人抱着观望的态度暂且留了下来,但是对阿勒坦汗如此宠信和重用乌讷楚也颇多微词。

## 二十六、参政

五月的草原上高筑晾马台，广设黄帏蓝帐，蒙汉士兵全副武装，站立在晾马台四周，蒙汉百姓也纷纷从四面八方赶来这里观看封贡仪式。

喧天的鼓乐声中，阿勒坦汗一身戎装，神采奕奕地与乌讷楚、一克哈屯，以及众兄弟、子侄和各部首领站在晾马台前。司礼监的太监马公公手捧隆庆帝的圣旨，神情肃穆地与礼部的官员、王崇古以及大同官员、商人也站在晾马台一侧。

礼仪官高呼一声“吉时到”，乐队停止了奏乐，嘈杂的人群立刻安静下来，全场鸦雀无声。

阿勒坦汗走到马公公面前，礼让马公公上晾马台。马公公谦恭地邀请阿勒坦汗先行，阿勒坦汗拉起马公公的手，一起走上了晾马台。全场所有人的目光都投向了台上的阿勒坦汗和马公公。马公公清了清嗓子，庄重地宣读了隆庆帝“视华夏为一家”的圣旨，敕封阿勒坦汗为顺义王，加封辛爱等六十多人不同的官职。为表彰顺义王奉表贡马，隆庆帝赏阿勒坦汗大红蟒白泽贮丝衣一袭，彩缎十五表里，赏阿勒坦汗的夫人大红五彩贮丝衣两套、彩缎四表里，其余受封人员亦各有赏赐。

马公公宣读完毕，阿勒坦汗用右手抚胸行礼，向隆庆帝谢恩，高举双手接过圣旨。阿勒坦汗激动地看着手中的圣旨，转身对着部众对天起誓道：“大家听着，我蒙古地方新生孩子长成大人，马驹长成大马，永不再犯南朝。如有违誓言，人神共诛！”

蒙汉百姓一直企盼着这和平共处的一天，看到这样的盛况，激动地跟着喊了起来：“永不再犯，永不再犯。”喊声顿时响彻云霄，惊天动地。

侍卫双手捧着辛爱及其他众部首领的贡表文来到阿勒坦汗旁，阿勒坦汗收好圣旨递给侍卫，又从侍卫手中拿过贡表文，双手递给了马公公，马公公接过贡表文，紧紧握住阿勒坦汗的双手说：“这一天总算来到了，从此蒙汉一家和睦相处，共同繁荣。”

阿勒坦汗眼中闪着晶莹的泪光，激动地说：“是啊，四十多年了，终于盼到这一天了。”

两个人就这样紧紧握着双手激动得相对无言，王崇古与礼部官员走上台，逐一与阿勒坦汗相拥祝贺，台下掌声和欢呼声此起彼伏。

受封仪式结束后，阿勒坦汗举办了盛大的庆祝宴会。人们吃着烤肉，喝着美酒，随着音乐载歌载舞，庆祝这来之不易的和平。

庆祝宴会一直持续到深夜才结束，阿勒坦汗因为过于兴奋喝了很多的酒，进入寝室的时候还又唱又跳。

乌讷楚和朵兰费力地将阿勒坦汗扶到床上，阿勒坦汗一把拉住乌讷楚的手说道："我今天太高兴了，这是我此生最高兴的一天。四十多年了，我一直盼着这一天，为了这一天，我牺牲了多少勇士，石天爵、肯切、满受秃、满客汉、堡尔塞、丫头智，他们的鲜血没有白流啊。"

想到四十多年求贡的艰辛，阿勒坦汗不禁悲从中来，他翻起身将头埋在乌讷楚的怀中呜呜地哭了起来，哽咽道："你知道吗？这四十年，那些追随我的首领和贵族们一直反对我向南朝求和，让我感到很孤独、很无助，那种孤独令人窒息。有时我也很绝望，想就此放弃一切，这是一种没有人能理解的孤独啊。"

乌讷楚听着心酸，黯然泪下，她情不自禁地搂住阿勒坦汗，像抚慰孩子那样抚摸着阿勒坦汗的后背。

"一切都过去了，如今，可汗，不，顺义王的心愿不是实现了吗？等大家都享受到了通贡互市的益处，就能理解你了，他们都会发自内心地感激你的。"

在乌讷楚的劝慰下，阿勒坦汗渐渐平静下来。乌讷楚让朵兰端来一碗奶茶，扶起阿勒坦汗说道："汗王，喝杯奶茶早点睡吧，天一亮你还有很多事要做呢。"

阿勒坦汗坐起来，乌讷楚替阿勒坦汗擦去眼泪，接过朵兰手中的茶碗递给阿勒坦汗。阿勒坦汗接过茶碗喝了奶茶，将茶碗递给朵兰，朵兰端着茶碗离开了寝室。

阿勒坦汗靠在床上，问乌讷楚："我现在还不想睡，你能不能陪我说说话？"

乌讷楚点点头，温顺地靠在阿勒坦汗的怀中，两人相拥着靠在床上。

阿勒坦汗说："我觉得你特别懂我的心思，有些观点我们都能不谋而合。这次处理把汉那吉的事情我就看出来了，你绝非一个普通的女子，以后我想让你协助我。"

乌讷楚说："我一个弱女子怎能协助汗王，汗王雄才伟略，早已决断于心，只是我恰好猜中了你的心思而已。"

阿勒坦汗打断乌讷楚说："不，你行事沉稳、心思缜密，不仅了解汉家的礼仪和文化，也会说汉话，以后与南朝的人相处更容易。而且，我的年龄越来越大了，也需要一个信得过的人来帮我，除你之外，我觉得没有更合适的人选了。"

乌讷楚笑道:“汗王错爱,我哪有汗王说得那么好。”

阿勒坦汗也笑道:“如此才貌双全的女子,怎么能让人不爱呢?”

乌讷楚拍一下阿勒坦汗的前胸,嗔道:“可汗再这样说我就不理你了。”

阿勒坦汗哈哈大笑,说:“你现在才越来越像是我的女人了。”

第二天,在议事厅召开土默特各部首领大会,阿勒坦汗对各部首领说:“与南朝的互市即将开市,我们已与朝廷协商制定了互市禁令。各位首领回去后晓谕部众,互市的时候,要严格遵守各条禁令,违者决不轻饶。”

阿勒坦汗环视一下众人,接着说道:“钟金在与南朝的谈判中参与了全程,对所有事宜比较了解,她又熟读汉书懂汉语,对汉家了解也颇深,而且她办事谨慎缜密,我决定让她来管理互市的事宜。”

一个男人宠爱自己的女人本无可厚非,阿勒坦汗老年又得到这样一位年轻貌美的哈屯,宠爱她大家都是可以理解的,可乌讷楚到底有什么过人之处,竟让她来管理通贡互市的事宜。阿勒坦汗对她如此信任和器重,这让众人感到费解了。众人不信任地看看乌讷楚,开始交头接耳、窃窃私语。

辛爱一直以为阿勒坦汗会将这样的重任委派给他,没想到却是这样的结果。他希望有人站出来为他说句话,可众人只是悄声地议论,不仅没有人替他说话,也没有一个人敢站出来反对,心中大为不满,就直言道:“父王,她一个女人家能担当起这个重任吗?”

众人见辛爱这么说,赶紧附和道:“是啊,是啊,她能担当起这个重任吗?”

辛爱见众人支持自己,又说道:“您这样安排,那些与您出生入死的弟兄们恐怕心里不服哪。”

阿勒坦汗说:“正因为众人与我多年征战不辞劳苦,才让他们坐享其成,这样不好吗?”

达云恰在和乌讷楚一起谈判的时候,才算真正认识了她。他觉得这个才二十出头的女人深藏不露,精明又工于心计,完全能够胜任阿勒坦汗安排的这项重任。虽然暗自佩服她的才能,可乌讷楚从一个温文尔雅、不问世事的小女人,突然变得心思缜密、舌如莲花,这变化太大了,大得让达云恰猜不透她到底想干什么,真正的目的又是什么。如今,阿勒坦汗又将如此重要的事情交给了她,达云恰的内心有一种深深的失落感。这么多年来,土默特的外交事务几乎都是由他来承担的,每一次,他都能看到阿勒坦汗满意的笑容,为什么现在阿勒坦汗却抛弃了自己?“是的,是抛弃,阿父现在不再需要我了。”达云恰用忧伤的眼神看着并肩坐在议事厅上位的乌讷楚与阿勒坦汗。瞬间,他似乎明白了乌讷楚的目的,觉得自己以前真是小看了她，今后一定要多加提防她了。

抱着这样的心思，达云恰对阿勒坦汗说道："阿父虽说体谅这些弟兄们，可是如果人们心中不服，那不是又要引起混乱了嘛。"这是达云恰第一次在公开场合对阿勒坦汗的决定提出异议。

阿勒坦汗说："只要你们不乱其他人就不会乱的。"

乌讷楚也异常惊愕，她以为阿勒坦汗昨晚的话只是一句玩笑话，听完后也就一笑置之，没想到他却是认真的。她并没有想过在众人面前刻意表现自己，有些事，只是因为处于那样一种特定的情境，才情不自禁地那样做了。就像第一次踏进这里慷慨陈词，是因为把汉那吉被辛爱驳斥得无言以对，她才不由自主地进来想帮他解围；劝阻阿勒坦汗放弃战争，也不是因为她厌倦战争，那种情形下，自己还没有那么冷静周全的考虑，只是为把汉那吉的安全着想；和明朝使者谈判，是因为她看到了这个叱咤风云的刚毅男人也有着脆弱和孤独的一面，让她对阿勒坦汗又敬又爱又怜，而她又了解阿勒坦汗的心思，自己又懂汉语，不想被翻译曲解了阿勒坦汗的意思，才想从旁协助而已。

乌讷楚见众人反对，不想把自己推到风口浪尖上去，于是赶紧说道："黄台吉和达云恰台吉说得对，管理者必须有一定的威望才足以慑服众人，我一介女流，又寸功未建，汗王这样安排怎么能服众，还是另选他人吧。"

阿勒坦汗说："关键是你懂汉文又会说汉语，便于和汉人沟通，没有人比你更合适了。只要你严格执行禁令，赏罚分明，公正无私，那些人迟早会听从你的。"

乌讷楚再次拒绝道："如果需要我，我可以从旁协助，让我参与管理，那可万万不行。"

阿勒坦汗大手一摆，说道："不必再说了，此事就这么定了。"

辛爱本想在阿勒坦汗面前好好表现一番，让阿勒坦汗更加信任他、器重他，今后好顺理成章地继承汗位。可今天，阿勒坦汗的决定让他愤恨难解，心里一万个不服，内心的危机感更加重了，一散会，他就直奔一克哈屯的毡房。

一克哈屯正与把汉那吉在一起喝茶，辛爱气冲冲地进来，一屁股坐在椅子上。

一克哈屯见辛爱一脸的不高兴，就问道："怎么了？什么事让你这么生气？"

辛爱委屈地说："父王是不是越老越糊涂了，给那个女人如此大的权力，凭什么我们流血流汗换来的成果叫她白白捡去了。"

一克哈屯被辛爱没头没脑的抱怨弄糊涂了，有些不耐烦地说道："到底是什么事，你把话说明白些。"

于是辛爱将阿勒坦汗将互市事宜交给乌讷楚管理的事详细说了一遍。

自从回到大板升城，把汉那吉一直刻意躲着乌讷楚，每天除了来一克哈屯处问安聊聊天，就是喝酒打猎，就连议事也不参与了。听到乌讷楚如此得阿勒坦汗的器重，也由衷地为她感到高兴，不自觉地赞了一句："乌讷楚就是聪明能干。"

辛爱瞪一眼把汉那吉："小屁孩你懂什么。"

把汉那吉毫不示弱地反驳道："就大伯这火暴脾气，爷爷放心把这样的大事交给你做吗？"

辛爱不满地讽刺道："我倒忘了你了，你寸功未建，父王就把板升之众都封给了你，如今你的部众比我还多，看来投降南朝也是奇功一件，啊？"

"你！"把汉那吉恼怒得说不出话来。

一克哈屯见两人针锋相对越说越急，赶紧劝阻道："好了好了，越说越不像话了。把汉那吉说得也没错，温和的人受大家欢迎，暴躁的人亲骨肉也讨厌，就连和自己的侄儿说话也口没遮拦的，你父王怎么信任你。"

辛爱性情急躁这是人尽皆知的事情，一克哈屯为此没少劝导他，可他就是控制不住自己，见一克哈屯又提到自己的短处，就心虚道："就算我不成，还有其他叔伯兄弟，也不能便宜了那个女人哪。额吉，你快去劝劝父王吧。"

一克哈屯有些伤感，撸撸头发说道："如今我已经人老珠黄了，所说的话也没有了往日的分量，你的父王已经不是往日的那个父王了。"

辛爱着急地说道："那额吉也不能不管啊，也许父王念及往日情分还能听你的劝呢。"

一克哈屯叹口气说："唉，今非昔比了，你们也要多顺着点他，不要惹他生气，我想你父王还不至于糊涂到把土默特全部交给她吧。"

辛爱用鼻子嗤出一股气，说道："那也难说，你看父王对那个小崽子的宠爱，一出生就封他为瓦剌的领主，谁能保证父王以后不会将汗位传给他。"

辛爱的话触到了一克哈屯的痛处，她与阿勒坦汗相濡以沫了大半辈子，这个男人的勇气和才能并不是她最佩服的，而是他虽然有才能也有实力夺取大汗之位，但为了整个蒙古的安宁与稳定，他谨遵爷爷达延汗立下嫡长子继承汗位的遗训，一直屈居可汗之位，这才是让她最为敬佩的。可是乌讷楚和他合婚后他就变了，万一他真的因为宠爱乌讷楚而立博达锡里为继承人,这也不是没有可能的。想到这儿,一克哈屯肯定地说道:“其他事情我可以睁一只眼闭一只眼,唯有汗位的事,我绝不会让步。”

乌讷楚即将负责通贡互市一事,传遍了整个土默特部,人们议论纷纷,褒贬不一,都想知道这个小小的哈屯到底有什么能耐能担当如此重任,因此,大家都持着怀疑的态度期待着。

布日玛和朵兰早已听到了各种议论,起初只是认为这些都是嫉妒使然,也就不以为意。直到一天黄昏,布日玛和朵兰带着仆人去羊圈挤奶,听到旁边一克哈屯的羊圈里有人说乌讷楚是想为儿子夺取汗位,才诱惑年迈的阿勒坦汗做出如此糊涂的决定。那人还咂咂嘴,说乌讷楚看上去文文静静、平易近人的,没想到小小年纪这么多的心计,勾引完孙子又去勾引爷爷,朵兰气愤得要去理论,被布日玛拦住。

布日玛和朵兰回到寝室,看见乌讷楚逗着两岁多的儿子博达锡里在玩耍。布日玛将奶壶递给朵兰,让她去给博达锡里熬奶,然后走过去抱起博达锡里坐在床边,装作漫不经心地问乌讷楚:“这次议和,你越发得到了汗王的信任,有没有想过今后的日子该怎么过?”

乌讷楚说:“该怎么过就怎么过呗,有什么好想的,你说是不是博达锡里?”乌讷楚依然逗着儿子,并没有听出布日玛的话中话。

布日玛严肃地看着乌讷楚说:“孩子,我是和你说正经事呢,你不可不上心。”

乌讷楚往床上一靠说:“我该上什么心? 现在不愁吃不愁穿,汗王对我这么好,我想那么多干什么。”

布日玛说:“汗王现在是对你好,可是他那么大岁数了,以后你怎么办?”

乌讷楚笑着说:“以后再说以后呗,兵来将挡水来土掩。”

朵兰端着奶碗进来,听到了布日玛和乌讷楚的最后几句对话,见乌讷楚不以为意,忍不住说道:“你知道下面的人是怎么议论你的吗?”

乌讷楚问道:“怎么议论的?”

朵兰一边凉着羊奶一边说:“有人说小姐是为儿子将来夺取汗位,才诱惑汗王做出糊涂的决定,还说小姐勾引完孙子又去勾引爷爷。”

乌讷楚面色一沉说道:“是什么人这样说的?”

布日玛刚想阻止,心直口快的朵兰已经说道:“还能有谁,一克哈屯身边的人哪,辛爱黄台吉的人虽然没有这么直接地说,但也对小姐能主持互市大为不满呢。”

朵兰忙着给博达锡里准备羊奶,没发现乌讷楚的脸色已经变了,继续说道:“一克哈屯身边的侍女现在看我的眼神都怪怪的,我主动和她们说话她们反倒爱答不理的。”

乌讷楚气愤地说道:“上次我刚回来的时候,一克哈屯就说我狐媚惑主,把土默特的好女子全揽在我娘家了,我以为她是一时情急的气话,怎么这话现在传得到处都是,连下面的人也开始胡说了。”

布日玛见话已经说到这个份儿上了,也就不再拐弯抹角,对乌讷楚直言道:“这就是我今天想和你说的。汗王年纪大了,说句大不敬的话,他肯定要走在你之前,一克哈屯倒也罢了,辛爱黄台吉最怕可汗,如今汗王还在,难听的话就已经出现了,万一汗王不在了,他还不知道能做出什么。还有汗王的那几个儿子,说不定他们是和辛爱黄台吉是一样的想法呢。”

乌讷楚说:“我只想与世无争,过好自己的日子罢了,他们爱怎么想就让他们想去。”

布日玛说:“你不想争,别人可不这么想你。小台吉一出生汗王就封他为瓦剌的领主,汗王的那几个儿子和孙子哪一个有这样的荣耀,我想这件事才是引起那些人闲话的根子。你要知道,宠爱有多少,嫉妒和恨就会有多少。”

乌讷楚觉得布日玛的话很有道理,可她不想再陷入权力之争,她认为所谓的地位、权势,都是过眼烟云。自己虽然出生在一个地位显赫的家庭,但就是因为权势之争,才让她幼年丧父,在母亲膝下撒欢的年纪就远离亲人、远离家乡。为了保全自己的部族,她放弃了爱情,嫁给了自己根本不爱的人,那种孤寂,那种撕心裂肺的痛,又有几人能理解?还好阿勒坦汗是真心爱她的,才让她渐渐冰冷的心得到一丝慰藉。如今,她只想带着儿子平平淡淡地生活,等阿勒坦汗一去世,她就带着儿子回克尔古特部去,那儿才是自己的家,儿子又是瓦剌的领主,回去也是名正言顺的。

布日玛不知道乌讷楚的真实想法,以为乌讷楚在犹豫,就又说道:“你就是不为自己着想,也要为小台吉早做打算。如今汗王早已将土默特各部封给了他的儿孙,小台吉名义上是瓦剌的领主,我看到时恐怕只有克尔古特部才是小台吉唯一的支持,这等于小台吉什么也没有啊。所以,你要为小台吉早做打算才对。”

朵兰也乘机劝道:“嬷嬷说得对,你就是不这样做大家也这么认为了,还不如乘现在汗王还在的时候,给台吉再争取点。”

乌讷楚默默地看着儿子若有所思。

# 二十七、三娘子

按照蒙明之间的约定，明朝在得胜堡、张家口、新平堡和水泉营设立了四处互市集市，每次开放一处，每次期限为一个月，此处闭市后再开放下一处。

经过一番周密的准备，蒙明之间的第一次互市在得胜堡开市了。一大早，阿勒坦汗和乌讷楚，率先令人赶着马牛羊前往得胜堡交易。辛爱和其他各部首领也率领着部众，拖家带口、牵马赶羊地聚拢到得胜堡来。

集市外，蒙明双方的旌旗迎风招展，上千名蒙明士兵身穿铠甲，手持长矛弯刀，昂首挺胸，英姿勃发地站立在集市四周，面色从容淡定，完全没有了以往的暴戾之气。

用各色彩旗围起来的集市上，人头攒动，布匹、绸缎、茶叶、杂货等各种商品琳琅满目，吆喝声、讨价还价声此起彼伏，像过年一样热闹非凡。汉人与蒙古人比画着手势商讨着，有些人面露满意之色，有些人愤愤拂袖而去，继而转向其他商人。

阿勒坦汗和乌讷楚带着温和的笑容在集市上巡视，达云恰、朵兰和十几名侍卫警戒地跟随其后。阿勒坦汗一直被汉人认为是“杀人越货”的魔王，提起他，人们都有些谈虎色变呢。今日，这位“杀人越货”的魔王亲自出现在集市上，引起人们的骚动。人们好奇地停下交易，前来一睹蒙古王的威姿。阿勒坦汗和乌讷楚一走过，人们就在背后指指点点议论不休，就像观看奇物一样。

商人甲指着阿勒坦汗对旁边的人说道：“哎哎，看到了吗？那个就是蒙古王，听说这个人就知道杀人放火抢掠，还以为他有什么三头六臂，也只是个普通人嘛。”

商人乙说：“看到那个漂亮的蒙古女人没有，她就是蒙古王的第三个老婆，听说她很厉害的，就是她劝说蒙古王放弃了战争，我们才能在这儿和蒙古人交易。”

商人丙羡慕地说：“是啊，那个蒙古王真有福气，娶了这样一位美丽又能干的女人。”

商人甲笑话道：“羡慕吧。”

商人乙笑着问道：“难道你不羡慕吗？”

几个人哈哈大笑起来。

阿勒坦汗一直担心这来之不易的互市遭人破坏，因此，天天带着乌讷楚在集市上巡视。有阿勒坦汗亲自管理,人们也不敢滋事,整个集市井然有序。乌讷楚因为会汉语,有时也为蒙汉百姓充当翻译。得空,阿勒坦汗和乌讷楚还会和明军守将一起喝喝酒聊聊天,了解明朝这边百姓的生活和需求。王崇古也经常来巡视,双方相遇,便坐下来一起喝茶聊天,几个人谈笑风生,犹如久别重逢的老友一样。

得胜堡顺利闭市后,张家口集市又开市了,阿勒坦汗依然亲自在集市上巡视,连续的操劳,使大病初愈的他倍感疲惫,整日萎靡不振的。医师来看过几次,说阿勒坦汗是因为疲劳过度,建议他好好休息。乌讷楚便劝他回去养病休息,自己带着朵兰和侍卫每日继续在集市上巡视。

频繁的交往,加深了蒙汉百姓之间的了解,也丰富了交易的经验。阿勒坦汗和王崇古在的时候,还能威慑着人们不敢滋事,他们一走,人们唯利是图的本性就显现了出来。集市上开始出现掺假、掺杂的现象,尤其是在马市,起初,人们六两银子换一匹马,好一点的马还可以换到八两银子一匹,这就给了人们讨价还价的机会。有些人开始百般挑剔,逐渐将马价压到四两银子。蒙古人也不甘示弱,交易前大量给马灌水喂食,直到把马撑得肚皮滚圆,以此来获得好价。双方为此争吵不休,继而发展到打架斗狠,摩擦时有发生。

为了整顿交易秩序,乌讷楚带头严惩了蒙古那些破坏协议的人,企图借此威慑其他人。王崇古得知后,也下令严惩了一些领头的商人,可是按了葫芦起了瓢,为了获得更多的利益,人们可谓足智多谋、妙计百出,弄虚作假和哄抬物价的事仍然是层出不穷。乌讷楚觉得仅靠处罚是不能从根本上解决问题的,于是来到明军驻营,找王崇古商量对策。

乌讷楚一进入王崇古的军帐,王崇古便微笑着站起身,抱拳行礼道:“钟金哈屯大驾光临,不知有何见教?”

乌讷楚向王崇古还礼说:“我已经被搅得焦头烂额了,来找大人讨高招来了。”

王崇古礼让乌讷楚就座后,自己也坐了下来。

王崇古疑惑道:“噢?钟金哈屯遇到什么为难的事情了?”

“蒙汉民众间为了交易价格不断发生纠纷,单靠处罚是不能解决问题的。”

“那哈屯有什么想法?”

“经过这一段时间的交易,大家对交易有了一定的了解,也积累了不少经验,我觉得应该定一个让双方都能接受的交易标准来调控集市,这样,既可以减少纠纷,也可以阻止那些不法的人借机打压价格扰乱交易。”

“这个建议好啊,我看行。”

“另外我想蒙汉两边各派一些人，各发给令牌一面，由他们来专门负责处理这方面的纠纷，大人觉得怎么样？”

王崇古笑道：“哈屯为了互市煞费苦心啊，好，我马上派人奏报朝廷。”

王崇古言出必行，与宣大几位重要官员商议后，立即向朝廷上了一道奏疏，朝廷很快给予答复，同意了乌讷楚的建议。有了这样的一个标准，蒙汉百姓息讼止纷，集市又恢复了以往井然有序的情景。

蒙古的一些穷苦百姓没有多余的马牛羊，他们乞求乌讷楚同意他们用马尾、羊皮、皮袄用来交换，乌讷楚看着那一双双期盼的眼神，不忍心拒绝他们，就点头答应了。汉人们知道后，也纷纷来请求乌讷楚同意他们用自己的日常生活用品来交换。为公平起见，乌讷楚同样答应了他们的请求。蒙明这些百姓加入互市以来，通过交换，满足了自己的生活所需，内心对这位钟金哈屯充满了感激之情。

由于乌讷楚严守协议的约定，不论亲疏，不分贵贱，一律秉公处理不偏不倚，又处处为百姓考虑，蒙古人对这位年轻的哈屯渐生敬佩之情，对她日益敬重和信任，汉人们更是亲切地称呼她“三娘子”。

明朝派来常驻集市的兵备道蔡可贤，他相貌英俊、气宇轩昂。他早就听说“始封事成实出三娘子意”，年老的阿勒坦汗非常宠信她，事无巨细都任凭她裁决，如今又听到人们对她赞不绝口，对乌讷楚充满了好奇。于是，他主动来到乌讷楚的行帐，想了解一下这位年轻的哈屯到底有什么过人之处。

蔡可贤刚走到行帐门口，听到行帐中传来女子朗诵诗的声音：

“半生落魄已成翁，
独立书斋啸晚风。
笔底明珠无处卖，
闲抛闲掷野藤中。

这个女子的声音委婉悦耳，蔡可贤一时听呆了，悄悄站在了行帐外侧耳倾听。女子吟完诗，轻轻叹息了一声。

朵兰掀起门毡准备出去，突然看见门口站着一个人，惊得“啊”了一声。蔡可贤冷不防被朵兰看到他偷听的样子，立时窘得涨红了脸。

乌讷楚听到朵兰的声音，抬起头望过去，看到门口的蔡可贤颇感意外，放下手中的书站起身，热情地招呼道：“蔡大人快请进！”

蔡可贤难为情地走进毡房，快速瞄了乌讷楚一眼，发现乌讷楚微笑地看着他，尴尬得站也不是，坐也不是，一时竟不知该说些什么。

乌讷楚大方地礼让道："蔡大人请坐。"

蔡可贤赶紧坐到椅子上，双手放在膝上，五指轻轻敲打着双腿。

乌讷楚也坐到一旁，问道："蔡大人前来是有什么事吗？"

蔡可贤平时言辞流利、能说会道，此时却嘴舌笨拙，无法开口。

朵兰端来一碗奶茶递给蔡可贤。他看了一眼朵兰，突然想起了什么，坐直了身子，故作镇定道："钟金哈屯是不是允许百姓用日常生活用品进行交易了？"

乌讷楚说："是啊！有什么不妥吗？"

蔡可贤连忙摆摆双手说："没有没有，我只是随便问问。"

蔡可贤转身端茶碗的时候，看到桌上放着一本徐渭的手抄本诗集，顺手拿了起来，一边翻看一边问道："哈屯喜欢徐渭的诗？"

乌讷楚笑道："我喜欢汉家的诗词，没事的时候就翻来看看。"

蔡可贤放下书看一眼乌讷楚，说："刚才我听哈屯吟完诗叹息了一声，是不是这首诗引起了哈屯的共鸣？"

乌讷楚淡淡一笑说："只是对一个满腹才华却不被赏识与重用的人感到惋惜而已。"

蔡可贤是进士出身，自幼博览群书、文采出众，平时也喜欢作文章写诗词，见乌讷楚颇通诗词，便与她谈论起诗词歌赋来。这一天，两人相谈甚欢，直到黄昏时才依依惜别。

乌讷楚非常欣赏蔡可贤的文采，只要他一来，就让蔡可贤教她作诗。在蔡可贤的指导下，乌讷楚做了一首诗：

"宠冠穹庐第一流，
自矜娇小不知愁。
谁禁黑水阴山外，
别有胡姬叹白头。"

蔡可贤见这首诗对仗工整，又有意境，却含着深深的落寞与幽怨，尤其乌讷楚自称"胡姬"，蔡可贤觉得表面豪爽开朗的她，内心一定藏着不为人知的痛苦和无奈，心里不由得对她多了一份仰慕和怜惜。

乌讷楚越来越喜欢逗留在集市上。在这里，她看到蒙汉百姓有时坐在一起，汉人热情地捧出轻烟散著的香茶，蒙古人豪爽地拿出醇香的马奶酒，其乐融融地坐在一起，互相学说着对方的语言。有时，他们也会用不熟练、生硬的语言激烈地争执着，但也是今天不欢而散，明日又喜笑颜开地坐在一起把酒言欢。每当看到这样和谐、融洽的局面，看到人们脸上满足的神情，乌讷楚感到前所未有的愉悦和轻松。加上蔡可贤经常来找她聊天，与她吟诗作对、畅谈古今，她的行帐中经常传出欢快的笑声。

几个月的时间转瞬即逝，最后一处水泉营集市也要闭市了。闭市这日，阿勒坦汗与王崇古都来到了水泉营集市。乌讷楚和蔡可贤一起出去相迎，互相行礼寒暄过后，乌讷楚对王崇古说："为时一个月的互市今日将顺利闭市，蒙汉双方各取所需，人们皆大欢喜，我想今晚按照我们蒙古人的习俗举办一个庆祝会，王大人您看如何？"

王崇古附和道："好啊，这样更能促进蒙汉之间的了解和信任，以便以后更加友好地往来。"

阿勒坦汗却叹息道："只可惜互市的时间过于短暂了。"

王崇古笑道："顺义王不必担忧，这只是开始，有了这样良好的开端，还怕今后互市不能成为常态吗？"

阿勒坦汗豪爽地哈哈一笑说："王大人说得有道理，我有些贪心喽。"

夜晚，水泉营集市前点燃了篝火，铺上了羊毡，摆上了酒菜，阿勒坦汗、乌讷楚等蒙古各部首领和王崇古及大同、得胜堡的官员将领们，与蒙汉百姓席地而坐，推杯换盏，开怀畅饮。蒙古人拉响了马头琴，跳起欢快的舞蹈，汉人们也兴致高昂，随着音乐与蒙古人翩翩起舞。

王崇古对阿勒坦汗说："顺义王四十多年诚意求贡，下官早有耳闻，像顺义王这般胸怀大义、为了民众免受战祸矢志不渝的人实属罕见，令下官佩服，下官敬顺义王一杯。"

阿勒坦汗连连摇头摆手道："王大人此言让我惭愧，如果没有王大人大力相助，就凭我一个人也做不成此事，我应该多谢王大人才对。"

阿勒坦汗举起酒杯，王崇古也端起酒杯，两人一碰杯，仰首一饮而尽。

王崇古斟满酒转向乌讷楚说："这几个月来，钟金哈屯每日在集市上巡视，而且充当了蒙汉之间的翻译，辛苦了，下官敬钟金哈屯一杯。"

乌讷楚笑靥如花，举杯与王崇古碰杯后也一饮而尽。

酒过三巡，人们带着几分微醉尽情狂欢，蔡可贤借着酒意怂恿部下邀请乌讷楚跳舞，这名部下站起来高声叫道："听说蒙古人个个能歌善舞，我们邀请三娘子跳支舞怎么样？"

众人跟着哄喊道："三娘子来一个，三娘子来一个。"

阿勒坦汗疑惑地问道："谁是三娘子？"

王崇古哈哈一笑说："就是钟金哈屯啊！哈屯公正无私、赏罚分明，深得百姓敬重和信任，三娘子是汉家百姓对哈屯的爱称啊。"

乌讷楚莞尔一笑道:“王大人谬赞了。”

阿勒坦汗握住乌讷楚的手,赞许地看着她。

乌讷楚落落大方地站起身来,说道:“蒙汉第一次互市圆满闭市,各位将士和百姓都付出了自己的努力和辛苦,既然大家盛情邀请,我就一舞以报大家,各位不要笑话我舞姿不堪入目,只是助兴而已。”

音乐声响起,乌讷楚随着音乐翩翩起舞,那优美娴熟的动作,千般娇姿、万般变化,时而抬腕低眉,时而轻舒云手,蒙古袍随着她的旋转,一会儿像一把张开的伞,一会又缠绕在她柔软如柳的身上。乌讷楚纵情地舞着,所有人都停止了喝酒,随着音乐击掌附和着,目不转睛地看着翩若仙灵的乌讷楚,就连阿勒坦汗也忘情地看着她而忘记了手中的酒杯。

有些人已经按捺不住了,纷纷起身与乌讷楚舞在一起,嘴里还“喝、喝”地叫着。辛爱和达云恰机械地将马奶酒灌进嘴里,冷漠地看着忘情而舞的乌讷楚。

这样喜庆的夜晚,蒙汉人民醉饱讴歌,婆娑忘返。

## 二十八、一克哈屯的遗言

午后，火辣辣的太阳就像一个巨大的火球，毫不留情地炙烤着大地，整个大板升城就像是被一个巨大的蒸笼罩住了，一丝风也没有，让人闷热得透不过气来。家犬一动不动地趴在树荫下，伸着舌头，呼哧呼哧地喘着粗气。大树垂头丧气地耷拉着脑袋，枝条懒洋洋地低垂着，叶子干巴巴地蜷曲着，鸟儿也不知道躲到哪儿去纳凉了，只有树上的蝉儿不耐烦地高声嘶鸣着。

牧场上的马、牛、羊、骆驼懒洋洋地卧在阴湿的草地上，鲜美肥嫩的青草对它们已经没有了诱惑力。清澈的湖水比往日低了几寸，四周的芦苇一动不动地杵在那里。

人们都躲在树荫下乘凉，男人们都光着膀子，女人们随便拿起什么就当扇子使用了，小男孩们干脆一丝不挂地在树下玩耍。

阿勒坦汗光着膀子躺在寝室床上的凉席上，额头上渗出细密的汗珠。乌讷楚穿着一件丝绸袍子坐在阿勒坦汗身边，几缕头发混着汗水贴在脖子上。她一只手不停地抖动着丝袍，一只手为阿勒坦汗扇着扇子，散落的头发随着扇子一飞一扬。

阿勒坦汗从乌讷楚手中拿过扇子，一边用力地扇着，一边说道：“今年怎么这么热啊。”

乌讷楚用手卷起头发推到头顶，又用手抹一抹脖子里的汗珠，说道：“是啊，心静则凉，可就是这样静静地坐着还是不停地出汗。”

朵兰把一盘西瓜放到桌子上，招呼道：“这天可真热啊，汗王、小姐，快来吃一块西瓜吧！我听那些汉人说，西瓜是最好的消暑水果了，我按照汉人的做法，在凉水里已经浸泡过了。”

阿勒坦汗与乌讷楚下了床坐到桌旁，乌讷楚递给他一块西瓜，自己也拿了一块吃了起来。

阿勒坦汗咬了一口西瓜说道：“嗯，好吃，大热天有这样的东西吃，舒服。”

乌讷楚也咬一口西瓜，点点头说：“嗯，汉人就是会过日子，经过凉水浸泡的西瓜和普通西瓜的味道就是不一样。”

就在这时，达云恰进来禀报，说有一位喇嘛前来求见，乌讷楚以为是阿勒坦汗派人专程请来的，放下西瓜擦擦手站起身说：“汗王什么时候派人去请的，我怎么一点都不知道？”

阿勒坦汗也放下西瓜擦擦手，一脸茫然地说："我早把这事给忘了，不是你派人去的？"

乌讷楚疑惑地摇摇头，说道："我没有啊，哎，先去见见再说，看他来这儿有什么事。"

乌讷楚与阿勒坦汗进入会客厅，看到一位身着绛红僧袍、头戴黄色鸡冠帽的老年僧人站在会客厅内。

喇嘛一见到阿勒坦汗和乌讷楚便双手合十行礼道："拜见汗王，拜见钟金哈屯。"

阿勒坦汗疑惑地看看这位喇嘛，自己与他素未谋面，他怎么认识我呢？于是问道："大师是？"

喇嘛自我介绍道："我叫阿兴，汗王叫我阿兴喇嘛就可以了。"

阿勒坦汗请阿兴喇嘛就座后，又问道："我们见过面吗？"

阿兴喇嘛笑道："从未见过。"

阿勒坦汗疑惑地问道："那你怎么认识我的呢？"

阿兴喇嘛笑道："汗王因世世修行福聚，才降生为受人尊敬的汗王。"

阿勒坦汗饶有兴致地问道："噢，这么说大师知道我的前生了？"

阿兴喇嘛点点头，依然微笑着说道："汗王是最初的上汗化为降生是也。"

阿勒坦汗惊讶地问道："你是说我是上汗的转世？"

阿兴喇嘛说："如果汗王今生今世能净修佛教，弘传佛经，修行福慧之聚时，您将像圣转轮王般遍地名扬。"

阿勒坦汗听阿兴喇嘛说他是先祖忽必烈的转世，兴奋地问道："我怎样做才能将福慧聚集起来？"

"这就需要您皈依三宝。"

"皈依三宝？"

"是的。佛、法、僧是佛教的三宝，皈依三宝是对入佛门者最基本的要求。只有皈依三宝进行修炼，一直到此生终了之时，您将彻悟佛陀之道，怜悯导引众生，这样，您的灵魂才得以转世。"

阿兴喇嘛看着听得入神的阿勒坦汗，接着说道："信佛者不拜其他诸天，信圣法者不杀害人命，信僧者不信异教旁门。"

阿勒坦汗颔首道："大师所言我领悟在心。"

这位阿兴喇嘛是西藏格鲁派（即黄派）宗教领袖索南嘉措的舅父。阿勒坦汗征伐青海的时候，索南嘉措担心阿勒坦汗继续西征危及西藏，早就想派人来劝导阿勒坦汗皈依佛教，因为把汉那吉降明，阿勒坦汗匆匆返回了土默特，索南嘉措就派阿兴喇嘛来到土默特，让他向阿勒坦汗讲述佛法，劝导阿勒坦汗皈依佛教。

阿兴喇嘛为引导阿勒坦汗进入佛门，向他一一讲述了佛教所称的佛、法、僧三宝，六字真言和八关斋戒等佛法，并强调皈依三宝是对入佛门者的最基本的要求。

阿兴喇嘛对阿勒坦汗说："汗王征战一生，杀人无数，从佛法的角度看，就属于恶业多端。"

乌讷楚紧张地问道："这影响汗王修炼和灵魂转世吗？"

阿勒坦汗也紧张地看着阿兴喇嘛。

阿兴喇嘛笑道："只要汗王能诚心向佛，皈依佛教，坚持念诵六字真言即可，汗王能否做到？"

阿勒坦汗西征青海的时候，目睹了喇嘛教在当地的崇高地位，对其教义也有了初步的了解，使他有所触动。几天来，经过阿兴喇嘛的讲解，黄教博大精深的教义引起了阿勒坦汗浓厚的兴趣。

在蒙古草原出现和平局面的时候，土默特的经济要想继续发展，就必须维护部落的安定统一，保持与明朝的经济联系。但是，统一需要一种精神的牵引，维护和平局面更需要一种精神支持。阿勒坦汗本就决定寻找一种新的理念来维护蒙古地区的统一，防止新的分裂势力抬头。阿兴喇嘛的讲解，使阿勒坦汗认识到"好生杀戒"的教规不仅可缓解各部落领主之间的矛盾冲突，巩固与明朝的贡市关系，还可以改变蒙古民族因信奉萨满教而形成的杀生祭祀的恶习，非常适合蒙古草原上对领主和部众的管理和约束。

经过短暂的思虑，阿勒坦汗答道："好，我决定皈依佛教。"

阿兴喇嘛没想到如此顺利就说服了阿勒坦汗，欣慰地看着阿勒坦汗。

此后，阿勒坦汗一处理完部族的事务，就与乌讷楚投入皈依三宝的佛事活动中。他们整日"益诵佛经，专以杀生为戒"。阿兴喇嘛一再强调要获得"诸经""诸僧""诸佛像"，阿勒坦汗更是急不可待。为了获取这些，他首先想到的是他所熟悉的近邻明朝，于是，他派人向明朝去请求佛经、佛像。

由于阿勒坦汗将大量的精力投入佛事活动中，他便将部族的一些琐碎事务交给乌讷楚单独处理，使乌讷楚逐渐开始参与到部族各项事务的管理中来。

通过通贡互市，土默特各部部众的生活方式发生了很大的变化。粮食在生活中所占的比重越来越大；各种蔬菜和瓜果也开始广泛种植；手工业由于有了原料来源，工艺水平也在不断提高。这令鄂尔多斯部和永谢布的部众羡慕不已。他们逐渐认识到，与其冒死去抢掠这些物资，或从土默特人那儿高价去买，倒不如也和土默特万户一样参加通贡互市。于是，鄂尔多斯部的切尽首先向阿勒坦汗提出了参加通贡互市的请求，紧接着巴雅思哈勒的妻子猛可真羞愧地来找乌讷楚，让她帮忙向阿勒坦汗道歉，也请求加入通贡互市。远在青海的丙兔派人送来书信，希望明朝也能在青海和甘肃沿边设立互市。

经阿勒坦汗请求，明朝从东起宣府西至甘肃，又增开了七处官市，期限也由一个月延长到了两个月，并授权宣大总督，可以视具体情况在适当地方开设小市，便于小规模的交易。这样一来，乌讷楚更忙了，肩上的担子也更重了，阿勒坦汗为了让她放手大胆地推进与明朝的经济往来，把通贡互市事宜交给她全权负责，并调派一万精兵由她统领，说谁敢违反禁令破坏了通贡互市，格杀勿论，乌讷楚可自行处置，且不必征求他的同意。

阿勒坦汗的决定在整个蒙古右翼掀起了轩然大波，有些人对乌讷楚心生敬佩，认为在这么短的时间内就能获得明朝的信任，又增开了几处官市，而且还延长了互市的期限，这都是乌讷楚的功劳。可也有人内心不服，觉得这件事如果交给自己也一样会做得很出色，只是没有这样的机会罢了。

辛爱知道后，大为光火，又不敢反驳阿勒坦汗，就急匆匆来到大板升城，和达云恰一起向一克哈屯的毡房走去，希望一克哈屯出面阻止阿勒坦汗。

一克哈屯正病恹恹地躺在床榻上，把汉那吉和乌兰在一旁伺候着。两人见此情景刚想离去，一克哈屯已经看到了他们，问道："你们怎么一起来了？"

达云恰急忙回答道："我们来看看额吉，额吉怎么样了，病好些了吗？"

达云恰一边说着，一边拉辛爱坐到桌子旁的椅子上。

一克哈屯苦笑道："人老了，毛病也多了，不中用了。"

一克哈屯边说边坐起身来，把汉那吉和乌兰扶着一克哈屯靠在床榻上。

达云恰笑道："谁说额吉老了，额吉也不要想那么多，好好静养才是最重要的。"

一克哈屯说："我自己的身体自己知道，我就等着长生天召唤我呢。"

一克哈屯说完，见辛爱垂头丧气地坐在那儿，就问道："辛爱，你怎么了，又遇到什么不称心的事了？"

达云恰急忙用眼神暗示辛爱，谁知鲁莽的辛爱脱口而出："父王越老越糊涂了，竟然把兵权也交给了那个女人，这不是给土默特埋下隐患了嘛。"

辛爱因为气愤，早已忘记了自己对乌讷楚的爱慕，不敬地将她称为那个女人。

把汉那吉说："集市的事那么复杂，现在又有那么多的人，万一发生什么意外，手中没有兵权来不及调兵，怎么应对那些事情呢。"

辛爱说："就算父王没有精力亲自去管理，也应该让额吉管理，兵权也由额吉掌控，让那个女人去执行就可以了。"

达云恰急忙打圆场说："额吉操劳了一辈子了，也该享享福了，有我们在，就不要再让额吉操心了。"

辛爱却依然抱怨道："这个女人城府太深了，父王不知被她下了什么蛊了，对她言听计从的。"

把汉那吉说："那说明还是钟金哈屯说得有道理，不然爷爷怎么会听她的呢？"

把汉那吉一再帮乌讷楚说话，辛爱将矛头转向了把汉那吉："你是不是也被那个女人下了蛊了，怎么尽帮着那个女人说话。"

把汉那吉辩解道："我说的是事实嘛。"

辛爱正想反驳，一克哈屯怒道："住口，我累了，你们都出去吧。"

辛爱和达云恰悻悻地离开，一克哈屯悲从中来，不由得老泪纵横。

一克哈屯这一气病情又加重了，把汉那吉与乌兰衣不解带地侍奉在侧。一个月后，一克哈屯终于支持不住了，她让把汉那吉去叫阿勒坦汗，并特意嘱咐只许让阿勒坦汗一个人来。

把汉那吉匆匆忙忙来到阿勒坦汗的宫殿，恰巧遇到刚走出宫殿大门的乌讷楚和朵兰。很久以来，这是他们第一次单独碰面，彼此都感到尴尬，不知道怎么开口。

乖巧的朵兰见两人愣怔地看着对方，就开口问道："台吉来有事吗？"

把汉那吉这才回过神来想起自己此行的目的，于是急忙说道："奶奶病危，让我来请爷爷。"

乌讷楚说："汗王在里面，你跟我进来吧。"

阿勒坦汗正在会客厅听阿兴喇嘛讲经说法，把汉那吉一进会客厅，便急急说道："奶奶不大好，让我请爷爷过去一趟。"

阿勒坦汗急忙站起身说："走，我们去看看。"

乌讷楚要随阿勒坦汗一起去，把汉那吉拦住乌讷楚，为难地说道："奶奶只让爷爷一个人过去。"

阿勒坦汗回头对乌讷楚说："那你就留在这儿吧。"

说完，阿勒坦汗与把汉那吉一起向门口走去。临出门前，把汉那吉又回头看了一眼乌讷楚，正好遇上乌讷楚幽幽的目光，把汉那吉急忙扭头离去。

朵兰见把汉那吉看乌讷楚的时候，眼中依然还有一丝柔情，就问道：“我听下面的人说台吉出走前一直喊着说你骗了他，回来后好像又躲着你，你为什么不和他解释呢？”

乌讷楚叹气道：“解释什么，还有什么可解释的？放不下，谁心里都不好过，不如就这样吧。”

把汉那吉跟在阿勒坦汗身后匆匆向一克哈屯的毡房走去，眼前却是乌讷楚的身影。他觉得乌讷楚生完孩子后比以前更美了，有一种说不出的韵味。

就在把汉那吉胡思乱想的时候，他们已经来到了一克哈屯的毡房。阿勒坦汗与把汉那吉进入毡房，看到医师正在给一克哈屯把脉，辛爱、布彦、达云恰、扯力克等几个儿孙围在床榻边。

一克哈屯形如枯槁，面色苍白地躺在床榻上。阿勒坦汗快速走到床榻边坐下，看着一克哈屯浑浊的双眼忽然有些愧疚，这个跟了他一辈子的女人，病成这样自己居然不知道，他感到有些心酸，扭头问医师：“怎么样了？”

医师叹口气摇了摇头。

一克哈屯说：“不用费心了，我已经走到头了，我要和我的儿子铁背去相见了。”

辛爱、把汉那吉等人听一克哈屯这样说，都忍不住哭出声来，阿勒坦汗悲戚的眼泪也涌入眼眶。

一克哈屯伸出一只手，阿勒坦汗赶紧双手握住。一克哈屯泪流满面，呜咽道：“多少年了你没有这样握过我的手了。”

阿勒坦汗哽咽道：“对不起，是我忽略你了。”

一克哈屯说：“这辈子我从来没有求过你什么，今天我要你答应我一件事，就算我求你的。”

阿勒坦汗柔声道：“什么事？你说。”

一克哈屯突然呼吸急促起来，阿勒坦汗赶紧为她抚胸说：“要不你先休息一下，一会儿再说。”

一克哈屯强忍着咽口气，勉强对阿勒坦汗说道：“不管你怎么宠爱乌讷楚，我只有一个要求，希望你能按照达延汗爷爷的遗命，将来让辛爱继承汗位，你能答应我吗？”

阿勒坦汗看看把汉那吉和众子孙，大家都焦急地看着阿勒坦汗如何决定。

一克哈屯突然提高了声音，说道："我不为把汉那吉求你，就是不希望这些孩子们为了汗位骨肉相残，你明白我的良苦用心吗？"

辛爱哭着跪倒在床榻前："额吉，你不要说了，我不稀罕什么汗位，我只要额吉赶快好起来。"

一克哈屯叱道："糊涂，你怎么能说这样的话呢？你阿爸如今也老了，以后你要照顾好你的这些弟弟和子侄们，记住额吉的话了吗？"

辛爱哭着点点头。

一克哈屯转向阿勒坦汗又问道："你能答应我这个请求吗？"

把汉那吉此刻才明白一克哈屯叫阿勒坦汗来的目的。他还是关心着乌讷楚，因此说道："奶奶，这事就让爷爷自己做主吧。"

辛爱疑惑地看着把汉那吉，不知道他此刻为什么会说出这样的话来。

阿勒坦汗拍拍一克哈屯的手说道："我明白你的意思，放心吧，爷爷的遗命我不会忘记的。"

一克哈屯欣慰地舒了一口气，脸上的神情也松弛下来，她说道："这样，我就可以放心地去了。"

之后，一克哈屯就陷入了昏迷中，阿勒坦汗和他的子孙们一直守在一克哈屯身边。到了晚上，一克哈屯走完了她一生的行程，而乌讷楚一直没有机会再见她最后一面。

土默特为一克哈屯举行了隆重的葬礼。深夜，乘灵堂无人的时候，乌讷楚一个人悄悄进来，跪在一克哈屯的灵柩前。乌讷楚泪流满面，悲伤地说道："哈屯，我到底做错了什么，你连最后一面也不让我见？从我来到大板升城，是你一手把我抚养长大的，乌讷楚不是忘恩负义的人，你对我有气，可以骂我打我，为什么要这样对待我呢？"

乌讷楚跪行到一克哈屯的灵柩旁，伏在灵柩上无声地抽噎着，哭了好大一会儿，乌讷楚才又抬起头说道："哈屯，你是不是怪我伤害了把汉那吉才这样对我的？我也不想这样，在这儿，只有你和把汉那吉才是我最亲的人。我爱把汉那吉，很想和他一起远走高飞，可你用布日玛和朵兰的性命威胁我，她们是我在大板升唯一的亲人，我怎么能对她们不管不顾？我是听了你的话才伤害了把汉那吉啊，你怎么能怪我呢？把汉那吉为我酗酒，放纵自己，我看着心痛，可是我能怎么办？那时我又发现自己怀了孕，怕把汉那吉知道了更加自暴自弃，所以我才骗他娶了乌兰，希望乌兰能取代我让他振作起来。我的这一番苦心，却没有一个人可以理解，别人看我备受汗王宠爱，可谁又知道我内心的苦楚呢？要怪，只能怪长生天不该让我来到大板升城，更不该让我爱上把汉那吉啊。"

乌讷楚正在哭诉着，辛爱、达云恰、扯力克和银花一起进入灵堂，看到乌讷楚哭得如泪人一般，辛爱和扯力克心生恻隐，达云恰冷眼旁观，银花走到乌讷楚身边说道："你来干什么，别在这儿假惺惺的了。"

银花见辛爱、达云恰和扯力克并不阻止自己，大着胆子拉起乌讷楚道："你快离开这儿，哈屯不想看见你。"

这时，把汉那吉从灵柩后面走出来，对银花呵斥道："住手，你怎么可以对钟金哈屯无礼。"

乌讷楚惊呆了，一双泪眼直直地看着把汉那吉，她没有想到把汉那吉会在灵堂，刚才的话一定被他全听去了，乌讷楚尴尬得想找个地缝钻进去。

只听把汉那吉又说道："钟金哈屯是奶奶一手抚养大的，她来给奶奶上炷香，我想奶奶的在天之灵知道了，也会感到欣慰的。"

乌讷楚感激地看了把汉那吉一眼，转身快速走出了灵堂。

一克哈屯的去世，让把汉那吉倍感孤独。他觉得奶奶是这个世上唯一疼爱他、关心他的人，奶奶一走，这个世上就只剩下他孤零零的一个人了，所以他才偷偷藏在一克哈屯的灵柩后面，想多陪奶奶一会儿。也许是长生天刻意的安排，让他听到了乌讷楚的心声。此时此刻，他才真正懂得了乌讷楚的心，才知道这个世上还有一个真心爱他、关心他的人。

## 二十九、兴建库库和屯(上)

冬去春来,草原上又绿草茵茵、牛羊成群,一年一度的互市即将开市。明朝派来了一位新总督吴兑,因不了解此人,阿勒坦汗非常担忧互市再出现什么变故。就在此时,阿勒坦汗和乌讷楚接到了王崇古的邀请函,请二人到大同城做客。

阿勒坦汗、乌讷楚和达云恰带着近百名侍卫来到大同城的时候,天色已近黄昏。王崇古带着随从在大同城外等候,他看到纵马而来的阿勒坦汗和乌讷楚,微笑着摆手示意。阿勒坦汗和乌讷楚远远看到王崇古便下了马,徒步来到王崇古面前。

阿勒坦汗学着汉人的模样,抱拳行礼道:"接到王大人的请帖,我们就马不停蹄地赶来了。"

王崇古也抱拳行礼道:"顺义王和钟金哈屯辛苦了。"

阿勒坦汗笑道:"哪里哪里,王大人盛情相邀,我感激还来不及呢。"

王崇古也笑着说:"早就该请顺义王和钟金哈屯到我府上做客,可总有琐事缠身,临走也一直没有机会,今天也是借吴大人的酒宴请顺义王和钟金哈屯。"

乌讷楚微微屈膝行礼,问道:"大人要走?是不是又高升了?"

王崇古苦笑一下说:"我从此无官一身轻,要做一名不问世事的乡间老翁了。"

阿勒坦汗惊讶地说道:"大人做得好好的,为什么突然间要走呢?"

王崇古叹口气说:"唉,一言难尽哪。"

王崇古摆摆手,随从牵来了马匹,王崇古对阿勒坦汗说:"走,随我进城吧。"

几个人又上了马,王崇古引领着阿勒坦汗、乌讷楚和达云恰一起向大同城走去。

经过交谈,阿勒坦汗与乌讷楚才了解到,王崇古借助把汉那吉降明铲除了赵全等白莲教叛逆,使蒙汉之间消弭了战争,和睦相处。他被加封太子少保、兵部尚书,他的一个儿子被封为锦衣卫正千户,世袭,赏银五十两、大红纻丝蟒衣一袭。后遭人嫉妒,又因连番上奏疏向朝廷请求增开互市场所、延长互市期限,给事中刘铉及同官彭应时、南京御史陈堂借此联合上奏,说自与蒙古互市以来,王崇古疏于防备,有徇敌之嫌。隆庆帝将王崇古招至京城,问明缘由后,虽安抚王崇古不要介意别人的话,但他还是起了疑心。随后，王崇古又上奏疏为阿勒坦汗请佛像和佛经，给事中尹瑾、御史高维崧再次借机弹劾他。王崇古以致仕为由试探隆庆帝，没想到隆庆帝竟准允他解甲归田，并派来了新总督吴兑，令王崇古心灰意冷，决定辞官返乡。

王崇古卸任后，吴兑要在宣大府为王崇古举办欢送仪式，被王崇古拒绝，他建议吴兑在大同城邀请阿勒坦汗和乌讷楚一起来相聚。他此番的目的，是想让阿勒坦汗与吴兑加深彼此的了解和信任，以更好地维护这来之不易的和平局面。吴兑也正有此意，欣然采纳了王崇古的建议。

大同城是明朝的九边重镇之一，历史悠久，早在作为北魏拓跋氏都城的时候，就已经修筑有规模宏大的城池。到了明朝初期，由于是京畿屏藩，军事位置十分险要，因此朱元璋令大将军徐达在旧城基础上增筑，形成今天的大同城。大同城是当时最大的王城，以皇城街为中心的四周十七万平方米的建筑群，不但具有王家气派，同时也具有皇家气度。

大同城门口，有身穿盔甲手持长矛的士兵在守卫。守卫的士兵见到王崇古和阿勒坦汗等人，都恭敬地向他们行礼。

他们穿过约三十多米进深的瓮城门洞，进入了大同城。阿勒坦汗四下望望，见瓮城上建有箭楼，高大的城墙四角上建有角楼，四周的每一面墙上都伫立着望楼、窝铺，站在城墙上的任何一个部位，都可以俯瞰全城。

见阿勒坦汗到处观望，王崇古问道："顺义王是第一次进入大同城吧？"

阿勒坦汗嘿嘿笑道："是啊，难怪大同城易守难攻呢。"

王崇古笑着向阿勒坦汗介绍道："大同城由四部分组成，主要部分为高大坚固的镇城，在镇城的南、东、北墙外另外各有一个自成一体的四边形小城，分别叫作南小城、东小城、操场城，而各个小城也有独立的瓮城和月城，均与主城相隔不到两百米，用吊桥与主城连接。我们现在所在的位置就是南小城。"

说话间，他们已穿过了四五个城门，来到一座吊桥前，这儿也有士兵在守卫。

王崇古说："过了这座吊桥就进入大同城了。"

穿过吊桥再过了瓮城门，一片繁华的景象呈现在眼前。宽敞的青砖街道两侧店肆林立，寺庙、道观、钱庄、镖局、当铺、饭庄、驿馆等应有尽有，醒目的店铺招牌旗帜随风轻扬，夕阳淡淡洒在红砖绿瓦或颜色艳丽的楼阁飞檐之上，给眼前这一片繁盛的城镇又增添了几分朦胧和诗意。

他们行走在街道上，虽已近黄昏，行人依然川流不息，车马辚辚，身前身后是一张张或苍迈、或风雅、或清新、或世故的脸庞，不时能听到商贩具有穿透力的吆喝声。

王崇古指着前方又介绍道:“大同城内有四条大街、八条小巷、七十二条绵绵巷,街衢规整通达。每条大街中段十字路口各建一楼,东有太平楼,南有鼓楼,西有钟楼,北有魁星楼。城中心有四座精美的牌坊,称四牌楼,其附近就是大同最繁华的商业中心了,只可惜我不能带着顺义王一一去参观了。”

阿勒坦汗道:“大人要告老还乡,我应该亲自设宴为大人饯行的。唉,以后不能再与王大人共事,深感遗憾啊。”

王崇古说:“新来的总督吴兑吴大人也与我一样,都希望蒙汉能和睦共处。今日请你们来,就是要为你们引见一下,以后也方便共事。”

乌讷楚笑道:“多谢王大人费心。”

王崇古带着阿勒坦汗、乌讷楚和达云恰穿过繁华的闹市,来到吴兑在大同城的府邸前。侍卫立刻进去禀报了吴兑,吴兑带着夫人及好友徐渭来到大门外热情相迎。

吴兑笑逐颜开,双手抱拳向阿勒坦汗行礼道:“这位想必就是顺义王了,下官久闻顺义王威名,今日相见,实乃三生有幸啊。”

王崇古介绍道:“这位是吴兑吴大人,这位是吴夫人。”

阿勒坦汗右手抚胸向吴兑夫妇行礼道:“吴大人、吴夫人,幸会幸会。”吴夫人屈膝向阿勒坦汗还礼。

王崇古又介绍乌讷楚道:“这位是顺义王的三夫人,人称三娘子的钟金哈屯。”

乌讷楚行礼道:“乌讷楚拜见吴大人、吴夫人。”

吴夫人一把挽起乌讷楚,微笑道:“好一个美人儿,让人一见就不由喜欢呢。”

吴兑也赞叹道:“早就听说三娘子巾帼不让须眉,没想到还是一位端丽冠绝之人。”

乌讷楚嫣然一笑道:“吴大人与夫人过奖了。”

吴兑向阿勒坦汗和乌讷楚介绍徐渭道:“这位是我的好朋友徐渭。”

阿勒坦汗与徐渭互相行礼,乌讷楚向徐渭行礼道:“徐先生好!”

徐渭未答话,只是向乌讷楚还了一礼。

吴兑伸手请阿勒坦汗入府道:“顺义王、王大人请!”

吴兑引着阿勒坦汗与王崇古进入大门,徐渭跟随在三人之后,乌讷楚挽着吴夫人的胳膊,也跟着进入大门。

吴兑的府邸是一座典型的三进院落的四合院。大门前立着两个雕有兽面的圆鼓子石墩。进入大门,是由倒座房和南侧的街门、北侧的垂花门和游廊共同围成的前院。穿过垂花门，是宽敞的庭院，庭院中植树栽花、叠石造景，感觉非常舒适，两侧各有三间厢房和一间耳房。忙碌的仆人们见到吴兑等人，都垂首站立在一旁，等吴兑等人走过方才离去。再穿过一座垂花门，这才看到五间正房。正房的开间、进深和高度都大于其他房间，雕梁画栋，非常气派。

吴兑引领着众人进入会客厅，乌讷楚见墙上挂着一幅青藤居士的《墨葡萄图》，不由走上前端详起来。

吴兑见状，问道："哈屯也喜欢书画？"

乌讷楚笑道："我非常喜欢汉家的这种写意画。"

吴兑问道："那哈屯看看这幅画怎么样？"

乌讷楚仔细端详了半天，说道："这幅画笔简意赅，用墨多用泼墨，很少着色，层次分明，虚实相生，水墨淋漓，生动无比。画中墨的浓淡显示了叶的质感，题诗的字体结构与行距不规则，如葡萄藤蔓一样在空中自由延伸。书中有画，画中有书，整个画面使书与画融为一体。"

乌讷楚从崔家贤那儿学到过一些粗浅的书画知识，后来又经笔写契和丘富指点，对汉家的书画有了进一步的了解，再后来与蔡可贤的交往中，也得到过他的指点。在这之前，她在蔡可贤那儿就见过青藤居士的书画，非常喜欢，之后对他的书画也就更加留意了，只是不知道青藤居士就是徐渭。

听乌讷楚如此评价，徐渭对这位蒙古王妃也开始另眼相看。

吴兑笑看徐渭一眼，转而称赞道："没想到钟金哈屯对书画有如此深的了解，下官佩服！佩服！"

阿勒坦汗面带笑容，自豪地看着乌讷楚。

乌讷楚嫣然一笑说："卖弄了，我一个蒙古女子哪懂那么多。汉家书画门类繁多，我只是恰好喜欢这种写意画，也就对此多用了一份心，所以略知一二罢了。"

吴兑笑着说："哈屯自谦了，哈屯的这份才情就是汉家女子也不及啊。"

乌讷楚指着画道："画如其人，这位青藤居士定是位生活狂放，对权势不谄媚的性情中人。"

吴兑哈哈大笑，乌讷楚不解地看着吴兑，徐渭向乌讷楚行礼道："不才正是青藤居士。"

乌讷楚惊讶地看着徐渭，问道："您就是这幅画的作者？"

徐渭含笑道："正是。"

乌讷楚尴尬地说道："哎呀，我真是鲁班门前耍大斧，让先生见笑了。"

徐渭笑着说："哈屯过谦了，我没想到一个蒙古女子对汉家书画有如此见解，能得哈屯赞赏，在下不胜荣幸。”

乌讷楚谦虚道：“之前在蔡可贤大人那儿见过先生的书画，蔡大人曾指点一二，徐先生千万不要介意我胡说八道。”

徐渭笑道：“夫人谦虚了，您还是有这方面的悟性的。”

说话间，仆人们已麻溜地备好了酒菜，吴兑邀请阿勒坦汗、乌讷楚、王崇古和徐渭入席。

仆人斟满酒，吴兑举起酒杯道：“今日为王大人饯行，顺义王与钟金哈屯能远道而来，下官深感荣幸，我与拙荆先敬顺义王和钟金哈屯一杯。”

阿勒坦汗说：“今日是为王大人饯行，理应先敬王大人才是。”

王崇古笑道：“我与吴大人同朝为官几十载，顺义王和钟金哈屯不辞劳苦远道而来，郑大人先敬你和哈屯是对的。”

阿勒坦汗说道：“蒙汉能够和平互市、和睦相处，王大人功不可没，如今王大人要告老还乡，我必须要来送一程。”

王崇古急忙抱拳向上，解释道：“这是我大明皇上圣明，视蒙汉为一家，普施恩泽，还有高阁老和张居正大人在朝中运筹帷幄，我也只是奉命行事而已，岂敢僭越。”

乌讷楚笑道：“就连皇上也赞大人是克建系颈之绩，大人又何必自谦呢。”

王崇古笑着摆摆手，吴兑见二人互相谦让，就说道：“既然如此，我们也不分彼此了，大家共同干了这一杯吧。”

阿勒坦汗说：“好，就依吴大人的，我们一起喝了这一杯酒吧。”

几人站起来互相碰杯后一饮而尽。

酒过三巡，王崇古对吴兑说：“顺义王是一个铮铮男儿，四十多年来坚持不懈地请求通贡互市，这种精神让我非常感动。虽然我们接触的时间不长，但是我发现蒙古人性格豪爽、直率，言而有信。如今朝中还有些人食古不化，试图毁掉蒙汉间的和平大业，吴大人任重而道远，千万不要让这来之不易的和平局面半途而废，不要让蒙汉百姓再陷战祸，流离失所。”

吴兑严肃地说：“王大人请放心，为官就要以民为天，如果不能为民着想，这官不做也罢。”

乌讷楚端着酒杯站起身来说道：“我敬二位大人一杯，你们如此为蒙汉和平大业着想，为蒙汉百姓谋福，乌讷楚深为敬佩。”

乌讷楚豪爽地饮完杯中酒，举着空杯看着王崇古和吴兑。

吴兑也站起身说道：“钟金哈屯真是女中豪杰，我听王大人说顺义王和哈屯严守双方的协议，处事公断，令蒙汉百姓心服口服。今后，有用得着吴某的地方，就请直言。”

阿勒坦汗也起身说道：“王大人说得对，我阿勒坦承诺的事情是绝不会更改的，只要你们皇帝不反悔，这和平大业就不会半途而废。”

说完正事，几人开始谈古论今，把酒言欢，徐渭被乌讷楚的才华和落落大方的举止所折服。

徐渭举杯说道：“我没想到蒙古还有像哈屯这般钟灵毓秀的女子，请哈屯满饮此杯，在下想为哈屯作诗一首。”

乌讷楚喜悦道：“好啊！”说完一饮而尽。

徐渭起身走几步，略沉思片刻，看着乌讷楚吟道：

“汉军争看绣裲裆，
十万貂旌一女郎。
唤起木兰亲与较，
看他用箭是谁长？”

吴兑、王崇古拍案叫道：“好！”

乌讷楚浅笑吟吟地说道：“先生过奖了，我敬先生一杯。”

乌讷楚与徐渭相互碰一下酒杯，两人一仰脖子，喝了杯中酒。

阿勒坦汗笑着说：“我虽然不懂汉家的诗词，但我想这一定是一首极好的诗，我也敬徐先生一杯。”

徐渭急忙自己斟上酒，举杯与阿勒坦汗碰杯后，两人扬着脖子喝了杯中酒。

几个人推杯换盏，越谈越投机，大有相见恨晚之意，直到深夜才酒罢方酣。

之前，阿勒坦汗虽然曾攻打到大同城下，但看到的也只是外包青砖混合土夯筑的高大城墙，如今亲眼看到繁华如此的大同城，觉得自己的大板升城与这座城池相比，真是相形见绌了，因此在心中萌发了新建一座城池的念头。

# 三十、兴建库库和屯(下)

王崇古带着家人还乡了,蒙明互市的日子也来临了,这一次前来交易的人增加了近一倍,集市上人满为患。乌讷楚与吴兑商量后,同时开了几处市集,为了加强对集市的管理,乌讷楚又增加了几个人来负责管理集市和处理纠纷。此时,这个队伍的人数已经增加到了二十人,也需要有个人来管理,经过筛选,乌讷楚任命海赖为巴都尔哈。

海赖是阿勒坦汗的侍卫队队长,对阿勒坦汗忠心耿耿,深得阿勒坦汗的信任,被阿勒坦汗封为百户长。此人身材魁梧,相貌丑陋,平时不苟言笑,如果他站在那儿一动不动,别人会以为这是一尊雕像。但海赖是一个面冷心热的人,平时对部下的要求极为严格,但私底下,又对每一个侍卫非常关心,也深得部下的敬重。而且此人也是一个重情重义的人,对他喜欢和敬重的人不惜两肋插刀。

自从被任命为巴都尔哈以后,他兢兢业业,每天像雕塑一样立在集市上,众人对他是望而生畏。

虽然每一处乌讷楚都派了信任的人负责巡视和管理,但她还是不敢懈怠。她派人训练了一支女子侍卫队,她经常带着朵兰和这一队红装轻骑在各集市上小心翼翼地巡视。

这一日,乌讷楚来到得胜堡,见集市上人头攒动,人们在琳琅满目的店铺前挑来选去,但集市依然井然有序,便和朵兰回到集市的行帐喝茶,留下那些女侍卫仍在各处巡视。

乌讷楚在行帐中看到站在烈日下的海赖,就让朵兰把他请到行帐来。

海赖面无表情地进入行帐,向乌讷楚行完礼便闷声问道:“钟金哈屯找属下有什么事?”

乌讷楚笑道:“这么热的天你也不用站在太阳底下晒着,找个阴凉地纳纳凉。”

海赖问道:“钟金哈屯找我来就为这事?”

乌讷楚倒杯茶递给海赖说:“还想请你喝杯茶消消暑。”

海赖感激地接过茶碗对乌讷楚露出难得一见的笑容。

海赖喝完茶离去后,百无聊赖的乌讷楚又想起了吴兑的夫人,对朵兰说:“吴夫人是一位和善的人,我想去看看她。”

乌讷楚被大同城的繁华和气派所吸引,回来后就和朵兰喋喋不休地说个不停。朵兰早已对这座城池心怀向往,听乌讷楚说要去大同城,高兴地连忙应道："好啊，好啊。"

两人策马来到大同城直奔吴兑家。吴夫人得到禀报，立刻与侍女翠儿出来相迎。乌讷楚一介绍完朵兰，吴夫人便高兴地拉着乌讷楚和朵兰进入卧室，从柜子里拿出一个包袱放在桌子上。她打开包袱，里面有一套紫绿色的汉家女子衣服。

吴夫人非常喜欢女孩，可惜膝下无女，只有一个儿子还在外地任职，离多聚少。自上次见到乌讷楚，就喜欢上了这个漂亮又知书达理的蒙古女子，把她当成女儿来看待，特意为她做了一身汉家女的衣服。

吴夫人将乌讷楚拉到桌前说："这是我特意为你做的，你看看喜欢吗?"

乌讷楚拿起衣服在身上比画着，朵兰摸着衣服不停地赞道："真漂亮。"

乌讷楚欣喜地抚摸着衣服，当下就要试穿，吴夫人让翠儿服侍乌讷楚更衣，自己拉着朵兰走出卧室到客厅等待。朵兰一边走一边还回头看着，吴夫人笑着说："改天我再给你做一套。"

朵兰高兴地问道："真的吗？那我先谢谢夫人了。"朵兰说着就向吴夫人行礼答谢。

翠儿帮乌讷楚换好衣服，又给乌讷楚梳了一个汉家女的发式，簪上钗环，然后在乌讷楚的脸上略施薄粉，涂上一层淡淡的胭脂。

翠儿从镜中看着乌讷楚，由衷地赞道："哈屯，您真漂亮。"

乌讷楚起身拉着翠儿央求她教自己行汉家女子的礼节。翠儿不知乌讷楚用意何在，认真地一遍遍示范，直到乌讷楚能熟练又规范地掌握这些动作后，两人才来到客厅。

乌讷楚踩着莲花步，袅袅婷婷地来到吴夫人面前，用汉家女子拜见长辈的礼式，向吴夫人盈盈一拜，吴夫人一把拉起乌讷楚，上下仔细打量起来。

乌讷楚轻盈地转了一圈，问道："怎么样，我好看吗?"

吴夫人笑道："好看好看，你真是太漂亮了！看你这身打扮，哪像一个蒙古女人，倒似我汉家的一个大美女呢，如果我能有你这么一个美丽的女儿就好喽。"

乌讷楚扶吴夫人到正席坐定，退开几步跪倒在吴夫人面前便拜。吴夫人忙不迭地起身去扶她，口中说道："哈屯这是干什么，快快请起。"

乌讷楚跪在地上拉住吴夫人的手说道："乌讷楚从小就离开了阿妈，一个人来到了土默特，虽说布日玛嬷嬷对我如女儿般疼爱，可还是日夜思念阿妈。如果夫人不嫌弃我，我愿意做夫人的女儿，从此将夫人当母亲来侍奉。"

吴夫人感动得热泪盈眶，拉起乌讷楚说道："好！好！我的好女儿。"

乌讷楚扑进吴夫人的怀中,甜蜜地叫道:“母亲!”

朵兰也急忙跪倒向吴夫人叩拜:“参见老夫人。”

吴夫人拉起朵兰笑道:“真是一个乖巧的孩子。”

朵兰羡慕地看着乌讷楚,一会儿摸摸乌讷楚的衣服,一会儿摸摸她头上的首饰,翠儿见状,笑着问道:“朵兰姐姐也喜欢汉家服饰吗?”

朵兰点点头。

翠儿说:“我刚好有一身新做的衣服,朵兰姐姐如果不嫌弃,我送给你如何?”

朵兰惊喜地说道:“真的吗?”

翠儿拉着朵兰回到自己的卧房,不大一会儿,便领着身穿汉装的朵兰又回到客厅。

吴夫人笑着赞道:“朵兰也是一个大美人,你俩就像一对姐妹。”

乌讷楚起身拉住朵兰的手说道:“朵兰是和我从小一起长大的,我俩就是亲姐妹。”

就在乌讷楚与吴夫人话家常的时候,吴兑回来了,乌讷楚迎上前去向他行礼:“女儿拜见父亲。”

吴兑一进客厅就看到了这两个柔情绰态的美女,疑惑间又听有人称呼他父亲,不由惊愕在当地。吴夫人笑着走过来,拉起乌讷楚的手问道:“怎么,不认识了? 这是我们的女儿乌讷楚啊。”

吴兑定睛一看才认出是乌讷楚,也笑道:“你这么一打扮,我还真没认出你来。”

乌讷楚嫣然巧笑道:“大人可愿意认我这个笨拙的丫头为女儿?”

吴兑笑道:“求之不得呢。”

乌讷楚与朵兰在吴兑家逗留了半日,才依依不舍地离去。

乌讷楚与朵兰穿着汉家衣服回到大板升城的时候,正好碰上了辛爱、达云恰和把汉那吉。把汉那吉和辛爱都被乌讷楚另一番风情万种的美吸引。达云恰却厌恶地皱起了眉头,但他不敢对乌讷楚发威,只好把怒气撒到朵兰身上:“你身为哈屯的仆人,却穿着汉人的衣服招摇过市,这成什么样子,有损我们蒙古人的尊严。”

把汉那吉过来解围:“这有什么,你们不是都有朝廷赏赐的官服吗? 那不都是汉人的衣服吗? 我还穿过南朝的官服呢,难道就丢了我们蒙古人的尊严了吗?”

把汉那吉又一次帮乌讷楚说话,辛爱不明白把汉那吉为什么总是帮着乌讷楚。其他事倒也罢了,那一次一克哈屯让阿勒坦汗答应将来将汗位传给自己的时候，把汉那吉也曾阻止过。当时他还以为把汉那吉想和他争夺汗位才那样说的，可后来发现他并没有争夺汗位的野心。细想几次与把汉那吉的争执，好像都是因为乌讷楚，这让辛爱对两人的关系产生了怀疑。

达云恰愤愤地说道："我从来就没有穿过那件衣服。"

乌讷楚笑着问道："那从南朝交易回来的那些物品，你用过了吗？"

达云恰辩驳道："这是不一样的。"

乌讷楚说："有什么不一样的，都是南朝的物品，只不过用途不一样罢了。"

达云恰一时语塞，不满地看着乌讷楚和朵兰。把汉那吉赞许地冲乌讷楚和朵兰笑笑，这一幕又被辛爱看在眼里。

辛爱看看乌讷楚和把汉那吉，开口道："你们在大同穿穿也就算了，回来这儿还是注意点吧，毕竟你是父王的哈屯。"

辛爱说完绕过乌讷楚和朵兰向前走去，达云恰狠狠地瞪了朵兰一眼，和把汉那吉一起随辛爱离去。

被达云恰训斥，朵兰气恼地嘟着嘴跟在乌讷楚身后，乌讷楚却不以为然，迈着轻松的脚步回到寝室。

靠在床上的阿勒坦汗见到身着汉服的乌讷楚和朵兰，先是愣怔了一下，待看清是乌讷楚和朵兰时，笑着说道："我以为是仙女下凡了呢，你这一身打扮，汉家女也要嫉妒三分了。"

乌讷楚嗔笑道："汗王又拿我取笑。"

乌讷楚在阿勒坦汗面前优雅地旋转了一圈，笑盈盈地问道："这是吴夫人亲手为我做的，好看吗？"

阿勒坦汗下了床走到乌讷楚面前，抻开乌讷楚的双臂，故意上下打量一番，笑道："没有人比我的哈屯更迷人了。"

乌讷楚羞涩地看一眼朵兰道："汗王也不怕朵兰笑话。"

阿勒坦汗看一眼朵兰，发现朵兰正嘟着嘴，就问道："我夸你家小姐你不高兴了吗？"

朵兰委屈道："当然不是了，是有人不愿意看到我们穿汉人的衣服。"

"朵兰，我渴了，去给我倒碗奶茶来。"乌讷楚借故支开朵兰，阻止她继续说下去。

阿勒坦汗却追问道："是谁不愿意了？"

乌讷楚说："也没有什么。"

为转移话题，乌讷楚又问道："汗王今日怎么这么休闲地待在这里？"

阿勒坦汗拉乌讷楚坐到床边，说道："自从上次从大同城回来，我就有了一个想法。”

乌讷楚好奇地问道：“什么想法？”

阿勒坦汗说：“我要仿照汉人的建筑，建造一座更宏大华丽的城池。”

乌讷楚惊喜地说道：“原来汗王也有这样的想法？”

阿勒坦汗看看乌讷楚说：“怎么，你也有这样的想法？”

乌讷楚起身站到阿勒坦汗面前说道：“上次和汗王一起去大同城，我就觉得我们也应该建一座更大的城池，作为汗王处理政务的地方，并在此接待各方使者。”

阿勒坦汗拉起乌讷楚的双手笑道：“我们又不谋而合了。”

正说着，达云恰急急来见，禀报说明朝那边传来了消息，同意送给阿勒坦汗佛像和佛经。原来，吴兑的奏疏上报到京城后，高拱、张居正认为喇嘛教的教义可以束缚阿勒坦汗及其部属的思想和行为，于是以阿勒坦汗能够“奉佛诵经，忏悔戒杀”这是他悔过好善的表现为由，奏请隆庆帝满足阿勒坦汗这方面的全部请求，隆庆帝也赞成高拱和张居正的想法，就全部准奏了。

阿勒坦汗得知此消息后非常兴奋，决定兴建寺庙迎请佛经和佛像。因没有建寺的经验，阿勒坦汗请求明朝支援。明朝派来了工匠，送来了颜料，协助阿勒坦汗建寺。

不到一年的时间，蒙古草原上的第一座寺庙便建成了。隆庆帝派人送来了佛经、佛像，并派了两位喇嘛一起来到了土默特。在阿兴喇嘛和这两位僧人的帮助下，阿勒坦汗在土默特举办了隆重的迎请佛经和佛像的佛事活动。

明朝能派来能工巧匠协助阿勒坦汗兴建寺庙，更坚定了阿勒坦汗建城的决心。他带着乌讷楚和达云恰策马驰骋在土默特广袤的草原上，开始选择建城的地方。

这一日，他们沿着大青山一路向东，一直来到距离大板升城以东近一百公里的地方，发现这里青山叠嶂、郁郁葱葱，哈敦木伦河在草原上缓缓流淌，十分壮美。

乌讷楚喜悦地说道：“汗王，这儿真美啊，就在这儿建城你看如何？”

阿勒坦汗环顾一下四方，说道：“这儿依山傍水，与鄂尔多斯部和永谢布相距不远，更接近大同城，是个建城的好地方。”

阿勒坦汗选好建城的地方后，因缺乏建筑方面的人才，又向明廷上书，以“我为款贡大事筑城，意在久远”为由，再次请求明廷派人来协助筑城。

阿勒坦汗的奏疏送到大同后一直杳无音信，乌讷楚便特意备了一份厚礼来到了吴兑府上探听消息。

自从吴兑夫妇收乌讷楚为义女后，乌讷楚与吴兑夫妇往来更加密切，经常带着一些亲自做的奶食品和蒙古的礼物到吴兑家做客，每一次，吴兑夫妇都予以热情接待。

这次，吴兑到边关巡视不在家，乌讷楚与朵兰问候了吴夫人，又闲话一阵家常便准备离去，刚走出大门，恰逢吴兑返回。

吴兑笑道："真巧，我正准备派人去土默特呢，没想到你就来了。"

乌讷楚问道："是不是建城的事情朝廷有旨意了？"

吴兑说："是的，顺义王的这一举动，使朝廷再次看到了他一心追求和平的诚意，不仅答应派建筑工匠和设计工匠，还答应送给你们部分建城所需的颜料、车辆、粮食。"

乌讷楚惊喜地问道："真的吗？"

吴兑微笑着点点头。

乌讷楚扑过去搂住吴兑的脖子，撒娇地摇晃着吴兑道："此事义父必定没少费心力，女儿该怎么报答义父呢？"

吴兑抚着乌讷楚的后背说道："我也是尽自己的绵薄之力而已。"

乌讷楚松开吴兑退后几步，郑重其事地向吴兑又行礼道："我代表顺义王感谢义父为我们蒙古人所做的一切。"

吴兑哈哈笑道："女大不中留，一转眼就替自己的夫婿又说上好话了。"

这一幕恰巧被达云恰手下的一名百户看到了。他回去后，带着鄙夷的表情添油加醋地向达云恰描述了一番。

吴兑对乌讷楚的支持，使她更加得到了阿勒坦汗的信任。这已经令达云恰对她越来越厌恶，他又听到乌讷楚与吴兑搂搂抱抱，关系暧昧，让他对乌讷楚和吴兑的关系产生了怀疑。

乌讷楚一回到大板升城，立即将这个喜讯告诉了阿勒坦汗。有了明廷的支援，阿勒坦汗决定与乌讷楚共同兴建这座城池。

不久，明廷派来的几名工匠带着部分建筑所需的材料来到了土默特。在乌讷楚的建议下，阿勒坦汗将接待和管理建城的任务交给了把汉那吉，把汉那吉见阿勒坦汗又开始信任、重用他，决定好好表现一番。辛爱虽不反对兴建城池，但也没有太大的兴趣，见把汉那吉热情高涨、干劲十足，对他嗤之以鼻，并未多想。

大青山下，旌旗招展，近万人马聚集在这里，人声鼎沸、马声萧萧，有挖壕的、有搬石头的、有运送木材的，搬的搬、抬的抬，打夯声、号子声、欢笑声连成一片，人们热火朝天地开始兴建新城池了。

# 三十一、初恋曝光

几个月后，阿勒坦汗与乌讷楚来到工地视察，达云恰也随同而来，把汉那吉一见到阿勒坦汗等人，急忙跑了过来，将他们迎进大帐里。

阿勒坦汗坐在一张铺满图纸的大桌子前，问道："进展怎么样？"

把汉那吉走到阿勒坦汗面前说："还比较顺利，我把这些人进行了分配，现在一边挖地基一边准备石材，这样，就不会因为材料的缺少窝工了。"

阿勒坦汗满意地笑道："好，这就对了，别看只是一件盖房子的小事，和带兵打仗有相同的道理，分工协作，相互配合，才能起到事半功倍的效果。"

把汉那吉恭敬地答道："是，爷爷。"

阿勒坦汗又关切地问道："最近累坏了吧？"

把汉那吉笑道："还好，手下的人都尽心尽力的，倒也不用费那么多心思。"

乌讷楚站在桌子旁，随手翻看着桌上的图纸，偶尔似不经意地看一眼把汉那吉，她发现把汉那吉晒黑了，人也显得更加健壮英俊。他能这样用心地做事，乌讷楚感到高兴，但也心疼他，于是对把汉那吉说道："操心也是一件累人的事，还是要注意自己的身体。"

简单的一句关心的话语，让把汉那吉心生暖意。他冲乌讷楚微微一笑，又把目光转向阿勒坦汗。

阿勒坦汗站起身走到把汉那吉面前，双手用力地按了一下把汉那吉的肩膀，说道："好好干，这是一次锻炼的机会，你能做好每一件事，我将来才能放心把重要的事交给你去做。"

达云恰闻言心里一惊，将来还有什么重要的事情，难道是要将汗位传给把汉那吉吗？应该不会，阿勒坦汗承诺一克哈屯将来要让嫡长子辛爱继承汗位的。就在达云恰胡思乱想中，他看到乌讷楚送给把汉那吉一个鼓励的微笑，而把汉那吉则用隐藏在眼里的深情深深看了乌讷楚一眼。这两人到底是什么关系？为什么钟金哈屯总是不断地在阿勒坦汗面前举荐把汉那吉，而把汉那吉也总是帮着钟金哈屯？而钟金哈屯和吴兑又是怎么一回事？达云恰一边思忖着一边随阿勒坦汗走出大帐。

回到大板升城后，达云恰坐在桌前，将三个茶碗摆在桌子上，怔怔地看着茶碗发呆，脑袋里却在苦思冥想：钟金哈屯、把汉那吉、吴兑，他们三个人之间到底是什么关系？钟金哈屯如果想夺权，可并没有看到她和那些部落首领私下有什么往来，相反，她好像更愿意待在集市上。以前蔡可贤在的时候，听说他们在一起就是吟诗作对，也没有什么，蔡可贤调离之后，她更多的时间是在行帐中看书，最多就是去吴兑家做客。难道说是她嫌阿父年纪大了，满足不了她的要求，所以和吴兑鬼混在了一起？如果她真和吴兑有什么，那她为什么总去吴家，难道就不怕吴兑的老婆发觉什么吗？

达云恰想着想着摇摇头，又盯着另外一个茶碗：她的儿子还小，或者是她想帮助把汉那吉继承汗位，等阿父去世以后，她再下嫁把汉那吉，把汉那吉死后汗位顺理成章就是她的儿子的了。

想到这儿，达云恰豁然开朗，没错，就是这样，她是想让南朝也支持把汉那吉。要想达到这个目的就需要吴兑的鼎力支持，为了让吴兑支持她，她就去主动勾引吴兑了，一定是这样，她和吴兑绝对不是清白的。

达云恰得意扬扬地笑了一下，眼前又浮现出把汉那吉深情地看乌讷楚的情景来。难怪钟金哈屯那么积极地在阿父面前举荐把汉那吉，哼！等我拿到真凭实据再在阿父面前揭穿他们的阴谋。

第二天，达云恰便派了心腹阿希格去调查乌讷楚与把汉那吉及吴兑的关系。几天后的一个黄昏，达云恰刚回到府邸，阿希格就尾随着进来了。他先把调查吴兑的情况汇报给了达云恰，达云恰听到乌讷楚只是认吴兑夫妇为义父母，私底下也没有过多的交往的时候，心里略感失望。但听到阿希格说乌讷楚和把汉那吉关系不一般的时候，他惊喜地问道："他们是怎么回事？"

阿希格走到门口向外看了看，又走到达云恰面前，神秘地说道："听说把汉那吉台吉那次投奔南朝，和钟金哈屯也有关系，而且他们俩好像还闹过一次私奔，被一克哈屯阻拦住了。"

达云恰惊道："你说的都是真的？"

阿希格说："这都是和把汉那吉一起投奔南朝的海勒金告诉我的。当时我也不信，可他说如果我不相信的话，就让我去问阿力哥，他说阿力哥知道一切。"

达云恰起身对阿希格严肃地说："这件事不能告诉任何人，否则我会割掉你的舌头。"

阿希格嗫嚅地说道："是，台吉，我绝不告诉任何人。"

达云恰从府邸出来，骑马直奔辛爱的部落，等到达辛爱的部落的时候天色已经完全黑了下来。达云恰一进入辛爱的毡房，看到他又搂着美妾，喝着美酒，观看舞女跳舞，不由得眉头皱了起来。

辛爱看到达云恰，向他招招手说道："你怎么来了？来，坐坐坐。"

达云恰走到辛爱身旁坐下。

辛爱召唤仆人:“来人,给达云恰台吉倒酒。”

达云恰看看那些美妾和舞女说:“让她们都下去,我有话对你说。”

见达云恰非常严肃,辛爱挥手让所有人退了出去。

等辛爱的美妾和舞女离去后,达云恰就把乌讷楚与把汉那吉相爱的事和阿勒坦汗在工地对把汉那吉说的那番话以及自己的猜测一股脑告诉了辛爱。

辛爱曾经也怀疑过乌讷楚和把汉那吉的关系,但他觉得乌讷楚是父王的哈屯,就连自己现在也不敢胡思乱想,把汉那吉再怎么任性也绝对不敢有任何非分之想,于是撇撇嘴说:“钟金哈屯和把汉那吉从小一起长大,自然比别人感情深厚些,在父王那儿举荐把汉那吉也是情理中的事,你想得太多了吧。”

达云恰见辛爱不相信自己所说的,就说道:“你如果不相信,找来阿力哥一问就全清楚了。”

辛爱见达云恰说得这么郑重其事,也想弄清楚事情的真相,当下派人去工地悄悄找来了阿力哥。阿力哥被带进辛爱的卧房时,看到达云恰也在,还以为是阿勒坦汗派他们找他秋后算账,惶恐不安,站在床榻前绞着双手,不安地看看辛爱和达云恰。

辛爱慢悠悠地说道:“今天找你来是有事要问你,如果你敢骗我,我就砍下你的黑头去喂野狗。”

阿力哥“扑通”一声跪在辛爱和达云恰面前急忙说道:“黄台吉有什么要问的只管问,只要是奴才知道的,一定不会隐瞒。”

辛爱说:“好,那你告诉我,钟金哈屯和你家台吉是怎么回事?”

阿力哥听辛爱问到乌讷楚和把汉那吉的事,心扑通扑通地狂跳起来,这可是几头都得罪的事。不告诉他们,今天可能不会活着回去,告诉了他们,把汉那吉和钟金哈屯不仅不会原谅自己,万一阿勒坦汗知道了,一定会认为是他教坏了把汉那吉,自己同样会丧命。阿力哥越想越害怕,颤抖着趴在地上不敢抬头。

迟疑间,只听达云恰厉声喝道:“还不快说,如果你敢隐瞒半个字,我立刻砍下你的狗头。”

达云恰的喊声把沉思中的阿力哥吓得哆嗦了一下,不由自主地抬起头惊恐地看了看他们。

辛爱又说道:“其实我们已经知道了,只是看看你对我们是不是忠心了。”

阿力哥又赶紧趴在地上,脑子飞快地运转起来,看来他们确实已经知道了什么，否则不会无缘无故地找他来问。辛爱是汗位的继承人，阿勒坦汗一死他就是汗王，不要说是自己，恐怕把汉那吉和钟金哈屯也得听他的，这件事也不是只有自己知道，如果别人告诉了他们，那他真的就全完了。

阿力哥抬起那张比哭还难看的脸，沮丧地说："二位台吉千万不能告诉别人是我说的啊。"

辛爱不耐烦地说道："放心吧！只要你实话实说，我不仅不会惩罚你，还会重赏你的。"

阿力哥咽口唾沫定定神，将乌讷楚与把汉那吉如何相爱，如何要私奔被一克哈屯阻拦，把汉那吉因误解乌讷楚而投奔明朝，一五一十地告诉了辛爱和达云恰，惊得辛爱和达云恰目瞪口呆。

辛爱回过神来，又问道："这么大的事，我们怎么一点都没有听说过？"

阿力哥说："当时知道的人本来就不多，一克哈屯又下了死命令，谁还敢议论此事。"

辛爱从枕头下摸出一锭银子扔给阿力哥："还算你老实没有欺骗我们，你去吧。"

阿力哥捡起地上的银子揣进怀中，说了声"谢谢黄台吉"，扭头向外走去。

达云恰突然又喊道："等等。"

阿力哥折回身来问道："达云恰台吉还有什么吩咐？"

达云恰说："今晚之事如果你敢告诉把汉那吉一个字，不要说你，就是你全家的性命也攥在我们手里，你明白吗？"

阿力哥急忙道："奴才明白，奴才明白。"

阿力哥走后，辛爱又靠在床榻上，眯着眼睛思索起来。

阿勒坦汗对乌讷楚越来越信任，和各部首领议事的时候，很多事都会征求她的意见。这令达云恰和辛爱更加忧虑，总担心土默特的大权有朝一日落入乌讷楚手中，所以凡是乌讷楚主张的，他和辛爱都会反对，而阿勒坦汗对她提出的意见和建议几乎全部采纳，可谓言听计从了。

为了动摇乌讷楚在阿勒坦汗心目中的地位，达云恰和辛爱决定拿乌讷楚和把汉那吉相爱的事做文章。他们暗中派人监视着乌讷楚和把汉那吉的一举一动，希望能尽快抓到两人不轨的把柄，然而，密探的汇报让他们一再失望，这让达云恰如鲠在喉。

此时的乌讷楚，与阿勒坦汗经过几年的相处，已经深深了解了这个饱经风霜的男人。这个男人的雄才伟略和英明睿智令她极为敬佩，他对乌讷楚的浓情蜜意又让她感动，而他的脆弱又让她对这个男人充满怜爱，渐渐地，乌讷楚只要看到他，就会有一种莫名的信任和依赖感。

乌讷楚已经能够心无旁骛地面对把汉那吉，虽然一如既往地关心着他，可这种关心就像对亲人的关心那样，没有任何私心杂念。而把汉那吉看着乌讷楚的时候，有时会情不自禁地流露出一丝深情，但他非常尊敬乌讷楚，不管人前人后，总是与她保持着一定的距离交往。因此，乌讷楚安之若素，得空就带着博达锡里和朵兰去监督建城。

一座精美宏伟的城池赫然矗立在广袤的草原上，青砖碧瓦的城池与青山碧水相得益彰，顶上的金色琉璃瓦在阳光下熠熠发光，宛若一颗璀璨的明珠镶嵌在草原上。

整座城由高大的城墙包围着，建有南北两个城门，城墙也与大同城一样，四角上建有角楼，四周的每一面墙上都建有垛口、望楼、窝铺。穿过瓮城门洞进入城内，城内建有玉宇宫殿和奇美的阁楼，每座宫殿都雕梁画栋，绘有五彩龙凤，豪华壮观。

一天，乌讷楚只带着博达锡里又去了这座城池，达云恰得到密报后，觉得乌讷楚只身前往必定有隐情，只是密探没有察觉而已，于是约上辛爱，一起去怂恿阿勒坦汗前往城池。阿勒坦汗也早想去看看了，达云恰和辛爱的建议正合他意，于是和达云恰、辛爱带着侍卫一起来到城池。

乌讷楚和把汉那吉携着博达锡里站在大殿门内，看画匠在通天柱的两条蟠龙上涂金粉。柱上的龙雕张牙舞爪，盘旋而上，造型刚劲而灵动，栩栩如生。乌讷楚和把汉那吉正有说有笑地指点着画匠，达云恰引领着阿勒坦汗和辛爱来到了大殿。

阿勒坦汗看到乌讷楚和把汉那吉一左一右携着博达锡里站在大殿内，一对型男秀女般配的身影，加上博达锡里，他们看起来倒似其乐融融的一家人，他心里产生了一丝嫉妒，眉头微微皱了一下，故意咳嗽一声。

阿勒坦汗微妙的变化，被一直察言观色的达云恰捕捉到了，他暗自窃喜。

乌讷楚听到咳嗽声回过头来，看到阿勒坦汗笑盈盈地叫一声“汗王”，但没有松开携着博达锡里的手。把汉那吉转身看到阿勒坦汗，慌忙松开博达锡里的手，向阿勒坦汗走过去，这让阿勒坦汗疑云密布。

把汉那吉笑道：“爷爷来怎么也不提前通知我一声，好让我去迎接爷爷。”

阿勒坦汗迈步走进大殿，把汉那吉上前搀扶，阿勒坦汗挡开了把汉那吉的手。见此情景，乌讷楚心中一凛，见达云恰又得意地看着自己，立刻明白了阿勒坦汗的突如其来另有深意，于是面带微笑，携着博达锡里走到阿勒坦汗身旁，笑着说道："本想等一切都妥当后，再请汗王前来验收，没想到汗王提前就来了。"

阿勒坦汗意味深长地看了一眼乌讷楚，问道："还需要多久才能全部完工？"

乌讷楚说："就剩下涂金粉了，之后开始置办家什和装饰，不久就可以入住了。"

阿勒坦汗在大殿四下看看，又到楼上转了转，这才带着众人走出大殿。

把汉那吉赶紧跟过去问道："爷爷还要到别处去看看吗？"

阿勒坦汗说："既然还没有完工，我就不去看了。"

阿勒坦汗转向乌讷楚："我现在要回去了，你是要留下来还是与我一起回去？"

乌讷楚笑道："我也没事了，当然是随汗王一起回去了。"

侍卫牵过马来，阿勒坦汗与众人上了马，策马驰出城门直奔大板升城。乌讷楚深谙阿勒坦汗的脾气，阿勒坦汗不问，她就不会主动去说，否则只会适得其反。

路上，阿勒坦汗装作若无其事地问道："朵兰怎么没有跟你一起来？"

阿勒坦汗问到朵兰，乌讷楚心头猛然一紧，他果然疑心了。乌讷楚从容不迫地答道："布日玛嬷嬷病了，我让她留下来照顾嬷嬷了。"

一路上阿勒坦汗沉默着，直到回到大板升城，他也没有说一句话。

回到宫殿前，阿勒坦汗将马缰绳甩给侍卫，转身进入大殿，正好碰上朵兰出来。朵兰向阿勒坦汗行礼，阿勒坦汗问道："布日玛怎么样了？"

朵兰说："医师刚来瞧过了，又给新开了药，我正准备去取药呢。"

阿勒坦汗再没说什么，大踏步进入宫殿。乌讷楚将博达锡里交给朵兰，自己跟随阿勒坦汗回到了寝室。

阿勒坦汗一进入寝室就躺倒在床上，乌讷楚见他不理自己，就说道："汗王先休息一下，我去看看嬷嬷。"

阿勒坦汗翻个身面向里，依然不理睬乌讷楚。

阿勒坦汗的态度让乌讷楚微微有些心冷，以往她每次回来，阿勒坦汗都会关切地问东问西的，可今天的冷漠，说明他对别人的挑拨非常在意，看来，他还是不完全信任自己。

乌讷楚幽怨地看了一眼阿勒坦汗，转身走出寝殿去看布日玛。

乌讷楚走后，阿勒坦汗头枕双臂，双眼无神地望着房顶，想起了把汉那吉一看到自己，就慌乱松开博达锡里的手的神情，难道他们之间有什么不可告人的事吗？为什么把汉那吉看到我会那么慌乱？不，看乌讷楚镇定的样子,他们应该没有什么。不对,如果他们真的没什么,达云恰和辛爱为什么今天非要让我去城池,难道他们俩知道什么,是利用这个机会让我自己去看到这一切吗?

阿勒坦汗越想越烦躁,起身走出寝室来到大殿。

阿勒坦汗坐在椅子上,一只手摸着胡子,眯着眼看着前方。就这样呆坐了一会儿,像下定决心一样,挥手叫来侍卫,让他去叫达云恰和辛爱来。

达云恰和辛爱知道阿勒坦汗的内心已经发生了变化,以阿勒坦汗的脾气,不问明白决不罢休,所以也没有走远,侍卫一叫,立刻赶到了大殿。

进入大殿,阿勒坦汗不发一言,只是默默地坐着,达云恰和辛爱站在一侧不知所措。阿勒坦汗的沉默让达云恰忽然有些恐惧,他处心积虑地安排,就是想让阿勒坦汗看到不该看到的一幕,从而冷落乌讷楚,如今目的似乎已达到,可看到阿勒坦汗这般模样,突然又觉得自己忽略了一件重要的事情,那就是阿勒坦汗的尊严,一个被女人背叛的男人的尊严。

男人在处理这种事情的时候,一是盛怒之下杀了背叛他的女人,二是为了面子忍气吞声,慢慢冷落这个女人,然而知情者却会被杀人灭口。想到这儿,达云恰不由冷汗涟涟,这件事处理不好,万一把自己牵连进去,那可就是得不偿失了。

达云恰胡思乱想之际,阿勒坦汗开口了:“你们早就知道了,所以今天故意把我带到了那儿,是吧?”

达云恰故意问道:“知道什么?”

阿勒坦汗气愤地拍了一下椅子扶手,说道:“不要和我装糊涂,你们心里的那些小九九当我不知道吗?”

辛爱急忙道:“父王不要发怒,我们也是刚知道不久,怕父王生气才不敢说的。”

阿勒坦汗大声说道:“说,把你们知道的一切都告诉我。”

达云恰说:“我们听到底下的人在悄悄议论钟金哈屯和把汉那吉的关系不一般,起初我们也不相信,找来阿力哥一问,才知道是真的。”

阿勒坦汗惊讶地说道:“部族的人都知道他们的关系吗?难道只有我一个人被蒙在鼓里?”

辛爱小心翼翼地回答道:“好像是吧。”

阿勒坦汗怒道:“他们是从什么时候开始的?”

达云恰刚想回答,乌讷楚的声音从楼上传了下来:“让我来告诉汗王吧。”

从布日玛的房间回到寝室,乌讷楚发现阿勒坦汗不在,疑惑间来到楼梯口，就听到了阿勒坦汗与达云恰、辛爱的对话。她知道此时任何的隐瞒只会让阿勒坦汗更加多疑，不如将事情和盘托出，以此来获得阿勒坦汗的理解。于是，她冷静地走下楼梯进入大殿。

乌讷楚走到阿勒坦汗面前，傲视着达云恰和辛爱，阿勒坦汗向达云恰和辛爱挥挥手让他们退下。

乌讷楚说："他们不用离开，我就当着他们的面说。"

达云恰和辛爱看看阿勒坦汗，阿勒坦汗点点头。

乌讷楚说："自从我来到大板升城后，汗王就将我交给一克哈屯抚养，那一段时间，人生地不熟的，是我最孤单脆弱的时候。汗王让我和把汉那吉他们一起骑马射箭，一克哈屯又让我与把汉那吉一起读书识字，才抚慰了我的思乡之情。人非树木焉能无情？在与把汉那吉的朝夕相处中，我也一度忘记了自己的身份。"

阿勒坦汗听到此处，不由恼怒地握紧了拳头。

达云恰制止道："你还真有脸说出来。"

乌讷楚不理睬达云恰，接着说道："是一克哈屯和布日玛嬷嬷阻止了我们，才让我想起自己是汗王的哈屯，不能有非分之想，所以，我打消了一切妄念，任凭汗王决定我的未来。"

阿勒坦汗惊讶道："莫伦也知道你们的事？"

乌讷楚说："是的，所以汗王请想一想，一克哈屯对汗王情深义重，如果我和把汉那吉真有什么越轨的事情，一克哈屯会饶过我吗？"

阿勒坦汗犹豫了一下，问道："你刚嫁给我的时候总是神情恍惚，是因为把汉那吉吧？"

乌讷楚真诚地说："事已至此我也不想再瞒着汗王。那时，我的确心似寒冰，但是汗王对我家人的照拂，对我又如此钟爱，我内心的这块冰早已被汗王的爱一点一点融化了。汗王不是说不仅想要我的人，更想要我的心吗？如今，不仅我的人，就连我的心也都是汗王的了。"

乌讷楚说完，泪如雨下。

达云恰斥责道："你不要再花言巧语迷惑阿父了，如果你和把汉那吉没有什么，他为什么会跑到南朝去？"

阿勒坦汗惊讶地问道："把汉那吉投奔南朝和你也有关吗？"

乌讷楚说："为了让把汉那吉彻底死心，我建议汗王让他娶了乌兰。当他知道我怀孕后，认为我欺骗了他，加上赵全的挑唆，把汉那吉才冲动地投奔到了南朝。"

乌讷楚泪眼婆娑地跪倒在阿勒坦汗面前，黯然泣道："汗王，自从我们成亲后，我做得怎么样，汗王难道看不出来吗？如果汗王不相信我，我也没必要再做解释，汗王想怎么处置请便，我毫无怨言。”

阿勒坦汗真是从内心爱极了乌讷楚，听了乌讷楚的话，又看到乌讷楚流泪，内心的怒气被乌讷楚的眼泪所浇灭。他走过去扶起乌讷楚，柔声说道：“你也知道我对你的一片心意，如果我不在乎你，我也就不会生气了，今日是我多疑了，你不要怪我。”

乌讷楚擦去眼泪说道：“我怎么会不懂汗王的心呢？”

辛爱和达云恰见事态并没有向他们预想的方向发展，都着急地叫道“父王”“阿父”。

阿勒坦汗转向达云恰和辛爱，气愤地说道：“你们是何居心？唯恐天下不乱吗？你们听好了，以后不许再提此事，如果谁还敢在下面嚼舌根子，我会割掉他的舌头。”

达云恰与辛爱悻悻离去，阿勒坦汗携着乌讷楚的手回到寝室，乌讷楚一下扑进阿勒坦汗的怀中泣不成声。

阿勒坦汗抚摸着乌讷楚的后背，安抚道：“好了，不要伤心了，都怪我疑心太重。”

乌讷楚哽咽道：“我不是怪你猜疑我，我何德何能，让汗王如此厚爱。”

阿勒坦汗搂着乌讷楚坐到床上，笑道：“是感动的眼泪吗？”

乌讷楚捶阿勒坦汗胸部一下，含泪笑道：“亏你还能在此时讲笑话。”

阿勒坦汗搂紧乌讷楚，轻声说道：“我发过誓的，有我在的日子里，决不让你伤心难过。”

乌讷楚伏在阿勒坦汗的怀里，紧紧搂住阿勒坦汗。

## 三十二、挨打

事过境迁好几年了，乌讷楚几乎忘记了那些事情，如今却又旧事重提，乌讷楚不明白达云恰和辛爱为什么这么做，而且这些事只有极少数人知道，达云恰和辛爱又是怎么知道的呢？乌讷楚的脑海虽然闪过一丝疑惑，但也未做深想。为了不再让阿勒坦汗起疑心，乌讷楚除了去集市，她也不再去城池了，有空的时候就陪着阿勒坦汗听阿兴喇嘛讲经，其他时间则带着博达锡里读书识字。

这天，八岁的博达锡里身穿一件合体的蒙古袍，留着"呼和勒"的发式，整张小脸的轮廓酷似阿勒坦汗，五官却像极了乌讷楚，清秀中带着一抹帅气。他一双小手捧着一本书，摇头晃脑地高声朗读着，声音脆生生的很是好听，阳光仿佛也听得入了迷，偷偷地从窗口钻了进来落在他的书上。

乌讷楚坐在桌子旁，面带微笑看着认真的儿子，五指随着儿子朗读的节奏轻轻叩着桌面，身子也一摇一晃的。

布日玛坐在一旁做着针线活，不时抬起头欣慰地看着这一对沉浸在书中的母子。

朵兰带着海赖进入寝室，乌讷楚见海赖无精打采耷拉着脑袋，让布日玛带着博达锡里先离开。布日玛和博达锡里一走，海赖就单膝跪在了乌讷楚面前。

乌讷楚以为集市出了什么事，慌忙问道："你怎么回来了？集市上发生什么事了吗？"

海赖说："我喝多了酒去处理一件退货的事，因为卖家不肯退货，我一气之下踢翻了货架，结果把人砸伤了。"

乌讷楚一听大为光火，气愤地站起身来大声训斥了海赖一番。海赖自知理亏也不敢辩解，一言不发地跪在地上，等着乌讷楚处罚他。

最近这段时间，烦心的事情一桩接着一桩，先是银定台吉掳了明边膳房堡的十余名士兵，之后，阿勒坦汗的爱婿宰生倘不浪又因擅闯明边被扭送了回来。乌讷楚怕因此影响与明朝的通贡互市，虽然膳房堡的守备因银定是阿勒坦汗的侄孙一再为银定求情，但她还是重罚了银定，让银定对她恨之入骨。她不想被人怨恨，在阿勒坦汗要严惩宰生倘不浪的时候，又出面替他求情。因为这些事，有些人认为她秉公执法，也有很多人指责她为了讨好明朝出卖蒙古人，甚至还有人讥讽她是左右逢源，令乌讷楚百口莫辩。

如今，自己最信任的部下又做出这样的事。虽然海赖一直尽职尽责，但是不严惩他难堵悠悠之口。乌讷楚又怕海赖心里委屈，就问道："你有什么要为自己辩解的吗？"

海赖什么也不辩解，一味地将所有过错揽到自己身上，要求乌讷楚严惩他。

乌讷楚叹口气说："你是我的人，大家都在看着我，如果我不处罚你，今后我怎么再继续管理别人？"

海赖羞愧地低下头说道："海赖知错了，是海赖辜负了哈屯的信任，海赖任凭哈屯处罚，绝无半点怨言。"

乌讷楚说："你是负责处理纠纷的巴都尔哈，明知故犯本来就应该重罚你，而你又在履行职责时喝酒，我就更不能轻饶你了。"

海赖仰起头道："海赖明白，海赖一定会以此为戒，再也不会让哈屯为难。"

乌讷楚下令鞭打海赖三十皮鞭，如数赔偿了汉人的所有损失，并罚海赖牛羊千头、马百匹，自己也以监管不严自罚牛羊千头、马百匹。

乌讷楚了解海赖的为人和做事风格，见他不仅不为自己辩解，还一心求罚，似乎想掩盖什么。她觉得事有蹊跷，在海赖被鞭打之后，就和朵兰带着金创药来看他。

海赖光着上身趴在床榻上，他的老母亲正在用马奶为他清洗伤口，见乌讷楚和朵兰进入，海赖的老母亲急忙起身迎接，海赖也准备起身迎接乌讷楚，被乌讷楚制止。

乌讷楚坐到床榻上，从朵兰手中接过金创药，细心地替海赖涂抹在伤口上，海赖感动得热泪盈眶。

乌讷楚漫不经心地问道："你是一个自律性很强的人，怎么会在履行职责的时候喝酒？你是为谁去退货的呢？"

海赖说："海赖真的知错了，哈屯就不要再问了。"

朵兰立刻明白了乌讷楚的心思，在一旁开口道："哈屯是不想让你一个人背黑锅，你还要包庇他们吗？"

海赖回过头来看看乌讷楚和朵兰。

乌讷楚说："别动，当心碰着伤口。"

海赖趴在床榻上默不作声，他的老母亲焦急地说道："你这个挨刀子的家伙，哈屯问你话了，你知道什么就快说啊。"

海赖思索了一会儿，告诉乌讷楚说，他是阿勒坦汗护卫队长的时候就与阿希格相识，自从他被任命为处理互市纠纷的巴都尔哈后，阿希格就经常来替他照顾年迈的老母亲。那天,阿希格到集市替达云恰办事,顺便买了两坛酒,见时间还早就来看海赖。两人聊得高兴,阿希格就将酒坛打开邀请海赖一起喝酒。海赖因感激阿希格,又快到了休市的时间,就与阿希格一起喝起酒来。没想到喝完一坛后,发现第二坛酒是假酒,就带着阿希格去让卖家退货。谁知卖家一口否认自己的酒掺假,因阿希格在一旁煽风点火,海赖一冲动就踢翻了货架砸伤了人。

听了海赖的话,乌讷楚觉得他说的都在情理之中,就安抚了他几句,带着朵兰离开了。

走出海赖的毡房,朵兰说道:"最近怎么这么多的事,会不会有人在背后故意唆使他们这么做的?"

乌讷楚说:"没有真凭实据不要胡说。"

乌讷楚回到寝室后,懒懒地躺到床上,布日玛走过来关切地问道:"发生什么事了吗?"

朵兰忽然"啊"地叫了一声,吓得乌讷楚一骨碌翻起身转头看着她。布日玛也好奇地看着朵兰。朵兰瞪着眼睛,低着头直直看着地面,一只手指头一点一点的,对乌讷楚说道:"小姐,我觉得这些事都是冲你来的。"

朵兰走过去坐到床边,继续说道:"汗王信任你,把互市这么重要的事情交给你,而你又做得这么好,所以他们因嫉妒你才故意搞破坏的。"

布日玛插了一句:"恐怕没那么简单吧!之前他们只是议论你要夺权,现在看来他们是要阻止你夺权了。"

乌讷楚迟疑地看看布日玛和朵兰,接着气愤地说道:"我根本就没想夺权,他们这样做,只会破坏蒙汉的和平大业。"

布日玛说:"孩子,我早就和你说过了,你虽不这样想,可他们也这么认为了,你就是有一千张嘴也说不清哪!依我看,你倒真应该为博达锡里早做打算。汗王岁数越来越大了,身体也大不如以前了,他们现在忌惮汗王只是暗中做手脚,万一汗王走了,你和博达锡里怎么办?"

朵兰接过布日玛的话说道:"嬷嬷说得对,汗王去世后,如果土默特没有我们的立身之地,难道我们再回瓦剌吗?到那时,博达锡里恐怕连瓦剌领主的地位也保不住了。"

乌讷楚觉得她们说得有些道理,可是一切都是猜测,自己现在该怎么做,能做些什么呢?

就在这样断断续续的风波中,又到了向明朝进贡的时候,阿勒坦汗身体不好,整日与阿兴喇嘛一起探讨佛教的事,就将组织进贡的事宜交给了乌讷楚。土默特各部都按照规定的时间向乌讷楚上交了贡表。汇总的时候，乌讷楚发现还有辛爱和他统辖的部落没有上交贡表，就派人去催促了几次，辛爱却置之不理。眼见进贡的日子就要到了，乌讷楚便带着朵兰亲自来到辛爱的部落。

辛爱手里拿着酒杯斜靠在床榻上，美妾海棠倚在辛爱的怀中，美妾斯琴靠在辛爱身旁，不时用手抚摸着辛爱，略有姿色的女仆手执酒囊跪在一旁侍奉。

床榻前，几位浓妆艳抹的舞女，穿着薄似蝉翼的舞衣，妖艳地扭着水蛇般的细腰，不停地将媚眼抛向辛爱。辛爱一边喝酒一边色眯眯地看着舞女。

倚在辛爱怀中的海棠抚摸着辛爱的胸部问道："黄台吉，你不进贡真的没事吗？"

辛爱将酒杯递给女仆，转身拧一把海棠的脸庞："你们把我的马牛羊都骗走了，我拿什么去进贡？"

旁边的斯琴爬到辛爱身上，晃着辛爱撒娇道："黄台吉又和我们哭穷呢，谁不知道蒙古右翼就属你的部众和财产最多了。"

辛爱坐起身说："就是再多也架不住你们这样折腾啊。"

海棠也坐起身来抱怨道："谁让你养那么多女人啊，少几个女人不就什么都有了嘛。"

斯琴附和道："就是啊。"

辛爱一把搂住海棠和斯琴坏笑道："要不我把你们俩送给南朝皇帝，让他免了我的贡赋？"

辛爱说完哈哈大笑。

海棠和斯琴推搡着辛爱也笑道："你舍得我们吗？"

辛爱亲亲海棠又亲亲斯琴，发出淫荡的笑声。

乌讷楚与朵兰一进入辛爱的大营，辛爱的贴身侍卫便看到了乌讷楚，先是一愣，继而满面堆笑地迎上来向乌讷楚行礼后问道："钟金哈屯大驾光临，不知有何贵干？"

乌讷楚与朵兰下了马，将马交给守卫大营的士兵，向辛爱的大帐走去，一边走一边问侍卫："黄台吉在吗？"

侍卫急忙拦住乌讷楚说："黄台吉生病了，刚吃了药睡下了。"

就在此时，辛爱的毡房中传来了女人淫荡的笑声。乌讷楚不由得皱起了眉头，侍卫见谎言被揭穿，尴尬地低下了头。

乌讷楚说："你去通报，就说我来找他有要事。"

侍卫应了一声，急忙向辛爱的毡房跑去。不大一会儿，侍卫沮丧地走出了辛爱的毡房。乌讷楚见侍卫出来，拔腿欲进入毡房，被侍卫拦住。

侍卫说："黄台吉说他谁也不见，请哈屯回去吧。"

乌讷楚说："我今天必须见到他。"

乌讷楚说完，不顾侍卫的阻拦，径直进入辛爱的毡房，朵兰紧跟着也进入毡房。

正在喝酒的辛爱没想到乌讷楚会直闯进来，略微慌张了一下，又赶紧故作镇定地靠在床榻上，一只手还抚摸着海棠的身体。斯琴瞟了一眼乌讷楚，拿起一块奶酪喂进辛爱的嘴里，乌讷楚别过头去。

海棠见辛爱不说话，也未起身，傲慢地看着乌讷楚道："呦，钟金哈屯怎么不等邀请就直接闯进来了？"

乌讷楚不理海棠，看一眼辛爱直入主题："你们部族的贡表为什么还没有上交？"

辛爱懒懒答道："我已经没有马了，你让我拿什么进贡？"

乌讷楚说："你有多少马我还不知道吗？"

辛爱笑道："哦，我忘记了，你一贯喜欢把手伸进别人的锅里抢食的，噢？"

辛爱说完与海棠、斯琴哈哈大笑起来。

乌讷楚气愤地喊道："你！"她压抑着自己的怒气又说道："这是你父王的意思，请你明日务必将贡表交上去。"

乌讷楚说完正欲转身出去，辛爱喊道："你少拿着鸡毛当令箭，你以为你搬出父王我就怕了吗？"

乌讷楚回头鄙视地说道："如果你有胆量就和你父王亲自说去。"

辛爱从床榻上一跃而起，蹦到乌讷楚面前扬起了手掌说："你这个贱妇，你别以为你是父王的哈屯我就不敢把你怎么样了。"

朵兰见状，急忙站到乌讷楚面前想保护乌讷楚。乌讷楚拉开朵兰，怒视着辛爱喝道："你想干什么？"

辛爱似乎被乌讷楚威慑住了，搓着双手龇牙咧嘴地瞪着乌讷楚。

从辛爱身上散发出来的酒气令乌讷楚作呕，乌讷楚不满地说道："身为汗王的长子，你每天花天酒地、不务正业，让你的那些子侄们如何看你，让你的部众怎么信服你？"

被乌讷楚当着这么多人的面教训，辛爱顿觉颜面尽失，再也忍不住自己的怒气，扬手向乌讷楚的脸上扇去。乌讷楚踉跄着向后倒去，朵兰惊叫一声，急忙向前扶住乌讷楚。

海棠、斯琴以及那些舞女们没想到辛爱会出手打乌讷楚，一个个惊得花容失色，用手捂住了惊叫的嘴。

朵兰怒视着辛爱，说道："你怎么敢对哈屯动手？"

辛爱本来有些懊恼自己太冲动，见朵兰一个卑微的仆人也敢对她出言指责，又怒火中烧，骂道："你这个狗仗人势的奴才，竟敢跟我这么说话。"

辛爱扬手又向朵兰扇去，乌讷楚急忙上前保护朵兰，辛爱的巴掌又扇到乌讷楚的脸上，乌讷楚白皙的脸上立刻出现五个红色指印。

乌讷楚长这么大从来没有受过这样的屈辱，她捂着脸含泪又气又恨地瞪着辛爱。辛爱似乎酒醒了，看看乌讷楚的脸，又不安地看看自己的手掌。

乌讷楚拉起朵兰转身走出毡房，跨上马疾驰而去。

回到大板升城，乌讷楚用披风的帽子挡住脸，将缰绳丢给侍卫，快速进入宫殿，朵兰小跑着追了上去。

乌讷楚回到寝室摘下披风的帽子，朵兰这才发现乌讷楚白皙的半边脸已经红肿了起来。

朵兰怒气冲冲地向外走去，乌讷楚喝道："你要去哪里？"

朵兰说："我要去告诉汗王。"

乌讷楚阻止道："不许去！你还嫌是非不够多吗？"

"小姐何时受过这等委屈？不管怎么说你也是汗王的哈屯，他怎么说打就打？我咽不下这口气。"朵兰气愤地说道。

"咽不下也要咽，此事绝不能让汗王知道。"

"什么事不能让我知道啊？"门外传来阿勒坦汗的声音。

话音未落，阿勒坦汗已经进入了寝室。乌讷楚急忙用手捂住脸转过身去。阿勒坦汗见状，好奇地走到乌讷楚面前，扳过乌讷楚的身子，乌讷楚依然用手护着脸。

阿勒坦汗问道："你的脸怎么了？"

乌讷楚勉强笑道："没什么，不小心碰了一下。"

阿勒坦汗掰开乌讷楚的手，看到了她红肿的脸上的手印，生气地问道："到底怎么回事？是谁如此胆大妄为敢对你动手？"

乌讷楚委屈的泪水夺眶而出，但还是执拗着说道："没什么。"

阿勒坦汗转向朵兰，朵兰眼里闪着泪花，也用委屈的目光看着阿勒坦汗。

阿勒坦汗又问道："朵兰，你告诉我，到底发生了什么事？"

乌讷楚急忙阻止："不许说。"

阿勒坦汗对朵兰怒道："你到底说不说？"

朵兰泪如泉涌，哽咽道："小姐，你不能受这样的委屈啊。"

于是朵兰竹筒倒豆般将辛爱打乌讷楚的经过告诉了阿勒坦汗。阿勒坦汗听得怒目圆睁，撇下乌讷楚和朵兰疾步走出寝宫。乌讷楚急忙拿起披风追了出去，朵兰也跟在乌讷楚身后跑出寝宫。

阿勒坦汗一出宫殿，从侍卫手中牵过马，拎上皮鞭就向辛爱的部落疾驰而去。

辛爱忐忑不安地在毡房内走来走去，海棠、斯琴及舞女们站在一旁不知所措。半晌，海棠走到辛爱旁抚摸着辛爱的胳膊说："黄台吉也不必担心，那个女人是个聪明人，她应该知道汗王一走，将来她和她的孩子还要依靠你，她如果不想得罪你，就一定不会告诉汗王的。"

辛爱甩开海棠，不耐烦地骂道："滚开，你知道个屁。"

其实，辛爱一直爱恋着乌讷楚，也由衷地佩服她，他不想汗王的大权旁落，是希望有朝一日自己继承了汗位，就可以名正言顺地按照蒙古传统的收继婚制，与乌讷楚合婚。虽然他和达云恰联手反对乌讷楚，但并不想伤害她。今天，乌讷楚当众不给他留一点面子，他又喝了酒，酒令智昏，才忍不住动手打了乌讷楚。乌讷楚含泪怨恨的眼神，又让辛爱怜惜不已，懊悔得恨不能抽自己几巴掌。

这时，毡房外传来阿勒坦汗的怒吼："辛爱你这个逆子，你给我出来。"

大营内的士兵和部众们看到阿勒坦汗怒气冲冲地冲进大营，不知道发生了什么事，都围拢了过来。

辛爱急忙跑出毡房，海棠、斯琴和舞女们也惊恐地跟着跑出毡房。看到这些浓妆艳抹的女人，阿勒坦汗的气更不打一处来，骑在马上抡起马鞭就劈头盖脸地向辛爱挥去。辛爱抱着脑袋边躲闪边求饶："父王，是我错了，我下次再也不敢了。"

阿勒坦汗一边抽打着辛爱，一边骂道："我还没死呢，你就敢对我的哈屯动手，你把我这个父王放在眼里了吗？你这个逆子，我今天非打死你不可。"

辛爱绕着海棠、斯琴和舞女们躲闪着。阿勒坦汗骑着马追赶，不管遇到谁都是一顿马鞭，部众和士兵们急忙躲到一边，捂着嘴偷乐。

顷刻间，辛爱和海棠、斯琴及部分躲闪不及的舞女们的脸上、身上都留下了红红的血迹。

乌讷楚和朵兰也骑马赶到了，看到阿勒坦汗抡着马鞭乱抽一气，乌讷楚急忙喊道："汗王别打了！"

阿勒坦汗没有停止，依然挥着马鞭恨声道："你不要阻止我，今天我要好好教训教训这个六亲不认的野犊子，看他下次还敢不敢了。"

辛爱护着脑袋到处躲闪，嘴里还不停地喊着："父王，我再也不敢了，饶了我吧。"

乌讷楚又气又好笑，策马过去拦住了阿勒坦汗。

乌讷楚说："今天我也有不是，是我言语不妥冲撞了黄台吉，才把黄台吉惹恼了。"

乌讷楚的阻拦，使阿勒坦汗停止了抽打。辛爱依然用双手护着脑袋，感激地看了乌讷楚一眼，又将目光怯怯地投向阿勒坦汗。

阿勒坦汗看看乌讷楚又看看辛爱，恨声道："今天就看在钟金的面上饶了你。还不快向钟金赔礼道歉？"

辛爱小心翼翼地绕开阿勒坦汗，走到乌讷楚的马前，拉住马的缰绳，仰头看到乌讷楚红肿的脸，心里也感到怜惜，就真诚地说道："钟金哈屯，今天我酒后失德冒犯了你，请你原谅我吧，以后我再也不会对你不敬了。"

乌讷楚眼圈一红，笑道："算了，过去的事就让它过去吧，以后谁也别再提了。"

看到乌讷楚美丽的容颜绽放出笑颜，辛爱像卸下千斤重担一样松了口气，对乌讷楚说道："好好好，以后再也不提此事了。"

海棠和斯琴见辛爱低声下气地向乌讷楚道歉，都将愤恨的目光投向乌讷楚。

只听阿勒坦汗又喝道："你的贡表何时上交？"

辛爱惊恐地松开马的缰绳，急忙答道："明天一早就派人送去。"

阿勒坦汗调转马头，柔声对乌讷楚说道："我们回去吧。"

说完，阿勒坦汗带着乌讷楚和朵兰纵马离去。

辛爱站在原地看着阿勒坦汗与乌讷楚、朵兰一起离去，海棠和斯琴揉着胳膊围拢过来，七嘴八舌地指责着乌讷楚，辛爱扭头对她们喊道："滚！你们都给我滚！"

夜晚，阿勒坦汗又去听阿兴喇嘛讲经了，乌讷楚因为脸上有伤就没有同行。朵兰侍奉她吃过晚饭后，她让朵兰先回去休息，一个人静静地待在寝宫里。

她吹熄了桌上的酥油灯走到窗前，抬头仰望着月亮。清冷素白的月光透过窗户射进了寝宫，拉长了她的身影，整个寝宫感觉寂静而冷清。看着如玉的月亮，乌讷楚突然又想起了把汉那吉。岁月匆匆，一转眼已经十年过去了，她以为已经完全放下了过去，没想到往事竟在她心里生了根，又在这样的月圆之夜跳出来扰了一下她的心绪。

乌讷楚摇摇头，转身离开窗户回到床前坐下。她伸手摸摸依旧火辣辣的脸颊，想起了白天发生的一切。她感觉今年是极不顺利的一年，一件件一桩桩此起彼伏，让她焦头烂额不说，各种议论也不断传到她的耳中。她又想起了银定的事情。膳房堡的守备一直寻找不到那些失踪的士兵，才派人来向自己禀报，自己也派人寻找了那么久也没有下落。可是突然间守备又派人来说失踪的士兵是让银定掳去了，守备是怎么知道这件事的呢？还有宰生倘不浪，不管他再怎么跋扈，心里还是畏惧阿勒坦汗的，张邦奇他们警告了他之后，他本来已经乖乖撤回去了，为什么后来又专门去寻衅滋事呢？耿直的海赖一直尽职尽责，突然怎么会以身试法？还有今天，为什么汗王刚把进贡的事交给我，辛爱就故意刁难，还无辜被打了两巴掌，难道这一切真的都是冲自己来的？

乌讷楚又想起了布日玛的话。"嬷嬷说得没错，儿子还小，自己只是一介女流，手中又没有实权，万一汗王去世之后他们一起对付我，那我还真是无力还击。自己将来怎么样都可以，但不能不顾自己的儿子，是该为儿子早做筹谋了。"乌讷楚暗暗想道。

乌讷楚脑中突然闪过一个念头："如果让把汉那吉继承了汗位，他一定会看在我们往日的情分上保护我和儿子的，这样我也就不用再担心了。"

乌讷楚觉得把汉那吉这几年就像变了一个人一样。阿勒坦汗现在对他也是赞赏有加，乘现在阿勒坦汗对她还信任的时候，扶持把汉那吉再做几件让阿勒坦汗满意的事，加上阿勒坦汗对把汉那吉的疼爱，让把汉那吉继承汗位也不是没有可能的。

下定了决心，乌讷楚仿佛一下子轻松了很多，脱去靴子躺到了床上。

## 三十三、青海迎佛

新城池完全竣工了，阿勒坦汗非常高兴，决定让那些没有成亲的孩子们都搬进去住，将大板升城留给把汉那吉他们。乌讷楚听阿勒坦汗这么一说，心里一紧，暗自思忖："在规划这座城池的时候，他说要让所有的子孙和贵族全部都搬到新城池去的，现在为什么突然改变了决定？还让把汉那吉留在大板升城，是因为不想让自己和把汉那吉朝夕相见吧？看来他表面释怀了，内心还是非常介意的。原来表面上对她一如既往地疼爱，事实上已经不似以前那么单纯了，就像演戏一样。他说过，不仅要我的人，还要我的心，因为他的爱，我已经从内心与把汉那吉分手了，努力在一心一意地对他，为什么别人的一句话，就忽视了我所做的一切呢？"

乌讷楚忽然觉得有点心酸，一股冷冷的东西通过鼻子直窜入眼睛。她赶紧眨了几下眼睛，生生将眼泪逼了回去，努力保持着镇定。

阿勒坦汗兴奋地问她："我们也应该给这座城起个名字了，你说叫什么好呢？"

阿勒坦汗说着起身在地上走来走去，思索着城市的名字。

乌讷楚应付道："就叫阿勒坦城吧，你觉得怎么样？"

阿勒坦汗说："不好不好，再想一个。"

乌讷楚又说："那就叫土默特城？"

阿勒坦汗摇摇头："也不好。"

被阿勒坦汗感染，乌讷楚也不由得思索起来。

想了一会儿，乌讷楚说："这座城池坐落在草原上，又是用青砖建成的，除了金色的琉璃瓦，整个城与青山、草原浑然一体，就像一座青色的城。"

阿勒坦汗兴奋地说道："青色的城，太好了，以后，我们就把它叫库库和屯(即呼和浩特，蒙古语，青色的城的意思)吧。"

乌讷楚笑道："我也只是随口一说而已。"

阿勒坦汗又坐到椅子上，握住乌讷楚的手说："你这随口一说，便点出了这座城的精美所在。"

乌讷楚淡淡一笑，问道："这次朝廷大力支持汗王建这座城，汗王是不是也应该请皇上为这座城赐个名呢？"

阿勒坦汗点点头道："你说得也有道理，回头我就派人去请皇帝赐名。"

不久，万历帝给库库和屯赐名"归化城"，"归化"二字似含有归顺、教化的意思。蒙古人对这个名称不满意，他们不愿意称这座城为归化城，更喜欢称它为库库和屯。后来，因为乌讷楚住在这座城里，汉人们出于对她的敬重，又将这座城称为三娘子城。

一川草色青袅袅，幽幽暗香拂面来。当红艳艳的朝阳从地平线上冉冉升起，为辽阔的草原镀上一层金色的时候，阿勒坦汗和乌讷楚带着未成年的子孙们，率领着部众，赶着满载的勒勒车，浩浩荡荡地向库库和屯逶迤而来。

小草携着露珠，闪着五颜六色的光华微微颔首，像在列队迎接这一众人马。草丛中夹着许多粉红色、白色、黄色和蓝色的不知名的花，绽放着笑脸欢迎人们的到来。

乔迁新居，万历皇帝亲自书写了"归化城"三个大字，令人制成牌匾，派人专程送到库库和屯。在阿勒坦汗和乌讷楚的主持下，库库和屯举办了隆重的挂匾仪式和盛大的喜宴。吴兑受阿勒坦汗和乌讷楚的邀请，带着大同的各级官员也来到了库库和屯。土默特各部的部众们听到这个消息，一大早就自发地聚集到库库和屯来。

宴会在热闹的氛围中拉开序幕，鼓乐齐鸣，悦耳动听的音乐不绝于耳；席间，觥筹交错，酒香四溢，人们言语欢畅，其乐融融；姑娘小伙子们欢歌曼舞，人们兴致高昂。

过了一段时间后，人们乔迁的喜悦渐渐消减。城市的生活，让自由自在放牧惯了的蒙古人个个觉得很无聊。无所事事的人们便三五成群地聚在一起，用摔跤、射箭、赛马、比赛喝酒来赌博，以此取乐，摩擦也随之升级，酒后打架斗殴的事件经常发生，甚至彼此刀刃相见，差点闹出人命来。乌讷楚被这些事情搅得焦头烂额。

好事不出门，坏事传千里。库库和屯发生的这些事很快在各部落间传开了。把汉那吉听到这些消息后，急忙带着乌兰来到库库和屯，向阿勒坦汗献计。

把汉那吉对阿勒坦汗说道："库库和屯四周也有许多空闲的地方，可以把大板升城的一部分汉人牵过来，在城外再建板升，让他们在这儿种地。爷爷也可以派一些人到大同学习汉人的手工、建筑等方面的技术，培养我们自己的人才，建立我们自己的贸易市场。"

阿勒坦汗惊喜地说道："你的这些想法非常好，你是从什么时候开始有这样的想法的？"

把汉那吉不好意思地笑道："在建库库和屯的时候，我经常和那些汉人们聊天，久而久之对汉人的生活也就有了一些了解，那时，就产生了这样的念头。本来我想在大板升城试验成功后再告诉爷爷的，可库库和屯近期发生了这么多的事，我就决定说出来供爷爷参考。"

阿勒坦汗笑道:“好,这几年没有让你白受苦,这件事就交给你去做吧。”

乌讷楚没想到把汉那吉居然主动向阿勒坦汗展示自己的才能了。照这样下去,用不着自己协助,阿勒坦汗也许就会将汗位交给把汉那吉,想到此,乌讷楚与乌兰高兴地相视一笑。

乌讷楚起身对阿勒坦汗说:“汗王,你和把汉那吉商量部族大事吧,乌兰第一次来库库和屯,我带着她去参观参观。”

阿勒坦汗笑道:“好,你们去吧。”

乌讷楚带着乌兰走出会客厅,两人并肩行走在大街上,乌讷楚不断地向乌兰介绍着城内的布局。

乌兰突然停住脚步仔细看着乌讷楚,乌讷楚疑惑地看看自己又看看乌兰,笑着问道:“你在看什么,我哪里不对劲吗?”

乌兰说:“你长得真美,又这么能干,如果我是男人,我也会爱上你的。”

乌讷楚不好意思地笑道:“胡说什么呢?”

乌兰抿嘴微微一笑说:“把汉那吉一直爱着你,这我是知道的。”

听了乌兰的话,乌讷楚感到惊讶万分,急忙解释道:“我和把汉那吉是清白的。”

乌兰说:“我知道,开始我对你也有怨恨的,后来见你和把汉那吉真的没有什么,我才将对你的怨恨转化为钦佩。”

乌讷楚低声说道:“对不起!”

乌兰拉起乌讷楚的手,笑道:“这不是你的错,你不用向我道歉的,但是我有件事想求你。”

乌讷楚说:“你说,只要是我能做到的,我一定帮你。”

乌兰说:“把汉那吉其实是一个很聪明的人,如果他肯把精力放到这座城上,一定能做出一番事业的,所以我想让你和我一起帮他来做出一番事业来。”

乌讷楚笑道:“好啊,汗王不是已经交给他一项重任了嘛,只要他踏踏实实地做好这件事,不愁汗王不重用他。”

经过这一次推心置腹的谈话,乌讷楚发现乌兰是一个有思想的人,开始对她刮目相看,希望有朝一日,她和把汉那吉都能成为自己得力的助手。

阿勒坦汗采纳了把汉那吉的建议,立刻向明朝上书,希望库库和屯能够成为蒙汉贸易的中心,但遭到万历皇帝的拒绝。阿勒坦汗认为是库库和屯规模不够大,还不适于将它作为一个贸易中心,又萌发了扩大库库和屯的想法。于是他派把汉那吉带人到明朝去学习取经,乌讷楚提前修书一封派人送给了吴兑。吴兑非常支持,派专人进行接待并予以了安排。

经过几年的讲经说法，黄教博大精深的哲理，使阿勒坦汗从内心真正接受了黄教。加上库库和屯发生的一系列变故，阿兴喇嘛觉得时机已经成熟，便建议阿勒坦汗效仿忽必烈和西藏高僧八思巴，在蒙古建立政教并行的体制，派人到西藏去请来《甘珠儿》和《丹珠尔》诸经，并邀请西藏大活佛索南嘉措来蒙古布道，说只有这样，才能使佛教广泛流传，清除一切众生之愚暗，阿勒坦汗不仅能像圣转轮王般扬名，还可获得佛陀之道往生极乐西天。

阿兴喇嘛说索南嘉措活佛是具足一切智者的佛的化身，在十几岁的时候，就曾说过他将会与阿勒坦汗相见，而且，佛教也将会在东方流传发展。

阿兴喇嘛的一席话，让阿勒坦汗对神秘的佛教更加向往，于是采纳了阿兴喇嘛的建议，决定立即派人前往西藏去迎佛，并迎请索南嘉措驾临蒙古地区弘扬佛教。

此时的乌讷楚也从内心接受了佛教，非常赞成阿勒坦汗派使团去西藏拜见索南嘉措，并建议由达云恰带领使团前去邀请。

达云恰得知阿勒坦汗再次派他为使者前往西藏，内心欣喜无比，但一听说是乌讷楚的建议，犹如一盆凉水浇熄了内心刚刚燃起的热情。自己伴随阿勒坦汗戎马一生，屡立战功不说，曾多次作为阿勒坦汗的使者与明朝、瓦剌各部谈判，但石天爵第一次去与明朝谈判求和事宜被杀后，阿勒坦汗因为爱护他，虽知他与明朝有丰富的谈判经验，但是以后这样危险的机会，阿勒坦汗从不让他涉足。如今，却要由她来决定是否由自己承担这一重任。达云恰虽然充满怨气，但还是和威正宰桑带着使团踏上了漫漫的西藏之旅。

达云恰一行第一次到达西藏时，索南嘉措就热情地接见了他们，并答应了阿勒坦汗的邀请，决定到蒙古草原弘扬佛法。阿勒坦汗欣喜若狂，决定亲自到青海迎接索南嘉措，于是又派达云恰带着使团和贵重的礼物再次到西藏，将这一消息转达给索南嘉措。同时，阿勒坦汗让儿子丙兔在青海湖南畔的察卜齐雅乐地方(今青海)建寺，作为与索南嘉措在青海的会见之所。这便是土默特蒙古人在青海兴建的第一座寺庙，汉人称作仰华寺。索南嘉措到达仰华寺后，为该寺主持了开光仪式，并命名为大乘法轮洲寺。

阿勒坦汗要亲自到青海迎接索南嘉措，乌讷楚又乘机建议让把汉那吉留守库库和屯。把汉那吉的一系列做法也深得阿勒坦汗的欢心，因此他欣然同意了乌讷楚的建议，令达云恰对她的积怨更深。

天空遥望无极，翱翔的雄鹰在风和日丽的空中盘旋起舞，成群的马牛羊，优雅地漫步在草原上，牧人的毡房上缕缕屡炊烟直上蓝天，涓涓流淌的河水，伴随着牧笛声渐行渐远。

阿勒坦汗与乌讷楚带着各部首领及部众，行走在金色沉静的草原上。

天上的白云卷卷跟随。风虽然凉，秋阳却很慷慨，温柔地抚摸着每一个人。

阿勒坦汗与乌讷楚一行，直至春暖花开的时候，才到达青海。

乌讷楚看到路边堆着的一堆石头，指着石头堆好奇地问阿兴喇嘛："我们进入青海后，在山间、路口、湖边、江畔，几乎都可以看到像这样的一堆堆的石块和石板，那是干什么用的？"

阿兴喇嘛说："那是玛尼明阿图堆，我们藏人对佛教文化有着特殊的感情，男女老少都以做佛事为骄傲。在广袤的草原上、偏僻的山沟里，人们在一块块普通的石头上刻上经文或者各种佛像和吉祥图案，并饰以色彩，使平凡的石头变成了玛尼明阿图石。虔诚的藏族信徒相信，只要持之以恒地把日夜默念的六字真言纹刻在石头上，这些石头就会有一种超自然的灵性，给他们带来吉祥如意。"

阿勒坦汗也问道："那些路口、寺庙、民舍等处，为什么悬挂着印有图案、成串系于绳索之上的各色小旗？"

阿兴喇嘛解释道："藏族原始宗教认为，山神是地方保护神，它无时无刻不在注视着本地区众生的安全，常骑马巡视辖区，保护一方水土和人畜平安。藏人认为'风马'指人的气数和运道，在灵气聚集之处，比如神山、圣湖、寺庙、民舍前，挂置印有敬畏神灵和祈求护佑等愿望的风马，让风吹送，有利于愿望向上苍神灵的传达并实现。"

阿勒坦汗和乌讷楚他们每经过一处地方，藏人们都好奇地驻足观望。乌讷楚发现每个藏人左手拿着一串佛珠，右手拿着一个类似车轮的东西不停地转动，便又好奇地问阿兴喇嘛："那些人手中转动的是什么？"

阿兴喇嘛说："那是转经轮。"

乌讷楚追问道："转经轮是干什么用的？"

阿兴喇嘛笑道："佛教教徒必须经常念经，但很多人不识字，于是就将经咒和六字真言装在转轮里，每旋转一圈，就等于将轮内的经文和六字真言诵读一遍，以此积德。"

正说着，丙兔带着一队人马前来迎接阿勒坦汗等人。又走了很长一段路，丙兔指着前方说："父王，前面就是仰华寺了。"

阿勒坦汗与乌讷楚顺着丙兔所指的方向望去，看到前面半山腰处有一座规模宏大、殿堂别致、错落有致的寺庙，在蓝天白云的映衬下显得格外醒目。

阿勒坦汗得知索南嘉措也已经抵达了青海，为表示隆重接待，先后派出三批人马，带上金银曼陀罗、镀金马镫等礼物和布施，前去迎接索南嘉措。

青海湖畔，阳光灿烂，晴空万里，仰华寺前彩旗招展，鼓乐喧天。阿勒坦汗身着白衣骑着白马，在乌讷楚和蒙古右翼三万户各部首领和贵族的陪同下，伫立在仰华寺前。训练有素的蒙古骑兵排成整齐的方阵分列两侧，数万部众在仰华寺前翘首以待。

此时的仰华寺前，欢迎的人群中还有许多当地的藏民和其他民族的人。他们手执念珠，转着经轮，口诵六字真言，也在焦急地等待着。

对面的山坡上出现了一群骑马的僧人，索南嘉措在风马幡旗的簇拥下带着那些僧人缓缓而来。等待的人们立刻沸腾起来，高声地欢呼着。

达云恰对阿勒坦汗说道："他们来了。"

阿勒坦汗与乌讷楚及各部首领、贵族，纷纷下马迎上前去。

看到阿勒坦汗，索南嘉措连忙解鞍下马，与阿勒坦汗执手相见。此时，数万人的欢呼场面顿时鸦雀无声，将目光投向阿勒坦汗与索南嘉措。

阿勒坦汗久久凝视着索南嘉措，面露惊骇之色。看到阿勒坦汗注视的目光，索南嘉措含笑问道："尊敬的汗王，你为何这样看着我呢？"

阿勒坦汗说："我好像在哪里见过大师，但一时又想不起来了。"

索南嘉措微微一笑说："我们并非今日才相见，汗王生为当年的忽必烈薛禅皇帝的时候，我就是八思巴啊。我向薛禅皇帝和皇后传授佛法时，薛禅皇帝授予我汉语称作'三省大王国师'的称号，并赐给我珍宝玛瑙大印和册封人众、国土的黄书，尊奉我为居顶庄严法台喇嘛啊。"

阿勒坦汗拍着索南嘉措的手哈哈大笑道："大师洞识我们众人，只是我们众人不能辨识大师啊。"

阿勒坦汗向索南嘉措介绍乌讷楚，当乌讷楚笑盈盈地向索南嘉措行礼的时候，索南嘉措定定地看着乌讷楚。

阿勒坦汗问道："大师又看出什么了？"

索南嘉措笑道："钟金哈屯是菩萨的化身啊。"

乌讷楚惊喜地问道："真的吗？"

索南嘉措含笑点点头。

阿勒坦汗携着索南嘉措的手向仰华寺走去，突然一位藏民冲过来匍匐在索南嘉措的脚下，亲吻着索南嘉措的靴子。侍卫上前想拉走这位藏民，索南嘉措伸手阻拦。藏民跪在索南嘉措面前，双手合十，用乞求的目光看着索南嘉措，索南嘉措微笑着伸手摸了摸藏民的头顶，藏民顿时泪如雨下，不断向索南嘉措叩头谢恩。

其他藏民见状，也都涌过来跪在通道两侧，索南嘉措一边向前走，一边为藏民摸顶，阿勒坦汗及蒙古民众，都被这一场面震惊。

在仰华寺盛大的法会上，索南嘉措为阿勒坦汗、乌讷楚、各部首领、贵族及部众,举行了隆重的皈依“三宝”的仪式。阿勒坦汗和乌讷楚向索南嘉措敬献了五百两白银制作的曼陀罗一个,盛满宝石的金碗一个,各色绸缎二十匹,骏马一百匹,白银一千两。

在索南嘉措为阿勒坦汗和乌讷楚传授“灌顶经”,即“一心一意皈依佛教”的皈依之礼后,鄂尔多斯部的万户切尽洪台吉发表了生动的演讲,说由于从前善愿的缘分,薛禅皇帝与八思巴今生有缘再次相见,蒙古愿从今日开始,再开圣法之道,化血海为乳海,以政教二道为普世众生带来洪福。

众人的欢呼声响彻云霄,阿勒坦汗被这样的气氛所感染,站起身庄严地环视一周,大家立刻安静下来。

只听阿勒坦汗道:“我将效仿世祖忽必烈对待八思巴喇嘛那样,尊封索南嘉措大师‘圣识一切瓦齐尔达喇达赖喇嘛’(意为法海无边的伟大喇嘛)的称号,对所有僧众免派差役,免除其赋税。”

索南嘉措起身向阿勒坦汗行礼道:“多谢汗王,您就是今世的‘咱克喇瓦尔第彻辰汗’(意为能转千金法轮的聪明智慧之汗王),而您的钟金哈屯就是‘阿利雅达喇’(意为菩萨转世之圣母)啊。”

阿兴喇嘛及众僧行礼向阿勒坦汗和乌讷楚道贺,阿勒坦汗拍着阿兴喇嘛的肩部对索南嘉措说道:“听说阿兴喇嘛是您的舅父?”

索南嘉措笑道:“是的。”

阿勒坦汗说:“我能皈依佛教,也承蒙阿兴喇嘛多方教化,就封阿兴喇嘛为‘额齐格喇嘛’(意为父亲喇嘛)吧。”

阿兴喇嘛急忙向阿勒坦汗行礼谢恩。

蒙古右翼各部首领和贵族,纷纷向阿勒坦汗和乌讷楚、索南嘉措道贺,称索南嘉措为达赖喇嘛。

索南嘉措道:“我是根敦嘉措师父的转世,而根敦嘉措师父又是根敦珠巴师祖的弟子,所以,我只能是三世达赖喇嘛。”众人又急忙改口道:“恭喜三世达赖喇嘛,贺喜三世达赖喇嘛。”

在这次大法会上,阿勒坦汗和索南嘉措还对参加此次大法会的其他僧众、贵族,均赐予不同的尊号。

乌讷楚获得阿利雅达喇的尊号,众人听说她是菩萨的化身,都面带微笑,庄重地向她行礼道贺,达云恰却厌恶地瞥了她一眼。

索南嘉措有了尊号以后,即以达赖喇嘛的名义主持了受戒法会,土默特部的一百〇八名子弟当众受戒出家为僧,这是蒙古民族史上首批出家的藏传佛教僧人。

## 三十四、真相

阿勒坦汗与索南嘉措在青海滞留了长达一年的时间，两人每天都在一起谈经论法，大有相见恨晚之感。但天下没有不散的筵席，蒙古右翼还有许多的事务需要阿勒坦汗回去处理，明朝也担心蒙古与西藏由此建立密不可分的关系，因此一再督促阿勒坦汗尽快返回土默特，同时邀请索南嘉措到甘肃讲法，不得已，阿勒坦汗才与索南嘉措依依惜别。

临别时，索南嘉措派满朱锡里作为自己的代表，随阿勒坦汗到草原掌教。阿勒坦汗盛情邀请索南嘉措尽快到土默特弘扬佛法，并许诺在库库和屯再建释迦牟尼佛像，请索南嘉措前来为佛像做一场开光法事。索南嘉措欣然应诺，表示一定不负阿勒坦汗之邀。

当阿勒坦汗返回土默特的时候，他看到一排排的玉米秆，像一个个头顶枣红色缨子的威武战士；那簇簇的葵花，仰着盘子似的金色花冠，亭亭玉立，碧绿的叶子随风婆娑起舞。

再往前，一片片油菜花竞相绽开，黄澄澄的花，在微风的吹拂下，涌起层层金色的浪波；大片大片的莜麦花田，那些淡紫色的花儿绽放着高贵、优雅；如雪的荞麦花，纯洁、柔弱，不与其他花儿争艳，却顽强得从不低头。

库库和屯的城外，青砖红瓦的民宅掩映在绿树丛中，民宅的四周，阡陌纵横的农田里长满了紫色的茄子、顶花带刺的黄瓜，还有垂挂在藤蔓上的豆角。

阿勒坦汗和乌讷楚迫不及待地向库库和屯奔去，却看到把汉那吉和乌兰带着随从急匆匆地向他们疾驰而来。

看到把汉那吉，乌讷楚抑制住内心的喜悦，微微向把汉那吉和乌兰点点头，把汉那吉飞快地扫了她一眼，就将目光投向阿勒坦汗。

把汉那吉和乌兰在马背上向阿勒坦汗和乌讷楚行过礼后，阿勒坦汗笑眯眯地看了他们一眼，用马鞭指着身后的农田问道："这些都是你安排建造的？"

把汉那吉见阿勒坦汗脸上洋溢着满意的笑容，也笑着说："大板升那些汉人自愿到这儿来开发农田，我就让他们迁过来了，爷爷不会怪我自作主张吧？"

阿勒坦汗不住地赞道："好！好！"

乌兰微笑着说："请爷爷和哈屯再到城里去看一看吧。"

阿勒坦汗和乌讷楚随把汉那吉、乌兰一起进入城内，发现街道两旁店铺林立，每间店铺的上方都挂着醒目的招牌旗帜，虽然比不上大同，却为这个城市增添了一份繁华。

阿勒坦汗喜上眉梢，对把汉那吉赞不绝口，当众高声宣布道："我要再扩大库库和屯，让它和北京的皇宫一样宏伟气派。"

众人欢呼雀跃，乌讷楚向把汉那吉和乌兰投去赞许的微笑，达云恰也不由颔首称赞，心生几分钦佩。

库库和屯的巨大变化令众人对把汉那吉刮目相看，阿勒坦汗更是兴奋得合不拢嘴，直到吃晚饭的时候，依然对把汉那吉赞不绝口。乌讷楚觉得是时候将把汉那吉推到前面了。

晚上，乌讷楚倚在阿勒坦汗的怀中，对阿勒坦汗说道："汗王，把汉那吉如此能干，就让我这个女人退下来偷偷懒，以后把通贡互市的事情也交给把汉那吉去做吧。"

乌讷楚认为此时阿勒坦汗不会拒绝她的提议，谁知阿勒坦汗却说："目前你还不能偷懒，南朝的人都认可你，一旦换了人恐怕要引起他们的猜疑，万一再引起混乱影响互市就不值得了。还有，我准备让你来全权负责库库和屯扩建的事情，把汉那吉我另有安排，让他锻炼两年再说。"

阿勒坦汗所说的另有安排，那就是对索南嘉措的承诺，在库库和屯再建一座寺庙，而阿勒坦汗将这个重任交给了把汉那吉。

乌讷楚一边忙于通贡互市的事务，一边紧锣密鼓地招徕工匠开始扩建库库和屯。经过两年的时间，土默特最大的一座黄教寺庙建成了，而库库和屯也扩建了周长约十公里的外城，使这座美丽的塞外城市规模更大。

这座寺内供奉着一座三米高的白银制作的释迦牟尼佛坐像，银佛座前两根通天柱上，雕塑着两条金色盘旋而上的蟠龙。大殿内的壁画以佛教故事、人物为主，描绘了天上、人间及地狱的各种景象。画面色泽鲜艳，整体连贯，又独立成章，场面宏大壮观。

出于对朝廷的尊重，阿勒坦汗又请求朝廷为这座寺庙赐名，万历皇帝为这座寺庙赐名"弘慈寺"。因殿内供奉着银制的佛像，又被库库和屯的百姓们称为"银佛寺"。

寺庙如期竣工，把汉那吉安排了一场隆重的剪彩仪式。按照阿勒坦汗的要求，把汉那吉还邀请了鄂尔多斯部和永谢部首领。

此时，佛教已经深入土默特各部民众的心里。看到一座如此宏伟气派的寺庙拔地而起，每个人都按捺不住内心的兴奋，拥挤到寺庙前观礼。

阿勒坦汗自青海回来之后就一直无精打采的，满朱锡里为他检查了几次也没发现什么问题，以为他是年事已高经不住长途跋涉的劳累所致，就嘱咐乌讷楚细心加以照料，不可让他再劳心劳力。乌讷楚见阿勒坦汗依然精神不济，本想阻止他去参加这个仪式，可又怕扫他的兴，就将自己的关爱放在了心里。

剪彩仪式上，阿勒坦汗脸色苍白，但他依然强打精神完成了剪彩。随后，他随把汉那吉进入佛堂，准备参观佛像，谁知刚走了几步就缓缓倒在了地上。乌讷楚惊呼一声，把汉那吉立即转过身来，达云恰和辛爱也急忙赶过来，七手八脚地想扶起阿勒坦汗。满朱锡里急忙拦住众人，轻轻将阿勒坦汗的头靠近他的臂弯里，又从怀中掏出一个小瓶打开盖子，在阿勒坦汗的鼻子底下来回晃了晃。

众人屏气凝神、目不转睛地盯着阿勒坦汗。过了好大一会儿，阿勒坦汗才缓缓睁开眼睛，满朱锡里这才让人将阿勒坦汗抬回寝宫。

阿勒坦汗一病不起，乌讷楚与朵兰衣不解带地侍奉在侧，满朱锡里也天天过来为他治疗，阿勒坦汗的病却越来越严重，人也日益消瘦。

冬日的一个下午，狂风呼啸着，摇晃着大树，一条条树枝就像狂舞的皮鞭在空中抽打着。山冷得在颤抖，河冻得僵硬了，空气似乎也要凝固起来了。银灰色的云块在天空中奔腾驰骋，寒流滚滚，正酝酿着一场大雪。

寝宫内，病入膏肓的阿勒坦汗脸色蜡黄，没有一点血色，瘦削的脸颊上，两个颧骨像两座小山似的突出在那里，花白的头发散乱在枕头上，两眼无力地闭着，呼吸十分微弱。

乌讷楚心痛地为阿勒坦汗撸撸头发，听到呼呼的风声，抬头看看窗外，说道："从来没有见过这样的天气，今年冬天的天气真是古怪。"

布日玛闻言一惊，不安地说道："长生天是不是在暗示我们，汗王要大行了?"

乌讷楚叹口气道："唉，遭了一年的罪了，早走早解脱。"

布日玛急忙劝阻道："这话可不能由你嘴里说出，让别人听见了可就不好了。"

乌讷楚点点头，扭头对朵兰说道："看这情形，汗王只怕挨不过今晚了。朵兰，你去让海赖通知辛爱和达云恰他们，就说汗王情况不好，让他们到这儿来守着，以防出现什么变故来不及通知他们。"

朵兰应答一声走出寝宫。

傍晚时分，辛爱、达云恰、把汉那吉以及阿勒坦汗的其他几个儿子、孙子，顶风来到库库和屯。他们看到瘦弱得只剩皮包骨头的阿勒坦汗，悲伤地呼唤着"父王""爷爷"，眼泪扑簌簌地流了下来。

乌讷楚劝住几人，让海赖将他们安置在大厅等候。

到了晚上，狂风骤然停止，鹅毛大雪飘然而至，瞬间为大地披上了银装。

昏迷了几天的阿勒坦汗突然睁开眼，吃力地抬起手来，坐在床边的乌讷楚急忙握住阿勒坦汗的手。

阿勒坦汗嘴唇动动似乎想说什么。

乌讷楚柔声问道："汗王有什么话要说吗？"

阿勒坦汗竭尽全力吐出最后一句话："由嫡长子继承汗位，切记，切记。"说完，阿勒坦汗闭上了双眼，在乌讷楚的陪伴下走完了他的一生。

乌讷楚急忙高喊："来人，快来人哪。"

楼下的辛爱、达云恰、把汉那吉等人冲进寝宫，看到阿勒坦汗已经归西，全部跪在床前放声痛哭。

"父王……""爷爷……"一众人声泪俱下。

乌讷楚跪伏在床榻前，始终握着阿勒坦汗的手，泪水潸然，无声地啜泣。

阿勒坦汗的去世，如惊雷一样传遍草原，使得千里草原在一夜之间犹如地塌山崩。蒙古右翼的每个人沉浸在撕心裂肺的悲痛中，他们不顾寒冷，哀号着向库库和屯狂奔而来。

经过各部首领和贵族的商议，共同决定由乌讷楚和辛爱主持阿勒坦汗的葬礼。于是，乌讷楚与辛爱派使者向明朝和远在西藏的索南嘉措送去了讣告，并在库库和屯为阿勒坦汗举行了规模空前的葬礼。

这一天，天气灰蒙蒙的，库库和屯四周的旌旗无力地垂着，仿佛也在为阿勒坦汗的去世默哀。城内，每个人素面孝服，红肿着双眼，悄无声息地行走奔忙。灵堂内，乌讷楚与阿勒坦汗的众子孙身着孝服跪在阿勒坦汗的灵柩旁，满朱锡里带着众僧在阿勒坦汗灵柩前诵经，为阿勒坦汗超度。

明朝派遣的使者在吴兑的陪同下前来吊唁，明廷在阿勒坦汗死后赐祭七坛的祭礼，并送来彩缎和布匹若干，以示抚恤，乌讷楚和辛爱率领众人跪谢。

吊唁完，吴兑将乌讷楚叫出了灵堂，辛爱与达云恰满腹疑云地互望一眼，不安地看着乌讷楚与吴兑走出灵堂。把汉那吉看到了达云恰和辛爱表情的变化，不由得为乌讷楚担忧起来。

走出灵堂，吴兑对乌讷楚说："顺义王的去世令圣上甚为担忧，万一蒙古内部出现混乱，将会影响到九边的安宁。圣上希望能尽快确定一个人出来主持大局。"

乌讷楚说："大人请放心，请大人回去转告皇上，蒙古向往和平的心是不会改变的。”

吴兑安慰了乌讷楚几句便告辞离去。见天色已晚,乌讷楚便让朵兰搀扶着自己回到寝宫。乌讷楚疲倦地躺在床上后,挥手让朵兰退了出去,两眼盯着房顶想着心事。

乌讷楚一直担心阿勒坦汗会因为她和把汉那吉的事,影响阿勒坦汗对把汉那吉的看法,所以在阿勒坦汗面前提起把汉那吉总是谨小慎微的,只有在阿勒坦汗高兴的时候,她才会借机称赞把汉那吉几句,向他暗示把汉那吉是一个不可多得的管理者。而把汉那吉出色的表现,让阿勒坦汗时常对他赞不绝口。乌讷楚以为阿勒坦汗已经将把汉那吉视作汗王继承人的不二人选了,没想到阿勒坦汗去世的时候还是叮嘱她让嫡长子继承汗位。还好阿勒坦汗说这话的时候只有她在身边,看来,只有篡改阿勒坦汗的遗嘱了。

正想着,一阵脚步声传来,乌讷楚以为是朵兰又回来了,便说道:“我没事,让我一个人静一静。”

把汉那吉说:“是我。”

乌讷楚一听是把汉那吉的声音,赶紧从床上坐了起来,举手撸撸头发,抻了抻蒙古袍,这才抬头看着把汉那吉。把汉那吉深情地看了她一眼,走到床前。

乌讷楚的心忽然怦怦地跳了起来,赶紧问道:“你怎么来了?”

把汉那吉问道:“爷爷去世的时候有没有留下什么遗言?”

乌讷楚心里一惊,自己从来没有对任何人表示过想让他继承汗位的意思,他怎么会半夜跑来突然问起这个问题,难道他也有继承汗位的意思,还是发生了什么事?于是好奇地问道:“你问这个干什么?”

把汉那吉焦急地说道:“你不要误解我的意思,我并不想继承汗位。”

乌讷楚似笑非笑地看着他又问道:“如果这是汗王的意思呢?”

谁知把汉那吉竟不假思索地答道:“那我也不想继承。”把汉那吉说完坐到了床边。

这样的好事别人都是求之不得的,他居然想也不想就拒绝了,乌讷楚感到很奇怪,又问道:“为什么?”

“因为我坐不稳这个汗位。”把汉那吉坦然说道。

原来是这样,乌讷楚微微一笑,劝道:“汗王去青海的那两年,你把土默特打理得井井有条,汗王对你赞不绝口,日益器重你,部众对你的看法也大有改观,现在又有汗王的遗命,我相信各部都会支持你的。”

把汉那吉苦笑一下说:“你不用骗我了,爷爷不会把汗位留给我的。”

乌讷楚问道:“你就这么确定?”

把汉那吉幽幽地看了乌讷楚一眼,犹豫了一下才说道:“爷爷是一个信守承诺的人,当年额伦策(即祖爷爷的意思)怕蒙古再陷入混乱,就定下了嫡长子继承的遗志,爷爷虽然手握大权,但一直谨遵额伦策的遗愿没有抢夺大汗位,依然对大汗毕恭毕敬,他也答应大伯绝不抢夺济农的位子,所以,这么多年过去了,他依然屈居于土默特万户。而奶奶去世的时候,要求爷爷必须遵循嫡长子继承的遗志,爷爷也亲口答应了,他怎么会违背自己的诺言,将汗位传给我呢?”

乌讷楚听把汉那吉这么一说,愣愣地盯着把汉那吉,眼中的目光由惊讶慢慢转化为悲哀。

“难怪汗王叮嘱我要让嫡长子继承汗位,原来一克哈屯早就在防备着我了。那么,达云恰、辛爱他们所做的一切真的是在防止我夺权了?汗王明知道这一切,却根本没有为我和博达锡里的将来打算过,在临终前还一再叮嘱我,要嫡长子继承汗位,这就是他对我的爱?”

乌讷楚脑中一片混乱,她看到把汉那吉的嘴一张一翕地说着什么,可她一句也听不到了,只觉得自己的心一下子被抽空了。

“我就是喜欢你这样的笑容,也许是我太在乎你,才怕委屈了你吧。”

“就让我自私一点,把你的人和你的心都给我,真正从心里把我当成你的男人,可以吗?”

……

阿勒坦汗的话在她耳边萦绕,“这些话曾经深深地打动了我,我的人、我的心都给了他,可这十几年的宠爱、信任,原来都只是一场梦,在他的心目中我到底算什么?”

把汉那吉见乌讷楚眉头紧锁,长久地凝视着自己,他被乌讷楚的眼睛震慑住了。这是一双受了骗、伤了心的眼睛,在失望的眼神里,是深不见底的悲哀。

把汉那吉心疼地握住乌讷楚的手,她仿佛从梦中惊醒一般,急忙抽出自己的手,身子往床里边挪了挪。

把汉那吉见乌讷楚躲开他,以为是自己拒绝了她的好意让她失望和伤心,急忙也往床里蹭了蹭,再次抓住乌讷楚的手。乌讷楚抽出手举起来挡在她和把汉那吉之间,示意把汉那吉不要再过来。

把汉那吉着急地说道:“不是我要违背你的意思,爷爷去世的时候只有你一个人在他身旁,而奶奶逼爷爷承诺的时候,那些叔叔伯伯和兄弟们都在跟前,这几日辛爱和达云恰伯伯又和那些首领密谋着什么,下面也有一些对你不利的传言，我就是怕你做傻事，才特意过来告诉你这件事的。”

乌讷楚无力地靠在床上，缓缓地对把汉那吉说：“你先出去吧，我自有分寸。”

把汉那吉欲言又止，他拍拍自己的双腿站起身，意味深长地看了乌讷楚一眼，然后转身走出寝宫。

葬礼一结束，达云恰立刻以辛爱的名义召集各部首领齐聚议事厅，并郑重其事地派人将乌讷楚请到议事厅。

乌讷楚镇定自若地走进议事厅，在众人的注视下走到阿勒坦汗的宝座前。乌讷楚环视了一下众人，看到了把汉那吉不安的目光，乌讷楚冲他微微一点头，坐到了阿勒坦汗的宝座上。

达云恰站起来，振振有词道：“羊群要有头羊，雁阵需有头雁，如今阿父的灵魂已经升上腾格里了，土默特需要一个新的汗王出来主持大局。”

众首领此起彼伏地说道：“达云恰台吉说得对，我们需要有一个新的汗王。”

达云恰望着乌讷楚问道：“钟金哈屯，汗王去世的时候只有你一个人在他身边，汗王有什么遗言留下吗？”

达云恰在说此番话的时候，特别加重语气强调了“一个人”这三个字。众人的目光顿时像刀一样，犀利地射在乌讷楚的身上。

看着众人的目光，乌讷楚想起了把汉那吉的话，唉，把汉那吉还是太单纯，此刻，不管自己说的是真话还是假话，只要不符合他们的意愿，这些人都不会放过她的。她感到凄楚，这么多年了，不管她为土默特做了什么，这些人还是把她当成了外人，她只配给他们做牛做马，他们永远不会接纳自己的。看着一张张熟悉又陌生的面孔，乌讷楚突然感到孤单无助。她想逃，不想再理会那些烦扰的纷争，可是自己能逃到哪里去呢？“回家！”一个声音仿佛在提醒着乌讷楚，她想起了克尔古特部，想起了家乡，对，那儿才是我的家，我要回家！想到这儿，乌讷楚握紧了手挺直了身体。

多伦土默特部的麦力艮台吉喊道：“快说呀，汗王到底有什么遗言？”

银定不怀好意地说道：“哈屯不是想隐瞒什么吧？”

乌讷楚微微一笑站起身来，再次环顾一下众人，一字一顿道：“汗王临终前嘱咐我要遵循祖训，由嫡长子继承汗位……”

乌讷楚话尚未说完，麦力艮高呼道：“汗王英明！”

银定与一些部落首领也高声附和道：“汗王英明！”

乌讷楚凄惨地一笑，说道：“我即刻派人上奏朝廷，由辛爱袭封顺义王。待朝廷圣旨一到，我就将王印兵符交给辛爱，从此不问政事，隐居生活。”

把汉那吉听乌讷楚这么一说，先是惊愕了一下，接着脸上露出欣慰的笑容。

达里扎站起来说道：“哈屯年轻有为，聪慧过人，深得南朝官民的信任，如果哈屯就此隐退，汗王苦心经营的和平大业就会受到影响。哈屯，请顾全大局，你不可就此撒手不管哪。”

波勒格接着达里扎的话说道：“达里扎说得有道理，哈屯，请顾全大局啊。”

虎儿害、兀甚、巴岳特等部首领急忙附和达里扎和波勒格，恳求乌讷楚不要隐退。

达云恰与扯力克、切尽、麦力艮听到乌讷楚要隐退，心里正暗自高兴，又听到达里扎他们极力挽留乌讷楚，不由得对这些人怒目而视。

乌讷楚站起身看看众人，平静地说：“我意已决，各位不必相劝了。”

做出了决定，乌讷楚反倒觉得轻松坦然了。这么多年来，她一直忙于部族事务，根本无暇顾及博达锡里。虽然有布日玛和朵兰无微不至的照顾，可是，孩子最需要的还是母爱。她决定带博达锡里离开这里，回到瓦剌后好好培养已经十四岁的儿子博达锡里。

## 三十五、辛爱逼婚

乌讷楚将部族的事务交代给辛爱回到寝宫后，看到博达锡里已经熟睡，她坐在床边用手轻轻抚摸着他稚嫩的脸，眼中充满了慈爱。布日玛见此情景内心感到悲戚。十几年来，一个如花似玉的女子，将她最好的年华献给了这里，到头来只能带着儿子凄然归去，这是什么世道啊？布日玛眼里闪着泪光，默默地看着她。

乌讷楚替博达锡里掖掖被子，起身回到自己的卧室，看到朵兰正在铺床，就坐到梳妆台前。

布日玛拉下幔帐，熄了酥油灯，也来到乌讷楚的寝宫。她走到乌讷楚身旁，替乌讷楚解开辫子，一边为她梳头，一边问道："今后你有什么打算？"

乌讷楚看着镜子里的自己，幽幽地说道："嬷嬷是知道我的心的，为了族人，我放弃了自己的爱情违心嫁给汗王。这十几年来，我一直以为汗王对我是情真意切的，我也想一心一意追随他了此残生，所以我什么也不争什么也不抢，可是现在，我感觉那么失望。"

布日玛用带有责备的口吻说："我早就和你说过凡事要替自己打算，你就是不听。"

乌讷楚叹口气说："唉，博达锡里出生之前，汗王就已经将自己的领土分封给了每个儿孙，我为他还能争取到什么？谁肯把到手的利益拱手相让呢？还好汗王封博达锡里为瓦剌的领主，我已经想好了，决定带你们回克尔古特部去。"

说话间，一阵急促的脚步声传来，把汉那吉夹着一股冷风进入乌讷楚的寝宫，径直走到乌讷楚面前。布日玛、朵兰惊讶地看着他。

乌讷楚也被把汉那吉深夜的突然到来吓了一跳，急忙站起身问道："是不是发生什么事了？"

把汉那吉走到乌讷楚面前握住她的双手，深情地看着她，问道："你还记得你合婚的前一天晚上在小河边我和你说过什么吗？"

把汉那吉不等乌讷楚回答，又急急说道："那时我就向你承诺，我会等你，我会永远等你。这么多年来，我一直等着这一天，现在爷爷不在了，你还愿意和我在一起吗？"

乌讷楚瞪着大眼睛，一眼不眨地看着他，她没有想到把汉那吉依然对自己一往情深。这一刻，她不知道自己是喜悦还是悲伤，不由自主地说道："我已经嫁过人，而且还有孩子……"

未等乌讷楚说完，把汉那吉就打断了她的话："我不在乎，爷爷比你大那么多，我知道迟早会有这么一天的，就是这样的希望，才让我一直等到现在。如今你自由了，会和我在一起的，是吧？"

乌讷楚激动的泪水夺眶而出，压抑了这么多年，以为自己已经从心里放下了他，可是他的表白，又让自己怦然心动。原来，自己还是深爱着他，只是把他悄悄藏在了内心的角落里。这一切又来得太突然，乌讷楚不敢相信这是真的，于是又疑惑地问道："你说的都是真的吗？"

把汉那吉用力点点头。

乌讷楚轻轻抚摸一下把汉那吉的脸颊，含泪笑道："你怎么那么傻。"

把汉那吉一把拥住乌讷楚，乌讷楚不再躲闪，幸福地伏在把汉那吉的怀中。

布日玛也被这突如其来的惊喜感动得直流眼泪，但脸上却洋溢着欣慰的微笑。

朵兰干脆兴奋地拍着双手，压抑着嗓门叫道："太好了，太好了。"

把汉那吉松开乌讷楚，拉起她的手就要往外走。乌讷楚急忙拉住把汉那吉，问道："你要带我去哪里？"

把汉那吉笑着说："我现在就带你回大板升城。"

乌讷楚笑着拉着把汉那吉走到桌子旁坐下，满含柔情地看着把汉那吉说："这件事你回去和乌兰商量一下吧，我们要尊重她的意见。"

把汉那吉满不在乎地说："不用和她说，我们自己做主就可以了。"

乌讷楚按着把汉那吉的双肩，说："不行，乌兰是我建议汗王给你娶回来的，她是你的妻子，只要和你在一起，我可以不在乎名分地位，但我们一定要尊重她。"

把汉那吉握住乌讷楚的双手说道："你这个善解人意的可人儿，由不得人不爱。"

乌讷楚娇羞地笑着推把汉那吉一把，说："你快走吧，这么晚了，让别人看到了不好。"

把汉那吉又用力握握乌讷楚的手，站起身走出寝宫。乌讷楚悦目娱心地看着把汉那吉离去。

黄昏，雪花迈着婀娜的舞步再次翩然而至。在她温柔的抚慰下，所有的躁动都开始安静下来，库库和屯银装素裹，静谧而安详。人们踩着会唱歌的雪地毯走过，"咯吱咯吱"的声音格外响亮。

乌讷楚白衣素服，定定地站在窗前失神地向外望着，内心焦躁不安。阿勒坦汗的葬礼已经结束了，这座美丽的城市对她已经没有了一点吸引力。此刻，她多么希望能立刻离开这里，与深爱的男人去度过余生。可把汉那吉离开已经三天了，到现在也没有任何消息传来，是乌兰不同意，还是有什么事绊住了他，以他的性子，不会让自己等这么久的。

就在这时，辛爱悄悄进入寝宫，看到素衣白服的乌讷楚站在窗前，半忧半怨的神情更为她增添了几份妩媚。辛爱有些意乱情迷，情不自禁地轻轻走过去从后面抱住了乌讷楚。

乌讷楚以为是把汉那吉来了，也没有回头看，向后仰入来人的怀中，温柔地说道："你来了。"

乌讷楚用双手抚摸着拥抱着她的双手，突然感觉这双手不是熟悉的那双手，惊讶得急忙想挣脱。

辛爱紧紧抱住乌讷楚不放，激动地问道："你是在等我吗?"

听到辛爱的声音，乌讷楚挣扎着大声说道："放开我，不然我要叫人了。"

辛爱也怕被别人看到，只好悻悻地放开手，不怀好意地问道："很失望吧？不是你要等的那个人吧?"

乌讷楚退后几步，怒视着辛爱道："你胡说什么？别忘了，我是你的庶母，请你尊重我。"

辛爱嬉皮笑脸地凑到乌讷楚面前，笑道："我一直都很尊重你啊，难道你没看出来我对你的一片心意吗?"

乌讷楚正色道："黄台吉不可随意开这样的玩笑。"

辛爱依然笑着说："我没有和你开玩笑，我是真心喜欢你的。"辛爱边说边将手摸向乌讷楚的脸。乌讷楚急忙躲过，转身走到桌子旁坐下。辛爱讪讪地跟着坐到桌子另一旁。

辛爱跷起二郎腿，低头看着手中的念珠说道："我今天来是专程向你求婚的。从我第一眼看到你的时候我就喜欢上你了，这么多年我的心都没有改变过。如今父王不在了，今后就让我来照顾你吧。"

乌讷楚看了一眼丑陋的辛爱，又想起那次在他大帐看到他和美姬令人作呕的情形，恨不能立刻将他从这里赶走，但她还是按捺着自己的情绪，淡淡地说道："谢谢黄台吉错爱，我只想一个人清清静静地生活，把博达锡里抚养长大就满足了。"

辛爱说："如果你肯嫁给我，你还会和以前一样，尽享尊荣富贵，我也会给你更大的权力，让你随心所欲地做自己想做的任何事情。"

乌讷楚说："我本无意于权势，协助汗王也只是权宜之计。如今，由你继任汗位袭封了顺义王，我也可以安心地过自己清净的日子了。"

辛爱斜睨着乌讷楚说:“这恐怕不是你的真心话吧?”

乌讷楚不正视他,低头绞着手指,说道:“你来得正好,我也正想和你商量一件事。”

辛爱问道:“什么事?”

乌讷楚抬头四下看看寝宫,说道:“如今汗王不在了,我住这儿也不合适了,大板升城还有我和汗王的别宫,我想搬到那儿去住。”

辛爱站起来走到乌讷楚身边,乌讷楚急忙起身躲闪,辛爱一把拉住乌讷楚的胳膊,恨恨地说:“你是想去投入把汉那吉的怀中吧?你能瞒得了父王瞒不了我。你和把汉那吉的那些苟且之事我早就知道了,你们就盼着这一天呢,是吧?”

乌讷楚怒道:“你不要信口雌黄。”

辛爱冷笑道:“我信口雌黄?你当年就想和把汉那吉私奔,如果不是额吉阻拦,只怕你和把汉那吉现在已经儿女成群了?”

乌讷楚气愤地说道:“你……”

辛爱恶狠狠地盯着乌讷楚的眼睛说:“我是尊重你才和你商量的,否则,我想得到你就像猎鹰捕食一样容易。如果你答应我,过去的事情我可以既往不咎,你还领有那一万精兵,我也会和父王一样继续重用把汉那吉;如果你不答应,哼哼,你自己考虑后果吧。”

辛爱甩开乌讷楚的胳膊向外走去,刚走到门口又回过头来说道:“对了,忘记告诉你了,我听说你哥哥在四处招兵买马,还私底下和南朝秘密交易,怎么处置你看着办吧。”辛爱说完扬长而去。

乌讷楚被摔了个趔趄,跌坐在椅子上。听了辛爱的话,她惊愕地看着他的背影黯然落泪。

朵兰进来的时候,与辛爱撞个正着,她急忙向辛爱行礼,辛爱却对她视而不见,气呼呼地径直向外走去。朵兰一直看着辛爱的背影消失在楼梯拐弯处,这才不解地进入乌讷楚的寝宫。她看到乌讷楚低头坐在椅子上,就问道:“黄台吉怎么了?是谁惹他生气了?”

乌讷楚擦去眼泪抬起头,朵兰见乌讷楚在哭,正想刨根问底,听到乌讷楚对她说:“你去通知海赖,让他立即召集我们的士兵,今夜我们就离开这儿回大板升城去。”

乌讷楚突然做出这样的决定,朵兰猜测一定发生了什么事,而且这事一定和辛爱有关,于是也不敢多问,转身离开寝宫去通知海赖。

天刚一擦黑,乌讷楚就带着博达锡里、朵兰、布日玛、海赖及一万精兵,离开了库库和屯直奔大板升城。

到了大板升城，乌讷楚让海赖带兵驻扎在城外，自己带着博达锡里和朵兰、布日玛悄悄进入大板升城的别宫。

自从阿勒坦汗知道乌讷楚和把汉那吉相爱的实情后，他们就再也没有回来过。这座别宫虽然一直无人居住，乌兰依然派人精心看护着它。

这座别宫，记载着乌讷楚的悲伤，记载着她的转变和成长。如果没有把汉那吉，她情愿一辈子不再涉足这里。她四下看看，房内依然和离去时一模一样，不仅设备齐全，而且一尘不染，伤感之余，内心对乌兰不由心生感激。

乌讷楚解下披风递给朵兰，无言地坐到床上。

布日玛安顿好博达锡里后，来到乌讷楚的寝室，不解地问道："你为什么突然带我们来到这里？"

乌讷楚的泪水滚滚而下，让布日玛和朵兰都有些慌张。布日玛走近乌讷楚，乌讷楚一把抱住布日玛的腰哭泣道："嬷嬷，我该怎么办？"

布日玛急忙问道："孩子不哭，快告诉嬷嬷，到底发生了什么事？"

乌讷楚哭着把辛爱逼婚的事一五一十地告诉了布日玛和朵兰。

朵兰气愤地说道："他也不看看自己的长相，一个丑陋不堪的人怎么能配得上你呢？坚决不能答应他。"

布日玛见朵兰口不择言，急忙阻止道："祸从口出，管好你的嘴吧，真是越大越没规矩了。"

布日玛训斥完朵兰，搂住乌讷楚的肩膀，叹气道："阿噶说过，这是你的命啊。"

乌讷楚恨恨地说："命？我不信命！我不相信上天会对我如此不公。"

朵兰接过乌讷楚的话又说道："就是，不要老拿什么命不命的来说事，我就不信黄台吉能一手遮天。"

朵兰不顾布日玛怒目相向，自顾自地继续说道："小姐，你也不要伤心了，既然已经到这儿了，我看你就和把汉那吉台吉赶紧成亲吧，这样，就能彻底断了黄台吉的念想了。"

乌讷楚她们虽然是悄悄进入别宫的，但还是惊动了把汉那吉和乌兰。把汉那吉让乌兰休息，自己一个人来到别宫。乌兰不放心，把汉那吉走后，也急忙穿上衣服来到别宫。

把汉那吉一进门就急切地问道："发生什么事了？你们为什么突然回来了？"

乌讷楚站起身，泪眼婆娑地看着把汉那吉，把汉那吉急忙走过去替她擦去眼泪。

乌讷楚握住把汉那吉的手，问道："乌兰呢？"

把汉那吉说："我没让她过来，你快说到底发生了什么事？不要让我着急。"

乌讷楚又把辛爱逼婚的事说了一遍，把汉那吉惊愕地跌坐在椅子上。

朵兰气愤地说："这半路又杀出个辛爱来，依我看，小姐这次回来即刻与台吉成亲，生米煮成熟饭，他就没辙了。"

乌讷楚连连摇头道："这样不行，万一辛爱恼羞成怒再迁怒到把汉那吉身上，遭殃的是大板升城的那些民众。我虽然不想再过问政事，但我也不希望土默特再掀起混乱，还有他告诉我哥哥的事，那是什么意思，明摆着是在威胁我。"

布日玛说："你说得对，不能冲动行事。"

朵兰着急地说道："那你们怎么办哪？"

乌讷楚沉思片刻，缓缓道："他已经知道了我和把汉那吉的事，实在不行我就和他实话实说，如果他不同意，那我就谁也不嫁了。"

朵兰说："你们相爱了这么多年，眼看好事将成，难道因为他你们就要放弃吗？"

布日玛叹息道："草栏子的门前挂上彩灯不相称，对不懂理的人说啥也没有用啊。"

坐在一旁一言不发的把汉那吉，突然转过身抓住乌讷楚的手问道："你愿意放弃荣华富贵和我一起浪迹草原吗？"

这下轮到乌讷楚惊愕了，她问道："你怎么会有这样的想法？是乌兰不同意我们在一起吗？"

把汉那吉说："不是，是我厌倦了这种尔虞我诈的生活，我只想和你一起驰骋草原，去过那种无拘无束、自由自在的生活。"

乌讷楚的脸上绽放出幸福的笑容，想起了他们私奔前的那一天，她也是这么幻想的，哪怕做一对普普通通的夫妻，只要两个人能在一起自由自在，什么荣华富贵、权势地位，她通通可以放弃，可是此一时彼一时，现在还有乌兰，想到这，乌讷楚的脸又阴沉下来，问道："那乌兰怎么办？"

把汉那吉说："我管不了那么多，我只想和你在一起，这么多年来，我只有这一个念头。"

乌讷楚说："不行，做人不能太自私了，乌兰是一个好女人，我们不能伤害她。"

乌兰恰巧此时来到了别宫，听到了乌讷楚和把汉那吉的对话。之前，把汉那吉把与乌讷楚合婚的决定告诉她时，她的内心虽然有些失落，但出于对把汉那吉的深爱,她不想失去他,便勉为其难地答应了。把汉那吉见乌兰通情达理,出于对她的尊重,也就没有急着去通知乌讷楚。乌兰没想到把汉那吉对自己竟是这样毫不在意,不禁有些心灰意冷。好在乌讷楚对她还有一些顾念,让她失落的心感受到些许的安慰。

乌兰深呼一口气,昂首走进寝室,乌讷楚看到乌兰,慌忙起身迎上前去。

乌兰握住乌讷楚的手说道:"你们的话我全听到了,如果你愿意和他离开,我不会阻拦你们的,但你的顾虑是对的,不能为了一己私利,不顾部众的生死。"

乌讷楚扭头用埋怨的目光看看把汉那吉,把汉那吉惭愧地低下头。

乌兰说:"我觉得你刚才说得有道理,既然已经回来了就安心地住下来,等辛爱来找你的时候,你就对他明说。如果他不同意,你就发誓终身不嫁,让他打消合婚的念头,这样也不会危及大板升城和你的家人。而你们,只要能在一起,何必在意那些形式和虚名呢,只是委屈你了。"

乌讷楚微微一笑,说道:"我以为你知道了我们的事会恨我,没想到你如此宽宏大量。"

乌兰苦笑道:"这就是我们的命。唉,你也是可怜之人,不能和自己心爱的人在一起,这种心痛我是知道的。如果我们还不能互相理解,只会让自己陷入更深的痛苦中,与其去恨一个人,不如试图着去理解她。"

乌讷楚钦佩地看着乌兰说:"在你面前我感觉自己是这么渺小,乌兰,你让我自愧不如。"

两个本该是一对情敌的女人,因为相互的理解和感激,让她们的双手紧紧握在了一起。

乌讷楚的出走,很快就被人们传开了。人们私下议论纷纷,都在猜测乌讷楚出走的原因。达云恰听到消息后,立即来到辛爱的部落。

辛爱正半靠在床榻上自斟自饮,达云恰进去不等辛爱相让,便坐到了床榻上。

达云恰问道:"昨晚钟金哈屯为什么带着她的一万精兵连夜出城了?"

辛爱转着念珠,笑道:"我想她只是出去散散心,父王刚刚过世,她一个人孤零零地待在寝宫里难免会伤心,出去换个环境缓解一下心情也好。"

达云恰说:"恐怕没那么简单吧,她可能不甘心由你来继承汗位,表面上同意让你继承汗位、袭封顺义王,现在这样做,让大家都觉得阿父一走你就欺负她,让人们同情她,来博取大家的支持呢吧?"

辛爱摇摇头说:"不会,她不愿意我继承汗位,难道她能继承这个汗位吗?”

达云恰说:“别忘了她还有一个儿子。”

辛爱不屑地说:“一个乳臭未干的毛孩子能做什么?”

达云恰说:“钟金哈屯可以辅佐他啊。你别忘了,达里扎、波勒格和虎儿害、兀甚还有巴岳特部可都在支持她呢。”

辛爱阴险地一笑,说:“凭她也想和我争夺汗位?她只有那一万精兵,拿什么来与我抗衡?放心吧,过几天她就乖乖回来了。”

达云恰见辛爱这么笃定,满脸疑惑地看着辛爱,辛爱似笑非笑地望向前方。

## 三十六、合婚

一连几天都不见辛爱追来，乌讷楚略感心宽。这天晚上，乌讷楚与把汉那吉正在喝茶闲聊，海赖急急进入寝室，禀报道：“哈屯，吴大人穿着便装只带着几名随从来了，我已安排他在会客厅等候，你快去见他吧。”

乌讷楚不解地看看把汉那吉，说道：“这么晚了，他简装而来，是不是明廷那边有什么变化？”

把汉那吉起身说：“走，我们去看看就知道了。”

乌讷楚阻止道：“吴大人晚上来访，必定有什么机密的事情，你就待在这儿，我去去就来。”

乌讷楚随海赖来到会客厅，看到吴兑坐在会客厅的桌子边，左手搭在桌沿上，手指轻轻叩着桌面。

听到脚步声，吴兑看到乌讷楚，起身抱拳道：“钟金哈屯，这么晚打扰还请见谅。”

乌讷楚伸手礼让：“义父请坐。”

吴兑复又坐下。乌讷楚坐到桌子的另一旁。吴兑似无意地看了海赖一眼，乌讷楚便明白了他的意思，对海赖说：“你到门口守着，不要让人打扰我和吴大人说话。”

海赖向吴兑和乌讷楚行礼后退出会客厅。乌讷楚抬眼看看楼顶又望向吴兑，问道：“义父深夜造访，必定是有什么重要的事情吧？”

吴兑没有回答，却问道：“你连夜带兵离开库库和屯，是不是发生了什么事情？”

乌讷楚笑道：“义父也知道此事了？”

吴兑说：“你在土默特是一位举足轻重的人物，你的一举一动必然会引起人们的注意。”

乌讷楚苦笑一下说道：“也没什么，操持顺义王的葬礼感觉很疲惫，想来这里安静地休息一下。”

吴兑笑道：“我的女儿不信任我了。”

乌讷楚急忙道：“义父多心了，我怎么会不信任您呢。”

“那为何不直言相告？”

“这只是家事，义父不知也无妨。”

“此言差矣。以你今日今时的身份和地位，家事即国事，国事即家事。”

乌讷楚惊诧道：“此话怎讲？”

吴兑无奈地说:“其实我今日来,也是受人所托。”

乌讷楚立刻明白了吴兑此行的目的,但她抱着一线希望故作平静地问道:“何人所托?”

吴兑说:“是辛爱黄台吉所托。”

乌讷楚失望地说道:“是他!”

吴兑一只胳膊搭在桌边上,探过身子说道:“我已经知道辛爱向你求婚了,我认为这是好事一桩。”

乌讷楚好笑道:“好事?”

吴兑说:“是啊,这样辛爱不仅顺利得封了王,你还是蒙古的哈屯。”

乌讷楚撇撇嘴道:“这些虚名不要也罢,我不稀罕。”

吴兑问道:“虚名可以不要,难道顺义王穷尽一生得来的和平大业你也可以置之不理吗?”

“这岂是我一妇道人家可以左右的事情。”

“你不要妄自菲薄,能否维护明蒙贡市关系长期稳定的发展,一半在于你啊。”

“义父言过其实了吧。”

“辛爱已派人主动向我朝进贡了。”

“噢?这是好事啊,说明他也是看重和明朝的通贡互市的。”

“我的担忧正在此处,这也是朝廷的担忧。”

“我不明白义父的意思。”

“这十几年来,主持维护明蒙和平贡市的一直是你,辛爱是一将才,之前一直反对蒙汉通贡互市,这我们都是知道的,而且他的管理能力较顺义王还是略逊一筹,即便比起你也有所不如,所以朝廷对他继承汗位甚为担忧。”

“大人过奖了,辛爱过去是反对通贡互市,可如今他也看到了互市给蒙古每个人带来的变化,身为汗王,他不会不懂得为民众考虑,朝廷应该信任他才是。”

“我绝非虚言,不瞒你说,朝廷如今只信任你一人。”

“我不想再卷入政治,我只想做一名普通人,过普通人的生活。”

“从你成为顺义王哈屯的那一天起,你就已经不再是普通人了,你的任何一个决定,都将会对土默特产生重大的影响。”

乌讷楚不置可否地笑笑。

“你不可不信。你想一想,辛爱和他身边的人一直是反对明蒙议和的,如今,他突然主动向我朝进贡,他身边的人会怎么看他?难保这些人会对他心生异心,到时,一场混乱只怕在所难免。如果他再不能约束手下的那些部落,对我朝边境再度进行掠扰,轻者关闭贡市,严重的话可能又要挑起战乱,难道你忍心看到双方百姓再陷水深火热之中?”

乌讷楚深呼一口气说:“那和辛爱合不合婚又有什么关系?”

吴兑说:“那我就直言相告了。”

“义父但说无妨。”

“你这么多年一直致力于和平贡市,但是你所依赖的是顺义王的实力。虽然你有维护和平贡市的能力,却没有支撑你的实力,而辛爱有这样的实力,却没有这样的能力,以你们个人的能力,谁也无法保证贡市稳定长久,只有你们联合起来,才能将这和平大业继续维持下去,所以,只有你们俩合婚,才是最佳选择。”

乌讷楚沉默不语,似有所思。

吴兑问道:“莫非你还有什么顾虑?”

乌讷楚不便向吴兑说明自己和把汉那吉的事,只好托词道:“我是辛爱的庶母,我怎么可以侍奉完父亲又嫁儿子。”

“你们蒙古人不是有这样的习俗吗?难道还怕别人议论长短?”

“习俗?那是把女人不当人看,是对女性的摧残和不尊重。女人一旦嫁了人,就没有了自己的选择和自由,我偏不充当这杀人制度的牺牲品。”

“这正是你令人敬佩的地方。听辛爱的意思,对你是志在必得,如果你拒绝了他,再让他恼羞成怒了,你一个弱女子拿什么与他抗衡?就你那区区一万精兵吗?你是聪明人,不可以卵击石、玉石俱焚哪。”

乌讷楚再次沉默,面部显现出悲戚之色。

吴兑看乌讷楚脸上的表情已有了变化,继续劝道:“你休怪为父多言,人生有很多的无奈,有些事,虽然不是我们心甘情愿的选择,既然选择了,就再也不可能回到从前了,只有咬牙撑着往前走了。我言尽于此,请你三思。”吴兑说完站起身来。

乌讷楚也站起身说道:“多谢义父,我会认真考虑义父的话的。”

吴兑向乌讷楚抱拳告别,乌讷楚冲门外喊道:“海赖,送吴大人。”

海赖进入会客厅,将吴兑送出门外。

楼上的把汉那吉一字不落地听到了乌讷楚和吴兑的对话,他听出了乌讷楚的犹豫,这一瞬间,他感到失落又痛心。尤其当他听到乌讷楚以庶母身份作为借口加以推脱,令他不解。这是一个多么微不足道的借口,为什么就不能对吴兑直言相告她爱的人是自己呢?把汉那吉默默地坐到床上,但心里已经有了一个决定。

海赖陪吴兑离去后,乌讷楚怅然若失地回到寝室。把汉那吉起身拉她坐到床上,轻轻拥住她,乌讷楚无力地靠在把汉那吉的怀中。

乌讷楚幽幽地说:“我真想和你一走了之,再也不去过问这些烦扰的事情。”

把汉那吉道："细想吴大人的话也不是没有道理。"

乌讷楚坐直身子看着把汉那吉说："怎么，你怕了辛爱，想要退缩吗？"

把汉那吉搂住乌讷楚说："我岂是贪生怕死之辈？你为了部族委曲求全嫁给爷爷，蒙汉能消弭战祸也有你的一份功劳，获益的不仅仅是蒙汉贵族，还有众多的蒙汉百姓，如果我们为了一己私利而置百姓于不顾，确实有些自私了。"

乌讷楚搂住把汉那吉的胳膊说："这些道理我都懂，可是，只有与辛爱合婚才是唯一的选择吗？"

把汉那吉说："大伯对你垂涎已久，他已经知道了我们的事情，你想他会就此放过我们吗？"

乌讷楚说："我不甘心，我不甘心让别人把我当成物品转来让去的。"

把汉那吉笑道："也不完全是这样，是你太优秀，人见人爱。"

乌讷楚拍一把把汉那吉的胳膊说："此时此刻你还有心思开玩笑？我们怎么办？这样得之不易的机会就要白白错过吗？"

把汉那吉叹口气说道："吴大人说得对，有些时候，我们既然选择了就无法再回到过去了。"

乌讷楚的眼泪涌出眼眶，坐起身看着把汉那吉说："你是要放弃我们的爱情，要放弃我吗？"

把汉那吉又搂住乌讷楚说："不，我不会放弃的，但是爱一个人不一定非要拥有她，我还是那句话，我会等你，我会永远等你。"

乌讷楚倒进把汉那吉的怀中默默流泪。

把汉那吉轻轻摇晃着乌讷楚说："乌讷楚，其实刚才你和吴大人谈话的时候，我已经听出了你的不忍。不要顾及我，按照你的心去做决定。不管你做出什么决定，我都不会怪你，我还会一直默默守在你身边，只要每天能看到你，我就心满意足了。"

乌讷楚抬头吻住把汉那吉，把汉那吉热烈地回吻着她。

乌讷楚喃喃道："你为什么要对我这么好……"

两人相拥倒在床上。

乌讷楚和把汉那吉顾全大局的决定，令乌兰深为敬佩，而乌讷楚和把汉那吉自从那晚之后，为了避嫌，不再私下相会。乌讷楚整天陪着博达锡里，耐心地教他读书识字。

辛爱拜托吴兑来做说客，其实，吴兑也不希望乌讷楚嫁给辛爱，在他的心里，辛爱根本配不上乌讷楚。但在黄金家族里，阿勒坦汗排行最尊，其他各部首领非子侄便是孙子，凡事都要受到阿勒坦汗的节制，尽管有不同的意见，慑于阿勒坦汗的权威，这些子侄儿孙们也不敢乱来。如今，阿勒坦汗去世，蒙古右翼没有了他的驾驭，稳定的局面能否继续维持，明廷也没有把握，吴兑心里也没底。万一再起战乱，首当其冲的还是他这位宣大总督。于是，为了顾全蒙明和平大局，也为了自己的仕途，衡量再三，吴兑还是选择充当了这个说客。

辛爱听吴兑说乌讷楚并没有严词拒绝，反而有些犹豫的时候，迫不及待地只身来到大板升城。

乌讷楚正在教博达锡里读书，朵兰匆匆进来禀报："小姐，黄台吉来了。"

乌讷楚放下手中的书说道："这么快就来了。"

乌讷楚对博达锡里说道："你先和朵兰嬷嬷回去吧，阿妈谈完事就去找你。"

博达锡里点点头，随朵兰走出乌讷楚的寝室。两人离去后，乌讷楚整整头发和衣服也走出寝室，来到会客厅，看到辛爱在会客厅悠闲地踱来踱去，乌讷楚看一眼辛爱便坐在桌旁椅子上，辛爱也随着坐下。

仆人端来一碗奶茶放到辛爱面前又退下，辛爱看仆人离去，急忙说："那日都是我不好，喝了点酒冒犯你了，不过我说的都是真心话，从第一次见到你我就真的喜欢上你了。只要你肯嫁给我，以后我再也不喝酒了，我身边的那些女人我也会让她们都离去，今后只对你一个人好。"

乌讷楚说："那倒不必了，一个汗王怎么能没有三妻六妾。只是，我答应与你合婚并不是我怕了你，而是考虑我蒙古今后的繁荣稳定。"

辛爱说："我知道，你是一个顾全大局的人，而且你也有能力管理好整个部族，我想娶你，也是我需要你的帮助。"

乌讷楚说："不过我也是有条件的。"

辛爱赶紧说："你说你说。"

乌讷楚说："想必吴大人也和你说了，今后蒙明贡市事宜仍然由我来主持，你必须严厉约束你的手下，不能做出破坏蒙汉和平大业的事来。"

辛爱喜上眉梢，高兴道："一切都听你的，今后所有事情都由你来做主，这样可以吧？"

乌讷楚点点头，说："那你回去准备吧。"

辛爱兴奋地握住乌讷楚的手，乌讷楚本能地想抽出自己的手，但还是忍住了，任由辛爱握着不放。

辛爱回到库库和屯后，立即着手与乌讷楚合婚的事情。他将乌讷楚以前的寝宫重新装修了一遍，又将自己珍藏多年的珠宝全部摆在乌讷楚的梳妆台上，而且为了讨好乌讷楚，又将博达锡里的卧房也重新装饰一番。

做好这一切准备，辛爱便带着人亲自来迎请乌讷楚。乌讷楚依依不舍地走出行宫，带着博达锡里、朵兰、布日玛随辛爱返回库库和屯。

乌讷楚离开的时候，只有乌兰前来送行，把汉那吉早已一个人来到他们返回必经的途中，正黯然神伤地躲在一棵大树后，为她默默送行。

辛爱像他承诺的那样，遣散了身边所有的美妾。对愿意离去的，给予大量的马牛羊和金银；对不愿离去的，就将她们留在了自己原来的部落，专门给她们准备了毡房，派专人供养她们。

辛爱令人准备了隆重的合婚仪式，邀请各部首领和贵族以及吴兑等大同官员前来参加喜宴。各部首领和贵族接到辛爱与乌讷楚合婚的请柬，都认为这是有利于蒙古各部的选择，纷纷前来祝贺。

明廷得知这一消息，也派使者前来祝贺。吴兑带着大同的官员陪同明廷使者出席了喜宴，也带来了万历帝赏赐给乌讷楚的大红五彩纻丝衣两袭、彩缎六表里、木棉布二十匹的贺礼。

喜宴上，杯觥交错，人们兴高采烈得轮番向辛爱和乌讷楚敬酒。乌讷楚强颜欢笑。吴兑对乌讷楚的决定也倍感欣慰，带领大同官员向乌讷楚和辛爱敬酒，大赞乌讷楚胸襟开阔，通晓事理。

人们在歌舞声中不胜杯杓，明朝使者和吴兑等人提前离席，辛爱让达云恰将一行人安置在库库和屯的驿馆里。

乌讷楚见明朝使者和吴兑离去，便也找借口带着朵兰提前回到了寝宫。

朵兰替乌讷楚卸去头冠后，乌讷楚就让朵兰先去休息了，自己一个人落寞地站在窗前，看着天空昏黄的月亮，满脑子都是远在大板升城的把汉那吉。

乌讷楚自语道："为什么命运对我如此不公？为什么每一次的选择都不由我？为什么？为什么？"

辛爱摇摇晃晃满身酒气地进入寝宫，看到乌讷楚又站在窗前沉思，他再也控住不住自己，走过去从背后一把抱住她，说："我最喜欢你站在窗前的背影，你太美了。"

乌讷楚推开辛爱走到床边坐下，不高兴地说道："又喝那么多酒。"

辛爱坐到乌讷楚身旁嬉笑道："今天是我们的大喜之日，也是我最后一次喝酒，从今往后我保证再也不喝酒了。"

辛爱搂住乌讷楚，见她没有拒绝，便凑过去亲吻。乌讷楚厌恶而又麻木得任由辛爱亲吻着，抚摸着，辛爱将乌讷楚按倒在床上，扑到她身上。

## 三十七、流言蜚语

乌讷楚与辛爱合婚后，明朝再次册封辛爱为顺义王。辛爱为了履行对乌讷楚的承诺，将王印、兵符交给她保管，并将与明朝的一应事务，全部交给了她。

乌讷楚与辛爱能这么快合婚令达云恰感到意外，以他对乌讷楚的了解，他觉得就算乌讷楚能答应也得费一番周折，可他没想到如此顺利，而且，乌讷楚这一嫁，具有比以前更大的权力，这让达云恰心生疑虑。他觉得乌讷楚与辛爱合婚是别有居心，于是，他开始在一旁冷眼旁观着乌讷楚。

与达云恰有一样心理的还有辛爱的长子扯力克，这位颇有野心的台吉比乌讷楚大几岁。他也与辛爱一样，起初也是极力反对爷爷阿勒坦汗与明朝议和的。阿勒坦汗在世的时候，在孙子辈里，只对把汉那吉青睐有加。扯力克因怀才不遇而落寞，他曾一度担心爷爷会将汗位传给把汉那吉，这样，自己虽然是嫡长孙，如果父亲不能得到汗位，自己也将会与汗位失之交臂。因此，他对把汉那吉一直怀有戒备之心，有意疏远着把汉那吉，但他能理解，毕竟把汉那吉是阿勒坦汗最钟爱的儿子铁背唯一的后人，爱屋及乌嘛。可是后来，阿勒坦汗对乌讷楚宠信有加，竟将土默特的重大事项都交由她来处理，就连自己的父亲也被冷落一旁，这让扯力克感到愤愤不平。而阿勒坦汗对博达锡里的宠爱更多于把汉那吉，他又担心阿勒坦汗会将汗位传给博达锡里，就暗下决心，如果爷爷一旦将汗位传给博达锡里，不管其他人是什么态度，自己第一个就要带着部下别城居住，独自为政。

好在现在尘埃落定，父亲辛爱顺利继承了汗位，也承袭了顺义王，可父亲又与乌讷楚合婚，而且给予她的权力，与爷爷相比只多不少，让他百思不得其解。不知道乌讷楚到底用什么手段，让爷爷和父亲对她如此宠信。

阿勒坦汗去世后的第一次互市，乌讷楚又带着朵兰和她的红装侍卫，面带微笑地出现在集市上。她与辛爱的合婚，也在汉人中宣扬开来，她一经过，人们便指着她的背影窃窃私语。

妇人甲伏在妇女乙的耳边说："那就是人们说的三娘子，听说她现在下嫁给老顺义王的儿子了，这不是乱伦嘛，蒙古人的生活怎么这么乱啊？"

妇女乙说："听说这是他们的习俗。"

妇女丙也凑过来说："他们的习俗真让人难以理解。"

妇女甲用一只手指刮着脸说："也亏她还有脸出来，要是我羞都羞死了。"

一男子过来制止道："你们瞎嚷嚷什么呢，如果没有三娘子，你们还能站在这里挣钱养家吗？"

妇女甲说："难道蒙古人就没有其他女人了吗？为什么非要嫁给自己男人的儿子啊？"

男子说："我们汉人的武则天不也是下嫁太宗的儿子了吗？只要是对国家有利，对百姓有益，你管人家那么多干吗？妇人之见。"

男子摇摇头摆弄着货架上的货物，不再理睬那些嚼舌的妇人们。

朵兰听到了妇人们的议论，担忧地看一眼乌讷楚，见乌讷楚笑容依旧，不安地跟随着乌讷楚向前走去。

乌讷楚虽然表面平静如常，内心却五味杂陈。她知道自己与辛爱的合婚，在蒙古人看来，那是习以为常的事，但对那些抱着从一而终观念的汉人们来说，必定会引起轩然大波。她以为自己对这样的议论不会介意，可是听到这样的议论和谩骂，她对别人的不理解还是感到委屈和悲伤。

这一年，吴兑也被人弹劾，王崇古的前车之鉴使吴兑心灰意冷，于是上奏疏请求致仕，遭到万历帝拒绝，自太子少保累加至太子太保，召为戎政尚书调回了京城，郑洛被调任宣大总督。

郑洛了解到辛爱与乌讷楚合婚后，蒙古各部事务仍然由乌讷楚裁决，于是，派人给乌讷楚送来礼品，邀请她到宣化府做客。

乌讷楚接到邀请后，只带着朵兰、海赖和几名侍卫前往宣化城，达云恰知道后，立即派人秘密跟踪，查探乌讷楚的一举一动。

郑洛在宣化的总督府接待了乌讷楚。席间，乌讷楚始终面带微笑，不卑不亢，侃侃而谈，豪爽得大杯大杯地喝酒。陪同的官员见这个蒙古奇女子如此豪饮，却丝毫不乱，不禁咋舌称赞。

晚宴结束已是深夜，郑洛见乌讷楚微有醉意，便让侍卫安置乌讷楚、朵兰、海赖住在了总督府。

秘密监视乌讷楚的人一直守候在总督府附近，直到第二天早餐后，才看到乌讷楚在郑洛的陪同下有说有笑地走出总督府，立即快马加鞭返回达云恰府邸，一五一十向达云恰做了汇报。

之前达云恰也怀疑过乌讷楚与吴兑的关系，但乌讷楚从来没有在外留宿过，而且在公众场合有时也与吴兑父女相称，达云恰便慢慢打消了这个疑虑。这次，她居然留宿在总督府，看来，辛爱无法像阿勒坦汗一样能驾驭这个女人，自己必须小心谨慎地防范这个女人了。

经过一段时间的交往，郑洛对乌讷楚的了解越来越多，正像吴兑介绍的那样，这个天生丽质的女子，聪慧过人，饱读诗书，而且性格豪爽，是一个极易相处的人。于是郑洛也视她为女儿，多次馈赠她“八宝冠”“百凤云衣”“红骨朵锦裙”等汉家服饰。乌讷楚也经常携带礼物到宣化看望郑洛，每次来，就住宿在郑洛的总督府中。

不久，蒙古各部谣言四起，说乌讷楚与郑洛关系暧昧，并说乌讷楚在酒场上就当众倒在郑洛的怀中，更有甚者，将他俩交往的细节也绘声绘色地加以描述，仿佛亲眼所见一般。

乌讷楚每当听到这样的传言总是一笑置之，一如既往地与郑洛往来，有时在宫殿就穿着郑洛送的汉家衣服出现在众人面前。这让更多的人认为乌讷楚就是一个淫荡的女人，丢尽了蒙古人的脸。

在此期间，恰遇宣化附近的两个部落首领欲进犯明边，乌讷楚得到消息后，立即派人通知了郑洛，让郑洛加以防范，然而郑洛以为这是人们的谣传，也没当回事。结果，这两个部落的首领果真率兵进入明边境引起骚乱。乌讷楚闻讯后立即派兵前去征讨，擒获了叛乱的两名部落首领交与郑洛处置，郑洛对乌讷楚心生感激，更加信赖她。

明廷得知这一消息后，派郑洛晓谕辛爱，如果他再不严厉约束部下，明朝将停止通贡互市。

这一下，乌讷楚又把自己推到了风口浪尖上。很多蒙古人认为乌讷楚为了讨好明朝，巩固自己在蒙古的地位，不惜出卖自己人，对此，乌讷楚更是广受诟病。

达云恰就乌讷楚与郑洛的关系暗示了辛爱几次。辛爱为此和乌讷楚大吵一架。乌讷楚认为身正不怕影子斜，依然我行我素，根本不把辛爱的话放在心上。

辛爱继承汗位后，才真正明白了与明朝通贡互市对一个汗王、对蒙古各部的重要性，他不愿看到由于阿勒坦汗的去世影响与明朝的贡市关系，从而失去这个巨大的经济利益和政治优势。但要想与明朝搞好关系，非乌讷楚不可，又见乌讷楚振振有词地坦言自己与郑洛是清白的，也就作罢，不再提及此事。

把汉那吉自从那次悄悄为乌讷楚送行之后，每当夜深人静的时候，他总是坐在旷野里，默默地遥望着库库和屯的方向，用酒来麻醉自己对乌讷楚的思念。

虽然刻意躲避着乌讷楚，但是关于乌讷楚的负面消息却像潮水一样涌来。把汉那吉突然感觉很内疚，觉得是自己没有坚持，才让乌讷楚万念俱灰开始放纵自己，他不希望自己心爱的人被别人说得如此不堪，他想去劝劝乌讷楚，可是又没有那个勇气，只好一个人坐在寝室借酒浇愁。

乌兰去巡视牧场时也听到了这些消息，但她坚信善良的乌讷楚不是那样的人，但人言可畏，乌兰不希望乌讷楚背负这些莫须有的罪名，于是决定去劝劝她。

乌兰回到寝室，看到把汉那吉靠在床边喝酒，就走到把汉那吉身旁坐下，问道："你是不是也听到什么传言了？"

把汉那吉茫然道："我是不是做错了？当初，如果我坚决地留住她，她是不是就不会变成今天这个样子了？"

乌兰淡然一笑问道："你相信那些传言？"

把汉那吉疑惑地反问道："你不信吗？"

乌兰摇摇头说："我不信。"

把汉那吉诧异地看着乌兰。

乌兰说："一个善良的人是不会做出那样的事。你想想，宣化城离库库和屯那么远，乌讷楚自然要留宿在那里，难道住在总督府就一定会和总督大人发生那样的事吗？乌讷楚身份地位显赫，郑洛只是一个总督，而且岁数那么大，乌讷楚就算要找，至少也应该找个南朝的王爷之类的，怎么会和一个二品命官搅在一起，绝对不会的。"

把汉那吉颔首笑道："你说得有道理，看来是我多疑了。"

乌兰笑道："关心则乱嘛。不过人言可畏，我觉得还是应该去给她提个醒，你和我一起去吧。"

把汉那吉也想从乌讷楚那儿知道真相，但又怕引起辛爱的怀疑就拒绝了，乌兰只好带了侍女来到库库和屯。

郑洛知道乌讷楚喜欢汉家的书法和绘画，就派人送来了一些字画，乌讷楚正在寝宫中欣赏着这些字画，听见朵兰在门外说道："小姐，你看谁来了。"

乌讷楚扭头见朵兰带着乌兰进入寝宫，急忙放下手中的字画高兴地迎上前去拉住乌兰的手问道："你怎么来了？"

乌兰笑着说："自从你走后一直挂念着你，今日正好有空，就来看看你。"

乌讷楚拉乌兰坐到桌子旁，对朵兰道："朵兰，快倒茶，把郑大人送我的好茶沏上。"

乌兰听乌讷楚提到郑洛，便问道："你和郑大人……"

乌讷楚苦笑一下说："你信吗？"

乌兰肯定地说："我不信。"

乌讷楚笑着拍拍乌兰的手说："还好还有你相信我，我也懒得解释，他们爱怎么说就怎么说吧。”

朵兰拎着茶壶托着茶碗走进寝宫，听到乌讷楚和乌兰的对话，接过话题：“那些嚼舌根子的乌鸦唱不出什么好调，我寸步不离地跟在小姐身边，此事我最清楚不过了。”

乌兰笑道：“你是钟金哈屯最亲近的人了，你的话别人怎么会信呢？”

朵兰倒一碗茶递给乌兰，乌兰接过放到桌上，转向乌讷楚说：“人言可畏，谣言传久了就会变成真的了。你不是普通人，不能不在乎自己的名誉，还是注意点好。”

朵兰也附和乌兰的话道：“乌兰妣吉说得有理，小姐是应该注意一下了。”

乌兰端起茶碗喝了一口茶，把头扭向乌讷楚，想说什么又犹豫了一下，乌讷楚用探寻的目光看着她，乌兰说：“有些话我早想和你说了，但是不知该如何向你开口。”

乌讷楚笑道：“你我之间，有什么话就尽管说吧。”

乌兰放下茶碗说道：“土默特对内对外有这么多的事务，你这样亲力亲为，不仅劳累了自己，还会让别人觉得你独揽大权，不信任别人。我认为你应该从各部中选择一些信得过的首领来帮你管理，你坐镇指挥即可，这样，你既可以得到这些人的拥护和支持，也能让自己从那些琐碎的事务中脱出身来，享受一下生活。和南朝的一些事务，也可以交给别人去做，不就可以避开这些谣言了嘛。”

乌兰的一席话犹如醍醐灌顶，更使乌讷楚觉得乌兰是一个不可多得的助手，决定好好培养乌兰，让她来协助自己。

乌讷楚听从了乌兰的建议，她决定不再事必躬亲，要将蒙汉互市的管理权下放给那些让她信任的人。经过甄选，支持她的巴岳特、兀甚、虎儿害等部的首领成为乌讷楚的首选，她认为他们都是她可以信任和倚仗之人，但为了避免落人口实，扯力克、银定、麦力艮等部的首领，乌讷楚也加以重用，只是，各集市口，蒙汉所有进出关口者均须携带乌讷楚签发的文书方准通行。

至于把汉那吉，乌讷楚让乌兰协助他致力于大板升城的农业、手工业、建筑业等各种行业的开发与发展。

## 三十八、觉醒

辛爱对乌讷楚未与他商量就重用了把汉那吉大为恼火，怒气冲冲地前来质问。

博达锡里正在向乌讷楚汇报自己的学业。乌讷楚对博达锡里的快速进步倍感欣慰，朵兰和布日玛也对博达锡里赞不绝口。几人正高兴得有说有笑的时候，辛爱阴沉着脸进入寝宫。乌讷楚见状，示意朵兰和布日玛带着博达锡里离去。

乌讷楚心里明了，辛爱迟早会来质问她的，因此，她早想好了对策，只等着辛爱来问。

乌讷楚慢悠悠地端起茶碗啜口茶。辛爱见乌讷楚如此坦然自若，反而不好直接问她关于把汉那吉的事，只好压下满腹的怒气，故作平静地问道："你重用那些人为什么不和我商量一下？"

乌讷楚用茶碗盖蹭着茶碗里漂浮的茶叶，反问道："怎么，有什么不妥吗？"

辛爱说："这么大的事，你也应该和我商量一下嘛，你这样擅自做主，把我这个顺义王摆到什么位置了？"

乌讷楚笑道："我决定由我负责签发通关文书这么大的事你也没有过问，这件事还算大事吗？"

辛爱一时语塞，只能拿眼睛瞪着乌讷楚。

乌讷楚放下茶碗说道："我知道你为什么生气，是因为我重用了把汉那吉吧。"

辛爱没想到乌讷楚能直截了当地说出来，气愤地说道："你明知道还要给我心里添堵。"

乌讷楚抿嘴一笑，说道："你曾答应我要重用把汉那吉的，我这样做，是替你履行诺言啊。"

辛爱委屈道："要做也是我做，你这样做不是让人看我笑话嘛。"

乌讷楚突然面色一转，严肃地问道："你会这样做吗？不要骗我了，你对把汉那吉耿耿于怀当我不知道吗？"

辛爱刚想反驳，乌讷楚制止道："好了，我也不气你了。"

乌讷楚说着站起身倒一碗茶放到辛爱面前，又坐到椅子上，继续说道："这么多年来，沿边的十几处集市都由我一个人管理，我也有些力不从心，交给那些就近的部落首领来管理，一是可以减轻我的负担，二是让每个首领尽可能多地参与到土默特事务的管理中来，他们不但感激你对他们的信任，还会增加他们的责任感。当初，你极力反对汗王与南朝通贡互市，现在，你也看到了和南朝互市贸易给蒙古人带来的繁荣和稳定，所以，和南朝继续走和平之路，是我们不二的选择。我把权力下放，还有一个重要的原因，就是腾出时间来，一方面发展我们自己的农业、手工业、建筑业和其他行业，一方面说服南朝将库库和屯作为蒙汉贸易的中心，这也是你父王的遗愿哪。而把汉那吉又是这方面的行家，不让他来做，你告诉我还有谁能胜任？”

乌讷楚的一席话，辛爱也觉得有道理，也就沉默不语了。

乌讷楚见辛爱不语，又说道：“你父王去世也一年多了，我想派人到西藏请三世达赖喇嘛来一趟土默特，为你父王超度亡灵，同时请达赖喇嘛来主持弘慈寺的开光法会，你看怎么样？”

辛爱赞同道：“这倒是个好主意，正好也请达赖喇嘛留在土默特弘扬佛法，稳定人心。”

与辛爱商议妥，乌讷楚即派人到西藏去迎请三世达赖喇嘛。

乌兰回去后将乌讷楚的决定高兴地告诉了把汉那吉，然而把汉那吉却不置可否，扔下酒囊带着阿力哥和侍卫出去打猎。乌兰担忧地追出去再三嘱咐阿力哥要照顾好把汉那吉。

把汉那吉走后，乌兰的心被一种莫名的不安紧紧攥着，搅得自己心神不宁，她找来一本书，强迫自己静心读下去，可是翻过了十几页，书中讲了什么，她竟然一个字也没有记住。乌兰就在这种焦躁不安中一直挨到了黄昏。

到了做晚饭的时间，乌兰为了转移这种不良情绪，亲自下厨为把汉那吉做他最爱吃的牛肉馅饼。就在乌兰搅拌肉馅的时候，屋外传来阿力哥急切的呼喊声：“乌兰妣吉，乌兰妣吉。”

听到喊声，乌兰惊慌地将手中的瓷盆向案上放去，一不小心，瓷盆跌落在地上摔得粉碎，肉馅溅得到处都是，这让乌兰更加心惊肉跳，顾不上收拾，急速跑出厨房。

阿力哥看到乌兰，跪倒地上哭道：“妣吉，台吉他……”阿力哥哽咽得说不下去。

乌兰见状，急切地问道：“台吉他怎么了？快说啊！”

阿力哥哭道：“台吉从马上跌落下来，摔死了。”阿力哥说完泣不成声。

乌兰惊叫一声，当场昏死过去，侍女和阿力哥急忙将乌兰抬回卧室。

乌讷楚听到消息后，再也控制不住自己的情绪，不顾辛爱的阻拦，带着朵兰和海赖,策马来到大板升城。

阿力哥将她带到把汉那吉的寝室前,说乌兰一个人在等她,于是,乌讷楚让朵兰和海赖守候在外面,自己一个人走进寝室。

乌讷楚看到把汉那吉穿着崭新的蒙古袍睡在床上,脸上盖着一块白色的绸缎,乌兰双目红肿无神,默默地坐在一旁。

乌讷楚进来,乌兰也没有起身,只是幽幽说道:"我知道你一定会来的,所以我让他在这儿等你,让你见他最后一面。"

乌讷楚慢慢走到床前,伸手去掀把汉那吉脸上的绸缎,乌兰一把拉住乌讷楚的手泪如泉涌,悲伤道:"你还是不看为好,免得吓到你。"

乌讷楚推开乌兰的手,哭道:"我一定要见他最后一面。"

说着乌讷楚轻轻撩起把汉那吉脸上的绸缎,不由倒吸一口凉气,踉跄着向后退了几步跌坐在地上。

把汉那吉只剩下半边脸,乌兰把羊头骨放在把汉那吉头旁,盖上绸缎还以为是一个完整的头颅,掀起绸缎,却是残留的惨不忍睹的半张脸。

乌兰捡起地上的绸缎又盖在把汉那吉的脸上,然后伸手去搀扶乌讷楚。此时,乌讷楚软得跟棉花似的,根本无法站立起来。她抱住乌兰放声痛哭,乌兰也忍不住悲伤地跪倒在地,两人抱头痛哭。

朵兰和海赖听到两人的哭声,疾步走进寝室,见她们相拥而泣,也不禁黯然泪下。海赖上前搀扶乌讷楚,朵兰去搀扶乌兰。乌讷楚甩开海赖,爬到床边拉住把汉那吉的手,仰头喊道:"你怎么忍心把我一个人孤零零地抛在这个世上啊?"喊完,她将头伏在把汉那吉手上,泣不可抑。

乌讷楚一直帮着乌兰料理完把汉那吉的后事才回到库库和屯。一进入寝宫,乌讷楚再也抑制不住自己的悲伤,俯卧在床上全身搐动,一声声压抑的、痛苦的唏嘘,仿佛是从灵魂的深处艰难地、一丝丝地抽出来,散布在屋里,就连灯光也变得朦胧惨淡了。

辛爱虽然万般不情愿,也不愿在此时与乌讷楚发生争执,只好忍耐着。

一连几天,乌讷楚将自己关在寝宫里,不吃不喝,谁也不见,什么事也不过问,终日以泪洗面。但是,任凭流再多的泪水,也不能冲淡她内心的悲痛。

朵兰和布日玛见乌讷楚日益憔悴,颓废地蜷在床角里,也不知该如何劝慰她,急得在寝宫门口团团乱转。

辛爱再也不能容忍乌讷楚对他的视而不见,满脸愤怒地走进寝宫,指着乌讷楚指责道:"你这是什么意思?你是我的哈屯,可你看看你现在的模样,为了你的旧情人把自己弄得人不人鬼不鬼的,你眼里还有我吗?"

乌讷楚独自垂泪,对辛爱不理不睬。

辛爱走到床边一把将乌讷楚拖下床来,朵兰和布日玛急忙上前拉住辛爱。

朵兰哭道:“汗王,求你理解一下哈屯,过几天她就没事了。”

辛爱叫道:“我理解她?谁来理解我?我这样对她她还不满足,整天想着那个死鬼,我这么做值吗?”

乌讷楚一把推开辛爱,怒视着他,一字一顿地说道:“不许你叫他死鬼。”

辛爱用双手夹住乌讷楚的头,咬牙切齿道:“早知道你对他用情这么深,我早就应该让他消失了。”

乌讷楚惊愕地看着辛爱,眼里像喷出火来,恨声道:“那你就杀了我吧。”

辛爱瞪着乌讷楚道:“休想,你想到阴曹地府去和他做夫妻,我偏不让你如愿。”

辛爱将乌讷楚推倒在地上,扬长而去。

朵兰与布日玛上前搀扶乌讷楚,乌讷楚却异常冷静地对朵兰说:“你速去叫海赖来我这儿一趟。”

朵兰不明就里,急忙出去叫海赖。

布日玛将乌讷楚扶到床上坐下,问道:“你是不是怀疑什么?”

乌讷楚无神的目光瞟向窗外,轻声道:“为什么我刚刚重用了把汉那吉,他就发生了这样的意外?这不得不叫人怀疑。”

布日玛说:“你是被汗王的话气昏头了吧,把汉那吉是坠马死的,怎么会和汗王有关呢?”

乌讷楚说:“不调查清楚我不甘心,如果不是他做的,那这就是上天的安排,我也就认命了。”

说话间,朵兰带着海赖进入寝宫。乌讷楚向海赖交代了几句,海赖便匆匆离去。

乌兰从没有想过把汉那吉会被人谋害,乌讷楚的怀疑让她大吃一惊,于是配合海赖进行了周密的调查。

从马的缰绳、马鞍到马镫,海赖仔细地反复查看,没有发现被人破坏的痕迹。乌兰又悄悄地叫来阿力哥和那几名陪同把汉那吉打猎的侍卫让海赖盘问,几人众口一词,都说把汉那吉的马突然受惊扬起了前蹄,把汉那吉因为喝了酒没能握紧缰绳,就从马上摔了下来,他的一只脚被绊在了马镫上,狂奔的马将他拖出了几十米,就这样被活活拖死了。

乌兰不忍心一次次听众人讲述把汉那吉死亡的过程,忍痛让海赖停止了调查,让他就将已经调查到的情况汇报给乌讷楚即可。

当海赖将调查结果详细汇报给乌讷楚时,乌讷楚仿佛看到了那血淋淋的一幕,忍不住又热泪纵横。朵兰急忙走过去搂住乌讷楚安抚她,乌讷楚挥手让海赖退下后,在朵兰的搀扶下,懒懒地走到床边躺在了床上。

她的眼前总晃着把汉那吉的那双大眼睛,那是一双含怨的眼睛,是一双无奈的眼睛。"如果没有我,把汉那吉就不会酗酒,如果他不喝酒,就不会出现这样的结果,一切都是因我而起,都怪我啊!"乌讷楚越想越觉得心酸与愧疚,忍不住用双手敲打着自己的双鬓。"不对,把汉那吉不止一次喝酒后去打猎,次次都安然无恙,为什么这一次难逃此劫?"乌讷楚忽地一下坐起来,眼睛瞪得大大的,双手紧紧攥在一起。正在为她整理床幔的朵兰被吓了一跳,赶紧坐到床边握住乌讷楚的手问道:"小姐,你怎么了?"

乌讷楚咬牙切齿地说:"如果让我知道是有人害了把汉那吉,就是拼上我这条命也会为他报仇的。"

朵兰急忙劝道:"小姐,难道你不相信海赖吗？快别胡思乱想了,早点休息吧。"

乌讷楚心想:是啊,海赖的调查清清楚楚,把汉那吉是死于意外,与别人无关,是自己害了他啊。乌讷楚悲痛地长叹一口气,缓缓躺在床上默默流泪。

把汉那吉的死使乌讷楚万念俱灰,铺天盖地袭来的孤独让她快要窒息了,她不知道自己身在何方,也不知自己该去往哪里。就在她的灵魂漫无目的地到处游荡的时候,布日玛带着博达锡里来安慰她了。

看着刚刚成人的博达锡里,乌讷楚才清醒过来。心死了,身为母亲的责任却不能置之不顾啊。

乌讷楚将博达锡里视为唯一支撑她的力量,从此极少过问政事。她每天除了在佛堂诵经礼佛,就是和博达锡里一起,享受着人间仅有的天伦之乐。

乌讷楚不再过问政事,辛爱担起了部族所有的事务。因为之前的过度纵欲与嗜酒如命,辛爱的身体已经被透支了。由于过度劳累,六十多岁的他终于也支撑不住卧病在床。

辛爱这一病,让乌讷楚想起了阿勒坦汗去世之后,各部首领逼迫她说出阿勒坦汗遗言时的情景。那些如刀般犀利的目光,乌讷楚至今想起,后背还会升起一丝凉意。

乌讷楚想道;"因为当时自己毫无心机,虽有大好的机会却从来没有产生过夺权的念头，以至于自己无力对抗辛爱，被迫再次放弃心爱的男人，嫁给这样一个老头。如果自己当初手握实权，把汉那吉不仅不会早死，自己也许还能和心爱的人一起去过心仪的生活。”

乌讷楚第一次感到了至高无上的权力的益处，也明白了权力与自由之间的密切关联。如今，辛爱已经卧病在床，在土默特具有影响力的人物只有达云恰和扯力克了，而这两个人一直对自己心存戒备，如果她再不采取行动，辛爱一旦去世，她将会重蹈覆辙。反正把汉那吉已死，自己也没有了盼头，可是博达锡里已经长大成人，他在土默特没有自己的领地和部众，将来以及今后在土默特的地位将会是什么样的，乌讷楚比谁都明白。

“把汉那吉降明回来后，阿勒坦汗就将把汉那吉代管的蒙古勒津部和板升之众全部交给了把汉那吉统领。在把汉那吉的精心管理下，这儿成为人口最多也最富裕的地方。把汉那吉死后，乌兰顺理成章地领有了这个部族，如果博达锡里能与乌兰结婚，那蒙古勒津部和板升就会成为博达锡里的领地。”乌讷楚想到这儿，身子坐得直直的，眼里充满了坚定的光芒，一副不达目的誓不罢休的神态。

乌讷楚秘密派朵兰去了一趟大板升城，当朵兰说明来意后，聪明的乌兰立刻明白了乌讷楚的用意，她一直敬佩和羡慕着乌讷楚，一直想从旁协助这个孤单又好强的女人，因此爽快地答应了。

征得了乌兰的同意，乌讷楚精心打扮了一番，来到了辛爱的寝宫。看到病恹恹的辛爱，乌讷楚也大吃一惊。她没想到辛爱病得如此严重，她斥责那些侍女没有及时通报自己，将她们赶出宫殿，自己留下来悉心照顾辛爱。

乌讷楚的转变以及对自己的照顾，令辛爱百感交集。他将所有事务也悉数交给了乌讷楚，同时准许乌讷楚可以不经他的同意，随意调用军队。此时，乌讷楚才真正成为一个握有兵权的名副其实的管理者。

乌讷楚乘服侍辛爱的机会，告诉辛爱想让博达锡里迎娶乌兰，辛爱也未多想就应允了此事，于是，乌讷楚着手开始准备博达锡里和乌兰的婚事。

# 三十九、大板升之战

夜晚，乌讷楚和朵兰服侍辛爱睡下后，她们回到寝宫。布日玛端着一碗新鲜的羊奶跟着进入寝宫。

乌讷楚接过布日玛手中的奶碗，问道："博达锡里睡了？"

布日玛说："睡了，你快趁热喝了这碗羊奶吧。"

等乌讷楚喝完羊奶，布日玛接过奶碗，问道："你准备让博达锡里迎娶乌兰，可是乌兰比博达锡里大许多岁，万一他不同意怎么办？"

乌讷楚坐到椅子上说："这也是我担心的，万一处理不好，他和我心生嫌隙就不好了。"

朵兰说："是啊，别让他误解了你的好意才好。"

乌讷楚沉吟了一会儿，对布日玛道："嬷嬷，这孩子是你一手带大的，他一直很敬重你，你先探探他的口气，如果他不同意你就劝劝他，你的话他也许会听的。"

布日玛说："这倒没有问题，只是别人会不会又阻止你呢？"

乌讷楚说："谁会阻止？这是个人私事，难道也要所有人同意才行吗？"

布日玛又说："这不是一件简单的合婚，把汉那吉的部众是最多的，谁知道别人有没有和你一样的想法。"

朵兰也提醒道："嬷嬷的担忧也不是没有道理，小姐还是早做打算得好。"

乌讷楚说："辛爱的身体一天不如一天，看来也是不久的事了，我想让博达锡里继承汗位，和乌兰合婚就是想把把汉那吉的遗众收归博达锡里所有，好让博达锡里有能力继承汗位，这样，我也可以放心了。"

布日玛笑道："原来你早有打算了，这我就放心了。"

布日玛对博达锡里婉转地提到这事的时候，博达锡里觉得乌兰虽然貌美如花，但她的年纪大他很多，就借口自己还不想成亲含笑拒绝了布日玛。布日玛只好将乌讷楚想让他继承把汉那吉的部众和属地的想法告诉了他。谁知博达锡里一跃而起，指责母亲是在利用他一生的幸福夺权，坚决反对与乌兰合婚。布日玛苦口婆心地劝了半天，博达锡里还是不松口，布日玛只好将乌讷楚想让他继承汗位的意思也告诉了他。博达锡里想了半天，这才勉强点头答应。

说服了博达锡里，乌讷楚请人择好吉日，专程请来宰生倘不浪和海赖，带着聘礼到大板升城正式向乌兰求亲。

宰生倘不浪因之前受辛爱和达云恰的唆使到明边滋事，被明朝守备抓获送到了阿勒坦汗处。阿勒坦汗下令惩罚宰生倘不浪，因乌讷楚求情才躲过处罚，也避免了被部众笑话。他因对乌讷楚心生感激，对乌讷楚亦心生好感，对她也日益敬重。如今，乌讷楚的地位更为尊显，想巴结都来不及呢，所以乌讷楚请他为自己的儿子出面求亲，他自然不会加以拒绝，欣然前往。

路上，宰生倘不浪遇到了前来探望辛爱的银定，银定看到宰生倘不浪，远远便招呼道："姑父，你这是上哪去啊？"

宰生倘不浪来到银定面前，笑嘻嘻道："受人之托，我现在要去充当媒人了。"

银定笑道："姑父受谁所托，又是为谁充当媒人呢？"

宰生倘不浪说："钟金哈屯啊，我要为她的儿子去向乌兰求亲。"

银定闻言内心一惊，表面装作如无其事的样子对宰生倘不浪道："那姑父快去吧，别耽误了良辰吉时。"

之前乌讷楚严惩过银定，不仅让他损失了许多财产，而且颜面尽失，因此银定对她心怀不满。与宰生倘不浪分手后，他策马来到库库和屯探望辛爱，见辛爱憔悴不堪地蜷卧在床上，他立刻明白了乌讷楚提亲的目的，于是安慰了辛爱几句便告辞出来，直奔达云恰的府邸。

银定被迎进客厅，未等坐稳，侍卫就进来禀报："禀台吉，派往大同的人回来了，要求面见台吉。"

达云恰欣喜道："怎么这么快就回来了，快叫他们进来回话。"

侍卫应一声"是！"转身走出客厅。

不大一会儿，部属就进来行礼道："参见台吉。"

达云恰笑着问道："这么快就回来了，事情办妥了？"

部属沮丧地说："禀台吉，我们根本没有进去大同城。"

达云恰惊道："为什么？"

部属说："守城的明军说没有钟金哈屯签署的通关文书，不许我们进入。"

达云恰气愤地一挥手说："下去吧。"

部属离开客厅后，银定凑过来说："这个女人仰仗着大伯，现在是大权独揽、独断专行，就连叔叔也奈何不了她吧？"

达云恰恨恨地说道："要不是有明朝给她撑腰，就她？"达云恰轻蔑地哼了一声。

银定赶紧探身伏到达云恰跟前说道："按理说，这事我本不该多言，可你知道吗？她现在正在为她的儿子谋取领地和部众呢。”银定一边说一边斜眼察看达云恰的反应。

听到乌讷楚在为自己的儿子谋取领地和部众，达云恰急忙问道：“你这话是什么意思？”

银定说：“她已经派宰生倘不浪姑父去向乌兰提亲了，叔叔不知道此事？”

达云恰惊讶道：“真有此事？”

银定向椅背上一靠，说道：“是啊，我来的时候碰到了姑父，是姑父亲口告诉我的，这还会有假？”

达云恰一边点头一边说道：“果然不出我所料，千防万备，却没有防住把汉那吉这一出，把汉那吉死得也真不是时候。”

银定说：“叔叔怀疑把汉那吉的死与她有关？”

达云恰摆一下手说：“那倒不会，她还不至于阴毒到对爱她的人下手。”

银定说：“那可说不准，狠毒莫过妇人心，她为了自己的儿子还有什么不敢做的。我也是为扯力克着想，万一乌兰答应了求亲，对乌讷楚更是如虎添翼，扯力克更加没有和她争夺汗位的能力了。”

达云恰厉声道：“我不会让她得逞的。”

宰生倘不浪带着聘礼到大板升城，向乌兰说明了来意，因为之前乌讷楚已事先征求过她的意见，因此乌兰收下了聘礼，答应一个月后与博达锡里完婚，这也给了达云恰和扯力克可乘之机。

达云恰与银定、扯力克商量，决定由扯力克迎娶乌兰。一经决定，几人便刻不容缓地秘密来到大板升城，由扯力克亲自向乌兰求婚。

聪明的乌兰已经猜到了他们的来意，出于礼貌，乌兰还是热情地接待了他们。

分主宾坐定后，乌兰便问道：“叔叔和两位哥哥前来，不知有何要事？”

扯力克含蓄地说道：“把汉那吉兄弟去世后，只剩你孤家寡人的，今后让我来照顾你，你愿意吗？”

乌兰微笑着说道：“多谢哥哥好意，钟金哈屯已经派人来提亲了，而我也已经答应了他们。”

达云恰见乌兰直言相告，觉得再拐弯抹角已经没有了意义，也就将自己的想法直接告诉了乌兰。

达云恰说：“我就是来阻止这桩婚事的，最好的办法就是你与扯力克合婚。”

乌兰不解道：“叔叔为什么要阻止？”

银定说:“她想为博达锡里将来夺取汗位扩充实力,这你看不出来吗?”

乌兰笑道:“不可能,钟金哈屯如果想为博达锡里谋取汗位,爷爷在世的时候就可以采取行动啊,为什么要等到现在?”

达云恰说:“阿父生前早已将属地和部众分封给了你们,博达锡里虽然一出生就被封为瓦剌的领主,可那只是一个虚名,他们在土默特没有领地和部众,就相当于一无所有,就算阿父被蛊惑将汗位传给博达锡里,他们靠什么来坐稳这个汗位?所以她一直伺机独掌大权,就是想把各部先拉来为己所用,等到时机成熟再据为己有,现在她的所作所为就是很好的证明。”

乌兰替乌讷楚辩解道:“不会的,钟金哈屯没有这样的野心,她只不过不希望博达锡里将来一无所有而已。”

达云恰说:“说句倚老卖老的话,你还年轻,根本看不出她的野心。阿父去世的时候,我们逼她说出阿父遗言的时候,她犹豫了半天才说出来,说明了什么?好在额吉去世的时候曾当着我们这些儿孙的面,让阿父承诺由嫡长子继承汗位,我们都知道阿父是一个重承诺守信用的人,所以阿父根本不可能将汗位另传他人,就算把汉那吉也不可能。这件事把汉那吉也是心知肚明的。还好她如实说了出来,否则就不会有她的今天了。”

扯力克见乌兰默不作声便急躁起来:“你是不是认为博达锡里一定能继承汗位,因为贪恋汗位才不肯答应我的求婚?今天我就明确地告诉你,她休想,我才是汗位唯一合法的继承人。”

乌兰气愤地说道:“你怎么可以这样说我。”

达云恰急忙阻止道:“扯力克,不能这样和乌兰说话,我相信乌兰不是那样的人。”

银定说:“扯力克说得没错,达延汗额伦策留下的嫡长子继承的遗志,二叔公权力那么大也没有破坏,那就谁也别想破坏,如果有人敢去破坏,我打喇明安部第一个就会起来反对。”

扯力克也觉得自己说话过于直接,怕乌兰因此生气拒绝了他,就急忙道歉说:“乌兰,我性子急,说话有点口不择言,你不要怪我,但是我还是要和你说明白,如果钟金哈屯敢让博达锡里继承汗位,我也会和她势不两立。”

乌兰听得冷汗涟涟,到今天她才知道这些人居然这样防备着乌讷楚,难怪当初乌讷楚不愿嫁给即将成为汗王的辛爱,原来她早已洞察了这些人的心理,所以决定放弃一切,和把汉那吉在一起过那种无忧无虑的生活。这一刻,她有些后悔,后悔当初阻止了把汉那吉。如果早知道是这样,还不如让把汉那吉和她远走高飞。这样,把汉那吉也就不会英年早逝,乌讷楚也就不会卷入这些纷争。看着这些人如此算计乌讷楚，乌兰不禁为她担忧起来。

老谋深算的达云恰看出了乌兰的担忧，缓缓地说道："他们说的都是大实话，即便你和钟金哈屯联起手来，也不是黄金家族的对手，如果你答应与扯力克合婚，我们可以保证钟金哈屯和她的儿子今后仍然和现在一样，衣食无忧，享尽荣华富贵。"

乌兰问达云恰："你能做得了他们的主吗？"

达云恰看看银定和扯力克。

银定承诺道："我也可以保证。"

扯力克说："你就放心吧，只要她不生是非，我可以把她当成母亲来孝敬。"

乌兰无奈地说道："那你们做主吧。"

达云恰、银定、扯力克听乌兰答应了他们，立刻喜上眉梢。

达云恰怕夜长梦多，几天后，就在乌讷楚欣喜地为博达锡里筹备婚礼的时候，和银定、多伦土默特的首领麦力艮等，在大板升城为扯力克和乌兰举行了隆重的合婚仪式。

乌讷楚听到这个消息，惊讶之余又赫然而怒。她没想到结局却是螳螂捕蝉黄雀在后。达云恰和辛爱以前的所作所为她非常清楚，只是自己从前一直没有这样的想法，直到自己被辛爱扇了耳光，她才萌生了让把汉那吉继承汗位保护他们母子的念头。而自己手中没有实权，不仅被迫再嫁辛爱，把汉那吉也因抑郁酗酒英年早逝。如今，自己已经没有了依靠，唯有让儿子继承汗位，可自己的一切计划却在瞬间化为了泡影。

乌讷楚拿出王印、兵符放在桌子上，坐在桌前一眼不眨地看着它们。这两块冰冷冷的铁块，在月色下闪着凄冷的光芒，可它们却是至高无上的权力的象征。

乌讷楚眼前一亮，双手紧紧握住王印、兵符。"是的，权力，自己现在手握大权，如果好好地利用它们，这两块冷铁就会具有无限的凝聚力，让那些部落首领全部聚拢在它们周围；如果不加以利用，就会像干涸的河水无法养活鱼虾，像破碎的巨石无法再成为人们的靠山。"

乌讷楚想到此处，不禁眼露狠光，自言自语道："谁敢阻止我就别怪我手下无情，拼死我也要为儿子的将来早做筹谋，以免将来像我一样被动。"

乌讷楚立即让朵兰将海赖、扯布、土骨赤、计龙等人，连夜率领精兵包围了大板升城，准备强占大板升城。

达云恰听到乌讷楚派兵进占大板升城，以维护把汉那吉遗孀和黄金家族子孙的利益为由，也与满谷舍倘不浪、黄俄尔等率兵前往大板升城予以保护。

海赖见达云恰带兵予以阻拦，不敢贸然动手，立即派随从向乌讷楚禀报。乌讷楚得知达云恰竟然出兵相阻，更加怒火中烧，发誓与达云恰、扯力克势不两立，以死相争，下令让海赖采取行动。

秋草枯黄的草原上旌旗飘飘，乌讷楚的军队和达云恰的军队遥遥相望。

海赖、扯布、土骨赤、计龙全身盔甲骑马立于阵前，身后无数将士也是全副武装严阵以待。

对面达云恰亦是如此，所有人杀气腾腾地望着对方。

满谷舍倘不浪对达云恰说："台吉，还等什么，请您下令，我这就带人冲过去杀他个片甲不留。"其余众将也纷纷请令，达云恰一言不发，紧盯着对方。

海赖挥手做一个前进的动作，扯布、土骨赤、计龙弯刀一挥，大喊道："勇士们，跟我冲啊！"

乌讷楚的将士们纵马向达云恰的军队冲杀过去。

达云恰见对方冲杀过来，大手一挥也喊道："勇士们，杀啊！"

双方兵马冲向对方，很快厮杀在一起。喊杀声、战马嘶鸣声、哀号声、兵刃相撞的乒乒乓乓声响成一片。马上的力博，地上的肉搏，白刃相交，刀起人落，人仰马翻，顿时，尸横遍野，鲜血染红了草原，随处可见散乱的旌旗和丢弃的兵刃。

双方都杀红了眼，不顾一切地挥动着手中的利刃。

由于势均力敌，双方打得难解难分，将士们也渐现疲惫，于是达云恰下令鸣锣收兵。

这一仗震惊了蒙古右翼的各部落，银定等拥护扯力克的那些人们，都以为双方出兵只是威慑对方，没想到真的兵刃相见了。大家都不知道辛爱此时是什么态度，乌讷楚又与郑洛这些明朝官员交好，担心明朝会出兵援助乌讷楚，都不敢贸然出兵相助各方，只好躲在一旁观望，只有银定和麦力艮暗中悄悄资助着达云恰。

此时辛爱依然卧病在床，乌讷楚担心辛爱知道此事后会出面干预，下令让部下严格看守，不允许任何人接近辛爱。为了速战速决，乌讷楚心生一计，派人请来了宰生倘不浪。

宰生倘不浪一接到乌讷楚的邀请，便马不停蹄地来到了库库和屯。

他进入乌讷楚寝宫的时候，发现乌讷楚正悠闲地坐在桌旁喝茶，便向她走去。

乌讷楚看到宰生倘不浪后，放下茶碗，微笑着请宰生倘不浪就座，朵兰端上一碗热茶放到宰生倘不浪面前。

宰生倘不浪小心翼翼地问道："哈屯叫我来有什么事？"

乌讷楚说："大板升城发生的事你已经知道了吧？"

宰生倘不浪说："知道了，这达云恰也太不自量力了，竟敢和哈屯明刀明枪地对着干。"

乌讷楚说："他们总以为我要夺取汗位，所以始终视我为敌人。既然如此，我也干脆一不做二不休，就让博达锡里继承汗位算了。此时此刻，如果你愿意帮我，将来我必定会重重谢你，如果你不愿意帮我，那就算了，就当我什么也没有说过。"

宰生倘不浪见乌讷楚镇定自若，又说得如此轻描淡写，觉得乌讷楚一定有胜算的把握，急忙讨好地说："这么多年哈屯为土默特所做的一切大家都是有目共睹的。土默特能有今天安定富裕的生活，都是哈屯的功劳，尤其是南朝，这么支持哈屯，我相信土默特的每一个人都不希望土默特再陷入战乱中。所以，哈屯有什么吩咐尽管说，只要是我能做到的，我愿意为哈屯效力。"

乌讷楚说："不管你用什么方法，如果能让达云恰的部众离开他，这些部众就归你所有了。"

宰生倘不浪惊喜道："真的吗？"

乌讷楚微笑着点点头。

宰生倘不浪起身道："多谢哈屯，您就等着听我的好消息吧。"

说完，宰生倘不浪行礼离去，乌讷楚看着他的背影，端起茶碗慢慢递到嘴边。

当天夜里，宰生倘不浪便带兵掠夺了达云恰的部众，而且暗中派人到处传播谣言，说明朝将派大军来支援乌讷楚，吓得达云恰的一些部众纷纷逃到明边请求避难。

部众的出逃动摇了达云恰的军心，两军再次交战，达云恰的士兵明显处于劣势。达云恰见状，急忙令人鸣锣收兵，不敢再贸然出战。

鄂尔多斯部的切尽与各部首领也听到了传言，信以为真，于是切尽先去拜见了猛可真，希望她能与自己一起出面为双方协调。自从永谢部也参与贡市以来，部众的生活明显好转，所以猛可真对乌讷楚当初的帮忙也心生感激。她不想介入此事，就以自己年事已高为由，拒绝了切尽。切尽无奈，只好约了把林、哥力各、达里扎和波勒格等人来到库库和屯。

乌讷楚已经猜到了切尽此行的目的，碍于面子，在会客厅不冷不热地接待了切尽等人。

切尽见乌讷楚态度冷淡，便也不兜圈子，直言道："大板升城的事我们都听说了，大家都是一家人，有什么事不能坐下来谈呢，非要流血牺牲不可吗？"

哥力各附和道："是啊是啊，有什么事大家坐下来谈嘛。"

乌讷楚说："这也不是我想看到的，可也不能欺人太甚吧，为什么我的事他们非要插上一手呢？"

切尽说："我们不想插手你们之间的事，但是我们不想看到土默特再发生流血事件，所以希望你们双方都停止战争，然后坐下来慢慢协商，不然，我们都不会坐视不管的。"

把林说："切尽说得没错，我也是这个意思。"

达里扎见状说道："钟金哈屯，我一直认为你是一个冷静、处事周全的人，可是这一次我也觉得你有些冲动了。我们能理解你的心理，但是希望你看在这些无辜部众的分上，就退一步吧。"

一直支持自己的达里扎也这样劝自己，乌讷楚有些心冷，回头冷冷地问波勒格："你也是这个意思吗？"

波勒格说："是的，我不想看到土默特陷入混乱。"

乌讷楚站起身恨恨地说道："不得大板升城我誓不罢休。"

见乌讷楚如此坚决，切尽与把林、哥力各、波勒格、达里扎沮丧地离开了库库和屯。

波勒格和达里扎见乌讷楚对自己心生不满，不愿再充当中间人，带着随从回到自己的部落。

切尽觉得猛可真不参与此事并不代表不帮乌讷楚，万一她站在乌讷楚这一方，一些部落首领又拥护乌讷楚，加上明朝这个强大的后盾，仅凭自己鄂尔多斯部的力量，也实难控制局面。他担心达云恰和扯力克吃亏，就与把林和哥力各又来到大板升城，企图劝说达云恰和扯力克主动与乌讷楚言和。

切尽向达云恰和扯力克说明来意后，达云恰问道："那她是什么意见？"

心直口快的哥力各说道："她说不得到大板升城誓不罢休。"

切尽想阻止已经来不及了，只能恼怒地瞪哥力各一眼，哥力各自知失言，赶紧缩到椅子上不敢再多言。

戎马一生的达云恰，此时竟然与一个女流之辈打成平手，又被人挑唆失去那么多部众，本来脸面上也有些下不来，听哥力各这么一说，也愤怒地说道:“她休想,大板升城我秋毫不会让给她。”

切尽赶紧劝道:“叔叔,你就听我一劝吧,你们现在势均力敌,再开战遭殃的是那些部众,何必呢。”

达云恰气恼地说:“我是为你们黄金家族的人维护利益,你以为是为我自己吗? 一句话,你帮我还是不帮我?”

达云恰的执拗让切尽无计可施,也不好说不帮他,只好沉默。

谁知达云恰的话又传到了乌讷楚的耳中,她气愤地重又集结军队,扬言要生擒达云恰和满谷舍倘不浪、黄俄尔,下令让海赖再次进攻达云恰。

切尽见乌讷楚又下令再次发动战争,担心达云恰和扯力克吃亏,但这是土默特内部的事务,他怕引起整个蒙古右翼的混乱,只能与把林和哥力各、银定、麦力艮暗中资助达云恰和扯力克。

双方剑拔弩张,大战一触即发。正在这时,三世达赖喇嘛来到了蒙古右翼。切尽得到禀报后,急忙率领鄂尔多斯各部首领返回,将三世达赖喇嘛迎往鄂尔多斯部,接受各部首领、贵族及部众的朝拜。

# 四十、劝和

乌讷楚也接到了三世达赖喇嘛来到蒙古右翼的消息,她把这个消息告诉了辛爱。辛爱决定抱病与乌讷楚一起亲自前往鄂尔多斯部迎接三世达赖喇嘛。在辛爱和乌讷楚的陪同下,三世达赖喇嘛来到了库库和屯,法驾驻在弘慈寺。

经过这一番折腾,辛爱病情加重,乌讷楚只好派布日玛和朵兰照顾他,自己与土默特其他首领一起接待三世达赖喇嘛。

三世达赖喇嘛在弘慈寺为银佛像主持了开光仪式,然后在这儿举办了超度阿勒坦汗亡灵的法事,之后又为土默特的一些贵族和部众行灌顶之礼,使他们皈依了佛教。

三世达赖喇嘛对阿勒坦汗的土葬极为不满,责备乌讷楚和土默特的首领们:"汗王是焚天大力的转轮王,他是为了蒙古人的利益转世出生的,他平等地执掌佛教和世俗政治,是为蒙古部落做了有益的善事,似这等尊贵人物,你们怎么能将他掷于地下呢?"

乌讷楚急忙赔着笑脸说:"圣喇嘛息怒,我们也是不懂,请圣喇嘛明喻,我们现在应该怎么做?"

三世达赖喇嘛说:"他不是一般的汗王,而是昔日四洲之转轮王般的大圣,他的遗骸必须火化之后建舍利塔,举行塔葬。"

乌讷楚说:"一切听从圣喇嘛的吩咐。"

在乌讷楚及各部首领的陪同下,三世达赖喇嘛来到了大板升城专门为阿勒坦汗建造的行宫。达云恰和扯力克听到消息,也急忙赶来。乌讷楚对两人怒目而视。三世达赖喇嘛对此视而不见,带领众人为阿勒坦汗举行了火化仪式,把阿勒坦汗的舍利装入珍宝金银制造的舍利塔后,又与众人返回库库和屯,将阿勒坦汗的舍利安放在弘慈寺内。

刚返回库库和屯,布日玛就派仆人来请乌讷楚。乌讷楚见仆人神色慌张,急忙随仆人回到宫殿,可是辛爱已经命丧黄泉,她都没来得及见最后一面。

对于辛爱的去世,乌讷楚并没有感到悲伤,反而有一种解脱的感觉,但是,她还是带着土默特所有的首领和贵族,为辛爱举行了隆重的葬礼,还邀请三世达赖喇嘛亲自为辛爱诵经超度。

辛爱的去世,促使达云恰和扯力克暗中加紧了夺取汗位的准备,而乌讷楚也为此做好了防备。

三世达赖喇嘛在主持阿勒坦汗的火葬仪式的时候，就已经发现乌讷楚与达云恰、扯力克之间似有矛盾。当时，虽然几个人一心都扑在葬礼上，但是彼此的冷漠和仇视，让身边的人也卷入冰冷中。经过与满朱锡里详谈，三世达赖喇嘛了解了事情的全部过程，决定替他们化解矛盾。

他派人叫来乌讷楚、达云恰、扯力克及土默特各部的首领和贵族，对他们说道："你们之间的事情我都听说了，唉，是魔把你们的欲望、自私自利、损人利己的意念大幅度地向上提升，让你们只知道自己，不知道别人，甚至于连父母、妻子都不顾，所以土默特才会再一次陷入战乱中。如今，唯有为你们袚除魔障，土默特才能恢复安宁啊。你们愿意让我为你们主持袚除魔障的法事吗？"

乌讷楚自从皈依佛教后，也一心虔诚向佛，听三世达赖喇嘛如此说，便同意了三世达赖的建议。达云恰和扯力克见乌讷楚同意了，也不好反对，只好也答应了。

于是，三世达赖喇嘛又带领弘慈寺的全体僧人，为黄金家族的成员做了袚除魔障的法事。

法事后，乌讷楚对在场的各部首领和贵族宣布道："汗王已经仙逝，土默特不可一日无主，我决定由博达锡里继承汗位。"

乌讷楚的一番话，犹如一石掀起千层浪，有人欢喜有人忧，达云恰和扯力克犹如晴天霹雳，他们都没有想到会是这样的结果。

达云恰站起身恶狠狠地对乌讷楚说："你休想！"

达云恰愤然离去，扯力克、银定、麦力艮站起身恼怒地瞪了乌讷楚一眼，也随达云恰一起离去，三世达赖喇嘛无奈地摇摇头。

达云恰开始派人四处游说，希望各部首领能看在追随阿勒坦汗多年的分上，支持扯力克继承汗位。虽然各部首领也认为扯力克才是唯一合法的继承人，但处于有利地位的乌讷楚手握兵权，又有明朝支持，如果再战只是两败俱伤的事情，无益于扯力克继承汗位。多年的安逸生活，使这些部落首领不愿卷入这场纷争，就拒绝了达云恰，有些干脆带着部众悄然离去，有些甚至直接投往明朝要求避难。

切尽见状，知道再僵持下去对土默特和扯力克都没有好处，决定劝说扯力克向乌讷楚做出让步，以此来保住汗位。

达云恰被各部首领拒绝后，有些心灰意冷，想起当年自己追随在阿勒坦汗身边的时候，那是何等意气风发，这些人一个个对自己也是敬若上宾，更不要说对阿勒坦汗了，可如今，他们不再是对阿勒坦汗忠心耿耿的部下，而是一群趋炎附势的小人。

达云恰皱着眉头,伸手抚摸了一下花白的双鬓,悲伤地叹了一口气,心如死灰地靠在床榻上。

侍卫前来禀报切尽求见,达云恰黯然神伤的脸上又闪现出一丝希望的光芒。他急忙站起身整理一下蒙古袍,大步来到客厅。得知切尽是来和他商议劝说扯力克让步的时候,达云恰觉得大势已去,为了确保扯力克顺利继承汗位,只好答应一同去劝说扯力克。

两人来到扯力克的府邸。扯力克也正为此事心烦气躁,对侍卫大发脾气。达云恰和切尽进来后,扯力克斥退了侍卫,将二人迎进会客厅。

切尽一坐下就直入主题:"扯力克,如今汗王已去,大板升城之战使得土默特四分五裂、人心惶惶,很多人都到南朝请求避难,就连达云恰哥哥的部众也逃到了明边。你虽然得到了把汉那吉的部众,恐怕也难驾驭这局面,要想顺利继承汗位,还必须得到钟金哈屯的力挺才可。"

扯力克气愤地说道:"她手握王印、兵符,一心想让博达锡里继承汗位,还会支持我吗?"

切尽说:"虽然钟金哈屯手握王印、兵符,但是还有各部首领牵制她,她也不是想做什么就能做成什么的。如果撕破脸,她一意孤行非要立自己的儿子为汗,有她娘家支撑,再有明廷支持,我们恐怕也难阻止。"

扯力克泄气地问道:"那依大哥之见呢?"

切尽说:"你现在应该主动与她修好,获取她的支持,毕竟按照族制应该由你继承汗位。"

扯力克问道:"这样做有用吗?"

切尽说:"这可能需要你做出一些让步。"

扯力克又问道:"怎么让?"

切尽说:"她不是想让博达锡里娶乌兰吗?作为条件,你放弃乌兰,但要求继承汗位。"

扯力克低头思索了一会儿,担忧地问道:"万一她得到乌兰的部众却不同意我继承汗位,那我们不是把好处白白让给她了吗?"

达云恰咬牙切齿地说:"如果是这样,就是拼上我这条老命,我也要和她血战到底。"

经过劝说,扯力克听从了切尽的建议,委托三叔布彦将自己的意思转达给乌讷楚。

布彦一直专心于研究学问,从来不参与政事,就是自己部落的事也全部交给儿子管理,乌讷楚对他一直敬重有加,所以扯力克此时才想到了这位躲在书房里的三叔。而布彦早已知道了土默特发生的一切,一边是自己的弟弟博达锡里，一边是自己的侄儿扯力克，让他左右为难，所以他根本不愿意卷入这样的是非中来。如今见扯力克肯让步，为了家族的安宁，只好勉为其难地来见乌讷楚。

乌讷楚进入会客厅，还未坐定就问道："布彦台吉不在家做学问，怎么有空到我这儿来了？"

布彦站起身难为情地看看乌讷楚，脸上挂着僵硬的笑容。

乌讷楚也不想让布彦难堪，柔声地道："布彦台吉请坐。"

布彦落座，朵兰端来一杯热茶放在他面前。乌讷楚见布彦不好意思开口，就主动问道："扯力克让布彦台吉带来了什么话？"

布彦这才开口道："他让我转告哈屯，如果你同意让他继承汗位，他愿意让出大板升城。"

乌讷楚说："不是我不给台吉这个面子，现在说什么也晚了。"

被乌讷楚拒绝，布彦觉得非常尴尬，茶也没喝完就起身告辞了。

布彦离开库库和屯就直接回到了自己的部落，让儿子将乌讷楚的意思转告了扯力克，自己又一心钻入书房研究学问去了。

扯力克没想到会被乌讷楚拒绝，气愤地拍着桌子对达云恰、银定、麦力艮说道："你们都看到了吧，大板升城只是她的一个借口而已，让博达锡里继承汗位才是她真正的目的。"

银定看着达云恰问道："现在我们该怎么办？"

达云恰揪着胡须低头沉思，麦力艮突然说道："我们自己拥立扯力克为汗，再派人去南朝，请求朝廷让扯力克承袭王位不就行了嘛。"

银定一拍桌子说道："是啊，她能自作主张让自己的儿子继承汗位，我们为什么不能按照族制拥护扯力克称汗呢？"

达云恰抬起头慢悠悠地说道："事到如今，我们也只能这么做了。"

达云恰带着自己的部众，与拥护扯力克的多伦土默特、打喇明安部、多罗土蛮部等部聚集在大板升城，为扯力克举行了汗位继位仪式。

大板升城点燃了圣火，供桌上摆上了祭祀的各种供品，供桌前铺着一条羊毛毡。两侧站满了全副武装的士兵，各部的士兵和部众站在外围观看继位仪式。

扯力克、达云恰、哥力各、把林、银定、麦力艮、歹言等各部首领站在羊毛毡前，侍卫手握马刀站在众首领两侧。

扯力克严肃地走上羊毛毡面向供桌单膝跪下，达云恰、把林、哥力各、银定、麦力艮、歹言等人跟在扯力克后，也面向供桌单膝跪下，在场的士兵、部众们全都跪在了供桌前。

扯力克双手掌心向上，说道："至高的苍天在上，列祖列宗，愿你们保佑我们土默特各部人丁兴旺、羊肥马壮、生活安定，我愿与我的属民们同甘共苦、共享富贵！"

扯力克祭祀完毕后站起身来面向大众，银定率先行礼高呼："拜见可汗！"

众人也行礼高呼："拜见可汗！"

达云恰站起身面向大众："各位听着，我达云恰将遵循达延汗的遗命，竭力扶持扯力克可汗壮大我们土默特各部，我希望我们各部能够齐心协力，共同维护土默特的稳定与安宁。"

士兵和部众们高呼："呼瑞——呼瑞——"

站在远处观望的乌兰无奈地摇摇头，带着侍女黯然离去。

郑洛一直关注着土默特的局势，他看到乌讷楚占尽上风，也暗暗为乌讷楚高兴。以他与乌讷楚这几年的交往，他非常喜欢也敬重这位蒙古哈屯，对于蒙古内部的事情，他作为宣大总督，不便出面干预，可从私情来讲，他还是尊重乌讷楚的决定。直到一些部落首领要求带着部众到明朝避难，郑洛才发觉土默特的事态已发展到不可收拾的地步，急忙上奏疏请示朝廷。朝廷下诏让他出面平息事态。

郑洛正准备动身前往库库和屯的时候，扯力克派达云恰等人来到宣化城拜见郑洛。郑洛也想了解土默特的情况，就让人将达云恰迎进了府里。达云恰将扯力克按照蒙古人的祖制已经继承了汗位一事告诉了郑洛，希望郑洛向朝廷上一份奏疏，正式册封扯力克为顺义王。

郑洛听达云恰这么一说，心下暗暗一惊，可一听扯力克已经继承了汗位，不由为乌讷楚捏一把汗。

老于世故的郑洛迅速调整好自己的情绪，不动声色地对达云恰说道："如今土默特局势不稳，朝廷授予的王印还在钟金哈屯的手里，我不能替你们上这道奏疏。"

达云恰知道郑洛与乌讷楚私交甚好，见郑洛拒绝，知道久坐无益，便起身告辞了。

刚走出总督府，达云恰看到海赖也带着人来到了总督府，他傲慢地看了一眼海赖，带着人离去。

刚送走达云恰，郑洛又接到海赖求见的禀报，他估计达云恰一定碰到了海赖。他也明白海赖此行的目的，如果处理不好这件事，不仅蒙古内部会陷入战乱，明蒙之间恐怕又要回到过去的老路上去了，自己只怕也会受此牵连丢了乌纱帽啊。郑洛叹口气，让随从将海赖带进了会客厅。

果然不出郑洛所料，乌讷楚派海赖来，也是希望他奏请朝廷封博达锡里为顺义王，于是他将达云恰台吉请他奏请册封扯力克的事告诉了海赖，让他回去转告乌讷楚，自己只能如实上奏朝廷，至于朝廷怎么决定，他就无能为力了。

达云恰一回到大板升城，扯力克便急不可耐地将达云恰引进大殿，听到郑洛拒绝了，便颓废地坐到椅子上。过了一会儿，扯力克恍然大悟道："我明白了，人们一直说郑洛和她的关系不一般，看来不是空穴来风，这是郑洛在暗中帮她呢。"

达云恰看一眼扯力克将海赖求见郑洛的事告诉了扯力克。扯力克说："不用说了，一定是请求册封博达锡里的事。"

扯力克站起身用力一拍桌子："如果她不同意交出王印、兵符，我立刻带人到库库和屯去抢回来。"

达云恰也恨声说道："如果朝廷答应了她的请求，我们就拉着人马反了，让她也不得安宁。"

海赖走后，郑洛便向朝廷上了一道奏疏，将土默特发生的事情如实做了奏报，这事再一次引起朝廷百官的纷纷议论。明廷对乌讷楚与扯力克之间的权力之争，本来一直处于观望的态度，但看到战火难以平息，担心殃及明边安全，万历帝便下旨让郑洛出面调停。

郑洛再次权衡利弊后，认为蒙古右翼各部首领多半都是黄金家族的后代，如果支持乌讷楚，这部分人即便不再发动战争，也必然会携众离去，那将又会成为明朝的隐患，如果想保明边安宁，最好的办法就是让这两部分人再次联合起来。

想好了对策，郑洛首先来到了扯力克的府邸。他的到来，让达云恰和扯力克欣喜若狂，他们都以为他带来了明廷册封扯力克为顺义王的诏书，于是高兴地将他迎进会客厅。

扯力克将郑洛迎至上座，令仆人倒上奶茶，静坐一旁听郑洛带来了什么旨意。

郑洛喝口茶放下茶碗，对达云恰和扯力克地道："汗位的继承是你们的家事，我本不该过问，但是朝廷考虑的是蒙汉的长治久安，如果你们处理不好内部的事情，必然会影响到蒙汉的和平大业，所以朝廷派我来做这个和事佬。"

听郑洛这么一说，扯力克有点失望："朝廷是什么旨意？"

郑洛说："朝廷不希望看到蒙古各部陷入混乱危及明边，希望台吉为了蒙古各部的将来与稳定，扯力克应该与钟金哈屯合婚。"

扯力克跳起来说："这不可能。"

郑洛摆手制止扯力克道："台吉少安毋躁。台吉想一想，即便台吉顺利继承了汗位，承袭了王位，有钟金哈屯从中作梗，你的王位能做得安稳吗？"

扯力克恨恨地说道："那我也不能与她合婚。"

郑洛见扯力克态度坚决，威胁道："下官来之前，朝廷有密旨给我，如果台吉不同意合婚，将另立他人为王。"

扯力克一惊，站起身搓着双手在会客厅里来回走动。郑洛不安地看着他。扯力克扭头看看达云恰，达云恰无奈地冲他点点头，他又坐回到椅子上，问道："如果她不同意怎么办？"

郑洛严肃地说道："台吉不用担心，只要台吉同意，我自有办法。"

从扯力克的府邸出来，郑洛没有直接去找乌讷楚。他知道乌讷楚已今非昔比，不仅手握实权，而且还有土默特的大部分部落首领在支持她。如今，她又是在为自己的儿子夺取汗位，这女人护犊的母性一旦被激发出来，有时就毫无道理可讲。他担心乌讷楚一旦拒绝就一点回旋的余地也没有了。

郑洛思来想去，不知该派谁先去充当这个说客。快到驿馆的时候，他看到了一个红衣喇嘛，不由眉开眼笑，拔腿向弘慈寺走去。

三世达赖喇嘛听到郑洛来拜访，颇感意外，带着宗哲桑布出来恭敬地将郑洛迎进客堂。

三世达赖喇嘛请郑洛就座后，也坐到一旁说道："久闻郑大人大名，今日有缘相见，实乃三生有幸啊。"

郑洛客气道："哪里哪里，大师佛法无边，下官早就该来聆听大师的教导，无奈政务缠身，一直没有机会与大师会面啊。"

三世达赖喇嘛笑道："那大人又缘何来到库库和屯？"

郑洛叹口气道："唉，奉皇上旨意，来化解钟金哈屯和扯力克之间的矛盾。"

三世达赖喇嘛明白了郑洛此番来访的目的，他为了推广佛教，也不希望蒙古草原再陷入混乱，但他不想积极承担此事，等着郑洛开口求他。于是又问道："皇上有何旨意？"

郑洛说："当然是以和为贵。"

三世达赖喇嘛说："佛祖教导自己的弟子要'爱人如己，勿相残杀''无有众苦，但受诸乐'，只有清除一切众生之愚暗，才能获佛陀之道往生极乐西天啊。"

郑洛说："大师说得极是，可这'和'，难啊。"

三世达赖喇嘛故意问道:“噢? 还有让郑大人为难的事吗?”

郑洛说:“不瞒大师,阿勒坦汗戎马一生,他的威望无人能及,钟金哈屯虽然手握大权,也颇得朝廷信任,可是她驾驭不了阿勒坦汗的这些后人,而扯力克虽然是阿勒坦汗的嫡孙,但其威望远不及其祖,他们俩不管谁掌控了土默特,都不能保证土默特今后的稳定,只有他俩联合起来,这和平局面才能继续下去。”

三世达赖喇嘛说:“大人的话有道理,您可有良策?”

郑洛把自己想让乌讷楚和扯力克合婚的意思告诉了三世达赖喇嘛,三世达赖喇嘛也极为赞同郑洛的想法。随后,郑洛又将扯力克已经同意合婚的意思也告诉了三世达赖喇嘛,三世达赖喇嘛听到此处,笑着问道:“那大人还有什么烦心的事呢?”

郑洛说:“之前钟金哈屯就不愿与辛爱合婚,那时的钟金哈屯不如现在有实权,小儿又年幼不能依靠,是吴兑大人再三晓以利害,钟金哈屯有所顾忌才勉为其难地答应了,钟金哈屯已今非昔比,又一心想让她的儿子继承汗位,恐怕再劝她与扯力克合婚,难啊。”

三世达赖喇嘛“哦”了一声手捻念珠不再作声。

郑洛道:“所以今日下官来是想拜托大师一件事。”

郑洛终于求自己了,三世达赖喇嘛也就不再绕弯子,问道:“我能替大人做什么?”

郑洛说:“钟金哈屯对大师非常敬重,如果大师能出面相劝,我想她会考虑大师的建议的。”

三世达赖喇嘛一笑道:“我尽力而为吧,但我不敢保证一定能说服她。”

郑洛欣喜地说:“那就有劳大师了。”

## 四十一、忠顺夫人

三世达赖喇嘛和郑洛说的都是实话,他也想借助蒙古的力量将格鲁派发扬光大,因此也不希望蒙古内乱,可是之前他已经为乌讷楚和扯力克、达云恰等做过祓除魔障的法事,非但没有阻止几个人,反而将事情演变到这种程度,这让他忧心不已。他早想和乌讷楚、扯力克私下谈谈,见郑洛来拜托自己,不仅可以做个顺水人情,也许和明廷联合起来劝说,还真有可能让乌讷楚和扯力克都做出让步。

第二天一早,三世达赖喇嘛只带着一名小喇嘛来见乌讷楚。三世达赖喇嘛让小喇嘛在外面等候,自己随着海赖进入会客厅。三世达赖喇嘛觉得有些话有旁人在场不好明说,万一乌讷楚故意和他装糊涂,会让郑洛认为自己办事不力,因此他决定放下身段,开诚布公地和乌讷楚谈一谈。

海赖让朵兰前去禀报,不大一会儿,乌讷楚与朵兰进入会客厅。乌讷楚向三世达赖喇嘛行礼,三世达赖喇嘛起身还礼。之后,三世达赖喇嘛意味深长地看了朵兰一眼,乌讷楚意会,向朵兰摆了摆手。朵兰向三世达赖喇嘛行礼后转身向寝宫走去。

乌讷楚见三世达赖喇嘛故意支开朵兰,料定他是为了自己和扯力克的事而来。她很想得到支持,可又不知道三世达赖喇嘛此时是什么态度。她又不想让他立刻看出自己的想法,因此不动声色地伸手礼让道:“圣喇嘛请坐。”

两人就座后,乌讷楚客气道:“大师有什么吩咐派人来叫我去即可,怎敢劳烦圣喇嘛法驾。”

三世达赖喇嘛笑道:“出家人以清修为主,怎可劳师动众。”

乌讷楚笑道:“圣喇嘛客气了。圣喇嘛一大早光临可有要事?”

三世达赖喇嘛说:“有人委托我来做和事佬,不知我是否自不量力了。”

乌讷楚又笑道:“乌讷楚对圣喇嘛一直心生敬仰,圣喇嘛的话乌讷楚不敢不听。”

三世达赖喇嘛说:“既然如此,那我就直言不讳了。”

乌讷楚说:“圣喇嘛请讲。”

三世达赖喇嘛说:“钟金施主前世行善,赖昔日所修福缘之力,乃为阿利雅达喇,此生是为普度众生而来,这也是佛祖赐予哈屯的责任,如哈屯能发慈悲之心恩赐怜悯,便可将众生解救于水火之中。”

乌讷楚叹口气道:“圣喇嘛所说我不是不明白,但我身为人母,如果不能保护自己的儿子，又如何能解救众生于水火？这么多年来，我一直致力于蒙汉和平，就是不想看到草原战火连绵，可只依靠我一人之力，实难控制整个局面。”

三世达赖喇嘛笑道：“哈屯睿智，仅凭一人之力，确实不能达到我们预期的目标，那么哈屯为什么不能和众人联手广施佛法呢？”

乌讷楚疑惑地问道：“圣喇嘛的意思是？”

三世达赖喇嘛说：“我听说扯力克已允诺，只要哈屯支持他承袭汗位，他决定让出大板升城给博达锡里。”

乌讷楚摇摇手说：“不行不行，将土默特交给他我不放心。”

三世达赖喇嘛说：“那哈屯就依蒙古习俗下嫁扯力克，这样，博达锡里与扯力克各得所需，哈屯还能像以往那样继续掌控大局，两全其美，何乐而不为呢？”

乌讷楚坚决地说道：“我已连嫁他祖父二人，如果再与他合婚，唉，就是整个蒙古也没有这样的先例哪，不行，与扯力克合婚万万不行。”

三世达赖喇嘛劝道：“哈屯乃非常之人，非常之人必做非常之事，除此之外，哈屯还有更好的选择吗？”

乌讷楚心想，为了让儿子继承汗位，自己已经主动挑起了战争，如今自己大权在握，又明显地占了上风，为什么要做出让步呢？她本想让三世达赖喇嘛支持她，没想到三世达赖喇嘛却也主张让她和扯力克合婚，看来，想争取此人的支持难了。但她一向敬重三世达赖喇嘛，此时也不好再反驳他，只好沉默不语。

三世达赖喇嘛见乌讷楚沉默不语，又见她一脸坚持的神色，就起身告辞道：“我相信哈屯是一个睿智且顾全大局的人，请哈屯保重。”

三世达赖喇嘛离去后，乌讷楚思虑再三，决定再修书一封送往明朝，再次请求封博达锡里为王。万历帝得到奏报后，勃然大怒，下诏斥责郑洛办事不力，责令郑洛立刻处理好此事。

郑洛见三世达赖喇嘛没能说动乌讷楚，又被万历帝斥责，只好亲自出面来劝说乌讷楚。

乌讷楚等了几日不见明廷的诏书，又听郑洛来访，想起了当年吴兑来劝她与辛爱合婚和三世达赖喇嘛来劝自己的情景，已经猜测到郑洛今日来，一定是明朝又想故伎重演，让他来劝她与扯力克合婚。当年是因为自己无力对抗辛爱，才迫不得已答应了他，如今自己手握王印、兵符，很多的部落又在支持自己，这一次休想再让自己做出让步。

乌讷楚嘴角浮起一丝冷笑，带着朵兰来到会客厅门口，看到郑洛正坐在桌旁端着茶碗喝茶，挺直脊背镇定地进入会客厅。郑洛看到乌讷楚与朵兰进入，放下茶碗站起身来。

乌讷楚故作轻松，笑盈盈地行礼道："好久不见了，郑大人一向可好？"

郑洛起身抱拳回礼："多谢哈屯挂念，我很好。"

朵兰已经听乌讷楚说了三世达赖喇嘛劝她和扯力克合婚的事，她猜测郑洛此次前来的目的一定与三世达赖喇嘛是一样的。见两人寒暄过后，她扶乌讷楚就座后，识趣地转身走出会客厅。

乌讷楚问道："朝廷有何旨意？同意封博达锡里袭封顺义王了吗？"

郑洛没有直接回答乌讷楚的问题，而是反问道："大板升城一役中，你虽然略占上风，但一直支持你的巴尔虎和巴岳特部却远避战乱两不相帮，多伦土默特和打喇明安部却一直在暗中资助达云恰和扯力克，目前鄂尔多斯部、永谢布还在一旁观望，万一他们因反对博达锡里继承汗位而联合起来，你能否与他们抗衡？"

乌讷楚没想到郑洛先问到她这个问题，知道任何事都瞒不住他，就坦言道："这也是我担忧的，就是大人今天不来，我也正想去找您，希望您能帮我得到朝廷的支持。"

郑洛说："你两次写信给朝廷，希望能册封博达锡里为王，可是朝廷迟迟不予答复，朝廷的意思你还看不出来吗？朝廷的希望是蒙古各部的稳定，如果蒙古各部陷入混乱，关闭贡市事小，只怕战火重燃啊。我只是朝廷命官，怎么能左右朝廷的决定，就算我想帮你，也是有心无力啊。"

果然不出所料，乌讷楚有些气恼又感到寒心，自己这么多年来为了维护蒙明和平，已经做出了一次牺牲，而且为此背负了那么多的骂名，朝廷为了褒奖她，给了她那么多的赏赐，原来只是一种交易，为了所谓大明的利益，还是会毫不犹豫地牺牲她。而郑洛这些大明官员，平时用那些溢美之词和奢华的礼品来取悦她，可当自己有求于他们的时候，为了保他们头上的那顶乌纱帽，就露出了道貌岸然的本色了。

乌讷楚越想越生气，但她此刻还不想得罪郑洛，按捺着自己的情绪问道："那大人此次前来，带来了朝廷的什么旨意？"

郑洛先是讲了一番蒙汉和平的大道理，然后才说道："你发动大板升城之战，不就是想替博达锡里获取直辖的部众吗？如果扯力克肯将把汉那吉的遗众让给博达锡里，你再与扯力克合婚，这样，你便可以再掌实权……"

还是那些冠冕堂皇的说辞，乌讷楚已经听得不厌其烦了，于是不耐烦地打断了郑洛："如果我不同意呢？"

郑洛见乌讷楚脸色微变，便也沉下脸来说道："如果你一意孤行，恐怕朝廷为了稳定蒙古各部而同意扯力克的请求封他为王，到时你恐怕会一无所有，成为一个普通的民妇，只有任人宰割了。”

乌讷楚恨声道：“我就不信扯力克他们能把我怎么样，我即不同意封他为王，也不会和他合婚的。”

郑洛见自己口干舌燥地说了半天，乌讷楚不但变了脸，而且还是一意孤行，根本没有把他这个二品的朝廷命官放在眼里，任凭他脾气再好也终于忍耐不住了，气恼地说道：“那就别怪我事先没有警告你，如果你敢挑起战乱，朝廷一定会派兵支持扯力克的，那是什么后果你好好想想吧。”

郑洛说完拂袖而去，乌讷楚惊愕地瘫坐在椅子上，她没想到郑洛会说出这样的话来。她想起王崇古、吴兑、郑洛曾经对她的赞美之词，一句句仿佛还在耳边，却都变成了极大的讽刺，现在听起来是那么刺耳难听。望着郑洛的背影，乌讷楚寒意浸骨，嘴角溢起一丝笑容，这笑容因古怪而显得凄凉。

寝宫里的朵兰听楼下没有了动静，就轻轻走下楼梯，见乌讷楚一个人失魂落魄地坐在那儿，脸上挂着怪异的表情，就快速走到乌讷楚身边，乌讷楚却浑然不觉。

朵兰轻轻推了推乌讷楚，问道：“小姐，你怎么啦？”

乌讷楚晃动了一下，依然一声不响地坐在那里。朵兰急忙搀起她回到寝宫，扶她坐到床上。乌讷楚此时才像回过神来，一下子伏进朵兰怀里失声痛哭。朵兰已经猜到了结果，她搂住乌讷楚，抚摸着她的背部，不由潸然泪下。

乌讷楚悲怆地哭喊道：“我前世到底做了什么不可饶恕的事，上天为什么如此苛待我，给我这样的身份为什么又让我如此无奈啊？”

乌讷楚推开朵兰跪在地上，发疯一般捶打着地面，然后仰天捶着自己的胸部喊道“老天！你既然不帮我，就把我带走吧，不要再如此折磨我了。”

朵兰被乌讷楚的举动吓得手足无措。布日玛听到响动，颤颤巍巍地来到寝宫，看到乌讷楚趴在地上不停地捶打着地面，痛哭不已，急忙过去跪在乌讷楚面前，抓住乌讷楚的双手，也哭道：“孩子，你不要这样，你吓着嬷嬷了。”

乌讷楚一把抱住布日玛哭道：“嬷嬷，我该怎么办？我该怎么办啊？”

布日玛温柔地抚着乌讷楚，问道：“到底发生了什么事，你告诉嬷嬷，嬷嬷才能帮你啊。”

乌讷楚抽抽噎噎道：“他们让我再与扯力克合婚。”

布日玛问道：“不是说郑大人来了吗？他帮不了你吗？”

乌讷楚气愤地说道："他不但不帮我，还逼迫我。"

朵兰也气愤地说道："我以为他真心对小姐好，没想到是这样的一个伪君子，枉为小姐一片真心对他了。"

布日玛叹气道："唉，他也只是一个朝廷命官，做不了主啊。"

乌讷楚哭道："如果不是为了博达锡里，我真想追随把汉那吉去了。"

布日玛赶紧劝道："还没有坏到那个地步，你不能这么胡思乱想。"

朵兰也急忙劝道："既然小姐放不下台吉，就要保重自己，台吉还需要小姐啊。"

听到朵兰的话，乌讷楚止住了哭声，但泪水仍像决堤的河水。

布日玛和朵兰将乌讷楚扶到床上，布日玛替乌讷楚擦去眼泪说："孩子，你走到这一步已经没有了退路，只能继续往前走。你与扯力克合婚，非但不会失去什么，反而为博达锡里争取到了领地和部众。在这场争斗中，你才是赢家啊。"

乌讷楚抬起泪眼看看布日玛又看看朵兰，朵兰说："嬷嬷说得对，当初是因为把汉那吉台吉，我们才觉得你与辛爱合婚是委屈了自己，如今，把汉那吉台吉不在了，你能和扯力克合婚，也算是一个好结局了。"

第二天，双目红肿的乌讷楚只身一人来到把汉那吉的墓前，她跪在地上，将酒囊中的酒缓缓洒在坟前。

乌讷楚说："你生前就爱喝酒，虽然我不主张让你喝酒，可今时今日，我能给你的也就这一囊酒了。"

乌讷楚洒完酒，贴着墓碑坐了下来，又接着说道："你在那个世界过得还好吗？你可看到了我现在遭遇的一切？阿妈把我献给你爷爷的时候，说这就是我的命运。起初，我也以为这就是我的命，可是遇到你，我觉得这才是上天为我安排的命运，让我们今生相爱。可命运弄人，让我们相爱却不让我们在一起。"

乌讷楚仰头看看天空，继续说道："当我只想和你自由自在、快乐幸福地生活在一起的时候，上天却又把我推到了你爷爷面前，让他记起我的存在。他给了我一个舞台让我表演，却没有给我谢幕的机会。我无心权术，只想默默了此残生，没想到你依然对我情真意切，让我重燃生活的信心。可我们手中无权，做不了自己的主，只能任人摆布。此时，我才意识到权力是一样好东西，有了它，我们才能随心所欲，于是，我玩弄权术将大权独揽在自己手中，总希望有一天能毫无羁绊地与你远走高飞，可你却不等我，将我一个人孤零零地留在这个世上。在人们的眼里，我手握大权，地位显赫，都觉得我无限荣耀，可这权力非但帮不了我，反而成为束缚我的桎梏。早知如此，我还不如和你一走了之，这样，我也不会如此绝望无助了。”乌讷楚捂着脸呜咽起来。

她越哭越伤心，转身伏在把汉那吉的坟上，哭道：“把汉那吉，你告诉我现在该怎么做？如果没有博达锡里，我就不会有这么多的羁绊，也就不会有这么多的无奈啊。”

乌讷楚无声地恸哭着，突然一阵风吹过，乌讷楚抬起头喊道：“把汉那吉，是你吗？”

乌讷楚站起身伸开双臂，忽然风又停了，乌讷楚失望地望着前方说道：“把汉那吉，如果你同意我和扯力克合婚，就请你再过来一次。”

又一股风吹起了乌讷楚的斗篷，乌讷楚仰天轻声说道：“我懂了，把汉那吉，我懂你的意思了。”

乌讷楚回到库库和屯后，就派人将同意与扯力克合婚的决定告诉了郑洛和三世达赖喇嘛。

博达锡里与乌兰举行完婚礼后，随即举办了扯力克袭封王位和乌讷楚合婚的庆典。明朝这一次为了安抚乌讷楚，特意敕封她为忠顺夫人，送来了更丰厚的赏赐，可是心灰意冷的乌讷楚已经不为所动了。

一样的夜晚，一样的红衾锦帐，却是不一样的人，不一样的心情。乌讷楚举办了三次婚礼，每一次都不是自己想要的，每一次都给自己的心蒙上了一层冰霜。

乌讷楚与扯力克一同走进新房，扯力克尴尬地坐在椅子上。

乌讷楚说：“我知道你也不愿与我合婚……”

扯力克刚想解释，乌讷楚制止道：“你不用解释了，我也有自己的无奈，希望你能理解一个母亲的心。”

扯力克急忙说：“我懂你的心，我也没有责怪你。”

乌讷楚说：“那就好，从今往后，我们只有夫妻之名而无夫妻之实，我这样决定你同意吗？”

扯力克窃喜道：“我尊重你的决定。”

乌讷楚又说道：“但是我对你还有一个条件。”

扯力克说：“你说。”

乌讷楚说：“蒙汉之间必须走和平发展之路，这是你爷爷和你父亲的遗愿，你必须严格遵循。”

扯力克说：“放心吧，我还是知道轻重的。”

乌讷楚点点头说：“那你早点休息，我回自己的寝宫了。”

乌讷楚说完走出新房，扯力克欣喜若狂地蹦到喜床上。

乌讷楚回到自己的寝宫，朵兰看到乌讷楚吃了一惊，急忙上前扶住乌讷楚问道："你怎么回来了？"

乌讷楚坐到梳妆台前，一边摘礼冠一边说道："以后我还住在这里。"

朵兰帮乌讷楚摘下礼冠，服侍乌讷楚躺到床上。

这一晚，大板升城的博达锡里，在宫殿里手执酒壶，满面通红，还在不停地往嘴里灌酒。

博达锡里似哭似笑地说道："人家都说阿妈是一个放荡的女人，为了权势不惜出卖自己，看来此言不虚啊。哈哈哈……"

乌兰阻止道："别人怎么说都可以，你不能这样说你的阿妈。"

博达锡里盯着乌兰说："我说错了吗？她此刻正在与她的小丈夫，不，应该是他的孙子，我的侄儿恩爱呢。"

乌兰叹气道："你以为她愿意这样吗？她也有自己的苦衷啊。"

博达锡里哼了一声说："苦衷？你知道我为什么要娶你吗？是她想要属于你的部众，好成为她争夺权势的后盾。"

乌兰解释道："她还不是为了你好。"

博达锡里仰头哈哈一笑道："为我好？为我好，扯力克继承了汗位，为我好，她成了扯力克的新夫人？"

乌兰怒道："不管怎么说她是你的母亲，你不能这样说她。"

博达锡里怒喊道："我没有这样的母亲，我没有。"

博达锡里恶毒的辱骂，不久就传到了乌讷楚的耳中。乌讷楚悲戚地问朵兰："难道是我做错了吗？你听到他是怎么骂我的吗？"乌讷楚的泪水滚滚滑落。

朵兰安慰她道："他还是个孩子，一时不能理解你的苦衷，等他长大了就会明白你的一片苦心了。"

乌讷楚悲戚道："我这是做了些什么，辛苦了半天，不仅失去了把汉那吉，还失去了儿子。"

朵兰叹气说："唉，这些只是暂时的，总有一天，博达锡里会以你这个母亲而骄傲的。"

乌讷楚感慨道："我现在明白了，我只是别人手中的一枚棋子，在他们需要的时候，随时可以把我牺牲掉。"

朵兰赶紧劝道："你也不要忽略自己的作用，你还是他们忌惮的人，再说蒙古各部如果没有你，也真难与明朝维持这样和平的局面。三世达赖喇嘛不是说了嘛，你是非常之人，必做非常之事。为了这些无辜的百姓，牺牲自己也是值得的。"

乌讷楚叹口气说道："我也只能用这点来安慰自己了。"

# 四十二、重燃爱火

这一变故令乌讷楚对权力也彻底没有了欲望,加上博达锡里每次酒后的谩骂不断传来,令乌讷楚心力交瘁。她所做的一切都是为了这个儿子,别人不理解不要紧,可亲手带大的儿子竟然也不能理解自己的一片苦心,再继续下去还有什么意义?她想一了百了,追随把汉那吉而去,可她又放心不下这个儿子,万念俱灰的她决定放弃一切潜心礼佛。

乌讷楚带着乌兰去过几次宣化城,将乌兰介绍给郑洛及大同的各级官员。待乌兰和他们熟络后,她便把与明朝相关的所有事务交给了乌兰,将部族的事务全部交给了扯力克,从此以后,她每天在佛堂诵经礼佛,足不出户。

达云恰也与乌讷楚有着同样的心理,争斗了这么多年,虽然维护了黄金家族嫡长子继承的祖制,可是乌讷楚又成为扯力克的哈屯,这个女人就像水蛭一样缠绕着黄金家族。他不知道自己与乌讷楚之间到底是谁赢谁输了,眼见着自己犹如酥油灯一般渐渐耗尽了生命,自己无心也无力再继续争斗下去了,今后黄金家族的命运会是什么样的,只能由长生天去决定了。他见乌讷楚将大权都交给了扯力克,便也以身体不好为由不再介入部族的事务,回到自己的驻牧地去颐养天年了。

在这平静的生活中,年迈的布日玛也走完了她的一生。这位忠心耿耿的老仆人,在闭上眼睛前,目光中依然带着无尽的牵挂,因为她看到昔日那个活泼开朗的小女孩已经不见了,那个沉着睿智的女强人也不见了,取而代之的是一个眼含忧郁的中年女人。这不该是她的乌讷楚小姐,这个美丽的女人应该倍受别人疼爱,脸上时常洋溢着粲然笑意才对。可是,任凭她怎么努力,她一手带大的这个女孩再也回不到从前了。

对于布日玛的去世,乌讷楚不但不觉得悲哀,反而感到欣慰。她认为这是一种解脱,布日玛从此以后再也不用在人间受苦,再也不用看那些虚伪的面孔和肮脏的现实了。

布日玛临终前嘱咐乌讷楚将她送回瓦剌,于是,乌讷楚请满朱锡里喇嘛为布日玛诵经超度后将布日玛火化,然后派朵兰和海赖亲自将布日玛的骨灰送回瓦剌。

朵兰走了,无论白天还是夜晚,偌大的寝宫只有一抹孤影伴随着乌讷楚,她感到非常寂寞空虚。每当此时,她就会想起把汉那吉,想起他们在一起时那些快乐的时光。可是,一切都已远去,生死两茫茫,再想起,徒增一份长叹和两行清泪而已。

寂静的夜，弯钩似的月亮挂在半空中，闪闪发光的星星像宝石似的，缀在辽阔无垠的夜空，像细碎的流沙铺成的银河斜躺在青色的天宇上。皎洁柔和的月光洒在树上，在地上投下斑驳的黑影。

曾经，这样的夜晚总让她和把汉那吉流连忘返，自从嫁给阿勒坦汗之后，就再也没有像这样细细欣赏过月夜了。过了这么久了，似乎已经忘记了月下散步那种美妙的感觉了。但今晚的夜色太诱人了，乌讷楚又忆起曾经的美好，情不自禁地走出寝宫漫步在月色下。

晚风轻拂，轻轻吹动乌讷楚的头发，树叶在微风中簌簌作响，仿佛弹奏着一首婉约而凄美的曲子。幽深而美妙的夜晚，被月色烘托出一片平静和祥和。

乌讷楚抬头看看月亮，仿佛又看到了把汉那吉灿烂的笑脸，难道是把汉那吉在冥冥之中呼唤着自己吗？乌讷楚抱着双臂信步向前，脑中不断回想起幸福的往事，嘴角也渐渐溢起一丝浅笑。回忆，让她暂时不去想那些令人忧伤的事情。

从此以后，乌讷楚便恋上了这宁静的夜晚。每当夜深人静的时候，她或者漫步夜色中，或者静静伫立在窗前仰望夜空。虽然，她也感到孤独和寂寞，但只有这时，她才能肆无忌惮地去思念把汉那吉，可以敞开心扉与把汉那吉进行灵魂的沟通。

不久，三世达赖喇嘛又来到库库和屯讲经。有一天，乌讷楚去弘慈寺听他讲经，扯力克和各部首领议完事后也来到了这里。

听说三世达赖喇嘛又来讲经，弘慈寺大门口，黑压压的聚满了朝拜的人们，他们肃穆地面对弘慈寺的殿堂，双手合十，瞑目默念片刻，将双手举过头顶，再还原到胸前，跪倒在地上，双手掌心向上，然后将头伏在双手间，虔诚地叩拜。有些人将身体向前伸展，使两肘、两膝及顶部都触到地上后，起来再双手合十，同时两膝起立，合掌依然。如此三次后，便跪在地上，依然双手合十，口中念念有词。朝拜完的人们盘膝席地而坐，手执念珠，摇晃着经筒默诵着。

扯力克进入寺庙大门，一名小喇嘛立刻迎上来向扯力克行礼，扯力克听说三世达赖喇嘛正在讲经，就没有让他通报，自己一个人走进寺里进入殿堂。

殿堂内香雾缭绕，正前方矗立着一座巨大的释迦牟尼佛像，佛像看着慈眉善目，却给人一种庄严肃穆的感觉。佛像前的桌子上及大殿四周，万盏酥油灯长明，仿佛记录着朝圣者永不止息的足迹和岁月的永恒。

扯力克看到乌讷楚与三世达赖喇嘛盘膝坐在佛像前，双手轻松地放在膝上，静静地听三世达赖喇嘛讲经。她那双美丽的大眼睛平静如水，目光中含着一丝柔柔的温暖，嘴角挂着浅浅的微笑。扯力克一瞬间有些恍惚，目不转睛地看着乌讷楚，暗自揣测道："有着这样眼神的人，会是一个利欲熏心的人吗？"

扯力克对乌讷楚多了一份关注，他发现乌讷楚经常一个人在夜间出去，出于好奇，就悄悄尾随在她身后。他发现乌讷楚有时会站在树下眺望远方，有时会仰望着夜空发呆。看着她只有身后的影子相伴，扯力克忽然觉得这个风光一时的女人此刻是那么瘦弱和孤单。

几个月后，博达锡里的儿子素囊出世了，乌讷楚专程赶到大板升城为素囊举办了玛里雅兀特喜宴。不知道是乌讷楚的亲情感动了博达锡里，还是素囊的出生使初为人父的博达锡里体会到了母亲的苦衷，夜晚，博达锡里主动来到了乌讷楚的别宫。

乌讷楚看到博达锡里略微一震，随即眼中充满了慈爱的泪光。她含泪看着博达锡里，努力挤出一丝笑容问道："你来了？"

博达锡里也眼含热泪，急走几步跪倒在乌讷楚面前，用双手抱住乌讷楚的腿，将头伏在乌讷楚膝上，哭道："阿妈，是我错了，原谅我吧。"

博达锡里说完，仰起头看着乌讷楚，乌讷楚再也控制不住自己，顿时热泪纵横。她用颤抖的双手将博达锡里紧紧揽到怀中，博达锡里环腰抱住乌讷楚，再次说道："原谅我，阿妈，是儿子错怪您了。"

乌讷楚哽咽道："好，好，你能理解阿妈就好。"

就在母子抱头痛哭的时候，乌兰抱着素囊走了进来，见此情景，也不禁喜极而泣。

乌讷楚听到响动抬起头来，看到哭泣的乌兰，含笑向乌兰招了招手。乌兰走到乌讷楚跟前，乌讷楚将博达锡里和乌兰都搂在怀里，笑道："好了，我们一家终于能在一起了。"

博达锡里起身反搂住乌讷楚和乌兰道："阿妈，朵兰不在，您在这儿住一段时间，让我和乌兰来照顾您吧。"

乌讷楚看着乌兰笑道："好啊，那我就住一段时间再回去。"

博达锡里见乌讷楚答应留下来，紧紧将乌讷楚和乌兰搂在怀中，心中暗暗发誓，再也不让这两个女人受到任何伤害。

看着小孙子一天一个变化，博达锡里又早晚都来请安，天伦之乐，使一种从来没有过的幸福感在乌讷楚的内心滋长。阴云笼罩的日子，让乌讷楚度日如年，快乐却让她觉得时间在飞逝，她多么希望就这样幸福快乐地度过余生。

朵兰与海赖从瓦剌回到库库和屯后，得知乌讷楚在大板升城，又快马加鞭地赶到了大板升城。

乌讷楚正抱着素囊逗他玩耍，乌兰带着朵兰和海赖匆匆进入毡房。乌讷楚看到风尘仆仆的朵兰和海赖，惊喜地问道："这么快就回来了，我阿妈还好吗？"

朵兰眼中闪过泪花，乌讷楚内心一紧，急忙问道："阿妈怎么了？是不是发生什么事了？"

"阿噶身体很不好，恐怕不久于人世了。"朵兰说完忍不住泪流满面。

乌讷楚急忙站起身，将素囊递给乌兰，对朵兰说："走，我们现在马上回库库和屯，然后一起回瓦剌去看阿妈。"

海赖赶紧阻止乌讷楚道："哈屯，瓦剌现在蠢蠢欲动，大有反叛之势，如果哈屯此时回去，恐怕凶多吉少。"

乌讷楚惊讶道："瓦剌要反叛吗？"

海赖说："听说瓦剌各部都在大肆地招兵买马，和平时期，他们买那么多的战马和兵器要干什么？所以我暗中打探了一下，有人说瓦剌准备夺回他们被占领的领地。"

朵兰急忙接着海赖的话说道："奥巴岱诺延让我转告小姐要提前做好防范，以免将来措手不及。"

操心也是一种习惯，虽然乌讷楚已将大权交给了扯力克，可遇到大事，她还是习惯性地开始思索对策。乍一听这个消息，让乌讷楚感到焦躁不安，可多年的从政经验，让她很快冷静下来。

乌讷楚转身对乌兰说："你立刻去告诉博达锡里，他是瓦剌的领主，让他现在开始操练兵马，随时待命。"

说完，她又转向朵兰和海赖道："走，随我速回库库和屯。"

朵兰拿起床榻上的披风披到乌讷楚身上。乌兰急忙令侍女去通知侍卫准备马匹。乌讷楚俯身亲一亲素囊，带着朵兰、海赖走出毡房。乌兰抱着素囊紧跟着他们走出毡房，送走乌讷楚和朵兰、海赖后，就急急忙忙去找博达锡里。

乌讷楚与朵兰、海赖回到库库和屯，听说扯力克正在与几位部落首领议事，就带着朵兰和海赖径直来到议事大厅。乌讷楚再一次出现在议事大厅让扯力克颇感意外，但他还是急忙站起身迎接，各部首领也满腹疑惑，见扯力克起身相迎，也只好站起身相迎。

乌讷楚带着朵兰与海赖径直走到扯力克跟前，对扯力克说："我有事和你商量，正好各部首领也在，大家一起议议吧。"

扯力克心里有些纳闷，乌讷楚已经很久不过问政事了，今日怎么又主动来议事了呢？当着众首领的面，虽满腹疑惑也不好细问，只好说："坐下说吧。"

侍卫搬了一把椅子放到扯力克身旁，乌讷楚环顾一下众首领，与扯力克并肩坐在了一起，朵兰和海赖站在乌讷楚身侧。

扯力克故作轻松地笑着问道："什么事还等不到我回去再说？"

乌讷楚听出了扯力克的言外之意，就解释道："朵兰和海赖刚从瓦剌回来，我听说你正和各位首领议事，这件事也需要征询各位首领的意见，所以我就过来了。"

众人听乌讷楚提到了瓦剌，又见她神色有些异常，不由将目光投向朵兰和海赖。

乌讷楚冲朵兰和海赖点了点头，朵兰和海赖一五一十地把瓦剌各部的动向以及奥巴岱的提醒告诉了扯力克和各位首领。

扯力克气愤地拍着椅子扶手说："大胆逆贼，他们以为我蒙古右翼没人了吗？我要立刻亲自率大军去征服他们。"

乌讷楚说："他们只是暗中招兵买马，并没有发动叛乱，你就是出征也得师出有名啊。"

扯力克说："还要什么名目，等他们做好了准备来攻打我们，那一切都晚了。"

银定道："汗王说得没错，不能等他们翅膀硬了我们才去讨伐他们。"

麦力艮附和道："银定台吉说得对，瓦剌各部招兵买马目的已经很明确了，还需要找什么借口。"

乌讷楚摇摇头说："不行，如果我们没有一个正当的理由就去攻打他们，势必会让瓦剌各部的部众同仇敌忾，联合起来对抗我们。此外，我们集结大军进军瓦剌，也会引起南朝的怀疑。"

扯力克不屑地说道："我几十万大军难道还怕他瓦剌不成。"

乌讷楚说："这近二十年的时间，蒙古右翼没有战事，部众安居乐业，已经过惯了这种安逸祥和的生活，如果让他们贸然出征，他们肯定会心生抱怨。军心涣散，是兵家大忌。我想在座的各位也不是都想出征的吧。"

虎儿害的首领道："哈屯说得没错，我们打仗的目的，就是想让我们的部众过上好日子。如今我们的目标已经实现了，谁还会拎着脑袋去冒险。”

兀甚、巴岳特等部的首领附和道：“是啊，是啊。”

见大多数人支持乌讷楚，扯力克有些恼怒，转头问乌讷楚：“那你还有什么主意？”

乌讷楚说：“我母亲病危，我想回去看看她，如果瓦剌真有反心，必定会对我采取行动，到时汗王就师出有名了。”

虎儿害的首领急忙道：“这样做太危险了，哈屯三思啊。”

扯力克见乌讷楚不惜以身犯险，不由心生敬意，语气也和缓了下来，对乌讷楚说道：“我理解你对母亲的一片孝心，可这样做确实太危险了。”

乌讷楚笑道：“你不用担心我，不管怎么说，博达锡里还是瓦剌的领主，我和他一起回去，以我们俩的身份，我们带万数精兵回去是很正当的，既不会引起瓦剌的怀疑，也不会让南朝怀疑，就算瓦剌有异心，还有我的哥哥们可以帮我们。汗王应该立即下令，让各部现在就开始操练兵马，尤其是青海的真相台吉（真相是丙兔的儿子，此时丙兔已经去世，真相承袭了丙兔的领地和部众），他们离瓦剌最近，一旦瓦剌叛乱，有他们配合，我想我们还能坚持到汗王率大军来。”

乌讷楚冷静周密的部属，令各部首领肃然起敬，就连一直反对她的银定和麦力艮也向她投去敬佩的目光。

扯力克也被乌讷楚运筹帷幄的能力折服，不由自主地握住乌讷楚的手道：“还是你比我有经验，那就依你的，不过你要多加小心。”

乌讷楚感激地对扯力克笑了笑。

就在乌讷楚为瓦剌之行紧锣密鼓地准备之际，三世达赖喇嘛圆寂了。他的葬礼由其管家楚臣嘉措、近侍僧满朱锡里、宗哲桑布等人操办。活佛的葬礼一般外人不参加，但由于乌讷楚和扯力克身份比较特殊，楚臣嘉措就派人请乌讷楚和扯力克也参加了葬礼。

三世达赖喇嘛的火葬仪式非常隆重，弘慈寺内的全寺活佛、僧人会集在大经堂集体诵经祈祷。寺外也跪满了黑压压的信徒为三世达赖喇嘛诵经祈祷，祈祷三世达赖喇嘛的灵魂平安无碍地到达无量光佛（阿弥陀佛）主宰的极乐世界或游中阴后尽快转生人间，再显灵童，继续弘传佛法，做有益于佛教和民众的善事。

三世达赖喇嘛的遗体被火化后，楚臣嘉措将三世达赖喇嘛的舍利装入舍利塔，准备送往西藏。

楚臣嘉措的这一决定，令乌讷楚暗自欣喜。晚上，她立刻派海赖请来了扯力克。

扯力克一进入乌讷楚的寝宫便问道:“这么急着找我来有什么事吗?”

乌讷楚笑道:“机会来了,你可以名正言顺地率兵去青海了。”

扯力克坐到桌边疑惑地问道:“哦,什么机会?”

乌讷楚让朵兰倒一碗茶递给扯力克。扯力克接过茶放到桌上,着急地说道:“你快说呀。”

乌讷楚笑道:“我决定和你一起率大军护送三世达赖喇嘛的舍利前往青海。”

听乌讷楚这么一说,扯力克立即兴奋道:“好主意,这样一来,谁都不会怀疑我们了。”

乌讷楚说:“到了青海,你就驻扎在那里,我带着博达锡里他们回瓦剌。如果他们真有反心,我先让博达锡里到各部予以劝说,有你的大军威慑,我想他们也不敢乱来,如果能不牺牲一兵一马就解决了问题那是最好的结果。”

扯力克赞同道:“这样最好。”

乌讷楚又说:“不过,说服瓦剌不反,他们肯定会提出一些条件,到时我会即刻派人与你协商。”

扯力克说:“不必了,一切由你做主。”

扯力克说完,起身走到乌讷楚面前,握住了乌讷楚的双手,乌讷楚惊愕地想挣脱,扯力克紧紧握住不放。

扯力克真诚地说:“过去是我不懂事,对你多有冒犯,经过这段时间的相处,我对你的为人处世也有了新的了解,我想和你真正合婚,让你再来协助我。”

乌讷楚微微一笑,说:“只要是我能做到的,就是不合婚我也会帮你的。”

扯力克不好意思地说:“其实我是从内心仰慕你的,现在我才知道爷爷和父亲为什么那么宠信你,你的确是一个值得爱的女人。你还年轻,何必让自己活得这么清心寡欲呢。”

乌讷楚眼圈一红低下头去,扯力克轻轻地把乌讷楚搂进怀里,乌讷楚忍不住内心的悲伤,抱住扯力克的腰呜咽不语。朵兰见此情景,抬手擦擦眼泪,悄悄退出寝宫。

扯力克拉起乌讷楚,两眼直直盯着她,这是他第一次如此仔细地端详她。他发现这个已经年过四十的女人依然风韵犹存,光滑白皙的额头和脸颊上没有一丝皱纹,浓而密的睫毛下,那双乌黑的眼睛深沉而睿智,挺拔的鼻梁下朱唇微启，吐气如兰。

扯力克就这样痴痴地看着乌讷楚，鼻息暖暖地喷到她的脸上。被扯力克感染，乌讷楚内心突然有一种渴望，眼里随即涌现出无限柔情。扯力克再也控制不住自己，拦腰抱住乌讷楚，将温润炽热的唇紧紧压在她的唇上。

乌讷楚一阵眩晕，只觉得一股热浪从唇上瞬间传遍全身。太久了，她虽然一再压抑自己，可是这种激情始终没法熄灭。她渴望关怀，渴望别人的爱抚，这种渴望，让她紧紧搂住了扯力克，热烈地回应着扯力克的吻。

两人的呼吸越来越重，乌讷楚低声沉吟起来，扯力克带有几分粗鲁地一把抱起乌讷楚，一边吻着她一边向床边走去。

## 四十三、化解危机

清晨,太阳含着慈祥的笑脸,将清新柔和的阳光洒进了寝宫。乌讷楚翻个身缓缓睁开蒙眬的睡眼,看到了扯力克含笑的眼眸。

扯力克笑道:"你睡得好香。"

乌讷楚害羞地拉起锦被蒙在头上。扯力克拉开锦被坏笑道:"又不是第一次了,还这么害羞。"

乌讷楚再次蒙住头道:"你快走吧,我要起床了。"

扯力克拉开锦被吻住乌讷楚,乌讷楚躲闪着推开扯力克道:"大白天的,让别人看到不好。"

扯力克毫不在乎地一边吻着她一边说:"我们本来就是夫妻,这有什么。"

乌讷楚笑道:"那你也该起床去做正事了。"

扯力克拉起乌讷楚道:"从今天开始,你要与我一起去处理土默特的所有事务。"

乌讷楚顽皮地笑看着扯力克,问道:"你不会再说我大权独揽、独断专行了吧?"

扯力克刮一下乌讷楚的鼻子说:"小心眼,对过去的事还耿耿于怀哪。"

两人嬉闹着起了床,朵兰端进早餐,见他们郎情妾意、有说有笑的,也由衷地为他们感到高兴。

经过周密的部属和安排,乌讷楚和扯力克以护送三世达赖喇嘛的舍利为由,在博达锡里、乌兰及各部首领的陪同下,带着大军浩浩荡荡地向青海而去。

乌讷楚和扯力克自合婚后,两人虽然在众人面前相敬如宾,但明眼人还是能看出彼此间有一种隐藏的冷漠。这次出征,博达锡里和乌兰见他俩凡事有商有量,眉宇间又多了一份柔情和亲密,乌讷楚心有所属,又露出往日灿烂的笑容,从内心为他们真诚地祝福。

就连一直反对乌讷楚的银定和麦力艮,也被乌讷楚的足智多谋所折服,看到两人重归于好,乌讷楚又出面参与政事,也心悦诚服的开始支持和拥护她了。

经过几个月的颠簸,扯力克和乌讷楚率领大军到达青海与瓦剌交界处。扯力克从各部精挑细选了一万精兵由博达锡里率领,护送乌讷楚前往瓦剌。

扯力克将乌讷楚扶上勒勒车，再三叮嘱道："到了那儿要多加小心，如果情况不妙就赶快回来。"

乌讷楚笑道："知道了，你到了青海也要注意身体，切不可过度劳累。"

扯力克又转向朵兰道："朵兰，照顾好你家小姐。"

朵兰眉开眼笑道："是，汗王，我一定会照顾好我家小姐的，汗王放心。"

乌讷楚与朵兰进入勒勒车，扯力克走到博达锡里面前，一只手按在博达锡里的肩上道："博达锡里，此去不知会遇到什么危险，凡事都要听你母亲的，万一有什么异动，立即派人回来禀报。"

博达锡里行礼道："是，汗王。"

博达锡里带着众人上了马，在扯力克等人的相送下，踏上了前往瓦剌的路。

乌讷楚在出发前就派信使前往瓦剌报信，奥巴岱接到消息后，立即通知瓦剌各部首领齐聚克尔古特部，迎接乌讷楚一行。

黄昏，一望无际的草原笼罩在一片金色中，天边的火烧云挂在山顶上，就像为山峦披上了晚霞的彩衣，牧归的马牛羊群从远方走来，在太阳的余晖下，就像绣在绿色缎面上的彩图，美不胜收。乌讷楚和博达锡里终于踏上了阔别二十多年的家乡的热土。再次踏上这片土地，依然心潮激荡。她从车窗中探出头放目远眺，看到了那棵熟悉的蓬松树，依然倔强地矗立在那儿，虽然历经风霜，阅尽沧桑，却比以前更加粗壮，更加繁茂。乌讷楚仿佛又看到了微笑挥手的玛尼明阿图，轻声说道："阿爸，我回来了。"

朵兰也探出头兴奋地喊道："到了，到了，前面就是克尔古特部了。"

博达锡里听到朵兰兴奋的声音，不能理解母亲她们为什么会这么激动、兴奋，他没有乌讷楚这样的感觉，对这片土地，他只是因为这儿是母亲出生的地方感到新奇而已。

翻过山坡，克尔古特部出现在众人面前，隐约能看到大营门口站着黑压压的一片人。

乌讷楚已经按捺不住内心的激动，督促博达锡里快速前进。

奥巴岱、呼鲁格齐、布合库台、额凯、满珠锡哩、松布尔以及瓦剌各部首领，带着部众在大营前等候。看到由远及近的勒勒车，一起围上前来。

在朵兰的搀扶下，乌讷楚走下勒勒车，奥巴岱急忙走上前来向乌讷楚行礼道："拜见钟金哈屯。"

乌讷楚眼含热泪，上前拉住奥巴岱的手急切地问道："阿妈怎么样了？你们都还好吧？"

奥巴岱也热泪盈眶，颤声道："我们都好。阿妈等不到你来已经过世了。”

乌讷楚抑制着悲伤向后望去，呼鲁格齐、布合库台、额凯、满珠锡哩、松布尔、赛因及各部首领一起向乌讷楚行礼道：“拜见钟金哈屯。”

乌讷楚向众人伸出双手道：“各位免礼！”

乌讷楚拉过博达锡里道：“这位是我的儿子博达锡里，也是瓦剌的领主。”

奥巴岱率先向博达锡里行礼道：“拜见诺延！”

众人也向博达锡里行礼道：“拜见诺延！”

博达锡里第一次接受这样的参拜，心里异常紧张，也学着乌讷楚的样子，伸出双手道：“各位免礼。”

奥巴岱笑着打量一下博达锡里，说道：“都长这么大了，当年还是襁褓中的一个小婴孩。”

乌讷楚介绍道：“这是你的舅舅奥巴岱。”

博达锡里郑重其事地向奥巴岱行礼道：“舅舅好！”

奥巴岱急忙道：“不可不可，你可是我们瓦剌的领主。”

乌讷楚笑道：“哥哥受得起，虽说博达锡里是瓦剌的领主，可也不能不认骨肉亲情啊。”

接着，乌讷楚向博达锡里介绍了呼鲁格齐、布合库台、额凯、满珠锡哩、松布尔等人，又将乌兰介绍给他们，奥巴岱又向博达锡里介绍了瓦剌各部的首领，众人一一互行见面礼。

奥巴岱故意问道：“只有你们这些人回来了吗？汗王呢？”

乌讷楚立刻明白了奥巴岱的意思，从容答道：“汗王护送三世达赖喇嘛的舍利去青海了，他在青海等我。”

呼鲁格齐微微一笑道：“别站在这儿说话了，快进去吧。”

奥巴岱与众人陪同乌讷楚、博达锡里等人进入克尔古特部。

晚上，克尔古特部举办了隆重的迎宾晚宴，欢歌笑语中，乌讷楚起身举起银酒碗对瓦剌各部首领及贵族道：“我虽然是蒙古汗王的哈屯，但我还是瓦剌的女儿，回到家乡，能受到如此隆重的欢迎，我非常高兴，我敬大家一杯，请接受远在他乡的瓦剌女儿的谢意！”乌讷楚说完仰头一饮而尽，举着空碗环顾着众人，众人纷纷起身举碗喝了碗中酒。

仆人忙不迭地为众人斟上酒，乌讷楚又举起酒碗道：“当年，为了消弭战争，我的阿妈将我送到举目无亲的土默特。我怨过，也恨过，觉得长生天对我不公……”

乌讷楚说到此处，又想起伤心的往事，哽咽得说不下去。奥巴岱站起来抚摸一下乌讷楚的肩部，乌讷楚擦去眼泪，笑道："我没事。"乌讷楚又转向众人，继续说道："如今，看到你们能够安定祥和地生活，我觉得值了。来，为了我们今日的幸福生活，大家再干一杯。"

提及往事，众人也不禁悲戚，有些人眼中泪光盈盈，有些人愧疚地低下了头。

一位首领高声叫道："乌讷楚小姐为了我们瓦剌，牺牲了自己一生的幸福，为了她，我们也要维护这来之不易的和平局面，来，为乌讷楚小姐干一杯。"

大家举杯喝酒，乌讷楚与奥巴岱欣慰地相视一笑。

乌讷楚拉起博达锡里道："我的儿子虽为瓦剌的领主，但他并没有实际统领你们，这是阿勒坦汗对你们的信任，也是我瓦剌各部用实际行动履行了当年对阿勒坦汗的承诺。博达锡里，你应该敬各部首领一杯，感谢他们为瓦剌所做的一切。"

博达锡里向各位首领和贵族敬酒，部众们发出"呼瑞——呼瑞——"的欢呼声。

瓦剌的一名首领站起来说道："钟金哈屯，博达锡里诺延，我们招兵买马只是想壮大各部的实力，绝对没有其他想法，我们绝不会再挑起战祸的，大家说是不是?"

各部首领早已探得扯力克率领十万大军驻扎在青海，他们没有想到，刀枪入库已经二十多年的土默特，依然拥有如此强大的军事力量，今天，又见乌讷楚坦然自若地坐在克尔古特部与他们把酒言欢，在她身后的那些勇士各个威武彪悍，自知如今的瓦剌依然不是阿勒坦汗这些子孙们的对手，也就放弃了反叛的念头，起身响应道："我们绝不会挑起战祸!"谈笑间，就让众首领当众起誓不再叛乱，乌讷楚也没有想到会如此顺利，一颗悬着的心总算放了下来，欣慰之余想起了阿爸阿妈为瓦剌所做的一切，一丝忧伤又漫上她的心头。

第二天，瓦剌各部首领与贵族离去后，奥巴岱四兄弟及满珠锡哩和松布尔带着乌讷楚和博达锡里、乌兰来到了吉格肯阿噶的坟前。看着长满青草的坟墓，乌讷楚悲从中来，扑到吉格肯的坟上失声痛哭，使在场的人无不落泪。

奥巴岱走过去扶起乌讷楚，看着吉格肯的坟墓对她说："阿妈临走前一直叨念着你的名字，她最不放心的还是你。"

乌讷楚跪在吉格肯坟前，哭道："阿妈，我回来晚了，请您原谅不孝的女儿吧。"

呼鲁格齐也走过去，和奥巴岱一起搀扶起乌讷楚，呼鲁格齐对乌讷楚说："你在土默特发生的一切阿妈和我们都听说了，不仅阿妈为你担心，我们也为你担心得不得了，还好朵兰回来给我们讲了你的一切遭遇，阿妈这才略微放心。"

奥巴岱感慨道："是啊，没想到你经历了那么多，也真是难为你了。"

乌讷楚擦去眼泪，看着吉格肯的坟，对博达锡里说道："博达锡里，这是你外婆，她在你很小的时候就抱过你，来，给外婆磕个头吧。"

博达锡里与乌兰跪在吉格肯坟前，博达锡里说道："外婆，我是您的外孙博达锡里，您放心，我一定会照顾好阿妈的。"

博达锡里说完，和乌兰连磕三个头，乌讷楚站在一旁欣慰地看着博达锡里和乌兰。

祭拜完毕，乌讷楚与家人们向大营走去。刚到大营门口，两骑快马疾驰而来，奥巴岱的哨兵带着一个陌生人来到乌讷楚面前。

哨兵下马向奥巴岱行礼道："奥巴岱诺延，这个人说要找钟金哈屯，我就把他带来了。"

陌生人从马上一跃而下，走到乌讷楚面前行礼："拜见忠顺夫人！"

乌讷楚见此人脱口称呼她忠顺夫人，而她从未见过此人，就问道："你是什么人？"

陌生人回答道："禀忠顺夫人，我是陕甘总督大人派来的信使。"

乌讷楚与陕甘总督并不熟悉，也素无往来，他为什么派人找到这儿？乌讷楚感到疑惑，谨慎地问道："噢？你怎么找到这儿来了？陕甘总督大人找我有什么事吗？"

陌生人说："小人经过多方打听才知道夫人在这儿。总督大人让我将这封信务必亲手交给夫人。"

陌生人递上一封信，乌讷楚看完信后脸色大变，对陌生人道："你回去转告总督大人，我一定会妥善解决此事。"

陌生人再次行礼后翻身上马，一扬马鞭绝尘而去。

乌讷楚转身进入大营疾步向毡房走去。

奥巴岱追上前去问道："怎么回事？"

呼鲁格齐、布合库台和额凯等人也急忙追过去。

乌讷楚边走边说："驻牧青海的土默特部强大起来后，成为南朝的一块心病。他们虽与我们通贡互市，但并没有放松戒备之心。青海土默特部一再要求南朝在当地开市，可南朝一直不同意。这次接到哥哥的信息，我和扯力克先派歹言来到青海，按照阿勒坦汗在世时的惯例，各县道都要给予粮食和布匹，这次歹言率兵途径甘肃，依惯例向甘肃索要这些物资的时候，甘肃巡抚却以为歹言是想以武力要挟开市，双方发生了冲突。这不，陕甘总督写信来要我立即下令让歹言撤回，否则将要停止互市并撤销封赏。”

奥巴岱气愤地说道：“南朝也太不讲理了。”

乌讷楚叹口气道：“唉，我早料到我们率大军来青海会引起南朝的猜疑，以为以护送三世达赖喇嘛的舍利为由可以消除南朝的疑虑，可还是让他们起疑心了。”

乌讷楚回到毡房，立刻给明朝写了一封信，委婉地解释了歹言西行只是为了解决瓦剌欲反叛的事，并没有其他的意思，希望明朝按照惯例给予歹言粮食和布匹。乌讷楚同时也向歹言发出调令，让他立即返回青海。

信使走后，乌讷楚还是不放心，对朵兰道：“赶快收拾东西，我们即刻启程去青海。”

奥巴岱不舍地问道：“这就要走吗？”

乌讷楚说：“我不放心，还是回去吧。”

呼鲁格齐笑道：“你就是个操心的命，那你快回去吧。”

奥巴岱也说道：“发生这么大的事，那我也不留你了，回去后不要过于劳累，多注意身体。”

亲人的关心让乌讷楚倍感温暖，她紧紧拉住奥巴岱和呼鲁格齐的手道：“两位哥哥也要多保重。”

朵兰匆匆收拾好东西，奥巴岱令侍卫去准备马匹和乌讷楚的勒勒车，和几个弟弟将乌讷楚和博达锡里一行人一直送到大营门外。

乌讷楚过去分别拥抱了布合库台和额凯，柔声道：“我走后，你们一定要听奥巴岱哥哥的话，凡事多和两位哥哥商量。”

布合库台和额凯含泪道：“姐姐也多保重。”

乌讷楚又走过去拥抱满珠锡哩和松布尔，笑道：“欢迎你们常回土默特看看。”

满珠锡哩说：“父王去世后，让你受委屈了，以后有空常来看看我们。”

松布尔捋捋乌讷楚的头发道：“回去替我们问候那些哥哥和亲人们。”

乌讷楚微笑地点点头。

侍卫牵着马拉来了勒勒车，满珠锡哩和松布尔将乌讷楚扶上勒勒车，奥巴岱和呼鲁格齐再次叮嘱乌讷楚要多保重，乌讷楚从勒勒车中探出头来，努力露出轻松的微笑和众人挥手作别。

# 四十四、洮河之乱

就在乌讷楚星夜兼程赶往青海的时候，青海又发生了更大的变故。

早在几年前，驻牧青海的土默特部不断扩充领地，引起明朝的戒备。期间蒙古军和明军有过几次小摩擦，最为严重的是庄秃赖打着征服瓦剌的旗号前往西海，欲占领那里，当时正好扯力克向明廷请封顺义王，明朝通过扯力克制止了他们。

丙兔去世，他的长子真相继承了丙兔的领地后，他率兵占据了莽剌川，并在那儿修建了寺庙。火落赤见状，也率兵渡河向南，占据了捏工川。明廷得知后坚决不允，下令严行驱逐，双方发生了激战，但明军略占上风。

扯力克来到青海后，真相和火落赤受到极大的鼓舞，极力怂恿扯力克向明边进军，称霸河西、青海。见自己的人被明军打得如此狼狈，加上真相和火落赤的轮番劝说，扯力克终于同意了两人的建议。

得到扯力克支持的真相与火落赤，率领大军攻入洮河，副总兵李联芳率三千人抵御，结果全军覆灭。接着真相与火落赤又率军与明军大战于河州、临洮、渭源，总兵刘承嗣率兵与他们周旋，明军先获小胜。但在朱家山一役中，明军大败，刘承嗣身中四箭身负重伤，震惊了明朝。

针对此事朝议时，百官纷纷提议停止市赏，于是，万历帝下诏停止了市赏。然而扯力克却不以为然，依然没有阻止真相和火落赤。于是，有朝官提议革除扯力克的王位，还有人提出要封博达锡里为顺义王的建议，朝廷这时又想起了乌讷楚，认为她不会置战争危机于不顾，再此下诏让郑洛出面解决此事。郑洛就给乌讷楚写信，让她劝扯力克尽快返回库库和屯。

郑洛再三嘱咐信使一定要将信亲自交到乌讷楚手中，信使辗转找到正前往青海的乌讷楚，将信交给了她。

乌讷楚看完信后心急如焚，留下博达锡里和乌兰，自己带着朵兰和几十名侍卫，快马加鞭赶到了青海。

扯力克正在青海土默特部的行宫中与真相、火落赤谈笑风生，见乌讷楚突然出现在眼前，扯力克一震，继而故作镇定地起身迎接道："你怎么这么快就回来了，你阿妈怎么样了？"

乌讷楚怒视着真相和火落赤，两人心虚地找了个借口赶紧溜了出去。乌讷楚坐到扯力克身旁，气恼地说："你怎么把我的话忘得一干二净了，为什么允许真相和火落赤与明军开战？"

"明军也欺人太甚了，真相和火落赤他们只是占领了一些领地而已，他们至于下令驱赶吗?”扯力克也气愤地说道。

“事情的解决有很多种办法,为什么非要选择战争呢?”

“一味地向他们妥协,让他们还以为我蒙古人真的怕了他们呢。”

“你忘记我们当年了吗?你年纪轻轻就要拎着脑袋和你爷爷到明朝抢掠,表面上看蒙古人所向披靡,令汉人闻风丧胆,可那是什么样的生活啊?你爷爷戎马一生才换来这和平局面。如今,我们蒙古人牛羊成群,衣食无忧,你还有什么不满足的,非要让我们再回到过去那种生活中吗?”

扯力克站起身,趾高气扬道:“如今我蒙古人自己开发了农业,发展了手工业、建筑业,我们也能自己开采铁矿进行冶炼,即便不与南朝互市,我们也能自给自足了。”

乌讷楚苦笑一下,说道:“你只看到好的一面,却没有看到潜在的危机,我们这次来青海的主要目的是什么?”

扯力克低头想了想,恍然大悟道:“瓦剌!”

扯力克急忙坐到乌讷楚身边,问道:“怎么?瓦剌真的反了吗?”

乌讷楚说:“瓦剌的事情已经解决了。”

扯力克身子向后一仰,靠在靠枕上,长长吁了一口气。

乌讷楚说:“现在不反不保证以后也不反。”

扯力克又直起身子问道:“你这话是什么意思?”

乌讷楚问道:“黄金家族为什么差一点被瓦剌赶尽杀绝?”

扯力克不屑地说:“那时南朝一直在剿杀我们黄金家族,才给了瓦剌机会。”

乌讷楚深深地看了扯力克一眼说:“你说得没错,如果你现在和南朝反目成仇,南朝难道不会效仿他们的祖先,再与瓦剌联合吗?”

扯力克惊讶地看着乌讷楚,缓缓说道:“我还真没想到这一点。”

乌讷楚说:“所以说,我们不仅现在,就是将来也要一直与南朝保持和平共处的关系,这样才能保证我蒙古右翼长盛不衰。”

扯力克沮丧地说道:“南朝已经下令停止了通贡互市,我现在该怎么办呢?”

乌讷楚说:“当务之急,我们应该立即返回库库和屯,你亲自上书向南朝认错请罪,争取获得南朝的谅解,恢复通贡互市。”

扯力克不安地问道:“这样做有用吗?”

乌讷楚握住扯力克的手说:“尽我们最大的努力吧。”

扯力克反握住乌讷楚的手叹气道:“唉,我一时受真相和火落赤的蛊惑,竟引来这等麻烦。”

在乌讷楚苦口婆心地劝说下，扯力克决定与乌讷楚返回库库和屯，真相和火落赤知道后，担心扯力克走后明朝会派兵来报复，两人商量后，晚上乘乌讷楚不在，偷偷来到扯力克的行宫。

扯力克看到两人，斜着眼问道："你们又来干什么？"

真相和火落赤坐到扯力克旁边。

真相问道："你真的要回库库和屯向南朝低头认错吗？"

扯力克无奈地说："我还有别的选择吗？"

真相挑拨道："那个女人让你回去没安好心。"

火落赤马上跟着说道："是啊，汗王。我们得到一个消息。"

扯力克疑惑地问道："什么消息？"

火落赤诡秘地说："南朝已经准备革去你的王位封博达锡里为王呢。"

扯力克惊讶道："不可能。"

真相说："我们杀了南朝那么多的将士，难道你回到库库和屯他们能就此罢休吗？"

火落赤继续挑拨道："我怀疑那个女人是想把你骗回去送给南朝处置，然后让她的儿子名正言顺地承袭王位。"

真相也在一旁煽风道："是啊，你忘了当初为了让她的儿子继承汗位，和你大战大板升城的事了吗？现在可正是一个好机会，她会错过吗？"

真相的话音刚落，乌讷楚带着博达锡里、海赖、歹言和麦力艮等部落首领进入了行宫。

乌讷楚怒斥真相和火落赤道："你们这两个害群之马，还嫌给我们蒙古带来的麻烦不够多吗？"

真相与火落赤没想到乌讷楚在这个时候回来了，急忙起身垂手而立，战战兢兢地不敢正视乌讷楚。

扯力克见乌讷楚生气，急忙站起身来，解释道："他们也只是担心我们回去后南朝会来报复他们。"

火落赤急忙附和道："是啊，我们就是担心这个。"

乌讷楚气愤地指着真相和火落赤道："你给我闭嘴，你们说的话我都听到了，还想骗我吗？"

原来，乌讷楚派博达锡里通知歹言和麦力艮等部落首领，是和扯力克一起商量返回库库和屯及安排青海善后事宜的，没想到刚到行宫就听到真相和火落赤又在一唱一和地煽动扯力克。待各部首领都来到行宫前，乌讷楚才怒不可遏地进入行宫。

乌讷楚斥责完火落赤后又转向扯力克道："我当着众首领和博达锡里

的面向你承诺，不管南朝如何处理这件事情，博达锡里绝对不会承袭王位的，你依然是土默特的汗王。”

博达锡里也说道：“汗王，你放心，为了土默特的大局，我不会和你抢汗位的。”

扯力克感激地看看乌讷楚和博达锡里，羞愧地低下了头。

乌讷楚对真相和火落赤道：“你们是黄金家族的后代，我不会对你下手，但是你们要把那些掠来的俘虏及财物，如数归还给南朝，我再从中斡旋，争取他们的原谅，这样，他们也许就不会再来找你们报复了。”

真相和火落赤没想到乌讷楚不仅宽宏大量地原谅了他们，而且答应为他们出面解决这件事，羞愧得涨红了脸，连连点头应道：“是，是，我们一定照办。”

第二天，扯力克和乌讷楚便率领大军踏上了返回库库和屯的路。在途中，乌讷楚给郑洛回了一封信，感谢郑洛任宣大总督时，他的无限恩典，对青海所发生的事，乌讷楚坦言扯力克所为辜负了皇上的信任，多亏他及时相告，才没有酿成更大的祸事。发生这样的事，她感到很羞愧，不敢再向郑洛提任何要求，告知郑洛他们已在返回的途中，随信给郑洛带去一些银两，希望他帮忙采购物资。

乌讷楚这样做，是希望郑洛看在往日的情分上，在皇上面前多美言几句，不要停止通贡互市。

尽管乌讷楚做了大量的工作争取明朝的谅解，万历帝虽然没有革去扯力克的王位，但还是下令休市两年，以观后效。

回到库库和屯后，扯力克自知理亏，终日躲在寝宫里抱病不出，又将乌讷楚推到前面为他善后。

此时，郑洛被调任到别处，新上任的宣大总督叫萧大亨，乌讷楚派乌兰去商谈过几次，希望明朝能尽快恢复互市，均被萧大亨婉言拒绝，乌讷楚只好带着朵兰亲自去了一趟宣大总督府。

萧大亨上任前就多方打听蒙古的情况，知道乌讷楚在蒙古是一个举足轻重的人物，听到乌讷楚来拜访，急忙令亲兵将乌讷楚引进总督府。

彼此寒暄过后，萧大亨就直接问道：“夫人此次前来，想必也是为了恢复互市一事吧？”

乌讷楚笑道：“是啊，如今关闭互市已经一年多了，我蒙古人牛羊成群无处可销，再这样下去，我蒙古草原承受不起啊。而且部众因为缺少生活必需品，难免会再起祸乱。”

乌讷楚言辞恳切地将自己的担忧告诉了萧大亨，请求他再给朝廷上一道奏疏，禀明蒙古的现状，请皇上法外开恩，早日开放互市。

萧大亨认为自己只是一介臣子，虽有心帮她却人微言轻，只怕上多少奏疏也恐怕难以改变圣意，就说道："不劳夫人嘱咐，下官一定会尽力而为。不过，想要促成此事，还得夫人和顺义王再次向圣上表明求和的诚意才可。"

真相和火落赤在乌讷楚他们离开之后，赶紧派人将俘虏来的明军和抢夺的物资送了回去，而且都退回到了自己的领地。乌讷楚和扯力克亲自上书认罪，请求万历帝宽恕他们，这样的诚意还不够吗？乌讷楚失望地回到库库和屯，整日为恢复互市一事绞尽脑汁，扯力克也为此懊恼得心烦意乱。见扯力克如此，乌讷楚劝他带人去打猎，借此缓解烦躁的心情。

扯力克走后，乌讷楚忧心忡忡地在寝宫里走来走去，朵兰带着海赖进来见她。

海赖禀报道："禀哈屯，史二官和车达吉带着部众又到明边去抢掠了。"

乌讷楚气愤地说道："大胆，青海的事还没有了结，南朝正对我蒙古心存芥蒂，他们这样做岂不火上浇油嘛，你马上带人去将这两个人给我绑来。"

海赖为难道："他们现在是汗王的弟弟安兔台吉的属下，此事恐怕有些棘手。"

听海赖提到安兔，乌讷楚沉默了半晌，问道："安兔？我怎么没听说过安兔有这样的两个属下？"

海赖说："听说他们多年前就带着部众投奔了南朝，这次南朝下令停止了互市，他们担心在南朝的处境，便带着部众逃出明边投奔了安兔台吉。"

乌讷楚怒道："不管是谁的人，只要胆敢破坏蒙明和平大业，一律依律处置。"

朵兰赶紧劝道："小姐不要生气，安兔台吉毕竟是汗王的亲弟弟，打狗还要看主人，我觉得小姐还是等汗王回来，和汗王商量一下再说。"

海赖也劝道："是啊，哈屯，反正他们也跑不了，还是和汗王商量一下吧。"

乌讷楚觉得他们说得有理，点点头坐到桌前，对海赖挥挥手道："好吧，你先下去吧。"

海赖走后，朵兰坐到乌讷楚旁，说道："小姐不要性急，我理解小姐此时的心情，如果你不和汗王商量，万一安兔台吉不同意交人，再在汗王面前撺掇些不该说的话，会影响你和汗王的感情的，如果其他台吉再效仿安兔台吉，到时你该怎么办呢？"

乌讷楚叹口气道:“你说得有道理,那就让他们再逍遥一阵子吧。”

朵兰握住乌讷楚的手,对乌讷楚嫣然一笑。

乌讷楚看着朵兰鬓边的白发,心疼地说:“看把你操劳得也有白发了。”

朵兰笑道:“我们都什么岁数了,还能没有白发?”

乌讷楚关切地说:“乘你现在还不老,赶紧找个人嫁了吧,万一我哪天不在了,你也好有个依靠。”

朵兰笑道:“你已经不止一次这样劝过我了,我知道小姐是关心我,都已经这个岁数了,你也不要再劝我了,就让我这辈子跟着你吧。”

朵兰真挚的表白湿润了乌讷楚的眼睛,这个从小一起长大、情同姐妹的仆人,这么多年来一直默默地陪在自己身边,见证了自己的喜怒哀乐,陪伴自己度过了那些寂寞而又漫长的岁月,现在让她离开自己又于心何忍。可是如果不为她早做打算,岂不太自私了,于是,乌讷楚又劝道:“你这又是何苦呢。布日玛嬷嬷为了阿妈和我操劳了一辈子,到死都是孤零零的一个人,你又这样,让我和阿妈都没有机会报答你们。”

朵兰紧紧握住乌讷楚的手说:“和你来到土默特,看到你所遭遇的这一切,你让我怎么放心离开你呢。”

乌讷楚握住朵兰的手,动情地说道:“你让我觉得很内疚,如果哪一天我不在了,我就把你托付给乌兰,让她替我照顾你吧。”

朵兰的眼泪簌簌而下,说道:“说什么呢,你一定会长命百岁的。”

乌讷楚叹口气说:“唉,人哪有长命百岁的,谁也躲不过生命的轮回啊。”

朵兰含泪笑道:“如果真有那么一天,我就随你一起走,反正我赖着你了,你到哪儿我就到哪儿。”

乌讷楚笑着戳一下朵兰的额头道:“你这个傻丫头。”

傍晚,扯力克打猎回来,满面春风地进入寝宫,一面解披风的带子,一面迫不及待地向乌讷楚汇报打猎的战果:“我今天猎到一只狍子,皮子完好无损,等我再去猎回几只,就可以给你做一件皮衣了。”

乌讷楚付之一笑,接过扯力克摘下的披风转身向床边走去。扯力克发现乌讷楚神情淡淡的,并没有他想象中的高兴,坐到桌子旁疑惑地看着她。朵兰倒了一碗奶茶端了过来,扯力克用探询的目光看看朵兰,朵兰微微一笑,将奶茶递给扯力克,转身退到一侧。

乌讷楚放下披风走到桌边,坐到桌子的另一端,对扯力克说:“有件事我想和你商量一下。”

扯力克端起碗喝口茶,说道:“如果是部族的事,你自己做主就可以了。”

乌讷楚说:“此事关系到安兔。”

扯力克放下茶碗,问道:“安兔怎么了?”

乌讷楚将史二官和车达吉到明边抢掠的事告诉了扯力克,朵兰站在一旁紧张地看着扯力克如何处理这件事。

扯力克问道:“你打算怎么办?”

乌讷楚说:“按照我们与南朝共同制定的律令,如果有人破坏协议,擅自到明边劫掠,依律要将这些人交给南朝处置。”

扯力克满不在乎地说:“那就依律处置呗,不过,这和安兔有什么关系?”

乌讷楚说:“这两个人现在是安兔的属下。”

扯力克坚决地说道:“不管是谁,只要违反了律令,一律依律处置。”

乌讷楚听扯力克这么一说,立刻转忧为喜。朵兰也在一旁偷偷抚着胸口,长长舒了一口气,眉开眼笑地看着扯力克和乌讷楚。

乌讷楚转向朵兰说:“朵兰,你去通知海赖立刻去拿人。”

朵兰轻快地应答一声转身走出寝宫。

海赖带着侍卫来到安兔部落的时候,安兔正在议事厅与史二官、车达吉及另外一些部下喝酒,海赖怕史二官与车达吉得到消息潜逃,未经通报带着侍卫就直接进入安兔的议事厅。史二官和车达吉看到海赖,举着酒杯的手停在了半空,惊恐地颤抖起来,酒杯里的酒洒落出来。他们虽然听说乌讷楚执法严明、不徇私情,但认为他们是汗王亲弟弟的属下,谅她也不敢对他们下手,所以就胆大妄为地跑到明边去抢掠,没想到乌讷楚的侍卫队长真的来拿人了,而且不经通报就直接闯入了安兔的议事厅,看来是在劫难逃了,他们不安地将目光移向安兔。

安兔见史二官和车达吉吓得脸色灰白,心想如果不能保护他们,以后还怎么让部下信服他,于是安兔铁青着脸站起身问道:“海赖将军擅自闯进我的大营,是有什么事吗?”

海赖不卑不亢地说道:“奉钟金哈屯之命,前来捉拿史二官和车达吉。”

安兔故意问道:“他们俩犯了什么事?”

海赖说:“他们擅自率众到南朝边境抢掠,依律应该交由南朝处置。”

事到如今求饶已经来不及了,索性挑唆安兔与钟金哈屯翻了脸,到时,汗王不会不管自己的亲弟弟的,这样也许还能保护自己。想到这儿,史二官向车达吉使个眼色,叫嚣道:“不要拿律令吓唬我们,南朝不允许我们交易,我们虽有很多牲畜,可我们缺少布帛和粮食,不去抢,让我们怎么活啊?”

车达吉明白了史二官的意思,也跟着喊道:“就是,我看钟金哈屯把我们送给南朝,是为了讨好南朝吧。”

海赖怒斥道:“不许对哈屯无礼。”

车达吉继续喊道:“我说错了吗?这样的事她做得还少吗?”

海赖厌恶地看看他们,不想再和他们废话,向身后的侍卫一挥手,侍卫上前就扭住史二官和车达吉,押着两人欲走出议事厅。

安兔急忙上前拦住侍卫,问海赖:“哥哥也同意让你们来抓人的?”

海赖答道:“是!”

海赖说完又挥挥手,安兔一听扯力克也同意来抓人,不由自主地往一边让了一下。侍卫押着二人走出议事厅,海赖跟在后面也向外走去,史二官一边挣扎着,一边叫道:“台吉不要听他胡说,汗王绝对不会这么做的。”议事厅里的其他人同情地看着安兔。安兔越想越觉得憋屈,扔下酒杯走出议事厅,骑上马就去追海赖。

海赖刚把史二官和车达吉带回库库和屯,安兔也快马加鞭地跟着来到了库库和屯。到了宫殿门口,安兔跳下马,怒气冲冲地进入宫殿,直奔乌讷楚的寝宫。

乌讷楚正在看书,朵兰看到安兔怒气冲冲的样子,急忙迎了上去。安兔一把推开朵兰径直走到乌讷楚面前,怒道:“你安的是什么心?你还是蒙古人吗?你拿着我们蒙古人的性命去讨好南朝,他们到底给了你什么好处?”

朵兰见势不妙,急忙去找扯力克。

乌讷楚站起身道:“他们两个人触犯了律令,如果不惩罚他们,以后怎么约束其他人?”

安兔挥了一下手,大声道:“什么狗屁律令,如今南朝已经关闭了互市,我们还有必要去遵守什么约定吗?我看你就是为了保住自己的地位才不惜向南朝献媚的。”

乌讷楚耐心地解释道:“互市给蒙古人带来的利益你也都看到了,难道我只是为了一己之私吗?互市迟早还会再开,我决不允许任何人破坏蒙明和平大业。”

安兔气愤地拍着桌子,眼睛直直盯着乌讷楚,咬牙切齿道:“不要再给我讲这些大道理,我只问你一句,你到底放不放人?”

乌讷楚气愤地坐到椅子上,倔强地说道:“不放。”

安兔恶狠狠道:“你不放人就休怪我对你不客气了。”

这时，朵兰与扯力克进入了寝宫，听到安兔的话，扯力克厉声喝道："你想怎么样？"

安兔看到扯力克，立刻收敛了自己的气焰。

扯力克走过去坐到椅子上，直视着安兔道："是我让钟金哈屯下令拿人的，怎么，连我的命令也不听了吗？"

安兔急忙说道："哥哥……"

扯力克举手制止安兔道："发生这样的事，你应该主动将人绑来，怎么反而跑这儿来闹事？我警告你，回去后好好约束你的属下，如果再发生这样的事，我连你一起惩罚。"

安兔被扯力克训斥，恼怒地看了乌讷楚一眼，转身悻悻离去。

乌讷楚派人将史二官和车达吉押送到大同后，萧大亨被乌讷楚和扯力克的诚意感动，立即向朝廷上了一道奏疏，将乌讷楚和扯力克请求恢复互市的迫切希望上奏万历帝，朝中大臣也被乌讷楚的诚意打动，一起请求万历帝恢复市赏，就这样，万历帝下诏开放了互市，恢复了扯力克的市赏。

# 四十五、丧子

再次开关互市，扯力克与乌讷楚在库库和屯举办了盛大的庆祝宴会，并邀请了萧大亨和大同的官员，扯力克当众宣布道："由于我的过错，差点让爷爷耗尽毕生精力换来的和平局面毁于一旦，今天，我在这儿郑重宣布，以后，不管是谁，只要违背了与南朝约定的协定，破坏通贡互市，一律依照爷爷定下的律令严厉惩罚。"

部众扬着双手高声欢呼道："呼瑞——呼瑞——"

萧大亨对扯力克的这一表态非常满意，不断赞许地点头。乌讷楚看到扯力克当众承认自己的错误，决定走和平发展之路，面带微笑欣慰地看着他。

在乌讷楚和扯力克的共同主持下，边关店铺林立，交易的商品品种繁多，那些与明朝没有互市关系的部落，也不远千里来到这里进行交易，各处市场穹庐千帐，隐隐展展，歌声、戏曲声不绝于耳，热闹非凡。

经乌讷楚和扯力克奏请，明廷在每次官市后又增开了民市，后来又增加了民间月市。更让乌讷楚和扯力克感到欣慰的是，大同和张家口一带的很多汉人经过明朝方面同意，迁居到了库库和屯，在这里开起了店铺，库库和屯逐渐成为塞外民间贸易的中心。

时间在祥和的生活中渐渐流逝，库库和屯日益繁荣，宽阔的街道上，汉人、蒙古人川流不息，店铺前醒目的招牌幡旗随风飘扬；店铺里，琳琅满目的商品令人眼花缭乱，店主用他那响亮的吆喝声吸引着来来往往的行人。

夜晚，高高悬挂的如冰糖葫芦般的宫灯和牛角灯，将库库和屯照得如同白昼，新搭的戏台子前，人头攒动，人们扶老携幼，或坐着，或站着，一个个伸着脖子探着头，向台上张望。戏台子上张灯结彩，铿锵顿挫的音乐声缭绕在库库和屯的上空；台上的演员穿红着绿、浓妆艳抹，他们高亢激昂的唱腔和惟妙惟肖的表演，不时博得众人的鼓掌喝彩。

乌讷楚和扯力克并肩站在远处观望着，脸上挂着欣慰的笑容。

扯力克轻轻握住乌讷楚的手，乌讷楚低头看看两个人握在一起的手，微笑着扭头看看目视着戏台的扯力克，她的眼睛在灯光的映衬下亮晶晶的，迸射出温柔多情的光芒。

扯力克依然目视着戏台，弯下腰附在乌讷楚耳边说："你不是喜欢月下漫步吗？今天月色这么好，我陪你出去走走。"

扯力克说完，就拉着乌讷楚转身向城外走去。

他们默默地携手走出城门，一直来到城外的农田。

月亮清亮而温柔，银色的月光宛如给屋脊、墙头、树木和田野笼罩了一层轻纱，变得若隐若现、朦朦胧胧的。所有的生灵似乎都已经睡了，一切显得那么安谧。

夜风轻飘飘地吹拂着，乌讷楚任由扯力克携着她的手走在树影婆娑的小路上，她抬眼看看扯力克，棱角分明的脸庞上，平静柔和的眼眸，在月光下泛着迷人的色泽；那浓密的剑眉，直挺挺的鼻子，轻抿的嘴唇，无一不在张扬着高贵与优雅；那修长高大的身材，宛若黑夜中的鹰，冷傲孤清却又英气逼人。

多么熟悉的一幕啊，乌讷楚的眼睛蒙上了一层泪花，她又想起了与把汉那吉一起月下漫步的情景，难道他是把汉那吉的化身？不然怎么会知道自己喜欢月下漫步？不，是把汉那吉不想把她一个人孤零零地留在这个世上，所以派了这个男人来呵护她、爱她，慰藉她渐已枯萎的心灵。

扯力克突然停下脚步，回头深情地凝视着乌讷楚，看到她眼中盈盈的泪光，轻轻地将她拥入怀中。

扯力克一边吻着她的头发，一边说道："我经常看到你一个人来这儿，夜色下的你是那么孤单，那么无助。那时，我就想走过来把你抱在怀中，可是我不敢。"

扯力克淡然一笑松开乌讷楚，双手搭在她的肩上，深深地看着她说："你知道吗？你给人的感觉太独立、太强势，让人觉得你根本不需要别人的呵护，可是，走进你的心里，才会知道你坚强的外表下，心却是那么脆弱，其实，你更需要有人来爱你，关心你。"

扯力克的话触动了乌讷楚心灵最柔软的地方，她忍不住泪如泉涌，扑进扯力克的怀中，紧紧搂住他的腰。扯力克也搂住她，两个人就这样相拥着静静地站在月光下。

清晨，喝过早茶，扯力克又要带着他的侍卫们去打猎，乌讷楚正在替他系披风的带子，朵兰带着阿力哥匆匆走进寝宫。阿力哥向乌讷楚行礼道："禀哈屯，博达锡里台吉生病了。"

乌讷楚一怔，扯力克急忙问道："严重吗？"

阿力哥哭丧着脸说："很严重，医师也束手无策，乌兰妣吉派我来禀报哈屯。"

扯力克对乌讷楚道："那我和你一起去看看吧。"

乌讷楚说："你还是留在这儿吧，我一个人回去就可以了。"

乌讷楚带着朵兰，和阿力哥骑马匆匆赶到大板升城，直奔博达锡里的寝室。

看到博达锡里面如死灰地躺在床上，乌讷楚倒吸一口凉气，疾步走到床边坐下。

乌兰呜咽道：“对不起阿妈，我没有照顾好他。”

乌讷楚握住博达锡里的手，博达锡里缓缓睁开眼睛，看到乌讷楚，努力挤出一丝微笑。

博达锡里说：“对不起阿妈，我可能不能孝敬您了。”

乌讷楚紧紧握住博达锡里的手，悲伤地说道：“不会的，我的儿子，你一定会好起来的。”

博达锡里流出绝望的眼泪。

乌讷楚日夜和医师守候在博达锡里身边，然而回天乏术，博达锡里还是在乌讷楚的万般不舍下撒手人寰。

白发人送黑发人，乌讷楚悲痛欲绝，哭得肝肠寸断。

这么多年来，乌讷楚忙于部族的事务，无暇照顾博达锡里，由布日玛一手带大了他。如今博达锡里英年早逝，乌讷楚感到无比愧疚，决定将对儿子缺失的爱，全部弥补到孙子素囊身上。于是，操办完博达锡里的葬礼，她带着素囊一起回到了库库和屯。

乌讷楚专门请来师傅全面培养他。然而，八岁的素囊对学业毫无兴趣，异常淘气，整天想着法子整师傅，碍于乌讷楚的面子，师傅也不敢把他怎么样。

乌讷楚的溺爱，让素囊学会了三个本事：哭、抢、恶作剧。

抢，对小小年纪的素囊来说，并不是因为缺少什么或者对什么好奇才去抢，而是他只要看到别人手里有东西，不由自主就上前抢夺，这似乎是与生俱来的天性。一旦抢不到就会满地打滚，号啕大哭，吓得人们看到他，远远就绕道而行，唯恐躲避不及惹着了这位尊贵的小台吉。

他的聪明才智全部用在了恶作剧上，身边的每一个人都是他恶作剧的对象，尤其是那些仆人、随从，毫无尊严地被他戏弄，有时还被他的恶作剧弄得伤痕累累。有些人为了献媚，情愿被他玩耍，有些人对他满心厌恶，却敢怒不敢言。

乌讷楚为此也训斥过他，可是他用委屈的哭声，揉碎了乌讷楚的心。每当这时，乌讷楚就会将他抱在怀里“乖乖、宝贝”地叫着加以安抚，不忍心再去责备他。

朵兰提醒乌讷楚不能如此骄纵素囊，乌讷楚却认为是素囊年幼淘气，长大后自然会懂事了，因此也就一笑置之。

渐渐长大的素囊，确实收敛了很多，不再折磨身边的人，可也养成了霸道、跋扈的性格。

秋天的天空，像大海一样湛蓝，朵朵白云犹如扬帆起航的轻舟，优哉游哉地漂浮着，哈敦木伦河波光粼粼，清澈的水面在阳光的照耀下跳着金鳞般的光芒。

碧绿、葱绿、黛绿，把土默川广袤的沃土划分成鳞次栉比的良田，田里蜿蜒着一排排绿油油的农作物，生机勃勃，随处可以看到累累硕果。湿乎乎的土地散发出怡人的清香，这是世界上最诱人的香味。

十六岁的素囊带着几名随从打猎归来，驻足在这一片郁郁葱葱的农田前。

素囊用马鞭指着前方说道："前面就是库库和屯了，如果我们从大路回去还要绕一大圈，不如我们就从这儿直接穿过去吧。"

素囊的贴身随从绍布说道："这儿是农田，没有路，如果我们进去会毁坏庄稼的。"

素囊不屑一顾地说："怕什么，毁坏了我们赔他就是了。我累了，不想走那么远的路了。"

素囊的另一名随从拉克申说道："就是，万一台吉累坏了，就是土默特全部的庄稼加起来也不及台吉的身体重要。"

绍布听拉克申不仅不劝阻，还在一旁怂恿着素囊，不满地瞪了他一眼。素囊一挥马鞭道："跟我来。"

素囊带头策马冲进农田，顿时，地里的农作物被践踏得东倒西歪。

一位老人快速跑来阻拦道："不能从这里过啊，我的庄稼都被你们踏坏了。"

老人拦住素囊的马，认出马上的人是素囊，急忙行礼道："素囊台吉，请您行行好，从别处走吧，这可是我一家一年的收成啊！您毁坏了它们，还叫我们怎么生活啊。"

拉克申上前斥责道："走开老头，不要挡了台吉的路。"

素囊又策马向前，老人过去拉住素囊的马缰绳，苦苦哀求道："求您了台吉，您就行行好吧。"

素囊怒道："放开你的脏手。"

老人继续哀求着："台吉，求您了。"

素囊扬起马鞭向老人挥去，老人慌忙松开马的缰绳用双手捂住了脸，鲜血顺着指缝流了下来。素囊视而不见，扬起马鞭策马而去，留下痛苦蹲在地上的老人和凌乱的农作物。

那个老人被素囊的马鞭打瞎了一只眼睛，家人气愤不过，来找乌讷楚理论。乌讷楚颇为震惊，当着老人家人的面严厉训斥了素囊，但素囊却不以为然，昂着头，没有一点悔过的迹象。

乌讷楚只好好言安抚老人一家，高额赔偿了老人的一切损失，老人一家也只好作罢。

事后，乌讷楚以不劝阻素囊为由，罚了绍布和拉克申一顿皮鞭，可效果微乎其微，素囊依然我行我素的。乌讷楚这才发现自己已经完全宠坏了这个孙子，悔不当初。

到了秋天，西藏派人前来土默特迎请四世达赖喇嘛云丹嘉措入藏。云丹嘉措是阿勒坦汗的重孙，三世达赖喇嘛在临终前嘱咐自己的管家楚臣嘉措，自己的转世灵童一定要在土默特黄金家族找。在三世达赖喇嘛去世九个月后，阿勒坦汗的孙子松木尔岱青生下一子，楚臣嘉措等人认为他就是三世达赖喇嘛的转世灵童，便立即给西藏送去书信，请求西藏方面派人来确认。西藏方面派出三世达赖喇嘛在西藏的大管家巴丹嘉措及帕木竹巴政权首领的代表，亲自来到土默特。经过确认，这个孩子就是三世达赖喇嘛的转世灵童，按照西藏最有权威的高僧班觉嘉措的指示，这个孩子起名云丹嘉措，他就是四世达赖喇嘛，也是历史上唯一一位蒙古族的达赖喇嘛。

云丹嘉措被确认为三世达赖喇嘛的转世灵童后，由于年龄小，各部首领、贵族以及他的父母，都不愿他过早地离开草原，于是将他迎驾于弘慈寺。在弘慈寺人们为他举行了坐床大典，并在这里终日诵经礼佛，因此，西藏才在这时来迎请他。

经过慎重的筛选，扯力克决定派卜石兔带领蒙古骑兵护送四世达赖喇嘛入藏。

卜石兔是扯力克的长孙，他的父亲是扯力克的长子晁兔。晁兔去世后，卜石兔由母亲抚养长大。卜石兔虽然比素囊略大几岁，但心思缜密，秉节持重，深得扯力克的赏识。

乌讷楚也非常喜欢少年老成的卜石兔，决定让卜石兔带着素囊一起去护送四世达赖喇嘛入藏，她希望通过这次长途跋涉的西藏之行，让素囊见见世面，开阔眼界，使他尽快成熟起来。征得扯力克的同意后，乌讷楚派人请来了卜石兔。

卜石兔对乌讷楚是发自内心地钦佩和敬重。他进入乌讷楚的寝宫后，恭恭敬敬地向乌讷楚弯腰行礼后，问道：“额莫叫我来有什么事？”

乌讷楚笑容可掬地拉卜石兔坐到椅子上，说道：“我有一件事想拜托你。”

卜石兔说:“额莫请讲。”

乌讷楚说:“你这次去西藏,我想让素囊和你一起去见见世面。”

卜石兔笑道:“这件事额莫做主便是。”

乌讷楚忧心道:“你也知道素囊的脾性,这个孩子被我惯坏了,我是担心他路上又会生出乱子,所以才叫你来嘱咐你一下。”

卜石兔笑道:“素囊还小,等他长大了就会懂事了。”

乌讷楚说:“这一路上你要多照顾他,如果他不听话,你就替我教训他,切不可迁就他。”

卜石兔说:“放心吧,额莫。素囊虽然顽劣,我想在大事面前他还是懂得轻重的。”

乌讷楚叹口气说:“唉,但愿吧。”

卜石兔和素囊带着蒙古骑兵和西藏的使者一起出发了。一路上,素囊对一切都充满了好奇,带着绍布和拉克申就像脱缰的野马,在草原上尽情地奔跑,追逐着被惊吓得四处逃窜的小动物。

夜晚,他就带着绍布和拉克申燃起篝火,拉着士兵们围着篝火喝酒、唱歌、跳舞、摔跤,使枯燥无味的旅途增添了些许的乐趣,大家逐渐喜欢上这位闻名已久的顽主。

虽然花样百出,素囊也真像卜石兔说得那样,在大事面前还真是懂得轻重的,无论怎样玩闹,都没有耽误行程。卜石兔见他只是贪玩,也就不加约束,任由他自由自在地一边玩耍一边前进。十个月后,一行人顺利抵达了拉萨。

大召寺悬挂着五彩的风马旗,僧人们身穿绛红色僧袍,头戴黄色鸡冠帽,整齐地站立在大召寺前恭候四世达赖喇嘛,四周跪满了黑压压的信徒,也来一睹新教主的尊颜。

四世达赖喇嘛的勒勒车一到大召寺前,便响起了沉闷的号角声。四世达赖喇嘛在卜石兔的搀扶下走下勒勒车,僧人们向四世达赖喇嘛弯腰行礼,信徒们匍匐在地,不断叩头膜拜。

大召寺的两名高僧走过来,搀扶着四世达赖喇嘛进入大召寺。素囊被这样的场面所震撼,仿佛自己也是被膜拜的对象,趾高气扬地跟随着送行的队伍进入大召寺。

四世达赖喇嘛被迎进大雄宝殿,坐在释迦牟尼佛像前,众僧一起跪在四世达赖喇嘛前朝拜。

将四世达赖喇嘛护送到大召寺,卜石兔和素囊等人在拉萨逗留了一段时间,见众僧对四世达赖喇嘛非常敬重,便带着蒙古骑兵返回了土默特。

乌讷楚看到风尘仆仆的素囊，心疼地将他搂进怀里，笑着问道："这次出去都看到什么了？"

素囊兴奋地说："我现在才明白权力对一个人意味着什么了，云丹嘉措才十四岁，可那里的男女老幼，不分年龄，都要向他跪拜，这就是权力的作用。"

乌讷楚笑道："人们臣服的不是权力，而是掌握权力的这个人的威望，在藏人的眼里，活佛是普度众生佛的转世，他们把这样的人称为活佛，所以也才会把他当成佛来膜拜。"

素囊说："我听说阿勒坦爷爷在世的时候，三世达赖喇嘛说爷爷是世祖忽必烈的转世，那爷爷的威望是不是也来源于此呢？"

提起阿勒坦汗，乌讷楚又想起了悠悠往事，感慨道："你的爷爷是蒙古草原上真正的巴特尔，他东征西伐，多次平定了蒙古一些部落的反叛，不仅维护了蒙古草原的统一，而且不断扩大我们的属地。为了能让蒙古人过上祥和富裕的日子，他不顾个人的荣辱得失，情愿向南朝俯首称臣，起初，人们都还不理解他这样的做法，后来才发现这是明智的选择，所以，你爷爷的威望不仅仅是世祖忽必烈的转世那么简单。"

素囊好奇地又问道："那爷爷到底是一个什么样的人呢？"

乌讷楚抚摸着素囊的头道："你的爷爷能谋善断，坚强执着，只要确定了目标就会不懈地努力下去，而且他虚怀若谷，重用了很多能人志士。汉人说，一个好汉三个帮。没有这些能人的协助，单靠你爷爷的一己之力，土默特也不会有今天的局面，所以，你要学习你爷爷的长处，将来做一个和你爷爷一样的人。"

这一次远行的所见所闻和乌讷楚的一番话，触动了素囊，他就像变了一个人，对人也随和了很多。更难能可贵的是，他能够坐下来看看书，还经常过来和乌讷楚探讨部族管理方面的一些问题，但乌讷楚担心他不能持之以恒，决定乘此机会好好收敛一下他的性子。

这天晚上，朵兰刚把晚餐摆上餐桌，扯力克就回到了寝宫，乌讷楚看到扯力克，站起身笑靥如花地迎了上去。

扯力克牵着乌讷楚的手走到餐桌前坐下，微笑着问道："心情这么好，一定是有什么喜事吧？"

乌讷楚笑道："我想召集人把《甘珠儿经》全部翻译成蒙古文，你觉得如何？"

扯力克一听乌讷楚的话，立刻惊喜地握住她的双手说："我也正有这个意思，如今四世达赖喇嘛是我们蒙古人，如果我们将藏文的佛经翻译成蒙古文的，就可以让佛教在草原上更加广泛地传播了。爷爷知道了，一定会感到更加欣慰的。”

见扯力克极力赞成自己这样做，乌讷楚便提出由自己和素囊一起负责此事。扯力克想也没想就一口答应了。

从此，乌讷楚便带着素囊和佛经翻译锡埒图·固什·绰尔吉以及几十名翻译人员，开始一心一意地翻译《甘珠儿经》。

素囊起初还能耐着性子坐下来好好翻译，不久就因枯燥无味渐渐失去了耐性。乌讷楚便让他带人去选取大量纹质细密坚实的木材。素囊不知乌讷楚让他这么做是什么意思，但也不敢违抗乌讷楚的命令，就带着人四下寻觅这样的木材。

木材备好后，乌讷楚让师傅将翻译好的蒙古文佛经写在薄纸上反贴在木板上，再根据每个字的笔画，用刀一笔一笔雕刻出来，使每个字的笔画突出在板上，然后用刷子蘸了墨，在雕好的板上刷一下，接着，用白纸覆在板上，另外拿一把干净的刷子在纸背上轻轻刷一下，把纸拿下来，一页佛经就印好了。

素囊拿着这页佛经左看看右瞅瞅，他这时才明白自己所读的那些书竟然是这样印刷出来的。他被这种神奇的魔术深深地吸引了，开始和师傅学着在木板上雕刻佛经，然后一页页印刷出来。

时间如白驹过隙，素囊每天陪在乌讷楚身边，不仅跟着翻译了一百〇八部《甘珠儿经》，还翻译了著名的佛经故事《贤愚因缘经》和《妙法白莲花经》。之后，他仿佛余兴未了，又委托锡埒图·固什·绰尔吉翻译了藏传佛教噶举派创始人米拉日巴的传道歌集《米拉日巴道歌》和噶当派开山祖师仲敦巴的《宝鬘论》。

五年了，素囊的所作所为让乌讷楚倍感欣慰。扯力克也对素囊另眼相看，多次在部落首领大会上称赞素囊。

乌讷楚决定让素囊回到大板升城，因为博达锡里去世后，素囊已经顺理成章地成为大板升城的领主，同时还是蒙古勒津部的首领。由于素囊年幼，一直生活在乌讷楚身边，因此乌兰一直替他管理着部族。此时，是时候让他回去大板升城亲自管理自己的部众了。

素囊回去后，乌兰就将部族的事务全部交给了他。起初，他还像乌讷楚教导的那样，专心于部族的事务，遇事也能与属下的首领们商量，又有乌兰在旁协助，大板升城被管理得井井有条。由于他特殊的身份，加上扯力克多次在众人面前褒奖他，大板升城的部众都称呼他为“洪台吉”。一些部落首领看到乌讷楚又那么宠爱他，一个个趋炎附势，都暗中投靠了他，这其中就有扯力克的另一个儿子明安。

时间久了，在众人的拥捧和阿谀奉承下，素囊难免有点得意忘形，把黄金家族的那些台吉们都不放在眼里，甚至有时出言讥讽。

卜石兔却恰好相反，从西藏回来后，扯力克虽然大加赞赏，但他一如既往地低调行事，除了兢兢业业地管理着自己的部落，与其他兄弟叔伯们也友好相处，保持着亲密的关系。

## 四十六、王位之争

从早上起，雨就淅淅沥沥地下个不停，像银灰色黏湿的蛛丝，织成一片轻柔的网，罩住了整个库库和屯。到了黄昏，雨越下越大，越下越急，仿佛是从天而降的瀑布，猛地向大地扑来。雨点斜打在地面的积水上，激起朵朵水花。

寝宫内，扯力克奄奄一息地躺在床上，朵兰端来一碗汤药。乌讷楚扶起扯力克给他喂药，药水却随着扯力克的嘴角又流了出来。乌讷楚用手帕拭去扯力克嘴角的药水，轻轻叹口气，又将他放倒在枕头上。

乌讷楚抬头看看窗外，说道："从来没有见过这样的天气，今年的天气真是古怪。"

朵兰也看看窗外说："长生天是不是在暗示我们，汗王他……"

乌讷楚听了朵兰的话心下一惊，这话怎么这么熟悉，好像有人也这么说过。对了，是布日玛嬷嬷，在阿勒坦汗去世前自己和布日玛嬷嬷也是这么说的，难道扯力克今天也要走了吗?

乌讷楚握住扯力克的手，目不转睛地盯着他，幽幽问道："为什么每次都是我眼睁睁地看着你们离去，将所有的痛苦都留给了我？我受够了这种生离死别的场面，再也不要让我看见这样的情景了。"

乌讷楚说到伤心处，不由凄然泪下。

朵兰放下药碗走过去搂住乌讷楚，她不知道此时该如何劝慰她，只能陪着她一起默默垂泪。

直至深夜，雨还是绵绵不休地吟唱着，乌讷楚不敢睡去，生怕扯力克什么时候醒了过来。她握着扯力克的手坐在昏暗的酥油灯下，愁肠百结。阿爸、阿勒坦汗、把汉那吉、辛爱、博达锡里，经过一次次痛苦的挣扎，她以为自己可以很坚强地面对了，可是看到日渐枯萎的扯力克，她又感到了那种锥心的痛。

不知什么时候，乌讷楚竟然握着扯力克的手睡着了。等她醒来的时候，却发现扯力克的手已经僵硬了。昏迷了几天的扯力克在她的梦境中已经悄无声息地离开了人世，没有再睁开眼看她一眼，也没有留下任何遗言。五十多岁的乌讷楚伤心欲绝，经受不起这样的打击也病倒了，卜石兔带领着各部首领和贵族主持了扯力克的葬礼。

乌讷楚这一病，让各部首领和贵族惴惴不安，担心各部为了争夺汗位再发生内讧，于是私底下商量了几次，将汗位继承人锁定在卜石兔和素囊身上。但拥立卜石兔还是素囊,又在这些首领和贵族中产生了歧义。

支持卜石兔的人,认为卜石兔是扯力克的嫡长孙,按照嫡长子继承的祖制,理应由他继承汗位,而且以两人的能力来讲,卜石兔也优于素囊。而支持素囊的人则认为,在土默特,素囊的实力仅次于扯力克,又是乌讷楚唯一的孙子,如果不让他继承汗位,拥兵自重的他,难保以后不会恃强凌弱。双方各持己见,争论不休。

世上没有不透风的墙,各部首领和贵族商量的结果分别传到了卜石兔和素囊的耳中。

卜石兔也有继承汗位的愿望,可他明了当前的局势,知道争也没用,于是足不出户,躲在书房里看书,借此让自己躁动的心平静下来,将全部希望寄托在佛祖的保佑上。

辅佐卜石兔的五路台吉,是辛爱的儿子。他也听到了各部首领和贵族商议的结果,于是心急火燎地来到卜石兔的府邸。

五路台吉经常出入卜石兔的府邸,因此每次来都不用通报。他从仆人那儿知道卜石兔在书房看书,就径直来到书房。

看到卜石兔还在看书,五路台吉不由急道:“你还能看得进书去啊,汗王的灵魂已经升上了腾格里,你是汗王的嫡长孙,怎么还不去为自己争取呢。”

卜石兔问道:“有用吗？你以为现在还是当年的情形吗?”

五路台吉一把夺过卜石兔手中的书扣到桌子上,说:“我也不是让你用武力去争,最起码你应该到那些支持素囊的人那儿,去把他们争取过来。”

卜石兔说:“额莫正在生病,我想她自有安排,还是等额莫来做决定吧。”

与此同时,素囊的智囊团也在为素囊出谋划策。

明安是扯力克的亲生儿子,他的大哥晁兔死后,由其长子卜石兔继承了晁兔的部众和领地,实力远远超过了他,而且扯力克对卜石兔青睐有加,时常委以重任,而卜石兔又与安兔感情深厚,万一扯力克按照嫡长子继承的祖制将汗位传给卜石兔,卜石兔肯定会信任和重用安兔,他只会被冷落在一旁。当明安看到素囊的实力日益壮大,又是乌讷楚唯一的孙子,于是投靠了素囊,想把他当成自己今后的靠山。明安想着,如今乌讷楚卧病在床,万一来不及让素囊继承汗位就死了,那些首领和贵族一定会支持卜石兔的,所以一定要先除去卜石兔,素囊才有可能登上汗位。

他又不想让素囊看穿他的心理,于是装作若无其事的样子说:“当年乌兰妣吉与把汉那吉叔叔投靠了南朝,土默特汗王才被封为顺义王。阿勒坦额伦策去世后理应由把汉那吉叔叔继位,而你父亲博达锡里与乌兰妣吉结婚后,汗位应该是你父亲的,那么到了现在,汗位就应该非你莫属了。”

拉克申附和道："是啊，如果当年没有乌兰妣吉和把汉那吉台吉投奔南朝，也就没有蒙古的今天了。"

素囊手托腮帮，看看明安又看看拉克申和绍布，不慌不忙地说道："你们说得一点没错，所以我一点儿也不着急，你们急什么？奶奶当年就想让我阿爸继承汗位，只是迫于当时的情形，不得已才让扯力克继承了汗位。今日今时，以她的威望和手中的权力，汗位还能留给别人？"

明安说："钟金哈屯现在正病着，万一她哪天也走了，那些拥护卜石兔的人再以嫡长子继承制拥立卜石兔，那你就没有希望了。"

绍布突然问道："明安台吉，卜石兔可是你的亲侄儿，你为什么不帮他，反而帮我们洪台吉呢？"

绍布这么一问，素囊和拉克申也将疑惑的目光转向明安。明安怕素囊怀疑自己，故作不屑道："我最讨厌他那副虚伪的嘴脸了，表面上安分守己，背地里却在拉拢并收买人心。"

绍布说："可是我听说卜石兔足不出户，好像对汗位根本不在意。"

明安说："这就是他的阴险之处，最近五路叔叔和安兔哥哥频繁在他府中进出，你以为他们是在闲话家常吗？还不知他们又在玩什么阴谋诡计呢。"

明安这么一说，果真激起了素囊的脾气，他气愤地说道："他们这次休想，当年我阿爸是没有实力与他们抗衡，如果他们现在还敢故伎重演，我与他们势不两立。"

明安怂恿道："光说狠话有什么用，你得拿出实际行动啊。"

素囊问道："什么行动？"

明安说："干脆把卜石兔逐出土默特，这样就没有后顾之忧了。"

拉克申赞同道："明安台吉说得有道理，我看行。"

绍布担忧地说："恐怕没那么容易吧，万一引起各部首领的反感，钟金哈屯为了顾全大局，真把卜石兔立为继承人可就不好了。"

素囊张扬道："哼！我就不信他们现在敢与我为敌。明安，就按你说的，你马上率领大军包围卜石兔的部落，限他三天内带着部众离开土默特。你告诉他，如果他不同意，我将血洗他的部落。"

明安窃喜道："是，洪台吉。"

明安很快率领大军包围了卜石兔的部落，卜石兔守营的将领看到明安，上前问道："明安台吉，你带这么多人到我们这儿来干什么？"

明安傲慢地说道："素囊洪台吉让我来告诉卜石兔，限他三天之内离开土默特，你快去通报他吧。"

守营的将领一听，急忙跑进大营向卜石兔汇报。

卜石兔听到禀报，带着随从与守营将领来到大营门口，大营内的士兵也跟随出来。

骑在马上的明安看到卜石兔从容地走出大营，心里反倒有些发虚。

卜石兔傲然地看着眼前的明安，问道："素囊派你来做什么？"

明安直直身子，说道："他命令你在三天内离开土默特。"

卜石兔仰着头问道："如果我不离开呢？"

明安瞪着眼睛看着卜石兔说："那就别怪我不客气了。"

卜石兔凛然道："你想怎么样？"

明安恶狠狠道："血洗你的部落。"

卜石兔怒道："你敢！"

明安骑着马在原地打转，指着卜石兔身后的将士们喊道："你们听着，素囊洪台吉已经下令让你们三天内离开土默特，如果你们不离开，我们将血洗你们的部落。你们如果愿意投靠洪台吉，我会替你们求情，让你们留下来。"

卜石兔冷眼看看明安，转身走进大营，身后的将士们也鄙视地看一眼明安，随着卜石兔进入大营，留下气得目瞪口呆的明安。

五路台吉知道后，立刻联合了土默特七十多位台吉率兵前来保护卜石兔，双方僵持在卜石兔的大营外。明安见势不妙，急忙派人向素囊请示。

乌讷楚知道后心急如焚，一面令海赖做好防备的准备，一面派人去请乌兰。此时，乌兰也已经知道了素囊的所为，正在苦口婆心地规劝素囊，接到乌讷楚的命令，立即来到库库和屯。

乌兰一进入寝宫，躺在床上的乌讷楚便坐起来着急地问道："素囊撤军了吗？"

乌兰坐到床边，无奈地说道："这个孩子太倔强了，我正在劝他，你让人叫我来，我片刻不敢耽误，就先过来了。"

乌讷楚靠在床上叹气道："唉，都怪我，是我把这个孩子宠坏了。"

乌兰安慰道："阿妈也别自责了，你也是爱他，并不想把他培养成这个样子。"

乌讷楚说："我叫你来，是有事和你商量。"

乌兰说："阿妈请说。"

乌讷楚拉住乌兰的手说："本来我是想让素囊继承汗位的，可你也了解素囊的脾性，我想等病好了再和你商量这件事，可没想到他居然做出这样的事来，如果我把汗位交给了他，大权在握，还不把土默特搞个人仰马翻。"

乌兰轻轻拍拍乌讷楚的手说："我懂阿妈的意思，大局为重，阿妈还是选择一个对土默特有益的汗王吧。"

乌讷楚笑道："你到底是一个识大体的人，这么多年，我一心想亲手栽培他，可他，唉，我也是恨铁不成钢啊。"

乌兰说："阿妈也尽力了，汗位不能就这样空悬着，阿妈还是早点做出决断吧。"

素囊没想到有这么多人维护卜石兔，担心触犯众怒，一时进退两难，正不知该如何处理的时候，明朝又新换了一位宣大总督。这位新总督涂宗浚上任途径镇川堡时，素囊立即派出使者到明边迎接，并让使者将自己想继承汗位的想法告诉了涂宗浚，希望涂宗浚能助自己一臂之力。

涂宗浚见双方剑拔弩张，大战一触即发，于是让使者回去转告素囊，答应帮他出面斡旋，让素囊先撤兵。有了涂宗浚的承诺，素囊令明安率军撤回到大板升城。之后，涂宗浚又到卜石兔部落劝说五路台吉也撤了军，一场即将爆发的大战，在涂宗浚的劝说下，偃旗息鼓。

双方各自退了兵，乌讷楚悬着的心也放了下来，但究竟让谁继承汗位，又让她再次犹豫不决。

朵兰端着一碗药递给乌讷楚，乌讷楚喝完药忧心忡忡地靠在床上。

朵兰放下药碗坐到乌讷楚面前，问道："又在想什么呢，你这样对身体不好。"

乌讷楚直截了当地问朵兰："你说让谁来继承汗位呢？"

朵兰听出了乌讷楚的犹豫，不敢贸然回答，于是反问道："你心中可有合适的人选？"

乌讷楚说："本来，这个汗位应该是博达锡里的，当时迫于压力，我只好同意扯力克继承了汗位。为了弥补我对博达锡里的愧疚，我想让素囊继承汗位。可是，这十几年，扯力克让我再次得到了一个男人对女人的爱，卜石兔又是他的嫡长孙，与素囊相比，他更具备一个汗王应有的素质，如果不让卜石兔继承，除了担忧素囊做不好这个汗王，也觉得对不住扯力克。"

朵兰劝道："既然你难下决断，那就先缓一缓，再观察观察他们俩。"

乌讷楚叹气道："唉，可土默特不可一日无主啊。"

朵兰建议道："你可以先掌管着，如今各部首领和贵族都对你心服口服的，凡事还不是你说了算。"

乌讷楚采纳了朵兰的建议，决定暂不宣布继承人。

终于盼到了乌讷楚大病初愈，可是乌讷楚却又开始亲自管理土默特的事务，对汗位继承的事情却缄口不言，各部首领和贵族也不敢妄议，只有耐心地等待着。

## 四十七、含恨而终

五年的时间一晃而过，土默特的汗位一直悬而未决，令人们猜测不断。卜石兔虽有疑虑，但他一如既往，除了兢兢业业地管理好自己部族的事务，平时就在书房里看书。素囊则不然，自从涂宗浚劝说他退兵后，他见涂宗浚非但没有帮自己把汗位争取到手，反而乌讷楚自己掌管了土默特的大权。他开始以为乌讷楚也想让卜石兔继承汗位，气愤得在家又喊又叫，乌兰也不敢将乌讷楚的决定告诉他，但乌兰见乌讷楚和她谈过后却迟迟没有宣布汗位继承人，便知道了乌讷楚的用心，于是苦口婆心地劝素囊不要胡来，一切听凭乌讷楚做主。谁知素囊不但不听劝，反而变本加厉，多次公开扬言非顺义王不做。

汗位的空缺，焦急的不仅是土默特各部的首领和贵族，就连明朝也开始关注起来。

明朝廷议的时候，百官众口哓哓，发言盈廷，直到最后，又有人奏请万历帝，让乌讷楚以老年之身再嫁卜石兔，否则不但不封王，而且还要停止贡市。见廷议了这么久也没有结果，又有人提出了这样的建议，万历帝就针对这个建议再次征询百官的意见，没想到百官全体附议。万历帝就颁下诏书，让涂宗浚到库库和屯劝说乌讷楚。

涂宗浚带着万历帝的旨意来到了库库和屯，乌讷楚抱病带着朵兰和海赖到城门热情地相迎。

涂宗浚一下马，乌讷楚就迎上前去行礼道："涂大人一路辛苦了，是什么风把涂大人吹到库库和屯来了。"

涂宗浚笑道："按你们蒙古人说的，是草原的风把你们的酒香吹到了宣化城，我闻着酒香就走到这儿来了，我能不能向夫人讨碗酒喝啊？"

乌讷楚哈哈笑道："涂大人对我蒙古的文化多有了解啊。"

涂宗浚也笑道："那也比不上夫人对我汉家文化的了解啊。"

乌讷楚笑道："涂大人过奖了，请进来说话吧。"

乌讷楚引领着涂宗浚进入库库和屯，涂宗浚看到库库和屯城内人来人往，摊位上琳琅满目的商品令人眼花缭乱，摊贩们的吆喝声，买主、卖主的讨价还价声，此起彼伏。虽然人来人往络绎不绝，却井然有序。

涂宗浚笑道："库库和屯的热闹和繁荣不亚于宣化城和大同城啊！"

乌讷楚也笑道："这还不是皇上的恩典嘛。"

涂宗浚一边看一边与乌讷楚来到了宫殿。乌讷楚与涂宗浚、朵兰进入宫殿的会客厅，让海赖在门外守卫。

乌讷楚伸手礼让道："涂大人请坐。"

两人落座，仆人倒上茶退出，朵兰站立在乌讷楚身后。

乌讷楚问道："涂大人此番来，必定是有什么事吧？"

涂宗浚说："朝廷派我来问问夫人，夫人打算让谁来继承汗位？"

涂宗浚的话让乌讷楚冷笑了一下，自己一直没有宣布汗位继承人，朝廷一定又有了顾虑，所以又想来干预了吧？乌讷楚调整了一下坐姿，平静地说道："虽然土默特的汗位继承人到现在还没有确定下来，但是土默特绝不会再发生内乱，朝廷何必着急呢。"

涂宗浚说："话虽如此，但是汗位久悬不决，也容易让人们心生疑惑而人心不安哪。"

乌讷楚笑道："请涂大人奏明朝廷，我心中有数。"

涂宗浚看看乌讷楚，为难地说道："下官今日来，实则是带着皇上的旨意来的。"

乌讷楚问道："噢？皇上有什么旨意？"

涂宗浚说："经过廷议，百官一致认为夫人应该再嫁卜石兔，并立卜石兔为王。"

乌讷楚断然阻止道："这不可能，我都这一把年纪了，怎么还能再嫁人，不可，不可。"

涂宗浚说："如果夫人不答应，朝廷将不再封王，而且要再次关闭贡市。"

乌讷楚心想又来了，每次一到这样的时候，他们总要来对我蒙古的事情指手画脚的，又拿封王和闭市来与我交易，这次我偏不让他们左右我的想法。乌讷楚不悦道："朝廷何必对我蒙古内部事务横加干涉，我也是考虑蒙古的长远稳定，才慎之再三，并无他意。"

涂宗浚说："朝廷知道夫人是在卜石兔和素囊之间犹豫不决，难下决断，所以替夫人做了这个决定。"

乌讷楚断然道："不劳朝廷费心，我自有主张。"

不知何故，涂宗浚带来的旨意在土默特传播开来，立刻在各部引起轩然大波。人们都误以为这就是乌讷楚迟迟不肯确定继承人的原因，指责、埋怨、谩骂，铺天盖地向乌讷楚袭来。

而乌讷楚的严词拒绝，令万历帝龙颜大怒，果然下令停止了贡市。蒙古人又一片哗然，不知道乌讷楚为什么不肯确定继承人，就连素囊和卜石兔也茫然不解，停止贡市，令蒙古人人心惶惶。

年老多病的乌讷楚，经过这一番刺激，经不住打击，再次缠绵在病榻上。

这一次生病不同以往，乌讷楚连续昏迷了好几天。一直在土默特弘扬佛教的满朱锡里，与朵兰寸步不离地守候在乌讷楚床边。

经过满朱锡里的悉心调理，乌讷楚终于醒了过来。

朵兰喜极而泣道："你吓死我了。"

乌讷楚虚弱地说道："扶我起来，我想坐一会儿。"

满朱锡里和朵兰扶乌讷楚靠在床上。

朵兰说："这几日多亏了满朱锡里大师，不然我都不知道该怎么办了。"

乌讷楚对满朱锡里道："大师辛苦了，我感觉好多了，你也回去休息休息吧。"

见乌讷楚精神状态良好，满朱锡里又为乌讷楚把了脉，然后嘱咐朵兰让乌讷楚按时服药，这才放心地离去。

乌讷楚神色黯然地靠在床上，长长叹口气说道："唉，我的私心差一点又引起了土默特的混乱。"

朵兰也叹息道："唉，你也尽心了，实在是我们那位台吉太不懂事了。"

乌讷楚说："孺子不可教也，我也不能继续等下去了，南朝又停止了贡市，再不做出决定，人们真的以为我有什么不轨之心了。"

朵兰问道："你决定让卜石兔来继承汗位了？"

乌讷楚反问道："除了他还有更好的人选吗？"

乌讷楚的决定还没有公布出去，那些整天围绕在素囊身边的人，似乎嗅出了什么味道，开始渐渐疏远他。素囊气得大骂这些人是小人，乌兰听到后，气愤地来到素囊的寝室加以制止。

乌兰进来的时候，素囊刚鞭打完一名侍女，并将茶碗摔碎在地上。侍女战战兢兢地蹲在地上捡茶碗的碎片。素囊飞起一脚将侍女踢倒在地。乌兰急忙上前扶起侍女。

忍无可忍的乌兰走过去扇了素囊一记耳光，气愤地骂道："你这个不成器的畜生，拿侍女撒什么气，就你这样，你奶奶放心让你做汗王吗？"

素囊气愤地说道："就连你也看不起我吗？是不是你也要离我而去？"

乌兰说："我早就看不惯你身边的那些人了，每天不给你出好主意，就知道给你煽风点火，他们离开你也是好事。"

素囊气愤地坐到椅子上,未答话。

乌兰见素囊不说话了,走过去劝道:“本来我不想告诉你的,事到如今我也不瞒你了。你奶奶一心想栽培你,就是希望让你来做汗王,可你没有一点耐心,刚刚做出点成绩就沾沾自喜,整天被人前呼后拥的。那些真正有能力的人你视而不见,对那些小人你倒是深信不疑,天天和他们搅在一起,还以为自己真是汗王了呢。”

素囊气愤地说道:“就是她所谓的那些栽培,让人们误以为汗位非我莫属,这才投靠了我,结果她迟迟不做决定,才让我现在颜面尽失。”

乌兰说:“那是因为你的所作所为让你奶奶不放心把汗位交给你,就算她交给你恐怕你也做不好。”

正说着,拉克申一头冲进了素囊的寝室。

乌兰叱道:“没有一点规矩,怎么这么毛毛躁躁的。”

拉克申没料到乌兰会在,急忙向乌兰行礼。

素囊没好气地问道:“怎么啦,又出什么事了?”

拉克申看看乌兰没敢回话,偷偷用眼神暗示素囊。

乌兰见拉克申鬼鬼祟祟的,怒道:“到底发生了什么事,快说!”

拉克申嗫嗫嚅嚅地看看乌兰又看看素囊。

正在气头上的素囊不耐烦地喝道:“有什么话快说。”

拉克申小心翼翼地说:“属下听到一些传言,不知该不该说。”

素囊大喝一声:“说!”

拉克申又看了一眼乌兰,才说道:“属下听说总督涂大人去库库和屯了,南朝皇帝的旨意是让钟金哈屯和卜石兔合婚,然后让卜石兔继承汗位。”

素囊震惊得向后一扬,乌兰听到让乌讷楚和卜石兔合婚,也惊得目瞪口呆。

素囊站起身,一拳砸到桌子上,怒骂道:“我就知道她迟迟不肯立我为汗,其中肯定有什么蹊跷,还找那么多的借口来搪塞。”

乌兰被素囊这一拳砸得醒过神来,急忙问道:“你说的可是真的?”

拉克申见乌兰震惊的样子,以为乌兰是因为素囊不能继承汗位的缘故,就大胆说道:“人们都说钟金哈屯就是一个淫荡的女人,一天也离不开男人……”

乌兰一拍桌子,喝道:“你给我闭嘴!”

素囊跳起来叫道:“难道他说错了吗? 以前就有人告诉我,说阿爸多次喝醉酒大骂奶奶是一个放荡的女人,起初我还不相信,原来都是真的。”

乌兰又对着素囊怒喝一声：“你给我闭嘴！”

乌兰气愤地拿起马鞭向素囊和拉克申挥去，一边抽一边骂道：“我打死你们这些口无遮拦的畜生，别人这样说你的奶奶，你不但不加以阻止，还跟着胡说。”

素囊起初还躲闪着，突然，他转过身来握住乌兰拿着马鞭的手，从乌兰手中一把夺过鞭子扬了起来。乌兰惊恐地别过头去，素囊迟疑了一下，一把推开乌兰，把鞭子摔在地上，恶语相向道：“你就是打死我，我还要这么说，她就是一个淫荡的老女人。”

素囊说完，带着拉克申扬长而去。

乌兰惊诧又痛心地跌坐在地上，她不敢相信自己的眼睛，自己的亲生儿子居然想对自己动手，乌兰悲从中来，坐在地上饮泣吞声。

素囊与拉克申走出寝室后，就带着拉克申和绍布向库库和屯奔去。

乌讷楚派海赖将各部首领和贵族召集到自己的寝宫，众人看到乌讷楚憔悴不堪地靠在床上，苍白的头发虽然梳得十分整齐，没有一丝凌乱，但微微下陷的眼窝里，曾经那双明净如水的眼眸，却悄悄诉说着岁月的沧桑，已全然不见了往日光彩照人的模样，顿时心生恻隐。

卜石兔一个箭步跨到床边，半蹲在乌讷楚前握住她的手说：“额莫怎么病成这样了，孙儿不孝，不仅没有来照顾额莫，还让额莫为我操心。”

卜石兔说着不由垂首落泪。

乌讷楚伸出瘦骨嶙峋的手抚摸着卜石兔的头：“不要难过，一个汗王如果连自己的情绪都控制不住那怎么能行。”

听了乌讷楚的话，众人既惊且喜地互相看了一眼。

乌讷楚抬头看着众人，平静地说：“我今天请你们来是有重要决定要宣布，卜石兔，去，站到他们前面。”

卜石兔擦擦眼泪站起身，走过去站在众人前面。

乌讷楚说：“我决定立卜石兔为土默特的新可汗，并奏请朝廷封他为顺义王。”

五路台吉率先高呼道：“钟金哈屯英明。”

众人跟着呼道：“钟金哈屯英明。”

乌讷楚说：“卜石兔，土默特今后就交给你了，你一定不要辜负你额伦策的遗愿，带领土默特部众继续走和平发展之路。”

卜石兔发誓道：“额莫放心，我一定遵循额伦策的遗愿。”

乌讷楚又对众人道：“你们要齐心协力好好协助卜石兔，切不可同室操戈自相残杀。”

众人垂首道:“是!”

五路台吉惭愧道:“上次的事都是我不冷静,钟金哈屯放心,以后再也不会发生这样的事了。”

提到此事,卜石兔环顾了一下众人,问乌讷楚:“素囊怎么没来?”

乌讷楚疲倦地说道:“我没通知他,免得他再来生事。你放心,我会将你继承汗王的事告诉他,并让他臣服于你。”

寝殿外传来素囊的喊声:“你让我臣服谁?你那个新任的小丈夫吗?”

素囊说着走进寝宫,看到各部首领和贵族都在场,气势汹汹地走到乌讷楚床前,双手撑在床边,血红的眼睛直直盯着乌讷楚,咬牙切齿地说道:“你又老又体弱多病,而且已经嫁过三个男人了,难道你就那么耐不住寂寞,就连卜石兔这样的黄毛小子都不放过吗?部众的眼睛真是雪亮的,你就是一个不知羞耻、淫荡的老女人。”

乌讷楚气愤地使出浑身的力量,一个巴掌向素囊扇去,素囊擒住乌讷楚的手,得意地说道:“你还有力气打我吗?”

卜石兔怒不可遏,从后面一把扯过素囊,一个巴掌打在素囊的脸上,怒骂道:“你敢对额莫如此无礼,让我来替额莫教训你。”

素囊反手抓住卜石兔的衣领准备还击,五路台吉和安兔急忙上前架住了素囊的胳膊,令素囊动弹不得。

乌讷楚挣扎着坐起身想阻止,突然一口鲜血喷涌而出,随即瘫倒在床上。

朵兰惊叫一声“小姐!”向乌讷楚扑去。

卜石兔听到朵兰的喊声,急忙放开素囊也奔向乌讷楚,五路台吉和安兔也急忙过去看乌讷楚,素囊见自己闯了大祸,乘人不备赶紧溜了出去。

朵兰和卜石兔扶起乌讷楚,将乌讷楚平放到床上,卜石兔扭头大叫道:“快去请医师来!”

众人围拢上来,见乌讷楚气若游丝、面色煞白,不由心惊。

五路台吉扑到床边,哽咽地喊道:“哈屯!”

安兔也拥到床边悲泣道:“大嫂!”

卜石兔悲痛地对众人道:“你们先回去吧,我留下来照顾额莫,有什么情况我会立即派人去通知你们。”

众人不舍地一一离去,满朱锡里接到通知,立即赶到乌讷楚的寝宫,与众人擦肩而过,看到众人悲伤的表情,三步并作两步奔上楼去。

经过满朱锡里的极力抢救，暂时保住了乌讷楚的性命。此后，乌讷楚茶水不进，每天昏睡在床上，整个人日渐消瘦。

朵兰与卜石兔也寝食不安，日夜守候在乌讷楚身边。

朵兰派人将乌讷楚病危的消息通知了乌兰。乌兰马不停蹄地赶到了库库和屯，一进寝宫，看到瘦弱无骨的乌讷楚，乌兰悲痛欲绝地跪在床前握住乌讷楚的手呜咽道："阿妈，对不起，都是我没有教育好那个逆子啊。"

朵兰抹着眼泪与卜石兔扶起乌兰，乌兰抱住朵兰，两人抱头痛哭。卜石兔劝了好半天，才将两人劝开。

卜石兔和朵兰扶乌兰坐到椅子上。

朵兰抽泣道："小姐已经昏睡好几天了，滴水未进，我很担心，所以让你来陪着，我怕万一……"朵兰说着抹起眼泪来。

乌兰说："阿妈也真够命苦的，多亏有你，不然她的日子该怎么过呢。"

朵兰说："妣吉不要说这样的话，小姐不嫌弃我，视我如姐妹，能侍奉小姐也是我的福分啊。"

昏迷中的乌讷楚，看到玛尼明阿图、吉格肯、博达锡里、阿勒坦汗、辛爱、扯力克微笑着一一走来，最后才是把汉那吉，乌讷楚微笑着向把汉那吉伸出双臂，把汉那吉却化作一股青烟飘向天际。

乌讷楚缓缓睁开眼睛，眼神空洞地盯着房顶，眼前浮现出她与玛尼明阿图策马驰骋在草原的情景，想起了倚在阿爸怀中顽皮地揪着他的胡子，和阿爸一起快乐地大笑的情景，空洞的眼睛中浮出一丝微笑，浑浊的眼里却流淌出一滴眼泪，顺着脸颊缓缓流下。

她虽然出生在一个令人羡慕的家庭，六十二年来，只有童年才有最纯粹的幸福与快乐。九岁以后，她被迫联姻，小小年纪远离亲人、远离家乡，来到这个陌生的地方，过着孤独、压抑、寄人篱下的生活。与把汉那吉的爱情，让她以为自己孤独漂泊的心终于有了依靠，却被阿勒坦汗生生地拆开了他们。是的，阿勒坦汗把他的爱全给了乌讷楚，可是她还是感到孤寂。阿勒坦汗去世后，以为从此能和把汉那吉纵情草原，过着自由自在、快乐的生活，可又被辛爱打破了所有甜蜜的幻想。把汉那吉死了，自己的心也死了，后来扯力克的爱又让她的心活了过来，可却白发人送黑发人，唯一的儿子又永远地离开了自己，谁又能理解这一份苦楚？本想带着扯力克的爱终老此生，扯力克又将她一个人孤零零地抛在这个人情淡漠的世界上。人们只看到了荣华富贵、权势地位，又有谁看到在这光环背后的那一份艰辛与心酸？乌讷楚想到这儿，不由怆然泪下。

朵兰听到乌讷楚呜咽的声音，赶紧走到床边，看到乌讷楚已经醒了过来正在默默流泪，俯身替她擦去眼泪，轻声问道："小姐要喝水吗？"

乌兰和卜石兔听到朵兰的问话也急忙走到床边。

乌讷楚吃力地摆手拒绝，说道："扶我起来。"

乌兰急忙过去坐在床边扶起乌讷楚，让乌讷楚靠在她的怀里。

乌讷楚扭头看看乌兰，挤出一丝笑容道："你也在啊，真好。"

乌讷楚又转向朵兰："朵兰，我好想喝阿妈熬的奶茶。"

朵兰一惊，知道这是回光返照，不安地看看乌兰。乌兰控制着眼泪，轻声道："让朵兰帮你熬吧，看看她能不能熬出外婆的味道。"

朵兰急忙应声道："是啊，我曾经和阿噶学过熬奶茶呢，我去试试。"说完转身边擦眼泪边走出寝宫。

乌讷楚靠在乌兰的怀里，轻声说："如果我能靠在把汉那吉的怀里该多好啊。"

乌兰的泪水顺着脸颊滚滚而下，说道："你还是忘不了他啊。"

乌讷楚笑着问道："你不会怪我这样说吧。"

乌兰悲戚地摇摇头。

乌讷楚缓缓地说道："我此生最大的愿望就是做把汉那吉的新娘，为他生很多很多的孩子，我们在草原上一起放牧，一起打猎，看着我们的孩子渐渐长大，我们渐渐老去，但他还不嫌弃我，能让我永远躺在他的怀里。"

卜石兔听着乌讷楚喃喃自语，这才完全了解了这个看似刚强的女人深藏在内心的柔情，也了解了乌兰的豁达大度，悲伤而又感动地流下眼泪。

乌兰哽咽道："我知道，我懂你的心。"

乌讷楚说："可惜我却辜负了他，等到我真正明白自己需要什么的时候，他却不在了。"

乌兰将头埋在乌讷楚的发间默默地流泪。

乌讷楚说："细想我这一生，我所做的一切都不是我想要的，好像有一只无形的手在牵着我，我想挣扎，可是却那么无力，这难道就是人们所说的命运吗？我不信命，我想要和命运抗争，可我感觉那么无助。"

乌讷楚无奈地长叹口气又继续说道："如果我不是个母亲，如果我这个母亲可以狠心自私一点，也许我也就不会有这么多的无奈了。"

乌讷楚吃力地仰起头想看一眼乌兰，可浑身像棉花一样软弱无力，只好放弃了这种徒劳，握住乌兰的手说道："就让我自私一次吧，我死后，把我葬到大板升城吧，这辈子我不能和把汉那吉在一起，就让我的灵魂留在那儿看着他和博达锡里吧。"

乌兰轻轻地点点头，将头伏在乌讷楚的头发里，紧紧地搂着她默默垂泪。乌讷楚静静地靠在乌兰的怀里，眼睛渐渐合拢，细微的声音从唇间滑出："如果我只是普通人家的女儿该有多好啊。"说完，乌讷楚的手从乌兰的手中滑落下去。

朵兰端着奶茶进来，看到此状，手中的茶碗滑落在地上碎成一片。乌兰抱紧乌讷楚无声地恸哭，卜石兔与朵兰伏在乌讷楚身上呼天抢地，凄凉的哭声穿透宫殿厚厚的墙壁，飘向遥远的天际……

图书在版编目(CIP)数据

蒙古王妃三娘子 / 赵萍著. — 呼和浩特 : 远方出版社, 2016.8
ISBN 978-7-5555-0747-5

Ⅰ. ①蒙… Ⅱ. ①赵… Ⅲ. ①长篇小说 - 中国 - 当代Ⅳ. ①I247.5

中国版本图书馆CIP数据核字(2016)第200951号

蒙古王妃三娘子

| | |
|---|---|
| 作　　者 | 赵　萍 |
| 责任编辑 | 董美鲜　于丽慧 |
| 责任校对 | 贾玉梅 |
| 装帧设计 | 马慧茹 |
| 封面绘图 | 王忠仁 |
| 封面题字 | 郭瑞金 |
| 出版发行 | 内蒙古出版集团　远方出版社 |
| 社　　址 | 呼和浩特市乌兰察布东路666号　邮编 010010 |
| 电　　话 | (0471)2236471总编室　2236460发行部 |
| 经　　销 | 新华书店 |
| 印　　刷 | 呼和浩特日报社印刷厂 |
| 开　　本 | 787mm×1092mm　1/16 |
| 字　　数 | 420千 |
| 印　　张 | 23.75 |
| 版　　次 | 2016年8月第1版 |
| 印　　次 | 2016年8月第1次印刷 |
| 印　　数 | 1—3 000册 |
| 标准书号 | ISBN 978-7-5555-0747-5 |
| 定　　价 | 50.00元 |